Collection dirigée par Glenn Tavennec

L'AUTEUR

De mère française et de père danois, Victor Dixen a vécu une enfance faite d'éclectisme culturel, de tours d'Europe et de somnambulisme. Il a fait de ses longues nuits d'écriture ses meilleures alliées, le berceau de son inspiration. Ainsi remporte-t-il en 2010 le grand prix de l'Imaginaire jeunesse pour le premier tome de sa tétralogie *Le Cas Jack Spark*. Il récidive en 2014 avec son nouvel opus, *Animale, la malédiction de Boucle d'or*.

Dans sa nouvelle série, *Phobos*, ce jeune auteur de trente-huit ans embarque ses héros dans une épopée spatiale haletante, au bout de l'espace et au bout d'eux-mêmes. Après avoir successivement vécu à Dublin, Denver et Singapour, Victor Dixen partage désormais son temps entre Paris et New York.

Retrouvez tout l'univers de
PHOBOS
sur la page Facebook de la collection R :
www.facebook.com/collectionr
et sur le site de Victor Dixen :
www.victordixen.com

Vous souhaitez être tenu(e) informé(e)
des prochaines parutions de la collection R
et recevoir notre newsletter ?

Écrivez-nous à l'adresse suivante,
en nous indiquant votre adresse e-mail :
servicepresse@robert-laffont.fr

VICTOR DIXEN

PHOBOS³

roman

© Éditions Robert Laffont, S.A., Paris, 2016

Agent littéraire : Constance Joly-Girard
Illustrations intérieures : © Edigraphie
ISBN 978-2-221-19573-4 ISSN 2258-2932

Pour E.
Pour Francine et Kim

Je ne peux changer la direction du vent,
mais je peux orienter mes voiles
pour atteindre ma destination.

JAMES DEAN (1931-1955)

PROGRAMME GENESIS – SAISON 2

Appel à candidatures

Six nouvelles prétendantes.
Six nouveaux prétendants.
Six nouvelles histoires d'amour
et encore plus de bébés.

Vous aussi, marquez l'Histoire avec un grand H

Vous êtes fan du programme Genesis ? Depuis des mois, vous vibrez avec les pionniers de Mars ? Vous avez suivi chaque heure, chaque minute de retransmission ? Le moment est venu de passer de l'autre côté de l'écran et d'apporter votre pierre à la construction de la civilisation martienne. Le *Cupido* vient d'entamer son retour à vide vers la Terre. Il repartira dans un an et demi pour rallier à nouveau Mars, chargé de douze nouveaux astronautes prêts à entrer dans l'Histoire – dont peut-être vous !

Vous aussi, trouvez l'Amour avec un grand A

Kirsten et Alexeï, Fangfang et Tao, Safia et Samson, Elisabeth et Mozart, Kelly et Kenji, Léonor et Marcus. Leurs couples sont déjà mythiques. Leur amour est déjà légendaire. Mais il faut davantage que six familles pour créer un nouveau peuple. Tous les jeunes Terriens au sommet de leur fertilité sont invités à postuler pour aller rejoindre les candidats de la première saison, trouver leur âme sœur en chemin, et inspirer des milliards de spectateurs sur Terre.

PROGRAMME GENESIS – SAISON 2
Vous avez entre 17 et 20 ans ?
Vous voulez être les prochains Roméo et Juliette de l'espace ?
Envoyez votre candidature dès aujourd'hui, et écrivez à votre tour
la plus belle histoire d'amour de tous les temps !

ACTE I

1. Chaîne Genesis
DIMANCHE 7 JANVIER, 08 H 15

PROGRAMME GENESIS – SAISON 2

SIX NOUVELLES PRÉTENDANTES
SIX NOUVEAUX PRÉTENDANTS
SIX NOUVELLES HISTOIRES D'AMOUR
ET ENCORE PLUS DE BÉBÉS

LES CANDIDATURES SONT OUVERTES :
POSTULEZ DÈS AUJOURD'HUI SUR LE SITE DE GENESIS !

2. Champ
MOIS N° 21/SOL N° 578/10 H 35 MARS TIME
[28ᵉ SOL DEPUIS L'ATTERRISSAGE]

SEULE.
Je suis seule, même si les êtres avec qui j'ai vécu les moments les plus forts de ma vie se trouvent tout autour de moi : eux, les pionniers du programme Genesis, les héros de l'espace, les damnés de Mars.

« Oh, Léo, je t'en supplie : regarde-moi ! » s'écrie Kris.

J'entends la voix de ma meilleure amie, pétrie d'angoisse.

Je perçois le poids de ses mains crispées sur les épaules de ma combinaison, que j'ai revêtue pour passer le cap de la tempête de fin d'été.

Je sens la caresse de sa respiration hachée sur mes joues, encore humides de sueur même après avoir ôté mon casque.

Mais je ne la vois pas.

Mes yeux ne peuvent se détacher du garçon qui se tient debout à quelques mètres, dans le séjour du septième Nid d'amour – ou plutôt devrais-je dire, dans le Nid de mort où ont disparu les cobayes de l'expérience Noé, il y a une année martienne de cela.

Celui que je croyais si proche m'est devenu étranger.

Celui qui m'a fait frissonner de plaisir me fait maintenant frémir de dégoût.

Quand je repense à ces moments d'intimité que j'ai connus avec lui et lui seul, à toutes ces premières fois que je ne revivrai jamais plus avec quiconque...

Pouah !

Ça me donne envie de vomir !

Le visage de Marcus me paraît soudain effroyablement vide – un écran de cinéma quand les lumières se rallument à la fin de la projection, une page blanche quand on termine le dernier paragraphe à la fin d'un roman. Comment ai-je pu lire de la poésie dans ses yeux, comment ai-je pu leur prêter la couleur argentée des étoiles ? Ils sont couleur de limon, une boue grisâtre qui recèle le calcul, l'égoïsme et le mépris. Comment ai-je pu croire qu'ils me regardaient avec amour ? Marcus n'aime que lui-même. Il a sacrifié onze vies sans sourciller – la mienne et celle des autres pionniers. Il se savait à la merci de la mutation génétique mortelle D66, et il n'a pas hésité à nous condamner avec lui puisque tel était le prix à payer pour qu'il puisse s'offrir son petit voyage jusqu'à Mars.

À cette idée, je sens mes entrailles se tordre entre rire et sanglots, mes épaules se secouer comme celles d'un automate déréglé.

« Léo ! »

Kris prend ma tête entre ses douces mains – elle a enlevé ses gants – et m'oblige à tourner mon visage vers le sien.

Sous sa couronne de nattes blondes, un peu écrasée par le casque qu'elle vient de dévisser elle aussi, ses grands yeux bleus vibrent d'angoisse et de questions. Elle ne comprend pas. Aucune des filles rassemblées en cercle autour de moi ne comprend – ni Fangfang la Singapourienne, qui me dévisage de son regard intelligent comme si j'étais une équation insoluble ; ni Liz l'Anglaise, qui frissonne de tout son long corps dans sa combinaison épaisse ; ni Safia l'Indienne, dont le front orné d'un bindi rouge se plisse de fines ridules ; ni Kelly la Canadienne, qui mâche son chewing-gum à s'en disloquer la mâchoire.

Dans tous les regards, c'est la perplexité. Serena McBee, la directrice exécutive du programme Genesis, ne vient-elle pas de nous annoncer devant des milliards de spectateurs qu'elle allait financer l'ascenseur spatial énergétique qui nous permettra d'échapper aux défaillances secrètes de la base ? Cette annonce publique n'est-elle pas comme un pacte indélébile, qu'elle a signé avec son propre sang ? Et n'avons-nous pas deux alliés sur Terre, nos responsables Survie, Andrew et Harmony, qui l'obligeront à tenir parole ? Ma prostration doit sembler absurde à mes coéquipiers : pour eux, tout va pour le mieux dans le meilleur des mondes.

« Qu'est-ce qui se passe, ma léoparde ? me demande Kris d'une voix craintive. Pourquoi est-ce que tu t'es enfermée dans le septième habitat avec Marcus ? Qu'est-ce qui vous prend, à tous les deux ? C'est le stress de la tempête qu'on vient de vivre ou le choc de la bonne nouvelle qu'on vient d'apprendre qui vous a mis dans un état pareil ? Rassurez-vous : la tempête est passée. Réjouissez-vous : cette nouvelle

est un miracle. Nous sommes sauvés ! *Vous* êtes sauvés !
Vous allez rentrer sur Terre pour y fonder une famille et
y vieillir ensemble, Marcus et toi ! »

L'enthousiasme si innocent de Kris – si maladroit ! –
m'arrache brutalement à ma prostration.

La seule expression *Marcus et toi* me vrille les oreilles.
Parce qu'il n'y a pas, parce qu'il n'y a jamais eu, de *Marcus
et moi*. J'ai toujours été seule, et Marcus a toujours été seul,
lui aussi. Dès l'instant où il a posé les yeux sur moi lors de
notre première rencontre au Parloir, il savait qu'il était en
train de regarder un cadavre en sursis – une fille dont il
avait décidé l'exécution par avance, en choisissant de ne
pas révéler sa mystérieuse connaissance du rapport Noé au
moment où nous montions dans la fusée. Moi, j'ignorais
tout de ma condamnation à mort, je croyais que j'étais en
train d'écrire le premier chapitre d'une nouvelle vie ; lui,
il savait que ce chapitre serait le dernier.

Est-ce que ça l'a excité, de sentir que j'étais sa chose ?

Est-ce qu'il a savouré son sentiment de puissance, à me
maintenir dans l'ignorance ?

Captivée par ses paroles magnétiques, j'étais l'agnelle
que le fermier cajole comme un animal de compagnie,
tout en sachant que le lendemain il la mènera à l'abattoir
pour la saigner.

Oui, c'est ce que j'étais pour Marcus : une agnelle si
facile à berner, si douce à caresser, et au final, juste un
morceau de viande !

Prise de vertige, je me raccroche aux bras de Kris pour
ne pas vaciller.

« Léo ! s'écrie-t-elle.

— Excuse-moi… », je parviens à articuler.

Ma langue est affreusement pâteuse, comme un bout de
viande elle aussi, comme un organe mort dans ma bouche.

« Qu'est-ce qui ne va pas ? Pourquoi est-ce que vous ne
vous réjouissez pas comme les autres ? Qu'est-ce que vous

vous êtes racontés pendant que vous étiez tous les deux seuls dans cet habitacle ? »

Mon cœur bat tellement fort qu'il me fait mal.

(*Dis-leur !* susurre la Salamandre à mon oreille – la voix exprimant ce que j'ai en moi de plus intime, de plus honteux, de plus fragile aussi. *Perce Marcus à jour, comme on perce un abcès, pour que tous puissent voir le pus dont il est rempli !*)

Ça me soulagerait tellement de livrer Marcus et de leur révéler, à tous, la manière abjecte dont il nous a trahis...

(*Vide-toi de ce secret ignoble qu'il t'a transmis comme on se vide d'un aliment avarié qui vous infecte les entrailles !*)

Ça me soulagerait tellement d'expliquer aux autres pionniers comment il les a côtoyés pendant des mois en jouant les innocents, alors qu'il savait tout...

(*Tu sais que si tu gardes ce secret en toi, il t'empoisonnera de l'intérieur et finira par te faire crever – alors, dis-leur. Dis-leur !*)

« T'as perdu la parole, ou quoi ? intervient Kelly en crachant son chewing-gum dans l'évier de la kitchenette. Tu te rends compte que tu nous fous les jetons avec ton silence ? »

(*Dis-leur !*)

« On voit bien que ça va mal, ajoute Liz d'une voix douce. Mais on ne peut pas t'aider si on ne comprend pas. Il faut que tu nous parles. Il faut que tu répondes à la question de Kris : que s'est-il passé entre Marcus et toi ? »

(*Dis-leur !*)

« Qu'est-ce que ce connard t'a fait ? » hurle soudain Mozart, m'obligeant à regarder du côté des garçons, à l'autre bout de l'habitat.

Le Brésilien se tient là, tremblant de colère dans sa combinaison, ses épaisses boucles brunes pareilles à des serpents qui se tordent. Derrière lui, les autres garçons ont eux aussi enlevé leurs casques. Ils se sont instinctivement placés en ronde autour de Marcus, telle une image miroir du cercle formé par les filles autour de moi – les sexes à nouveau séparés comme au temps du *Cupido*.

(Mais dis-leur, bon sang, c'est le moment !)

La Salamandre a raison : je pourrais tout leur lâcher, là, maintenant, dans ce local aux caméras et aux micros détruits, à l'abri des spectateurs et des organisateurs du programme Genesis – oui, je pourrais, *sauf que je n'y arrive pas.*

« Est-ce qu'il t'a insultée ? » gronde Mozart, rendu plus nerveux encore par mon silence persistant.

Il attrape le col de la combinaison de l'Américain et le serre si fort que les jointures de ses doigts en blanchissent.

« Est-ce que tu l'as frappée, salaud ? Si t'as osé lever la main sur elle, je te jure que je te crève ! »

Ses prunelles noires, furibondes, passent alternativement de Marcus à moi, puis de moi à Marcus, de plus en plus vite, comme s'il essayait de lire en nous.

Mais je reste totalement muette, incapable d'articuler le moindre son.

Dans ma gorge, il y a une boule qui m'étouffe.

Sous mes yeux, il y a Marcus aussi flasque qu'une poupée de chiffon entre les mains de son assaillant. Ce type que je croyais si droit, si fort, n'est plus qu'un pantin pathétique, sans colonne vertébrale.

Il ne cherche même pas à se défendre.

Il va se faire massacrer.

Il l'a mérité.

« Attends, réfléchis deux secondes ! tente de s'interposer Samson au moment où Mozart lève le poing. Marcus n'aurait jamais fait de mal à Léo, tu le sais bien, ni à aucun d'entre nous ! »

La boule dans ma gorge enfle à m'en écraser le larynx – si Samson savait comme il se trompe !

La confiance aveugle qui brille dans les yeux verts du Nigérian me rend malade. Il ignore qu'il a en face de lui son assassin. Et Alexeï ne s'en doute pas non plus au moment où il attrape le bras de Mozart pour l'obliger à lâcher Marcus.

« Calmos ! rugit le Russe d'une voix qui est tout sauf calme – Mozart et lui ne peuvent pas se sentir, même en temps normal, et là ils sont tous les deux à bout de nerfs. On n'est pas dans ta favela à deux balles, où tu peux jouer les petits caïds et faire régner ta loi en toute impunité.

— Ferme-la ! »

À cet instant, un grésillement furieux s'échappe de la chambre master de l'habitat, qui à la différence du séjour est encore pourvue de caméras et de micros fonctionnels, ajoutant à la confusion générale.

« *Que faites-vous ?* s'exclame la voix de Serena McBee. *Où êtes-vous ? Est-ce ainsi que vous me remerciez de vous avoir offert l'ascenseur énergétique : en disparaissant des écrans sans préavis ? J'ai encore été obligée de balancer des publicités, et même l'appel à candidatures pour la saison 2 du programme Genesis, afin de faire patienter les spectateurs en votre absence ! Mais ça ne peut plus durer, vous m'entendez ? Retournez immédiatement dans le Jardin, ou je ne réponds plus de rien !* »

Le plus jeune des garçons, Kenji, revisse fébrilement son casque sur sa combinaison, comme s'il voulait échapper aux menaces de Serena, aux frémissements des filles, aux provocations d'Alexeï.

Car le Russe n'en a pas fini ; il tourne vers le groupe ses yeux bleu acier, aiguisés comme deux poignards – et c'est un coup de poignard qui sort de sa bouche :

« Tous, ici, on sait bien que Mozart n'a jamais digéré que Léonor lui ait préféré Marcus. Je le sais, les autres mecs le savent, les filles le savent aussi. Même Liz le sait : sa propre femme n'est pas dupe ! »

À côté de moi, la grande Anglaise émet un gémissement rauque, et baisse au sol ses grands yeux ourlés. Elle qui avait tout pour réussir – la beauté, la grâce, le talent –, elle se retrouve sans rien. Mozart ne lui a jamais vraiment appartenu. Même si, depuis un mois, ils font semblant de jouer au couple idéal, les regards que me jette son mari dès qu'elle a le dos tourné n'ont échappé à personne : c'est toujours dans ma direction qu'ils fusent...

Et cette fois encore.

Mozart tourne ses yeux vers moi, alors que c'est Liz qu'il devrait regarder en l'assurant de son amour, c'est Liz qu'il devrait réconforter en contredisant Alexeï.

Ce dernier susurre encore quelques mots, d'une voix cruelle :

« Tu inventerais n'importe quoi pour traîner Marcus dans la boue, pas vrai Mozart ? Mais il faut te faire une raison : Léonor ne l'abandonnera jamais, surtout pas pour se caser avec une racaille comme toi ! »

Un éclair métallique brille sous les spots du septième habitat, et cette fois-ci ce n'est pas juste un regard assassin, ni une insulte affûtée pour blesser.

Un couteau à cran d'arrêt est apparu dans la main de Mozart, surgi de la poche fourre-tout de sa combinaison.

Kris pousse un cri perçant.

Au même instant, je sens la boule qui m'empêchait de parler se liquéfier dans ma gorge, décompressant mes cordes vocales, libérant ma langue :

« Stop ! » je hurle.

Le couteau de Mozart se fige à quelques centimètres de la gorge d'Alexeï.

Tous les regards se braquent sur moi.

« Stop... », je répète, le souffle court.

(Dis-leur !)

« ... je vais vous dire ce qui s'est passé... »

(Dis-leur !!)

« ... même si ça va vous sembler incroyable... »

(Dis-leur !!!)

« ... même si ça me déchire de l'admettre... »

(DIS-LEUR !!!)

« ... Marcus et moi, on va se séparer. »

Les yeux de Mozart s'arrondissent ; sa main tenant le couteau redescend lentement.

« Qu'est-ce que tu dis ? » demande-t-il à mi-voix.

Je sens les larmes monter à mes yeux.

« Ça n'allait plus entre nous depuis un moment…, je parviens à articuler. En fait, non : ça n'a jamais marché… »

En confessant cette énormité, ce mensonge, je m'oblige à regarder Marcus, que je considérais il y a une heure encore comme mon âme sœur.

J'oblige mes yeux à rester rivés sur son visage hagard, sur son corps aux bras ballants.

Comme m'y pousse la Salamandre, ça me soulagerait d'offrir ce visage à la lame de Mozart, de livrer ce corps aux poings d'Alexeï et de tous les garçons. Mais que m'apporterait cette vengeance, à part une satisfaction fugace laissant dans la bouche un goût de cendre ? Le mal est fait. Qu'on crève sur Mars ou qu'on parvienne à s'en tirer grâce à cet ascenseur énergétique providentiel – et hypothétique –, dénoncer Marcus ne changera rien. Il a fini par m'avouer son crime, après des mois de dissimulation. Même si son aveu n'a rien à voir avec de la bravoure, même si c'est le stress et la faiblesse qui ont fini par le faire craquer, il m'a tout de même dit la vérité. Et il m'a épargné l'humiliation de continuer de vivre aux côtés d'un assassin.

Maintenant, je l'épargne à mon tour.

Un jour, un mois ou un an, peu importe le temps qu'il lui reste à vivre avant que la mutation D66 l'achève : qu'il passe ce temps dans la solitude, avec ses regrets, et peut-être, s'il est capable d'éprouver un tel sentiment, ses remords.

« Nous ne sommes plus ensemble, dis-je en laissant librement couler mes larmes devant l'image de Marcus qui se brouille. C'est fini. Pour toujours. Il n'y a rien à raconter de plus. Retournons dans le Jardin. »

Kris me prend dans ses bras :

« Oh !… Ma Léo !… Ne dis pas une chose pareille !… Vous êtes faits l'un pour l'autre, c'est une évidence !…

Je suis sûre que c'est un malentendu, tous les couples se disputent un jour ou l'autre, même les plus soudés, mais ça va s'arranger !... Je suis sûre que...

— Non, ça ne va pas s'arranger. »

Kris cesse subitement de me réconforter pour se tourner vers celui qui vient de parler : Kenji.

Il se dresse là, blafard, tenant entre ses mains son casque qu'il a de nouveau ôté.

Il sait !

J'ignore comment, mais je le lis sur son visage pâle, dans ses yeux noirs creusés de cernes : *il sait !*

« Qu'est-ce que tu racontes, Chat ? lui demande Kelly en s'approchant de lui. Pourquoi est-ce que ça ne s'arrangerait pas entre Léo et Marcus ? Tu as toujours tendance à être un poil trop pessimiste, mon petit phobique adoré...

— Je ne suis pas pessimiste. Je suis réaliste. Ce que Marcus a fait... Ce que Marcus a dit... il n'y a pas de retour en arrière possible. »

À ces mots, il s'accroupit au pied du canapé et extrait de sous le meuble une petite pastille noire munie d'une ventouse.

La boule d'angoisse se reforme dans ma gorge, aussi vite qu'elle avait disparu.

« Un micro..., murmure Safia. Qui vient de notre matériel de responsables Communication...

— Oui, confirme Kenji. J'en ai disposé partout, y compris ici, dans le septième habitat, la première fois que j'y suis entré. Depuis notre arrivée sur Mars, vous pensez que je ne dors pas à cause de mes cauchemars nocturnes. Mais en réalité, la plupart du temps je me force à rester éveillé : j'ai mis la base sur écoute pour pouvoir sonder la respiration de New Eden, et ainsi guetter le pire. Mes micros enregistrent tout ce qui s'y passe, tout ce qui s'y dit, 24 heures sur 24 – ils le retransmettent dans les écouteurs de mon casque, en temps réel ou en différé. »

Kenji se racle la gorge.

« Je viens d'écouter l'enregistrement de ce que Marcus a dit à Léonor avant qu'on arrive dans le septième habitat... »

Ma respiration se bloque dans ma poitrine.

« ... je crois qu'il est temps que vous l'entendiez aussi. »

3. CONTRECHAMP
RÉSIDENCE DE L'OBSERVATOIRE, WASHINGTON DC
DIMANCHE 7 JANVIER, 08 H 15

SEULE.

Livide dans son tailleur vert aux couleurs du parti hyperlibéral, Serena McBee est seule derrière son large secrétaire, au centre du vaste bureau de la résidence de l'Observatoire. Le téléphone filaire posé sur le coin du meuble n'arrête pas de sonner, mais la nouvelle vice-présidente des États-Unis d'Amérique ne décroche pas. Face à elle se dresse le portique d'aluminium hérissé de spots et de caméras qui lui sert à animer la chaîne Genesis à distance. Sur l'écran géant au milieu du portique, les multiples fenêtres connectées aux caméras de la base martienne affichent toutes des vues désertes. C'est comme si New Eden avait été abandonnée – ou comme si elle n'avait jamais été habitée.

Les Nids d'amour – déserts.

Les tubes d'accès – déserts.

Le sas de compression – désert.

Le Jardin – désert. Seuls y demeurent les deux robots, Günter et Lóng. Ils se tiennent là, immobiles devant les plantations bâchées, sous les spots d'appoint réglés au minimum pour économiser les réserves d'énergie électrique de la base en proie à la tempête. On dirait deux pièces posées sur un échiquier aux cases effacées, comme deux pions d'un jeu dont nul ne connaîtrait plus les règles. Derrière le gigantesque dôme de verre qui couvre la serre, un brouillard rouge, sombre et visqueux bloque toute visibilité.

Mais la directrice exécutive du programme ne s'attarde pas sur ces différentes fenêtres. Au milieu du bureau envahi par les échos de la sonnerie téléphonique, toute son attention est accaparée par une vue, et une seule ; la dernière, qui se situe en haut à droite de l'écran, intitulée 7ᵉ NID D'AMOUR, CHAMBRE MASTER.

Le front de Serena, d'habitude parfaitement lisse, est creusé de rides.

Le sourire a déserté son visage. Les commissures de sa bouche relâchée forment deux sillons amers qu'on ne lui a encore jamais vus et qui, pour la première fois, laissent entrevoir son véritable âge.

Ses mains sont posées à plat sur le secrétaire, des deux côtés d'un petit boîtier noir muni d'un clavier, au centre duquel brille un unique bouton rouge surmonté d'un écran qui indique en lettres digitales : PRESSURISATION 100 %.

Soudain, un éclair blanc surgit à l'écran, dans la dernière fenêtre. Serena sursaute sur sa chaise ; elle porte brusquement une main à son chemisier ; ses doigts se crispent sur la soie, à l'endroit du cœur ; un réseau de veines palpitantes ressort en relief sur ses joues et sur ses tempes.

« Sale bête, tu m'as fait peur… », murmure Serena en reconnaissant la silhouette de Louve, la chienne de bord, bâtarde mi-caniche, mi-race non identifiée.

Louve est vêtue de sa combinaison spatiale canine, mais le casque a été dévissé, laissant sortir sa tête couverte de bouclettes blanches, où s'ouvrent deux grands yeux noirs brillants et curieux.

La chienne furète au pied du lit. Elle inspecte ce territoire nouveau pour elle, cet habitacle tenu hors du champ de la chaîne Genesis, où les pionniers ne pénètrent

habituellement qu'un par un pour leurs séances individuelles avec la psychologue.

« Je ne sais pas ce qui me retient de vous envoyer tous
au diable, tes maîtres et toi… », souffle Serena d'une voix
désaccordée, presque chevrotante. « Il me suffirait d'appuyer… Ce serait tellement facile… Tellement jouissif… »

Son index survole le bouton rouge au milieu de la
télécommande de dépressurisation de la base martienne,
s'arrête juste au-dessus. Chaque sonnerie stridente du téléphone fait trembler le doigt un peu plus fort – le fait
descendre un peu plus bas.

« … ce serait tellement jouissif, oui », continue-t-elle,
parlant à elle-même telle une femme au bord de la folie.
« Mais surtout, ce serait tellement stupide de renoncer si
près du but. J'ai passé ma vie à attendre. Je peux bien
attendre encore un peu. »

Elle écarte sa main de la télécommande et farfouille
fébrilement dans la poche de son tailleur. Elle finit par en
extraire un petit pilulier d'où elle prélève deux comprimés
blancs, qu'elle pousse entre ses lèvres. Elle ferme les yeux,
déglutit, reprend longuement son souffle.

Elle inspire.

Ses pommettes et ses tempes cessent peu à peu de pal-
piter.

Elle expire.

Les veines saillantes se fondent à nouveau dans l'épi-
derme, tel un dessin sur la grève que les vagues successives
effacent.

Elle inspire.

Les coins de sa bouche se retendent.

Elle expire.

Les rides sur son front se comblent.

Lorsqu'elle rouvre les yeux, son visage a retrouvé sa surface lisse, intemporelle.

Elle verrouille le bouton de la télécommande en pianotant
un code et la range soigneusement dans son sac en python.

Puis elle décroche le téléphone sans répondre et repose le combiné sur son socle aussi sec pour mettre fin à l'appel.

Enfin, dans le bureau rendu au silence, elle allume le micro qui lui permet de communiquer avec New Eden :

« Ce message s'adresse à Léonor, annonce-t-elle d'une voix posée, où toute trace de chevrotement a disparu. Il faut que nous parlions. »

4. HORS-CHAMP
MINE ABANDONNÉE, VALLÉE DE LA MORT
DIMANCHE 7 JANVIER, 05 H 15

Ê TES-VOUS PRÊTE À PARTIR, HARMONY ? »
« Andrew Fisher se tient dans l'embrasure de la porte, sa lampe frontale de spéléologue sur la tête, son sac à dos à l'épaule. Ses lunettes à monture noire masquent à peine les poches qui se sont formées sous ses yeux. Ses cheveux bruns ont depuis longtemps oublié la raie bien sage qui les partageait, à l'époque où il était encore un brillant étudiant promis à un avenir radieux à Berkeley. Aujourd'hui, il n'est plus qu'un fugitif, un proscrit. Derrière lui s'étend le gouffre noir de la nuit dans la vallée de la Mort, qu'aucun éclairage public ne vient troubler à des lieues à la ronde. Devant lui se trouve la chambre étroite qui constitue l'unique pièce de la maisonnette jouxtant la mine abandonnée de la Montagne Sèche, où Harmony McBee et lui ont trouvé refuge depuis un mois.

« Je ne retrouve pas la pépite d'or que vous m'avez offerte… », murmure la jeune fille.

Elle tourne et retourne les draps jaunis dans lesquels elle a dormi le plus clair de ses jours et de ses nuits, en proie aux torpeurs de la codéine censée faciliter son sevrage de la drogue la plus addictive du monde, le zero-G. Après des semaines de ce régime, elle ressemble plus que jamais à un fantôme aux gestes ralentis. Ses longs cheveux blancs, presque transparents, balayent le matelas comme un voile diaphane.

« Ce n'est pas grave, Harmony, assure Andrew. Je vous ferai d'autres cadeaux. Ça fait une heure que nous avons piraté la chaîne Genesis, que nous avons dévoilé les plans de l'ascenseur spatial énergétique aux pionniers de Mars et aux spectateurs du monde entier. J'ignore si les gens de Genesis ont pu localiser l'origine du signal. À vrai dire, j'en doute. Mais nous ne devons prendre aucun risque. Il faut vraiment partir, mettre le plus de kilomètres possible entre la Montagne Sèche et nous.

— J'étais pourtant persuadée d'avoir mis la pépite dans mon médaillon », se lamente Harmony en rouvrant pour la dixième fois le petit bijou qu'elle porte autour du cou, où elle conserve ses reliques les plus précieuses – la photo et les cheveux de Mozart, le pionnier brésilien.

La jeune fille retourne l'oreiller du lit, secoue les draps, plonge enfin les mains dans les poches de sa robe de dentelle grise ; son visage s'illumine :

« Je l'ai retrouvée ! Elle était là, dans ma poche, suis-je bête ! »

Au moment où elle s'apprête enfin à se lever pour rejoindre Andrew, un faisceau fulgurant transperce la dernière fenêtre encore munie de carreaux.

« Qu'est-ce que… ? » murmure Harmony en mettant sa main en visière au-dessus de ses yeux vert d'eau aux longs cils incolores.

Elle n'a pas le temps d'en dire plus : la fenêtre vole en éclats, une grêle de verre s'abat sur le plancher vermoulu.

« Harmony ! » s'écrie Andrew en se précipitant vers elle.

Il attrape le poignet de la jeune fille et l'entraîne à travers la porte, abandonnant derrière eux le reste de leurs affaires.

Mais dehors, la nuit n'est plus qu'un chaos de rayons qui pleuvent depuis des formes sombres suspendues dans les airs. Impossible de voir clairement leur aspect ou leur nombre dans le contre-jour des projecteurs aveuglants. Pourtant il n'y a pas de doute possible : ce sont des drones, des engins de mort pilotés à distance dont les hélices métalliques tourbillonnent en silence.

« *CIA ! Au nom de la loi, identifiez-vous immédiatement !* » ordonne une voix synthétique issue de l'une des machines dont les flancs s'illuminent d'une inscription en lettres rougeoyantes :

CENTRAL INTELLIGENCE AGENCY
— BRIGADE AÉRIENNE ROBOTISÉE —

En guise de réponse, Andrew tire de sa ceinture le revolver qu'il a dérobé à un officier de police du Wyoming un mois plus tôt.

« Courez vous mettre à l'abri dans le camping-car ! » hurle-t-il à Harmony, plissant les yeux derrière ses lunettes.

La jeune fille échappe au halo impitoyable des projecteurs et s'élance vers le véhicule couvert de poussière, garé non loin de la cabane.

« *Identifiez-vous !* » répète le drone policier en descendant du ciel, dardant ses faisceaux sur le visage d'Andrew.

Les yeux réduits à de simples fentes luisantes de larmes derrière ses lunettes, Andrew lève son arme...

... et tire.

La déflagration déchire la nuit, aussitôt suivie par le bruit de la balle qui ricoche contre la surface du drone.

« *Vous êtes en état d'arrestation* », annonce la voix, impassible, tandis qu'Andrew vide son chargeur sans parvenir à laisser ne serait-ce qu'une éraflure sur le blindage.

Trois paires de bras mécaniques terminés par des pinces jaillissent du drone. La machine se laisse tomber en piqué vers le sol, aussitôt imitée par ses semblables...

— deux...

— trois...

— quatre...

— cinq...

... un essaim de cinq insectes géants, hérissés de pattes chromées, fond sur Andrew. Le jeune homme fonce à son tour vers le camping-car où Harmony s'est réfugiée, ouvre la portière, la claque derrière lui juste avant qu'une pince se referme sur son survêtement.

Un choc métallique retentit contre le toit du véhicule – bom ! – ; le châssis résonne telle une énorme cloche, arrachant un cri aigu à Harmony.

« Il y a une de ces choses, là, juste au-dessus de nos têtes ! hurle-t-elle.

— Pas qu'une... », grince Andrew entre ses dents, tandis que le toit se met à trembler sous une pluie de monstrueux grêlons.

Le camping-car s'enfonce un peu plus sur ses amortisseurs à chaque fois qu'un drone s'y pose.

Bom ! – deux...

Bom ! – trois...

« Nous sommes perdus ! gémit Harmony en portant la main à son médaillon porte-bonheur dans un réflexe désespéré. Impossible de fuir, le chemin qui mène jusqu'à la mine est trop accidenté : rappelez-vous quand nous sommes arrivés ici, ça nous a pris une heure pour faire moins d'un kilomètre !

— Il nous reste encore une chance. »

La jeune fille tourne des yeux interloqués vers le conducteur ; ce dernier pianote fiévreusement sur l'écran de son téléphone portable. Le front plissé par la concentration, il ne frémit même pas quand le quatrième drone s'abat sur le toit – bom !

« Il va falloir que vous fassiez exactement ce que je vous dis, Harmony, murmure-t-il d'une voix sourde. Quand je prononcerai le mot "*maintenant*", vous vous jetterez hors du camping-car et vous courrez droit devant vous, le plus loin, le plus vite possible.

— Mais…

— Enveloppez-vous là-dedans, ajoute Andrew en prenant une couverture sur la plage arrière et en la tendant à Harmony. La laine est ignifugée. »

Le visage de la jeune fille se fige dans une expression horrifiée.

« *Ignifugée ?* Vous n'allez quand même pas… », balbutie-t-elle.

Elle n'a pas le temps de finir sa phrase, que le dernier drone atterrit sur le capot, juste derrière le pare-brise – bom !

Harmony pousse un hurlement de terreur.

De si près, il est enfin possible de distinguer la physionomie de la machine. Elle ressemble véritablement à un insecte. Ses longues pattes munies de pinces évoquent une araignée, de même que les innombrables caméras rondes et luisantes qui couronnent sa « tête » tels des yeux arachnéens. Ses quatre hélices, qui cessent peu à peu de tourner, font davantage penser aux élytres d'un gigantesque criquet. Une espèce de mandibule d'acier complète cette vision de cauchemar : en quelques coups, on sent qu'elle pourrait découper la tôle du capot, percer le verre du pare-brise et empaler les passagers.

Mais pour l'instant, la mandibule reste immobile.

Au-dessus d'elle, un écran circulaire s'allume ; il laisse apparaître un visage humain, enchâssé dans ce corps bizarre. Il s'agit d'un homme d'une trentaine d'années, très brun, plutôt beau… si l'on fait abstraction du bandeau de tissu noir qui lui couvre l'œil droit.

Une voix jaillit des entrailles du drone, synchronisée avec les lèvres de l'homme sur l'écran :

« *Orion Seamus, CIA* », se présente-t-il.

Les deux puissantes torches électriques logées de chaque côté de l'écran balayent l'habitacle et l'inondent de lumière.

« *Je ne vous vois pas derrière les vitres teintées, mais je sais que vous êtes là*, continue Orion Seamus. *Les capteurs infrarouges des drones sentent la chaleur de vos deux corps. Le fameux Andrew Fisher et sa mystérieuse compagne... Ne tentez rien de stupide et il ne vous sera fait aucun mal. Sortez lentement du véhicule.* »

Harmony s'enroule dans la couverture en tremblant.

Elle jette un coup d'œil furtif à Andrew. Il a toujours les bretelles de son sac à dos sur les épaules ; sa main gauche est posée sur la poignée de la portière ; sa main droite, elle, serre son téléphone portable. Des chiffres digitaux défilent sur l'écran – 30... 29... 28...

Comprenant qu'il s'agit d'un compte à rebours, Harmony émet une plainte à peine audible. À son tour, elle pose sa main frêle sur la poignée de sa portière.

« *Ne vous faites pas prier*, continue l'agent Seamus sur l'écran circulaire du drone. *Andrew, d'après mes recherches tu es censé être un garçon intelligent. Major de ton lycée, médaillé meilleur jeune scientifique de Californie, admis à Berkeley haut la main ! Un brillant futur s'ouvre à toi. Tu ne vas quand même pas tout gâcher ? Sors de ce camping-car sans faire de drame, et la vie reprendra son cours normal.*

— Son cours normal ? crie Andrew. Comment ma vie pourrait-elle reprendre son cours normal après ce qui s'est passé – la disparition de mon père, le piratage de la chaîne Genesis et tout ça ? »

Un sourire se dessine sur la bouche d'Orion Seamus, dévoilant des dents blanches, étincelantes. Il ne peut pas voir les chiffres qui continuent de défiler dans la main d'Andrew : 15... 14... 13...

« *Ne t'inquiète pas*, assure-t-il. *Tu devras juste présenter des excuses publiques pour ces petites provocations – des erreurs de jeunesse, tout à fait explicables par l'état de détresse où se trouve un jeune homme qui vient de perdre son père. Les spectateurs comprendront. Serena McBee elle-même a déjà compris. Et elle t'a déjà pardonné.*

— Vraiment ? Elle m'a pardonné ? fait Andrew pour gagner du temps.

— *Mais oui, puisque je te le dis. Allez, sors maintenant. Sortez, tous les deux.* »

La main d'Andrew pèse sur la poignée de la portière. Le verrou s'ouvre dans un déclic.

« *C'est bien !* » l'encourage Orion Seamus.

Mais derrière le pare-brise teinté, Andrew ne lui prête aucune attention. Il regarde alternativement le téléphone au creux de sa main et la jeune fille à côté de lui.

8... elle le regarde, elle aussi, de ses yeux vert d'eau qui semblent trop grands pour son visage émacié ;

7... le balayage des projecteurs à travers le pare-brise fait scintiller ses cheveux pâles, tels des fibres optiques iridescentes ;

6... au fond de cette nuit, au creux de cet habitacle, Harmony McBee paraît plus étrange, plus extraterrestre que jamais.

Au moment où le chiffre 5 apparaît à l'écran, un ordre bref fuse des lèvres d'Andrew :

« Maintenant ! »

Il défonce la portière d'un coup de talon et se jette à l'extérieur.

Tout en courant droit devant lui, il se retourne vers le camping-car : la deuxième portière, de l'autre côté, s'est ouverte elle aussi ; la silhouette d'Harmony s'enfuit dans les ténèbres dans la direction opposée, les pans de la couverture flottant derrière elle comme une cape. Sur le toit et le capot du véhicule, en revanche, les drones sont toujours immobiles. Il faut quelques secondes pour que leurs hélices au repos se remettent à tourner assez vite, et arrachent leur lourd corps de métal à la pesanteur – des secondes qu'Andrew a prises en compte dans son calcul.

« *Stop !* hurle la voix de l'agent Seamus déformée par les enceintes du drone. *Tu n'as nulle part où aller, Andrew Fisher, et tu le sais ! Arrête-toi immédiatement !* »

Mais Andrew ne s'arrête pas.

Il accélère au contraire, sautant par-dessus les rochers qui affleurent dans la terre de la Montagne Sèche et que les faisceaux des drones illuminent.

« *Arrête-toi, ou je te promets que...* »

L'agent Seamus ne peut aller jusqu'au bout de sa menace.

Une déflagration assourdissante avale la fin de sa phrase.

Les phares des drones sont engloutis par une lumière dix fois plus puissante.

Une bourrasque d'air brûlant vient claquer la nuque d'Andrew.

Lorsqu'il se retourne une seconde fois, le camping-car n'est plus qu'un brasier ardent dont l'éclat sauvage dévore la nuit. Quatre des drones gisent à terre, soufflés par l'explosion. Renversés sur le dos, le ventre en feu, les pattes tordues et immobiles : on dirait des mouches grillées par l'ampoule d'une lampe halogène. Le cinquième drone, en proie aux flammes lui aussi, tourne dans les airs de manière erratique, émettant un bourdonnement répugnant. Il finit par tomber en vrille, où il s'écrase dans une gerbe d'étincelles.

« Harmony ! hurle Andrew en se ruant vers le véhicule. Où êtes-vous, Harmony ? »

Il saute par-dessus les éclats de vitres brisées, slalome entre les cadavres calcinés des drones, frôle le brasier sans prendre garde à la chaleur qui lui cuit les joues.

« Harmony !

— Je... je suis là, Andrew... »

Une ombre se détache des ténèbres.

La fine silhouette d'Harmony McBee surgit de la nuit, entièrement enveloppée dans la couverture. Entre les pans de tissu qui tombent de chaque côté de sa tête tel un voile, son visage a la blancheur d'un gisant.

« Harmony..., souffle Andrew en posant ses doigts sur l'épaule drapée dans la couverture – avec une infinie délicatesse, comme s'il avait peur qu'un geste trop brusque ne dissipe cette apparition. Pardonnez-moi, murmure-t-il. Un instant, j'ai cru… voir un fantôme. »

Un sourire se dessine sur les lèvres exsangues de la jeune fille.

« C'est la première chose que je vous ai dite, lorsque je vous ai rencontré.

— Pardon ?

— Souvenez-vous. Lorsque vous avez toqué à la porte de ma chambre de la villa McBee, surgissant de nulle part, je vous ai pris pour un fantôme. Mais vous êtes un être de chair et de sang. Tout comme moi, Andrew. »

Elle se presse contre le torse du jeune homme qui, à son tour, referme doucement ses bras sur elle. Il flotte dans l'air une odeur d'essence et de caoutchouc brûlé. La rumeur du camping-car qui continue de se consumer évoque le ronronnement d'un fauve digérant sa proie.

« Comme avez-vous fait ça ? murmure Harmony.

— Mon foudroyeur, vous vous souvenez, celui avec lequel j'ai paralysé l'officier du Wyoming ? Je l'ai fixé sur le plafond du réservoir du camping-car, il y a quelques jours de cela pendant que vous dormiez, et je l'ai connecté à mon téléphone portable. Pour avoir une botte secrète, au cas où les choses tourneraient mal. Pour faire diversion, au cas où la police nous retrouverait. Une décharge électrique, dans un réservoir rempli de vapeurs d'essence, c'est tout ce qu'il faut pour créer une explosion à distance… »

Harmony frissonne ; Andrew l'enlace un peu plus étroitement ; ses lèvres effleurent le front pâle de la jeune fille, entre les sourcils soyeux, à la naissance de l'arête du nez.

« Vous avez froid ?

— Froid ? Non. J'ai plutôt chaud, avec le feu. Et vous me serrez si fort. »

Andrew relâche un peu son étreinte, gêné.

« Pardon… », s'excuse-t-il.

Leurs yeux se croisent – ceux d'Andrew sombres et brillants derrière les verres de ses lunettes ; ceux d'Harmony flambants comme des lacs embrasés où dansent les éclats de l'incendie.

« D'autres drones vont arriver…, prévient Andrew, dans un souffle – sa respiration lourde soulève les cheveux d'Harmony qui s'échappent de sous le voile de laine de la couverture. … il faut partir. »

Mais il ne bouge pas d'un pouce.

C'est comme s'il était paralysé, tandis qu'Harmony se hausse sur la pointe des pieds et, légère comme une libellule, parcourt les quelques centimètres qui les séparent encore.

Andrew ferme les paupières ; lui qui ne lâche habituellement jamais prise, il s'abandonne entièrement à la magie de l'instant.

Mais ce n'est pas sur ses lèvres que se déposent les lèvres d'Harmony – c'est sur sa joue.

Il rouvre brusquement des yeux chargés d'incompréhension : *pourquoi ce baiser d'amitié, quand tout l'encourageait à espérer un baiser d'amour ?*

Il n'a guère le temps de poser la question, car au même instant le cri d'Harmony explose contre son oreille :

« Derrière vous ! »

Il tourne la tête : une boule de feu fond sur lui à toute allure, rampant horriblement au ras du sol sur ses six pattes munies de pinces.

« Que… », balbutie-t-il.

La mandibule du drone s'abat sur son pied. Le bec de métal chauffé à blanc transperce le plastique de sa basket, sa peau, ses os et ses cartilages, pour clouer le tout au sol dans un hurlement de douleur.

Sur l'écran au milieu du drone à demi calciné, entre les pattes désarticulées qui grouillent parmi les flammes, le visage de l'agent Orion Seamus sourit à pleines dents.

5. CHAMP

MOIS N° 21/SOL N° 578/10 H 44 MARS TIME
[28ᵉ SOL DEPUIS L'ATTERRISSAGE]

« *Ç*A NE CHANGE RIEN, TU ES SÛRE *?* *Écoute-moi, avant de reprendre naïvement le slogan de Genesis : on s'aime pour l'éternité.* »

La voix rocailleuse de Marcus résonne faiblement dans le septième habitat. Elle sort du casque de Kenji. Le Japonais l'a renversé sur ses genoux, réglant le volume de ses écouteurs au maximum. Les dix pionniers sont penchés au-dessus, serrés les uns contre les autres tels des enfants tentant de percevoir le son de la mer dans le creux d'un gros coquillage.

« *Ça ne change rien, si je te dis qu'en embarquant je savais que la base était pourrie, que des cobayes nous avaient précédés, et que nous partions pour la mort ?* »

Marcus est le seul à ne pas s'être approché pour mieux entendre. Il connaît les paroles enregistrées : ce sont les siennes. Je les connais aussi : elles m'étaient destinées. À présent je le regarde, incapable de détourner mes yeux de son visage de papier mâché ; il est incapable de détacher les siens du sol. Je ne le reconnais pas. Cet être méprisable qui semble vouloir disparaître sous terre, qui n'a même pas le courage d'affronter mon regard : qui est-il vraiment ? Et surtout : comment ai-je pu l'aimer ?

« *Ça ne change rien, si je te dis que j'étais au courant du rapport Noé et que j'aurais pu en avertir le monde entier lors de la cérémonie de décollage – mais que je vous ai laissés monter dans la fusée sans prononcer un mot ?* »

Des exclamations étouffées s'élèvent du groupe. Germes encore incrédules de stupéfaction, de colère et de haine.

36

« Marcus était au courant du rapport Noé ? » répète Fangfang d'une voix blanche, paraphrasant l'enregistrement, comme si en faisant rouler les mots sur sa langue elle pouvait mieux saisir leur monstrueuse signification.

Au contraire, Alexeï se braque, refuse de comprendre : « Qu'est-ce que c'est que ce charabia imbitable ? » se révolte-t-il.

Kris, elle, ne dit rien, mais je sens ses yeux peser sur moi de tout leur poids d'azur, et j'entends le sanglot qui monte dans sa gorge.

« Ça ne change rien, si je te dis que la seule chose qui comptait pour moi, c'était d'aller sur Mars à n'importe quel prix ? »

Tao est le premier à admettre l'inacceptable. Peut-être parce qu'il est le plus terrestre des garçons, le plus lesté de bon sens. Je suppose qu'on doit l'être, quand on part à l'assaut de l'espace en fauteuil roulant.

« On croyait former une équipe à toute épreuve, murmure-t-il en serrant les roues de son fauteuil entre ses doigts puissants, comme s'il voulait les tordre. On croyait pouvoir compter les uns sur les autres comme des frères de tranchée. Mais la vérité, c'est que Marcus n'a jamais été notre coéquipier. Il n'a jamais été notre frère. Et s'il a combattu, ce n'était pas dans notre camp. »

Dans un écho sinistre et glaçant, l'enregistrement confirme les accusations de Tao :

« Je ne suis pas une victime, Léonor. Je suis un assassin qui a fait une croix sur vos onze vies en toute connaissance de cause. Est-ce que tu vas oser leur répéter, à eux aussi, que tu m'aimes pour l'éternité ? »

À l'instant même où résonne le dernier mot de l'enregistrement, *« éternité »*, Marcus sort brusquement de sa prostration.

Prenant tout le monde de court, il bondit et se rue vers la porte béante qui s'ouvre sur le tube d'accès menant au Jardin.

Liz pousse un cri strident.

Mozart est le premier à réagir, lui dont les réflexes se sont affûtés dans la plus dangereuse favela de Rio ; aussi agile qu'une panthère, il se jette à son tour dans le tube d'accès, à la poursuite du fugitif.

Des bruits sourds résonnent, hors de mon champ de vision – le piétinement des bottes qui trébuchent ? le fracas des poings qui s'abattent ? ou juste le tambourinement de mon cœur, qui menace de jaillir hors de ma poitrine ?

Émergeant de leur stupeur, les autres garçons se précipitent à leur tour dans le tube d'accès, suivis des filles.

Je reste dans l'habitacle déserté.

Seule, une fois encore.

« Ce message s'adresse à Léonor. Il faut que nous parlions. »

La voix de Serena McBee, surgissant des entrailles du septième habitat, me fait sursauter. J'avais oublié qu'elle était toujours là, tapie dans son écran comme une murène derrière son rocher.

« Viens là, Léonor, filtre la voix à travers la porte entrouverte de la chambre master. *Juste toi, et toi seule. »*

Seule.

Toujours le même mot.

Toujours la même malédiction.

Malgré tout ce que j'ai accompli au cours des dernières semaines, malgré tout ce que j'ai dit pour me persuader que je faisais partie d'un tout indestructible, c'est Serena qui avait raison. Elle m'avait prédit qu'au bout du compte, dans les moments les plus importants de ma vie, je serais toujours seule. En cet instant, il n'y a pas de couple, pas de groupe auquel me raccrocher. Il n'y a que moi.

Et la voix de Serena.

« Nous pouvons trouver une solution… »

Je me sens glisser vers l'embrasure, anesthésiée par tout ce que je viens d'encaisser.

La porte coulisse sans un bruit sous la pression de ma main.

La chambre m'apparaît, surmontée d'un écran où s'affiche le visage de la productrice exécutive, impavide sous son carré de cheveux argentés.

Je reste un long moment à la contempler.

Elle est seule elle aussi, au milieu de son grand bureau. La différence, c'est qu'elle n'a jamais prétendu le contraire. Elle n'a jamais prétendu être douze, ou même deux. Elle a été plus lucide que moi... oui, d'une certaine façon, plus honnête.

« Wouf ! »

L'aboiement m'arrache brusquement à moi-même.

Louve est là, au pied du lit, me regardant de ses grands yeux noirs.

Ce ne sont que des yeux de bête, mais leur intensité me transperce comme une flèche. Il y a en eux une telle confiance, une telle conviction, que j'ai aussitôt terriblement honte des pensées auxquelles je me suis laissée aller. Serena, ce monstre de duplicité, honnête ? En m'apitoyant sur mon sort, j'étais prête à le croire !

Je me force à respirer et je laisse mes doigts courir sur la fourrure douce et tiède de Louve, dont le contact me remplit d'énergie. Les battements de mon cœur ralentissent. Je me sens peu à peu gagnée par une force nouvelle. Une détermination brute, âpre, ce qu'il reste quand on n'a plus rien à perdre.

Les six derniers mois écoulés repassent dans ma tête comme un film. Depuis le départ du *Cupido*, je refuse le rôle de leader que les autres veulent me faire endosser. En prétendant jouer moi aussi le jeu de l'amour, j'ai laissé mes sentiments m'enivrer et m'affaiblir, faire de moi cette petite chose tremblante qui s'est pitoyablement effondrée comme un château de cartes aux premiers mots blessants de Marcus. Mais maintenant, il n'est plus temps de jouer un jeu qui n'est pas le mien. Maintenant, il n'est plus temps de refuser la mission que le destin m'a assignée. Peut-être qu'au début je me défilais par pudeur ; mais si je continue, ce sera par lâcheté.

Pas question !

Si je suis condamnée à être aussi seule que Serena, alors il faut que je sois aussi dure qu'elle !

Je ne vivrai plus désormais que pour accomplir mon devoir, jusqu'au bout, comme une machine que plus rien ne grippera : celle que je suis censée être depuis le premier jour, celle que je dois être pour le reste de l'équipage – la Machine à Certitudes !

À l'instant où je prends cette résolution d'acier, le visage qui me fait face s'illumine sur l'écran. Ça fait cinq minutes que j'ai pénétré dans la chambre : au terme de la latence de communication séparant Mars de la Terre, Serena me voit enfin.

« *Léonor, te voilà !* dit-elle. *Quel soulagement ! Il faut que tu m'expliques tout ce qui s'est passé, tout ce qui se passe en ce moment. On ne peut plus rester hors antenne, ça ne peut plus durer... Tu comprends ?* »

Tandis que Serena continue de débiter ses supplications, j'entends le fracas des bottes qui résonnent à nouveau dans le séjour : les autres sont de retour. J'entends aussi un raclement sourd contre le plancher d'aluminium, comme le bruit d'un corps que l'on traîne.

« Laissez-nous encore quelques minutes et je vous promets que nous serons prêts à repasser à l'antenne », dis-je.

Depuis le séjour, derrière les jurons étouffés des garçons et les murmures affolés des filles, il me semble percevoir un souffle rauque, un râle rocailleux, comme la voix de...

« Juste cinq minutes ! » j'aboie en tournant les talons.

Je pousse la porte coulissante et déboule dans le séjour.

Un corps gît à terre, maintenu au sol par Mozart et Samson. Sur le blanc de la combinaison s'étend une longue traînée rouge : le sang qui coule abondamment du nez de Marcus. Il bouillonne au coin de sa bouche tuméfiée, éclatée par un coup de poing, se mêle à sa salive pour former une écume rosâtre. Le gémissement qui s'échappe de ses lèvres fendues se transforme en borborygme :

« Ééé-ooo-ooor… »

Alexeï écrase la semelle de sa botte contre la bouche ensanglantée pour la refermer :

« Ta gueule ! »

Kris émet un sanglot étouffé ; elle n'ose pas me regarder, ni regarder Marcus.

« Je n'arrive pas à croire qu'il nous ait caché un truc aussi énorme…, dit Fangfang, pâle comme un linge.

— Tu l'as pourtant entendu comme moi, comme Léo, comme nous tous ici, rétorque Kelly en grimaçant. Et tu l'as vu fuir comme un lapin dès qu'il en a eu l'occasion. Putain, il a failli ouvrir le sas de décompression pour se faire la malle dans la tempête de Mars ! Le beau gosse aux tatouages est un sale traître doublé d'un sale lâche. C'est moche, mais c'est comme ça. Vite, filez-moi quelque chose pour me défouler, ou je vais faire un malheur ! »

Elle jette un nouveau chewing-gum dans sa bouche et se met à le mâcher rageusement.

« Qu'est-ce qu'on va faire de… de lui ? » balbutie Liz.

Dans un premier temps, aucun des pionniers ne lui répond.

Parce que ça fait trop peur.

Parce que ça fait trop mal.

Parce que, dans les films et les romans, les traîtres ne méritent qu'un seul sort, et on sait bien lequel.

L'affreux silence n'est troublé que par les sanglots de ma chère Kris, qui se serre contre Liz au fond de la pièce, et par le grincement des freins du fauteuil roulant que Tao broie nerveusement entre ses mains.

« Je le considérais comme mon pote…, lâche finalement Alexeï. Mais lui, il me considérait comme quoi ? Comme un figurant de merde dans un de ses tours de magie, le genre de ceux qu'on fait disparaître d'un coup de baguette ou qu'on scie en deux ? Comme un pauvre connard dont la vie a si peu d'importance qu'on ne prend même pas la peine de l'avertir qu'il va crever ? »

Alexeï appuie sa botte contre la joue de Marcus et y pèse de ses quatre-vingts kilos de muscle, auxquels s'ajoutent les trente kilos de la combinaison – même à gravité réduite, c'est beaucoup trop pour un crâne humain.

« Arrête, tu vas lui faire péter la cervelle ! » crie Samson d'une voix éraillée par le stress.

Il saisit la première chose qui lui tombe sous la main – l'une des chaises du séjour – et la brandit au-dessus de sa tête pour écarter Alexeï.

« Samson, fais attention ! s'écrie Safia en implorant son jeune époux du regard, yeux de biche cernés de khôl. Ce type est une brute ! »

Tao vient à la rescousse du Nigérian :

« Alex, dégage ! gronde-t-il en bombant le torse dans son fauteuil roulant. Tu vois pas que tu es en train de le tuer ! »

— Et alors ? répond Alexeï en plissant les paupières. Tu l'as dit toi-même tout à l'heure : il n'a jamais été notre coéquipier. Il n'a jamais été notre frère. Lui, dans sa tête, il nous a déjà tous tués ! »

Je sens qu'Alexeï retient ses larmes – de rage, de dépit, de tristesse.

Mais il ne peut empêcher ses yeux de briller.

Ceux de Marcus au contraire se ternissent et se voilent juste au-dessous de la semelle crantée, taillée pour fouler le sol martien.

Samson reste figé comme une statue, la chaise à bout de bras, prêt à frapper Alexeï. Appuyé sur les accoudoirs de son fauteuil, Tao semble sur le point de projeter en avant son corps massif. Mozart a de nouveau glissé la main dans la poche de sa combinaison, là où il range son cran d'arrêt. Chacun est immobile, jusqu'à Kelly qui a subitement cessé de mâcher son chewing-gum, plongeant l'habitat dans un silence de mort. J'ai l'impression d'être enfermée dans une bonbonne remplie de gaz, qui n'attend qu'une étincelle pour exploser.

Je dois tout faire pour empêcher que cette étincelle ne s'allume.

C'est ma responsabilité : préserver le groupe, quel qu'en soit le prix.

« Vire ta botte, Alexeï, c'est moi qui te le demande ! »

Surpris par mon rugissement, le Russe tourne la tête dans ma direction.

Je me force à ne pas regarder Marcus à ses pieds, mais à le regarder lui, Alexeï, droit dans les yeux.

« Si tu le tues égoïstement pour apaiser ta colère, tu tueras aussi la seule chose qu'il nous reste, dis-je d'une voix rauque, contenant difficilement mon émotion. Tu briseras cette chose si précieuse que Marcus a failli détruire : *Nous*. »

Je reprends mon souffle sur ce mot : *Nous*.

J'y prends appui de toutes mes forces, de tout mon être, et je le répète d'une voix soudain plus assurée :

« *Nous*.

« Notre cohésion. Notre confiance mutuelle. Celle qui nous lie les uns aux autres depuis le début. Celle qui nous permettra peut-être de nous en tirer un jour. Il ne faut pas que la trahison de Marcus nous divise : il faut au contraire qu'elle nous soude. S'il doit mourir, c'est au groupe d'en décider. Et si le groupe le décide, je serai celle qui l'exécutera. J'en fais le serment. »

Alexeï jette un regard autour de lui, aux neuf autres pionniers figés dans l'habitacle ; puis, lentement, il repose sa botte au sol et s'écarte de quelques pas.

« Nous allons juger Marcus, conclus-je, la gorge nouée, sans un regard pour la loque humaine affalée sur le sol. C'est le seul moyen de survivre à ce qu'il nous a fait. Mais pas tout de suite. Il faut qu'on se concentre sur la tempête, sur l'ascenseur énergétique, sur l'antenne qui va reprendre. Enfermons l'accusé dans le septième habitat et repassons au Jardin avant d'organiser son procès. »

6. HORS-CHAMP
MINE ABANDONNÉE, VALLÉE DE LA MORT
DIMANCHE 7 JANVIER, 05 H 31

L E HURLEMENT DE DOULEUR D'ANDREW FISHER DÉCHIRE LA NUIT.
Son pied est cloué au sol, transpercé par la mandibule d'acier du drone policier. À la lumière des flammes dansant sur le corps de la machine, on peut voir le sang s'écouler du membre mutilé, rougir le plastique blanc de la basket, gorger la terre asséchée de la vallée de la Mort.

« Andrew ! » gémit Harmony en se jetant sur lui.

Elle saisit son bras et tente de le tirer à elle.

Mais la mandibule est enfoncée trop profondément.

Le visage du jeune homme n'est plus qu'un cercle blanc, exsangue, au milieu duquel s'ouvre le trou noir de sa bouche hurlante.

Le visage de l'agent Seamus, lui, sourit toujours sur l'écran circulaire incrusté sur le ventre du drone, au milieu des flammes.

« Laissez-le ! implore Harmony en se tournant vers les caméras globuleuses qui font office d'yeux. Je vous en supplie, laissez-le !

— *Pour qu'il s'enfuie à nouveau ?* répond la voix grésillante de l'agent. *Non, je ne crois pas…*

— Mais il va mourir !

— *C'est si je le laisse partir qu'il mourra. Toi non plus, ma petite, tu n'iras pas loin, faible comme tu sembles l'être. Vous allez attendre sagement ici tous les deux, les secours ne tarderont pas à arriver.* »

Inexorablement, le mugissement d'Andrew meurt dans sa gorge – il n'a même plus la force de crier. Ses yeux se révulsent sous ses paupières.

Harmony laisse échapper la couverture ignifugée, qui glisse de ses épaules fines et tombe à ses pieds. Puis, à son tour, elle s'affaisse au milieu de l'étoffe et se recroqueville sur elle-même en sanglotant.

L'un des yeux-caméras du drone tourne sur son axe et se télescope pour mieux zoomer sur elle, tandis que le faisceau du dernier phare encore en état de marche lui embrase le front.

« *Mais dis-moi...*, murmure l'agent Seamus. *Ton visage me dit quelque chose... Ne serais-tu pas la fille cachée de Serena McBee, connue seulement des services secrets ?... Harmony, c'est bien ça ?...* »

Ce nom a l'effet d'un électrochoc sur la jeune fille.

« Non ! » hurle-t-elle.

Ses mains se crispent sur le bord de la couverture.

Ses ongles s'enfoncent dans la terre caillouteuse, archi-sèche, qui a oublié jusqu'au souvenir de la pluie.

« *Mais si, vous vous ressemblez comme deux gouttes d'eau avec ta mère ! Tu as les mêmes yeux... les mêmes cheveux...* » L'une des pinces de la machine se tend lentement jusqu'aux mèches diaphanes. « ... *quand la vice-présidente m'a dit qu'une fille avait fui avec Andrew Fisher, j'ignorais que c'était toi !* »

La pince se referme sur les longs cheveux d'Harmony ; au même instant, les doigts de la jeune fille se replient sur une pierre plus grosse que les autres – un fragment de plusieurs kilos, plus lourd sans doute que tout ce qu'elle a jamais soulevé au cours de sa vie surprotégée.

« *Seule la CIA est au courant de ton existence, et encore, ton dossier ne contient presque rien : ton prénom, ta description, quelques photos volées par des drones aériens passant au-dessus de la villa McBee. Pourquoi ta mère te dissimule-t-elle au grand public ? Quel est ton secret ? Et surtout, qui est ton père ?* »

La terreur, la rage et le désespoir se substituent aux muscles chétifs d'Harmony : elle arrache la pierre à sa gangue de terre aride...

« *Réponds-moi : qui est ton pè...* »

... et la projette de toutes ses forces dans l'écran cyclopéen, avant que l'agent Seamus ne puisse répéter sa question.

L'écran vole en éclats. La pince se rétracte violemment, arrachant une touffe de cheveux. Les cinq autres pattes du drone sont parcourues de spasmes. Les appendices métalliques claquent violemment dans le vide, puis ils se figent tous en même temps. Enfin, la forme insectoïde se renverse sur le dos, semblable à un énorme scarabée mort, dans un répugnant ralenti.

Andrew laisse échapper un grognement rauque au moment où la mandibule privée de force se détache de son pied, émettant un atroce bruit de succion.

Harmony se précipite sur lui :

« Il faut rentrer dans la cabane ! Vous allonger !

— Non, articule-t-il en grimaçant. D'autres drones... vont bientôt arriver. Nous... nous devons partir...

— Mais nous n'avons plus de véhicule, rappelle Harmony en jetant un regard désespéré à la carcasse du camping-car, qui continue de se consumer parmi les drones abattus. Nous sommes perdus au milieu du désert, sans personne à des lieues à la ronde !

— Il y a un petit hôtel... non loin de la Montagne Sèche. Et dans cet hôtel... il y a une femme qui acceptera peut-être de nous aider... » D'un doigt tremblant, il désigne son téléphone portable tombé au sol : « ... il faut l'appeler. »

7. Chaîne Genesis
DIMANCHE 7 JANVIER, 08 H 37

Ouverture au noir sur le Jardin plongé dans la pénombre.

Léonor se tient là, debout devant les plantations bâchées.

Ses épais cheveux roux capturent la lumière diffuse qui pleut depuis les spots d'appoint. Ils luisent comme des fils de cuivre parcourus d'électricité. Ses yeux d'ambre, eux aussi, ont quelque chose d'électrique. De magnétique.

Derrière elle se tiennent les pionniers de Mars, droits dans leurs combinaisons blanches, à côté des robots immobiles et des chiens figés comme des statues. Il ne manque que deux garçons : Alexeï et Marcus.

Un titre apparaît en bas de l'écran : *Reprise d'antenne en direct du Jardin d'Eden, 10 h 57 (Mars Time)*.

Léonor prend la parole, fixant la caméra : « Chère Serena, chers spectateurs, nous vous devons des excuses. Au nom de tous les pionniers de Mars. Et au nom de Marcus en particulier. Il a fait un malaise tout à l'heure, juste après l'incroyable nouvelle de l'ascenseur spatial énergétique. L'émotion, peut-être, ou quelque chose de plus grave, des séquelles de l'accident qui a failli lui coûter la vie dans le sas de New Eden il y a un mois... Je ne sais pas encore, je me sens tellement démunie, je ne suis qu'une apprentie médecin... »

Les yeux de Léonor brillent un peu plus fort, mais elle ne se dérobe pas, et continue stoïquement : « Marcus s'est réfugié dans le Relaxoir. Moi bien sûr je l'y ai suivi, et les autres aussi. Là-bas, il a perdu connaissance pendant un instant. Il est revenu à lui à présent. Mais il est très faible. Le deuxième responsable Médecine, Alexeï, est resté avec lui. Je vais maintenant retourner à son chevet. J'espère que vous m'excuserez de vous faire faux bond à l'antenne, étant donné les circonstances. »

Léonor prend une profonde inspiration.

Ses boucles rousses se soulèvent de chaque côté de son visage, mues par le gonflement de sa poitrine, puis retombent doucement sur ses épaules à mesure qu'elle expire.

Elle ouvre à nouveau la bouche : « Marcus… »

Mais cette fois-ci sa voix bute, se brise, en proie à une émotion soudaine.

Elle ferme les yeux et les serre fort, comme pour les empêcher de s'humecter davantage.

Alors, Kris pose sa main sur son épaule. Elle est aussitôt imitée par Liz et Mozart, puis Safia et Samson, Kelly et Kenji. Tao lui-même roule jusqu'à elle et lui tend sa main puissante pour soutenir son bras droit, tandis que Fangfang lui prend doucement le bras gauche.

Ils ne forment plus qu'une seule entité à l'écran, ils sont fondus en un seul être, et lorsque Léonor rouvre les paupières, ses yeux sont secs. Elle est parvenue à refouler ses larmes.

Son timbre ne tremble plus lorsqu'elle reprend la parole et assène d'une voix professionnelle : « Marcus va sans doute rester confiné au Relaxoir dans un premier temps. Il vaut mieux ne pas le déplacer pour l'instant. Ce sont les consignes que nous a enseignées notre instructeur en Médecine, le docteur Montgomery, en cas de malaise. Nous allons demander son aide à distance pour tenter d'établir le bon diagnostic. Nous vous tiendrons bien sûr au courant de la situation. »

À peine Léonor a-t-elle prononcé ces mots qu'un rayon tombe sur son visage, illuminant les myriades de taches de rousseur qui criblent ses joues et les paillettes d'or qui parsèment ses iris.

Par réflexe, les pionniers lèvent la tête vers les spots fixés au plafond du Jardin.

Mais ce n'est pas de là que vient la lumière, dont l'intensité croît de seconde en seconde : c'est de l'extérieur.

Derrière les alvéoles de verre de la serre, les dernières nuées rouges s'estompent lentement.

La tempête de poussière achève de se dissiper.

Le soleil brille à nouveau.

8. CONTRECHAMP
RÉSIDENCE DE L'OBSERVATOIRE, WASHINGTON DC
DIMANCHE 7 JANVIER, 09 H 35

UNE PLUIE DE FLASHS ACCUEILLE SERENA MCBEE à l'instant où elle franchit les grilles qui entourent la résidence de l'Observatoire.

Il y a là des journalistes par dizaines, micros brandis, caméras braquées.

« Madame la Vice-Présidente, qu'est-ce qui vous a décidée à accélérer votre communication et à rendre public ce formidable projet d'ascenseur spatial énergétique ? s'exclame un homme en costume-cravate, les joues rosies par le froid. Est-ce qu'il faut y voir un plan d'évacuation des pionniers de Mars ?

— J'ai déjà répondu à cette question en direct sur la chaîne Genesis, rappelle Serena McBee en haussant ses épaules enveloppées dans son opulent manteau de vison. Il m'a semblé opportun de faire cette annonce pour rassurer les pionniers pendant la tempête, pour leur montrer que nous avions une solution au cas où ils voudraient vraiment revenir sur Terre un jour. Cette option leur offre, disons,

49

une sécurité, *un confort moral* – un peu comme un air-bag dans une voiture. Mais ce n'est en aucun cas un plan d'évacuation. Je suis convaincue que la base résistera aux prochaines tempêtes. Cet ascenseur nous permettra au contraire d'accélérer la colonisation en facilitant l'envoi de personnel et de matériel dans le puits gravitationnel de Mars. Le genre humain a pris pied sur la planète rouge pour y rester !

— Oui, mais qui va payer l'addition ? renchérit une femme affublée d'un cache-oreilles duveteux. À peine élue sur la liste du parti hyperlibéral, allez-vous bafouer toutes les promesses électorales du président Green et augmenter les impôts des contribuables américains ? »

Serena balaie la question du revers de sa main gantée :

« Sur cela aussi, je me suis déjà exprimée, déclare-t-elle sans cacher son agacement. C'est Atlas Capital, un fonds entièrement privé, qui va financer ce projet. Les contribuables ne paieront pas un centime de plus. »

Elle claque des doigts et fait signe à ses gardes du corps d'écarter la foule, pour lui permettre d'accéder à la limousine qui l'attend quelques mètres plus loin.

Mais un dernier journaliste parvient à lui coller son micro sous le nez, in extremis :

« Madame McBee, avez-vous des nouvelles sur l'état de santé de Marcus, notre candidat national ? Il est toujours dans le Relaxoir, une pièce à laquelle vous seule sur Terre avez accès. Un petit mot pour rassurer les nombreux specta-teurs – et surtout spectatrices – qui sont morts d'inquiétude en ce moment ? »

Serena se fend d'un sourire qui se veut réconfortant :

« Vous avez entendu Léonor aussi bien que moi : elle a dit qu'il était revenu à lui. Laissez-le souffler un peu. Il en a besoin. Et moi aussi. »

Sur ce, elle traverse la meute sans s'arrêter davantage et pénètre à l'arrière de la limousine. La portière se referme dans un claquement ; les flashs et les cris des journalistes s'évanouissent comme par magie derrière le double vitrage teinté, parfaitement imperméable au bruit.

« Bonjour, Serena. »

Un homme en costume de tweed se tient là, assis sur la banquette capitonnée de cuir noir : Arthur Montgomery, le responsable Médecine du programme, le dernier survivant des alliés du silence disparus dans un crash aérien un mois plus tôt.

« Bonjour, mon cher ! s'exclame Serena, tout sourire. Comme c'est gentil de m'accompagner jusqu'à la Maison Blanche pour ma réunion de ce matin – le président Green me demande lui aussi des précisions sur cet ascenseur spatial énergétique, ça en devient lassant, mais que voulez-vous : depuis sa réélection, le brave homme considère le programme Genesis comme une affaire d'État. »

Arthur Montgomery, lui, ne sourit pas. Sous sa moustache blanche, parfaitement taillée, sa bouche est serrée comme un poing.

« Cela fait quarante-huit heures que vous ne m'avez pas donné de nouvelles, finit-il par lâcher d'une voix lourde de reproches.

— Il n'y a pas de quoi vous formaliser, mon grand, répond d'un ton léger Serena en faisant signe au chauffeur de démarrer à travers la vitre insonorisée qui sépare la banquette arrière de l'avant. Les préparatifs en vue de la tempête, le coaching des pionniers, enfin l'annonce de l'ascenseur spatial énergétique : tout cela m'a tenue fort occupée, comme vous pouvez l'imaginer.

— Vous avez tout de même trouvé le temps de le voir, *lui.* »

Serena marque un instant de silence.

« *Lui ?* répète-t-elle en haussant le sourcil.

— Ne faites pas l'innocente. Vous savez très bien de qui je veux parler. J'ai passé la nuit dans ma voiture, devant votre résidence, à guetter les allées et venues. J'ai même essayé de vous téléphoner maintes fois, mais vous ne décrochiez jamais. Vous étiez trop occupée pour me voir, peut-être, mais ça ne vous a pas empêchée de recevoir Orion Seamus ! »

Les lèvres maquillées de la vice-présidente s'arrondissent en un O de surprise, qui se transforme aussitôt en une demi-lune.

« Vous m'avez épiée comme un adolescent amoureux ? Vous, Arthur, un homme de votre classe, à votre âge ?

— Mon âge ! gronde le médecin, la voix gonflée par une colère froide, à l'image de tout ce qui émane de son être glacial. C'est donc pour cela que vous le préférez : parce qu'il est plus jeune que moi ?

— Ne soyez pas ridicule...

— Ingrate ! Après tout ce que j'ai fait pour vous ! Sherman Fisher, Ruben Rodriguez, Gordon Lock et toute sa clique : j'ai tué les uns, j'ai menti pour couvrir le meurtre des autres. Et c'est comme ça que vous me remerciez ? Vous n'êtes qu'une...

— Ça suffit ! » coupe Serena d'une voix tranchante comme le fil d'un rasoir.

Les récriminations du médecin restent coincées dans sa gorge, tandis que la femme en face de lui le foudroie de ses yeux vert d'eau, agrandis par l'eye-liner.

« Avez-vous perdu la tête, à citer ces noms, à parler de meurtre ? siffle-t-elle.

— C'est vous qui me faites perdre la tête..., plaide Arthur Montgomery, soudain aussi doux qu'un agneau. Et puis, le chauffeur n'a pas pu m'entendre derrière la vitre insonorisée...

— Il n'empêche ! Moi qui pensais avoir affaire à un homme, un vrai, un chasseur de fauves aux nerfs d'acier. Voilà que vous me faites défaut à votre tour, comme les autres avant vous. Tout ça à cause d'une crise de jalousie ridicule et complètement infondée, à propos d'un agent lambda qui, je vous le rappelle, a été affecté à ma sécurité personnelle sans que je demande quoi que ce soit. C'est comme si vous étiez jaloux de mon chien ! »

Arthur Montgomery tente de poser sa main sur celle de son amante, mais elle se dérobe.

« Oh, Serena ! implore-t-il. Excusez-moi. J'ai été stupide de penser qu'un vulgaire laquais comme ce Seamus pourrait s'interposer entre nous. Il pourra bien vous voir, vous parler autant que vous le voudrez, je ne m'en formaliserai plus. Voulez-vous bien me pardonner, ma tigresse ? Mon cœur est entre vos griffes. »

À cet instant, une sonnerie retentit dans la voiture.

Sans répondre aux supplications du médecin, Serena plonge la main dans son sac en python et en sort son téléphone portable. Le nom de l'appel entrant s'affiche sur l'écran : ORION SEAMUS.

Serena ne tente pas de le cacher ; au contraire, elle le met bien en évidence, afin d'être certaine que le second passager ne puisse ignorer l'identité de celui qui l'appelle.

« Allô, Orion ? dit-elle sans quitter Arthur Montgomery des yeux, comme pour le défier. Ça me fait plaisir de vous entendre. Vous avez de bonnes nouvelles ? Dites-moi tout.

— *Ils se sont enfuis.* »

Le visage de Serena McBee se fige :

« Quoi ?

— *Andrew Fisher et... la fille. Leur véhicule était piégé. Ils l'ont fait exploser, et avec lui les drones policiers que j'avais envoyés pour les appréhender.* »

La vice-présidente enfonce ses ongles vernis de vert dans le cuir de la banquette, comme si elle s'était véritablement métamorphosée en tigresse.

« Incapable..., accuse-t-elle d'une voix sourde. Je vous donne leur localisation exacte, je vous les offre sur un plateau, et vous trouvez le moyen de les laisser s'échapper...

— *Ils ne peuvent pas aller loin. Andrew Fisher est grièvement blessé. Ce n'est qu'une question d'heures avant que nous les retrouvions.*

— Je vous le conseille vivement, agent Seamus, sans quoi votre ascension fulgurante pourrait s'achever par une chute tout aussi vertigineuse. »

Serena raccroche d'un geste sec.

Face à elle, sur la banquette, Arthur Montgomery a retrouvé le sourire.

9. HORS-CHAMP
ROUTE DE LA DERNIÈRE CHANCE, VALLÉE DE LA MORT
DIMANCHE 7 JANVIER, 06 H 36

LE PICK-UP S'ARRÊTE DANS UN GRAND CRISSEMENT DE FREINS, déchirant le silence de la nuit.

Un nuage de poussière, soulevé par les pneus, s'élève dans le faisceau des phares. La portière s'ouvre en grinçant – le véhicule est vieux, abîmé par les ans et par les sables abrasifs de la vallée de la Mort. Une femme en anorak en descend, la quarantaine, le visage chiffonné, ses cheveux teints en rouge rassemblés en un chignon à la va-vite. Elle tient une lampe-torche dans sa main gauche et une forme oblongue dans sa main droite. À mesure qu'elle s'avance dans la lumière des phares, la forme se précise.

C'est un fusil, braqué droit devant elle sur les deux silhouettes qui attendent sur le bas-côté.

« C'est vous qui avez appelé l'hôtel California ? murmure-t-elle en élevant sa lampe-torche. Vous avez parlé d'un accident de la route, mais je ne vois pas de voiture, pas d'accident. Qu'est-ce que ça signifie ?... »

Deux visages apparaissent dans le faisceau éblouissant.

Le premier est celui d'Harmony McBee, hâve, les yeux agrandis par l'angoisse.

Le second n'est qu'un masque de douleur : c'est celui d'Andrew Fisher, appuyé de tout son poids sur la frêle épaule de la jeune fille ; il maintient en l'air son pied droit, d'où s'écoule un liquide sombre et visqueux.

« Oh, mon Dieu ! » s'exclame la conductrice du pick-up.

Oubliant toute méfiance, elle balance son fusil en bandoulière dans son dos et se précipite à la rescousse des jeunes gens.

« Que s'est-il passé ? balbutie-t-elle en prêtant son bras pour soutenir Andrew. Mais… je vous reconnais ! Vous êtes le fantôme qui vient la nuit s'approvisionner dans la supérette de l'hôtel !

— Et vous, vous êtes la bonne âme qui laissez la porte de la supérette ouverte… chaque nuit… pour que je puisse me servir », parvient à articuler Andrew.

Un hululement étouffé résonne dans le lointain.

Tout là-bas, au fond de la vallée, l'horizon commence à blanchir. Le lever du jour ne va plus tarder.

« Appelez-moi Cindy, dit la femme. Ou plutôt, non, ne m'appelez pas, ne dites pas un mot de plus. Économisez vos forces. Votre pied semble être dans un état épouvantable, et l'hôpital le plus proche est à deux heures de route.

— Non, pas l'hôpital…, proteste Andrew d'une voix de plus en plus faible.

— Pourquoi pas ? Vous avez quelque chose à vous reprocher ? C'est un règlement de comptes entre voyous, c'est ça, vous vous êtes fait tirer dessus ? Est-ce que vos ennemis sont encore là ? »

Cindy balaie nerveusement les alentours du faisceau de sa lampe-torche ; mais ce dernier ne rencontre que caillasse, herbes sèches et buissons d'épineux.

« Il n'y a plus d'ennemis ici – ou du moins, pour l'instant… »

Surprise par la voix de la jeune fille, qui vient de parler, Cindy braque la torche sur elle. Le visage lunaire d'Harmony s'illumine à nouveau.

« Il faut que vous nous emmeniez loin, madame, le plus loin possible, implore-t-elle. Vous avez raison : Andrew ne peut pas parler dans l'état où il est. »

Cindy contemple un instant Harmony, puis Andrew. Enfin, elle hoche la tête en poussant un soupir.

« D'accord. Mais dès que nous aurons quitté le parc de la vallée de la Mort, nous nous arrêterons dans une clinique pour faire examiner ce pied. Je ne tiens pas à avoir une mort sur la conscience – fût-ce celle d'un spectre. »

Une ombre passe sur le visage d'Harmony :

« Nous avons dit pas d'hôpital, pas de clinique : nous devons éviter les endroits où il faut décliner son identité, donner ses papiers ou...

— La clinique dont je parle ne vous demandera aucun papier, coupe Cindy. Les patients qui s'y rendent n'ont ni passeport, ni permis de conduire, ni carte d'identité. Allez, aidez-moi à installer ce pauvre garçon sur la banquette arrière. Comment vous avez dit qu'il s'appelait, déjà ? Andrew ? Ça fait plaisir de mettre un nom sur un fantôme... »

Harmony se raidit :

« Arrêtez de l'appeler ainsi, je vous en prie. Je vous assure qu'Andrew n'est pas un fantôme. Il n'est pas mort... »

Une lueur combative passe dans les yeux clairs d'Harmony, qui ne provient ni de la lampe-torche, ni des phares du pick-up, ni même de l'aube naissante.

« ... en réalité, c'est l'un des êtres les plus vivants que je connaisse », achève-t-elle dans un souffle.

Au même instant, la main d'Andrew agrippée à l'épaule d'Harmony se relâche, et tout son corps s'affaisse contre celui de Cindy : il vient de perdre connaissance.

10. CHAMP
MOIS N° 21/SOL N° 578/15 H 34 MARS TIME
[28ᵉ SOL DEPUIS L'ATTERRISSAGE]

« T U VEUX DIRE QUE MARCUS A MENTI NON PAS UNE, MAIS DEUX FOIS ? » demande Fangfang à voix basse. Elles sont toutes les cinq dans le Relaxoir, serrées sur le canapé : les pionnières du programme Genesis, les filles avec lesquelles j'ai passé les plus beaux jours de ma vie – et les plus affreux aussi. Officiellement, elles sont venues pour rendre visite au malade, telle est la version que nous avons servie aux organisateurs et aux spectateurs. En réalité, je leur ai tout raconté dans le secret du septième habitat. Pour qu'elles sachent et décident en connaissance de cause, lorsque viendra le moment de prononcer la sentence de Marcus.

Ce dernier est prisonnier depuis des heures, derrière la porte d'acier de la deuxième chambre que nous avons verrouillée de l'extérieur avec l'un des passe-partout de la base après en avoir détruit les caméras et les micros au pistolet à souder. Peut-être nous maudit-il secrètement en ce moment ? Peut-être est-il occupé à organiser les arguments de sa défense ? Ou peut-être prononce-t-il mon nom dans sa bouche fracassée par le poing de Mozart, de sa voix fêlée, trop faible pour passer à travers l'épaisseur de la porte – « *Ééé-ooo-ooor...* »

Un frisson de pitié, de dégoût et de tristesse me parcourt, comme mille aiguilles de glace s'enfonçant dans ma colonne vertébrale toutes en même temps.

Je me mords les joues pour ravaler les sanglots qui voudraient remonter jusqu'à mes yeux.

Je n'ai pas le droit de montrer le moindre signe de faiblesse.

Je dois être forte, pour moi-même et pour les autres.

Tel est mon rôle.

Telle est ma responsabilité.

« Oui, dis-je enfin, répondant à la question de Fangfang. Marcus m'a menti à deux reprises. Ou plus exactement, il m'a caché la vérité par deux fois. Je lui ai pardonné la première : ce n'est pas de sa faute s'il est victime d'une mutation génétique mortelle.

— Peut-être, mais c'est cent pour cent de sa faute s'il te l'a cachée ! s'insurge Kelly en triturant nerveusement ses mèches décolorées. Rien qu'en montant dans la fusée, il savait qu'il obligerait une fille à se caser avec un malade susceptible de mourir à tout instant ! Il s'est bien gardé de t'avertir avant la publication des dernières Listes de cœur : il ne l'a fait qu'après, quand il était sûr de ne plus pouvoir se faire jeter. Alors pas la peine de sortir les violons et de lancer une campagne de sensibilisation aux maladies orphelines. Avec moi, ça marche pas : ce mec est un enfoiré de A à Z, point barre ! »

Les filles se regardent les unes les autres, aussi abasourdies que les garçons une heure avant elles, quand ils les ont précédées au Relaxoir.

« Il nous a roulés, mais toi plus encore que les autres, Léo, conclut amèrement Kelly. Je te plains, ma pauvre. Tu ne méritais vraiment pas ça. »

Je hoche la tête mais ne trouve rien à répondre.

Ces regards apitoyés me gênent.

Ce silence consterné m'écrase.

Liz, la première, reprend la parole, et au fond de moi je lui suis infiniment reconnaissante de détourner l'attention sur elle.

« Il reste tout de même un mystère…, murmure-t-elle. La deuxième cachotterie de Marcus. Celle qui nous a tous condamnés. On ne sait pas comment il a appris l'existence du rapport Noé avant tout le monde…

— On s'en fout, rétorque Kelly. Ça n'a aucune importance. Le mal est fait. »

Safia toussote.

« Je ne suis pas d'accord, Kelly, dit-elle gravement. C'est important de le savoir. »

Sous son bindi rouge, ses yeux sont légèrement plissés par la concentration. Une fois de plus, notre benjamine est celle qui fait preuve de la plus grande maturité : elle réussit à surmonter sa colère et son effroi pour se projeter au-delà de l'émotion immédiate.

« Tout ce qui a trait au rapport Noé est important, ajoute-t-elle. Il s'agit de notre survie. Si Marcus sait quelque chose qu'on ignore, il faut absolument qu'il nous le dise pendant son procès, ce soir à 20 h 00. »

Ce soir à 20 h 00...

C'est l'heure que nous avons choisie pour débuter l'instruction, à l'insu des spectateurs. À ce moment-là, nous nous réunirons tous dans le Relaxoir aux caméras aveuglées, pour décider du sort de Marcus...

Kelly émet un petit rire ironique, sans joie :

« Parce que vous attendez encore quelque chose de ce type ? dit-elle. Il a déjà menti deux fois, qu'est-ce qui l'empêchera de mentir une troisième fois ? Mentir et fuir, c'est tout ce qu'il sait faire. Il est prêt à tout pour sauver sa peau. L'interrogatoire ne nous apprendra rien, j'en mettrais ma main à couper... » Elle nous regarde les unes après les autres de ses yeux bleus, sans ciller. « ... je peux vous dire que dans ma tête, le verdict est déjà écrit. »

La froide détermination dans la voix de Kelly me fait frissonner.

Mais je me garde de la reprendre, de la tempérer, ou de lui demander de préciser sa pensée. Le sort de l'accusé est entre ses mains autant qu'entre les miennes. Le procès appartient à toutes celles et à tous ceux que Marcus a trahis. Chacun le jugera d'après son intime conviction.

Et quand le verdict retentira et que l'heure sonnera d'appliquer la sentence, je serai l'exécutrice de la volonté commune, comme j'en ai fait le serment.

Soudain, un grésillement diffus retentit en provenance de la chambre master :

« *Allô ? Les filles ? C'est moi, Serena, je suis de retour. J'étais retenue à la Maison Blanche pour parler de votre ascenseur énergétique – et je dois y retourner dans quelques heures pour continuer la réunion. Vous voyez, sur Terre, on s'active, on est tous avec vous ! Mais dites-moi, qu'est-ce que vous fabriquez encore dans le Relaxoir ? Est-ce que Marcus va mieux ? Rassurez-moi vite, car je me fais un sang d'encre...* »

Kelly lève les yeux au ciel :

« Marcus et elle pourraient faire un concours de faux-culs, taille XXL.

— Vous croyez qu'elle savait qu'il savait ? demande Fang-fang. Je veux dire, pour le rapport Noé ? D'après ce que nous a raconté Léonor, Serena était au courant de la maladie de Marcus depuis les rounds de sélection, et elle l'a quand même laissé embarquer sans rien dire à personne...

— À mon avis, elle ne savait pas, rétorque Safia. Cacher la maladie de Marcus, c'est une chose, mais elle n'aurait jamais laissé embarquer un passager susceptible de dévoiler le pot aux roses à l'antenne, à n'importe quel moment. »

Comme en écho aux paroles de la petite Indienne, la voix de Serena filtre à nouveau à travers la porte de la chambre master :

« *Vous me recevez, mes chéries ? Ah, comme c'est frustrant de ne pas vous voir ni vous entendre depuis que Léonor a malencontreusement endommagé les caméras du séjour ! Et celles de la deuxième chambre sont aussi en rade depuis peu, à ce qu'il paraît. Peut-être qu'il faudrait songer à les réparer – qu'en dites-vous ?* »

Kelly ouvre la bouche pour proférer une grossièreté bien sentie, mais je me lève du canapé au même instant.

« Je vais aller lui répondre, dis-je.

— Parce que tu crois qu'elle s'en fait vraiment pour Marcus, cette vipère, ou pour qui que ce soit d'entre nous ? s'étrangle la Canadienne.

— Bien sûr que non. Mais il faut lui cacher la vérité, j'en ai l'intuition. Depuis le début du jeu pervers qu'elle nous force à jouer, tout tient à ça. Les faux-semblants. Le bluff. Le contrôle de l'information. Je vais essayer de deviner ce que Serena sait à propos de Marcus, tout en lui en disant le moins possible. Pendant ce temps, allez rejoindre les garçons au Jardin ; aux yeux des spectateurs, on doit faire comme si tout était revenu à la normale. »

Les filles se lèvent à leur tour et s'engouffrent une à une dans le tube d'accès menant au Jardin.

Kris, la dernière à quitter l'habitat, se retourne vers moi et m'attrape délicatement le bras. Ses yeux bleus plongent dans les miens.

« Ça m'ennuie de te laisser seule avec Serena… et avec Marcus. »

Son regard fuse vers la porte verrouillée de la deuxième chambre.

« Ne t'inquiète pas, ma belle, dis-je. Je ne suis pas folle. Je ne vais pas lui ouvrir.

— Promis ?

— Promis. »

Kris sourit faiblement.

Puis elle s'échappe à son tour dans le tube d'accès, refermant le sas derrière elle.

Je reste un instant seule, immobile dans le silence.

Les deux portes se dressent face à moi. Derrière la première attend celle qui nous a envoyés à la mort ; derrière la seconde gît celui qui aurait pu nous sauver la vie. Je viens de promettre à Kris que je n'ouvrirais pas l'une de ces deux portes. Pourtant, l'envie m'en démange tout d'un coup. Juste pour revoir le visage fracassé de Marcus et tenter de reconnaître derrière ses blessures un souvenir qui déjà a commencé à s'effacer.

(Qu'est-ce ce que ça te coûte, Léo, d'ouvrir cette porte ?)
Je me dirige vers la deuxième chambre.
(Quel risque y a-t-il à l'entrouvrir à peine ? Tu n'as rien à craindre : celui qu'on y a traîné n'est que l'ombre d'un homme, écrasé physiquement et moralement.)
Ma main se pose sur le passe-partout fiché dans la serrure.
Mais au même instant, la voix de Serena résonne à nouveau dans mon dos :
« *Léonor ? Léonor, tu es là ? À travers les caméras du Jardin, j'ai vu les cinq autres filles regagner le dôme. Est-ce que tu es restée pour me parler, ma grande ?* »
Mes doigts lâchent soudain le passe-partout, comme s'il était brûlant.
Qu'est-ce que j'étais sur le point de faire !
Je me détourne vivement de la petite chambre et je me hâte vers la grande.
Cette fois-ci, je soulève le levier d'ouverture sans hésiter et je me retrouve devant l'écran mural où s'épanouit le visage de la productrice exécutive du programme Genesis.
« Me voilà, Serena, dis-je. Désolée de vous avoir fait attendre, une femme occupée comme vous. Vous avez demandé des nouvelles de Marcus, je comprends, vous devez être très inquiète. »
Profitant de la latence de communication, je prends une profonde inspiration en contemplant le carré de cheveux argenté, la peau lisse, les lèvres maquillées.
« Comme je l'ai expliqué à l'antenne tout à l'heure, Marcus a fait un malaise, dis-je. J'ai eu très, très peur pour lui. Sa respiration s'est arrêtée… Son cœur a cessé de battre… J'ai vraiment cru qu'il était mort. »
Tout ceci est faux, bien sûr, mais Serena ne peut pas le savoir : elle n'a pas assisté à la scène. La description que je viens de lui faire correspond à une crise provoquée par la mutation D66 – la maladie secrète de Marcus, que nous

sommes tous censés ignorer, moi, les autres pionniers et la Terre entière.

Je déglutis lentement, pour faire passer le goût amer qui s'attarde dans ma bouche. Mentir n'est toujours pas naturel pour moi, peu importe que je m'adresse à la plus grande menteuse de tous les temps.

Après de longues minutes, Serena réagit enfin.

Son visage se crispe à peine, quelque chose d'indécelable pour le commun des mortels, mais depuis le temps que je la pratique, je sens qu'elle est troublée – *j'en suis sûre, elle a reconnu les signes cliniques de la mutation secrète.*

« Oh, ce pauvre Marcus ! s'exclame-t-elle. Mais… il va mieux, n'est-ce pas ?… Il est toujours… vivant ?… Tu as affirmé tout à l'heure à l'antenne qu'il avait repris conscience, c'est bien le cas ?… »

Sans attendre que j'aie le temps de formuler ma réponse et de la lui faire parvenir, elle ajoute aussitôt :

« Est-ce que… est-ce qu'il t'a dit quelque chose en revenant à lui ? »

Nous y voilà.

Serena a peur que Marcus ait parlé.

Mais que redoute-t-elle, au juste ? – qu'il m'ait révélé sa maladie, ou bien sa connaissance du rapport Noé ?

« Est-ce qu'il m'a dit quelque chose ? je répète naïvement. Je ne comprends pas… Qu'est-ce que vous entendez par là ? »

Je laisse ma question s'envoler à travers les profondeurs de l'espace.

Le silence est total dans le septième habitat.

Derrière la porte fermée de la deuxième chambre, Marcus pourrait tout aussi bien n'être qu'un songe. Et qui sait, peut-être qu'il l'est, qu'il n'a jamais été que cela ? Chassant ces pensées absurdes de mon esprit, je me force à fixer le visage de la femme qui me fait face sur l'écran, sans penser à rien d'autre.

Cette dernière a eu le temps de se recomposer une expression savamment préoccupée, artificiellement compatissante :

« Oui, enfin, je me disais, pour mieux le soigner..., argumente-t-elle. Je ne sais pas, il a peut-être parlé de ses symptômes, de ce qu'il ressentait ? De son passé médical ? De ses éventuels antécédents ? Ce n'est qu'une idée à tout hasard, n'est-ce pas, je n'en sais rien, mais s'il a dit quoi ce soit qui puisse nous aider à établir le bon diagnostic et à trouver le bon remède... En même temps, s'il n'a rien dit... Bref, je compte sur toi pour me tenir au courant, n'est-ce pas ? »

OK, j'ai compris : ce qui préoccupe Serena derrière ses allusions maladroites, c'est vraiment la mutation. Quelque part, dans sa logique tordue de manipulatrice, je peux comprendre pourquoi elle flippe ; pas évident pour elle de révéler aux pionniers à bout de nerfs et aux spectateurs électrisés par la tempête qu'elle a envoyé dans l'espace un malade en phase terminale sans rien dire à personne. Telle que je la connais, elle avait sans doute prévu de faire cette annonce différemment – à un moment qu'elle aurait parfaitement maîtrisé et choisi. Là, tout de suite, ça risquerait fort de se retourner contre elle et de faire des dégâts.

« Tout ce qui m'importe, tu le sais, c'est que vous soyez tous en pleine santé, insiste-t-elle. Le plus soudés possible jusqu'à l'arrivée de l'ascenseur énergétique, avant la prochaine Grande Tempête. »

Je sens mes dents se serrer malgré moi – même quand j'essaie de jouer au jeu d'échecs rationnel et pervers de Serena, l'émotion finit par l'emporter et par me submerger. Cette femme qui parle aujourd'hui de nous souder, c'est la même qui a convaincu Marcus de s'embarquer en cachant sa condition, sous prétexte que les filles à bord ne cherchaient pas vraiment l'amour, mais la gloire, et que du coup sa future épouse surmonterait le veuvage sans douleur le jour où il mourrait. Aujourd'hui Marcus n'est pas mort, mais je suis quand même veuve, et ça fait mal. Un mal de chien !

Du calme, Léo.

Respire.

Fais le bilan.

Tire les conclusions.

Conclusion numéro un : comme Safia le soupçonnait, Serena semble ignorer que Marcus connaissait le rapport Noé avant d'embarquer – en tout cas, ce n'est pas là-dessus que se focalise son angoisse.

Conclusion numéro deux : à présent qu'elle est en face de moi, prête à tout pour montrer qu'elle veut aider, c'est le moment de faire ma requête – la demande d'isolement de Marcus, qui nous permettra d'organiser son procès à l'insu de tous, y compris de Serena elle-même.

« Bien sûr, je vous tiendrai au courant, Serena, dis-je en desserrant les dents. Nous avons besoin de l'aide médicale de la Terre pour gérer cette situation. Nous n'y arriverons pas sans vous. En attendant, je crois qu'il vaut mieux que Marcus reste dans le Relaxoir, au calme, à l'abri de la pression médiatique. Vous comprenez, n'est-ce pas ? Et je suis sûre que les spectateurs comprendront aussi. Comme vous le dites si bien, nous devons être plus soudés que jamais et entourer le patient de toute notre affection pour qu'il guérisse le plus vite possible. C'est pourquoi ce soir, à 20 h 00 heure martienne, les autres pionniers et moi-même nous retirerons pour dîner avec lui – juste entre nous, loin des caméras. »

J'expire longuement, tandis que mes paroles s'envolent dans l'espace, à travers les millions de kilomètres qui séparent l'émetteur du récepteur.

Est-ce que j'ai été assez ferme pour que Serena se plie à notre décision ?

Est-ce que j'ai été assez neutre pour qu'elle ne se doute de rien ?

Mon cœur tape tellement fort, j'ai l'impression angoissante que ses battements tonitruants vont résonner jusqu'à la Terre ; une bouffée de sang m'enflamme les joues, je suis certaine d'être rouge comme une pivoine sur l'écran de transmission de Serena.

« Soit... », dit-elle simplement après dix minutes interminables. Son visage est tellement fixe, à se demander si un cœur bat dans sa poitrine *à elle* ; sa peau est tellement blanche, à croire qu'il n'y a pas une goutte de sang dans ses veines. « ... nous meublerons ce temps en diffusant les reportages que nous avons tournés sur chaque candidat, avant le décollage. Ce sera en crypté, sur abonnement : un peu plus de recettes pour financer votre ascenseur ! »

11. HORS-CHAMP
UNE PETITE VILLE DE L'ÉTAT DE CALIFORNIE
DIMANCHE 7 JANVIER, 11 H 10

VOILÀ QUI DEVRAIT ÉVITER LA GANGRÈNE... »
« La main enveloppée dans un gant en latex s'empare d'une paire de ciseaux stérilisés pour couper le fil de suture au-dessus de la plaie fraîchement recousue. Cette main appartient à une femme en blouse verte, le visage caché par un masque chirurgical.

Le patient allongé sur la table opératoire est inconscient, anesthésié par un tube respiratoire. Ses lunettes à monture noire ont été ôtées et une perfusion est fichée dans son bras.

« ... mais je maintiens qu'il faudrait absolument l'emmener dans un hôpital digne de ce nom. J'ai paré au plus pressé, pour préserver le pronostic vital, mais il y a un monde entre ce jeune homme et les patients que j'opère habituellement. »

Une deuxième femme s'avance dans le dos de la chirurgienne.

C'est Cindy, la serveuse de l'hôtel California, elle aussi vêtue d'une blouse verte.

« Ne te sous-estime pas, Kat : tu as fait des merveilles pour Marilyn, qui s'était perforé l'estomac en avalant un os de poulet. Grâce à toi, elle a vécu encore de longues années après son accident, avant de s'éteindre de sa belle mort.

— Marilyn était un teckel nain, ce n'est pas tout à fait la même chose… », répond la chirurgienne.

Elle remet les ciseaux sur une plaque de métal, posée sur une tablette parmi divers flacons et ustensiles. Derrière, le mur est couvert de photos de chats, de chiens, de perroquets et autres hamsters. On peut aussi y voir un diplôme encadré, qui annonce : L'UNIVERSITÉ DE L'INDIANA CONFIRME QUE KATRYN PETERSON A OBTENU SON TITRE DE DOCTEUR EN MÉDECINE VÉTÉRINAIRE.

La praticienne retire son masque, dévoilant le visage préoccupé d'une femme de cinquante ans.

« Depuis le temps qu'on se connaît, tu es bien plus qu'une cliente, Cindy, dit-elle en poussant un soupir. Tu es une amie. C'est pourquoi j'ai accepté d'opérer ce jeune homme ici, dans ma clinique vétérinaire, sans poser de questions. Mais en tant qu'amie, il est de mon devoir de t'avertir que tu risques gros si tu ne le remets pas entre les mains de médecins autorisés. La blessure est très profonde ; si elle venait à s'infecter malgré les antibiotiques, ce serait le choc septique assuré, et la mort sans doute. Tu serais tenue pour responsable : non-assistance à personne en danger.

— C'est si nous emmenons John à l'hôpital qu'il sera vraiment en danger. »

Cindy et le docteur Peterson se tournent vers la personne qui vient de parler, la quatrième présente dans la petite salle d'opération. Ses cheveux décolorés se détachent par contraste sur le vert de sa blouse, qui rappelle celui de ses yeux.

La vétérinaire contemple un instant l'étrange jeune fille. Elle ouvre la bouche pour protester, s'arrête au dernier moment, se contente de secouer la tête en poussant un nouveau soupir.

« Qui qu'il soit, ce *John* va bientôt reprendre conscience, dit-elle finalement en enlevant ses gants. Je vous laisserai assez d'antibiotiques et de bandages pour le soigner jusqu'à ce que la plaie cicatrise, si Dieu le veut. Mais bien entendu, pour moi, il n'est jamais passé par cette table d'opération : ici ne s'allongent que des bêtes… »

« *John*, vraiment ? Est-ce que vous étiez obligée de mentir sur son prénom ? demande Cindy en mettant les gaz. Et surtout, est-ce que vous allez enfin me dire ce qui se trame ? »

Assise sur le siège passager avant du pick-up à côté de la conductrice, Harmony jette un coup d'œil nerveux au rétroviseur. Dans le miroir, la clinique vétérinaire s'éloigne peu à peu, et bientôt la petite ville qui l'entoure laisse place à une autoroute bordée de plaines désertiques. Accrochée au rétroviseur, une collection de porte-clés en forme de fusées se balance doucement. Dans chacun d'entre eux est enchâssée la photographie officielle de l'un des douze pionniers du programme Genesis : une vraie collection de fan.

« Je vous préviens, si vous ne me dites rien je vous laisse à la première station de bus venue. Je ne sais même pas pourquoi je fais tout ça, surtout que je suis bien trop crevée pour conduire vu que j'ai passé la nuit devant ma télé. Et puis, vous avez entendu Kat : je risque la prison, moi qui n'ai jamais eu ne serait-ce qu'un PV de toute ma vie… »

En guise de réponse, Harmony se retourne pour inspecter le corps d'Andrew allongé à l'arrière, le pied enroulé dans un épais bandage. Il semble dormir paisiblement. Sa tête repose sur l'un des coussins qui garnissent la banquette arrière : des objets promotionnels couverts de peluche rouge, affectant la forme sphérique de la planète Mars, où s'étale le logo Genesis.

Sur la plage arrière, au-dessus du patient assoupi, sont disposées deux figurines de chiens vêtus de combinaisons spatiales, dont les têtes articulées s'agitent au rythme des cahots de la route. On reconnaît facilement les bouclettes blanches de Louve et le faciès grimaçant de Warden. Les deux figurines sont frappées du sigle *Best Friend Forever*, la marque de pâtée pour chiens haut de gamme du groupe Eden Food.

« … je suis censée prendre mon service à 18 h 00 pour le dîner à l'hôtel où je travaille, continue Cindy, imperturbable. Sans compter que vous m'avez arrachée à ma chaîne préférée, à un moment où le suspense était à son comble !… Vous m'avez appelée juste à l'instant de la reprise d'antenne, en pleine tempête martienne, quand Léonor annonçait que Marcus avait fait un malaise. Et cette révélation sortie par Günter, le robot, comme quoi *une chose venue de l'extérieur* aurait perforé la coque de la base lors de la dernière Grande Tempête ! J'en suis malade, de ne pas savoir ce qui se passe ! Mon Dieu, j'espère que l'ascenseur énergétique annoncé par Serena sera bientôt prêt, pour aller secourir les pionniers en cas de pépin !…

— … il ne tient qu'à vous… d'accélérer sa construction. »

De surprise, Cindy fait une embardée, avant de reprendre le contrôle de son véhicule.

« Qu'est-ce que vous venez de dire ? fait-elle en lorgnant la banquette arrière, où Andrew vient de se réveiller, à travers le rétroviseur.

« — J'ai dit que vous pouvez aider les pionniers de Mars…, répond le jeune homme d'une voix pâteuse, engluée par l'anesthésie. Vous pouvez les aider… en nous aidant.

— Andrew ! s'alarme Harmony. Vous êtes encore sous le choc, ne dites pas un mot de plus ! »

Mais la curiosité de Cindy est piquée au vif.

Elle écrase la pédale de frein et fait piler le pick-up en bordure de la route déserte :

« Pas un mot de plus, pas un kilomètre de plus ! décrète-t-elle en croisant les bras au-dessus du volant. Dites-moi ce que c'est que ces salades ou préparez-vous à continuer à cloche-pied ! »

Harmony s'apprête à répliquer, mais Andrew la retient en posant sa main sur son bras :

« Cette femme aurait pu me dénoncer maintes fois, quand j'allais me servir à la supérette de l'hôtel, et elle ne l'a jamais fait. Il faut lui accorder notre confiance. En réalité, je ne vois pas d'autre option. Nous n'avons ni véhicule, ni argent. Nous faisons l'objet d'un mandat d'arrêt. Ma famille est sous surveillance, quant à la vôtre…

— Je sais bien, mais…

— … nous n'y arriverons jamais seuls, Harmony. Cindy semble vraiment attachée aux pionniers. Nous devons faire équipe avec elle. Nous n'avons pas le choix. »

Gênée par cette conversation qui lui échappe, la conductrice se tortille sur son siège :

« Mandat d'arrêt ? Famille sous surveillance ? Vous m'inquiétez de plus en plus. Qui êtes-vous vraiment ? »

Elle ne peut s'empêcher de baisser nerveusement les yeux vers le plancher du pick-up côté portière, là où elle entrepose habituellement son fusil.

Il n'y est plus.

« Que… », hoquette-t-elle.

Elle n'a pas besoin de se retourner pour deviner où est passée l'arme : le contact froid du canon contre sa nuque est suffisamment explicite.

« Ap… après tout ce que j'ai fait pour vous…, balbutie-t-elle.

— Je suis sincèrement désolé, Cindy, fait Andrew depuis la banquette arrière, le fusil tremblant entre ses mains encore faibles. Mais comme je vous l'ai dit, nous n'avons pas le choix. Et vous non plus. Le sort de Mars est entre nos mains, tout comme celui de ma mère Vivian, de ma sœur Lucy, et peut-être de la Terre entière. Même si j'aimerais pouvoir me fier à vous sans recourir à la menace, l'enjeu est trop important pour prendre le moindre risque. Dans les jours qui viennent, vous allez devoir enfreindre plus d'une loi et risquer plus qu'un PV. Dites-vous que c'est pour sauver vos chers pionniers d'une mort certaine, et pour sauver le monde d'une des plus ignobles escroqueries jamais perpétrées. Vous enverrez un e-mail à votre employeur pour lui dire que vous prenez un congé sans solde. Dans l'immédiat, direction Washington DC, Georgetown, domicile du professeur Barry Mirwood – par les petites routes je vous prie.

— Washington DC ? Mais c'est à l'autre bout du pays, à trois jours de route au moins !

— Ça nous laissera le temps de tout vous raconter. Harmony, s'il vous plaît, videz les poches de notre amie et surtout prenez-lui son téléphone. Regardez aussi combien elle a en liquide sur elle. C'est vous qui ferez le plein dans les stations-service… » Il ajoute dans un souffle : « Si nous réussissons et que nous nous en sortons vivants, Cindy, je vous promets sur mon honneur de faire amende honorable… »

12. CONTRECHAMP
MAISON BLANCHE, WASHINGTON DC
DIMANCHE 7 JANVIER, 15 H 27

« **N**OUS SOMMES TOUT OUÏE, PROFESSEUR : DITES-NOUS TOUT ! »
Assis derrière son large bureau, le président Green adresse son fameux sourire ultra-bright au vieil homme à la barbe fleurie qui lui fait face.

Pour son entrevue à la Maison Blanche, Barry Mirwood a revêtu ses plus « beaux » atours : costume à rayures, chemise à carreaux et nœud papillon à pois – de travers. Cet accoutrement d'as de pique contraste avec la mise élégante des autres personnes présentes dans le bureau ovale : Edmond Green, mais aussi Serena McBee et une douzaine de personnes parmi les plus proches collaborateurs de la présidence, membres du cabinet ou consultants spéciaux. Tous portent un petit insigne noir épinglé au revers de leur veste ; c'est le ruban noir du Souvenir, en hommage aux instructeurs du programme Genesis disparus un mois plus tôt dans un crash aérien.

« Le concept de mon ascenseur spatial énergétique est très simple, s'enthousiasme Barry Mirwood. Des micro-ondes diffusées depuis un satellite en orbite autour de Mars, pour faire monter et descendre une cabine de transit à volonté, comme dans un vrai ascenseur. Tout cela est résumé dans le schéma que j'avais envoyé par e-mail à ma consœur le professeur McBee, qui a eu l'idée géniale de le diffuser sur la chaîne Genesis ! » Il adresse à la psychiatre diplômée de Stanford un regard plein de reconnaissance : « Vous avez eu raison de miser sur l'intelligence des spectateurs, madame McBee : des milliards de Terriens ont compris le principe, même les enfants de cinq ans, et... »

Serena arrête le professeur Mirwood d'un geste de la main.

« C'est à vous que revient tout le mérite de cette invention, dit-elle en souriant aimablement – mais derrière cette façade avenante, sa voix est sèche comme un coup de trique. Pas la peine de nous réexpliquer comment ça fonctionne : les médias ne parlent que de ça depuis ce matin, et comme vous l'avez justement souligné, les enfants eux-mêmes ont saisi l'idée. Ce que nous voulons savoir, ce sont les ressources dont vous avez besoin – n'est-ce pas, monsieur le Président ? »

Edmond Green abonde dans le sens de sa plus proche collaboratrice :

« En effet, Serena, dit-il avant de se tourner à nouveau vers le vieil homme. J'ai toute confiance en vous, Barry, et je me réjouis de vous avoir nommé Conseiller scientifique spécial en matière spatiale. Je compte sur vous pour tout donner. L'opinion accorde une telle importance au programme Genesis. Surtout maintenant qu'une seconde saison vient d'être annoncée, avec une nouvelle équipée d'astronautes qui partira dans un an et demi ! La première a survécu à un petit coup de grain, mais que se passera-t-il quand le cycle climatique recommencera ? Car ces tempêtes sont cycliques, si j'ai bien compris vos explications ? »

Le savant hoche vigoureusement la tête, envoyant des ondes sismiques dans sa barbe.

« Tout à fait, monsieur le Président, confirme-t-il. Chaque année martienne – qui correspond, je vous le rappelle, à deux années terriennes –, les températures augmentent à mesure que Mars se rapproche du soleil. Mus par la chaleur, les vents soufflent de plus en plus fort, soulevant des tonnes de poussière. L'été, sur la planète rouge, c'est aussi la saison des tempêtes : une période de perturbations croissantes, qui culminent au mois 18, le mois de la Grande Tempête. Ceci étant dit, la base de New Eden a été construite pour résister à de tels phénomènes atmosphériques – elle a déjà essuyé de nombreuses intempéries, pendant plusieurs années martiennes, lorsqu'elle n'était pas encore habitée. »

Le président Green émet un discret toussotement.

« Je vois, dit-il. Mais elle a aussi subi des dommages, au moins une fois par le passé, à en croire la déposition que ce robot a faite à l'antenne. Je sais bien que les dégâts ont été réparés rapidement et automatiquement mais… est-ce que votre ascenseur pourra être prêt avant la prochaine Grande Tempête ? Au cas où la base connaîtrait de nouvelles avaries, plus graves peut-être cette fois-ci ? »

L'homme le plus influent du monde expire longuement, les mains posées à plat sur son bureau verni, les yeux vrillés dans ceux de son interlocuteur :

« J'ai donné mon aval pour que le programme Genesis se poursuive et sélectionne un deuxième équipage de prétendants. Parce que l'esprit de conquête l'exige. Parce que l'opinion le demande. Parce que c'est le sens de l'Histoire. Mais j'y mets une condition impérative : une solution d'évacuation viable. Nous ne pouvons plus nous satisfaire d'un voyage en aller simple. OK pour continuer d'envoyer des pionniers, si et seulement si nous pouvons les faire revenir en cas de besoin. Sans cette garantie, je mettrai mon véto à tout futur départ depuis le sol américain. Il nous faut un ticket retour, Barry : il en va de mon image et de celle de mon gouvernement. »

Le savant ouvre la bouche pour répondre, mais une femme brune, la trentaine conquérante et l'œil structuré au fard à paupières iridescent, s'empresse de préciser :

« Il nous faut un ticket retour, en effet, monsieur Mirwood, mais sans que le Trésor n'ait à débourser le moindre centime. Le président Green a tout à fait raison de souligner que le programme Genesis est un sujet d'image crucial pour son mandat, j'ajouterai que c'est aussi un terrain dangereux. L'opposition nous attend au tournant. La moindre allusion à de nouvelles dépenses publiques, alors que nous venons d'être réélus sur un programme ultralibéral, serait une catastrophe en termes de communication. Au fait, je me présente : je suis Dolores Ortega, chargée d'Image auprès du président. »

Serena McBee se racle la gorge.

« Ne vous inquiétez pas pour les dépenses publiques, tranche-t-elle. Je vous rappelle qu'Atlas Capital va financer intégralement cet ascenseur.

— Si je puis me permettre, en êtes-vous bien certaine, madame la Vice-Présidente ? répond Dolores Ortega du tac au tac en se déhanchant dans son tailleur de créateur à coutures apparentes, la dernière tendance des défilés. Nous n'avons reçu aucun engagement écrit de leur part… » Elle rejette sa frange asymétrique en arrière d'un coup de tête, puis ajoute : « Notez que je ne cherche pas à mettre en cause votre bonne foi, mais ma mission première est de veiller à la réputation du président Green. C'est ce pour quoi je suis payée.

— Vous avez une carte ? »

La chargée d'Image marque un temps d'arrêt, figée sur ses échasses :

« Pardon ?

— Une carte de visite, précise Serena McBee sans se départir du sourire qui lui sert de masque.

— Je… euh… oui. »

Dolores Ortega fouille dans les poches de son tailleur sous le regard des ministres et des conseillers, finit par en extraire un petit bristol qu'elle tend à la nouvelle vice-présidente.

Cette dernière la saisit du bout de ses doigts manucurés et la déchiffre à voix haute :

« *Dolores Ortega, Chargée d'Image à la présidence…*

— C'est exactement ce que j'ai dit à l'instant, quand je me suis présentée au professeur Mirwood, rappelle Dolores Ortega en retrouvant tout son aplomb.

— J'ai eu peur d'avoir manqué quelque chose, mais non, j'avais bien entendu : il y a écrit *"chargée d'Image"*, pas *"chargée de Portefeuille"*. Quand Atlas confirmera son engagement par écrit, le président Green sera bien sûr le premier informé… » Serena s'incline devant son supérieur. « … ainsi que le secrétaire au Trésor, M. Lyndon. » Elle fait un signe en direction d'un homme affublé d'épaisses lunettes carrées.

« À chacun son expertise, ma chère, c'est la clé du succès dans une équipe qui gagne, conclut-elle en se retournant vers Dolores Ortega. Nous, les finances de l'État ; vous, les brushings et les nœuds de cravates. »

La chargée d'Image ouvre sa bouche maquillée au rouge à lèvres holographique pour répliquer, mais aucun son ne sort de ses lèvres 3D.

Rouge de honte, elle plaque ses yeux au sol pour ne plus les en décoller.

« Bien, où en étions-nous ? reprend Serena McBee. Ah oui, les ressources ! Alors, Barry, de combien avez-vous besoin ? »

Le vieux savant fouille dans sa serviette en cuir et en sort une tablette digitale, qu'il pose sur le bureau. D'un doigt fébrile, il fait défiler des pages et des pages couvertes d'équations, jusqu'à parvenir à un schéma représentant son invention.

« J'ai encore affiné mes travaux préparatoires ce matin, c'est là ma toute dernière version, dit-il d'une voix excitée, en zoomant sur l'image. Comme vous le savez, l'ascenseur est composé de deux éléments : un satellite énergétique et une cabine de transit ultralégère. Le satellite restera en orbite autour de Mars à la même altitude que la lune Phobos et fera office d'écran solaire géant. D'après mes calculs, le diamètre du satellite doit atteindre deux cents mètres minimum, afin d'emmagasiner suffisamment d'énergie en provenance du soleil – il lui faudra alors quatre révolutions pour se recharger et diffuser suffisamment de micro-ondes pour faire circuler la cabine de transit entre le sol de Mars et l'orbite haute. Le défi technologique est double. Il faut non seulement construire cet énorme appareil en un temps record pour qu'il soit prêt avant le prochain voyage du *Cupido* ; mais aussi l'acheminer à soixante millions de kilomètres de notre planète. Pour cela, je crois que j'ai la solution… »

Barry Mirwood plonge à nouveau la main dans sa serviette. Cette fois-ci, il en sort un petit cylindre ressemblant à un rouleau de ruban adhésif.

ASCENSEUR SPATIAL ÉNERGÉTIQUE /
Estimation budgétaire

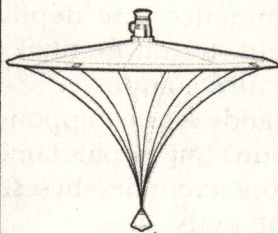

GENESIS

SATELLITE ÉNERGÉTIQUE COMPACTABLE

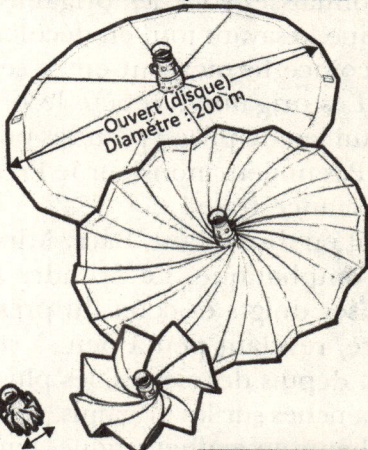

Ouvert (disque)
Diamètre : 200 m

Fermé (cylindre)
Diamètre : 10 m

18 000 M$

CABINE DE TRANSIT
Capacité maximale : 12 passagers

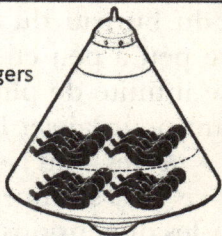

7 000 M$

« Voici mon prototype, bricolé maison…, murmure-t-il d'une voix tout excitée en décollant une sorte de petite languette de papier très fin sur le côté du cylindre. Tenez, monsieur le Président, serrez bien fort. »

Edmond Green jette un regard interloqué à ses collaborateurs, mais il saisit néanmoins la languette.

« Connaissez-vous les origamis, monsieur le Président ? continue le savant tout en décollant une seconde languette, qu'il coince fermement entre ses ongles.

— Les origamis ? répète le président d'une voix atone. C'est un jeu de pliage pour les petits enfants japonais, non ?

— Pas un jeu, monsieur le Président ! Une science ! Une science ancestrale !… »

Tout en discourant, Barry Mirwood écarte son bras d'un geste emphatique. Le cylindre commence à se déplisser entre ses doigts et ceux du président, tel un éventail qui s'ouvre, révélant peu à peu sa structure complexe.

« … depuis des siècles, les plus grands esprits nippons se sont penchés sur les origamis, et aujourd'hui les plus fameux chercheurs en mathématiques leur consacrent des thèses… »

Le savant recule d'un pas, puis de deux.

Le modèle réduit du satellite continue de se déployer au-dessus du bureau du président ébahi. Le cylindre se transforme peu à peu en un vaste disque de papier bible strié d'une infinité de pliures.

S'écartant pour laisser la place au savant, le public émet des « oh ! » et des « ah ! » d'admiration.

« … grâce à la science de l'origami, je suis parvenu à compacter les dimensions du panneau solaire d'un facteur vingt, ainsi que vous pouvez le constater, messieurs-dames ! » se rengorge le professeur, comme s'il était déjà en train de faire son discours de réception du prix Nobel.

Mais au moment où il s'apprête à faire un dernier pas en arrière, un long crissement retentit : le disque de papier se déchire sur toute sa largeur, une moitié restant dans la main du savant et l'autre dans celle du président.

Silence consterné dans l'assistance.

« Je… euh… bien sûr, ce n'est qu'un prototype…, bafouille Barry Mirwood en s'empressant de reprendre sa tablette pour sauver la face. Il y a encore beaucoup de tests préalables à réaliser. C'est pourquoi j'estime le coût de développement du satellite à dix-huit milliards de dollars. Plus sept pour la cabine de transit. »

De consterné, le silence se fait horrifié, tandis que le chiffrage s'affiche sur l'écran.

Mais Barry Mirwood n'en a pas fini :

« Nous devrons aussi concevoir un module de convoyage capable de fixer le satellite compacté et la cabine de transit sur le flanc du *Cupido* : deux milliards de dollars, assène-t-il en affichant une nouvelle page. Mais avant même de pouvoir procéder à l'arrimage, il s'agit d'envoyer trois cents tonnes de charge utile en orbite terrestre, avec un super-lanceur dédié et une coiffe de fusée construite sur-mesure : un milliard de dollars. Bien sûr, tous les coûts que je viens de vous détailler concernent uniquement le matériel proprement dit, négocié au plus serré avec des sous-traitants du monde entier ; il va sans dire qu'il faut des hommes et des femmes pour mener le projet à terme. Atlas Capital va devoir réembaucher le personnel de la Nasa licencié il y a trois ans, et sans doute bien plus encore. Si nous voulons que l'ascenseur énergétique soit opérationnel avant la prochaine Grande Tempête martienne, cela signifie que le *Cupido* doit repartir pour Mars avec son précieux chargement non pas dans un an et demi, comme il était initialement prévu pour la saison 2 du programme Genesis, mais dans quinze mois au plus tard. Cinq petits trimestres pendant lesquels des milliers de gens archi-qualifiés vont devoir enchaîner les heures supplémentaires, travaillant non-stop dimanches et jours fériés. Masse salariale estimée : deux milliards de dollars. »

ΛSCENSEUR SPATIAL ÉNERGÉTIQUE /
Estimation budgétaire

GENESIS

MODULE DE CONVOYAGE

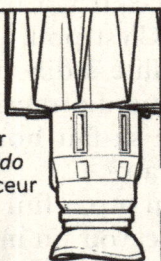

Conçu pour se fixer à la fois sur le *Cupido* et sur le super-lanceur

2 000 M$

1 000 M$

2 000 M$

LANCEMENT DÉDIÉ
Super-lanceur capable d'envoyer en orbite une charge utile de 300 tonnes + coiffe sur mesure

MASSE SALARIALE
Les meilleurs ingénieurs mondiaux à temps plein pendant 15 mois

Le secrétaire au Trésor, livide, desserre son nœud de cravate.

« Trente milliards de dollars en tout…, additionne-t-il d'une voix blanche. L'opération de sauvetage la plus onéreuse de tous les temps… Deux fois plus que le budget total des derniers jeux Olympiques… »

Le président Green lui-même semble au bord du malaise : sous son bronzage orangé, son teint se fait blême.

« Je compte vraiment sur vous, Serena… », dit-il en se tournant vers sa suppléante, la voix vibrante.

Il embrasse l'assemblée du regard, des hommes et des femmes rompus aux batailles politiques les plus ardues, aujourd'hui complètement désarmés face à cette situation qui les dépasse :

« … nous comptons tous sur vous… toute l'Administration Green. »

La vice-présidente se fend d'un gracieux sourire.

« Vous avez raison. Vous pouvez compter sur moi. Vous pouvez compter… jusqu'à trente milliards. Laissez-moi juste négocier avec Atlas Capital pour qu'ils mettent la main au porte-monnaie. J'y vais de ce pas. Monsieur le Président, mesdames et messieurs les ministres, si vous voulez bien m'excuser… »

Serena McBee s'incline modestement. Puis elle pivote sur ses talons hauts et quitte le bureau ovale, laissant derrière elle l'homme le plus puissant du monde, aussi désemparé que n'importe quel spectateur de la chaîne Genesis au moment où s'interrompt le programme.

13. CHAÎNE GENESIS
DIMANCHE 7 JANVIER, 18 H 18

PLAN D'ENSEMBLE SUR LE DÔME DÉSERT. Derrière les alvéoles de verre, la nuit est en train de tomber.

Les spots intérieurs accrochés aux poutrelles d'aluminium sont tous allumés. Ils dispensent un éclairage vif sur les plantations à étages s'élevant en pyramide au centre du dôme, encore recouvertes par les bâches que les pionniers ont déployées la veille pour les protéger de la tempête.

Un titrage apparaît en bas de l'écran : JARDIN DE NEW EDEN/HEURE MARTIENNE – 19 H 58.

Soudain, une forme claire émerge de l'un des tubes d'accès menant aux Nids d'amour.

La caméra zoome : c'est Kirsten, vêtue d'une robe de soie légère bleu ciel, les mains munies d'épais gants de cuisine entre lesquels fume un large plat.

La jeune Allemande traverse le Jardin au pas de course, parvient à l'entrée du tube d'accès qui conduit au septième Nid, s'y engouffre furtivement.

Cut.

Un écran noir vient remplacer la vue de la base martienne.

Un message se met à y défiler :

CHÈRES SPECTATRICES, CHERS SPECTATEURS,
LA CHAÎNE GENESIS A DÉCIDÉ D'ACCORDER
QUELQUES MOMENTS D'INTIMITÉ
AUX PIONNIERS HORS ANTENNE,
LE TEMPS D'UN DÎNER AU CHEVET DE MARCUS.

MAIS RESTEZ CONNECTÉS !
POUR VOUS FAIRE PATIENTER,
NOUS AVONS LE PLAISIR DE PARTAGER AVEC VOUS
LE PREMIER DE NOS REPORTAGES « ORIGINES »
SUR LA VIE DES PIONNIERS AVANT LE DÉPART.

(PROGRAMME CRYPTÉ, RÉSERVÉ À NOS ABONNÉS PREMIUM)

Le message s'estompe progressivement, tandis que résonne un court jingle : les notes du refrain de *Cosmic Love,* la musique bande-son officielle du programme Genesis.

Ouverture au noir sur une salle aux murs de verre, au dernier étage d'un gratte-ciel.

La vue plonge à trois cent soixante degrés sur un panorama à couper le souffle, hérissé de tours d'acier, sur lesquelles se réfléchit un soleil tropical, aveuglant. À l'est, on peut apercevoir la mer scintillante, bordée de magnifiques plages de sable blanc ; à l'ouest, depuis les hauteurs, se déversent les bidonvilles qui envahissent la ville comme des coulées de magma mêlant la tôle et le plastique. Pour tout mobilier, la pièce comporte une chaise unique.

Soudain, quelque part, une porte s'ouvre dans un déclic.

Un nom se surimprime sur l'image, enveloppé par une ellipse spatiale :

MOZART
BRÉSIL

Une silhouette entre dans le champ : c'est celle du candidat brésilien désormais célèbre dans le monde entier, mais à une époque où il n'était encore qu'un inconnu de dix-sept ans. Il vient s'asseoir sur la chaise. Sa peau bronzée contraste avec le coton blanc de sa chemise ; à travers le col entrouvert étincellent une chaîne en or et son crucifix. Ses épais cheveux bruns et lustrés luisent eux aussi, d'un éclat artificiel plus blanc que celui du soleil. Dans ses yeux noirs se reflète la lumière des spots braqués sur lui.

La voix d'une jeune femme retentit, hors du champ de la caméra filmant la scène : « *Bonjour, et bienvenue dans les bureaux brésiliens de McBee Productions. J'ai le plaisir de vous annoncer que vous faites partie des cent mille candidats retenus au niveau mondial pour la seconde phase de sélection du programme Genesis, parmi les millions qui ont renvoyé le formulaire d'inscription. Bien sûr, il y a encore de nombreuses étapes à franchir avant de passer le dernier round qui désignera les douze prétendants de Mars, et qui sera présidé par la productrice exécutive du programme Genesis : Mme McBee elle-même. Mais chaque chose en son temps. Aujourd'hui, je vais vous poser quelques questions – en anglais, puisque c'est la langue officielle du programme. Rassurez-vous, rien de bien sorcier. A ce stade, il s'agit surtout de voir comment vous prenez la lumière, la qualité de votre élocution, toutes ces petites choses qui ont leur importance pour assurer un spectacle de qualité… »*

Le jeune homme l'interrompt : « Et là tout de suite, mademoiselle, je la prends comment, la lumière ? »

Un sourire se dessine sur ses lèvres pleines, mi-provocateur, mi-séducteur. On devine que ce n'est pas la caméra qu'il fixe de ses prunelles noires comme de l'encre, mais celle qui se tient derrière, face à lui.

La voix de la chargée de casting vacille, manifestement troublée : « *Euh… bien. Très bien, même* », balbutie-t-elle, avant de retrouver son professionnalisme – « *Répondez-moi simplement, en regardant la caméra bien en faZZZZZZZZZZZ ZZZZZZZZZZZZZZZZZZZZZZZZZZZZZZZZZZZZZZZZZZZZZZZ*

ZZZZZZZZZZZZZZZZZZZZZZZZZZZZZZZZZZZZZZZZZZZZZZZZ
ZZZZZZZZZZZZZZZZZZZZZZZZZZZZZZZZZZZZZZZZZZZZZZZZ-
ZZZZZZZZZZZZZZZZZZZZZZZ...

Sans prévenir, un rideau neigeux vient brouiller l'image, tandis qu'un bourdonnement parasite transforme le dialogue entre le candidat et la recruteuse en bouillie incompréhensible.

Le début du cryptage a commencé[1].

14. CHAMP
MOIS N° 21/SOL N° 578/20 H 00 MARS TIME
[28e SOL DEPUIS L'ATTERRISSAGE]

« **V**OILÀ, C'EST PRÊT ! » résonne la voix de Kris à travers le tube d'accès conduisant au septième habitat.

Nous y sommes déjà rassemblés, tous les onze.

Deux couples sont engoncés dans le canapé, les Samsafia et les Mozabeth. Les Fangtao se tiennent juste à côté, lui dans son fauteuil roulant, elle délicatement placée en amazone sur l'accoudoir. Les Kenkelly sont assis sur deux des chaises qu'on a rapportées dans le séjour, formant un couple étrange. Alors que nous avons tous enlevé nos sous-combis pour revêtir des habits civils (j'ai enfilé mon jersey gris et un jean baggy, mes fringues d'avant Marcus), Kenji a absolument tenu à se harnacher de sa combinaison complète, casque compris, au cas où un accident surviendrait pendant qu'on est tous dans la même pièce. Il a sans doute raison : même s'il est peu probable que Serena choisisse ce moment pour

---

1. Pour visionner le reportage sur Mozart en clair, merci de vous brancher sur *PHOBOS Origines*.

dépressuriser la base, avec Andrew et Harmony toujours en liberté, on n'est jamais trop prudent. Kenji-le-Parano, c'est bien le seul pionnier qui peut se ramener à un dîner en combi-casque sans faire sourciller les spectateurs.

Car c'est de cela qu'il s'agit, du moins officiellement : un dîner entre amis, autour de notre cher Marcus, pour le réconforter. Personne sur Terre ne se doute que ce qui va se dérouler dans cet habitat aveugle, sans caméras, c'est son procès…

« Attention, c'est très chaud ! » annonce Kris en faisant son entrée dans le séjour, le plat fumant entre ses gants de cuisinière.

Elle a fait son fameux hachis 100 % végétarien, 100 % préparé avec les ingrédients cultivés sur Mars, celui qui remporte tous les suffrages. Mais aujourd'hui, mon amie est loin d'afficher le fier sourire qu'elle arbore habituellement lorsqu'elle s'apprête à régaler l'équipage : sous sa couronne de nattes blondes, son visage est figé comme un masque de cire froide. La vérité, c'est que ce soir Kris a confectionné son plat fétiche uniquement pour donner le change aux spectateurs. La vérité, c'est qu'aucun d'entre nous n'a le moindre appétit.

Elle laisse tomber le plat brûlant sur la petite table à manger ronde, comme si elle se délestait d'un fardeau ; puis elle file se blottir contre la chemise d'Alexeï, qui enveloppe ses épaules frissonnantes d'un bras protecteur. Ainsi les Krisalex se reforment-ils à leur tour, unis telles les deux faces d'une même pièce.

Les deux robots, Günter et Lóng, sont serrés l'un contre l'autre, et pour une fois Louve et Warden eux-mêmes semblent prêts à se tolérer.

Je reste seule dans l'unique fauteuil du septième Nid – désunie et dépareillée, pour toujours.

« Bon, c'est pas tout ça, mais comment on fait ? demande Alexeï à brûle-pourpoint, tandis que Kelly referme soigneusement la porte de l'habitat en ruminant son chewing-gum du jour. On sort la corde tout de suite et on en finit ? »

Il y a une telle rage dans les paroles d'Alexeï.

Une telle détresse aussi.

« Non, répond fermement Safia. Nous avons dit que nous organiserions un procès, pas une parodie de justice. »

Alexeï grimace :

« Voilà, ça commence ! La grande défenseuse des causes perdues ! Tu vas lui trouver des circonstances atténuantes, tu vas tout faire pour sauver sa sale peau de traître...

— Détrompe-toi, le coupe la petite Indienne, avec cette autorité naturelle qui m'a toujours étonnée chez elle. Je n'ai aucune sympathie pour les traîtres. Marcus doit payer. Mais pour que son châtiment ait un sens, il faut faire les choses comme il faut... Il faut suivre le protocole judiciaire...

— Qu'est-ce que tu racontes ? On n'y connaît rien, à ces trucs.

— Moi si. J'ai déjà été au tribunal.

— Ah ouais, comme spectatrice ?

— Non, comme accusée. Et comme j'ai dû assurer moi-même ma défense, je me suis bien documentée sur la question. »

Silence dans l'habitat.

À la manière dont les pionniers se regardent, je devine que certains sont au courant et d'autres pas : là-bas, en Inde, Safia a été traînée devant la justice par l'homme qui a essayé de la défigurer à l'acide, après qu'elle avait refusé de l'épouser – dans leur empoignade, c'est lui qui s'est pris le jet d'acide en plein visage...

« Ici, sur Mars, il n'y a pas de jurés impartiaux, continue Safia. Nous sommes tous des victimes. Nous devrons tous être des juges. C'est la seule façon de procéder. »

La benjamine de l'équipe nous embrasse du regard – le troisième œil fixé sur son front, assorti à son sari safran, semble lui aussi nous contempler.

Dans le séjour, personne ne moufte, pas même Alexeï qui a momentanément rangé sa hargne au placard. La vie et la mort d'un homme vont se jouer ici, dans quelques instants, et Safia est en train de nous exposer les règles de ce jeu. Nous sommes tous pendus à ses lèvres.

« Première étape, rappel des chefs d'accusation, énonce-t-elle.

« Deuxième étape, choix par l'accusé de plaider coupable ou non coupable.

« Troisième étape, présentation des preuves et témoignages par l'accusation.

« Quatrième étape, plaidoirie de la défense et interrogation de l'accusé par la Cour.

« Cinquième étape, délibération et jugement.

« Sixième et dernière étape, exécution de la sentence. »

Six.

Toujours ce même chiffre, qui nous poursuit depuis le début du programme comme une malédiction. La voix off du générique défile dans ma mémoire, glaçante : « *Six prétendantes d'un côté. Six prétendants de l'autre. Six minutes pour se rencontrer. L'éternité pour s'aimer.* »

« Il y a donc des rôles à répartir, reprend gravement Safia, m'arrachant à mes pensées. Même si nous devrons tous participer lorsqu'il s'agira de délibérer, il faut que certains d'entre nous coiffent une autre casquette pendant le temps du procès. Nous avons tout d'abord besoin d'un président pour mener les débats... Nous pouvons voter à main levée...

— Pas la peine de chercher midi à quatorze heures ! l'interrompt Kelly, cessant momentanément de mâcher son chewing-gum. Notre président est tout trouvé. Ou plutôt devrais-je dire notre *présidente*, j'ai nommé... Safia. »

La Canadienne se tourne vers nous, plaçant ses deux mains sur ses hanches soulignées par un jean moulant, exhibant son ventre en béton armé sous son cache-cœur lilliputien, et lance à la cantonade :

« Quelqu'un n'est pas d'accord avec moi ?... »

Silence total : qui ne dit mot consent.

« ... et voilà, c'est plié – rôle suivant ? » fait-elle avant de se remettre à mâcher.

Safia incline lentement la tête pour montrer qu'elle accepte la charge qui lui incombe, la dignité de ses mouvements contrastant avec la mastication fébrile de Kelly.

« Il nous faut un greffier pour enregistrer le déroulement du procès et tous les témoignages, reprend-elle.

— Est-ce que c'est vraiment utile ? demande Kris sans oser lever les yeux du sol. Après tout, on est entre nous. Est-ce qu'on doit vraiment... laisser une trace de tout ça ? »

Un tel malaise se lit sur le visage de ma chère Kris, ça m'en fait mal au cœur. Je sens bien que ce qui va se passer ici lui fait horreur.

Mais Safia lui répond d'une voix intransigeante – une voix qui sonne dur, mais aussi, je le sais aussitôt en l'entendant, qui sonne juste :

« Oui, c'est utile, affirme-t-elle. C'est même indispensable. D'abord parce qu'au moment de délibérer, notre mémoire peut nous jouer des tours et les minutes du procès seront là pour nous rappeler ce qui s'est exactement dit entre ces murs. Ensuite et surtout, parce que si dès maintenant on a trop honte de ce qu'on va faire pour en laisser *une trace*, comme tu dis, quelle valeur aura ce procès ? Quelle qu'en soit l'issue, quelle qu'en soit la sentence, il faut que tout soit noté. Pour qu'aucun de nous ne se désolidarise jamais de cette décision. Pour qu'on reste ensemble et qu'on assume ensemble, jusqu'au bout. »

Kris émet un gémissement à peine audible, mais ne réplique pas.

« Moi, je suis d'accord pour être la greffière, se propose Fangfang, le visage verrouillé comme un coffre-fort derrière ses lunettes.

— Je peux te demander quelque chose ? » intervient Kelly.

Comme à chaque fois que la Canadienne lui adresse la parole, la Singapourienne se braque, commence à se justifier :

« Quoi, qu'est-ce qu'il y a ? Tu ne m'en crois pas capable ? À force d'enchaîner les examens et les concours, à Singapour, j'ai appris à taper vite et je...

— Je ne remets pas en cause tes compétences de dactylo : avec tes lunettes sévères, ta jupe crayon et ta moue butée, tu as le total look de la secrétaire perverse, c'est peut-être ça qui fait kiffer Tao, qui sait ?... » S'apercevant qu'elle va trop loin, Kelly fait un effort pour adoucir le ton : « ... non, ce que je te demande, c'est juste de t'asseoir à côté de Chat. Je sais bien que son casque est connecté aux micros du séjour, mais au cas où il manque des bribes, il pourra toujours lire ce que tu écris sur ta tablette afin de suivre le procès. S'il te plaît. »

Fangfang rajuste ses lunettes de « secrétaire perverse », paraissant soudain embarrassée par cet accessoire innocent, et baisse les yeux sur la jupe grise qui lui arrive juste au-dessus du genou. Puis, sans un mot, elle attrape sa tablette et tire une chaise pour s'asseoir à côté du Japonais.

« Nous allons maintenant devoir désigner un avocat général pour soutenir l'accusation, reprend Safia, suivant sa logique implacable.

— Moi ! s'exclame Alexeï en bondissant en avant, si brusquement qu'il bouscule Kris sans même s'en apercevoir.

— Minute, s'interpose Mozart. T'es pas le seul à vouloir ce rôle.

— Peut-être, mais je serai celui qui le remplira le mieux. Marcus, je vais l'atomiser !

— Ah ouais ? J'en suis pas si sûr. T'étais plutôt pote avec lui, y a pas si longtemps... Les Krisalex et les Léorcus, les couples stars de Mars, toujours fourrés les uns chez les autres…

— Et alors ? T'es jaloux ? Tu crois que t'as plus la haine que moi, juste parce qu'il t'a piqué la meuf que tu voulais ?

— Assez ! »

Ce n'est pas moi qui ai crié, même si j'ai l'impression que ça venait du fond de mon ventre.

C'est Liz.

Elle se tient là, tremblante dans l'un de ses épais cols roulés en laine, serrant contre sa poitrine sa tablette de responsable Ingénierie. Bafouée, une fois de plus : Alexeï qui parle comme si elle n'était pas là, Mozart qui a trop la rage pour songer à défendre sa femme, et tous les autres qui la regardent sans savoir comment réagir.

« Assez…, répète-t-elle, à bout de souffle, les larmes aux yeux. Ce procès est censé nous rassembler, pas nous diviser…

— Liz a raison, abonde Safia. Nous devons absolument rester soudés. Mozart, Alexeï : si vous voulez tant vous impliquer, faites-le ensemble, pas l'un contre l'autre. Je propose que vous soyez nos forces de police. Ce sera à vous de vous assurer que l'accusé se présente devant la Cour au moment voulu, qu'il se tienne tranquille, qu'il se lève et s'assied quand on lui demande. Vous êtes d'accord ? »

Hochement de tête des deux intéressés.

« OK, concède Alexeï, mais alors qui va jouer le rôle de l'avocat général ?

— Je me propose ! » déclare Tao d'une voix de stentor.

Son large front se contracte à la lisière de ses cheveux coupés en brosse courte, dessinant une ride de concentration au-dessus de ses yeux en amande. La détermination qui y brille m'impressionne et me rappelle qu'avant de s'embarquer pour Mars, avant de terminer dans un fauteuil roulant, Tao était un acrobate de cirque capable de regarder le vide en face, sans trembler.

« Je suis celui qui a le moins étudié, reconnaît-il. Je suis celui qui parle le moins bien. Mais je suis aussi celui qui a le plus de choses à reprocher à Marcus – je veux dire, après Léonor… » Il déglutit. « … des choses que je n'ai encore jamais dites à personne ici. Mais à présent le moment est venu. Je raconterai tout pendant le procès. Je serai sans pitié avec lui, comme il l'a été avec moi. »

Il y a une telle conviction dans la voix de Tao que nul n'ose remettre en cause sa candidature au poste d'avocat général, pas même Fangfang qui le regarde avec de grands yeux étonnés derrière ses lunettes. Elle doit se poser la même question que moi, que nous tous : de quelles *choses* Tao veut-il parler ? Je suppose qu'il faudra attendre son réquisitoire pour le découvrir…

« Il nous faut maintenant un avocat de la partie civile, poursuit Safia, imperturbable. En d'autres termes, celui des victimes : notre avocat à tous les onze. »

Samson s'avance d'un pas :

« Je me propose.

— Toi ? lui lance Mozart avec suspicion. Alors que tu nous as empêchés de démolir Marcus ce matin ? Tu nous as séparés quand on s'empoignait, Marcus et moi. Tu t'es interposé entre Alexeï et lui, au risque de te prendre un missile russe en pleine gueule. Je t'aime bien, Samson, mais t'es trop gentil. Je suis pas sûr que tu sois taillé pour ce rôle d'avocat. »

Une lueur s'allume dans les yeux verts du Nigérian :

« *Si tu m'aimes bien,* comme tu dis, tu devrais me faire confiance, murmure-t-il. Tu as raison, je vous ai empêchés de massacrer Marcus ce matin : parce qu'à ce moment-là, c'était lui la victime, face à une meute en furie prête à le lyncher sans réfléchir, sans écouter. Mais maintenant ce n'est plus le cas. Maintenant, nous avons tous retrouvé notre sang froid. Si Marcus doit être puni, ce ne sera plus sur un coup de tête, dans un accès de rage aveugle. Ce sera en connaissance de cause, après l'avoir entendu. »

Samson prend une courte inspiration, sans détacher ses yeux de ceux du Brésilien, avant d'ajouter :

« Ce n'est plus lui, la victime. C'est nous, c'est moi… c'est toi, Mozart. Je veux *nous* défendre ce soir, comme j'ai défendu Marcus ce matin. »

Une seconde de silence s'écoule, au fond de laquelle il me semble entendre résonner les dernières paroles de Samson. Ce *nous*, il désigne bien les onze pionniers, n'est-ce pas ? Alors pourquoi est-ce que j'ai l'impression qu'il s'adresse d'abord à Mozart, tout comme son regard ardent semble ne voir personne d'autre que lui ?

Je reporte instinctivement mon attention sur Safia, comme pour chercher une réponse à ma question, pour tenter de voir si elle aussi a remarqué quelque chose d'étrange. Mais non. Elle couve son jeune époux d'un regard plein de fierté, c'est tout.

« Bien, tranche-t-elle. Nous avons notre avocat de la partie civile. Il ne reste donc plus qu'un poste à pourvoir. L'avocat de la défense… celui qui a la charge de plaider pour l'accusé. »

À ces mots, tous les visages se tournent vers le fauteuil où je suis enfoncée, pareils à des faces de piranhas appâtés par l'odeur du sang.

Oui, c'est vers moi qu'ils se tournent !

Comme si j'étais la mieux à même de défendre celui qui m'a poignardée !

« N'y pensez même pas !… », dis-je d'une voix rauque, sentant ma peau se hérisser sous mon jersey gris.

Alexeï croise les bras sur son large torse et me jauge de toute sa hauteur :

« Pourquoi pas ? Après tout, c'est toi qui le connais le mieux, ton petit chéri. Tu ne voulais même pas le dénoncer ce matin quand on a tous débarqué dans le Relaxoir. Tu voulais nous faire croire que vous vouliez juste vous séparer. Si Kenji n'avait pas enregistré votre conversation, on n'aurait jamais su quel enfoiré ce type est vraiment, on aurait continué de le côtoyer comme si de rien n'était et ce procès n'aurait jamais eu lieu. Il y a quelques heures, tu voulais sauver sa peau. Alors pourquoi pas maintenant ? »

Un aboiement incontrôlé sort de ma bouche – oui, un aboiement de chienne acculée dans un coin, qui cherche désespérément une issue pour se dérober :

« Ferme-la ! Je te rappelle que ce procès, c'est mon idée. Je te rappelle que je me suis engagée à exécuter la sentence. Alors ne m'accuse pas d'être du côté de Marcus ! Il est hors de question que je sois son avocate, t'as pigé ? »

Désarçonné par mon agressivité, Alexeï recule d'un pas et baisse la voix :

« OK, calmos, j'ai pigé... Mais il faut quand même quelqu'un pour défendre cette enflure...

— Moi. »

Au fond de la pièce, les yeux encore brillants de larmes, Liz affronte à son tour les piranhas, ces regards inquisiteurs qui ne me quittent que pour fuser sur elle.

« Moi, balbutie-t-elle. Je... je défendrai Marcus.

— Liz... ? fait Mozart d'une voix douce. Tu es fatiguée, tu ne sais pas ce que tu dis... »

Il tente de passer son bras autour de la taille de son épouse, mais elle s'esquive, ondulant telle une anguille entre les mailles d'un filet.

« Je sais très bien ce que je dis, rétorque-t-elle en s'efforçant de maîtriser le tremblement de sa voix. Safia l'a rappelé : il faut que tous les rôles trouvent preneurs, sinon le procès ne pourra pas avoir lieu. Il faut que quelqu'un défende Marcus, sinon sa condamnation n'aura aucune valeur. C'est mon devoir de me dévouer, de remplir cette fonction dont personne ne veut.

— Mais... pourquoi toi ? »

Liz passe la main sur son visage, essuyant les restes de larmes sous ses yeux rougis. Je sens qu'elle lutte pour ne pas détourner le regard, pour soutenir les nôtres. Ses longues jambes repliées sous sa chaise comme des membres désarticulés… les mèches folles qui s'échappent de son chignon… tout cela lui donne l'air d'un mannequin brisé. Elle semble si fragile, si isolée – peut-être plus encore que moi.

« Comme Marcus, j'ai trahi, parvient-elle à articuler. Comme lui, j'ai triché. Moi aussi, j'ai menti. Souviens-toi, Mozart : j'ai volé la tablette à croquis de Léo et je t'ai convaincu qu'elle ne voulait pas de toi pour t'inciter à me choisir. »

Par réflexe, je baisse les yeux sur la petite tablette posée sur mes genoux – celle-là même que Liz avait prise dans mes affaires sans me le dire, à la fin du voyage du *Cupido*, pour montrer à Mozart mes dessins des tatouages de Marcus. Je l'ai apportée avec moi ce soir pour y griffonner – pour m'y réfugier –, en cas de besoin.

« Tu te racontes des histoires, Liz…, assure Mozart. Tu n'as rien en commun avec ce type… Tu n'es pas une traîtresse… Léo t'a pardonnée. Et moi aussi. »

Un sourire triste, sans illusions, passe sur le visage de la belle Anglaise.

« C'est toi qui te racontes des histoires, Mozart, dit-elle. Si je n'avais pas interféré dans les dernières séances de speed-dating, Léo et toi vous seriez peut-être ensemble à l'heure qu'il est. Et ça, je sais que tu ne me le pardonneras jamais. »

Mozart devrait protester, mais il demeure muet, incapable de nier l'évidence : au fond de lui, il en veut toujours à celle qui est devenue ma femme. Le ventre serré, je réalise que c'est aussi mon cas. Même si, à l'époque, j'ai effectivement pardonné à Liz devant tout le monde le vol de ma tablette, je découvre à présent en moi un ressentiment acide, une aigreur qui me tord l'estomac.

Et nous qui pensions ne faire qu'un face à Marcus !

Il reste entre nous tellement de non-dits !

Les révélations que Tao a promises pour l'audience… Les regards étranges de Samson pour Mozart… La culpabilité lancinante de Liz… Tout cela me fait tourner la tête, me donne le vertige.

Safia émet un toussotement rauque :

« Hem… je crois que la Cour est au complet, dit-elle au milieu du silence pesant, chargé de tension. Est-ce que vous voulez qu'on remette l'audience à demain, pour avoir le temps de préparer, ou… »

Elle ne termine pas sa phrase.

Les visages fiévreux de l'équipage sont suffisamment éloquents. Ils n'ont tous qu'une envie : en finir, le plus vite possible.

« OK, nous n'attendrons pas demain. Je propose que l'avocat général siège avec moi sur le canapé, on va le caler contre le mur pour faire de la place. Nous nous servirons de la table à manger comme barre des témoins. Léonor, libère ton fauteuil s'il te plaît : c'est là que l'accusé s'assiéra, avec l'avocat de la défense à ses côtés. La greffière, l'avocat de la partie civile et les victimes se tiendront en face, côté kitchenette, sur deux rangées de chaises. Pas de questions ?… »

Les garçons font glisser les meubles sur le plancher lisse du septième habitat, le transformant en salle de tribunal.

Tao parque son fauteuil roulant contre le flanc du canapé, où il se hisse à la force de ses bras, tandis que Samson vient rejoindre Fangfang, Kenji, Kelly, Kris et moi sur les chaises disposées contre la kitchenette qui n'a jamais servi. Liz va s'asseoir en face, dans la partie réservée à la défense. Alexeï et Mozart se positionnent chacun d'un côté de la porte de la deuxième chambre. La main du Russe se pose sur le levier d'ouverture, tandis que le Brésilien sort son couteau à cran d'arrêt de la poche de son jean délavé.

« Je déclare la séance ouverte, annonce solennellement Safia. Faites entrer l'accusé ! »

15. Hors-Champ
UNE ROUTE DU NEVADA
DIMANCHE 7 JANVIER, 15 H 10

« ... *Voilà maintenant une demi-heure que les pionniers vont disparu des écrans de la chaîne Genesis, pour aller dîner tous ensemble dans le Relaxoir en compagnie de Marcus. Les spéculations vont bon train sur l'état de santé du jeune Américain. Quelle est l'origine du malaise qui l'a frappé ? Est-ce dû à son accident dans le sas de New Eden peu de temps après l'atterrissage ? Nous recevons ce soir sur notre station le professeur Gerald Herkel, spécialiste émérite en médecine interne, attaché à l'hôpital de Mount Sinai à New York. Cher Professeur, bonjour, pouvez-vous nous éclairer sur la question que tout le monde se pose : est-ce que des blessures subies il y a un mois peuvent avoir provoqué ce malaise à retardement ?... »*

« Il y a anguille sous roche..., murmure Harmony sans attendre la réponse du médecin interrogé sur la station de radio. Le fait qu'ils quittent tous l'antenne en même temps ne me dit rien qui vaille... »

Elle dirige son attention vers les porte-clés en forme de fusées qui tremblent sous le rétroviseur, au-dessus de l'auto-radio. Les petits portraits photographiques des pionniers s'entrechoquent dans une gigue désordonnée, ballotés par les cahots de la route. La jeune fille passe sa main entre eux pour les stabiliser. Son doigt s'arrête sur le portrait de Mozart : souriant, détendu, il semble la regarder.

« Vous avez raison, dit Andrew depuis la banquette arrière. Ce n'est pas normal. Cette idée de se réfugier dans une pièce unique ne leur ressemble pas. D'habitude, ils ne mettent pas tous leurs œufs dans le même panier, ils s'arrangent pour se répartir dans la base afin de réagir au mieux en cas de dépressurisation... »

Les mains accrochées au volant, les yeux lestés de lourdes poches, Cindy laisse échapper un soupir désabusé :

« Encore cette histoire de dépressurisation... Ça ne tient pas debout...

— C'est pourtant la vérité ! s'exclame Harmony en lâchant les porte-clés et en se tournant vers la conductrice du pick-up. Nous vous avons tout raconté, que faut-il de plus pour que vous nous croyiez ?...

— ... peut-être que vous me racontiez tout à nouveau, mais sans le canon d'un fusil derrière ma nuque ? » rétorque Cindy sans détacher ses yeux de la route. Elle ajoute aussitôt : « Je veux bien croire qu'Andrew soit le fils de Sherman Fisher. Je peux même me faire à l'idée que vous êtes la fille cachée de Serena McBee. Mais de là à imaginer que la vice-présidente des États-Unis soit le monstre que vous dépeignez !

— Mais nous vous avons montré les captures d'écran du rapport Noé, celles-là mêmes que les pionniers nous ont envoyées depuis New Eden ! »

Cindy laisse une automobile doubler le pick-up – c'est la première depuis au moins un quart d'heure, sur cette petite route peu fréquentée, à l'écart des axes principaux. Derrière le pare-brise, le soleil d'hiver est déjà très bas dans le ciel, étirant les ombres sur les étendues désertiques du Nevada.

« J'ai bien vu ces images, oui, dit-elle tandis que l'automobile s'éloigne. Mais rien ne prouve que Serena McBee était au courant...

— Les noms de ses plus proches collaborateurs figurent en page de garde du rapport, elle ne pouvait pas l'ignorer !

— ... rien ne prouve non plus qu'elle ait le moyen de dépressuriser la base à distance, ni même qu'elle en ait le souhait. »

C'est au tour d'Harmony de pousser un long soupir de frustration :

« Ma mère a donné l'ordre de me tuer à Balthazar, l'homme qui m'a élevée… Est-ce que c'est assez monstrueux pour vous, ou est-ce que vous allez encore prétendre qu'il n'y a pas de preuves et me traiter de menteuse ? »

À bout de souffle, la jeune fille retombe contre son siège. Elle est si pâle, si frêle – sans la ceinture de sécurité qui la retient, il semble qu'elle pourrait s'envoler.

« Laissez, Harmony, lui dit Andrew. Si Cindy ne nous croit pas aujourd'hui, peut-être finira-t-elle par nous croire avec le temps. Elle n'a pas vécu les mêmes épreuves que nous – en réalité, personne sur Terre n'est passé par là. Sa réaction doit nous mettre en garde : quand le moment viendra de dévoiler au monde entier le véritable visage de votre mère, nous nous heurterons à un mur de résistance. La cote de popularité de Serena McBee est au plus haut. Les gens préfèrent parfois rester dans l'illusion, plutôt que d'admettre qu'ils ont été bernés… »

Soudain, au détour de la route, surgit un tapis de lumières scintillantes dont les mille couleurs dessinent un motif kaléidoscopique au fond du jour morne.

Le spectacle est si inattendu au cœur de cette région aride et désolée qu'il en acquiert quelque chose de magique, de merveilleux.

« On dirait… un mirage, murmure Harmony en écarquillant les yeux.

— Ce n'est pas un mirage, dit froidement Cindy. C'est Las Vegas.

— Si, c'est un mirage, la reprend Andrew. Comment appeler autrement un endroit où les spectateurs sont hypnotisés par un show qui tourne 24 heures sur 24, où des milliards de dollars transitent nuit et jour, où les gens se marient en une heure à un inconnu qu'ils viennent juste de rencontrer ? Ça ne vous rappelle pas votre émission préférée, Cindy, votre cher programme Genesis ? Le problème, à Las Vegas comme dans l'espace, c'est la migraine du matin. Quand la Terre se réveillera enfin, je peux vous assurer qu'elle aura la gueule de bois du siècle – j'espère seulement qu'elle pourra s'en relever… »

À cet instant, un petit bip sonore retentit.

Cindy fronce les sourcils dans le rétroviseur.

« Qu'est-ce que c'est ? demande-t-elle.

— Une notification, répond Andrew en saisissant son téléphone portable. J'ai reçu un e-mail sur ma boîte anonyme… »

Ses yeux parcourent fiévreusement l'écran, tandis que Cindy ironise :

« Un e-mail ? De qui ? Vous m'avez affirmé avoir complètement coupé les ponts avec le monde entier, y compris avec votre mère et votre sœur. Question de sécurité, m'avez-vous dit. C'est votre opérateur qui vous écrit pour vous dire que votre carte prépayée est épuisée ?

— Non. C'est une femme prise au piège d'un complot qui a broyé sa famille. C'est une épouse qui a perdu son mari dans les tentacules du programme Genesis. Mais ce soir, c'est surtout une rescapée : la première à avoir échappé à Serena McBee. »

Andrew relève la tête, les yeux brillant derrière ses lunettes à monture noire, et tend la main pour saisir celle d'Harmony sur le siège avant :

« Cecilia Rodriguez a réussi à quitter clandestinement l'Amérique avec son enfant, pour se réfugier à Cuba. Elle est saine et sauve, hors de la juridiction de votre mère, prête à témoigner contre elle quand le moment viendra. »

Le pick-up glisse silencieusement le long de la route solitaire, tourne le dos à la cité surgie de nulle part et s'enfonce plus profondément dans le désert.

16. Champ

MOIS N° 21/SOL N° 578/20 H 32 MARS TIME
[28ᵉ SOL DEPUIS L'ATTERRISSAGE]

J E SUIS TERRÉE AU DERNIER RANG DU TRIBUNAL, sur le banc des victimes, à côté de Kelly et de Kris. Devant moi, Fangfang, Kenji et Samson forment un rempart. Entre la massive combinaison spatiale du Japonais et l'épaule du Nigérian, je guette l'entrée imminente de Marcus tel un animal aux abois. À notre gauche se trouve le canapé où siègent Safia et Tao – *la Cour* – et devant nous se dresse le fauteuil encore vide qui, dans quelques instants, accueillera l'accusé. Dès que je me suis assise, j'ai allumé ma tablette à croquis et j'ai commencé à esquisser la scène. Écrire les minutes du procès, je laisse ça à Fangfang – ma manière à moi de me souvenir, ça a toujours été les images plutôt que les mots. Dessinatrice d'audience : j'ai décidé que ce serait ça mon rôle aujourd'hui.

(Ton rôle, Léonor ? Avoue que tu ne dessines pas pour te souvenir, mais au contraire pour oublier…)

La pointe de mon stylet passe et repasse nerveusement sur les silhouettes à peine ébauchées, comme si cela pouvait les graver dans le verre de la tablette… comme si cela pouvait faire taire la Salamandre.

(Avoue que tu dessines surtout pour avoir l'impression de ne pas faire partie de ce procès, d'être en dehors, une simple observatrice…)

Soudain, un léger déclic m'oblige à lever les yeux de mon ouvrage : Alexeï vient d'abaisser le levier d'ouverture de la deuxième chambre – *de la cellule.*

Au-dessus de la tablette, mon stylet reste en suspens.

Au fond de l'habitat, la porte coulisse sans un bruit.

Derrière, c'est l'obscurité totale, toutes lumières éteintes comme dans un four.

« Sors de là ! » ordonne Alexeï.

Pas de réponse.

Une idée fond sur moi tel un rapace, enfonçant ses serres pointues dans ma cervelle : et si Marcus avait succombé à sa deuxième crise de la mutation D66 – celle qui est toujours fatale – pendant qu'on discutait de la manière de le juger ?

Aussitôt, en réponse à cette hypothèse, la Salamandre se manifeste à nouveau :

(Qu'est-ce que tu redoutes vraiment, Léo, en toute honnêteté ? Que Marcus soit déjà mort ? Ou, au contraire, qu'il soit encore vivant ?)

J'essaie de me concentrer de toutes mes forces sur mon dessin, pour museler l'affreux reptile comme j'y suis arrivée dans le passé. Mais aujourd'hui, je n'y parviens pas. Ma main reste paralysée au-dessus de l'écran. Mon esprit reste fixé sur cette voix sifflante, insidieuse, qui déverse ses questions empoisonnées dans mon oreille sans que je puisse rien faire pour y échapper.

(Si Marcus est déjà mort, alors tout sera fini, ce procès et le psychodrame qui va avec...)

Incapable de dessiner, incapable même de penser, je garde les yeux rivés sur la bouche noire et grimaçante qui a avalé Marcus il y a dix heures de ça.

(Mais s'il est encore vivant, tu devras participer au jugement... Tu devras exécuter la sentence... Il vaudrait mieux pour tout le monde qu'il ait déjà tiré sa révérence, non ?...)

« Si tu ne sors pas tout de suite, je viens te chercher ! » grogne Alexeï sur le pas de la porte.

À la manière dont vibre sa voix, je devine qu'il est dans la même expectative que moi, que nous tous, ébranlé par l'incertitude. Marcus peut-il nous voir et nous entendre ?... Est-il mort ou vivant ?... Comment une si petite pièce peut-elle receler tant de ténèbres ?...

Mozart met soudain fin à cette attente insupportable : il glisse la main contre le mur de la chambre, tâtonne jusqu'à trouver l'interrupteur.

Clic ! – les spots s'allument d'un coup, déversant leur lumière crue sur le pied du lit et sur les murs de plastique blanc légèrement incurvés.

Marcus se tient là, debout au fond de la chambre contre le placard thermoformé, dans sa sous-combinaison noire qui se fondait parfaitement dans l'obscurité. Sa combinaison blanche, tachée de sang, gît à ses pieds, pareille à une mue ; immobile, il nous regardait en silence depuis le début.

« Pourquoi tu viens pas quand on t'appelle ? crache Alexeï. Il te faut un carton d'invitation ? J'ai cogné trop fort tout à l'heure et ça t'a rendu sourd ? »

Le visage de Marcus se souvient de la dérouillée. Sans rien pour le nettoyer, le sang a formé une croûte brunâtre autour de ses narines. Sa lèvre fendue ressemble au maquillage grotesque du Joker. Ses yeux... je préfère ne pas regarder ses yeux.

« Non, je ne suis pas sourd, dit-il de sa voix rocailleuse, cette voix qui n'a pas attendu les coups d'Alexeï pour se casser, comme s'il y avait toujours eu en lui une brisure. Je voulais juste voir.

— Voir quoi ? aboie Mozart en serrant son couteau dans son poing.

— Vos réactions. Vos expressions à l'idée que j'étais peut-être mort. Parce que vous y avez tous pensé, pas vrai ?

— Qu'est-ce que ça peut te foutre, ce qu'on a pensé ! » fulmine Alexeï.

Mais Marcus ne se démonte pas. Lui que nous avons quitté fébrile, sanguinolent et pathétique, le voilà à présent étrangement serein.

« Là, dans cette chambre, j'étais comme le chat de Schrödinger..., dit-il mystérieusement, comme pour lui-même. C'était une sensation étrange, magique : la sensation d'être à la fois vivant et mort... hors du temps... »

N'y tenant plus Alexeï déboule dans la chambre et empoigne Marcus par le bras.

Il l'entraîne derrière lui sans ménagement et le force à s'asseoir dans le fauteuil nous faisant face.

« Qu'est-ce qu'il a voulu dire avec son histoire de chat... ? » murmure Kris à mes côtés, d'une toute petite voix, les mains accrochées à la fourrure bouclée de Louve.

Fangfang lève les yeux de la tablette où elle note scrupuleusement les minutes de l'audience et répond aussitôt – étaler sa culture a toujours été plus fort qu'elle.

« Le chat de Schrödinger, c'est une expérience imaginée pour illustrer les paradoxes de la physique quantique, explique-t-elle à toute allure. Un chat est enfermé dans une boîte avec un flacon de gaz létal, une source radioactive et un compteur Geiger. Dès qu'un noyau radioactif se désintègre, le compteur Geiger est programmé pour déclencher un mécanisme qui casse le flacon et libère le gaz. Or, à l'échelle des atomes, il est rigoureusement impossible de prévoir quand un noyau se désintégrera. Résultat : tant qu'on n'a pas ouvert la boîte pour voir à l'intérieur, le chat est considéré comme étant à la fois vivant *et* mort. »

Tandis que la Singapourienne, qui a déballé sa science d'une traite, reprend son souffle, Kelly cale son chewing-gum dans le creux de sa joue pour mieux rugir :

« Qu'est-ce que c'est encore que ces salades ? Cette fois-ci, le David Copperfield de Mars ne nous embrouillera pas avec ses petits tours de passe-passe et ses grands discours ! On ne peut *pas* être à la fois vivant et mort ! C'est impossible !

— Si, c'est possible, répond calmement Marcus depuis le fauteuil où Alexeï et Mozart le maintiennent enfoncé. Tout à l'heure, quand vous scrutiez la chambre noire, j'ai aperçu mon reflet sur vos visages : c'était celui d'un mort-vivant. Pour vous je n'étais ni complètement l'un ni complètement l'autre, et en même temps j'étais les deux à la fois. Vivant et mort. Je l'ai lu dans vos yeux. »

Au moment même où il prononce ce dernier mot, « *yeux* », son regard gris accroche le mien sans que j'aie le temps de me dérober.

Deux lames d'acier glacial – ma respiration se fige dans ma poitrine.

Deux coulées d'argent en fusion – mon cœur manque un battement.

Vivant et mort. Oui, il a raison, c'est ce qu'il était tout à l'heure dans l'ombre de la chambre. Un revenant tapi dans son caveau… Une créature à cheval entre deux mondes… Un être à moitié dans la tombe, dont les yeux hypnotiques, magnétiques, plongent au tréfonds de mon être – de vrais yeux de vampire, revenu de l'au-delà pour me hanter !

Un bruit sec retentit ; le choc me permet de me déconnecter enfin de Marcus, pour me tourner vers Safia ; c'est elle qui frappe dans ses mains, faute de maillet.

« Silence ! assène-t-elle avec autorité. L'accusé parlera uniquement quand il y sera invité. »

Je baisse la tête sur ma tablette, où mon stylet s'est remis à courir sans que j'en sois consciente. Les silhouettes sont tellement noircies à présent que les visages sont méconnaissables. On dirait des ombres. Des spectres. *Vivants et morts, eux aussi.*

« Accusé, lève-toi ! ordonne la petite Indienne.

— Tu peux m'appeler Marcus.

— Ce soir, je ne suis pas la Safia que tu connais et tu n'es pas le Marcus que j'ai côtoyé pendant six mois. Je suis la présidente du tribunal devant lequel tu es accusé. Tao est l'avocat général chargé du réquisitoire… » Elle se tourne vers le Chinois, assis à sa droite sur le canapé. « … Samson est l'avocat de la partie civile chargé de nous représenter tous les onze… » Elle incline la tête en direction du Nigérian. « … Liz est l'avocate de la défense : ton avocate… » Elle désigne l'Anglaise, assise sur une chaise contre le fauteuil de Marcus. « … si tu veux, tu peux passer un peu de temps avec elle en privé pour préparer vos arguments. »

Une sorte de sourire fugace passe sur le visage de Marcus ; mais, avec la blessure qui le défigure, on dirait davantage une grimace, un rictus.

« Un procès, c'est donc ça..., murmure-t-il. Si ça peut vous apporter un soulagement... »

Alexeï décoche un violent coup de pied dans son fauteuil :

« Eh ! Fais pas comme si t'étais pas concerné ! On en a assez bouffé de ton foutu mépris quand tu nous as tous envoyés à l'abattoir comme des bêtes ! Si t'en rajoutes encore une couche, tu vas finir par nous faire dégueuler ! »

D'un regard, Safia fait taire Alexeï, le remet à sa place de policier – celle qui lui a été assignée.

« Je te pose à nouveau la question, dit-elle en se retournant vers l'accusé. Est-ce que tu veux consulter Liz en privé avant le rappel des chefs d'accusation ?

— Je n'ai rien à lui dire que je ne dirais pas à toi, ou à quiconque dans cette pièce. Je n'ai plus aucun secret à cacher. Je n'ai plus aucun compte à rendre. »

Colère.

Tristesse.

Frustration.

Mais surtout, urgence : ne pas laisser Marcus se dérober, l'empêcher de se volatiliser par un de ses tours de prestidigitation.

Le cœur battant à tout rompre, je vais affronter son regard pour la deuxième fois.

« Détrompe-toi, dis-je. Il y a onze personnes dans ce traquenard à qui tu dois des comptes. Et, si c'était possible, il y aurait onze personnes en droit d'exécuter la sentence le moment venu. Mais ce ne serait pas pratique, alors il n'y aura qu'un seul bourreau : tu l'as en face de toi. »

Cette fois-ci, c'est Marcus qui baisse les yeux le premier, amère victoire qui ne m'apporte aucune satisfaction.

« Vas-y, Safia, qu'on en finisse », dis-je en exhalant le peu d'oxygène qui me reste dans la poitrine.

La petite Indienne s'éclaircit la gorge, puis elle se lance.

« Marcus, dix-neuf ans, est accusé :

« *premièrement*, de tentative d'homicide volontaire, ayant sciemment caché une information qui aurait pu sauver les onze autres pionniers du programme Genesis en les retenant d'embarquer… »

Sur le rang devant moi, Fangfang la greffière se remet à taper à toute vitesse ; au fond de l'habitat, Liz elle aussi pianote frénétiquement sur sa tablette, prenant sans doute des notes sur les accusations qu'elle va devoir contrer.

« … *deuxièmement*, de mensonge aggravé, ayant dissimulé sa maladie à sa fiancée Léonor avant de l'épouser… »

Les mots employés par Safia, tellement froids et abstraits pour désigner des émotions si brûlantes et réelles, me glacent le sang.

« … *troisièmement*, de délit de fuite, ayant tenté d'ouvrir sans précaution le sas de décompression pour se soustraire lâchement à la justice. »

Marcus garde le regard obstinément plaqué au sol, sans rien montrer de ce qui le traverse, sans donner le moindre signe qu'il entend seulement ce que dit Safia.

« L'accusé plaide-t-il coupable ou non coupable ? » demande-t-elle.

Tout en posant cette question, ses prunelles hésitent entre Marcus et Liz, sans bien savoir de quel côté elle doit attendre une réponse.

Sentant qu'elle doit assumer son rôle d'avocate, l'Anglaise prend finalement la parole :

« La confession enregistrée par Kenji n'est peut-être pas à prendre au pied de la lettre, tes mots ont certainement dépassé ta pensée… », suggère-t-elle à l'oreille de son client.

Elle a beau chuchoter, on perçoit distinctement ses paroles : dans l'espace exigu de l'habitat, il n'y a pas de messes basses qui tiennent.

« ... et puis, on devrait mettre en avant des circonstances atténuantes. Tu n'en manques pas, Marcus.

— Non, lâche-t-il dans un souffle. Je n'ai aucune circonstance atténuante à mettre en avant.

— Je t'interdis de dire une chose pareille ! s'insurge Liz en agrippant son bras, en plaidant déjà pour lui puisqu'elle sait que tout le monde suit leur échange. Ton passé !... Ta maladie !... Tout ça compte. Tout ça doit peser dans la décision de la Cour. Est-ce que les mots *"sentence"* et *"bourreau"* ont un sens pour toi, Marcus ? Est-ce que tu comprends que c'est ta vie qui est en jeu ? Tu dois te défendre – et si tu ne le fais pas toi-même, je le ferai pour toi, malgré toi. Je t'empêcherai de te saborder, tu entends ! »

Les yeux gris de Marcus remontent lentement sur la main de Liz, toujours crispée sur son bras.

« Je n'ai aucune circonstance atténuante, Liz, répète-t-il d'une voix adoucie, comme si les rôles étaient soudain inversés, comme s'il était l'avocat plein d'assurance, et qu'elle était l'accusée risquant la mort. Mais la Cour se trompe sur un point. Il y a un chef d'accusation que je conteste. Il y a un crime dont je ne suis pas coupable. »

Les doigts graciles de Liz se desserrent.

Ses paupières aux longs cils s'écarquillent.

« J'en étais sûre, balbutie-t-elle, pleine d'espoir. Tu n'es pas le monstre sans scrupules décrit par Safia. Tu n'es pas un meurtrier.

— Si, je suis un meurtrier », lui répond Marcus.

Il se tourne vers la Cour :

« Oui, je suis un menteur. »

Son regard fuse à travers l'habitat et, pour la troisième fois, percute le mien ; sa bouche déchirée se déploie, fleur de sang rouge et violet :

« Mais je ne suis pas un lâche. »

17. CONTRECHAMP
RÉSIDENCE DE L'OBSERVATOIRE, WASHINGTON DC
DIMANCHE 7 JANVIER, 18 H 37

« JE ME DEMANDE BIEN CE QU'ILS PEUVENT SE RACONTER EN CE MOMENT… », songe Arthur Montgomery à voix haute tout en lissant sa moustache blanche du bout des doigts.

Il est assis sur une chaise capitonnée, à côté du vaste bureau de Serena McBee.

Cette dernière trône sur son fauteuil, en face du portique d'aluminium constellé de dizaines de lentilles luisantes. Une fois de plus, l'écran géant encastré au milieu du portique ne montre qu'une base désertée. Voilà près d'une heure que les pionniers de Mars ont disparu du champ pour se retrouver dans le septième habitat, le seul qui échappe à la vigilance des caméras.

« … et je me demande aussi ce qui est arrivé à Marcus, continue de murmurer le médecin. Ce malaise qui dure depuis ce matin… »

Serena abat sa main à plat sur le bureau, faisant sursauter son invité.

« Vous n'êtes pas là pour poser des questions, Arthur, mais pour apporter des réponses ! tonne-t-elle. Vous êtes le responsable médical de la mission. Il est inadmissible que nous en soyons réduits au même point que n'importe quel gratte-papier, à spéculer sur l'état de santé de Marcus !

— Ne vous énervez pas, Serena. Je vous promets que j'établirai un diagnostic dès que possible – aussitôt que j'aurai accès aux marqueurs biologiques du malade. J'ai demandé à mes élèves, Léonor et Alexeï, de profiter du dîner pour prendre sa tension et pour pratiquer les examens nécessaires. Une chose est sûre : son malaise n'a rien

à voir avec la mutation D66, sans quoi il aurait instantanément succombé.

— Je l'espère bien, dit Serena en tripotant nerveusement
les bracelets dont ses poignets sont couverts.

— Pourquoi tenez-vous tant à lui ?... » Traversé par
une idée subite, il lâche brusquement sa moustache et
ouvre grands les yeux : « ... serait-ce donc le kamikaze,
le candidat que vous avez hypnotisé pour dépressuriser
la base sans avoir recours à la télécommande en cas de
nécessité ?

— Si on vous le demande, vous direz que vous ne savez
pas, répond sèchement Serena. Le nom du kamikaze doit
rester secret jusqu'au bout. Je ne tiens pas plus à Marcus
qu'à n'importe lequel des douze morveux perchés là-haut,
mais en revanche je tiens à sauver les apparences. »

Rabroué, le médecin se renfrogne.

« Tout de même, en le sélectionnant, vous saviez que
vous preniez un risque, rappelle-t-il avec son accent british
le plus froid. Vous saviez qu'il était porteur de la mutation
D66, qu'il avait déjà fait une première crise et que par
conséquent il pouvait mourir à chaque instant.

— Certains instants sont mieux choisis que d'autres. J'espérais qu'il aurait le bon goût de passer l'arme à gauche
dans un moment creux – cela aurait été une formidable
occasion de relancer l'audimat. Le public m'aurait été
reconnaissant d'avoir donné sa chance à un enfant malade
et de lui avoir permis de voir les étoiles ; de magnifiques
funérailles cosmiques auraient été retransmises en mon-
dovision ; nous aurions organisé une opération "*Au revoir
Marcus*", invitant les milliards de Terriens à allumer leurs
briquets tous au même moment, pour rendre un dernier
hommage au jeune disparu... » Les yeux de Serena étincellent un court instant, comme si les flammes des briquets
s'y reflétaient déjà, mais elle se reprend aussitôt : « Ça n'est
plus possible. Si Marcus nous faisait faux bond maintenant,
juste après la tempête martienne, alors que les spectateurs

du monde entier ont les nerfs à vif et que tout l'équipage martien apparaît en danger, ce serait une catastrophe. On nous accuserait de négligence, de cruauté, d'inconscience pour avoir envoyé un D66 dans l'espace. Eh oui, Arthur, ce ne sont pas les événements qui comptent, mais le moment où ils se produisent et la manière dont ils sont interprétés. Le timing est crucial dans le monde du spectacle. Pour l'heure, il faut absolument cacher l'existence de la mutation et le fait que nous étions au courant quand nous avons choisi le candidat américain. »

Arthur Montgomery place sa main sur son cœur. Avec sa moustache au cordeau et son regard azur plein de gravité, il semble soudain être la réincarnation fantomatique de Robert Baden-Powell, le fondateur des boy-scouts. En dépit de ses turpitudes, il y a dans la dévotion qu'il voue à Serena quelque chose de pur : une forme de sincérité, qui transparaît parfois.

« Il n'y a que vous et moi qui sachions, et je serai muet comme une tombe ! jure-t-il. Je vous donne ma parole, sur mon honneur ! »

Radoucie par ce serment inconditionnel, Serena esquisse un sourire enjôleur.

« C'est bien, Arthur. Je sais que je peux compter sur vous, comme toujours. »

À cet instant, le téléphone filaire sonne.

La maîtresse des lieux décroche :

« Allô ? Oui ?... Très bien, je vais le recevoir. Faites-le entrer je vous prie. »

Elle raccroche.

« Une visite officielle ? demande Arthur Montgomery en lorgnant le téléphone relié à la Maison Blanche.

— Disons semi-officielle, répond la vice-présidente. Il s'agit de mon chargé de sécurité. »

Le médecin, qui s'était un instant relâché, se retend comme un arc :

« Vous voulez dire Orion Seamus ? grince-t-il.

« — Lui-même. Mais cette fois-ci, j'ose espérer que vous n'allez pas en faire tout un plat. Nous avons déjà eu cette discussion ce matin, rappelez-vous : pas de jalousie mal placée. Vous allez vous saluer comme deux gentlemen. Et vous n'écouterez pas aux portes après avoir pris congé, n'est-ce pas, mon cher Arthur ? »

Avant que le médecin puisse répondre, la porte du bureau s'ouvre sur Samantha, l'assistante personnelle de Serena McBee, accompagnée d'un grand brun tout de noir vêtu, à l'œil caché par un bandeau.

Arthur Montgomery se redresse au garde-à-vous, vieux réflexe issu d'un lointain passé militaire, on entend presque claquer les talons de ses souliers.

« Monsieur », dit-il d'une voix glaciale.

La main qu'il tend au jeune homme est aussi rigide que celle d'un automate, le sourire qu'il lui adresse aussi expressif que celui d'un masque de carton.

Puis il pivote sur lui-même et quitte la pièce sans un regard en arrière.

La porte se referme, laissant la vice-présidente et son chargé de sécurité seuls dans le bureau.

« Je suis désolé de vous avoir interrompue, madame McBee, dit-il. Cet homme que j'ai croisé, c'était Arthur Montgomery, le responsable Médecine du programme Genesis, n'est-ce pas ?

— Oui, c'était bien lui, mais nous venions justement de finir notre entretien. Allons droit au fait, agent Seamus : vous venez me voir pour me dire que vous avez retrouvé Andrew Fisher et la fille ?

— Non, pas encore, madame McBee. »

La vice-présidente secoue la main, faisant s'entrechoquer ses bracelets, comme pour chasser une mouche importune :

« Alors, que faites-vous là ? Allez-vous en ! Disparaissez ! Ouste ! »

Mais l'agent Seamus ne disparaît pas.

Rapide comme l'éclair, il attrape le bras de son interlocutrice au vol.

Une expression de stupeur glace le visage de Serena, d'habitude si contrôlé.

« Quoi ? souffle-t-elle. Vous osez lever la main sur la vice-présidente des États-Unis d'Amérique ?

— Vous ne le serez pas longtemps, répond l'agent Seamus sans relâcher son étreinte, sans cligner de son œil unique à l'iris noir de jais.

— Et vous me menacez, en plus ? »

De sa main libre, Serena amorce un geste vers sa broche-micro en forme d'abeille, celle qui la relie directement à tous les membres de son personnel.

Mais avant qu'elle n'ait le temps d'appuyer dessus, Orion Seamus complète sa phrase :

« Vous ne le serez pas longtemps, car si je révèle aux citoyens ce que j'ai découvert, ils ne vous le pardonneront pas... »

La main de Serena se fige.

« ... mais si je me tais, rien ne vous empêchera de continuer votre ascension qui, je le sais, est destinée à vous mener au sommet. Je l'ai dit, je le répète : dans les deux cas, vous ne resterez pas vice-présidente longtemps. »

Durant quelques instants, Orion et Serena restent face à face dans ce bras de fer immobile.

« Au sommet ? Qu'est-ce que vous insinuez ? finit-elle par susurrer.

— Que le chemin qui vous a menée jusqu'ici ne doit rien au hasard, et tout à votre ambition. »

Elle émet un petit rire plein de morgue :

« C'est ça, la révélation fracassante que vous menacez de rendre publique ? Que je suis ambitieuse ? Comme si toutes les personnes qui se hissent à ce niveau en politique ne l'étaient pas ! Ça n'a rien d'un scoop. Et je ne vous en ai jamais fait mystère. »

Encadré par son carré de cheveux argentés impeccablement coupé, le visage de la femme la plus puissante d'Amérique est impénétrable, à nouveau un masque de self-control. Seules ses prunelles bougent, scrutant les expressions sur le demi-visage de son interlocuteur comme pour tenter de lire en lui, de deviner ce qu'il sait vraiment. On dirait deux sphinx qui se font face.

« Non en effet, vous n'en avez pas fait mystère, reprend l'agent Seamus d'une voix de velours, aussi lustrée que ses cheveux noirs, épais et brillants. Vous m'avez très clairement expliqué que vous visiez le pouvoir et que l'argent n'était pour vous qu'un moyen. Vous m'avez laissé entendre que le programme Genesis n'était pas une machine à vous enrichir, mais un marchepied pour vous élever… jusqu'à la fonction suprême… jusqu'à la présidence… et plus loin encore…

— Je n'ai pas dit ça en ces termes. Vous déformez mes propos. Je suis là pour servir le président Green, un point c'est tout.

— … en revanche, vous vous êtes bien gardée de me révéler l'identité de la fille accompagnant Andrew Fisher. *Votre fille*, Serena, que vous cachez au public depuis toujours, mais dont l'existence est consignée dans les dossiers de la CIA.

— Lâchez-moi immédiatement ! »

L'agent Seamus desserre enfin ses doigts.

Serena retire vivement son bras.

« Oui, je cache son existence, et alors ? lâche-t-elle en se frottant le poignet sous le rebord de son bureau, dans un furieux cliquètement de bracelets. J'ai bien le droit de protéger ma progéniture de l'attention malsaine des médias. La discrétion n'est pas un crime, que je sache !

— La discrétion, non. Les manipulations génétiques humaines, en revanche, si. »

Serena se pétrifie.

Ses bracelets cessent brusquement de s'entrechoquer.

« Je vous ai dit qu'Andrew et Harmony m'avaient échappé ce matin, continue l'agent Seamus, imperturbable. Mais ils ont laissé quelque chose derrière eux. »

Il glisse lentement la main dans le revers de sa veste et en sort un sachet en plastique au fond duquel reposent des fils d'or pâle.

« Cette mèche de cheveux est restée coincée entre les pinces d'un drone. Je me suis permis de les faire analyser et de les comparer avec les vôtres – ceux que j'ai prélevés sur votre veste de tailleur, lors du cocktail donné à la Maison Blanche après votre élection. J'espère que vous me pardonnerez ce geste un peu cavalier… »

Pas un mot ne filtre des lèvres closes de Serena.

Pas un souffle ne s'échappe de ses narines immobiles.

« D'après le séquenceur d'ADN, les profils sont rigoureusement identiques, au gène près, énonce lentement Orion Seamus. Ce n'est pas votre fille que vous cachez au monde entier, madame McBee… »

Il pose le sachet à côté du téléphone.

Au même instant, Serena sort la main de sous le bureau et pointe droit devant elle le petit pistolet automatique qu'elle a récupéré dans un tiroir dérobé.

« … c'est votre clone. »

18. CHAMP
MOIS N° 21/SOL N° 578/21 H 01 MARS TIME
[28e SOL DEPUIS L'ATTERRISSAGE]

« **S**I, JE SUIS UN MEURTRIER.
« Oui, je suis un menteur.
« Mais je ne suis pas un lâche. »

En trois phrases lapidaires, Marcus vient de répondre aux accusations de la Cour, mais c'est sur moi que s'est arrêté son regard gris. Et j'ai l'impression que c'est à moi seule qu'il s'adresse lorsqu'il précise de sa voix rauque :

« Lâche, je l'ai été dans le passé, mais plus maintenant. Ce n'est pas par lâcheté que j'ai tenté de quitter la base. C'est tout le contraire. C'est mon plus grand acte de bravoure. Ce matin, j'ai enfin trouvé le courage d'aller à la rencontre de Mars, cette planète dont j'ai tellement rêvé lorsque j'étais sur Terre et pour laquelle j'ai tout sacrifié sans hésiter : la morale, l'amitié et l'amour. Ce n'était pas une fuite : c'était un accomplissement. »

Assise aux côtés de ce client impossible à défendre, Liz pousse un soupir d'impuissance, de désespoir.

Mon souffle à moi se bloque, comme si mes poumons étaient remplis de mélasse. J'ai beau me triturer les méninges, je ne réussis pas à comprendre l'intonation revendicatrice de Marcus. Est-ce qu'il n'a vraiment aucun remords ? Est-ce qu'il est réellement fier de lui et de sa putain de « bravoure » ?

« Si vous m'aviez laissé partir ce matin, ce procès n'aurait pas eu lieu, dit-il en nous jaugeant du regard. Mais j'aurais quitté vos vies à tout jamais. N'est-ce pas ce que vous voulez tous ? Est-ce que ce ne serait pas plus facile d'en finir ainsi : en me laissant disparaître dans les sables de Mars ? Il y a cet entrelacs de canyons, à l'ouest de New Eden, à l'extrémité occidentale de Valles Marineris, dont le nom m'a fait fantasmer dès le premier jour où j'ai posé les yeux sur une carte de Mars. Noctis Labyrinthus : le *Labyrinthe de la Nuit*. Un nom qui semble tout droit sorti d'un rêve. C'est là que je voudrais finir. C'est là que je voudrais me perdre. Et peut-être me trouver. » Un pâle sourire passe sur ses lèvres tuméfiées. « Statistiquement, j'ai déjà bien dépassé l'espérance de survie moyenne des malades D66 après leur première crise : je n'en ai plus pour longtemps. Donnez-moi ma combinaison, un mini-rover, et je vous promets que je m'en irai en silence ; vous n'entendrez jamais plus parler de moi. »

Un silence de plomb ponctue ses paroles.

C'est donc ça qu'il demande ?

Qu'on lui ouvre la porte de New Eden ?

Et combien de temps espère-t-il pouvoir survivre, seul sur cette planète maudite, dans son labyrinthe de malheur ?

Safia s'éclaircit la gorge.

« L'accusé n'a pas à définir sa propre peine, dit-elle. La Cour note qu'il plaide coupable pour les deux premiers chefs d'accusation, et non coupable pour le délit de fuite, résume-t-elle. J'appelle à la barre l'avocat de la partie civile. »

Samson se lève sur le rang devant moi. Il fait signe à Warden de rester assis, puis il s'avance jusqu'à la table faisant office de barre des témoins. De profil, avec sa nuque élancée, sa tête sculpturale et sa peau presque aussi sombre que le tissu de sa chemisette anthracite, il est vraiment beau comme une statue. Je reproduis fébrilement sa silhouette sur ma tablette à croquis. Mais ce faisant, je me rends compte qu'il n'a rien de minéral. La manière dont il s'efforce de maîtriser sa respiration… Le frémissement de ses narines… Il est vivant, en proie à l'émotion comme moi, comme nous tous dans cette pièce – et peut-être plus encore ?

« Je n'ai pas grand-chose à ajouter…, commence-t-il, un peu mal à l'aise. Les chefs d'accusation sont assez clairs… Marcus lui-même reconnaît les faits… »

D'un signe bienveillant de la tête, Safia l'encourage à développer ; Samson prend peu à peu confiance comme si l'affection de sa jeune épouse lui donnait de la force, comme si la fameuse éloquence de la petite Indienne rejaillissait sur lui :

« Il nous a fait croire qu'il était notre ami, mais il nous a trompés, dit-il d'une voix plus assurée. S'il nous avait dévoilé le rapport Noé à temps, nous ne serions jamais montés dans cette fusée. »

Il nous balaie de son regard vert, presque fluorescent. Lorsqu'il passe sur moi, j'ai l'impression qu'il me transperce de part en part.

« S'il avait révélé sa maladie à Léonor dès le début, elle aurait peut-être choisi de ne pas l'épouser. »

Je sens mes lèvres s'ouvrir involontairement, mes épaules frémir comme si j'étais coupable moi aussi. Est-ce que j'aurais choisi le même époux, si j'avais connu sa maladie dès le début ? J'ai déjà répondu à cette question. Marcus lui-même me l'a posée : « *Léonor, le jour où je mourrai, est-ce que tu regretteras de m'avoir épousé ?* » C'était il y a un mois. C'était dans une autre vie. Pourtant, je me souviens parfaitement de la réponse que j'avais faite alors, à l'époque c'était une évidence : « *Je te répète ce que je t'ai déjà dit, Marcus le Maudit : même si tu devais disparaître là, tout de suite, maintenant, je ne regretterais rien. Rien du tout !* »

« Je l'aurais quand même mis en tête de ma dernière Liste de cœur…, dis-je dans un filet de voix. Même si j'avais connu sa maladie… Enfin, je crois.

— *Tu crois*, martèle Samson, en plongeant ses yeux clairs dans les miens. Mais tu ne sais pas. Mais tu ne sauras jamais. Parce que Marcus t'a volé la possibilité de faire ce choix – de le faire vraiment, en connaissance de cause. »

Je perçois le tremblement dans la voix de Samson. Je sens sa sensibilité à fleur de peau. Je sens aussi sa volonté, la manière dont il s'applique à jouer à fond son rôle d'avocat pour me défendre. N'est-ce pas ce qu'il a déclaré quand il a réclamé ce poste ? Qu'il voulait tous nous défendre ? Mais alors, pourquoi est-ce qu'il ne regardait que Mozart, quand il a dit ça ?…

« La vérité, c'est que Marcus t'a faite prisonnière, continue-t-il. Il t'a mise devant le fait accompli. Il t'a menti sur qui il était vraiment, pour mieux t'utiliser. Il t'a traitée comme une chose. Et c'est sans doute ce qu'il s'est dit aussi, ce matin, quand il a essayé de fuir New Eden en prenant le risque d'ouvrir le sas en pleine tempête... » Samson darde son regard sur le banc des accusés. « ... il s'est dit qu'on était tous des choses. Pas même des bêtes, encore moins des êtres humains : juste des choses, bonnes à être sacrifiées. »

Enfoncé dans son fauteuil, Marcus est parfaitement immobile. Pour mieux encaisser ? Parce qu'il ne se sent pas concerné ? Ou parce que la peur et les remords le gagnent enfin ? Impossible de le savoir.

« En tant qu'avocat de la partie civile, j'imagine que je suis censé réclamer une réparation, conclut Samson en reprenant son souffle et en rassemblant son énergie. Mais rien de ce que Marcus a brisé ne peut être réparé. Ici, sur cette planète désolée où nous sommes coincés par sa faute, je ne peux rien demander en dédommagement. Je n'ai qu'un seul mandat : préserver l'avenir – notre avenir à tous. Un espoir fragile s'est rallumé avec la nouvelle de l'ascenseur spatial énergétique. Il faut empêcher Marcus de moucher cette flamme avec de nouveaux mensonges, d'éteindre cet espoir avec d'autres tromperies. Nous devons faire en sorte qu'il ne puisse plus nous trahir, qu'il ne puisse plus nous blesser – jamais plus. »

Samson va se rasseoir sur sa chaise au milieu du silence, laissant à chacun la liberté d'interpréter ce terrible « *jamais plus* ».

« La parole est maintenant à l'avocat général », annonce Safia.

Elle se tourne vers Tao, assis à côté d'elle, et ajoute aussitôt :

« Compte tenu de son infirmité, la Cour l'autorise à plaider depuis le canapé. »

Le grand Chinois hoche gravement la tête.

« Plaider, je sais pas si j'en suis capable, s'excuse-t-il par avance. Samson a déjà parlé bien mieux que je ne pourrais le faire. Mais j'ai des choses à dire que personne d'autre ne peut révéler. Des choses que j'ai vécues, et que j'aurais dû partager avec vous depuis longtemps. Des choses que Marcus m'a dites, et que je m'en veux d'avoir gardées pour moi. Mon témoignage sera mon plaidoyer. J'espère qu'il vous aidera à comprendre un peu mieux comment pense et agit le type assis sur le banc des accusés... »

Tao prend une profonde inspiration. Sa poitrine colossale se gonfle, ses épaules puissantes se soulèvent. Il glisse la main dans le col de son T-shirt blanc et en extrait un petit pendentif scintillant, qu'il portait secrètement tout contre sa peau. Délaissant un instant mon croquis en cours, je me penche en avant et je plisse les yeux pour mieux voir cette parure délicate, tellement incongrue dans la main calleuse de l'ancien acrobate. On dirait un soleil... oui, c'est un soleil d'or dans lequel se fond un croissant de lune en argent.

« Qu'est-ce que c'est, *Bao Bei* ? balbutie Fangfang, qui a enfin levé les yeux de sa tablette. Je... je n'avais jamais vu ça avant... »

Elle a dû constater la même chose que moi, que nous tous : le pendentif est indéniablement un bijou féminin.

« Tu ne l'avais jamais vu, *Tian Xin*, parce que je le gardais au fond de ma trousse de toilette, explique Tao d'une voix embarrassée. En embarquant dans la fusée il y a six mois, j'avais décidé de ne plus le porter. Mais ce matin, quand on s'est équipés pour affronter la tempête martienne... Ce matin, quand on s'est levés bien avant l'aube sans savoir si on verrait jamais le soir... C'était plus fort que moi : il fallait que j'aie ce pendentif contre ma peau. Au cas où je mourrais. Pour mourir avec lui. Avec... elle. »

Fangfang laisse échapper sa tablette, qui tombe sur le plancher de l'habitat en émettant un bruit mat.

« *Elle...* ? répète-t-elle d'une voix qui ressemble à un hululement.

— Xia. Celle à qui appartenait ce pendentif. Celle que j'aurais dû épouser. Celle à qui j'avais promis qu'on partirait ensemble dans l'espace. »

Tao parle d'une traite, prenant à peine le temps de respirer. Comme si la moindre pause risquait de l'interrompre à jamais, lui qui prétend avoir si peu d'éloquence et qui pourtant nous tient tous en haleine.

Les spots de l'habitat accrochent le petit bout de métal dans sa paume et tout d'un coup il me semble le voir briller plus intensément.

« Elle est morte avant que je puisse tenir ma promesse. Dingue de douleur, j'ai essayé d'en finir moi aussi, en me laissant tomber du haut du chapiteau, un soir pendant mon numéro. J'y suis presque arrivé. »

Tao baisse les yeux sur ses jambes immobiles, sur ses jambes mortes.

« Les médecins ont réussi à me sauver, continue-t-il. C'est Genesis qui a payé mes frais d'hospitalisation : à l'époque, j'étais déjà présélectionné pour le programme. Serena m'a convaincu de partir au camp d'entraînement de la vallée de la Mort malgré mon handicap – j'ai cru qu'elle m'encourageait par compassion, je me doute maintenant que ça l'excitait d'avoir un estropié dans sa sélection. Tout comme les médecins, elle croyait à un accident, elle ne savait pas que j'avais voulu me foutre en l'air, sans quoi elle aurait sans doute changé d'avis. Pour les organisateurs du programme, seules mes jambes étaient cassées ; ils ne soupçonnaient pas qu'il y avait autre chose aussi, à l'intérieur – comment on dit, en anglais ?... *Une crevasse*, c'est ça ?... »

Tao déglutit douloureusement.

« ... une crevasse qui n'a cessé de s'élargir jour après jour. Et moi, je m'y enfonçais chaque matin un peu plus, avec cette envie de mourir qui m'engluait la tête et me plombait le corps. »

Sur le rang devant moi, Fangfang ne bouge pas d'un cheveu.

Au fond de l'habitat, Alexeï se balance d'un pied sur l'autre, en proie à un malaise palpable.

« Toutes ces fois où je t'ai gueulé dessus pour que tu te magnes…, murmure le Russe, évoquant des souvenirs que je ne partage pas, cette année d'entraînement où les garçons et les filles étaient encore séparés. Toutes ces injures que je t'ai balancées pour que tu t'actives… Je t'ai traité de fainéant, de bon à rien… Je croyais que t'étais juste un mec profitant de son fauteuil pour se tourner les pouces, je savais pas que t'étais en pleine dépression… »

Tao laisse retomber le pendentif sur sa poitrine et balaie les remords tardifs d'Alexeï du revers de sa large main.

« Personne ne le savait, dit-il. Personne… » Ses yeux noirs se tournent brusquement vers le banc de l'accusé. « … sauf lui. »

Dans le fauteuil solitaire, Marcus ne cille pas. Comment fait-il pour ne pas craquer, avec les regards brûlants d'animosité de ses geôliers, Alexeï et Mozart, qui lui grillent la nuque, et celui de Liz qui le dévisage comme si elle était complètement désemparée ?

« C'est le seul prétendant à qui j'ai enfin tout déballé, un mois après le début de l'entraînement, souffle Tao. Parce qu'il me semblait plus à l'écoute. Parce que c'était trop dur de parler directement à la production. Parce que j'étais au bord du gouffre. Je… je lui ai dit que la culpabilité me bouffait les entrailles. Que je me sentais responsable de la mort de Xia. Que j'avais déjà essayé de me foutre en l'air. Que je pourrais recommencer. C'était un appel à l'aide. C'était un appel au secours. J'ai remis ma putain de vie entre ses mains ! »

Depuis que je le connais, Tao n'a presque jamais élevé la voix, un enfant dans un corps de géant. Mais là, l'enfant s'est tu et c'est le géant qui crie, ébranlant l'habitat jusque dans ses fondations.

« Quand je t'ai demandé d'aller voir la prod pour leur dire à quel point j'étais mal, tu te souviens de ce que tu m'as répondu ? gronde-t-il, prenant directement Marcus à partie. Tu m'as dit que tu ne lèverais pas le petit doigt, que je bluffais pour faire l'intéressant, que je n'aurais jamais le cran de me tuer. Et tu m'as planté là – oui, exactement comme l'a dit Samson : tu m'as planté comme une chose, comme un déchet, comme une merde ! »

L'espace d'un instant, j'ai l'impression que Tao va s'arracher au canapé et retrouver miraculeusement l'usage de ses jambes pour se jeter au fond de l'habitat. Mais non. Il se retient. Il se contient. Et il achève son réquisitoire d'une voix sourde, sans détacher son regard de Marcus.

« Au fil des mois, je me suis efforcé d'oublier notre conversation. J'ai tout fait pour essayer de te voir sous ton meilleur jour, puisque de toute façon on était destinés à vivre l'expédition martienne comme coéquipiers. Ce matin encore, par réflexe, je t'ai défendu aux côtés de Samson quand Alexeï a failli te défoncer la tête. Mais cet après-midi, j'ai réfléchi à ce que tu as fait à Léonor… J'ai réfléchi à ce que tu nous as fait à tous les onze… Et ce soir, j'ai beau regarder, je ne vois plus rien de positif en toi. Je ne vois qu'un sale menteur égoïste, incapable de se mettre dans la peau des autres, et même pire : jouissant du malheur des autres. Parce qu'avec le recul, je suis sûr que ça t'a fait kiffer de me renvoyer ma détresse dans la gueule, de te sentir tellement puissant, tellement debout, face à un mec à terre. Tu n'es pas seulement minable, Marcus : tu es dangereux. Samson a raison. On doit te mettre hors d'état de nuire. Tout de suite. Et pour de bon. »

Tao prend une dernière inspiration, la plus profonde de toutes.

« Il faut que quelqu'un le dise, alors, autant que ce soit moi… » Il expire lentement. « … je requiers la peine capitale. »

Ça y est.

Le mot a été prononcé.

Le mot terrible, fatidique, que je redoutais plus que tout.

« *La peine capitale* ? répète Samson d'une voix blanche, en se levant à demi de sa chaise. Ce n'est pas à ça que je pensais, quand je disais "jamais plus" !... Il doit y avoir une autre solution !... »

Safia le fait se rasseoir d'un regard à la fois tendre et autoritaire :

« Décider de la peine ne t'appartient pas, Samson. C'est à l'avocat général de la requérir. Tu es là pour défendre les victimes ; il est là pour faire payer le prix du crime. Est-ce que ce prix est juste ? Ce sera aux jurés d'en décider. »

Je sens ma gorge se nouer comme si elle était prisonnière d'un nœud coulant, tandis que, dans le même temps, le corset invisible qui m'enserre le ventre depuis des heures semble s'être miraculeusement délacé. C'est un mélange incompréhensible d'angoisse et de soulagement. Comme si la mort de Marcus était ce que je redoutais le plus au monde. Comme si la mort de Marcus était ce que j'attendais le plus au monde. Je ne sais plus ce que je veux. Mon stylet se met à trembler de manière incontrôlable dans ma main.

« La parole est à la défense », poursuit Safia, inexorable.

Quelle défense peut-il y avoir après des charges si accablantes ?

Liz pose sa tablette sous sa chaise et fait mine de se lever, hésitante comme une danseuse qu'on pousse vers la scène alors qu'elle ne connaît ni la partition, ni la chorégraphie ; mais Marcus lui prend doucement le bras pour la retenir.

« Je suis censée te défendre…, balbutie-t-elle.

— Rassieds-toi. Même si Tao prétend que je jouis du malheur des autres, je veux au moins t'épargner ce malheur-là. Je répondrai seul.

— Mais…

— Au moins au début, Liz. S'il te plaît. »

Elle se laisse retomber sur sa chaise.

Marcus s'avance jusqu'à la barre des témoins, faisant face à Safia et à Tao – à celle qui l'a mis en accusation et à celui qui vient de réclamer sa mort.

« Tu affirmes que je t'ai traité comme une merde, dit-il en regardant le Chinois dans les yeux. C'est vrai. Et même comme une sous-merde. »

La large face de Tao se strie de lignes de tension.

Une rumeur fiévreuse parcourt les rangs des victimes.

Au fond de l'habitat, Alexeï laisse échapper un juron : « Salaud ! »

Safia se tortille sur le canapé :

« À quoi riment ces provocations ? Tu veux aggraver ton cas ? »

Mais Marcus fixe toujours Tao droit dans les yeux et continue de s'adresser à lui, imperturbable :

« Je t'ai parlé comme si j'en avais rien à foutre de tes états d'âme, comme si j'avais même envie que tu passes à l'acte une deuxième fois. Un beau salaud, comme dit Alexeï : c'est ce que j'ai été. Mais toi, tu n'as pas révélé toute ton histoire à la Cour, pas vrai Tao ?

— Quoi ?

— Tu ne leur as pas dit pourquoi tu n'étais pas passé à l'acte une deuxième fois, justement. Tu ne leur as pas raconté comment tu avais tenu le coup jusqu'au décollage. Tu ne leur as pas expliqué pourquoi tu n'avais pas avalé les pilules. »

Tao reste muet un instant.

Son regard flotte sur l'assistance, s'arrête sur Fangfang qui le dévisage derrière ses lunettes à monture carrée comme si elle le voyait pour la première fois, retombe enfin sur Marcus.

« Les pilules… ? dit-il d'une voix mal assurée. De quoi tu parles… ?

— Tu le sais très bien. Les somnifères. »

Le front de Tao se décontracte. Ses paupières s'écarquillent. Il jette sur l'accusé un regard complètement neuf, où la stupeur a remplacé le mépris.

« Jouer le rôle du salaud, c'était le meilleur moyen pour moi de te surveiller sans que tu te méfies, poursuit Marcus.

Chaque soir pendant des semaines, je t'ai vu réclamer une pilule de somnifère à l'infirmerie – pilule que tu cachais sous ton matelas au lieu de l'avaler, en attendant d'en avoir assez pour les prendre toutes d'un coup et ne jamais te réveiller. »

Le corps de Tao semble s'enfoncer de plusieurs centimètres dans l'épaisseur moelleuse du canapé.

« Le compte n'était jamais bon…, bafouille-t-il. J'avais l'impression de perdre la boule…

— … j'ai volé suffisamment de pilules dans ta planque pour t'empêcher de commettre l'irréparable avant le décollage. »

Marcus émet un pâle sourire, qui malgré le piteux état de sa bouche n'a plus rien d'un rictus de Joker.

« Oui, je t'ai traité comme une sous-merde, conclut-il. Mais c'était pour t'aider. Oui, je me suis comporté comme un connard. Mais c'était pour te sauver la vie. »

Retournement de situation, l'imprévu se produit : c'est Tao qui craque.

Sa lourde tête bascule dans ses mains gigantesques, engloutissant son visage secoué de spasmes.

« Tao ! » s'écrie Fangfang d'une voix tremblante, encore chamboulée par ces révélations sur le passé de celui qu'elle croyait si bien connaître, mais dont elle ignorait tant.

« Marcus s'est sacrifié pour lui… ! » s'exclame Kris à mes côtés. Elle me prend la main et la serre très fort dans la sienne. « … comme il s'est sacrifié pour toi, Léo, quand il s'est jeté dans le sas de New Eden le jour de notre arrivée, pour te sauver de la dépressurisation ! »

Mais Alexeï n'est pas prêt à pardonner aussi vite que son épouse :

« T'emballe pas, Kris ! gronde-t-il. On n'a aucun moyen de vérifier ce que vient de dire Marcus.

— Mais, mon cœur…, plaide la jeune Allemande. Les pilules de Tao… Marcus ne les as pas inventées, donc c'est vrai !

— Pour une fois je suis d'accord avec Alexeï, intervient Mozart, qui serre toujours son couteau dans son poing. Ce n'est pas par altruisme que Marcus a "sauvé la vie" de Tao. Si vous voulez mon avis, c'est uniquement pour éviter un suicide qui aurait retardé la mission et l'envol pour Mars. Toute cette histoire ne prouve qu'une chose : qu'il est aussi manipulateur que Serena elle-même !

— C'est sûr ! renchérit le Russe. Ils sont exactement pareils ! Et je suis sûr que c'est aussi Serena qui lui a dit, pour le rapport Noé ! Qui d'autre ? »

D'un seul coup, il me semble sentir le changement d'atmosphère dans l'habitat, la balance aveugle de la justice qui rebascule du côté de la vengeance après avoir un instant penché du côté du pardon.

« Alexeï a raison de poser la question, dit Safia en essayant de garder contenance à côté de Tao, recroquevillé sur lui-même. La Cour doit savoir. L'accusé doit répondre. Comment a-t-il appris l'existence du rapport Noé ?

— Une fois n'est pas coutume, Serena n'a rien à voir avec ça », dit Marcus d'une voix si calme qu'elle en est presque effrayante.

Depuis la barre des témoins, il se tourne à demi vers les victimes. Je baisse instinctivement les yeux sur ma tablette. Mais cette fois-ci, ce n'est pas à moi qu'il adresse la parole – c'est à Samson.

« Tu te rappelles la veille de l'embarquement, juste avant notre dernière nuit dans le centre d'hébergement de cap Canaveral ?

— Ça ne répond pas à la question d'Alexeï, rétorque le Nigérian.

— On est allés tous les deux à l'animalerie pour récupérer nos animaux, pendant que les autres prétendants attendaient dans le fourgon. Toi : Warden, le chien de bord. Moi : Ghost, ma colombe apprivoisée. »

Ghost... Je me souviens que Marcus m'en a parlé une fois. Pour me dire qu'on l'avait empêché de l'amener avec lui à bord du vaisseau. Où veut-il en venir ? Je relève un peu le front pour épier la scène entre mes mèches.

« Tu as pu récupérer ton chien, mais Archibald Dragovic nous a dit que ma colombe s'était enfuie, continue Marcus. J'avais du mal à y croire, parce qu'un oiseau qui a grandi en captivité ne s'envole pas comme ça. Je vous ai faussé compagnie pour partir moi-même à la recherche de Ghost dans les méandres de l'animalerie.

— Je me rappelle tout ça, et alors ? » s'impatiente Samson.

À ses pieds, Warden se met à gronder, comme s'il pouvait comprendre les paroles échangées par les deux garçons, et que l'animalerie éveillait en lui de sombres souvenirs.

« Je n'ai pas retrouvé Ghost. Mais je suis tombé sur un ordinateur, ouvert sur la table du vieux Dragovic au fond de l'animalerie, dans un recoin obscur où ni moi ni quiconque n'était censé aller… »

Le grondement de Warden se transforme en un long feulement aigu, une chanson ou un pleur qui s'échappe en filet continu de sa gueule de gargouille.

Je redresse complètement la tête, embrassant du regard l'ensemble de l'habitat transformé en une espèce de tableau vivant : chacun s'est figé, dans l'attente du coup de tonnerre. Pour la première fois, Marcus s'apprête à révéler l'instant où tout a changé ; l'instant où nous aurions pu être sauvés, mais où nous avons été condamnés ; l'instant où il aurait pu devenir un héros, mais où il est devenu un traître.

« Sur l'écran de l'ordinateur, il y avait des courbes, des chiffres, des dates. Et un titre, en rouge, que maintenant vous connaissez tous. *Rapport Noé – strictement confidentiel.* Tandis que Dragovic me cherchait en hurlant mon nom à travers le labyrinthe de cages, j'ai fait défiler les pages. Plus elles se succédaient, plus je comprenais le piège dans lequel on était tombés. J'ai juste eu le temps de rebasculer sur la première page et de m'esquiver, pour retrouver Dragovic à quelques pas de là. Je me suis excusé de m'être perdu.

Puis je suis allé retrouver Samson à la porte de l'animalerie, avant de rejoindre les autres dans le fourgon. »

Silence dans l'habitat.

Confusément, je crois qu'on s'attendait tous à une conjuration machiavélique, un complot ourdi dans ses moindres détails, un Marcus démoniaque qui serait le fils spirituel de Serena McBee et de Satan lui-même.

Au lieu de quoi, il ne s'agit que d'un hasard, d'une coïncidence, de presque rien : si Marcus avait emprunté un autre chemin dans l'animalerie, si ses pas l'avaient mené un peu plus à droite ou un peu plus à gauche, il serait resté comme nous dans l'ignorance du rapport Noé.

« Ça ne fait aucune différence… », murmure finalement Samson.

Je vois bien qu'il est aussi ébranlé que les autres ; mais il s'efforce de prendre sur lui et de maintenir la ligne d'accusation, au nom des victimes qu'il représente, maintenant que Tao est hors-jeu.

« Peu importe comment tu as découvert le rapport…, balbutie-t-il. Tu savais et tu n'as rien dit… Il me semble que la tromperie reste la même… Je suppose que ça ne change rien à la gravité du crime… Ni à mon devoir de protéger le groupe du mal que tu pourrais encore lui faire, toi qui sembles n'avoir aucune morale… Pas une seule fois au cours de cette audience tu n'as exprimé le moindre remords, ni simplement demandé pardon… »

Tandis que Samson s'empêtre dans ses réflexions à voix haute, un raclement résonne au fond de l'habitat.

C'est Liz, qui repousse sa chaise derrière elle et trouve enfin la force de se lever pour marcher jusqu'à la barre des témoins aux côtés de Marcus.

L'émotion soulève sa poitrine à travers son col roulé, le stress empourpre ses joues. Elle pose ses mains à plat sur la table, comme pour s'y raccrocher.

« Madame la Présidente, mesdames et messieurs les Jurés, je demande la parole au nom de la défense », commence-t-elle, prenant appui sur ces formules toutes faites de la même manière qu'elle prend appui sur la table.

Safia hoche la tête pour l'inviter à poursuivre.

« Celui qui parle aujourd'hui de tromperie s'est-il bien regardé dans la glace ? » demande Liz en se tournant brusquement vers Samson.

Le Nigérian se raidit.

Warden cesse subitement de gémir, pour se serrer silencieusement contre les jambes de son maître.

« Qu'est-ce que tu veux dire, Liz ? » intervient Safia.

Elle aussi semble s'être raidie, tout d'un coup, posée sur le bord du canapé comme une petite poupée folklorique en sari au bord d'une étagère, à deux doigts de basculer et de se briser.

« Je veux dire que Samson en connaît un rayon en matière de mensonge, poursuit stoïquement Liz, en s'efforçant de maîtriser sa respiration qui s'emballe.

— Qu'est-ce que ça signifie ? s'emporte la présidente. Ce procès n'est pas celui de Samson !

— C'est le procès de la vérité. Parce que c'est ça que vous voulez tous, pas vrai ? C'est ça que vous réclamez à grands cris ? La vérité ! Toutes les vérités ! Je ne vois pas pourquoi certaines ne seraient pas bonnes à dire ! »

Mozart s'avance de quelques pas pour essayer de calmer son épouse :

« Liz, je t'en prie… Ne raconte pas n'importe quoi juste pour défendre Marcus… Samson n'a rien à se reprocher…

— Ah oui, tu en es si sûr ? Et les regards dérobés qu'il te jette depuis qu'on est arrivés à New Eden ? »

Le Brésilien fronce les sourcils :

« Quoi ?

— Et tout ce temps qu'il passe avec toi, en sorties extérieures, sous le dôme du Jardin, et jusque dans notre habitat où il squatte tous les soirs ?

— En tant que responsable Navigation je suis censé l'accompagner dans ses sorties comme n'importe quel autre membre de l'équipage. Et je vois pas où est le problème de se retrouver pour jouer aux cartes le soir dans l'habitat – il n'est pas le seul à participer aux parties de poker, que je sache !

— Bon sang, est-ce que tu es aveugle ? Est-ce que vous êtes tous aveugles ? »

Kelly pousse un long sifflement :

« Eh bé, je sais pas ce qu'elle a fumé, celle-là, mais si ça pousse à New Eden, j'en veux aussi ! Joue-la collectif, pour une fois, Liz : fais tourner ! »

Ignorant le sarcasme, l'Anglaise se plante devant son mari.

« À chaque fois que Samson vient nous rendre visite, il apporte des beignets cuisinés spécialement pour toi, attaque-t-elle.

— Mais c'est quoi ce délire, Liz, enfin ? hoquette Mozart. Samson sait cuisiner les acarajés comme un chef – même mieux que les filles de la favela. Je trouve que la recette nigériane est encore meilleure que la brésilienne. Et d'abord, je vois pas pourquoi tu dis qu'il les prépare *pour moi* : c'est pour tous les joueurs qu'il les fait – toi aussi, tu en manges, avoue qu'ils sont à tomber ! »

Je ne suis pas celle qui contredira Mozart : Samson est certainement le meilleur cuistot de Mars, après Kris. En utilisant les pommes de terre du Jardin, culture dont il a la charge en tant que responsable Biologie, il a réussi à reproduire plusieurs recettes de son pays – et notamment ces délicieux beignets qu'il nous sert souvent en guise d'apéritif.

Mais Liz n'en démord pas :

« Pendant les parties, il passe son temps à te dévisager comme si tu étais la huitième merveille du monde.

— Huitième merveille du monde ? N'importe quoi ! C'est pour voir si je bluffe qu'il me mate, c'est tout ! C'est le principe même du poker... » Il se tourne vers Samson, en quête d'approbation. « ... pas vrai, mec ? »

Le Nigérian ne répond rien.

Il est immobile comme un homme frappé par un sortilège, aussi silencieux que le chien couché à ses pieds.

Safia tente de voler à son secours :

« Maintenant ça suffit, Liz ! Je t'ordonne de te taire ! Tu dois m'obéir, je suis la présidente et...

— ... et moi je suis l'avocate de la défense, coupe Liz d'une voix haletante. Je défendrai mon client jusqu'au bout. Je vous montrerai qu'il est loin d'être le seul menteur de New Eden. Et je vous obligerai à voir ce que vous vous entêtez à ignorer – vous ne me laissez pas le choix. »

À ces mots, elle bondit jusqu'à sa chaise, saisit sa tablette posée au sol, en fait défiler le contenu d'un doigt tremblant.

« Là ! s'écrie-t-elle d'une voix stridente en retournant l'écran vers Safia. La voilà, la vérité ! »

19. CONTRECHAMP
RÉSIDENCE DE L'OBSERVATOIRE, WASHINGTON DC
DIMANCHE 7 JANVIER, 18 H 45

L E CANON DU PISTOLET N'EST QU'À QUELQUES CENTIMÈTRES de la poitrine d'Orion Seamus.

Serena McBee le tient à bout portant, le bras tendu au-dessus de son bureau, le regard fixe sous sa frange argentée.

« Qui d'autre est au courant pour Harmony ? demande-t-elle lentement, en détachant bien chaque syllabe.

— Personne », répond l'agent Seamus.

Il se tient parfaitement immobile sur sa chaise, au milieu de la vaste pièce silencieuse, sous le portique couvert de caméras éteintes.

« Personne ? répète la vice-présidente d'une voix glacée. Vous pensez que je vais avaler ça ? Il y a forcément des tiers qui savent, ne serait-ce que les scientifiques ayant analysé les cheveux que vous nous avez volés, à Harmony et à moi.

— Je n'ai pas à dire d'où proviennent les pièces à conviction quand je les soumets au laboratoire d'analyse de la CIA. En l'occurrence, le rapport conclut que les deux échantillons capillaires appartiennent à la même personne : à aucun moment les experts ne se sont doutés que j'avais prélevé les cheveux sur deux femmes différentes. »

Mais Serena ne semble pas prête à se satisfaire de ces explications :

« Vous essayez de me faire croire que si je tire, là, tout de suite, vous emporterez le secret de votre découverte dans votre tombe ? Je suis certaine que vous en avez fait une copie. Un fichier qui sera automatiquement diffusé en cas de disparition.

— Si je vous jurais le contraire, est-ce que ça changerait quelque chose ? Que vaut une promesse quand on n'est pas contraint de la tenir ? »

Serena reste silencieuse.

« Votre silence est éloquent : une telle promesse ne vaut rien du tout, en effet. Ce matin, par exemple, vous m'avez promis de m'associer à votre destinée politique, vous m'avez prédit que j'irai loin et que nous étions tous les deux faits pour guider nos semblables. Mais quelques heures plus tard, vous me traitiez d'incapable et vous me menaciez d'une chute vertigineuse, tout ça parce que j'avais laissé échapper deux fugitifs. Ce n'est pas très agréable, vous savez, de sentir qu'on est assis sur un siège éjectable… surtout quand on sait que vos anciens collaborateurs au sein du programme Genesis ont presque tous disparu dans un mystérieux crash aérien. »

Serena n'essaie même pas de nier les accusations à peine voilées de l'agent Seamus.

« C'est donc ça…, lâche-t-elle en serrant la crosse du pistolet entre ses doigts sertis de bagues. Un vulgaire chantage…

— Non, Serena, pas un chantage. Tout le contraire. Une association. *Une alliance.* D'égal à égal, et pour le bénéfice de chacun. »

L'agent Seamus se penche en avant sur sa chaise, sans détacher son œil unique de celle qui lui fait face.

« Personne n'a besoin de savoir, pour Harmony », dit-il.

La bouche métallique du pistolet frôle le coton de sa chemise.

« C'était la seule possibilité pour moi d'avoir un enfant », rétorque Serena sans fléchir la voix, sans plier le bras.

Orion Seamus continue de s'avancer ; le canon s'enfonce contre sa poitrine, à l'endroit du cœur.

« Vous n'avez pas à vous justifier, murmure-t-il. Ce n'est pas de votre faute si vous êtes stérile.

— Je ne suis pas stérile. Je suis exigeante. Pourquoi mêler mes gènes à ceux d'un être inférieur ? Si j'ai préféré me reproduire moi-même à l'identique, c'est que je n'ai jamais trouvé d'homme à ma hauteur…

— … jusqu'à aujourd'hui. »

Cette fois-ci, le bras de Serena frémit imperceptiblement. Sa voix chevrote légèrement, entre trouble et agacement :

« Ne soyez pas ridicule. Je pourrais être votre mère.

— J'aime les femmes accomplies.

— Et moi, je n'aime pas les gamins arrogants.

— Je vous fais peur, Serena ?

— Vous vous surestimez.

— Même si je vous dis que je vous observe depuis longtemps ? Depuis bien avant votre accession à la vice-présidence ? Depuis des années ? »

Très lentement, il glisse la main dans le revers de sa veste, à la recherche de la poche d'où il a extrait le sachet contenant les échantillons de cheveux quelques instants plus tôt.

« Arrêtez ! ordonne Serena. Je vais appuyer sur la détente !

— Non, je ne crois pas. Vous auriez trop à y perdre. Et surtout, vous avez trop à gagner d'avoir à vos côtés un allié prêt à tout pour vous aider... » La main d'Orion Seamus ressort de la veste ; elle tient un petit écrin de velours noir.

« ... pour le meilleur et pour le pire... »

Les paupières de Serena, hérissées de cils aiguisés au mascara, s'ouvrent telles deux plantes carnivores.

« ... dans la richesse et dans la pauvreté... »

Ses lèvres s'entrouvrent dans une expression incrédule.

« ... dans la santé et dans la maladie... »

Ses doigts serrent le pistolet tellement fort que la peau blanchit autour de ses ongles vernis.

« ... jusqu'à ce que la mort nous sépare.

— Vous ne voulez tout de même pas...

— Si, Serena. Quand je parlais d'alliance, c'est à ça que je pensais. Vous, la grande prêtresse des relations conjugales, qui avez conseillé tant de couples, qui avez noué tant d'unions, il est temps que vous sacrifiiez à votre tour à la déesse que vous prétendez servir. »

L'agent Seamus tombe genou à terre au pied du bureau ; l'extrémité du pistolet glisse de sa poitrine jusqu'à son visage ; il ouvre l'écrin du bout des doigts, dévoilant une bague ornée d'un diamant solitaire, taillé en forme d'œil unique.

Ainsi agenouillé, le canon rutilant planté au milieu de son front, il fait sa demande en mariage comme on lance une provocation en duel :

« Serena McBee, acceptez-vous d'être ma femme ? »

20. CHAMP
MOIS N° 21/SOL N° 578/21 H 13 MARS TIME
[28ᵉ SOL DEPUIS L'ATTERRISSAGE]

« L A VÉRITÉ ! » répète Liz en brandissant sa tablette devant elle face à la Cour, comme on brandit un bouclier, un trophée, une tête coupée.

Safia enfonce ses ongles dans l'accoudoir du canapé pour s'y raccrocher. Une dénégation s'échappe de ses lèvres ; mais ce n'est plus un ordre proféré par une présidente de tribunal. Ça ressemble davantage à la supplique d'une condamnée.

« Quelle vérité ? gémit-elle. Qu'est-ce qu'il y a à voir ? Ce n'est que Samson sur cet écran, et rien de plus…

— Oui, c'est Samson. Seul dans mon habitat. Ou tout du moins, le croyait-il. »

Liz se détache de la barre des témoins et effectue deux pas de côté jusqu'aux jurés – jusqu'à nous. On dirait qu'elle danse, canalisant sa fébrilité dans des mouvements millimétrés qu'elle maîtrise parfaitement. D'un geste de ballerine, elle tend la tablette devant elle pour que tous puissent voir.

L'écran représente Samson, en effet, debout au milieu d'un séjour d'habitat plongé dans une demi-pénombre. Il tient dans ses mains un saladier plein de beignets encore fumants. Au premier abord, je crois être face à une photo, mais peu à peu je me rends compte qu'il s'agit en réalité d'un film. Le saladier tremble légèrement entre les paumes de Samson ; ses paupières clignent nerveusement ; il semble à la fois gêné et subjugué, comme s'il avait honte d'être là, mais qu'une force invisible l'empêchait de faire demi-tour. Son regard est dirigé vers une porte entrouverte, d'où s'échappe un rai de lumière. Je ne peux pas voir ce qu'il y a derrière cette porte, mais je le devine : il s'agit de la salle de bains, et le bruit de l'eau qui coule indique que quelqu'un y prend sa douche…

« Ça faisait longtemps que j'avais des doutes, alors j'ai décidé d'en avoir le cœur net, explique Liz d'une voix haletante en appuyant sur le bouton "stop" pour remettre la vidéo au début. Quand on prépare le concours d'entrée au Royal Ballet, on apprend à se méfier de tous, à guetter les coups bas, à espionner ses propres amis. Je n'en suis pas fière, mais ce sont ces réflexes qui m'ont permis de coincer Samson. »

La vidéo redémarre de zéro, plan d'ensemble sur le séjour vide au plafonnier éteint, éclairé seulement par la lumière qui s'échappe de la salle de bains. Soudain, un toc-toc retentit hors champ, quelqu'un qui frappe à la porte de l'habitat : « Hello les amis, c'est moi, c'est Samson ! retentit la voix du Nigérian, s'échappant des enceintes de la tablette. On avait bien rendez-vous à 18 H 00, comme me l'a dit Liz ? Les autres ne sont pas encore arrivés ? Est-ce que je suis le premier ? »

« D'habitude les parties de poker ont lieu à 18 H 30, avant le dîner, tous ceux qui y participent le savent, commente Liz. Mais ce matin-là, j'ai dit à Samson de venir plus tôt, à 18 H 00, pour faire une partie plus longue. C'était un mensonge. En réalité, 18 H 00, c'est pile le moment où Mozart prend sa douche après sa journée de travail, pour se débarrasser de la sueur accumulée sous sa combinaison... »

Un bruit de pas résonne. La porte n'était pas fermée et Samson entre dans le champ. Malgré la pénombre, on peut voir un grand sourire enjoué sur son visage, il présente le saladier d'acarajés devant lui comme une offrande. « Liz ? Mozart ? appelle-t-il. Vous êtes cachés ? C'est une blague ? » Le ruissellement de la douche engloutit ses paroles. Son regard balaye le séjour en quête d'une présence. S'arrête sur la pièce d'où filtre la lumière. Se fige.

« Ce soir-là, poursuit Liz, dès que Mozart est entré dans la douche, j'ai éteint le séjour, j'ai entrouvert la porte de la salle de bains, j'ai calé ma tablette contre le canapé en la programmant pour qu'elle se mette à filmer au premier mouvement. J'ai tendu un piège à Samson et il est tombé pile dedans. J'avais prévu de garder ces images pour moi et de ne jamais les montrer à personne. Parce que ça ne me dérangeait pas de savoir. Parce que je considérais toujours Samson comme un super ami. Parce que je ne voulais pas le blesser. Aujourd'hui, hélas, les choses ont changé… » Liz pousse une expiration sifflante, le visage déformé par un mélange de culpabilité et de détermination. « Oui, je sais, c'est dégueulasse d'attaquer les gens sur leur vie privée, mais cette vidéo est mon seul moyen de démonter le réquisitoire, de montrer à la Cour que nul n'est parfait et, peut-être, d'adoucir la sentence de Marcus. »

Sur l'écran de la tablette, la vidéo est revenue au moment que nous avons déjà visionné : l'image de Samson immobile face au spectacle qui nous demeure invisible, peinant à se détourner et tremblant d'être découvert. Oui, pris au piège de Liz. Mais surtout, pris au piège de ses propres sentiments – de cet amour secret qu'il est parvenu à refouler tant bien que mal pendant tous ces mois, mais qui éclate sur cette vidéo, sur ce visage, dans ces yeux…

Liz tourne sur elle-même à trois-cent soixante degrés au milieu du septième habitat, tenant bien haut sa tablette pour que nul ne puisse ignorer ce qu'elle montre – ni les jurés, ni la Cour, ni Alexeï… ni Mozart.

Je sens une gêne terrible se répandre tout autour de moi : le silence des uns ; la manière dont les autres se tortillent sur leur chaise ; la nuque de Samson qui se plie sur le rang juste devant moi, comme s'il essayait de rentrer en lui-même, de rentrer sous terre, de disparaître à jamais.

Soudain, une voix s'élève de la tablette : « Samson ? C'est toi ? Désolée, je me suis plantée d'heure... » Liz entre dans le champ, pénétrant dans l'habitat depuis le tube d'accès en provenance du Jardin. « ... c'était 18 H 30, comme d'habitude, et pas 18 H 00. Je suis allée dans ton Nid pour te prévenir, mais Safia m'a dit que tu étais déjà parti pour venir ici – on a dû se croiser. » Sur l'écran, Samson se retourne d'un bond, aussi vivement que si une guêpe l'avait piqué, pour faire face à Liz. Le saladier tremble furieusement entre ses mains. Les beignets s'entrechoquent. Plusieurs d'entre eux tombent sur le sol de l'habitat. « Je... je viens juste d'arriver, bégaye-t-il. J'ai vu qu'il n'y avait personne. J'allais faire demi-tour. » Il se baisse pour ramasser les beignets souillés, les balance dans le saladier, s'enfuit comme un voleur. « Reviens à 18 H 30 ! » lui lance innocemment Liz à travers la porte. Puis elle marche vers le canapé – vers la tablette qu'elle y a dissimulé. Sa silhouette grandit à mesure qu'elle s'en approche, se transforme en silhouette de géante. Elle tend la main et, d'un geste sec, appuie sur un bouton mettant fin à l'enregistrement.

Écran noir.

Un sifflement retentit au fond du septième habitat.

C'est Alexeï, les joues empourprées, les yeux révulsés.

« J'y crois pas ! T'as vu ça, Mo ?... T'as vu comment Samson t'a maté pendant trois minutes ?... Comme... Comme... »

Le visage de Mozart se ferme.

« Ouais j'ai vu, crache-t-il. Comme un homo. Et moi qui le prenais pour un frère. »

Samson redresse vivement la tête :

« Je peux tout t'expliquer, Mozart... ! implore-t-il.

— Tu n'as rien à m'expliquer. C'est assez clair comme ça. Le pire, c'est que tu oses accuser Marcus d'avoir menti pour utiliser Léonor.

— Justement, moi, je n'ai pas menti ! s'écrie Samson, la rage au cœur. Moi, je n'ai utilisé personne ! »

Mais le Brésilien n'écoute pas, n'écoute plus :

« Quand je repense à tous tes foutus acarajés, que j'ai bouffés sans me douter de rien, ça me fout la gerbe. J'ai besoin de respirer. »

En proie à la colère et à la honte, il tourne les talons, relève le levier de l'habitat et s'engouffre dans le tube d'accès, sans prêter attention aux cris de Kris et de Fangfang qui tentent de le retenir.

« Eh les mecs ! s'emporte Alexeï, encore abasourdi. On a passé des mois avec ce type, à faire dortoir commun dans la vallée de la Mort, ça vous fait pas froid dans le dos ? Moi, si ! Je comprends que Mozart soit dégoûté ! Et Safia doit l'être encore plus ! »

Tous les regards convergent vers la petite Indienne. Elle s'est dressée sur ses jambes dès que Mozart a quitté la pièce, interrompant de fait le procès et mettant fin à l'audience.

« Ce mec t'a trahie, Safia ! s'acharne Alexeï. Il nous a tous trahis, exactement comme Marcus ! C'est un menteur, un imposteur ! Il ne devrait pas être dans le box des victimes, mais dans celui des accusés !

— Eh oh, tu te prends pour le KGB ou quoi ? s'exclame Kelly en se levant à son tour. C'est pas un crime d'être gay, que je sache ! En tout cas ça l'est pas au Canada, et ça le sera certainement pas sur Mars !

— Mentir est un crime dans tous les pays, rétorque Alexeï avec hargne. Faut être sacrément tordu pour s'embarquer dans un programme de procréation spatiale quand on est homo ! »

Ignorant les invectives des uns et des autres, Safia traverse silencieusement le séjour et vient se ranger à côté de Samson effondré sur sa chaise, la tête entre les paumes.

Elle pose sa main sur son épaule.

Elle fait bloc avec lui.

Alexeï cesse subitement de vitupérer, pour lâcher une exclamation stupéfaite :

« Quoi ? Tu n'as pas l'air surprise ? Tu... tu savais ? »

Safia soutient son regard accusateur.

« Assez, dit-elle. Ça suffit. Samson n'a rien de tordu : moralement, il est plus droit que toi. »

Les paroles qu'elle a adressées à Alexeï quand il piquait ses crises de parano, lorsqu'il accusait Samson de flirter avec Kris, me reviennent brutalement à l'esprit : « *Il n'y aura jamais aucune place pour la jalousie entre Samson et moi. Si je t'expliquais pourquoi, je ne suis pas sûre que tu pourrais comprendre. Personne ne t'a trompé, Alexeï, mais tu portes quand même des cornes : parce que tu es bête à manger du foin !* »

À voir comment les yeux d'Alexeï s'écarquillent, je devine qu'il doit repenser à la même chose que moi, à ces mots qui prennent maintenant tout leur sens.

« Tu savais pour Samson et tu n'as rien dit ! Tu as couvert son mensonge ! Pourquoi ? Comment ? Non, attends, je veux rien savoir. Tu... tu es sa complice... » Il s'avance vers Safia, menaçant : « ... toi aussi, tu nous as trahis : tu n'as rien à faire sur le siège de présidente. Dégage ! »

Une cohue indescriptible s'empare de l'habitat – les garçons et les filles se lèvent en criant, les chaises se renversent, les chiens se mettent à hurler à pleine gorge. Ce procès qui était censé nous souder tourne au pugilat. De notre digne cohésion de victimes, il ne reste que des lambeaux.

Seuls Liz et Marcus demeurent impassibles au milieu de cet ouragan, arrimés à la barre des témoins tels deux marins sur un vaisseau qui prend l'eau de toutes parts.

ACTE II

21. Chaîne Genesis

PLAN D'ENSEMBLE SUR LA VALLÉE PROFONDE DE IUS CHASMA, au cœur de Valles Marineris plongé dans la nuit.

Une immense falaise noire, haute de plusieurs kilomètres, ferme le champ à gauche. Tout en haut, au bord supérieur du champ, est coincé un minuscule carré d'espace. Les étoiles du ciel martien y luisent, pâles et lointaines comme des graviers au fond d'un puits sombre.

Les vents se sont tus.

C'est le silence total.

Soudain, un titrage apparaît en bas de l'écran : VUE OUEST DE IUS CHASMA, CAMÉRA EXTÉRIEURE, JARDIN DE NEW EDEN/HEURE MARTIENNE – 08 H 13 – LEVER DU SOLEIL.

En quelques instants, un trait rosâtre se dessine en haut de la falaise et découpe contre la nuit le profil déchiqueté du canyon, témoin de milliards d'années d'érosion. Les crevasses, les fissures, les gerçures de roche s'illuminent peu à peu, révélant au jour naissant cette peau ancestrale, le cuir sans âge de la planète Mars.

Les étoiles anémiques finissent par disparaître tout à fait, apeurées par le soleil qui rampe jusqu'au bord du canyon. Lorsqu'il y bascule enfin, ses rayons plongent brutalement dans le précipice, s'y déversent en cascades rubescentes : une infinité de particules de poussière flottent encore dans l'air, vestiges de la tempête de la veille – la lumière, en les

145

heurtant, les transforme en globules rouges, en torrents de sang.

Cut.

22. CHAMP
MOIS N° 21/SOL N° 579/08 H 15 MARS TIME
[29ᵉ SOL DEPUIS L'ATTERRISSAGE]

Ç A FAIT UN QUART D'HEURE QUE LES LUMIÈRES de ma chambre se sont allumées.

Un quart d'heure que les caméras se sont remises à tourner.

Un quart d'heure que j'aurais dû me lever.

Mais ce matin, je n'y arrive pas.

J'ai l'impression que mon corps pèse des tonnes. C'est un morceau de fonte enveloppé dans une nuisette de soie, écrasé contre le matelas du lit double que j'occupe seule pour la première fois depuis mon arrivée sur Mars. J'ai à peine fermé l'œil de la nuit. Dès que je m'assoupissais, le visage de Marcus me revenait – son visage *d'avant*, quand sa bouche n'avait pas encore été déformée par des poings vengeurs, quand je ne voyais que des promesses d'avenir dans son sourire et des étoiles dans ses yeux. Vingt fois, je me suis réveillée en sursaut, pour réaliser le vide affreux dans le lit à côté de moi ; vingt fois, j'ai perdu Marcus à nouveau.

Depuis des heures, je suis trop épuisée pour me rendormir et trop épuisée pour me lever.

Au-dessus de ma tête, il n'y a plus d'avenir, seulement le plafond étroit de la chambre.

En guise d'étoiles, les spots halogènes dardés sur moi me brûlent la rétine.

La veille est encore pire que le sommeil. Lorsque je suis consciente, rien ne peut détourner mes pensées du compte à rebours qui tourne dans ma tête : ce soir à 20 h 00, nous nous réunirons à nouveau dans le septième habitat pour achever le procès – et je ne sais toujours pas ce que je vais dire quand viendra mon tour de me prononcer.

« Il m'a fait souffrir plus fort que je l'aurais jamais cru possible – je veux qu'il meure. »

Non, je ne peux pas dire une chose pareille, parce que ce n'est pas toute la vérité, parce que Marcus ne m'a pas seulement fait souffrir et que l'idée de son exécution me demeure intolérable...

« Je l'ai aimé plus intensément que je m'en serais cru capable – je veux qu'il vive. »

Impossible et inepte : l'amour n'a jamais racheté le crime. De quel droit pardonnerais-je à Marcus ce qu'il a fait subir aux autres, cette abjection pour laquelle il n'éprouve aucun remords, au nom d'une histoire que j'ai été la seule à vivre ?

« Ma tête va exploser. Je ne veux plus penser à Marcus. Je veux l'oublier à jamais. Je veux redevenir celle que j'étais avant de le connaître. Décidez sans moi. »

Quoi ? Je me désolidariserais du groupe déjà au bord de l'explosion, juste pour avoir le confort de ne pas choisir ? Trop facile et trop lâche !

« Léo ? »

On frappe à la porte, trois coups légers qui m'arrachent à mes pensées.

« Tu es réveillée, Léo ? » filtre la voix de Kris.

Je sens mes muscles se contracter, mes nerfs reprendre le contrôle de mon corps. Il ne faut pas que Kris me voie ainsi, prostrée sur mon lit comme une paralytique. Je dois être forte, pour elle, pour eux.

« Oui, je suis debout ! je crie en me redressant. Donne-moi juste cinq minutes, le temps de me doucher, et je vous rejoins. »

PHOBOS[3]

J'émerge de mon habitat, vêtue de ma sous-combi noire, les cheveux attachés, les yeux soulignés du correcteur anti-cernes de chez Rosier. Afficher un visage résolu : tel est mon devoir.

À travers le dôme de verre du Jardin, le matin rougeoie, l'air est chargé de myriades de particules en suspension. Les dix autres pionniers se détachent à contre-jour. D'abord ce ne sont que des silhouettes, mais à mesure que je m'en approche, je distingue leurs traits – regards verrouillés qui se forcent à ne pas lorgner la porte close du septième habitat, lèvres scellées pour ne pas parler du procès qui hante les pensées de chacun. Tout autour de nous, sur les montants métalliques du dôme, entre les feuillages des plantations, les caméras nous filment, nous scrutent. Les micros nous écoutent. Nous devons faire comme si de rien n'était.

« Tu as eu le temps de petit-déjeuner ? me demande timidement Kris. J'avais du mal à dormir alors je… j'ai fait des cookies à l'avoine et aux pommes séchées. Günter m'a aidée. »

Elle me tend deux biscuits encore tièdes.

Même si je n'ai pas faim, l'estomac noué, je les prends délicatement dans sa main :

« Merci, Kris. »

Tout en grignotant les cookies sans même en sentir le goût, j'observe mes coéquipiers. Est-ce que les specta-teurs derrière leurs écrans peuvent percevoir ce que je vois, la tension qui règne sous le dôme, la redistribution des cartes ? Certes, Kris se serre toujours contre Alexeï, une main sur l'épaule de son mari, l'autre sur la « tête » de Günter, et Louve sagement couchée à leurs pieds : le portrait-type de la famille modèle. Certes, Kenji et Kelly se tiennent la main dans un geste tendre et touchant. Mais les autres couples m'apparaissent bien différents de ce qu'ils étaient hier.

Pour la première fois, Fangfang ne se tient pas près du fauteuil de Tao, mais à quelques pas derrière. J'ai l'impression de sentir entre eux la présence invisible d'un fantôme, cette Xia sans visage qui est morte mystérieusement avant le décollage, qui aurait pu être membre de notre équipage à la place de la Singapourienne.

Après la joute d'hier, Mozart et Liz se sont eux aussi éloignés l'un de l'autre et semblent tout faire pour s'éviter.

Au contraire, Safia et Samson sont collés plus étroitement que jamais, renfermés sur eux-mêmes comme s'ils craignaient qu'on les sépare de force.

C'est finalement Alexeï qui met fin au silence :

« Programme de la journée ? demande-t-il, rappelant à chacun qu'il va bien falloir la meubler, cette foutue journée, avant le rendez-vous fatidique de ce soir.

— Le protocole exige qu'on vérifie l'intégrité de la base au lendemain de toute intempérie majeure, répond Liz. Vous vous souvenez, ce tintement étrange qu'on a entendu pendant la tempête, comme si un truc cognait contre le dôme ? »

Oui, bien sûr qu'on s'en souvient ! Impossible d'oublier ce bruit lancinant, surgi des nuées opaques : *Clong... Clong... Clong...* Impossible d'oublier l'information choc que Günter nous a lâchée en direct, selon laquelle le septième habitat avait été perforé par *une chose venue de l'extérieur* lors de la dernière Grande Tempête, avant notre arrivée. Je me doute qu'en ce moment les spectateurs du monde entier doivent se demander si c'est la même *chose* qui tambourinait contre les parois de la base hier. Ces braves gens seraient encore plus sur les nerfs s'ils savaient qu'il y a un peu plus d'une année martienne, au moment où la coque du septième Nid a été percée, les cobayes secrets de l'expérience Noé ont tous disparu en même temps...

« Il faut sortir pour examiner les dégâts éventuels, conclut Liz. Je suis responsable Ingénierie. Normal que je m'y colle.

« — Il y a toujours de la poussière qui flotte…, fait remarquer Kris, inquiète. C'est peut-être encore dangereux… »

Fangfang, la seule des deux responsables Planétologie qui nous reste, secoue la tête :

« J'ai consulté les sondes extérieures en me levant ce matin : les poussières en suspension ne sont pas assez concentrées pour causer un risque d'abrasion des combinaisons. Une sortie est théoriquement possible.

— Mais quand même…, proteste Kris. On ne sait même pas ce qui a causé ces bruits bizarres… Peut-être qu'il y a encore un truc, là, dehors… »

Liz la coupe :

« La visibilité est revenue à la normale. On voit bien qu'il n'y a rien dehors. J'y vais. Ça fait partie de mon descriptif de mission. Et j'ai besoin de sortir de ce bocal cinq minutes.

— Moi aussi, renchérit Kelly en secouant sa crinière peroxydée. Je sais pas vous, mais moi je trouve que ça sent un peu le renfermé, ici : envie de respirer un autre air, même si ce n'est que celui de mon casque ! » – elle tire Kenji par la main : « Tu viens, Chat ? »

Le Japonais suit la Canadienne sans un mot, jusqu'à leur habitat où les attendent leurs combinaisons de sortie.

« Moi, je m'occupe d'enlever les bâches, annonce Samson en désignant les terrasses. Je vais vérifier l'état des plantations. »

Il parle vite, à la manière de quelqu'un qui craint d'être interrompu.

Son regard fuit systématiquement celui des autres, mais aussi, il me semble, les yeux fixes des caméras.

Tout son corps est tendu, mal à l'aise – prêt à encaisser des coups et à les rendre.

« Je suis moi aussi responsable des cultures, annonce Kris d'une voix douce. Je vais t'aider. »

Elle lève instinctivement les yeux sur Alexeï, s'attendant sans doute à une forme de réprobation – par le passé, ce dernier n'a jamais vu d'un bon œil que sa femme passe des heures aux champs en compagnie d'un autre homme. Mais aujourd'hui, il se contente d'un sourire ironique plein de supériorité :

« Tu peux y aller, mon ange, lâche-t-il. Et appelle-moi si vous avez besoin d'un *vrai mec* pour vous aider à soulever ces lourdes bâches. »

Samson serre les poings à cette provocation voilée que les spectateurs ne peuvent pas comprendre.

Qu'est-ce qui l'habite en ce moment ? – la peur ? la honte ? la rage ? l'envie de défoncer la gueule d'Alexeï ?

Quelles que soient ses émotions, il ne peut les exprimer : le public ne sait rien de l'outing balancé hier soir par Liz dans le secret du Relaxoir. Pour les milliards de Terriens, Samson et Safia forment encore un couple comme les autres, une famille dont ils attendent des bébés à la chaîne.

« Pendant que Liz se charge des vérifications extérieures, je vais checker l'intégrité interne de la base », déclare Tao.

Il se tourne à demi vers Fangfang pour lui dire quelque chose, mais cette dernière ne lui en laisse pas le temps :

« Je sors, cingle-t-elle. Je vais faire une reconnaissance des abords de New Eden, pour voir si la tempête a modifié la topographie des environs. J'ai besoin d'un responsable Navigation pour me conduire. Mozart : puisque Kelly accompagne Liz, tu veux bien mettre le maxi-rover à ma disposition ? »

À leur tour, la Singapourienne et le Brésilien quittent le Jardin pour aller revêtir leurs combinaisons.

Il ne reste bientôt plus que trois personnes sous le dôme : Safia, Alexeï et moi.

« Les signaux de communication ont l'air de fonctionner normalement, mais je suis censée faire une batterie de tests pour m'en assurer », déclare la petite Indienne.

Dans la lumière matinale qui fait briller ses longs cheveux noirs et le blanc de ses yeux cernés de khôl, elle a l'air si fragile, si jeune ! Difficile de penser qu'hier, elle présidait avec autorité une salle de tribunal ; impossible d'imaginer que ce soir, elle va devoir recommencer.

« Je vous laisse », dit-elle.

Ses doigts fins passent sur mon bras, le serrent brièvement pour me donner un peu de son énergie, pour me communiquer sa volonté inflexible de toujours faire ce qui est juste. Je sens qu'ainsi, d'un geste qui remplace tous les mots qu'elle ne peut pas prononcer face aux caméras, elle me souhaite de tenir bon jusqu'au soir.

Je demeure seule avec Alexeï.

« Et toi, tu as prévu quoi comme programme ? je demande dans un murmure au deuxième responsable Médecine de l'équipage.

— Je te propose d'aller chercher dans l'infirmerie de quoi soigner Marcus. »

Il n'y a ni agressivité, ni provocation dans la voix d'Alexeï. Juste de la gravité et – aussi étonnant que cela puisse paraître – une sorte de douceur.

Incapable de dire un mot, je lui emboîte le pas jusqu'à l'entrée de la panic room logée sous la pyramide centrale du Jardin, où s'étagent les plantations. Nous pénétrons dans l'antre sombre ; les capteurs de mouvements déclenchent l'éclairage artificiel, illuminant le caisson de l'imprimante 3D et le coin infirmerie ; les caméras se mettent à tourner.

D'un geste sûr, Alexeï saisit plusieurs boîtes de médicaments sur les étagères de verre – aspirine, anti-inflammatoires, antibiotiques...

« D'après les symptômes que nous lui avons décrits, le docteur Montgomery pense à une infection bactérienne. Avec tout ça, on est parés pour remettre Marcus sur pied en moins de deux... », commente Alexeï à voix haute.

Je sais bien que son discours, tout comme la prescription qu'il rassemble, ne sert à rien d'autre qu'à brouiller les pistes devant les caméras.

Il n'y a qu'une chose qui l'intéresse réellement, à quelques heures de l'audience où va se décider la sentence de Marcus.

Il n'y a qu'une seule chose qu'il est vraiment venu chercher, au matin de ce jour où un homme va peut-être mourir.

« ... tant qu'on y est, je prends aussi un flacon de sédatif pour calmer les chiens. Ils ont été perturbés par la tempête. Une petite piqûre les aidera à trouver le sommeil, pas vrai ? »

23. HORS-CHAMP
PARC NATIONAL DU GRAND CANYON, ARIZONA
LUNDI 8 JANVIER, 10 H 50

« ON A VRAIMENT L'IMPRESSION D'ÊTRE SUR MARS... », murmure Harmony, le front collé à la vitre du pick-up.

Sous ses yeux défilent les vastes étendues rougeoyantes et arides du Grand Canyon.

« C'est sans doute le paysage qui y ressemble le plus sur Terre, répond Andrew depuis la banquette arrière où il est allongé, la jambe immobilisée. Bien que le canyon de Valles Marineris soit quatre fois plus profond.

— Quatre fois plus profond ! s'exclame la jeune fille lorsque le pick-up, au sortir d'un virage, dévoile un point de vue tombant à pic dans le ravin. Je ne parviens pas à l'imaginer !... »

La route présente un nouveau lacet et le véhicule passe derrière un amas rocheux qui cache momentanément la perspective.

« … de toute ma vie, je n'ai jamais rien vu de si grand, de si énorme, de si… Ah ! »

Harmony pousse un cri d'effroi au moment où Cindy donne un coup de volant pour contourner le dernier rocher. La vue qui s'ouvre est vertigineuse – bleu strident du ciel sans un nuage, rouge éblouissant de la pierre éclaboussée de soleil, ombre noire du vide.

« Vous… vous avez failli nous tuer ! bégaye Harmony, le cœur battant, les ongles enfoncés dans la banquette.

— Je contrôle parfaitement cet engin et je ne suis pas suicidaire, répond la conductrice sans détacher ses yeux de la route. C'est d'ailleurs la seule raison pour laquelle je n'ai pas encore essayé de vous fausser compagnie : trop peur de me prendre un coup de fusil. Ce n'est pas aujourd'hui que nous ferons un remake de *Thelma et Louise*.

— Thelma et Louise ? répète Harmony en reprenant son souffle. Qui est-ce ? »

Cindy lui jette un coup d'œil dans le rétroviseur.

« Vous prétendez être la fille d'une des plus importantes productrices de tous les temps, et vous ne connaissez pas vos classiques ? raille-t-elle. Geena Davis et Susan Sarandon ! Première apparition de Brad Pitt au cinéma ! Oscar du meilleur scénario en 1991 !

— Vous voulez dire que ce sont les personnages d'un film ? Maman ne m'autorisait pas à en regarder. Elle disait que j'étais trop influençable, trop impressionnable. Je n'avais droit qu'à des documentaires animaliers… et à la chaîne Genesis, bien sûr. »

Cindy scrute l'étrange jeune fille, entre suspicion et étonnement. Elle semble si différente, si décalée, hors de propos où qu'elle se trouve.

« Qui sont Thelma et Louise ? » répète Harmony de ses lèvres pâles, comme une supplique pour saisir un peu de ce monde qui lui échappe à chaque instant, sur lequel ses doigts se referment sans jamais rien réussir à retenir.

Nouveau virage.

Cindy recentre son attention sur la route.

Mais lorsqu'elle regarde à nouveau dans le rétroviseur, son regard est changé – plus doux, presque maternel.

« Thelma et Louise sont deux femmes qui ont voulu être libres, dit-elle.

— Libres ? De quoi ?

— Des hommes. De la société. Du passé. De tout. »

Les yeux d'Harmony s'écarquillent ; un sourire enchanté se dessine sur ses lèvres :

« C'est merveilleux !

— C'est tragique.

— Qu'est-ce que vous voulez dire ? s'alarme Harmony. Elles n'y sont pas arrivées ? »

Cindy pousse un soupir ; d'un geste de la main, elle repousse derrière son oreille une de ses mèches teintes en roux.

« Si, elles y sont arrivées. Au terme d'un chemin semé de feu et de sang. Parce que le monde ne voulait pas leur accorder cette liberté, elles n'ont pas eu d'autre choix que de l'arracher, de foncer dans le ciel en laissant tout derrière. »

Harmony retrouve le sourire :

« Alors, si Thelma et Louise ont réussi, peut-être que moi aussi je pourrai un jour être complètement libérée – de cette société qui m'est étrangère, de ce passé qui m'écrase sans que j'en connaisse rien. » Elle se retourne à demi sur son siège pour partager son enthousiasme avec Andrew : « Vous entendez ça, Andrew ? Foncer dans le ciel ! Quelle belle image ! Il faut absolument que je voie ce film ! »

Mais Cindy l'arrête aussitôt :

« Vous ne comprenez pas. Ce n'est pas une image. Thelma et Louise ont *littéralement* foncé dans le ciel, ici-même, au Grand Canyon. C'est là que s'achève le film. Cernées de toutes parts par la police, sans échappatoire possible, elles appuient sur l'accélérateur et lancent leur voiture dans le vide. »

Harmony blêmit, le souffle coupé comme si elle s'était pris une gifle.

Cindy la lâche des yeux en poussant un long soupir :

« Ce monde est plein de déceptions pour ceux qui veulent seulement rêver. Je me délectais du programme Genesis, mais vous voulez me faire croire que c'est un monstrueux complot ourdi par ce qu'il y a de pire dans l'esprit humain. Je pensais avoir enfin trouvé mon âme sœur avec Derek, ce militaire du Connecticut que j'ai rencontré lors de la cérémonie de mariage de cap Canaveral il y a un mois, mais il a cessé de m'appeler voilà deux semaines. Séduite et abandonnée… j'ai l'impression de vivre une vie sans issue, comme Thelma et Louise. »

À cet instant, une brève sonnerie retentit depuis la banquette arrière.

« Encore un message sur votre boîte mail anonyme… ? demande Cindy avec lassitude, en lorgnant Andrew à travers le rétroviseur. Encore un nouveau secret… ?

— Non, répond Andrew. Cette fois-ci, ce n'est pas mon téléphone. C'est le vôtre : celui que je vous ai confisqué pour vous éviter la tentation d'appeler à l'aide. Vous permettez que je vous le lise ? »

Cindy hoche la tête, levant le pied de la pédale, et Andrew se met à déchiffrer à voix haute le message inscrit sur le petit écran :

« *Chère Cindy. J'espère que vous me pardonnerez de ne pas avoir donné de signe de vie plus tôt. Mon téléphone portable s'est cassé lors d'un exercice, et comme un imbécile je n'avais pas sauvegardé mes contacts dans le cloud. J'ai appelé tous les hôtels de la vallée de la Mort et des environs, jusqu'à tomber sur celui où vous travailliez. Votre patron, M. Bill, m'a dit que vous aviez pris un congé sans solde pour respirer un peu. J'avoue avoir essayé de vous géolocaliser grâce à la technologie de l'armée, mais votre téléphone semble brouillé. Répondez-moi, je vous en supplie, j'ai tellement peur d'avoir tout gâché ! Signé Capitaine Derek Jacobson.* »

Andrew lève les yeux de l'écran, l'air sincèrement peiné.

« Je suis désolé, Cindy, mais vous allez devoir écrire au capitaine Jacobson de cesser ses recherches, et lui expliquer que vous n'êtes pas prête à vivre une histoire en ce moment... »

24. CHAMP
MOIS N° 21/SOL N° 579/19 H 25 MARS TIME
[29ᵉ SOL DEPUIS L'ATTERRISSAGE]

ALORS, VERDICT ? demande Alexeï.
« — Alors, rien à signaler de mon côté, répond Liz. J'ai vérifié l'ensemble des parois extérieures : aucun dégât apparent. »

Elle tourne sa tablette vers nous et fait défiler les images qu'elle a prises lors de sa sortie : elle a soigneusement photographié la coque de chaque habitat, chacune des alvéoles du Jardin. C'est là que nous sommes rassemblés tous les onze, au terme de la journée martienne.

« Rien à signaler non plus à l'intérieur de la base, complète Tao. Tous les indicateurs sont au vert. Quelle que soit la chose qui a provoqué les bruits hier pendant la tempête, elle n'a causé aucun dommage. »

J'imagine que cette information doit soulager les spectateurs. Et sans doute s'attendent-ils à ce qu'on soit soulagés nous aussi. En vérité, c'est tout le contraire : depuis ce matin, chaque heure passée nous a rapprochés de l'issue fatale. En surface, nous sommes des pionniers reprenant possession de leur colonie, une équipe soudée travaillant de concert ; mais en profondeur, nous sommes des jurés ruminant leurs pensées, des individus irrémédiablement seuls avec leur conscience. J'ai tellement passé et repassé les arguments dans mon esprit qu'à présent ma tête déborde comme un vase trop plein.

Au seuil de la décision, je ne sais plus du tout ce que je souhaite pour Marcus.

« Bon, eh bien il va être temps de retrouver notre malade pour le dîner », annonce Alexeï en regardant sa montre.

Les regards se croisent, muets, tendus.

Il n'y a plus de marche arrière possible.

Il n'y a plus qu'un saut en avant.

« Le temps de se doucher, lance Alexeï, et rendez-vous dans une demi-heure dans le septième habitat. »

25. CHAÎNE GENESIS
LUNDI 8 JANVIER, 18 H 20

CHÈRES SPECTATRICES, CHERS SPECTATEURS,
AUJOURD'HUI ENCORE, LAISSONS LES PIONNIERS
DÎNER AU CALME AVEC MARCUS.

MAIS RESTEZ CONNECTÉS !
POUR VOUS FAIRE PATIENTER,
NOUS AVONS LE PLAISIR DE PARTAGER AVEC VOUS
LE DEUXIÈME DE NOS REPORTAGES « ORIGINES ».

(PROGRAMME CRYPTÉ, RÉSERVÉ À NOS ABONNÉS PREMIUM)

Ouverture au noir sur une vaste salle sans fenêtre, aux murs de béton poli.

Un épais tapis carmin couvre une partie du sol, en béton lui aussi. Tranchant avec ce décor minimaliste, quelques meubles traditionnels chinois, en bois laqué, sont artistement disposés dans la pièce. Les deux chaises vernies de rouge placées face à la caméra en font partie. Sur la première on reconnaît Tao, les muscles saillant à travers le coton de sa chemise. La seconde chaise accueille une jeune fille gracile, aussi fine que son compagnon est imposant, vêtue d'une simple robe de lin blanc. Ses cheveux sont emprisonnés dans un haut chignon de danseuse, soulignant la ligne de sa nuque, modestement courbée.

Le couple a l'air aussi soudé qu'un alliage indestructible, et pourtant un seul nom se surimprime à l'écran...

Une voix d'homme s'élève, hors champ, soucieuse : « *Ainsi, vous êtes deux... Je crois qu'il y a eu une erreur dans le remplissage de la fiche de candidature... Nous avons lu* Tao Xia, *nous avons cru qu'il s'agissait d'une seule personne...* »

Tao s'efforce de sourire. Son visage massif, sa mâchoire carrée, ses cheveux noirs coupés au plus ras – tout cela pourrait lui donner un air inquiétant. Mais la timidité de son sourire éclipse le reste : « Euh... ce n'est pas une erreur, balbutie-t-il, mal à l'aise. Je m'appelle Tao, et mon amie s'appelle Xia. Nous sommes candidats... tous les deux. »

Un toussotement retentit hors champ : « *Certes, mais dans ce cas il aurait fallu remplir une fiche chacun.* »

Les joues de Tao s'empourprent légèrement. Il est gêné, impressionné d'être là, à court de mots.

La jeune fille lève les yeux – de beaux yeux noirs en amande, ourlés de cils fins –, et vient au secours de son ami : « Vous avez raison, monsieur, dit-elle d'une voix mélodieuse. Le règlement stipulait bien un formulaire par candidat. Mais il ne faut pas nous séparer, Tao et moi. Parce que vous voyez, l'un sans l'autre, nous sommes morZZZZ ZZZZZZZZZZZZZZ ZZZZZZZZZZZZZZZZZZZZZZZZZZZZ ZZZZZZZZZZZZZZZZZZZZZZZZZZZZZZZZZZZZZZZZZZZZZ ZZZZZZZZZZZZZZZZZZZZZZZZZZZZZZZZZZZZZZZZZZZZ ZZZZZZZZZZZ...[1] »

26. CHAMP
MOIS N° 21/SOL N° 579/20 H 05 MARS TIME
[29e SOL DEPUIS L'ATTERRISSAGE]

« **LE MOMENT EST VENU DE DÉLIBÉRER...** », annonce Safia.

Difficile de penser que vingt-quatre heures se sont écoulées.

La scène qui se déploie devant mes yeux est identique à celle d'hier à la même heure, les dessins dans ma tablette sont là pour en témoigner. Chacun a repris sa place et ses vêtements de la veille, tels des acteurs sur une scène de théâtre, telles des figurines dans une maison de poupées. Safia et Tao siègent sur le canapé ; Liz, Mozart et Alexeï se sont retirés au fond de l'habitat, à côté du fauteuil vide qui bientôt accueillera l'accusé ; tous les autres sont assis bien droits sur leur chaise autour de moi, y compris Kenji dans sa combinaison spatiale ; derrière la porte close de la

---

1. Pour visionner le reportage sur Tao en clair, merci de vous brancher sur *PHOBOS Origines*.

deuxième chambre, Marcus attend la fin des délibérations, moment où il sera convoqué pour entendre sa sentence.

La seule chose qui a changé, c'est le mets préparé par Kris pour notre prétendu dîner convivial. Ce soir, elle n'a pas eu le courage de se lancer dans l'un de ses gratins. Elle s'est contentée de faire réchauffer plusieurs surgelés dans un grand plat familial, les tout derniers qui nous restent de nos stocks du *Cupido*. L'odeur douceâtre et vaguement chimique des *repas de l'astronaute*, ainsi nommés par Eden Food pour appâter le chaland, me donne la nausée. À côté du plat sont posés la seringue et le flacon de sédatif qu'Alexeï a prélevés dans l'infirmerie – soi-disant pour calmer les chiens, en réalité pour avoir sous la main les outils permettant d'exécuter la sentence, quelle qu'elle soit…

« … vous allez devoir parler en votre âme et conscience, sur la base des dépositions et des plaidoiries que vous avez entendues hier pendant l'audience, explique Safia. Je vous rappelle qu'il n'y a pas de bonne ou de mauvaise réponse. Il ne s'agit pas de nous juger les uns les autres : il s'agit de juger Marcus. La seule chose qui compte, c'est votre intime conviction à chacun, dans le respect de la conviction des autres. »

Kelly s'agite sur sa chaise, mal à l'aise, faisant tinter les grande créoles dorées accrochées à ses oreilles :

« *Pas de jugement, respect des autres*, répète-t-elle d'une voix acide. Tout le monde il est beau, tout le monde il est gentil, on se croirait à une réunion des alcooliques anonymes ! Mais qui va parler en premier ? Qui va parler en dernier ? Comment on va s'organiser, en pratique ? C'est pas comme si c'était juste un vulgaire tour de table : on va décider de la vie ou de la mort d'un mec, bordel ! »

Personne ne lui répond.

Personne n'ose se lancer.

Le flacon de sédatif posé sur la table attire tous les regards comme un aimant maléfique. À travers le verre brun et épais, on peut voir qu'il est rempli à ras-bord, inentamé. Il y a là de quoi traiter les chiens pendant des semaines, pendant des mois. Il y a là de quoi tuer un homme en une seule injection.

« Est-ce que quelqu'un a un papier et un stylo… ? » dis-je brusquement.

Kelly tourne vivement la tête vers moi, une moue se dessine sur ses lèvres glossées :

« Eh oh, Picasso, c'est pas le moment de faire des caprices d'artiste, croasse-t-elle. Contente-toi de ta tablette à croquis.

— Ce n'est pas pour dessiner. C'est pour écrire. Nos onze noms. Sur onze bouts de papier. »

La moue de Kelly se transforme en sourire :

« Ah ouais, j'ai pigé, on va tirer au sort ! s'exclame-t-elle. C'est futé ! »

C'est surtout ironique.

Si Kelly se doutait que j'ai eu recours au même procédé pour choisir le premier garçon à inviter au Parloir, il y a six mois, quand je refusais de choisir… Si elle apprenait que le sort avait alors désigné Marcus…

« J'ai ce qu'il faut, Léo… », dit Tao.

Il se penche vers son fauteuil roulant replié contre le canapé, fouille dans la poche de rangement fixée sur le dossier, et en sort un calepin auquel est accroché un crayon.

« … le protocole prévoit que les responsables Ingénierie aient en permanence du papier à portée de main, pour prendre des notes au cas où les équipements électroniques tomberaient en panne. »

Il me tend le calepin.

J'en arrache une page et je la découpe en onze morceaux. Les autres me regardent en silence, tandis que j'inscris leurs noms sur ces bulletins miniatures. Puis je les plie en quatre et les mélange dans l'une des assiettes vides que Kris a apportées avec le dîner.

« Il ne nous manque plus qu'une chose, dis-je, une main innocente. Qui se dévoue ? »

Une fois encore, pas de réponse.

Je sais que les autres ressentent la même chose que moi : le temps de l'innocence est révolu pour nous, à tout jamais.

« Il n'y a peut-être pas de main innocente à New Eden, mais il y a des *pinces* innocentes », murmure soudain Kris.

Alexeï tressaille à ses côtés :

« Tu ne veux tout même pas parler de…

— Si, Alex. Je veux parler de notre fils. »

Une grimace passe sur le visage du Russe :

« Je t'ai déjà dit que ce tas de ferraille n'était pas notre fils, mon ange… », commence-t-il.

Mais Kris ne l'écoute pas.

Déjà, elle se précipite dans le tube d'accès et appelle :

« Günter ! »

Quelques instants plus tard, le robot-majordome apparaît, glissant silencieusement sur ses quatre roues tout-terrain. Il est toujours affublé du nœud papillon qu'Alexeï portait à son mariage et que Kris a affectueusement noué autour de son cou métallique. Récemment, elle a aussi passé sur sa tête ronde l'un de ces bonnets en laine polaire qui font partie de notre équipement. Pour l'humaniser ? Pour se convaincre que cette machine est son « fils », comme elle s'obstine à l'appeler ?

« Günter, mon chéri, tu peux nous rendre un petit service ? demande-t-elle en détachant bien chaque syllabe comme si elle s'adressait à un jeune enfant.

— *Affirmatif* », répond Günter de sa voix artificielle, étrangement monocorde.

Le visage de Kris se reflète dans son œil unique – cette lentille géante, ronde et luisante. Je sais que derrière cet œil de verre il n'y a pas de cerveau, pas d'esprit, pas d'identité. Il n'y a qu'un réseau de circuits imprimés, parcouru de brèves impulsions électriques. Est-ce que Kris en a conscience, elle aussi ?

« Pioche un papier dans cette assiette, Günter, et lis-nous le nom à voix haute s'il te plaît, tu seras un amour. »

Programmé pour répondre aux ordres de son propriétaire, le robot étend l'un de ses longs bras articulés jusqu'à l'assiette. Sa pince se referme sur l'un des bulletins, pareille à ces machines de fête foraine où, pour un sou, on peut essayer d'attraper une peluche. Sauf qu'aujourd'hui, personne n'a envie de gagner. Personne n'a envie d'être désigné par le sort pour inaugurer le champ de tir.

Le petit morceau de papier crisse en se dépliant entre les pinces de Günter.

La voix synthétique, inhumaine, annonce froidement :

« *Léonor.* »

Pendant une seconde, deux peut-être, je demeure parfaitement immobile, incapable de réagir, une sueur froide collant mon top en jersey contre ma peau. Puis, d'un geste très doux de la main, Safia m'invite à me lever.

Je m'arrache à ma chaise et marche à pas lourds jusqu'à la table faisant office de barre des témoins.

« Bienvenue, Léo, m'encourage Safia. Tu as été la première victime de Marcus et ce soir tu es la première à parler. C'est une lourde tâche, c'est aussi un privilège : celui d'ouvrir le débat et, sans doute, de l'influencer. Quelque part, le sort fait bien les choses. Nous t'écoutons. »

Je la remercie d'un hochement de tête. Au moins puis-je m'exprimer sans avoir à soutenir le regard de l'accusé – est-ce que ce sera plus facile ainsi, en son absence ?...

« *La première victime de Marcus,* je répète. Je sais bien que vous me voyez tous ainsi, désormais, n'est-ce pas ? » Je dévisage les dix jurés, m'efforçant de poser ma respiration, de calmer les battements de mon cœur. « Mais je ne suis pas uniquement cette pauvre fille qui a été trahie, trompée, bernée. Je suis aussi cette battante qui un jour, en remplissant son bulletin d'inscription au programme Genesis, s'est dit qu'elle allait conquérir l'immensité de l'espace et accéder à une gloire éternelle. »

Le discours qui toute la nuit et toute la journée a tourné dans ma tête, jusqu'à n'être plus qu'un hachis de mots contradictoires et sans signification, retrouve peu à peu son sens à mesure que je le prononce.

« Aujourd'hui, la question qui nous est posée n'est pas seulement celle de l'avenir de Marcus. C'est aussi – c'est surtout – la question de notre avenir *à nous*. Moi, je veux redevenir celle que je suis vraiment, la fille qui s'est embarquée sans accorder une pensée à l'amour. Je veux disposer de toutes mes forces pour affronter les mois qui vont venir, pour résister à Serena, pour tenir jusqu'à l'arrivée de l'ascenseur énergétique. Si vous pensez que notre aller jusqu'à Mars était éprouvant, je peux vous assurer que notre retour sur Terre le sera mille fois plus encore. Je veux tourner la page *Marcus*. Définitivement. »

À mesure que je parle, je réalise que je respire plus librement, chaque mot proféré emportant avec lui une parcelle de mon angoisse.

« Oui, nous pourrions exécuter Marcus, comme l'a demandé Tao dans son réquisitoire, et peut-être le mérite-t-il. Mais en le tuant, je crois que nous nous tuerions un peu nous-mêmes. Le juger comme un meurtrier, ce serait reconnaître qu'il nous a blessés à mort. Ce serait avouer que le passé nous a condamnés. Ce serait nous définir de manière irrévocable comme cette chose que je me refuse à être : *une victime*. »

À présent, il n'y a plus aucune tension en moi. Il ne reste qu'une assurance, celle d'emprunter le chemin le plus droit pour moi, pour nous.

« Il y a une autre manière de voir les choses. Nous pouvons tourner le dos au passé pour ne regarder que le futur. Nous pouvons faire mieux que punir Marcus : nous pouvons l'oublier, empêcher que le souvenir de son exécution pèse sur nos consciences pour toujours. Laissons-le partir seul dans le désert de Mars comme il nous l'a demandé. Laissons-le disparaître dans son Labyrinthe de la Nuit – pas pour lui accorder une faveur, mais pour nous préserver. Pour continuer cette aventure non seulement sans lui, mais aussi sans son fantôme. Je propose de le bannir, à tout jamais. »

Je retourne à ma place au milieu du silence.

C'est étrange à dire, mais je me sens apaisée. C'est différent de l'excitation que j'ai ressentie quand j'ai appris que j'étais sélectionnée pour le programme Genesis, différent aussi du tourbillon d'émotions qui m'a emportée au début de mon histoire avec Marcus. C'est même tout le contraire : non pas la sensation de me perdre dans une joie qui me dépasse, mais l'impression de me trouver dans la certitude de ce qui est juste.

« La Cour prend note de la sentence proposée par Léonor, annonce Safia. Il est temps de laisser la parole au deuxième juré. »

À nouveau, Günter plonge sa pince dans les petits papiers pliés.

Cette fois-ci, c'est le nom de sa « mère » qu'il articule de sa voix sans affect :

« *Kirsten.* »

Ma chère amie s'avance timidement vers la barre, son regard alternant entre Alexeï et moi. Je sens instinctivement qu'elle voudrait nous satisfaire tous les deux, ne décevoir ni son époux qui lui a certainement donné des consignes de vote, ni sa meilleure amie qui vient de s'exprimer. Qu'est-ce qui va influencer son choix final ? De quel côté va pencher la balance ?

« Alex et moi, hier soir dans notre chambre, on a beaucoup parlé du procès, commence-t-elle, confirmant mon intuition. On a parlé de ce que signifie la justice et de la manière dont les hommes peuvent la rendre ici-bas. Alex pense que justice doit toujours être rendue à la hauteur du crime. Mais moi… »

Kris pousse une longue expiration. Les cheveux d'or s'échappant de sa couronne de nattes tremblent un peu. La soie fine de sa robe bleue frémit comme une onde. Ses yeux se font vagues – ils ne regardent plus Alexeï, ni moi, ni quiconque : ils sont totalement tournés en dedans.

« … mais moi, je ne crois pas que les êtres humains puissent toujours se faire justice eux-mêmes. Je crois qu'en dernier ressort, il y a quelqu'un de plus grand, de plus sage que nous pour juger nos actes, ce que l'on a fait ou que l'on a omis de faire. Je crois qu'il y a… Dieu. »

Dieu, bien sûr !

C'est le poids que j'avais oublié de mettre dans la balance, c'est l'élément qui fait pencher la conscience de Kris d'un côté plutôt que de l'autre : sa foi si profonde.

« *Tu ne tueras point*, reprend-elle, revenant à elle-même pour s'adresser à la Cour. C'est l'un des Dix Commandements, que doit respecter tout chrétien. Si je votais la mort de Marcus, je me damnerais. Léonor a raison de dire qu'une telle décision serait trop lourde à porter… » Elle tourne son regard azur vers moi – jamais je ne l'ai vue si déterminée. « … et je crois aussi qu'il faut faire preuve de charité envers un malade susceptible de s'éteindre à tout instant. Je vote également pour le bannissement de Marcus. »

Kris se détache de la barre et va rejoindre Alexeï. À la manière dont ce dernier serre la mâchoire, je devine qu'il est furieux. Mais la solennité du moment est telle qu'il prend sur lui et respecte la procédure – son tour de parler viendra bien assez tôt.

« Deux jurées se sont prononcées pour le bannissement », décompte Safia, sans que rien dans sa voix ne laisse sentir si elle approuve ou désapprouve la direction que prennent les délibérations.

La voix de Günter est tout aussi atone quand elle annonce le nom du troisième pionnier invité à venir s'exprimer :

« *Tao.* »

Sur le canapé à côté de Safia, le grand Chinois se redresse comme si on l'avait réveillé en sursaut.

Depuis qu'il s'est effondré hier en pleine séance, son visage a gardé un trouble, quelque chose de flou comme la surface d'un lac agité par une houle qui ne veut pas se calmer.

« C'est moi qui ai demandé la mort de Marcus, au nom de tout le groupe, déclare celui qui hier jouait le rôle de l'avocat général. *La peine capitale* : ce sont les mots que j'ai moi-même prononcés. Et quand je les ai dits, je vous promets que j'y croyais vraiment, que c'étaient des paroles des plus sincères. Mais maintenant… » Tao incline légère-ment sa grosse tête, comme si elle était soudain trop lourde pour son cou pourtant musculeux. « … maintenant, je ne suis plus sûr de rien. Je ne suis plus sûr de ce qui est bien et de ce qui est mal. Marcus me semble soudain au-delà de ces… catégories. Il m'a trahi, comme vous tous, en me laissant embarquer pour la mort. Mais il m'a aussi sauvé la vie, en m'empêchant secrètement de me foutre en l'air. Je ne sais pas comment dire… »

La bouche de Tao se tord un peu. Ses deltoïdes se contractent nerveusement sous son T-shirt blanc. Il cherche ses mots, il essaye de se raccrocher aux idées qui se dérobent. Le voir ainsi me fait souffrir, ça me rappelle les tourments moraux que j'ai moi-même endurés pendant toute la nuit et toute la journée. Je suis sur le point de me lever pour lui dire de cesser de se torturer, quand il redresse la tête.

« Chez nous, en Chine, on a ce symbole : le Yin et le Yang. Vous savez, ces deux formes qui se complètent pour former un seul cercle. »

Il s'empare de son calepin et se met à y griffonner fébrile-ment, avant de le retourner dans notre direction.

« Le Yin est noir, le Yang est blanc, explique-t-il en détaillant le croquis. Le Yin et le Yang sont aussi différents que la nuit et le jour, le vide et le plein, le froid et le chaud… le mal et le bien. Pourtant, regardez : il y a un point blanc dans la partie noire, et un point noir dans la partie blanche. Parce que rien n'est jamais tout noir, ni tout blanc. Parce que personne n'est jamais entièrement mauvais, ni entièrement bon. » Il lève les yeux de son dessin pour nous dévisager. « Je ne sais pas si c'est clair ? – j'ai parfois du mal à m'exprimer… »

Si, c'est clair, en tout cas pour moi.

« Marcus est comme ce symbole, dis-je. C'est ça que tu veux dire, n'est-ce pas ?

— Oui ! s'exclame Tao. Il a commis le mal, il a fait le bien : en lui les deux sont inextricablement mêlés. Il ne mérite ni un acquittement, ni une exécution – ni le *blanc*, ni le *noir*. Ce qu'il mérite, c'est véritablement le *gris*. C'est le bannissement. »

Safia hoche gravement la tête.

Il semble que mon idée fasse école et même, se renforce au fil des interventions. La charité chrétienne de Kris et la sagesse orientale de Tao vont dans la même direction que ma conscience : le bannissement est vraiment la seule issue morale, le seul moyen de sortir de cette épreuve par le haut.

« *Fangfang* », annonce soudain Günter qui vient de déchiffrer un nouveau bulletin.

La Singapourienne se lève du rang devant moi et, d'un pas mécanique, se dirige jusqu'à la table.

Elle tire nerveusement sur sa jupe, rajuste ses lunettes carrées.

Derrière les verres, ses yeux évitent soigneusement ceux de Tao, même lorsqu'elle semble s'adresser à lui :

« Je suis désolée, Tao, mais tu te trompes, dit-elle. Bien que tu croies connaître le symbole du Yin et du Yang, tu l'interprètes mal. Le *taijitu* – c'est le vrai nom de ce symbole – n'a aucun rapport avec le bien et le mal… »

Jusqu'à présent, Fangfang a toujours insisté sur le lien culturel qui l'unissait à Tao – elle la Singapourienne, lui le Chinois. C'est même pour cela qu'elle l'a choisi comme partenaire, dès les premières séances de speed-dating au Parloir. Mais aujourd'hui, pour la première fois, elle remet en question ce lien. Quelque chose, entre Tao et elle, s'est irrémédiablement brisé.

« … associer le taijitu à une morale de bas étage, c'est une erreur que commettent souvent les gens peu instruits, continue-t-elle avec une certaine froideur. En réalité, le Yin et le Yang sont juste l'illustration des forces opposées et complémentaires à l'œuvre dans l'univers – des forces qui ne sont intrinsèquement ni bonnes, ni mauvaises. »

Elle étend le bras au-dessus de la table et ramasse le calepin que Tao y a laissé.

« La seule chose qui importe, dans le taijitu, c'est l'équilibre entre les forces, dit-elle en désignant les deux pétales entrelacés. Il faut assez d'espoir pour contrebalancer le désespoir. Il faut suffisamment de justice pour réparer l'injustice. Un adepte du taijitu ne commencera jamais une guerre. Mais, une fois la guerre déclarée par un autre, il fera tout pour la finir, pour la remporter et pour rétablir l'harmonie. »

Fangfang expire longuement et, pour la première fois, affronte le regard de Tao.

« Marcus a commencé cette guerre… », murmure-t-elle.

Au moment où elle prononce ces mots, je me demande de quelle guerre elle parle vraiment. Celle de Marcus contre le reste de l'équipage ? Ou celle qui, depuis la découverte du passé de Tao hier, semble s'être déclarée entre son mari et elle ?

« Marcus a brisé notre harmonie… »

À qui ce « notre » fait-il référence ? Aux onze jurés rassemblés dans le septième habitat ? Ou juste aux Fangtao ?

« Marcus doit mourir. »

Le choix de Fangfang tombe comme un couperet. Je ne peux m'empêcher de penser qu'en condamnant Marcus, c'est Tao qu'elle essaie de toucher, et plus encore celle qui se dresse désormais entre eux deux : cette Xia qu'il n'a jamais oubliée.

« Trois voix pour le bannissement, une voix pour la mort », constate sobrement Safia, tandis que Fangfang retourne s'asseoir à sa place.

Je suis prise d'un léger vertige qui me renvoie des semaines en arrière, lorsque nous étions encore à bord du *Cupido*. Le vaisseau venait d'arriver dans l'orbite de Mars, nous venions de découvrir l'existence du rapport Noé, et il fallait voter pour descendre ou pour faire demi-tour. À présent les contours d'un nouveau vote se dessinent, Safia vient d'en poser les termes. J'ai été naïve de croire que tous mes coéquipiers s'aligneraient unanimement sur ma proposition.

Il y a bien un choix.

Il y a bien deux termes.

Le bannissement ou la mort.

« *Alexeï* », annonce Günter, m'arrachant à mes pensées.

Le Russe prend à son tour place à la barre. Avec sa chemise parfaitement repassée et ses cheveux blonds

impeccablement coiffés, il semble tout droit sortir d'un
catalogue de mode, une image faite pour séduire. Mais
à voir le reflet féroce qui luit dans son regard trop bleu,
je devine aussitôt que lui non plus ne va pas suivre ma
recommandation. Lui non plus, il ne va pas se ranger au
choix exprimé par sa moitié.

« Alors comme ça, la religion nous interdirait de tuer les
assassins... ? » commence-t-il en allumant la tablette numérique qu'il a apportée avec lui à la barre.

C'est à Kris qu'il s'adresse autant qu'à la Cour, tout
comme Fangfang s'était adressée à Tao autant qu'à nous
– mais, à la différence de la Singapourienne, Alexeï fixe
son épouse dès ses premières paroles, droit dans les yeux.

« Tu nous parles des Dix Commandements. Tu nous
demandes d'avoir pitié. Tu prétends que les hommes ne
peuvent se faire justice eux-mêmes. Tu expliques que tout
ça est écrit dans la Bible, et je sais que tu le dis en toute
bonne foi, mon ange, car tu es la bonté incarnée. »

Il y a dans la déclaration d'Alexeï une sourde menace,
la douceur de ses mots contrastant avec la froideur de son
regard.

« Laisse-moi te lire un petit passage, mon ange, susurre-
t-il. Vois-tu, c'est ta tablette que j'ai là : celle qui contient
ton fichier de la Bible. Tu ne m'accuseras pas de falsifier
le texte. L'extrait que j'ai choisi se situe plutôt au début.
Dans l'Exode, chapitre 21, versets 23 à 25, pour être exact :
"*Mais si malheur arrive, tu paieras vie pour vie, œil pour œil,
dent pour dent, main pour main, pied pour pied, brûlure pour
brûlure, blessure pour blessure, meurtrissure pour meurtrissure.*" »

Alexeï lève les yeux de la tablette.

« La loi du talion », dit-il simplement.

Kris se lève de sa chaise, frémissante.

« Mais c'est une loi archaïque ! s'exclame-t-elle.

— En effet, c'est même la plus vieille loi du monde.
C'est aussi la plus simple, la plus indiscutable, que même
un enfant de trois ans comprendrait.

— C'est le contraire du message des Évangiles, qui nous enseignent la miséricorde et le pardon !

— Et pourtant le talion est écrit là, noir sur blanc dans ta Bible, que tu le veuilles ou non. Il n'a rien perdu de son actualité. On l'appliquait scrupuleusement là où je vivais avant de m'embarquer pour le programme Genesis. »

Là où il vivait...

Le mystérieux passé moscovite d'Alexeï ne m'a jamais semblé si inquiétant : un univers opaque, ténébreux, peuplé de chevaliers maudits, de vengeances fatales et de lois inflexibles. À chaque fois que j'en ai discuté avec Kris, elle semblait persuadée qu'avec beaucoup d'amour et de compréhension, elle parviendrait à refermer les plaies de son mari. Mais aujourd'hui, ce passé la rattrape, la submerge. L'écrase. À court de mots, elle se rassied lentement sur sa chaise.

« Si la trahison de Marcus nous a appris quelque chose, c'est que New Eden a besoin de règles, martèle Alexeï en se tournant vers la Cour. Aucune société humaine ne peut fonctionner sans elles – et plus les conditions de survie sont dures, plus les lois doivent l'être aussi. C'est la condition pour que l'ordre règne et nous sauve du chaos. Marcus a voulu notre mort. Il mérite de la recevoir à son tour. Comme le dit la Bible :

« Œil pour œil.

« Dent pour dent.

« Vie pour vie. »

« *Kelly* », annonce la voix digitale de Günter peu après qu'Alexeï a regagné sa place.

La Canadienne range son chewing-gum dans un papier et monte à la barre.

Enfin, le cauchemar va finir et le groupe va revenir à la raison !

Deux voix pour la mort, c'est certes deux voix de trop, mais elles ne pèseront pas grand-chose contre les neuf autres !

« Vous me connaissez, je ne suis pas celle qui va gober toutes les bêtises sortant de la bouche de Fangfang, commence Kelly. Je ne suis pas non plus le genre de nana à avoir une montée d'hormones quand un mec comme Alexeï roule des mécaniques. Les intellos ne m'impressionnent pas, et les fachos encore moins... »

Vas-y, Kelly, rejoins-nous ! je lui lance mentalement.

« ... mais sur ce coup, je suis du même avis qu'eux. »

Quoi ?

Je cligne des paupières, incapable de croire au spectacle qui se déroule sous mes yeux. Pourtant, il n'y a pas de doute : Kelly la libertaire, la rebelle, l'insurgée, est en train de se ranger du côté des réacs !

« Comme vous tous, j'ai beaucoup réfléchi la nuit dernière, dit-elle en triturant nerveusement ses longues mèches blondes. J'ai pensé à notre futur, à cet avenir incertain qui d'après Léo est le seul truc qui nous reste, sur lequel nous devons tout miser en faisant table rase du passé. Eh ben moi, c'est con à dire, mais j'y arrive pas. Je suis pas capable d'oublier le passé. Dès que je ferme les yeux, je revois les visages de mes frères... le visage de ma mère. Oui, je les vois tous les quatre dans la petite caravane miteuse où j'ai grandi, abrutis par cette merde de zero-G. Je me rappelle toutes les fois où j'ai essayé de les bouger, de les secouer, sans jamais y parvenir.

« Je me rappelle ma frustration devant ces débris humains, qui étaient malgré tout ma seule famille, les êtres que j'aimais le plus au monde.

« Et surtout, je me rappelle ma haine quand le dealer frappait à la porte et qu'enfin ils arrachaient tous leur cul de la banquette pour se précipiter à ses pieds. Comme des chiens sur le maître qui les nourrit, trop cons pour se souvenir que c'est aussi celui qui les bat.

« Si j'étais restée sur Terre, je sais que j'aurais fini par buter cette raclure qui se prenait pour un dieu vivant, qui jouait avec la vie des miens sans en avoir rien à foutre.

Hier soir dans mon lit, j'ai réalisé que c'était sans doute la principale raison pour laquelle j'étais partie : pour ne pas avoir à me mettre du sang sur les mains. Je n'ai pas signé ce putain de bulletin d'inscription au programme Genesis par héroïsme ou par goût du dépassement. La vérité, c'est que je me suis dégonflée comme un vieux pneu. J'ai préféré aller faire le guignol dans des pubs débiles et dans un show foireux plutôt que d'affronter ma réalité en face. »

Une grimace passe sur les lèvres brillantes de Kelly – colère, remords, culpabilité. Au fond de l'habitat, Mozart fixe ses pieds sans oser lever les yeux. Mais ce n'est pas vers lui, l'ancien dealer de l'Aranha, que se dirige la rancœur de Kelly ce soir.

« Vous trouvez pas ça ironique, vous ? reprend-elle avec un sourire amer. Aujourd'hui, à l'autre bout de l'espace, je suis dans la même situation que mes frangins dans leur caravane. Je suis face à un type qui s'est bien marré à foutre ma vie en l'air, en toute impunité. Alors ouais, je vous entends déjà, vous allez me dire qu'il a quand même fait des trucs sympas, Marcus, qu'il a sauvé un suicidaire et tout ça. Mais ces petits gestes, c'est comme le maître qui lâche un bout de gras à son clébard, c'est comme le dealer qui file une dose gratuite à son junkie. Ça change rien aux coups reçus, ni au fait qu'à la fin les camés et les chiens battus finissent toujours par crever. Ça rend juste les choses encore pire. Plus *grises*, pour reprendre le terme de Tao. Plus *floues*. Plus *dégueulasses*. »

Kelly retire brutalement la main de ses cheveux.

« J'ai pas envie de me coucher face à mon maître, siffle-t-elle entre ses lèvres. J'ai pas envie de lui lécher la main. Je vais la mordre jusqu'à l'arracher. Au nom de ma mère. Au nom de mes frères. Au nom de tous les clébards du monde. »

27. Chaîne Genesis
LUNDI 8 JANVIER, 18 H 45

Ouverture au blanc sur une vaste forêt enneigée. Des aboiements résonnent entre les troncs gelés. Soudain, un traîneau emmené à toute allure par des huskys entre dans le champ.

Emmitouflée dans des peaux de bête, la conductrice porte sur la tête une toque en castor d'où s'échappent de longues mèches blondes battues par le vent.

Zoom avant – c'est Kelly, les joues rougies par le froid, les lèvres vibrant d'encouragements sonores : « Yeho ! Allez les chiens ! Plus vite ! Plus vite ! »

Le traîneau finit par disparaître derrière les sapins, tandis que s'élève une musique instrumentale qui mêle la rusticité chaleureuse de l'harmonica à la modernité de l'orgue électronique.

Une voix d'homme, ample et grave, prend la parole en off : « *Nous sommes nés au Canada, où les grands espaces nous ont donné le goût de la conquête...* »

Fondu enchaîné.

Nous nous trouvons à nouveau dans un paysage envahi de blancheur, mais cette fois-ci, pas un seul arbre en vue : c'est une banquise.

Le ronronnement d'un moteur retentit, accompagné par le craquement de la glace qui se fend.

La proue métallique d'un navire brise-glace entre dans le champ, se frayant un passage dans l'immensité blanche. Debout à la barre, un bonnet sur la tête, Kelly fixe l'horizon d'un regard inspiré. De part et d'autre, sur la banquise, des ours blancs accompagnent l'avancée du vaisseau en gambadant gaiement.

La musique va crescendo, tandis que la voix off reprend : « *Sur les terres, sur les mers et dans les airs, depuis plus d'un siècle, nous repoussons les frontières...* »

Fondu enchaîné.

Par un effet de morphing vertigineux, le pont du navire se transforme en pont de vaisseau spatial, et la barre entre les mains de Kelly se change en levier de navigation.

La mélodie atteint un sommet épique, qui vous prend aux tripes.

La voix off doit forcer un peu pour couvrir les élancements enthousiastes de l'harmonica : « *Aujourd'hui encore, Croiseur est à la pointe du progrès : ce sont nos moteurs qui équipent le* Cupido*, pour aller toujours plus loin !* »

Kelly, maintenant vêtue de sa sous-combinaison spatiale, se tourne vers la caméra pour la première fois depuis le début du spot et s'adresse directement au spectateur : « Que vous voyagiez en bateau, en train, en avion ou en vaisseau spatial, faites comme moi : choisissez un appareil Croiseur... » Elle décoche un clin d'œil à la caméra – « ... J'vous emmène ? »

Dézoom ultra-rapide.

La caméra sort du vaisseau qui, sous l'effet d'une flamboyante poussée nucléaire, part se perdre au loin parmi les étoiles.

La signature finale se dessine en lettres étincelantes au milieu du cosmos :

~~CROISEUR~~→
On vous emmène ?

Cut.

28. CHAMP
MOIS N° 21/SOL N° 579/20 H 39 MARS TIME
[29ᵉ SOL DEPUIS L'ATTERRISSAGE]

« *SAMSON* », annonce Günter tel un métronome.
C'est bien ça que le robot est devenu : un métronome inexorable et sans affect, battant la mesure des délibérations. Chaque fois que ses pinces métalliques déplient un bulletin, chaque fois que sa bouche invisible prononce un nom, nous nous rapprochons un peu plus du verdict.

Trois voix pour le bannissement et trois voix pour la mort : match nul, la balle au centre. Rien ne permet de prédire la fin de cette partie, que j'ai cru trop vite avoir gagnée d'avance.

Dans quel camp Samson va-t-il se ranger ?

Qu'est-ce qu'il y a derrière ses yeux verts, tandis qu'il prend place à la barre – quel cheminement de pensée, quelle conviction intime ? Je ne parviens pas à le deviner. Aucun de nous n'a été capable de comprendre qui Samson était vraiment, pendant toutes ces semaines passées avec lui et, comme les autres, j'ai été abasourdie par son outing surprise.

« Hier, à cette même barre, j'ai insisté sur le fait que Marcus nous avait montré un faux visage, commence-t-il. J'ai rappelé qu'il s'était caché derrière un masque, qu'il nous avait tous trompés. Et juste après, je me suis pris la vidéo de Liz en pleine gueule. »

Une goutte de sueur perle sur le front de Samson, accrochant la lumière des spots. Sa chemisette anthracite lui colle au dos.

Je réalise qu'il est aussi nerveux, aussi mal à l'aise que moi en cet instant.

Depuis la révélation de son homosexualité hier soir, il n'a pas eu la possibilité de revenir sur le sujet : les caméras tournaient en permanence et il devait continuer de jouer à l'hétéro bien sous tous rapports. Mais maintenant, dans le secret du septième habitat et dans le faisceau des regards braqués sur lui, il est redevenu l'homo de service, l'intrus, le gay qui n'a pas sa place dans le programme Genesis.

Je sens un courant de sympathie m'envahir, remonter du fond de mes tripes. C'est un sentiment qui vient de très loin, qui puise dans mes plus douloureux souvenirs d'enfance, qui se nourrit de toutes les insultes que j'ai essuyées à cause de la Salamandre, parce que j'étais différente – ou plutôt, parce que j'étais « *monstrueuse* », « *dégueulasse* », « *anormale* », « *bonne à piquer* », pour reprendre les termes des autres gamins qui se croyaient « normaux ».

« Quand Liz a commencé à diffuser la vidéo hier, j'ai d'abord eu envie de disparaître, continue Samson, les narines gonflées par l'émotion. Si j'avais pu me désintégrer sur place, je l'aurais fait. Après cette honte à en mourir est venue la colère, lorsque Alexeï m'a accusé d'être un menteur comme Marcus. Mais le sentiment qui m'est resté, au moment où Mozart a quitté l'habitat sans cacher son dégoût, c'est l'injustice. Moi qui depuis des mois faisais tout pour être un ami parfait, un mari modèle et un coéquipier exemplaire, je n'avais pas mérité ça ! »

La respiration de Samson s'emballe.

La goutte de sueur coule depuis son front, traçant un sillon luisant sur sa tempe et sa pommette.

« Je n'avais pas mérité ça…, répète-t-il un ton en dessous. Ou du moins, c'est ce que je pensais hier en quittant le procès. Puis la nuit est venue, et avec elle, le doute. Comme Kelly, je n'ai pas réussi à dormir, je n'arrêtais pas de repenser au passé. Je revoyais défiler ma vie depuis le début – mon enfance au Nigeria, mon inscription au programme Genesis, le voyage jusqu'à Mars… Et plus j'y pensais, plus je me rendais compte que ce connard d'Alexeï avait raison sur un point : oui, j'étais bien un menteur. Et la première personne à qui j'avais menti, pendant des années, c'était moi-même. »

Samson brave courageusement les regards qui le scrutent en silence – y compris celui de Mozart.

« Au collège et au lycée, quand mes camarades ont commencé à regarder les filles, ce sont eux que j'ai commencé à regarder – mais ces choses ne se disent pas, surtout au Nigeria, et il aurait fallu m'arracher les yeux pour que je l'admette. Bien plus tard, j'ai été pris d'un doute de dernière minute avant d'embarquer et j'ai dit à Serena McBee que je n'étais pas sûr de ma sexualité – mais elle m'a expliqué que je me faisais des idées, que je guérirais de cette lubie, qu'en tant que psychiatre, elle certifiait que j'étais un bon hétéro bien comme il faut. Elle n'a pas eu trop de mal à m'en convaincre. Je voulais y croire tellement fort. Je préférais être dans le déni plutôt que d'avoir à m'affronter moi-même, et c'est comme ça que je suis monté dans la fusée.

« Le problème, c'est que ce qu'on est vraiment finit toujours par ressurgir. Le truc que je ressentais pour Mozart est sans doute né dans la vallée de la Mort, mais c'est dans le huis clos du vaisseau spatial que ce truc a explosé et m'a cramé la cervelle. L'intimité forcée entre garçons à bord du *Cupido*, c'était une vraie torture, surtout quand Mozart allait faire ses pompes torse nu dans la salle de muscu ! Sans parler de ses éclats de rire, de ses lèvres toujours prêtes à fredonner une chanson, de ses yeux brillants sous l'éclat artificiel des spots – tous ces missiles qui me tombaient dessus cent fois par jour sans que je puisse rien faire pour y échapper. Dans les quelques mètres carrés du vaisseau, je ne pouvais plus fuir, je ne pouvais plus me mentir, j'étais obligé de m'avouer la vérité !

« Cette vérité, elle est vite devenue trop pesante pour moi seul. Le masque est devenue trop lourd à porter, en particulier face à la fille qui un jour peut-être me mettrait en tête de sa Liste de Cœur – Safia méritait le meilleur, certainement pas un menteur comme moi. En désespoir de cause, j'ai demandé à Kenji de m'apprendre le langage des signes, ce code que les organisateurs ont enseigné aux responsables Communication pour leur permettre d'échanger visuellement en cas de panne des transmetteurs radio. C'est comme ça qu'un matin, à mi-parcours entre la Terre et Mars, j'ai demandé à voir Safia au Parloir et je lui ai tout balancé. »

Samson échange un long regard avec Safia, assise sur le canapé en face de lui. Je me souviens de toutes les fois où ils ont utilisé la langue des signes entre eux, déclenchant même la fureur d'Alexeï. Mais aujourd'hui, ils n'en ont pas besoin pour communiquer : plus que jamais, on sent entre eux un lien très fort, presque palpable.

D'un mouvement de la tête, elle l'encourage à continuer.

« C'était dans la bulle de verre, en direct devant des milliards de Terriens…, se rappelle Samson. Mais aucun ne semble avoir prêté attention à nos gestes, pas même ceux qui connaissent le langage des sourds-muets dont le code Genesis est dérivé. Pour les spectateurs, ce n'étaient sans doute que les mouvements maladroits de deux astronautes débutants pas encore bien habitués à l'apesanteur. Sans doute aussi étaient-ils trop concentrés sur nos paroles. Pendant que ma bouche débitait des banalités pour distraire le public, mes mains livraient mon secret le plus enfoui à Safia. À l'aide des signes, laborieusement, je lui ai avoué que j'étais gay. Je m'attendais peut-être à ce qu'elle se fâche, au pire à ce qu'elle rie, il devait bien y avoir un prix à payer. Mais elle ne s'est pas fâchée. Elle n'a pas ri. En quelques gestes simples, elle m'a répondu avec ses propres mains que ce n'était pas grave. Puis devant les spectateurs, à voix haute cette fois-ci, elle a répété qu'elle voulait m'épouser. »

Pour la première fois depuis le début de son discours, le visage de Samson se décrispe. Ses lèvres pleines esquissent un sourire tendre, laissant éclater la blancheur de ses dents. Safia lui sourit en retour, doucement, comme dans un miroir – oui, telles deux âmes sœurs qui se reflètent l'une dans l'autre.

« Au fil des speed-dating, en utilisant un mélange de signes et de paroles à double sens, on a décidé d'un commun accord de sauver les apparences. On a résolu de se plier aux Listes de cœur, aux mariages, à tout ce qui fait le programme Genesis. Personne d'autre que nous ne devait savoir – ni les spectateurs, ni les pionniers, ni surtout Mozart. Depuis notre arrivée sur Mars, on joue au couple idéal. Je crois que j'aurais pu continuer à jouer ce rôle jusqu'à la fin de mes jours, protégé par l'amour de Safia – parce que c'est de l'amour aussi, ce qui existe entre nous, même s'il n'y a pas de sexe. »

À la manière dont Samson et Safia se dévisagent, impossible de douter de la force qui les unit. Un amour platonique ? Une amitié amoureuse ? Qu'importent les mots. À l'heure des bilans, seuls comptent les actes.

« Hier soir devant la tablette de Liz, tout ce que je croyais avoir surmonté m'est retombé dessus, conclut Samson. Comme je vous l'ai dit : la honte, la colère, le sentiment d'injustice. Mais quand je me suis levé ce matin, après une nuit sans sommeil, j'étais soulagé. Depuis la diffusion de la vidéo, je peux enfin être moi-même avec ceux que je côtoie tous les jours. Grâce à Liz, la personne à qui je tiens le plus au monde n'a plus à supporter le poids d'un secret qui n'est pas le sien. »

Le sourire de Samson rayonne un peu plus, comme il tourne son visage vers l'Anglaise. Celle-ci, emmitouflée dans son col roulé, balbutie un début d'excuse :

« Ce n'est pas pour te blesser que j'ai montré ce film, mais pour essayer de sauver Marcus…

— Je sais, Liz. Et je te dis merci, non seulement pour lui mais aussi pour moi. »

Il s'adresse au reste de l'assemblée :

« En tant qu'avocat de la partie civile, ce n'est pas mon rôle de chercher des circonstances atténuantes à l'accusé ; mais en tant qu'être humain, je peux avoir pitié de lui. Pendant des années, il s'est senti obligé de cacher sa mutation

– peut-être parce qu'il voulait désespérément l'oublier, peut-être parce qu'il avait peur que les autres ne le voient qu'à travers elle. Je peux comprendre ça. Et je suis sûr que sa vie aurait été totalement différente s'il avait osé en parler plus tôt, au lieu de s'enfermer dans la solitude et le secret. Comprenez-moi bien : quelles que soient les cartes qui nous sont distribuées à la naissance, chacun est responsable de ses actes. La souffance de Marcus n'excuse en rien son crime. Mais on a le droit de compatir avec cette souffrance. Et on a aussi le droit de penser que, pour lui comme pour n'importe lequel d'entre nous, il y a toujours une rédemption possible.

« Je ne vote pas pour l'exécution, ni pour le bannissement qui ne constitue en réalité qu'un bref sursis. Je vote pour la détention. Gardons Marcus prisonnier de cet habitat, jusqu'à ce qu'il ait purgé la peine que la Cour décidera ou que sa maladie l'emporte naturellement. »

Samson se détache de la barre après ce long discours, sous les yeux médusés des jurés. Mozart lui-même le contemple avec un mélange d'étonnement et d'admiration, un regard bien différent de celui qu'il lui jetait hier.

La détention ?

Est-ce que c'est réellement une option possible ?

Tout ce qui compte, dans l'immédiat, c'est que Samson n'a pas voté pour la mort, et que la balance penche une nouvelle fois du côté de la survie.

« *Safia* », appelle Günter, comme si le sort lui-même ne pouvait pas dissocier ce couple si inattendu et pourtant si soudé.

Pour la première fois depuis le début des délibérations, l'Indienne se lève du canapé où elle siège comme présidente pour rejoindre la barre où elle est invitée à s'exprimer comme jurée.

« Je vous confirme tout ce qu'a dit Samson, commence-t-elle avec cette voix ferme, déterminée, qui m'a toujours impressionnée chez ce petit bout de fille. Et surtout, je vous préviens que je n'accepterai pas le moindre sarcasme, la moindre critique sur ce qui nous lie, lui et moi. Nous ne formons pas un couple comme les autres. Mais nous formons un couple tout de même. Aussi beau que les vôtres. Je ne laisserai personne salir ce que nous avons. »

Il ne me viendrait pas à l'idée de contester la puissance de cette relation, que j'ai constatée de manière si évidente à l'instant même. Plus surprenant, Alexeï et Mozart se taisent eux aussi et écoutent religieusement Safia.

« Samson est un être que j'admire profondément, un garçon foncièrement bon et doté d'un sens moral en acier, continue-t-elle. Je donnerais ma vie pour lui, et il donnerait sa vie pour moi. Mais ce n'est pas de nos vies qu'il s'agit aujourd'hui. C'est de celle de Marcus. Et je ne suis pas sûre de pouvoir suivre Samson dans sa recommandation... »

Dans l'habitat, il n'y a pas un souffle.

Les pans du sari safran de Safia semblent figés dans l'air, immobiles.

« ... la détention est peut-être la sentence la plus humaine en théorie, mais elle n'est pas envisageable en pratique. Jusqu'à présent, nous avons réussi à maintenir Marcus loin des caméras en arguant de son malaise, et du fait qu'il valait mieux ne pas le déplacer de l'endroit où il était tombé. Les organisateurs et les spectateurs ont paru se contenter de ces explications, mais leur patience ne sera pas éternelle. Dans quelques jours, ils demanderont à voir le pionnier américain. Les sponsors l'exigeront. Alors, il ne sera plus possible de le cacher. Nous serons obligés de mettre fin à son enfermement et de le faire sortir du septième habitat. »

Le raisonnement de Safia est imparable, elle le sait, je le sais, nous le savons tous.

La détention ne tient pas la route, on serait obligés de libérer le prisonnier presqu'aussitôt.

Mais alors, Safia va choisir le bannissement, n'est-ce pas ?

« Quant à laisser Marcus partir seul dans le désert de Mars, vers Noctis Labyrinthus..., reprend-elle. Cette solution, si elle parle à mon cœur, fait violence à mon cerveau. Si nous le laissons aller comme il le demande, nous devrons bâtir un scénario pour donner le change aux spectateurs, une expédition de planétologue en solitaire qui se terminera mal puisqu'il ne reviendra pas. Mais pendant les quelques heures où Marcus sera à portée des caméras de New Eden, comment se comportera-t-il ? Qui, dans cette pièce, peut prédire avec certitude quelle sera son attitude ? »

D'abord, seul le silence répond à la question de Safia.

Puis, sentant que quelque chose de crucial est en train de se jouer, je monte au créneau :

« Il a promis qu'il disparaîtrait silencieusement, dis-je. Ce sont les mots qu'il a employés, souvenez-vous : *je vous promets que je m'en irai en silence et que vous n'entendrez jamais plus parler de moi.* »

Mais Safia secoue doucement la tête.

« S'il y a une chose que nous savons à propos de Marcus, dit-elle, c'est que nous ne savons rien. Il est complètement imprévisible. Il est cet ami capable de sauver Tao un jour, puis quelques semaines après de trahir ses coéquipiers en les laissant s'enferrer dans un piège mortel ; il est ce prétendant capable de mentir à sa future femme, puis de risquer sa vie pour elle. Le laisser sortir de cet habitat, que ce soit à la fin d'une détention ou au début d'un exil, c'est prendre un risque terrible : celui qu'il balance tout à l'antenne dès qu'il repassera devant les caméras. Par rancœur, par vengeance ou juste par folie, sentant venir sa dernière heure. Il lui suffirait de quelques mots pour révéler au monde entier l'existence du rapport Noé, rompre le pacte qui nous lie à Serena et provoquer la dépressurisation de la base. »

Safia pousse un profond soupir.

« Moi non plus, la nuit dernière, je n'ai pas fermé l'œil, murmure-t-elle d'une voix qui paraît soudain très lointaine et fatiguée, aussi faible que la voix d'une vieille femme écrasée par les ans. J'ai tourné et retourné le problème dans ma tête, dans tous les sens, pour essayer de trouver la solution la plus juste. J'en suis arrivée à une vision cruelle, mais limpide. L'enjeu du procès de Marcus, ce n'est pas seulement sa sentence. C'est aussi et d'abord notre survie. Et si nous avons une obligation morale à juger équitablement un coupable, notre devoir est plus grand encore de préserver les vies de onze innocents. Voilà ce que me dicte ma conscience. Même si une partie de moi se rebelle contre cette conclusion, je sais que c'est la plus juste – ou tout du moins, la moins injuste. » Safia achève dans un murmure : « Il faut tuer Marcus hors champ et prétendre qu'il a succombé à son malaise quand nous présenterons son corps aux caméras : c'est le seul moyen d'écarter le risque de succomber tous les onze. »

« *Elizabeth.* »
C'est à peine si j'entends Günter appeler l'avocate de la défense à la barre.
Je suis abasourdie, sans voix.
Huit jurés se sont déjà exprimés, la moitié ont voté la mort. Certes, Liz ne les suivra certainement pas, mais après elle ? Il ne restera plus que deux voix à prendre en compte, celles de Mozart et de Kenji...
« Hier, j'ai défendu Marcus comme j'ai pu, avec des moyens dont je ne suis pas fière, mais c'étaient les seuls que j'avais à ma disposition, commence Liz. Le fait que tu me remercies, Samson, est hallucinant – je suis déjà tellement heureuse que tu me pardonnes !... »
Je perçois la voix de l'Anglaise, mais je ne la vois pas. Mes yeux basculent alternativement de Mozart à Kenji, de Kenji à Mozart, comme pour essayer de lire en eux. Peine perdue. Le visage de bronze du Brésilien reste impénétrable. Le casque spatial vissé sur la tête du Japonais n'est qu'un miroir me renvoyant à moi-même – est-ce qu'il entend vraiment tout de ce qui se dit, à travers les écouteurs de son casque connectés aux micros du séjour ? Impossible de le savoir...
« Je ne vais pas faire durer inutilement le suspense, continue Liz. J'ajoute ma voix à celle de Samson et je vote pour

la détention, quand bien même sa durée serait courte. C'est la sentence la plus légère, j'en ai conscience. J'ai aussi conscience que cela ne paraîtra pas satisfaisant à nombre d'entre vous. La soif de vengeance qui vous prend aux tripes, dont parle Kelly... Le besoin d'instaurer une loi claire pour que l'ordre triomphe, comme le réclame Alexeï... Ces choses-là sont compréhensibles. Safia l'est tout autant, lorsqu'elle explique de manière pragmatique que la survie de onze personnes pèse plus dans la balance que la survie d'une seule. Mais la question qui se pose à nous n'est pas seulement un problème d'arithmétique, j'en suis convaincue. Ce qui compte, ce n'est pas seulement la quantité de personnes qui survivront : c'est aussi la qualité de cette survie. »

Touchée par l'accent de sincérité poignant qui fait vibrer la voix de Liz, je parviens enfin à fixer mes yeux sur elle. Et je réalise que ce n'est plus à la Cour qu'elle s'adresse, mais à Mozart et Kenji, les deux qui n'ont pas encore voté – comme moi, elle a compris que c'est d'eux dont dépendra l'issue du procès.

« Ce qui importe, ce n'est pas seulement la satisfaction de la vengeance assouvie, argumente-t-elle, les yeux brillants, redevenue soudain avocate de la défense. C'est aussi l'arrière-goût laissé par cette vengeance, l'amertume qui nous restera dans la bouche jusqu'à notre dernier souffle.

« Quant à faire triompher l'ordre sans lequel aucune société ne peut exister... encore faut-il savoir quelle est la société que nous voulons créer sur Mars. Parce qu'en dernier ressort, c'est ça la vraie question qui se pose à nous. On a cette opportunité unique : bâtir une utopie sur une terre vierge, à partir de rien. Même si cette utopie ne dure que quelques mois ou quelques années avant qu'on soit sauvés ou qu'on crève, la responsabilité de ce qu'on aura créé n'appartiendra qu'à nous. »

Maintenant, Liz a vraiment toute mon attention.

Avec son port de danseuse, sa grâce naturelle et majestueuse, elle semble se hausser au-dessus du groupe, au-dessus d'elle-même – et ce qu'elle dit hausse le débat au-dessus des turpitudes du procès.

Sa calme éloquence contraste avec ses hésitations de la veille, la transfigure.

Ses paroles ne sont pas seulement belles, elles sont aussi profondément vraies.

Liz a raison, je le ressens dans chaque fibre de mon être : notre responsabilité va au-delà de notre survie personnelle.

« Nous sommes les premiers Martiens de l'Histoire, les premiers habitants de cette planète, affirme-t-elle. Au nom de la Terre et de l'humanité, nous avons le devoir de rêver un *nouveau monde*, comme dans la symphonie de Dvorak.

« Moi, je rêve d'un monde où la peine de mort n'est jamais une solution.

« Je rêve d'un monde où l'on a toujours droit à une deuxième chance.

« Je rêve d'un monde où le rachat est possible.

« Oui : le monde dont je rêve offre toutes ces choses auxquelles je n'ai pas eu droit sur Terre… »

La voix de Liz se suspend en vol. Elle n'en dira pas plus sur son passé dont, je m'en aperçois soudainement, nous ignorons tout. C'est sur une question qu'elle termine son plaidoyer, les yeux rivés sur Mozart et sur Kenji :

« Et vous, de quel monde rêvez-vous ? »

« *Kenji* », annonce Günter en dépliant l'un des deux derniers bulletins.

L'épaisse combinaison blanche s'arrache à la chaise positionnée devant la mienne et se meut lentement jusqu'à la table. Cette silhouette boursouflée d'astronaute a quelque chose de surréel au milieu du groupe habillé en civil. Plus que jamais, j'ai le sentiment que Kenji est vraiment un être à part, radicalement différent de nous tous. Ce n'est pas seulement sa paranoïa maladive, la suspicion qui l'a conduit à mettre la base sur écoute, la prudence qui le pousse à garder son casque tant qu'il le peut. C'est son mystère. C'est la conscience soudaine et douloureuse que je ne sais rien de son passé, pas plus que de celui de Liz. Je suis incapable de pronostiquer comment il va prendre parti, et cette incertitude me comprime le diaphragme.

Les gants d'astronaute s'élèvent silencieusement dans l'espace devant Kenji, pareils aux mains blanches d'un mime – si son casque est muni d'écouteurs, il ne comprend pas de haut-parleur. Seul le langage des signes peut lui permettre de communiquer avec la Cour.

« *Marcus… a demandé… à ce qu'on le bannisse…* », traduit Safia à voix haute, déchiffrant les gestes codés de son homologue à la Communication.

Je respire un peu plus librement.

Kenji va voter pour le bannissement, ajoutant sa voix à celles de Kris et de Tao et à la mienne. En comptant les deux voix de Samson et de Liz, qui se sont prononcés pour la détention, cela fera six voix sur onze s'opposant à la mise à mort : la majorité absolue.

« *… ce qui signifie… qu'il a demandé… un sursis de trente-six heures* », continue de traduire Safia.

Mon diaphragme se bloque à nouveau.

Que vient-elle de dire ?

A-t-elle bien déchiffré les gestes de Kenji ?

« *Trente-six heures… c'est la capacité d'autonomie des combinaisons… en sortie extérieure.* »

Sous les spots du séjour, le casque de Kenji rutile comme une boule de cristal dans laquelle l'avenir commence à m'apparaître bien trop clairement.

« *En choisissant de partir… Marcus a choisi le suicide… c'est une voie noble et honorable… comme celle que choisissaient les… les…* »

Safia hésite, fait un signe à Kenji pour lui demander de répéter un mot qu'elle ne comprend pas, qui ne fait peut-être pas partie du langage des signes.

Le Japonais se campe sur ses bottes, cuisses fléchies, et mime des gestes martiaux comme s'il tenait un sabre invisible entre ses gants d'astronaute. Avec son casque et sa combinaison qui ressemble à une armure, on dirait un…

« … *samouraï !* s'exclame Safia, comprenant en même temps que moi. *C'est la voie que choisissaient les samouraïs… en se suicidant… quand ils avaient perdu une bataille. Nous devons accorder à Marcus… les trente-six heures qu'il réclame… mais il doit les passer ici… dans le septième habitat… sans les caméras.* »

Tel un chef d'orchestre, Kenji élève une dernière fois les mains, un peu plus haut, pour le final.

« *Marcus doit mourir…,* traduit Safia, … *trente-six heures après l'annonce de sa sentence.* »

Les bras de Kenji retombent le long de sa combinaison. Sans un geste de plus, il va se rasseoir à sa place.

Mozart se lève avant même que Günter ait prononcé son nom.

Il a déjà atteint la barre lorsque la pince métallique saisit le dernier papier – le robot continue d'effectuer mécaniquement la tâche qu'on lui a assignée, même si ça ne sert plus à rien, même si le nom du dernier juré est déjà connu de tous.

La mâchoire du Brésilien se contracte et se relâche par intermittence. Ses épais cheveux noirs se soulèvent sur sa nuque au rythme de sa respiration. Les veines saillent sur son avant-bras musclé, sous sa manche retroussée : je devine que dans la poche de son jean, il serre le manche de son couteau telle une amulette, un talisman.

« *Mozart* », annonce enfin la voix monocorde de Günter, en retard d'un temps sur le déroulement des événements.

Alors seulement, Mozart desserre les lèvres et se met à parler :

« C'est donc sur moi que tout repose, pas vrai ? lâche-t-il. Cinq voix pour l'exécution : si j'y ajoute la mienne, c'est fini, la messe est dite. »

Son regard tombe sur la table devant lui.

Dans le grand plat familial apporté par Kris, le dîner a cessé d'embaumer. La sauce béchamel s'est solidifiée sur les *Repas de l'astronaute* refroidis, formant une croûte beige et cireuse. Le flacon de sédatif m'évoque horriblement une fiole de vin, posée là pour accompagner ce repas répugnant.

« Depuis que j'ai rencontré Marcus, j'ai connu des beaux moments d'amitié, continue Mozart. On a aussi eu nos rivalités, nos différends… »

Pas besoin de préciser qu'en disant cela, Mozart fait référence à moi.

Sur la table, l'aiguille effilée de la seringue luit de manière presque magique – comme le rouet où la Belle au bois dormant s'est piqué le doigt avant de sombrer dans un très long sommeil.

« … mais aujourd'hui, je dois oublier tout ça. Aujourd'hui, je ne suis plus un ami, ni un rival. Je suis un juge, puisque c'est à moi que revient la responsabilité de trancher. » Un sourire ironique, douloureux comme une écorchure, passe sur les lèvres de Mozart. « Putain, un juge ! répète-t-il. Moi, la petite frappe des favelas ! Moi, le marchand de mirages, le salaud, le pourri ! Qu'est-ce que je suis censé faire ? Montrer de la compréhension pour un mec qui, comme moi, a envoyé des tas de gens à la mort ? Ou au contraire être impitoyable, comme l'auraient été les juges de Rio avec moi s'ils m'avaient coincé à l'époque ? Une seule chose est sûre : j'ai foutu assez de vies en l'air comme ça, du temps où je refourguais la merde de l'Aranha sur la plage d'Ipanema. Je peux toujours essayer de me convaincre que ce n'était pas de ma faute, que j'étais obligé de dealer, que ce n'était pas ma responsabilité – je sais que c'est faux. Comme l'a dit Samson, chacun est responsable de ses actes. J'aurais pu refuser de continuer à livrer le zero-G, quitte à ce qu'ils me mettent une balle dans la tête.

« Aujourd'hui c'est pareil. Si je laisse Marcus sortir et s'il balance tout face aux caméras, je serai le seul responsable. Moi, ce n'est pas grave si je crève ; mais rajouter dix victimes à mon compteur, ça, je ne peux pas me le permettre. C'est pour ça que je dois voter la mort de Marcus : parce que c'est ma responsabilité. »

D'abord, je ressens un bourdonnement dans mes oreilles, comme après avoir entendu un coup de canon, ou quand on sort d'une boîte où la musique est trop forte.

Puis, peu à peu, je prends conscience de la petite voix qui s'est éveillée dans ma nuque et qui susurre :

(Ça y est, Léo… La sentence est tombée… La sentence inéluctable, irréversible, adoptée à la majorité : la mort…)

J'ouvre la bouche pour parler, mais aucun son n'en sort.

Je sais par avance que toute parole est vaine.

Je me suis d'emblée soumise à la volonté générale, et j'ai spontanément proposé d'être l'exécutrice de la sentence, quelle qu'elle soit.

« Le jury s'est prononcé, annonce la voix lointaine de Safia. Il a voté la mort à six voix sur onze, sentence qui, à la demande de Kenji, sera appliquée trente-six heures après son énonciation. Faites entrer l'accusé. »

(Regarde bien cette seringue…)

Le levier de la porte de la deuxième chambre s'ouvre dans un déclic.

(Imagine l'aiguille effilée, quand elle s'enfoncera dans le bras de Marcus…)

Des bruits de pas résonnent contre le plancher d'aluminium.

(Imagine-toi à l'autre bout, le doigt sur le piston…)

Une ombre en sous-combinaison noire se fige face à la barre, flanquée de Mozart et d'Alexeï dont les silhouettes m'apparaissent floutées, comme à travers un filtre.

(Est-ce que tu prendras tout ton temps, ou est-ce que tu appuieras d'un seul coup ?…)

« Marcus, tu es reconnu coupable d'homicide volontaire et de mensonge aggravé, crimes que tu as d'ailleurs reconnus. Le jury refuse ta demande d'exil et te condamne à la mort par injection létale. Toutefois, la Cour t'accorde un sursis de trente-six heures avant l'exécution de la sentence…

— Ce ne sera pas nécessaire. »

La réponse du condamné me fait brutalement rebasculer dans l'ici et maintenant.

L'habitat se rematérialise tout autour de moi, effroyablement réel.

Le visage de Marcus m'apparaît comme au premier jour. Sa bouche est presque cicatrisée. Ses traits détendus n'expriment ni la déception, ni la peur, ni même la colère. Ses yeux rayonnent comme s'ils reflétaient déjà un autre ciel.

« J'ai eu toute la nuit et toute la journée pour me préparer mentalement à cette issue, dit-il doucement, de sa voix abrasée. Bien sûr, j'aurais préféré qu'il en soit autrement, mais c'est ainsi. Ne me faites pas mariner, s'il vous plaît, épargnez-moi une autre nuit d'attente dans cette cellule. Puisque votre décision est prise, je préfère que la sentence soit exécutée maintenant. »

29. CHAÎNE GENESIS
LUNDI 8 JANVIER, 19 H 30

OUVERTURE AU NOIR SUR UN INTÉRIEUR MODERNE. Canapé de cuir noir garni de coussins fixés avec du velcro, coin cuisine dallé de céramique, cheminée holographique : au premier coup d'œil, on croit reconnaître la salle de séjour circulaire du *Cupido*. Pourtant, à bien y regarder, ce n'est qu'une illusion. Le canapé n'a pas tout à fait la même forme que celui du vaisseau, devenu aussi familier aux fans de la chaîne Genesis que s'il faisait partie de leur propre salon ; le coin cuisine ne présente pas exactement le même jeu d'ustensiles ; la couleur des flammes holographiques qui dansent dans la cheminée est légèrement différente.

Il s'agit d'un décor qui a été reconstitué en studio pour le tournage d'un spot publicitaire, bien avant le décollage de la fusée.

Un titrage apparaît néanmoins en bas de l'écran, invitant les spectateurs à faire comme s'il s'agissait vraiment d'images tirées du programme : VOYAGE DU *CUPIDO,* 4ᵉ MOIS DANS L'ESPACE, COMPARTIMENT DES PRÉTENDANTS.

Un astronaute entre dans le champ, vêtu d'une combinaison spatiale. Il dévisse son casque, révélant le visage souriant de Marcus, puis il se frotte le ventre et s'exclame : « *Les sorties dans l'espace, ça creuse ! J'ai une faim de loup ! Voyons ce qu'il y a dans le garde-manger... »*

Il se retourne et ouvre le premier placard du coin cuisine : vide.

Il ouvre le second placard : vide aussi.

Il grimace : « *Aïe ! On est à court de provisions ! Une seule solution : la magie... »*

D'un geste théâtral, il retourne son casque tel un chapeau de prestidigitateur, y plonge la main...

... et en sort un gros sac transparent rempli de graines brunes.

Marcus fronce ses épais sourcils châtains en posant le sac sur la table à manger en acier brossé : « *Des graines de tournesol ? Va pour l'apéritif, mais ça ne nourrit pas son homme, ça... »*

Il plonge à nouveau la main dans son casque...

... pour en sortir un deuxième sac encore plus gros que le premier, plein à craquer de graines blondes.

Il s'exclame : « *Des grains de blé ? Si j'attends qu'ils poussent, je ne suis pas près de dîner !* »

Pour la troisième fois, il fouille dans son casque qui paraît sans fond...

... et en extrait un énorme sac d'os de seiche blancs.

Le fameux demi-sourire de Marcus se dessine au coin de ses lèvres : « *Ah, OK, je crois que j'ai compris !* » Il pose le troisième sac à côté des deux premiers et lance un appel dans le creux de son casque : « *Sacré Ghost, j'ai l'impression que tu t'es fait des réserves pour une année entière ! Je te laisse tes graines, va, mais dis-moi : tu n'aurais pas un petit quelque chose pour moi ?...* »

À ces mots, une forme blanche émerge du casque.

C'est une colombe.

Dans son bec, en guise de rameau d'olivier, l'oiseau tient un sachet couvert d'étoiles et d'inscriptions bariolées.

Le visage de Marcus s'illumine : « Miam ! Un repas de l'astronaute surgelé, de chez Eden Food ! Facile à caser dans les plus petits congélateurs, et ça gonfle tout seul au micro-ondes : une portion individuelle idéale pour les célibataires qui n'ont pas encore trouvé leur prétendante ! »

Il s'empare du sachet, tandis que la colombe s'envole pour venir se percher sur son épaule.

Marcus se tourne vers la caméra pour le plan final : « *Merci Ghost... et merci Eden Food !* »

La caméra zoome sur le produit, laissant la signature de marque se dessiner à côté :

Le Repas de l'astronaute

Ultra-compact, ultra-diététique, ultra-délicieux
Il emmène les célibataires au septième ciel !

Un tag promotionnel réalisé tout récemment vient s'afficher juste après la dernière image du spot – un personnage de cartoon inspiré de Ghost la colombe bat des ailes en déclamant d'une voix nasillarde : « *OFFRE MAGIQUE !*

En ce moment, pour tout Repas de l'astronaute acheté, bénéficiez de 50 % de réduction sur votre premier plat cuisiné gastronomique Leorcus ! »

Cut.

30. Champ
MOIS N° 21/SOL N° 579/21 H 11 MARS TIME
[29ᵉ SOL DEPUIS L'ATTERRISSAGE]

MOZART CONDUIT **M**ARCUS JUSQU'AU FAUTEUIL AU FOND DE L'HABITAT et, d'une légère pression sur l'épaule, d'un geste presque amical, il le fait s'asseoir.

« Ton bras, mon pote… », murmure-t-il doucement, comme on murmure une prière.

Sans un mot, Marcus retrousse la manche droite de sa sous-combinaison noire jusqu'à la pliure du coude, révélant son avant-bras parcouru de tatouages et de veines.

Un petit bruit sourd retentit : c'est le bouchon de la fiole de sédatif qui saute d'entre les mains d'Alexeï. Il y plonge l'aiguille de la seringue et tire progressivement sur le piston, aspirant le liquide incolore dans la cartouche. On dirait de l'eau, cet élément indispensable à la vie, et non un poison qui administre la mort. Juste de l'eau pure…

Parce que c'est ça, l'impression que j'ai en cet instant, au milieu de l'habitat silencieux où personne ne parle : l'impression d'une grande pureté. D'une parfaite innocence. Comme si on était au commencement du monde.

Alexeï se tourne vers moi et me présente la seringue remplie.

Il n'a jamais autant ressemblé au personnage rêvé par Kris, le prince des glaces, tout droit sorti d'un conte de fées. Sa blondeur brille sous les spots telle une couronne.

Entre ses mains élégantes, de vraies mains de pianiste, la seringue ressemble à un soulier de verre scintillant.

Délaissant ma tablette à croquis, je me lève lentement. La Salamandre fredonne un refrain qui, pour la première fois, n'a rien d'agressif :

(Ce soir, tu es Cendrillon...)

Cette voix familière me berce, me porte, tandis que je vais vers Alexeï.

(Ce soir, tu es invitée au bal...)

Au fond, peut-être que je me suis toujours trompée sur la Salamandre, y voyant un mauvais génie alors que c'était mon ange gardien, ma fée marraine.

(Ce soir, tu laisses derrière toi tous tes soucis et tous tes problèmes...)

Mes doigts effleurent ceux d'Alexeï, se referment sur le verre lisse de la seringue. Je m'en empare. Son poids dans ma main a quelque chose de... rassurant ?

(Tu es la reine de la nuit, ce soir...)

Je me détache d'Alexeï et je me tourne vers le fauteuil où attend Marcus, immobile.

Il est beau lui aussi.

Plus qu'il ne l'a jamais été.

Mes pas me portent jusqu'à lui sans effort.

Je m'accroupis au pied du fauteuil, devant l'accoudoir sur lequel repose son bras déplié. Il m'est entièrement offert. Et moi, j'ai l'impression de m'offrir entièrement à lui.

Mon doigt caresse le creux de son coude, serpente entre les ronces calligraphiées, à la recherche de la veine la plus saillante. Je la trouve. Sous la pulpe de mon index, je sens s'écouler le sang de Marcus, battre son cœur.

Je lève la tête.

Mes yeux tombent dans les siens.

Il me regarde sans ciller depuis le début, de ses iris couleur de tempête.

Couleur de nuage.

Couleur de cendres.

(Oui, tu es la reine de la nuit, mais au douzième coup de minuit cette reine redeviendra souillon – cendres, cendres, Cendrillon !)

Ma main se met à trembler.

Je sens la seringue glisser entre mes doigts moites.

Je prends soudain conscience des sanglots étouffés de Kris, de la respiration oppressée de Liz, de cette rumeur funeste qu'un sortilège semble avoir masquée à mes oreilles.

Mon regard tombe sur le bras de Marcus : l'aiguille s'est enfoncée dans sa veine sans même que je m'en rende compte. Une goutte de sang perle contre l'une des tiges hérissées d'épines, pareille à une baie rouge.

Il y a aussi des lettres tatouées entre les ronces et les feuilles qui s'envolent, une des citations dont le corps de Marcus est couvert : *Je ne peux changer la direction du vent, mais je peux orienter mes voiles pour atteindre ma destination.*

Et plus haut encore, en lettres capitales, un seul mot : *CHOICE.*

Le choix.

Mon choix.

Qu'est-ce que je suis en train de faire ?

Mon Dieu, qu'est-ce que je suis en train de faire !

« Je ne peux pas… », je murmure.

(Tu ne peux pas quoi, Léonor ?)

(Enfoncer le piston, et injecter la drogue mortelle dans le corps de Marcus ?)

(Lâcher la seringue, et parjurer ta promesse d'exécuter la sentence ?)

(Ne te fais pas d'illusions, tu n'as plus le choix !)

La Salamandre a raison. J'ai juré de me ranger à la décision commune. Je sais que si je me dérobe, le groupe va se déchirer au-delà de toute réparation. Marcus doit mourir.

(Il n'y a pas d'alternative : il doit mourir.)

Les tatouages épineux se mettent à onduler devant mes yeux.

(Il doit mourir.)

Une forme émerge de l'entrelacs de lignes acérées.

(Il doit mourir.)

C'est une esquisse de chat, dont le motif tribal se fond dans les feuillages.

Au moment où je reconnais le chat de Schrödinger, celui qui est à la fois mort et vivant, une idée fulgurante m'électrise la cervelle et un cri jaillit de ma gorge comme un coup de tonnerre.

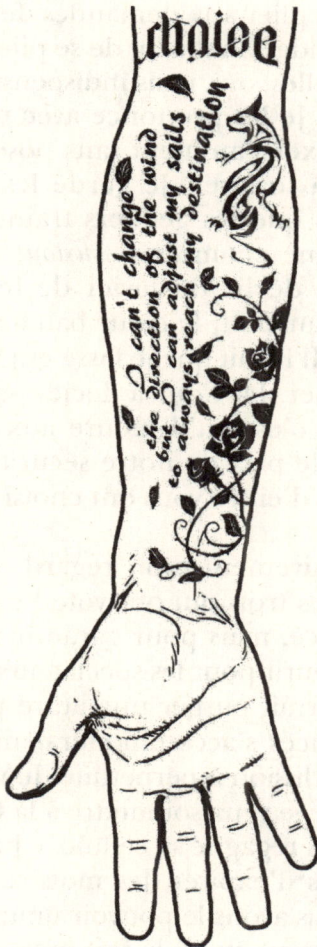

« Ramenez-le dans sa cellule ! »

Les pionniers me dévisagent avec un mélange de surprise et d'horreur.

« Ramenez-le dans sa cellule ! je m'écrie à nouveau en me relevant brusquement, arrachant la seringue du bras de Marcus dans un filet de sang. La Cour a décidé que le condamné devait mourir dans trente-six heures. Nous n'avons pas à nous plier aux demandes de Marcus en l'exécutant sur commande. C'est à lui de se plier au jugement ! »

Des paroles cruelles, oui, mais indispensables pour sauver ce qui peut l'être. Je les prononce avec une telle autorité que Mozart et Alexeï s'animent sans poser de question et obligent Marcus à se lever. Je garde les yeux fixés droit devant moi tandis que les geôliers traînent le prisonnier jusqu'à la deuxième chambre – *surtout, ne pas croiser son regard*. Lorsque le déclic du levier de fermeture retentit enfin, j'enchaîne aussitôt, le cœur battant à tout rompre :

« Écoutez-moi ! Il fallait que je fasse évacuer le condamné avant de vous parler. La Cour a décidé sa mort, soit. Mais le plus important c'est qu'il meure aux yeux du monde entier, car tel est le prix de notre sécurité. C'est la raison pour laquelle trois d'entre vous ont choisi la peine capitale, pas vrai ? »

Je pose alternativement mon regard brûlant sur Safia, Kenji et Mozart, les trois qui ont voté l'exécution non par esprit de vengeance, mais pour garantir notre survie.

« Marcus *doit* mourir pour les spectateurs, je martèle. Mais, à leur insu, il pourrait purger une autre peine. Une peine dont nos consciences s'accommoderaient mieux. Comme par exemple la réclusion à perpétuité. Je viens d'avoir cette idée. Une idée que je veux soumettre à la Cour, maintenant que le condamné a regagné sa cellule. » J'avale une bouffée d'air, pas le temps d'expirer, les mots se bousculent dans ma bouche : « Nous avons le pouvoir unique de le tuer sans le faire mourir. Il peut être à la fois mort et vivant. Comme le chat de Schrödinger dans sa boîte. Mort du point de vue de la Terre. Vivant dans le secret de Mars. »

Cramponnée au canapé, Safia reformule mes paroles confuses :

« Mort du point de vue de la Terre ? Tu veux dire que tu souhaites rendre public le décès de Marcus sans qu'on l'exécute ?

— Exactement, je confirme, le souffle court. Nous pourrions annoncer sa mort des suites de son malaise, comme nous l'avons prévu.

— Mais les spectateurs voudront voir le corps…

— Avec l'imprimante 3D et ma trousse à maquillage Rosier, je suis sûre que je peux arriver à faire illusion. Je suis certaine que je peux sculpter un mannequin à l'effigie de Marcus, qu'on inhumera à sa place dans le sol de Mars. Après ça, plus personne sur Terre n'exigera de le voir ou de l'entendre, puisqu'officiellement il sera mort et enterré. »

Un silence de plomb ponctue mes paroles.

Je sais que je joue gros, très gros : à la fois la cohésion du groupe, ma parole d'honneur et la vie d'un homme. Si les autres ne me suivent pas, je risque de tout perdre.

« Il resterait enfermé dans l'habitat pendant des mois…, murmure Mozart. Il faudrait lui apporter ses repas en douce… Ça demandera de sacrés efforts, pour maintenir l'illusion qu'il est bien mort… »

Je ressens l'envie soudaine de serrer Mozart très fort dans mes bras.

Lui qui a voté la mort de Marcus, il n'a pas encore dit qu'il était d'accord avec mon scénario, mais il envisage concrètement l'hypothèse.

« Oui, Mozart, ça demandera des efforts ! je m'écrie. Mais ensemble, on en est capables !

— Minute, m'interrompt Fangfang. Qu'est-ce qu'on fera dans une année martienne, quand le *Cupido* et les candidats de la saison 2 arriveront ?

— On convaincra le nouvel équipage de ne pas descendre. On évacuera la base pour les rejoindre à bord du vaisseau en orbite. On laissera Marcus derrière nous – ni les nouveaux pionniers, ni les spectateurs, ni même les organisateurs n'en sauront jamais rien. Dès notre départ définitif, ce sera fin du programme Genesis et les caméras de New Eden s'arrêteront de tourner : Marcus restera seul, sans que personne ne s'en doute.

— Seul, il finira par crever, fait remarquer Kelly. Même si la prochaine Grande Tempête n'a pas sa peau, il ne pourra jamais faire tourner la base sans coéquipiers et sans soutien logistique de la Terre…

— Oui, tu as raison Kelly, il finira par y mourir. Mais ce n'est pas nous qui le tuerons : c'est Mars. Et ça, ça fait toute la différence. »

La Canadienne et la Singapourienne ne répondent pas.

Parce qu'elles sont à court d'objections ?

Ou parce que, l'une et l'autre, elles entrevoient les vertus de la solution que je propose ?

« Eh, qu'est-ce qui se passe ici ? s'écrie soudain Alexeï. De quoi est-ce qu'on est en train de parler, là ? Je croyais qu'on avait tous voté ! Il n'y a aucune raison de remettre en cause une sentence légale. Si Léo n'est pas capable d'appuyer sur cette putain de seringue, je peux le faire moi-même ! »

Il se dirige vers moi, sans doute pour m'arracher la seringue des mains, mais à cet instant Liz se dresse entre nous.

« Stop ! s'écrie-t-elle. Je… je fais appel. En tant qu'avocate de la défense, j'en ai parfaitement le droit, c'est un recours tout aussi légal que la sentence elle-même. » Elle se tourne vers Safia : « Je demande à la Cour une nouvelle délibération à la lumière de ces nouveaux éléments. »

La présidente hoche la tête :

« Recours accordé. Nous allons voter à main levée. Que ceux qui sont d'accord avec l'aménagement de peine proposé par Léo se manifestent. »

Pour ponctuer ses paroles, Safia lève aussitôt sa petite main enduite de henné.

Sans surprise, tous ceux qui s'étaient opposés à la peine de mort lors du procès l'imitent aussitôt : Liz, Kris, Tao et Samson.

Une sensation de soulagement m'envahit au moment où je dresse mon poing qui serre toujours la seringue : je sais que ma voix, la sixième sur onze, nous permet de remporter la majorité.

Mais ce que je ressens lorsque Mozart, Kelly, Fangfang et Kenji lèvent à leur tour la main, passant ainsi du côté de la mort à celui de la vie, c'est bien plus que du soulagement : c'est un sentiment de reconnaissance infinie qui me dilate le cœur et me réchauffe les entrailles.

Un groupe.

Nous formons à nouveau un groupe soudé, uni, solidaire.

À une exception près : Alexeï, les bras verrouillés sur la poitrine, le visage figé dans une expression haineuse tout entière dirigée contre moi.

31. CONTRECHAMP
MAISON BLANCHE, WASHINGTON DC
MARDI 9 JANVIER, 14 H 45

« M E VOICI, MONSIEUR LE PRÉSIDENT », annonce Serena McBee en pénétrant dans le bureau ovale de la Maison Blanche.

Aujourd'hui, elle porte un élégant tailleur-pantalon d'inspiration asiatique, en soie sauvage mauve, avec des bijoux assortis. Collier, boucles d'oreilles, bracelets – toutes ses pièces de joaillerie sont garnies d'améthystes, à une exception près : une bague ornée d'un diamant en forme d'œil brille à l'annulaire de sa main gauche, à côté de la chevalière en or frappée de l'abeille des McBee.

La fantaisie chic de la vice-présidente et son ton enjoué contrastent avec la mine sombre du président Green, engoncé dans son fauteuil, les épaules rentrées. Assis sur deux chaises devant le bureau, se trouvent Dolores Ortega, la chargée d'Image à la présidence – elle baisse les yeux dès l'entrée de Serena dans la pièce – et un homme d'une cinquantaine d'années en costume clair, dont les cheveux blonds mi-longs et le nez camus ont quelque chose de léonin.

« Merci d'avoir répondu si vite à mon appel, dit Edmond Green en désignant une troisième chaise, vide.

— Mais je vous en prie, monsieur le Président. Je suis toujours prête à confier la production du programme Genesis à mon équipe, pour remplir mes fonctions de vice-présidente – et de toute façon il ne se passe rien de bien intéressant en ce moment, les pionniers vaquent à leurs occupations routinières depuis ce matin.

— C'est à propos du programme, justement, annonce le président Green d'un air préoccupé.

— Oh ! fait Serena. Ne me dites pas que les frais de l'ascenseur énergétique vous tracassent encore : je vous ai promis qu'Atlas Capital allait tout payer.

— Il ne s'agit pas d'un problème financier, mais diplomatique, cette fois-ci. Je préfère laisser Milton Sunfield, le secrétaire d'État, vous exposer la situation… Milton, à vous la parole. »

L'homme à la crinière incline la tête :

« Merci, monsieur le Président. » Il se tourne vers Serena. « Madame McBee, les missions russe et chinoise auprès des Nations unies ont déposé ce matin une proposition de résolution remettant en cause le programme Genesis… »

La vice-présidente hausse un sourcil :

« Remettant en cause ? Que voulez-vous dire ? Je ne vois pas en quoi une émission de divertissement concerne l'ONU. »

Le secrétaire d'État émet une sorte de ronronnement qui, sur le coup, évoque davantage un gros matou enroué que le roi des animaux.

« D'après les gouvernements russe et chinois, le programme Genesis est bien plus qu'un simple programme de divertissement. C'est, je cite l'allocution de l'ambassadeur russe aux Nations unies, *"un projet impérialiste de conquête de la planète Mars au seul bénéfice des États-Unis, bafouant toutes les règles du droit international"*. »

Serena McBee éclate de rire.

« Projet impérialiste ? s'esclaffe-t-elle. Quelle idée absurde ! Le programme Genesis est une entreprise commerciale, complètement apolitique.

— Oui, mais les fusées partent du sol américain...

— Et alors ? rétorque Serena en haussant les épaules. Elles pourraient partir de Tombouctou ou du pôle Nord, je ne vois pas ce que ça changerait. La plateforme de lancement, le vaisseau spatial, la base de New Eden : tout cela appartient à un fonds d'investissement international. Et la composition de l'équipage est tout aussi diversifiée, il y en a pour tous les goûts. Ces pionniers de tous les pays s'entraidant pour survivre sur Mars, quelle belle image de la solidarité entre les nations : l'ONU devrait nous décerner une médaille au lieu de nous chercher des noises. »

Le secrétaire d'État pousse un long soupir :

« Vous avez raison, madame McBee, tel est l'esprit du programme Genesis, et telle est la manière dont tout le monde le concevait au départ. Mais quelque chose a changé récemment... Je crois que, depuis que vous êtes entrée au gouvernement, nos homologues ont plus de mal à considérer le programme comme une *entreprise apolitique*, pour reprendre votre terme. Ils voient derrière lui la main cachée des États-Unis d'Amérique. »

Serena McBee croise les bras en affichant un air indigné :

« Où voulez-vous en venir, Milton Sunfield ? dit-elle en toisant son interlocuteur. Vous voulez que je démissionne de la vice-présidence, c'est ça ?

— Non, non, pas du tout ! s'exclame le secrétaire d'État avec affolement. Ce n'est pas du tout l'idée ! Au contraire, nous avons besoin de vous, plus que jamais. » Il se tortille sur sa chaise, tel un garnement contraint d'avouer une bêtise. « Dans leur projet de résolution, Moscou et Pékin revendiquent la souveraineté sur une fraction de la base de New Eden et sur une partie des terres qui seront découvertes lors du programme. En outre, les Russes et les Chinois demandent à pouvoir entrer en contact avec leurs ressortissants : ils exigent un accès de communication direct avec Alexeï et Tao, sans passer par le réseau de Genesis.

— Je vois, fait Serena McBee d'une voix glaciale. Hier, on me demandait de soutirer des milliards à Atlas Capital pour financer l'ascenseur spatial énergétique. Aujourd'hui, je suis censée aller voir le board et leur annoncer que les installations qu'ils ont achetées à prix d'or sont réquisitionnées par des pays tiers.

— Nous pourrions demander à la Russie et à la Chine de participer aux frais, s'empresse de préciser le secrétaire d'État. Au moins en ce qui concerne le rachat des habitats de leurs ressortissants ? Euh… une ristourne serait un geste apprécié, bien sûr, et irait dans le sens des bonnes relations diplomatiques avec nos chers voisins. »

Serena s'apprête à répondre, mais à cet instant sa broche-micro en forme d'abeille émet un bip sonore.

« Excusez-moi, dit-elle en fouillant dans son sac à main pour en extraire son téléphone portable. J'ai mis mon téléphone sur silencieux, mais cette alerte indique une urgence, je dois prendre l'appel… »

D'une pression sur l'écran tactile, elle déverrouille l'appareil :

« Allô, Samantha ?... Je suis en entretien dans le bureau du président, est-ce que ça ne peut pas attendre ?... »

Des paroles précipitées s'échappent du téléphone, trop étouffées pour que les autres personnes présentes dans la pièce puissent les comprendre.

« J'arrive tout de suite, Samantha, déclare Serena McBee. Le temps de rentrer à la résidence de l'Observatoire. Dites aux prétendants que j'entrerai en contact avec eux dans le Parloir, dans trente minutes au plus tard. »

Elle laisse retomber le téléphone dans son sac à main.

« Quelque chose ne va pas ? s'enquiert Edmond Green.

— La Russie et la Chine pourront s'appuyer sur leurs pionniers Alexeï et Tao afin de défendre leurs intérêts sur Mars, mais ce sera plus difficile pour les États-Unis, j'en ai bien peur, annonce sombrement la vice-présidente. Marcus, le représentant de notre nation, est décédé. »

32. HORS-CHAMP
BANLIEUE DE SAINT-LOUIS, MISSOURI, INTERSTATE 70
MARDI 9 JANVIER, 18 H 01

L« *A PLANÈTE ENTIÈRE EST SOUS LE CHOC !* s'exclame la voix de la journaliste à travers l'autoradio du pick-up. *De New York à Toronto, de Paris à Istanbul, de Mumbaï à Tokyo, l'annonce de la mort de Marcus a pris tout le monde de court. En amont des funérailles qui seront retransmises demain à 20 H 00 heure martienne – 19 H 40 heure terrienne – les hommages spontanés de la population se multiplient. Notamment à Los Angeles, où vivait le pionnier américain avant son départ, et où l'émotion aujourd'hui est particulièrement intense. Notre envoyé spécial est sur place... »*

Une atmosphère étouffante règne dans l'habitacle du pick-up, immobilisé sur une petite aire en bordure d'une autoroute à la jonction du Missouri et de l'Illinois. Sur les sièges avant, Cindy et Harmony sont aussi immobiles que des statues de cire. Leur regard se perd dans le paysage périurbain qui s'étend derrière le pare-brise, envahi peu à peu par la nuit qui tombe. Le seul bruit provient de la banquette arrière : Andrew tapote fiévreusement sur le clavier de son ordinateur portable, à la recherche d'informations sur la tragédie qui vient d'être annoncée.

« Ici en effet, sur Hollywood Boulevard, l'émotion est à son comble, proclame une voix d'homme, forçant un peu pour se détacher du fond sonore qui mêle le ronronnement du trafic à celui des chants funèbres. *Avant d'être sélectionné pour le programme Genesis, Marcus venait souvent se promener sur le Walk of Fame, ce célèbre trottoir où sont enchâssées les étoiles des plus grandes stars du cinéma américain. À l'époque, il n'était qu'un jeune anonyme sans domicile fixe, perdu dans la foule ; mais ce soir, c'est pour lui que la foule est descendue dans la rue, les bras chargés de fleurs. Tout autour de moi, les gens pleurent, s'embrassent, essaient de se consoler comme ils peuvent. Une pétition circule pour fabriquer une nouvelle étoile au nom de Marcus — en moins d'une heure, elle a déjà recueilli des dizaines de milliers de signatures.*

« Mais qui était vraiment le pionnier que l'Amérique pleure en ce soir de deuil, de l'avis général l'une des personnalités les plus mystérieuses et fascinantes du programme Genesis ? En exclusivité pour nos auditeurs, nous avons retrouvé l'un des anciens compagnons de galère du défunt. Mesdames et messieurs, je vous présente Tomás, dix-neuf ans, qui a bien connu Marcus à une époque où le monde entier ne le connaissait pas encore ! »

Soudain, un éclairage public à bout de souffle s'allume derrière le pare-brise, découpant dans le lointain le profil de pavillons délabrés, entre lesquels se dressent quelques barres d'immeubles à l'abandon — cette vieille région industrielle a particulièrement souffert de la crise, l'accession au pouvoir du parti hyperlibéral n'ayant rien arrangé en dépit des belles promesses électorales.

Cindy cligne des yeux, un peu éblouie par la lumière artificielle des réverbères, même si un sur deux est grillé.

« Mort…, murmure-t-elle. Je n'arrive pas à y croire… »

Elle porte la main à l'un des porte-clés en forme de fusée qui pendent sous son rétroviseur. La photographie officielle de Marcus s'illumine dans le halo jaunâtre, avec ce demi-sourire qui n'appartient qu'à lui.

« *Bonjour, Tomás,* continue le reporter à l'autre bout du pays, bien loin de la mélancolie postindustrielle de Saint-Louis, en direct de l'usine à rêves de l'Amérique.

— *Bonjour,* répond une voix de jeune homme marquée par un accent latino prononcé et par une tristesse palpable.

— *Alors comme ça, vous étiez proche de Marcus ?*

— *Ouais…* » Tomás marque une hésitation. « *… pour autant qu'on puisse être proche de quelqu'un d'insaisissable. C'était un mec assez secret, Marcus. Sympa, généreux, mais secret.*

— *Il venait souvent ici, sur le Walk of Fame ?*

— *Yep. C'est dans ce coin que je l'ai rencontré la première fois. Moi, je faisais la manche ; lui, il venait juste se balader. Il aimait vraiment cet endroit, un peu comme si c'était chez lui, quoi.* » Tomás s'interrompt, réfléchit un court instant. « *Ouais, c'est ça : même quand il était encore sur Terre, il vivait déjà dans les étoiles.*

— *Mais c'était un… euh…* – le reporter cherche ses mots – *c'était un mendiant, comme vous ?*

— *Un mendiant ? Non. Un artiste ! Les gens, ils lui filaient pas du fric par pitié, mais par reconnaissance, parce qu'il leur en mettait plein la vue avec ses tours de magie. Il m'a appris deux ou trois trucs, pour m'aider à mieux m'en tirer dans la rue. On pouvait toujours compter sur lui. C'était ce qu'on appelle un type bien.* »

Cindy repose lentement le petit portrait de Marcus parmi les autres porte-clés immobiles.

« C'est incompréhensible, balbutie Harmony. Hier encore, il se donnait à fond pour préparer la base en prévision de la tempête, il avait l'air en pleine forme. Qu'est-ce qui a bien pu lui arriver ?... »

Andrew s'ébroue sur la banquette arrière, levant les yeux de son ordinateur.

« Sur le site de la chaîne Genesis, la version officielle fait état d'un malaise cardiaque lié à son accident d'il y a un mois, dit-il d'une voix tendue, la lueur de l'écran se reflétant dans les verres de ses lunettes. Mais sur les forums, les internautes ne sont pas tous convaincus. Des voix s'élèvent pour réclamer un diagnostic plus poussé, pour savoir ce qui s'est passé dans le septième habitat. »

Harmony se tourne à demi sur son siège, pour faire face à Andrew :

« Les pionniers, eux, le savent ! dit-elle dans un souffle. Nous pourrions leur demander directement ! Nous pourrions établir le contact avec l'équipage en piratant le réseau interplanétaire de Genesis ! Vous l'avez déjà fait, Andrew, pour leur envoyer les plans de l'ascenseur énergétique... vous pouvez le faire à nouveau ! »

Mais Andrew secoue la tête :

« J'ai vérifié, c'est impossible. Les codes d'émission que j'avais dénichés dans les dossiers de mon père ont été changés suite au piratage... Nous n'avons plus aucun moyen d'entrer en contact avec les pionniers. La seule chose que nous puissions faire, c'est aller jusqu'à Washington pour veiller secrètement sur le professeur Mirwood et nous assurer que la construction de l'ascenseur avance comme prévu. Nous y arriverons demain soir. »

Harmony ne trouve rien à répondre.

Elle sait qu'Andrew a raison.

Ils sont tous les deux condamnés à rester dans l'ignorance de ce qui a réellement causé la mort de Marcus, comme les milliards de Terriens.

À la radio, le reporter achève son interview :

« *Le moment est venu de nous quitter, mon cher Tomás. Merci pour cette évocation émouvante de notre regretté Marcus. Je ne vous retiens pas plus longtemps – je suppose que vous êtes venu vous recueillir sur les étoiles du Walk of Fame et communier avec tous ces gens qui...*

— *Ça représente quoi, Marcus, pour tous ces gens ?* coupe le jeune homme. *Une vedette de la télévision ? Un visage sur les posters de Genesis et un nom sur les boîtes de surgelés Eden Food ? Si je suis venu ce soir, c'est uniquement parce que j'espérais qu'elle viendrait,* elle. »

Le reporter ne peut réprimer un petit hoquet de surprise :

« *Elle ?*

— *La mystérieuse amie de Marcus. Une grande brune à la peau très blanche et aux yeux très noirs, qu'il retrouvait tous les soirs sur le Walk of Fame, devant l'étoile de James Dean. J'ai jamais su comment s'appelait cette fille. Et malheureusement je l'ai pas vue ce soir dans la foule. Dommage : j'aurais bien aimé partager mes souvenirs d'un pote disparu avec quelqu'un qui le connaissait vraiment...* »

33. CHAMP
MOIS N° 21/SOL N° 581/12 H 31 MARS TIME
[31ᵉ SOL DEPUIS L'ATTERRISSAGE]

JE PRENDS UNE PROFONDE INSPIRATION et j'appuie sur le bouton de l'imprimante 3D.

L'énorme machine se met en branle en émettant un léger bourdonnement.

Derrière les vastes parois de verre, sur le plancher de la chambre de construction, les têtes d'impression commencent à tracer un grand rectangle. À mesure qu'elles passent et repassent, superposant les couches de matière grise les unes sur les autres, le rectangle s'élève lentement. Une boîte à taille humaine est en train de naître sous nos yeux... un cercueil recomposé à partir du sable de Mars spécialement traité, qui sert de matière première à tout objet sorti de l'imprimante 3D.

« Voilà, nous allons pouvoir laisser l'imprimante travailler, dis-je à voix haute, consciente des caméras qui nous filment tout autour de la panic room où est installée l'imprimante. D'après le fichier d'impression que j'ai entré dans la machine, le cercueil sera prêt dans quatre heures. »

Le fichier d'impression...

J'ai tenu à le concevoir moi-même sur ma tablette à croquis. Serena elle-même a trouvé normal de me laisser le champ libre pour rendre une dernière fois hommage à mon défunt mari – « *C'est un peu morbide, certes, mais après tout tu es une artiste* », a-t-elle décrété à l'antenne.

Je me suis retirée dans le septième habitat pendant toute la journée d'hier et une bonne partie de la nuit pour réaliser mon œuvre à l'aide de l'application 3D de ma tablette. J'ai soigneusement dessiné l'objet, ornant le couvercle d'un bas-relief d'étoiles et de roses, moulant les poignées en forme de ronces, évoquant à travers chaque détail les tatouages de Marcus. Ce faisant, je me suis aperçue que je n'avais même pas besoin de me référer à mes croquis pour m'en souvenir : ils étaient tout aussi frais dans mon esprit que si je les avais eu sous les yeux. Pour le visage du mort en revanche, je n'ai voulu prendre aucun risque : je me suis basée sur les nombreuses photos prises par Liz dans la cellule du prisonnier, jusqu'à ce que mon modèle 3D soit la réplique parfaite du moindre de ses traits – jamais je n'ai tant remercié le destin de m'avoir accordé un don pour le dessin, et jamais je n'ai tenu mon stylet avec tant d'application... Est-ce que ça suffira à faire illusion ?

En effet, ce que les organisateurs et les spectateurs ne savent pas, c'est que le fichier d'impression que je viens d'entrer dans la machine ne contient pas seulement la forme du cercueil, mais aussi celle de son occupant : une statue à l'effigie de Marcus, censée le remplacer lors des funérailles officielles qui auront lieu ce soir à 20 H 00 heure martienne.

« Bon, on y va ? » fait Kelly, tendue, pressée de quitter les lieux avant que le véritable motif sculpté par l'imprimante devienne trop évident.

Samson et elle m'ont aidée à porter les sacs de sable et à les verser dans le réservoir de la machine. La nervosité dans la voix de la Canadienne peut passer pour l'angoisse d'une fille qui vient de perdre un ami proche, tout comme les cercles noirs sous mes yeux évoquent des cernes de veuve éplorée. Warden lui-même, serré contre les jambes de Samson, semble faire une gueule d'enterrement.

« Oui, on y va », dis-je en tournant les talons.

Les lumières s'éteignent.

La panic room sombre dans l'obscurité.

Sous le voile de ténèbres qui la dissimule aux yeux humains et aux lentilles des caméras, l'imprimante 3D continue de bourdonner doucement.

34. Chaîne Genesis
MERCREDI 10 JANVIER, 15 H 20

CHÈRES SPECTATRICES, CHERS SPECTATEURS,
DANS QUELQUES HEURES DÉBUTERONT
LES FUNÉRAILLES DE MARCUS,

RETRANSMISES EN EXCLUSIVITÉ MONDIALE
SUR LA CHAÎNE GENESIS.

POUR ADOUCIR CETTE DOULOUREUSE ATTENTE,
NOUS VOUS INVITONS À VOUS RETOURNER
SUR LE PASSÉ D'UN JEUNE HOMME EXTRAORDINAIRE,
À TRAVERS LE TROISIÈME DE NOS REPORTAGES « ORIGINES ».

(PROGRAMME CRYPTÉ, RÉSERVÉ À NOS ABONNÉS PREMIUM)

Plan large sur un vaste plateau de tournage au parquet noir comme celui d'une scène de théâtre, illuminé par des spots étincelants.

Un candidat sur son trente-et-un achève de quitter les lieux, sortant du champ par la gauche ; avant même qu'il soit complètement parti, une voix masculine crie : « *Suivant !* »

Un nouveau candidat entre dans le champ, par la droite, tandis que le titre de l'épisode apparaît en surimpression à l'écran :

Le nouveau venu est bien Marcus, en effet, du temps de ses années de bohème. Il porte un jean aux genoux déchirés et une veste en jean qui semble avoir beaucoup servi elle aussi. Le denim est tellement délavé qu'il est devenu gris, de la même teinte que le large chèche noué autour de son cou. Sous ses épais cheveux châtains, lissés avec application en vue de l'audition, ses yeux clairs complètent le camaïeu couleur d'asphalte ou de nuage.

Une scripte annonce à la cantonade : « *Marcus, dix-huit ans...* »

On sent une certaine lassitude dans la voix de la jeune femme. C'est la fin de la journée et la fin de la semaine, l'issue d'un marathon de cinq jours d'auditions intensives.

Le chargé de casting invite le nouveau venu à s'asseoir sur l'unique chaise placée au milieu du plateau : « *Prenez place, ne perdons pas de temps. Vous voyez cette horloge accrochée au mur ?...* »

La caméra panote brièvement sur le cadran affichant 16 h 24, puis recadre sur le candidat.

« *... vous avez six minutes pour nous convaincre, comme lors des séances de speed-dating qui attendent les gagnants dans le vaisseau. À 16 h 30, c'est terminé, vous disparaissez.* »

Marcus s'assied sans mot dire.

Cut.

Insert en gros plan sur l'horloge accrochée au mur du studio : la grande aiguille se met à tourner en accéléré tandis qu'une musique fiévreuse s'élève, de celles qui accompagnent les comptes à rebours dans les films à suspense.

Cut.

Retour image sur Marcus.

Ses lèvres bougent, on voit que son entretien est en train de se dérouler, mais on n'entend ni les questions ni les réponses – la musique, qui va s'accélérant, recouvre tout.

Cut.

Nouvel insert sur l'horloge : la grande aiguille est maintenant fixée sur le nombre 29, tandis que la trotteuse achève un dernier tour de cadran.

Cut.

Retour image sur le visage de Marcus, en très gros plan : son regard oblique part vers le haut, scrutant avec intensité un objet qui se situe hors champ.

Par le jeu de balancier du montage, par l'intensité dramatique de la musique, on devine que c'est l'horloge murale qu'il lorgne tout en continuant de répondre distraitement aux questions.

Cut.

Troisième insert sur l'horloge : la grande aiguille bascule sur le nombre 30 à l'instant précis où la musique atteint son intensité maximale.

Cut.

Plan large sur la chaise de Marcus, solitaire au milieu de la scène déserte. Il saisit son chèche et, d'un geste brusque, le déploie devant lui comme une cape.

Un brouillard de tissu gris recouvre brièvement tout le champ.

L'instant d'après, le chèche retombe sur la chaise vide et s'y pose doucement.

Des exclamations retentissent sur le plateau : « *Quoi ? Mais où il est passé ?* » « *Il a… disparu !* » « *La porte du plateau est verrouillée, c'est impossible !* »

La caméra désorientée tourne sur elle-même à trois-cent soixante degrés, en quête du candidat. L'équipe de tournage apparaît dans le champ : le chargé de casting écarquillant grands les yeux, la scripte aux mains pleines de fiches, les techniciens subitement électrisés par cet événement inattendu : « *Où est-il ? Où ? Où ? Où ?* »

Mais l'équipe médusée doit se rendre à l'évidence : Marcus s'est bel et bien volatilisé du plateau, comme par magie.

Délaissant sa paperasse, la scripte s'avance vers la chaise.

Elle saisit le pan du chèche du bout des doigts, à la fois fascinée et vaguement intimidée : « Il a juste laissé son foulard… »

Elle soulève lentement la grande pièce de tissu.

En dessous, sur la chaise vide, repose une feuille de papier couverte d'une écriture manuscrite :

> *Vous m'avez demandé de disparaître à 16 H 30.*
> *Je suis un garçon poli.*
> *Bon week-end.*
> *Marcus*

ZZZZZZZZZZZZZZZZZZZZZZZZZZZZZZZZZZZZZZZZZZ
ZZZZZZZZZZZZZZZZZZZZZZZZZZZZZZZZZZZZZZZZZZZZ
ZZZZZZZZZZZZZZZZZZZZZZZZZZZZZZZZZZZZZZZZZZZZZ
ZZZZZZZZZZZZZZZZZZZZZZZZZZZZZZZZZZZZZZZZZZZZZ
ZZZZZZZZZZZZZZZZZ…[1]

35. CHAMP

MOIS N° 21/SOL N° 581/16 H 40 MARS TIME
[31ᵉ SOL DEPUIS L'ATTERRISSAGE]

« **MÊME EN GRAVITÉ RÉDUITE, ÇA PÈSE UNE TONNE, CE TRUC !** souffle Mozart en pénétrant dans le septième habitat, à l'abri des caméras. J'ai l'épaule en compote. »

Kenji et lui soutiennent chacun sur leur épaule un coin avant du cercueil tout juste sorti de l'imprimante 3D.

« Prêt à poser le sapin ? » lance Alexeï, qui porte l'arrière du cercueil avec Samson.

---

1. Pour visionner le reportage sur Marcus en clair, merci de vous brancher sur *PHOBOS Origines*.

Les deux porteurs avant fléchissent leurs jambes – mais le Japonais dérape, peut-être à cause de la combinaison spatiale dans laquelle il est toujours engoncé : le cercueil échappe à ses gants et s'abat lourdement sur le sol, dans un fracas lugubre.

« Fais gaffe ! » gronde Alexeï en faisant un bond de côté, évitant de justesse que le cercueil lui écrase les pieds.

Je me lève du canapé où j'attends depuis des heures en compagnie de Kris et de Liz, rongée par l'anxiété, et je marche vers mon « œuvre ».

L'imprimante 3D a bien fait son travail – bas-reliefs, moulures, poignées : tout est conforme, semblable au plan que j'avais établi sur ma tablette à croquis. Mais le plus important n'est pas l'aspect extérieur du cercueil. Le plus important, c'est ce que les têtes d'impression ont créé dans le noir de la panic room aux lumières éteintes, avant de recouvrir le tout d'un couvercle. Le plus important, c'est ce que ni les organisateurs ni les spectateurs ne soupçonnent, persuadés qu'on a apporté une boîte vide dans le septième habitat afin d'y déposer le cadavre le Marcus.

« Ouvrez », dis-je dans un murmure.

Mozart empoigne un côté du couvercle, Alexeï agrippe le côté opposé.

Ils soulèvent.

La lumière des spots se glisse à l'intérieur du sarcophage, illuminant la forme humaine qui y est allongée.

Kris ne peut s'empêcher de laisser échapper un petit cri horrifié.

« Dieu nous préserve… ! dit-elle en se signant. C'est terrifiant… »

Elle a raison.

C'est vraiment terrifiant.

Parce que la ressemblance est parfaite : le visage de Marcus paraît si réel qu'on s'attendrait presque à le voir ouvrir les yeux. Seule la teinte grisâtre de sa peau vient briser l'illusion – telle est la couleur du substrat de construction synthétisé à partir du sable de Mars.

« Habillez-le, les filles, pendant que je lui refais une beauté », dis-je.

Kris et Liz se dirigent vers la table, où sont étalés quelques vêtements prélevés dans la penderie du condamné : un jean, une chemise, une paire de chaussures.

De mon côté, j'ouvre ma trousse à maquillage Rosier.

J'en sors une boîte de fond de teint que j'ai sélectionnée d'avance, celle qui correspond le mieux à la complexion de Marcus, et je me mets à étaler le fluide sur les joues minérales de la statue pour leur donner l'apparence de la chair humaine.

36. HORS-CHAMP
RUES DE WASHINGTON DC
MERCREDI 10 JANVIER, 19 H 30

« *ON DIRAIT QUE LA VILLE ENTIÈRE S'EST ENDORMIE...*, murmure Harmony, le front collé à la vitre du pick-up. Comme le château de la Belle au bois dormant... »

Derrière la vitre, les rues baignées par l'éclairage public défilent, désertes. En cette heure où les citadins sortent habituellement des bureaux, il n'y a pas un seul passant sur les trottoirs. Le vent lui-même semble être tombé, figeant les arbres décharnés par l'hiver.

La jeune fille écarquille les yeux pour tenter de percer les ténèbres au-delà du halo des réverbères :

« Où sont passés tous les gens ?... »

À peine a-t-elle prononcé ces mots qu'une majestueuse étendue apparaît au détour d'une avenue : un gigantesque parc qui s'étend sous le ciel étoilé, bordé d'un côté par les colonnes grecques du Lincoln Memorial, de l'autre par le dôme blanc du Capitole. C'est *l'esplanade nationale*, l'une des perspectives les plus célèbres du monde. Ce soir, elle est tellement envahie de monde qu'il est impossible de distinguer le moindre bout de pelouse, le bassin central lui-même étant peuplé de centaines de barques, radeaux, canoës pleins à craquer. Mais le plus stupéfiant n'est pas cette fantastique affluence – c'est le silence total qui se dégage de cette masse innombrable.

Tout là-bas, un écran géant a été déployé sur le Washington Monument, le majestueux obélisque planté au milieu de l'esplanade. La retransmission de la chaîne Genesis s'y étale sur plusieurs dizaines de mètres de large, hypnotisant la foule.

« Les funérailles… », balbutie Cindy, frappée de stupeur. Elle lève instinctivement le pied de la pédale d'accélérateur, faisant ralentir le pick-up. « Les funérailles sont sur le point de commencer… »

Sur l'écran géant s'affichent sept silhouettes hiératiques en combinaisons spatiales, immobiles comme les statues d'un temple oublié, dont les visages auraient été effacés par les siècles. La réflexion des spots du Jardin empêche de voir au travers des casques, mais les noms inscrits sur les poitrines permettent d'identifier les pionniers.

La caméra passe lentement sur les lettres brodées : LÉONOR (FRA) – SAFIA (IND) – FANGFANG (SGP) – ELIZABETH (GBR) – KIRSTEN (DEU) – KELLY (CAN), jusqu'à atteindre le dernier pionnier, assis dans son fauteuil roulant : TAO (CHN).

POM ! – un coup de tambour perce soudain le silence, faisant vibrer la surface liquide du bassin central.

De hauts projecteurs montés sur pylônes s'illuminent, donnant à voir la scène éphémère qui a été montée au pied de l'obélisque, juste sous l'écran géant. Un orchestre symphonique au grand complet se trouve là, dont tous les membres sont entièrement vêtus de noir. Les joueurs de tambour frappent une nouvelle fois sur leurs caisses, coup de tonnerre amplifié par les enceintes, dont l'écho fait trembler l'obélisque sur toute sa hauteur :

POM !

La caméra cadre sur le tube d'accès conduisant au septième habitat.

À l'instant même où les tambours terriens résonnent pour la troisième fois – POM ! –, le sas s'ouvre sur quatre astronautes portant un cercueil par les poignées, à bout de bras.

POM !

Les deux premiers astronautes – les plus petits – pénètrent dans le Jardin.

La caméra zoome furtivement sur leurs noms : Kenji (JAP) et Mozart (BRA).

POM !

Les porteurs fermant la marche – les plus grands – s'extraient à leur tour du sas.

La caméra les identifie aussitôt : Alexeï (RUS) et Samson (NGA), puis elle décadre pour embrasser l'ensemble du convoi funéraire.

Du même coup, on découvre que le cercueil est ouvert et qu'un homme repose dedans.

« Oh ! » s'écrient Cindy et Harmony d'une même voix, qui est aussi celle de dizaines de milliers de gens, là-dehors, incapables de contenir plus longtemps leur émotion.

Andrew, lui, serre les dents.

Le pick-up s'immobilise tout à fait au milieu de la route déserte.

« Il a l'air si... si..., balbutie Harmony, à court de mots.

— ... si vivant », achève Cindy dans un souffle.

À l'écran en effet, la caméra a zoomé sur le visage du défunt.
L'incarnat de ses joues...
La fraîcheur de ses lèvres...
On dirait qu'il dort.
Pourtant, le coup de tambour ne le réveille pas – POM ! –, et
les porteurs continuent leur marche inexorable vers le sas de sortie
du Jardin.

« Il faut y aller, murmure doucement Andrew, arrachant ses deux copassagères au spectacle.

— Mais c'est tellement poignant..., proteste Harmony d'une voix qui s'étrangle. C'est un moment unique...

— Justement. Nous devons saisir ce moment où la Terre entière a les yeux rivés sur l'espace, où toute l'organisation de Genesis est accaparée par le bon déroulement des funérailles. Nous ne sommes plus qu'à quelques encablures du domicile de Barry Mirwood. C'est une occasion inespérée pour essayer d'entrer en contact avec lui sans être repérés. »

Il pose sa main sur l'épaule de la conductrice – une main douce, la main d'un ami plus que d'un preneur d'otage :

« Redémarrez, Cindy. S'il vous plaît. »

37. Champ
MOIS N° 21/SOL N° 581/20 H 15 MARS TIME
[31ᵉ SOL DEPUIS L'ATTERRISSAGE]

*P*OM !
Le coup de tambour, répercuté dans les écouteurs de mon casque, me fait tressaillir. Ça a beau être le sixième, je ne m'y fais pas. Je ne m'habitue pas davantage à la vue de ces centaines de milliers de personnes réunies en

silence dans la nuit, dont l'image est actuellement projetée sur le dôme de verre du Jardin.

Des funérailles en direct.

C'est ce qu'a réclamé Serena McBee après qu'on lui a annoncé la mort de Marcus. Elle a versé sa petite larme de crocodile, sans doute soulagée qu'il emporte le secret de la mutation D66 dans sa tombe. Elle s'est satisfaite de notre diagnostic bidon, à Alexeï et à moi, selon lequel le cœur du malade avait lâché. Le docteur Montgomery s'est empressé d'officialiser nos conclusions auprès de la presse, évoquant des séquelles thoraciques liées à l'accident du sas. Il n'a même pas demandé d'examen complémentaire ou d'autopsie.

La ferveur de tous les gens qui sont venus ce soir rendre un dernier hommage à Marcus me fait mal au cœur. Non seulement celui qu'ils pleurent n'est pas mort de crise cardiaque, mais *il n'est pas mort du tout.* En ce moment, tandis qu'on promène son effigie devant les caméras, il croupit dans l'ombre de sa cellule. Mais l'illusion est parfaite. Et le spectacle poignant. Une pensée horrible me transperce : Serena, si elle savait, serait fière de moi !

POM !

La porte du sas de décompression de la base s'ouvre en ronronnant, actionnée par les vérins invisibles qui ont failli nous broyer, Marcus et moi, le jour de notre arrivée.

Les quatre porteurs s'engagent en premier dans le sas, puis nous les suivons.

La porte se referme derrière nous.

De sa main gantée, Liz presse le bouton rouge qui lance la procédure d'égalisation.

Les chiffres sur la jauge digitale se mettent à défiler, à mesure que le tube se vide de son air pour rejoindre les conditions de pressions minimales qui règnent à la surface de Mars.

ÉGALISATION 10 %

ÉGALISATION 20 %

ÉGALISATION 30 %

Derrière la porte extérieure du sas qui s'ouvrira dans quelques instants, le ventre de Mars s'apprête à digérer notre offrande.

Dans les écouteurs de mon casque, qui continuent de retransmettre l'émotion de toute une planète, les tambours ne cessent de tonner.

POM !

38. Hors-Champ
QUARTIER DE GEORGETOWN, WASHINGTON DC
MERCREDI 10 JANVIER, 19 H 58

« C'EST ICI, annonce Andrew. La dernière maison, tout au bout. »

Cette rue-là, elle aussi, est déserte.

Les maisons mitoyennes se serrent les unes contre les autres. La plupart des façades paraissent centenaires, anciennes d'après les critères américains : on est à Georgetown, l'un des quartiers les plus vieux de la ville et du pays. Entre les briques dévorées par le lierre, les fenêtres brillent de lueurs cathodiques : les habitants qui n'ont pas fait le déplacement jusqu'à l'esplanade nationale sont tous derrière leurs écrans.

Le pick-up se gare en silence en face de chez le professeur. Ses volets sont déjà clos, mais de la lumière filtre d'entre les fentes : Barry Mirwood est chez lui.

« Et maintenant ? demande Cindy en coupant le contact.

— Maintenant, c'est le tout pour le tout, répond Andrew. Il faut que j'aille parler à cet homme. »

Il baisse les yeux sur l'écran de son téléphone portable :

« D'après aircontrol.com, il n'y a pas de drones policiers dans les parages pour le moment. Les automobilistes utilisent habituellement ce site de géolocalisation illégal pour échapper aux contrôles de vitesse. » Il tend son portable vers les passagères avant. « Regardez : ce soir, les forces de police robotisées sont toutes massées du côté de la cérémonie funèbre... »

Mais Harmony ne semble pas rassurée par cette carte couverte de petits points rouges concentrés sur l'esplanade nationale :

« C'est trop dangereux, Andrew ! Et si ce site n'est pas cent pour cent fiable ? Et si un drone arrive à l'improviste ? J'ai peur que vous vous fassiez prendre. Pourquoi courir un tel risque ?

— Là-haut, onze êtres humains courent le risque de mourir à chaque instant. Ils comptent sur nous, ils n'ont que nous, et nous seuls. L'ascenseur énergétique et à travers lui le sort des pionniers que nous avons juré de sauver dépendent entièrement de l'expertise de Barry Mirwood...

— Mais justement ! La construction de cet ascenseur est lancée, le programme Genesis l'a annoncé ! Les organisateurs ne peuvent plus reculer maintenant ! »

Andrew se redresse sans pouvoir réprimer une grimace – la blessure de son pied est encore fraîche –, puis il pose sa main sur le bras de la jeune fille.

« Vous connaissez votre mère mieux que personne, Harmony, dit-il. Et, mieux que personne, vous savez qu'elle saisira la moindre occasion de se dédire de ses promesses. Là, maintenant, nous tenons une chance de révéler la vérité au seul homme sur Terre capable de ramener les pionniers de Mars à bon port. Si nous ne saisissons pas cette chance, elle ne se représentera peut-être jamais, et Barry Mirwood sera à la merci des mensonges de Serena McBee. C'est un risque plus gros encore que celui de me faire arrêter ce soir. »

Cette fois-ci, la jeune fille ne répond rien. Sur son pâle visage, une expression grave est venue remplacer la panique.

Andrew détache la main de son épaule, pour lui tendre le fusil qu'il gardait avec lui sur la banquette arrière.

« Au moindre signe d'alerte, et dans tous les cas si je ne suis pas revenu d'ici une demi-heure, fuyez, ordonne-t-il. Partez, pour sauver ce qui peut encore l'être. Toutes les deux... » Il accroche le regard de Cindy dans le rétroviseur ; depuis le début, elle suit silencieusement l'échange. « ... comme Thelma et Louise. »

La portière du pick-up se referme avec un claquement étouffé.

Andrew s'éloigne en boîtant, capuche de survêtement sur la tête, sac à dos à l'épaule.

Il gravit une à une les marches du perron. De part et d'autre, un petit terre-plein est planté de buissons persistants entre lesquels se dressent des éoliennes de plastique en forme d'étoiles. Dans un coin, on aperçoit même un nain de jardin affublé d'une tenue d'astronaute : pas de doute, c'est bien la demeure du fantasque savant.

Andrew appuie sur la sonnette.

Un tintement retentit, puis le silence, seulement troublé par le fredonnement des éoliennes qui tournent lentement sur leur tige.

Andrew sonne à nouveau.

Cette fois-ci, quelque chose s'ébranle dans le tréfonds de la maison, des bruits de pas étouffés résonnent derrière le panneau, un déclic s'élève de la serrure.

La porte s'ouvre, dispensant un halo de lumière tamisée dans lequel se découpe la silhouette du maître des lieux. L'illustre professeur a noué une large serviette à carreaux sur sa barbe fournie. Cet accoutrement lui donne un vague air d'ogre au seuil de son château. Dans le fond, en provenance d'une salle à manger invisible, on entend les coups des tambours auxquels se sont joints les autres instruments pour composer une marche funèbre : le professeur était en train de dîner devant la chaîne Genesis.

« Si c'est pour de la vente à domicile… », commence-t-il, amorçant déjà un geste pour refermer la porte sur l'étrange visiteur encapuchonné.

Avant qu'il n'en dise davantage, Andrew le pousse brusquement.

Surpris, Barry Mirwood bascule en arrière. Lorsque la porte se referme, Andrew se retrouve avec lui dans le vestibule orné de cartes célestes encadrées.

« Oui, c'est pour de la vente à domicile, monsieur Mirwood, dit le jeune homme à toute vitesse. D'après les fichiers clients de notre société, vous n'êtes pas encore équipé de douche multi-jets ionisée, et nous avons justement en ce moment une offre que vous ne pouvez pas refuser… »

Tout en débitant ce discours incongru, Andrew sort son téléphone portable de la poche de son survêtement et le brandit sous le visage du vieil homme effaré.

Sur l'écran s'affiche un message rédigé à l'avance, qui offre une explication toute différente à sa visite :

JE SUIS LE FILS DE SHERMAN FISHER,
QUE VOUS AVEZ CONNU À LA NASA.
J'AI QUELQUE CHOSE D'IMPORTANT À VOUS DIRE.
MAIS JE CRAINS QUE VOUS SOYEZ SUR ÉCOUTE.
POUVONS-NOUS ALLER DANS LA SALLE DE BAINS
ET FAIRE COULER L'EAU À FOND ?

Andrew arrache sa capuche.

Barry Mirwood écarquille les yeux et cesse subitement de se débattre.

« Vous… vous ressemblez…, bégaye-t-il.

— … à Tom Cruise jeune ? coupe Andrew en haussant la voix, pour signifier à son interlocuteur de ne pas prononcer un mot de plus. Oui, on me le dit souvent. »

Recouvrant ses esprits, Barry Mirwood indique l'escalier d'un doigt tremblant :

« Bien. Je vais vous montrer la salle de bains. Si vous voulez bien me suivre, monsieur...

— ... Smith. John Smith. »

Les deux hommes gravissent les marches en silence – Andrew boite toujours, il doit se tenir à la rampe pour atteindre l'étage.

Parvenu à la salle de bains, Barry Mirwood ferme la porte derrière eux et tourne le mitigeur de la douche, jusqu'à ce que l'eau se déverse à gros bouillons. Pour plus de précaution, Andrew fait de même avec le robinet du lavabo.

Alors seulement, il s'autorise à chuchoter :

« Nous n'avons pas beaucoup de temps, professeur. Je ne peux pas rester plus de quelques minutes. La retransmission des funérailles va bientôt se terminer et je dois absolument être parti avant que les rues se repeuplent.

— Vous êtes le portrait craché de Sherman, balbutie le savant avec émotion. Je veux dire, quand il a commencé à la Nasa, il y a plus de vingt ans. C'était un garçon brillant et promis à un bel avenir, un vrai scientifique avec de grandes idées. C'était aussi un vrai self-made man parti de rien, boursier à Berkeley, qui s'est hissé à force de travail au sommet de la Nasa. Avec sa charmante épouse, Vivian, votre maman, ils formaient vraiment un couple épatant. Quel dommage qu'il ait connu cette fin tragique... »

Andrew tressaille à l'évocation de son père, mais il se reprend aussitôt :

« Nous parlerons de lui une autre fois, murmure-t-il. Il y a autre chose que je suis venu vous dire... et vous montrer. »

À ces mots, il sort fébrilement son ordinateur portable de son sac à dos et l'ouvre ; l'écran s'allume automatiquement sur la première page du rapport Noé.

39. CONTRECHAMP
ESPLANADE NATIONALE, WASHINGTON DC
MERCREDI 10 JANVIER, 20 H 40

« ÇA VA BIENTÔT ÊTRE À VOUS, MADAME McBEE, annonce Samantha en entrant dans la loge de son employeuse, située dans un camion garé au pied du Washington Monument. Tout le monde est déjà placé en tribune. »

Serena McBee s'arrache aux pinceaux des deux maquilleuses occupées à unifier son teint. Ce soir, elle porte sa robe de deuil en dentelle noire, celle avec laquelle elle a déjà enterré tour à tour Sherman Fisher, puis l'ensemble du corps enseignant du programme Genesis. Sur le col, à côté de sa broche en forme d'abeille, le ruban noir du Souvenir se détache faiblement. À travers les vitres blindées du camion, on entend les tambours et les cuivres de l'orchestre, la marche funèbre qui bat son plein.

« Je suis prête, Samantha, annonce-t-elle avec gravité. Puissé-je trouver les mots pour consoler les Terriens et les Martiens éplorés. »

Elle rassemble les pans de sa robe, se lève, quitte la loge en passant devant son assistante.

Mais à peine a-t-elle pénétré dans l'étroit couloir qui conduit à la porte arrière du camion qu'une main se referme sur son bras.

« Arthur ? sursaute-t-elle en reconnaissant le médecin parmi les ombres.

— Il faut que je vous parle. »

La voix d'Arthur Montgomery est tendue, ses yeux luisent dans la pénombre telles deux braises. Bien qu'il porte toujours l'un de ses rigides costumes de tweed, il n'a plus rien d'un flegmatique gentleman.

« Plus tard, Arthur, fait Serena en essayant de dégager son bras. J'ai rendez-vous avec l'Histoire. »

Mais le médecin ne la lâche pas.

« Ce midi, c'est avec moi que vous aviez rendez-vous pour déjeuner, siffle-t-il. Après ma conférence de presse officialisant le diagnostic de la mort de Marcus. Mais vous m'avez posé un lapin. Une fois de plus.

— Encore vos jérémiades d'adolescent, ça devient lassant ! répond sèchement Serena. Vous ne pouvez pas comprendre que j'étais occupée à préparer mon discours ? Des milliards de gens sur Terre comptent sur moi, je ne vais pas les faire patienter à cause d'une seule personne.

— Je me demande comment ces milliards de gens réagiraient si je leur révélais celle que vous êtes réellement… »

Serena McBee se fige, tous ses sens aux aguets, jette un coup d'œil par-dessus son épaule dans le couloir pour s'assurer qu'ils sont bien seuls et que personne n'a entendu.

« Vous n'avez aucune preuve, Arthur, dit-elle à voix basse. Aucune preuve de rien. » Un sourire se dessine sur ses lèvres et sa voix se fait suave : « Ne gâchez pas notre belle histoire, grand fou. Laissez-moi partir maintenant. Je vous promets que ce soir après mon allocution, nous souperons ensemble. »

De sa main libre – celle qui porte sa nouvelle bague au diamant en forme d'œil –, elle effleure la joue du médecin.

Ce dernier frémit sous la caresse.

Il ouvre la bouche pour dire quelque chose, ses doigts s'ouvrent en même temps.

Serena en profite pour leur échapper et s'esquive jusqu'à la sortie du camion.

La porte s'ouvre sur un corridor de barrières sécurisées, éclaboussé par la lumière des projecteurs, qui conduit à la tribune sous l'obélisque. Une douzaine de gardes du corps sont postés tout du long, les mâchoires serrées, les yeux scrutant l'esplanade sur laquelle déferle la musique de l'orchestre symphonique. Seul le premier d'entre eux ne porte pas de lunettes infrarouges : bandeau sur l'œil, l'agent Seamus tend son bras à Serena pour l'aider à descendre le marchepied.

Le diamant étincelle au doigt de la vice-présidente au moment où elle donne la main à son chargé de sécurité.

Dans le fond du camion enténébré, loin des spots et des regards, Arthur Montgomery pousse un gémissement sourd d'animal blessé à mort, que l'orchestre engloutit aussitôt.

40. Chaîne Genesis
MERCREDI 10 JANVIER, 20 H 50

PLAN D'ENSEMBLE SUR LA VALLÉE QUI S'ÉTEND DEVANT NEW EDEN, illuminée par les phares fixés au sommet du dôme.

Dix des pionniers sont posés là, telles des quilles aux ombres infiniment étirées par les faisceaux. Devant eux repose le cercueil au couvercle à présent refermé. Le onzième pionnier est installé aux commandes du maxi-rover, dont la pelleteuse intégrée se meut lentement : elle achève de creuser une fosse dans le sol martien.

Le bras articulé plonge une dernière fois dans le trou noir, en extrait une dernière masse de sable, s'immobilise enfin. Le conducteur descend de la machine – zoom avant : à l'étiquette cousue sur sa poitrine, on découvre qu'il s'agit de Mozart.

Alexeï, Samson et Kenji l'aident à soulever le cercueil.

Munis de cordes fermement coincées dans leurs gants d'astronaute, ils le font descendre dans sa dernière demeure.

Puis ils viennent rejoindre les autres au bord de la fosse.

Split screen, l'écran se scinde en deux.

À gauche – la solitude de la nuit martienne. Titrage : VALLÉE DE IUS CHASMA *(DIFFÉRÉ DE 10 MINUTES PAR RAPPORT À LA TERRE)*.

À droite – la multitude de la nuit terrestre. Titrage : ESPLANADE NATIONALE, WASHINGTON.

De part et d'autre, un même silence – l'orchestre a cessé de jouer.

Travelling avant sur la tribune au pied de l'obélisque.

Serena McBee se tient là, dominant la foule de sa silhouette sombre. Comme au jour des cérémonies de mariage, elle est entourée d'émissaires des différentes religions. On reconnaît le cardinal, le pope, le pasteur, le bonze et le brahmane qui officiaient déjà il y a un mois, ainsi qu'un imam venu rejoindre l'assemblée œcuménique. Il y a aussi plusieurs dignitaires et représentants des sponsors *platinum*, en habit de deuil, venus spécialement pour rendre un dernier hommage au pionnier disparu.

La maîtresse de cérémonie se penche sur son micro : « Mesdames et messieurs, chères citoyennes et chers citoyens, et vous tous, habitants du monde entier : merci d'être présents avec les pionniers de Mars ce soir. »

Elle marque une courte pause, le temps de laisser une expression de douleur contenue traverser son visage ; après cet instant de recueillement, elle tend la main vers une femme au premier rang des sponsors, vêtue d'une élégante robe de maternité en velours noir, dont le visage est caché par une voilette sombre : « Pour commencer cet adieu à Marcus, je souhaiterais inviter à la tribune la représentante de ceux qui ont cru en lui depuis le début. J'ai nommé Phoebe Delville, fille de Henry K. Delville, fondateur et P-DG d'Eden Food International, elle-même en charge du partenariat du groupe avec le programme Genesis. Mlle Delville a tenu à être présente malgré sa grossesse avancée, et je l'en remercie. »

La caméra suit la femme enceinte tout au long de sa marche silencieuse jusqu'au micro, détaillant sa silhouette gravide soulignée par les reflets moirés du velours – à en juger par la rondeur de son ventre, elle doit en être à six ou sept mois. Puis le cadre zoome lentement sur la voilette, comme pour tenter d'en percer le secret. Quel visage se cache derrière les étroites mailles de résille ? Celui d'une trentenaire ayant fait toute sa carrière dans l'entreprise paternelle ?... Celui d'une héritière prête à travailler jusqu'au dernier jour avant l'accouchement, une femme à poigne qui succédera au patriarche dans quelques années ?...

Non : en soulevant la voilette, les mains gantées de soie noire révèlent un visage lisse, juvénile – celui d'une jeune femme d'à peine vingt ans. Un carré de cheveux aile de corbeau encadre le front d'albâtre et les joues de marbre, à peine gonflées par la grossesse.

La bouche maquillée d'un rouge à lèvres sombre et mat, évoquant les stars du cinéma d'antan, s'entrouvre : « Eden Food International n'aurait pu rêver d'un meilleur ambassadeur que Marcus pour porter son image, commence Phoebe Delville. Il était honnête et transparent, à l'image de la charte éthique de notre groupe. »

La voix de la jeune héritière s'altère légèrement, bute sur les mots de cet éloge funèbre aux allures de promotion empruntée aux brochures d'Eden Food : « C'était le parfait "All-American Boy", simple et généreux comme les recettes de nos surgelés individuels à la portée de toutes les bourses, les *Repas de l'astronaute*. »

Ses yeux sombres se mettent à briller ; un fin trait de Rimmel fondu déferle depuis le coin de sa paupière droite jusque sur sa pommette, tandis qu'elle continue de réciter mécaniquement : « C'était le parfait gentleman, intense et raffiné comme nos plats gastronomiques haut de gamme *Leorcus*. C'était... non, ce n'était rien de tout cela ! »

PHOBOS³

La caméra dézoome légèrement, surprise par la violence de l'expression qui vient de passer sur le visage de Phoebe Delville – une expression de douleur authentique, à mille lieues d'une posture de communication.

Du revers de la main, la jeune fille écrase sa larme colorée par le Rimmel : « Le garçon qui a cédé son image à notre groupe n'avait rien de transparent : il était mystérieux comme la nuit, déclare-t-elle, contredisant le discours convenu qu'elle a prononcé quelques instants plus tôt. Il n'avait rien de simple : il était complexe comme le mouvement des astres. Quant à son intensité, ce n'était pas celle d'un plat surgelé, fût-il haut de gamme : c'était celle d'un poète hanté par l'appel de l'espace ! » Elle saisit le micro à deux mains, plante ses yeux dans la caméra. « Voilà le garçon qu'était Marcus. Rappelons-nous de lui ainsi, et pas seulement comme d'un panneau publicitaire vivant. »

Elle rabat sa voilette, tourne les talons et va rejoindre les autres sponsors subjugués.

Mais il faudrait davantage que cette saillie inattendue pour décontenancer Serena McBee ; d'un geste gracieux elle récupère le micro et elle se tourne vers la caméra, tout sourire : « Très bien parlé, mademoiselle Delville ! Marcus était un poète, un visionnaire ! En cette heure où nous nous apprêtons à lui dire adieu, ce n'est pas la tristesse qui doit l'emporter : c'est l'espoir de construire ensemble un monde meilleur. En ce jour où des voix discordantes s'élèvent pour prêter au programme Genesis des ambitions impérialistes, ce n'est pas la division que nous devons retenir : c'est l'unité de l'espèce humaine rassemblée autour d'un même rêve. Ce rêve de camaraderie universelle, je le sais, c'était celui de Marcus… »

41. CHAMP

MOIS N° 21/SOL N° 581/21 H 15 MARS TIME
[31e SOL DEPUIS L'ATTERRISSAGE]

« *CE RÊVE DE CAMARADERIE UNIVERSELLE, JE LE SAIS, C'ÉTAIT CELUI DE MARCUS...* », résonne la voix de Serena McBee dans les écouteurs de mon casque.

Camaraderie universelle, pour le garçon le plus solitaire que je connaisse ?

Ce ne sont certainement pas les mots que j'aurais choisis dans l'oraison funèbre de Marcus – ceux de l'héritière Delville me semblaient sonner bien plus juste : le mystère, la complexité, la poésie, oui, mais pas la camaraderie.

Bizarre que cette fille ait si pertinemment cerné Marcus, quand même...

Est-ce qu'à force de regarder la chaîne Genesis, tous les spectateurs le connaissent aussi bien que moi ?

Ou est-ce que c'est juste elle, Phoebe Delville, qui a appris à le connaître sur Terre, au moment où chaque sponsor coachait son poulain ?

Pas le temps d'y réfléchir pour l'instant : sur la face extérieure du dôme de New Eden, où la cérémonie terrestre est retransmise, Serena continue sa récupération sans vergogne :

« ... *il nous appartient aujourd'hui de reprendre le flambeau tendu par Marcus, de continuer son rêve. Oui : nous devons rester solidaires, surmonter nos égoïsmes et nos revendications nationales, pour viser plus loin, plus haut.* » Serena s'éclaircit la gorge. « *Récemment, nos amis russes et chinois ont réclamé la souveraineté sur une partie de la base de New Eden et de la planète Mars...* »

Ah, c'est donc ça !

De la diplomatie de vautour !

Je me doutais bien que Serena allait récupérer la mort de Marcus pour faire pleurer dans les chaumières, mais je n'imaginais pas qu'elle en ferait un argument politique !

« *... ce soir, si vous m'y autorisez, je voudrais poser une question à mes homologues de Moscou et de Pékin. Pas en tant que vice-présidente des États-Unis, ni même en tant que productrice exécutive du programme Genesis. Simplement, humblement, en tant que femme de bonne volonté...* »

Serena se tourne un peu plus vers la caméra – vers les dirigeants étrangers qu'elle espère convaincre.

Son sourire s'étire sur la largeur du dôme.

Ses yeux flamboient à la lumière des centaines de spots qui s'y reflètent.

« *Mes chers frères, mes chères sœurs, acceptez-vous de rêver le rêve de Marcus avec moi ?* »

Une seconde de silence s'écoule, comme si Serena attendait vraiment qu'on lui dise amen en chinois et en russe.

Pour toute réponse à sa question angélique, une déflagration sonore retentit dans mes écouteurs – *POM !*

L'orchestre se serait-il remis à jouer ?...

Non.

Ce coup de tambour n'en est pas un, il n'est suivi d'aucune autre note.

En guise de chœurs, une rumeur confuse s'élève de la foule.

Sur le visage de Serena, le sourire laisse la place à une expression de stupeur.

Elle baisse les yeux sur son décolleté : là, au-dessus du ruban du Souvenir, un gros trou rouge est apparu.

La rumeur se transforme en hurlements d'horreur au moment où la femme la plus adulée de la planète s'écroule, roule jusqu'au bord de la tribune et, emportée par son poids, dégringole sur près de trois mètres pour s'écraser sur la pelouse dans un bruit mat.

ACTE III

ACTS III

42. Chaîne Genesis

SPLIT SCREEN.

Sur la moitié gauche du cadre, les pionniers de Mars se sont tous détournés de la fosse où gît le cercueil pour scruter le dôme de New Eden à la surface duquel sont diffusées les images de la Terre. Là, sur cet écran géant planté au milieu du désert, seule source de lumière à des milliers de kilomètres à la ronde, Serena McBee vient de s'effondrer.

Sur la moitié droite du cadre, le chaos le plus total s'est emparé de l'esplanade nationale. Il y a déjà dix minutes que la vice-présidente a été touchée – compte tenu de la latence de communication, la partie terrestre du reportage est en avance sur la partie martienne. Hurlements, coups de feu, sirènes assourdissantes : un vacarme de tous les diables sature la bande-son. En proie à la panique, les corps se bousculent, se heurtent, se piétinent. Des mouvements de foule contraires secouent l'esplanade, telles des vagues humaines qui se fracassent les unes contre les autres, en pleine tempête.

Soudain, les deux parties du cadre se brouillent.
Cut.

Écran noir, sans message ni logo : juste le vide.

239

43. HORS-CHAMP
QUARTIER DE GEORGETOWN, WASHINGTON DC
MERCREDI 10 JANVIER, 21 H 06

À L'INSTANT MÊME OÙ ANDREW FISHER SORT DU PAVILLON DE BARRY MIRWOOD, le tonnerre explose au-dessus de lui.

Il lève la tête et scrute la nuit : quatre hélicoptères militaires fondent dans sa direction, déchirant le ciel de leurs rotors, balayant la ville de leurs phares.

Par réflexe, Andrew se recroqueville, rabat la capuche de son survêtement sur son visage.

Mais les faisceaux aveuglants des phares passent sur lui sans s'arrêter, glissent sur le pick-up garé quelques mètres plus bas, poursuivent leur chemin en direction du centre-ville.

Andrew se redresse d'un bond, dévale les marches du perron sans prendre garde à son pied blessé, court se réfugier à l'arrière du véhicule où l'attendent Cindy et Harmony.

« Ces hélicos… ! dit-il en claquant la portière derrière lui, le souffle court, le visage déformé par une grimace de douleur. J'ai cru qu'ils venaient pour nous… »

Un nouveau coup de tonnerre retentit.

Hagard, Andrew colle son front à la vitre : d'autres hélicoptères arrivent depuis le Sud.

« Mais qu'est-ce qui se passe ? » s'écrie le jeune homme en reportant son regard sur les deux passagères avant.

En guise de réponse, Cindy monte le son de l'autoradio :

« … *touchée en plein cœur !* hurle un journaliste. *Au moment où elle prêchait un discours de paix et de fraternité ! Une confusion sans nom s'est emparée de l'esplanade nationale, où l'armée vient de se déployer. La fusillade s'est arrêtée à l'heure où je vous parle, sans que le meurtrier ait pu être appréhendé. Le tout premier bilan fait état de dizaines de blessés, écrasés par le mouvement de panique qui s'est emparé de la foule. Il semblerait même que lors du bref échange de tirs, certains membres du public aient été touchés – Arthur Montgomery, responsable Médecine du programme Genesis, figurerait au nombre des victimes. De son côté, le président Green a été évacué de la Maison Blanche pour être mis en sécurité dans un lieu tenu secret. Ce soir, le pays tout entier est sous le choc… »*

Andrew blêmit :

« Arthur Montgomery… ? balbutie-t-il, son regard passant alternativement de Cindy à Harmony. Et qui d'autre ?… Quelle est la personne qui a été touchée en plein cœur ?… »

Comme s'il avait entendu sa question par-delà les ondes hertziennes, le journaliste annonce d'une voix vibrante d'adrénaline :

« *Je répète pour les auditeurs qui viennent de nous rejoindre : Serena McBee, vice-présidente des États-Unis d'Amérique, vient d'être abattue par un tir de sniper non identifié ce soir à Washington.* »

Cindy se retourne brusquement vers la banquette arrière :

« Et maintenant ? » demande-t-elle.

Andrew ne répond pas tout de suite, sonné par l'information. Figée sur le siège avant, Harmony est aussi immobile que lui.

« Celle que vous teniez pour responsable du complot est morte, continue Cindy d'une voix rauque. Celle qui avait le soi-disant pouvoir de dépressuriser les habitats martiens est définitivement hors-jeu. C'est ce que vous vouliez, non ? Le professeur Mirwood va être en mesure de poursuivre ses travaux d'ascenseur énergétique sans risque d'être interrompu. Vous allez pouvoir envoyer votre fameux rapport Noé à la presse sans craindre de représailles. Vous n'avez plus à redouter la vengeance de Serena sur votre mère et votre sœur. Vous n'avez plus besoin de fuir… » Elle inspire profondément. « … vous n'avez plus besoin de moi. »

Son regard tombe sur le fusil entre les doigts crispés d'Harmony ; cette dernière s'y cramponne davantage qu'elle ne le tient. Les paroles de Cindy semblent glisser sur elle sans provoquer la moindre réaction.

« Le jeu du chat et de la souris est terminé, vous comprenez ? plaide encore la conductrice, gagnée par l'émotion. Rendez-moi ma liberté, je ne dirai rien à personne, je vous le promets ! S'il vous plaît... Le Connecticut n'est qu'à quelques heures de Washington... J'ai tellement envie d'aller rejoindre Derek. J'en ai tellement besoin. Il croit que j'ai tourné la page, et lui aussi la tournera si je ne réponds pas à ses appels. Je ne suis plus toute jeune, je n'aurai peut-être pas une deuxième chance comme celle-là – ne me faites pas passer à côté de celui qui est peut-être l'homme de ma vie. »

Un sanglot finit par s'échapper des lèvres d'Harmony, poignant mélange de douleur, de culpabilité et de désespoir.

« Maman... Maman est morte, balbutie-t-elle, incapable de digérer cette information. C'est la seule personne que j'avais au monde... »

En entendant ces mots, Andrew reprend enfin ses esprits.

Il prend délicatement le fusil des mains d'Harmony.

« Non, dit-il. Ce n'est pas la seule personne. Vous m'avez, moi aussi. »

Il se tourne vers la conductrice, pointant le fusil vers elle :

« Démarrez, Cindy.

— Mais...

— Vous avez raison, le professeur Mirwood va poursuivre ses travaux d'ascenseur énergétique. Avec plus d'urgence que jamais, maintenant qu'il connaît le rapport Noé et le danger que courent les pionniers de Mars. Mais le moment n'est pas encore venu de révéler notre secret au reste du monde. Ce serait trop imprudent avant la confirmation officielle et définitive de la mort de Serena McBee. » Andrew cale le fusil sur ses genoux. « Je suis désolé, Cindy, mais je ne peux pas vous laisser partir, pas encore. Le jeu du chat et de la souris n'est peut-être pas encore fini – car, c'est bien connu, les chats ont plusieurs vies... »

44. CHAMP

MOIS N° 21/SOL N° 581/21 H 27 MARS TIME
[31ᵉ SOL DEPUIS L'ATTERRISSAGE]

BLACK-OUT.
La retransmission de la chaîne Genesis sur la surface du dôme s'est arrêtée d'un seul coup, rendant les alvéoles de verre aux ténèbres. La nuit martienne n'est plus troublée que par les projecteurs qui nous éclairent, nous les onze pionniers de Mars, au seuil du gouffre où nous avons fait semblant de descendre le douzième d'entre nous.

Dans les écouteurs de nos casques, le bourdonnement de la chaîne Genesis s'est éteint en même temps que les images.

Le silence est total.

Assourdissant.

Quelqu'un a tiré sur Serena McBee.

J'ai entendu le coup de feu, j'ai aperçu le trou rouge sur sa poitrine, j'ai vu son corps s'écraser au sol comme un mannequin désarticulé – sans vie.

« *Vous croyez qu'elle est... morte ?* » résonne la petite voix de Safia au fond de mes écouteurs.

Un bruit saccadé s'élève, en fond sonore.

Une interférence ?

Non : je me retourne et je découvre le visage de Kelly, tordu dans une grimace d'exultation contenue derrière la visière de son casque. Elle pouffe, retenant tant bien que mal un fou rire nerveux qui remonte du tréfonds de son être, lui secouant l'échine et peuplant le réseau radio de hoquets.

Mon sang ne fait qu'un tour.

Je saute sur elle et lui attrape les épaules entre mes gants d'astronaute, pour la forcer à s'immobiliser.

« *Calme-toi !* je lui ordonne à travers mon micro intégré, en la fixant droit dans les yeux, la visière de mon casque butant contre la sienne. *Je sais qu'on vient de voir des images difficilement soutenables, mais ce n'est pas le moment de craquer, là devant les caméras...* »

C'est ma manière de lui rappeler que, même si la retransmission de la chaîne sur le dôme a brutalement pris fin, rien ne nous prouve que les caméras ont cessé de nous filmer. Tant que Kelly se retient, ses tremblements peuvent passer pour les symptômes d'un choc nerveux ; mais si elle laisse éclater sa joie en direct, c'en est fini des apparences que nous nous efforçons de préserver depuis notre arrivée sur Mars.

« ... *sois forte*, dis-je. *Sois digne. Digne de Serena.* »

Entre des larmes de rire, que le public interprétera je l'espère comme des larmes d'horreur, la Canadienne semble enfin prendre conscience de ma présence. Je serre ses épaules encore plus fort, jusqu'à ce que sa respiration se régule.

« *OK, cap'taine*, articule-t-elle d'une voix encore tremblante, avec une moue qui semble mobiliser tous les muscles de son visage. *Je me calme. Je suis digne.* »

Elle pousse une longue expiration et saisit l'une des pelles plantées dans le tas de sable martien qui s'élève au bord de la fosse.

Puis, jetant toute son inavouable jubilation dans sa tâche, elle se met à recouvrir le cercueil de larges pelletées de sable.

Les uns et les autres la regardent, hébétés, leur prostration contrastant avec son activité frénétique. Ça fait plus d'un mois qu'ils vivent, qu'ils pensent uniquement par rapport à Serena, contre Serena, funambules en équilibre sur un fil tendu entre la vie et la mort. Et là, soudain, Serena a disparu : le fil s'est brutalement rompu.

Je sens qu'à chaque instant, l'un de nous peut craquer et tout lâcher à l'antenne.

Il faut occuper les mains et les têtes, vite !

« *Aidons Kelly !* je m'écrie. *Terminons d'enterrer Marcus, en attendant d'avoir des nouvelles de la Terre !* »

Je m'empare des pelles et je me mets à les distribuer à tour de bras, poussant mes coéquipiers vers le tas de sable.

Alexeï, le premier, sort de sa stupeur pour rejoindre Kelly. Il est bientôt imité par Mozart et Samson, puis Liz et Kenji s'y mettent aussi. Les pelles se lèvent et s'abattent en cadence, déplaçant des quantités de sable qu'il serait impossible de soulever sur Terre, où la gravité est trois fois plus forte que sur Mars.

Tao saisit un outil à son tour et tend ses larges épaules depuis son fauteuil pour aider à combler la fosse. Le mouvement de son torse m'évoque d'abord l'énergie d'un kayakiste remontant un torrent ; mais aussitôt, cette image est chassée par une autre : celle d'un soldat aux jambes prises dans une tranchée, jouant de la baïonnette pour repousser une déferlante ennemie et vaincre, vaincre, vaincre !

Oui, c'est à ça qu'ils ressemblent tous – pas à des fossoyeurs en deuil : à des guerriers en furie, qui s'acharnent sur le sable rouge, sanglant, comme si c'était le corps de Serena elle-même !

Je sens une bouffée d'adrénaline pure monter dans ma poitrine et j'empoigne une pelle pour me défouler avec les autres.

Mais à l'instant où je vais enfoncer le tranchant de l'outil dans le sable mou, un sanglot étouffé résonne dans les écouteurs de mon casque. Je regarde autour de moi, stupéfaite, jusqu'à ce que mes yeux se fixent sur Kris.

Ma Kris, elle qui ne ment jamais, qui ne sait pas tricher, qui laisse paraître tous ses sentiments. Elle se tient là, immobile au bord de la fosse, les joues sillonnées de larmes derrière la visière de son casque.

« *C'est horrible...*, sanglote-t-elle d'une voix qui me glace le cœur, parce qu'elle est terriblement sincère. *Notre chère Serena est morte. Maintenant, nous sommes tous vraiment orphelins.* »

45. CONTRECHAMP
CENTRE MÉDICAL MILITAIRE WALTER REED, MARYLAND
VENDREDI 12 JANVIER, 18 H 32

« **A**LORS ?
— Alors, toujours rien, monsieur le Président. Serena McBee est toujours plongée dans un profond coma. »

Edmond Green pousse un soupir évoquant le sifflement d'une cocotte-minute sur le point d'exploser. La lumière rasante des néons de l'hôpital militaire le plus sophistiqué du pays, directement attaché à la Maison Blanche, creuse son visage. On lui donnerait quinze ans de plus.

« Mais ça fait quarante-huit heures que je suis sans vice-présidente ! se lamente-t-il. Quarante-huit heures que le pays est sous état d'urgence, privé de la meilleure d'entre nous ! Serena McBee est la personne clé dans tous les dossiers brûlants du moment : la colonisation de Mars, alors même que nous venons de perdre le pionnier américain ; les relations du gouvernement avec Atlas Capital ; la temporisation avec la Chine et la Russie... On ne peut pas fonctionner sans elle. Quand va-t-elle sortir de ce coma ? »

Face au président se tient un grand homme grisonnant, en blouse blanche, escorté par une demi-douzaine d'infirmiers aux mines soucieuses. Le badge sur sa poitrine décline son identité : Dr Olaf Spitzbergen, Chef de service, Réanimation.

« Nous faisons tout ce qui est en notre pouvoir, monsieur le Président, assure-t-il d'une voix posée qui trahit le militaire derrière le médecin. Et nous utilisons les appareillages cybernétiques les plus modernes qui soient pour maintenir la patiente en vie. Mais son état est critique. Sa cage thoracique a été perforée. Le sniper visait le cœur, et il y serait arrivé si ce petit bijou n'avait pas légèrement dévié la trajectoire de la balle... » Il sort un sachet en plastique de la poche de sa blouse, au fond duquel repose une broche d'argent en forme d'abeille. « ... au final, la balle a traversé le poumon gauche. Depuis, madame McBee est en détresse respiratoire. Elle ne survit que sous assistance. Pour tout vous dire, son scanner cérébral est inquiétant : j'ai peur que le cerveau soit resté trop longtemps privé d'oxygène, et que ses capacités cognitives soient irrémédiablement altérées... »

Edmond Green pousse un nouveau soupir ; puis il jette un regard par-dessus son épaule, comme pour chercher une issue à cette situation désespérée. Mais ses yeux ne rencontrent que les fronts plissés d'anxiété de ses collaborateurs les plus proches, ceux qui le suivent partout en cette situation de crise – Dolores Ortega, l'incontournable chargée d'Image ; Milton Sunfield, le secrétaire d'État à la crinière de lion ; et un troisième homme au front tourmenté et largement dégarni : Roy Berck, le secrétaire à la Sécurité intérieure.

En désespoir de cause, le président s'adresse à ce dernier :

« Est-ce qu'on sait au moins qui est le tireur ?...

— Il s'est échappé, et il n'y a pas encore eu de revendication, monsieur le Président. Cependant, compte tenu du moment où Serena McBee a été visée, en plein discours sur la souveraineté de la base martienne, une partie de l'opinion a naturellement attribué l'attentat aux Russes et aux Chinois... »

Milton Sunfield s'interpose, tremblant d'indignation jusqu'au bout de ses cheveux :

« Moscou et Pékin ont formellement démenti toute implication ! s'insurge-t-il. Vos accusations infondées sont catastrophiques sur le plan de nos relations bilatérales !

— Moi, je n'accuse personne, répond sobrement le secrétaire à la Sécurité intérieure. Mais les gens parlent, imaginent des choses... Les réseaux sociaux s'agitent... Les journalistes émettent des hypothèses et en remplissent leurs colonnes...

— Je confirme, intervient Dolores Ortega en consultant sa tablette numérique connectée à Internet. En termes de trending sur les moteurs de recherche, les expressions "attentat chinois" et "attentat russe" sont celles qui progressent le plus vite. Directement suivies par "Arthur Montgomery" – le public cherche à savoir qui était le médecin de Genesis, dont on a retrouvé le corps à l'autre bout de la tribune. Le fait qu'il ait été abattu presque en même temps que la productrice exécutive vient conforter ceux qui voient dans ce drame une action commanditée depuis l'étranger contre le programme. »

Milton Sunfield pousse un soupir exaspéré.

« Raison de plus pour surveiller notre langage et ne pas commettre de dérapages incontrôlés, susceptibles d'alimenter cette psychose absurde ! s'exclame-t-il. Cet homme, Arthur Montgomery, s'est sans doute pris une balle dans la confusion, comme plusieurs pauvres gens ce soir-là : il faisait si noir, tout est allé si vite. Les forces de l'ordre ont essayé de contre-attaquer sans savoir exactement d'où venait la menace, il y a eu des balles perdues, c'est regrettable. Mais je vous en conjure, n'y voyons pas un complot international ! Selon le scénario le plus probable, la tentative de meurtre sur la personne de Serena McBee est l'œuvre d'un désaxé qui a agi seul, exactement comme Oswald avec Kennedy. »

La chargée d'Image range sa tablette.

« C'est le scénario le plus probable en effet, concède-t-elle du bout des lèvres. Mais en attendant, le tireur court toujours. Tant que la police ne l'aura pas formellement identifié et arrêté, l'imagination du public continuera de travailler – nous sommes en démocratie, on ne peut pas empêcher les gens de s'exprimer sur Internet. »

Le secrétaire d'État s'apprête à ajouter quelque chose, mais le président a un mouvement d'impatience :

« Russes, Chinois, désaxés ou adorateurs du Monstre en spaghettis volant : pour l'instant, tout cela c'est du vent ! J'ai toujours été un adepte de la realpolitik. En attendant d'avoir des preuves, je ne formulerai publiquement aucune condamnation et je n'apporterai aucun démenti – mais je maintiens l'état d'urgence. » Il se tourne vers le chef du service de réanimation : « Est-ce que je peux voir Serena avant de regagner la Maison Blanche ?

— Bien sûr, monsieur le Président. Elle se trouve dans une chambre sécurisée, comme vous l'avez demandé. Seul le personnel médical et le service de sécurité y ont accès. »

À la suite du médecin, le groupe s'engage dans une enfilade de couloirs tapissés de lino, jusqu'à une porte blindée flanquée de deux gardes du corps en costumes sombres.

Ces derniers s'écartent pour laisser passer le président et son entourage ; Edmond Green pousse la porte avec délicatesse, comme s'il avait soudain peur de réveiller celle qui dort dans la chambre.

Mais dans le sommeil où est plongée Serena, rien ni personne ne peut la réveiller : elle est là, allongée sur un vaste lit d'hôpital sur lequel tombe une lumière tamisée. Une sonde d'intubation est fichée dans sa trachée, insufflant dans son organisme l'oxygène qu'il n'est plus en mesure de prélever. Un léger sifflement résonne à chaque fois que sa poitrine se gonfle sous le drap, artificiellement soulevée par la machine. Ses bras nus, débarrassés pour la première fois de leurs bijoux et bracelets, sont plantés de cathéters pulsant divers liquides médicaux dans ses veines. Elle qui a toujours vécu entourée d'écrans, elle n'a plus auprès d'elle qu'un seul moniteur : celui qui affiche ses rythmes cardiaque et respiratoire.

« Elle a l'air tellement paisible, murmure le président Green en s'approchant lentement de l'oreiller sur lequel les cheveux argentés de la patiente se déploient en étoile. Tellement... *sereine.*

— N'est-ce pas, monsieur le Président ? Elle n'a jamais aussi bien mérité son nom. »

Edmond Green sursaute – il n'avait pas vu qu'une autre personne était présente dans la pièce : un homme tout de noir vêtu, dont la silhouette assise sur une chaise se noyait dans la pénombre.

« Je ne sais pas si vous me reconnaissez, monsieur le Président, dit l'homme en se levant. Je suis l'agent Orion Seamus, chargé de la sécurité de Mme McBee. Je la veille jour et nuit. Je m'en veux tellement de ne pas avoir été capable de la protéger. »

Edmond Green s'efforce de sourire face à cet homme au visage barré par un bandeau noir.

« Absolument, je vous reconnais, fait-il. Je suis sûr que vous avez fait de votre mieux...

— Je me sens aussi coupable que devaient l'être les gardes du corps de Kennedy le 22 novembre 1963. Je ne peux m'empêcher de penser que c'est ici, à l'hôpital militaire Walter Reed, que le cadavre de JFK a été transporté pour l'autopsie...

— Euh... oui, bien sûr, répond Edmond Green, mal à l'aise à l'évocation de son prédécesseur assassiné, dont les mânes sont invoquées pour la deuxième fois en l'espace de quelques minutes. Mais dites-moi, agent… comment déjà ?

— Seamus. Orion Seamus.

— … dites-moi, agent Seamus : vous qui étiez sur les lieux du crime, à quelques mètres de la vice-présidente, avez-vous une idée de qui est l'assassin ? »

De son œil unique, le jeune employé de la CIA soutient le regard de son illustre aîné :

« Non, monsieur le Président. Tout s'est passé si rapidement. C'était le chaos. »

Saisi d'une inspiration soudaine, le président prononce quelques mots d'une voix profonde, des paroles destinées à la postérité :

« Le chaos… C'est le grand adversaire de tout homme et de toute femme politiques dignes de ce nom. Serena McBee l'a affronté à bras-le-corps. Puisse son esprit nous guider dans les jours qui viennent. »

Tandis que la chargée d'Image s'empresse de noter la citation dans sa tablette pour la communiquer à la presse, le président jette un dernier regard à la patiente ; puis il quitte la chambre, dont l'ambiance morbide semble lui peser.

Orion Seamus reste seul dans la pièce.

Il tire sa chaise contre le lit massif, au milieu du silence seulement troublé par le sifflement du ventilateur artificiel.

Du bout des doigts, il soulève la main inanimée de la patiente – cette main qui, il y a quarante-huit heures encore, avant qu'on ne la dépouille de tous ses bijoux pour passer au bloc opératoire, portait une bague de fiançailles.

« L'existence est ironique, vous ne trouvez pas ? murmure-t-il amèrement, comme si elle pouvait l'entendre du fond de son coma. Il y a une semaine, vous étiez l'une des personnalités les plus influentes du monde, et aujourd'hui vous n'êtes plus qu'un légume. J'aurais dû me méfier davantage… J'aurais dû prévoir d'où viendrait le coup… J'ai vu

Arthur Montgomery lever son fusil dans l'ombre des coulisses un instant trop tard ; si j'avais tiré une seconde plus tôt, je l'aurais abattu avant qu'il appuie sur la détente. » Il lâche la main de Serena, qui retombe mollement sur le matelas, puis il enfouit sa tête entre ses paumes. « Nous étions sur le point de tout gagner, mais par ma faute, nous avons tout perdu ! »

46. CHAMP
MOIS N° 21/SOL N° 587/08 H 00 MARS TIME
[37ᵉ SOL DEPUIS L'ATTERRISSAGE]

J E ME RÉVEILLE À L'INSTANT OÙ LES LUMIÈRES DE MON HABITAT commencent à s'allumer. Comme chaque matin, mon cerveau se met aussitôt à compter les jours, tel un calendrier automatique.

Une semaine déjà que Serena a été abattue.
Une semaine aussi que Marcus est mort.

Du moins, telle est la version officielle présentée aux spectateurs de la chaîne Genesis, ces milliards d'êtres humains invisibles, cachés derrière les caméras qui se sont remises sous tension en même temps que les spots halogènes garnissant le plafond de ma chambre.

Mais moi, je sais que Marcus est toujours vivant.

Et j'ai du mal à croire que Serena soit vraiment morte – ou dans un coma sans retour, ce qui revient au même. Cette femme est tellement fausse, tellement retorse… comment savoir si ce n'est pas un de ses pièges tordus ?

Ruminant des questions sans réponse, je me lève. Avec la régularité d'un automate, j'effectue les gestes quotidiens que le monde entier attend de moi :

me doucher (ne pas penser à celui qui, il y a sept jours, prenait sa douche avec moi) ;

me sécher les cheveux (me concentrer sur le ronronnement du sèche-cheveux pour oublier le silence effrayant de la chambre vide) ;

me brosser les dents (voir que sa brosse à dents *à lui* repose toujours sur le bord du lavabo et me demander pourquoi je ne l'ai pas encore jetée) ;

m'habiller (actionner le système à base de ficelle que j'ai dû confectionner pour pouvoir remonter toute seule dans mon dos la fermeture Éclair de ma sous-combi, maintenant que plus personne n'est là pour m'y aider) ;

faire mon lit (palper machinalement sous le matelas pour m'assurer que le téléphone portable de Ruben Rodriguez y est toujours caché).

Un quart d'heure plus tard, me voilà prête à quitter cet habitat où j'étouffe, ce Nid d'amour qui est devenu un Nid d'angoisse.

Mais là-dehors dans le Jardin, l'angoisse est encore plus forte. Je suis seule sous le vaste dôme de verre. Les autres couples sont encore dans leurs quartiers – sans doute à s'enlacer, dans le cas des plus amoureux ; peut-être à se disputer, pour ceux qui ne s'entendent plus si bien ; mais, dans tous les cas, à deux.

Calme-toi, Léo.

Respire.

Tout va bien aller aujourd'hui, et demain, et chaque jour qui s'écoulera encore jusqu'à l'arrivée de l'ascenseur énergétique. On nous a garanti en direct qu'avec ou sans Serena, les travaux continueraient. Tenir bon en attendant l'ascenseur, la clé de notre survie : c'est *ça*, mon but, mon horizon, je ne dois jamais l'oublier. Je n'ai pas le droit de me relâcher.

Un peu rassérénée par ce mantra que je me répète mentalement chaque matin, j'effectue quelques étirements en face des plantations. Puis je pratique une série d'exercices à base de pompes et de tractions sur les poutrelles du Jardin, selon le protocole recommandé pour préserver notre masse musculaire en gravité réduite.

Après vingt bonnes minutes d'effort physique, je me sens déjà mieux, presque détendue. C'est alors que j'entends une voix dans mon dos :

« Bonjour, Léo ! Comment vas-tu aujourd'hui ? »

Je me retourne : c'est Kris.

Elle tient dans ses mains une tasse de café et une assiette où repose une tranche de strudel confectionné avec des pommes de Mars. Cela fait une semaine qu'elle est la première à me rejoindre au Jardin, elle tient absolument à m'apporter un petit-déjeuner fait maison. Ma chère Kris, la bonté incarnée.

« Ça ne peut qu'aller bien, avec un petit-déj pareil ! je m'exclame.

— Attention, c'est chaud ! » prévient-elle en me tendant l'assiette.

Je m'assois au pied des plantations pour déguster la pâtisserie aux côtés de mon amie, nos yeux tournés vers le jour naissant à travers le dôme de verre.

« C'est délicieux, mais tu n'es pas obligée, je peux me contenter d'un bol d'avoine, lui dis-je entre deux bouchées. Alexeï va finir par vraiment m'en vouloir de lui voler sa femme tous les matins.

— Oh, ne t'inquiète pas. Je suis sûre qu'il peut comprendre que je veuille passer du temps avec toi, surtout en ce moment, après tout ce qui est arrivé. Lui aussi est ébranlé, tu sais. Il n'est plus le même depuis l'attentat. Il reste parfois une heure assis dans notre canapé, ruminant ses pensées. Et il parle dans son sommeil, des phrases en russe que je ne comprends pas. Je sens que quelque chose le travaille… comme nous tous. » Elle hésite un instant, puis ajoute : « … dis, Léo, toi qui es levée depuis un moment : est-ce qu'ils ont donné des nouvelles de Serena ? »

Le goût du strudel vire à l'aigre dans ma bouche.

Encore Serena, toujours Serena.

Depuis l'attentat, les pensées de Kris ne sont jamais loin de notre marraine. Plus d'une fois, je l'ai vue interrompre son travail sur les plantations pour murmurer une prière muette en direction de la Terre.

« Non, ils n'ont rien dit », je réponds en déglutissant.

D'un geste sans doute inconscient, Kris touche le petit crucifix qui brille sur le tissu noir de sa sous-combinaison.

Je termine mon petit-déjeuner en silence, tandis que les autres couples émergent un à un de leurs habitats. Les Mozabeth et les Fangtao sont les premiers à sortir – mais ces vocables communs avec lesquels on avait l'habitude de les désigner semblent moins adaptés que jamais. De chaque côté du dôme, les deux couples se séparent sans échanger une parole. Mozart va se suspendre à une poutrelle pour effectuer ses tractions matinales et Fangfang déroule un tapis sur le plancher du jardin pour pratiquer ses exercices de yoga. Liz et Tao, quant à eux, se rejoignent devant le tube d'accès menant au septième habitat et s'y engouffrent en silence. Officiellement, nos deux responsables Ingénierie sont censés vérifier chaque matin l'intégrité du module, s'assurer qu'il est toujours fonctionnel et qu'il ne constitue pas une menace pour la sécurité de la base. Les organisateurs et les spectateurs semblent s'être satisfaits de cette explication – après tout ils savent que le septième Nid a été victime d'une avarie dans le passé, depuis que Günter l'a révélé à l'antenne.

Mais la véritable raison des visites routinières de Liz et Tao est tout autre. L'Anglaise se sert de sa trousse à outils pour transporter secrètement la ration alimentaire quotidienne de Marcus. Le Chinois utilise son fauteuil roulant pour bloquer le tube d'accès, le temps que le prisonnier puisse récupérer la nourriture et vider dans les toilettes le seau qui fait office de pot de chambre. L'opération prend vingt minutes en tout et pour tout : vingt minutes pendant lesquelles Marcus peut se dégourdir les jambes dans le séjour privé de caméras, avant de regagner la chambre minuscule qui lui sert de cellule...

Ce matin, à l'instant même où Liz et Tao regagnent le Jardin, le dôme de verre est parcouru de zébrures, puis une image se forme à la surface des alvéoles : c'est Samantha, l'assistante de Serena, qui assure l'intérim opérationnel du programme en remplacement de son employeuse.

« Chers pionniers, bonjour... », déclare-t-elle.

Comme à chaque fois qu'elle s'est adressée à nous depuis l'attentat de Washington, elle semble préoccupée. Il émane d'elle une impression de gravité, renforcée par son tailleur noir et par ses cheveux strictement tirés en arrière. Elle ne porte même plus son inséparable oreillette à travers laquelle elle recevait naguère les ordres de sa patronne – c'est un signe, le signe que Serena ne s'est toujours pas réveillée.

« Aujourd'hui encore, je n'ai malheureusement aucun miracle à vous annoncer, s'excuse-t-elle, confirmant mon pressentiment. Mme McBee est toujours plongée dans le coma. Mais il faut continuer à prier. Il faut garder espoir. Il faut toujours garder espoir. »

Au cours de ces derniers jours, je me suis souvent demandé à quel point Samantha connaissait le vrai visage de Serena, si elle était au courant du rapport Noé... Mais quand je vois la tristesse spontanée qui fait briller ses yeux, quand j'entends le désespoir sincère qui fait vibrer sa voix, je me dis que ce n'est pas possible, qu'elle ne peut pas être complice d'un complot aussi répugnant : elle appartient à la même espèce que Kris, ces êtres profondément bons – ces proies particulièrement faciles pour des prédateurs comme Serena.

« Il faut garder espoir et aller de l'avant », continue-t-elle en adoptant un phrasé qui imite timidement celui de son employeuse – on sent qu'elle essaie d'être à la hauteur de son modèle, sans s'en sentir vraiment digne, elle fait de son mieux. « C'est ce que Mme McBee aurait voulu : que son œuvre lui survive. Que la conquête de l'espace se poursuive. Les médecins prétendent qu'au fond de son lit d'hôpital, son activité cérébrale est réduite à zéro, mais moi je crois qu'elle veille sur vous en ce moment… »

La voix de Samantha se brise. Après une seconde de vacillement, elle parvient à prendre sur elle et poursuit :

« … comme vous le savez, le processus de sélection pour la deuxième saison du programme a commencé. Nos ingénieurs ont fixé la date à laquelle le *Cupido* repartira de la Terre, peuplé de douze nouveaux prétendants et chargé de l'ascenseur spatial énergétique : ce sera dans exactement quinze mois terriens, le 17 avril de l'année prochaine. Ces nouveaux colons vous aideront à construire la civilisation martienne – eux, et tous ceux qui suivront, par effectifs de douze tous les deux ans, comme il est prévu depuis le départ dans le calendrier du programme Genesis. L'ajout de l'ascenseur constitue la seule modification apportée au plan initial : il sera désormais possible de quitter la planète pour remonter en orbite et faire éventuellement le voyage retour jusqu'à la Terre, pour ceux qui le souhaitent. Cette fois-ci, le *Cupido* aura assez de vivres, d'oxygène et d'eau pour le permettre, même s'il faut rapatrier tout le monde.

« Mais vous avez encore le temps d'y réfléchir. Pour l'heure, le plus urgent est de commencer les travaux d'agrandissement de la base afin de porter sa capacité d'accueil à vingt-quatre personnes… » Réalisant qu'elle a fait une bourde, elle rougit jusqu'aux oreilles et rectifie aussitôt : « … enfin, je veux dire, *vingt-trois personnes*, maintenant que ce pauvre Marcus nous a quittés… »

Son visage embarrassé s'efface pour laisser la place à un plan de la base telle qu'elle existe actuellement, avec son grand dôme central et ses sept habitats disposés en cercle tout autour. Progressivement, six autres Nids se dessinent en pointillés.

NEW EDEN / Plan d'extension

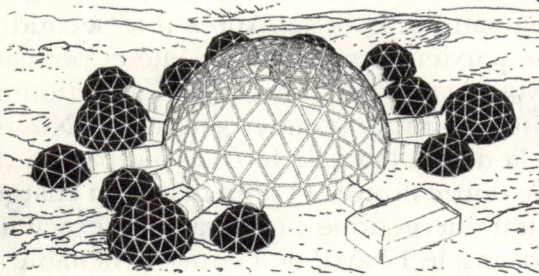

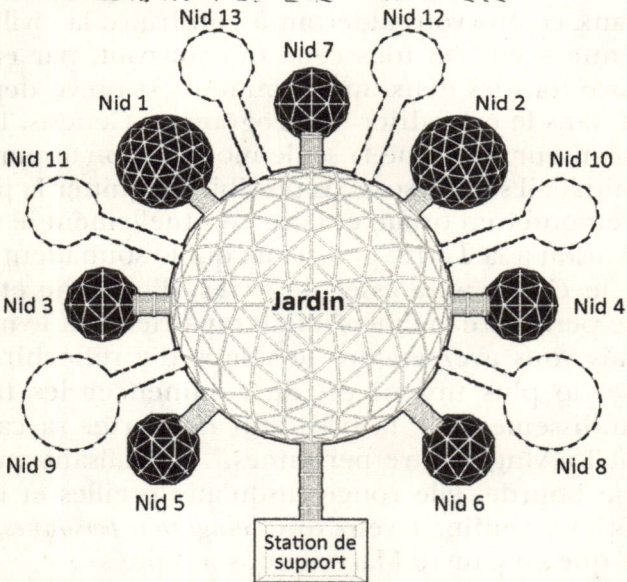

GENESIS

Nid 13
Nid 7
Nid 12
Nid 1
Nid 2
Nid 11
Nid 10
Nid 3
Jardin
Nid 4
Nid 9
Nid 8
Nid 5
Nid 6

Station de support

« *Vous connaissez le protocole d'extension, cela faisait partie de votre formation dans la vallée de la Mort,* reprend la productrice exécutive intérimaire en off. *En utilisant l'imprimante 3D et le sable de Mars, vous allez pouvoir produire les pièces détachées qui vous permettront d'assembler les six habitats supplémentaires. Tout au long des travaux, qui s'étendront sur un peu moins d'une année martienne, vous bénéficierez de l'assistance constante de nos ingénieurs. Ils seront toujours là pour lever le moindre de vos doutes. Et moi, je suis là aujourd'hui pour répondre à toutes vos questions...* »

Les plans s'effacent et Samantha réapparaît sur la surface de verre. Souriant avec gentillesse, elle termine par une expression totalement sérénienne :

« ... je suis tout ouïe : vous pouvez tout me dire, sans tabou. »

Tout lui dire ?

Elle n'a aucune idée de ce dont elle parle, la pauvre.

Parce que *tout*, ça signifie le rapport Noé, la preuve irréfutable que la base est pourrie, la certitude qu'envoyer un nouvel équipage dans ces conditions constitue un crime ! Comment est-ce qu'on fera, quand ils seront en orbite au-dessus de Mars, prêts à nous rejoindre ? On leur dira vraiment de rester en haut et de nous envoyer l'ascenseur ? Je parie qu'ils refuseront, qu'ils voudront descendre – et comment leur en vouloir, s'ils ne soupçonnent pas le danger qui les attend en bas !

Sur l'écran gigantesque formé par le dôme, la jeune assistante qui s'efforce de remplir un costume trop grand pour elle me paraît soudain très proche de moi – elle a quoi, cinq ans de plus ? Dix, au grand maximum ?

(Ce serait tellement facile de TOUT *lui déballer, comme elle le demande innocemment.)*

Mes jambes se mettent à trembler sous mon corps.

(Ce serait un tel soulagement de TOUT *avouer face à la Terre entière en considérant que Serena est vraiment hors d'état de nuire.)*

Ma langue me brûle.

(Vas-y, Léo : lâche TOUT. *Ils annuleront le recrutement du deuxième équipage et ils se contenteront de vous expédier l'ascenseur pour vous ramener à la maison.)*

« Puisque c'est sans tabou, il y a quelque chose dont je veux vous parler… », résonne soudain la voix d'Alexeï, à ma droite.

C'est comme un coup de fusil qui met brutalement fin au sifflement tentateur de la Salamandre.

« Non… ! » je m'écrie en me retournant d'un bond, le cœur battant – un film d'horreur défile en accéléré dans ma tête : Alexeï crachant le morceau à l'antenne ; Serena se relevant brusquement de son lit d'hôpital tel un vampire dans un cercueil ; son doigt crochu appuyant sur le bouton rouge de sa maudite télécommande ; le dôme du Jardin s'effondrant dans un immense fracas de verre brisé ; les crânes de mes coéquipiers explosant comme des pastèques à cause de la dépressurisation soudaine. « … non… tais-toi… il ne faut pas… »

Les mots se bloquent dans ma bouche. La manière dont Alexeï me regarde, comme si j'étais une folle furieuse, me fait comprendre que c'est une fausse alerte : ce n'est pas du rapport Noé qu'il s'apprête à parler.

« … il ne faut pas… euh… il ne faut pas t'en faire pour la construction des nouveaux habitats, je termine piteusement, tentant de sauver la face devant les caméras. Samantha a dit que les ingénieurs de Genesis allaient nous aider…

— Je n'ai aucune inquiétude à ce sujet », fait-il en haussant les épaules.

Il se tourne vers le visage géant de Samantha :

« Lorsque Serena a été visée, elle parlait d'une revendication des Russes et des Chinois en rapport avec le programme, n'est-ce pas ? Si j'ai bien compris, mon pays et celui de Tao réclament leur part de la base de New Eden et de la planète Mars ? »

Les autres pionniers jettent des regards interloqués à Alexeï.

Kris lui prend doucement la main :

« Pourquoi est-ce que tu parles de ça, Alex ? murmure-t-elle. Dans son discours, Serena a aussi dit qu'il fallait rester solidaires, souviens-toi... »

Le grand Russe passe son bras sur les épaules de son épouse.

« Je me souviens de ce que Serena a dit, chérie. Je me rappelle chacun de ses mots. En réalité, je pense à ça depuis des jours...

— Oh, mon Alex ! soupire Kris en se serrant tendrement contre le torse de son mari. Je sais que tu es triste, que Serena comptait beaucoup pour toi – mais, comme Samantha nous y a encouragés, il faut garder espoir ! »

Collée à Alexeï, Kris ne peut pas distinguer l'expression de son visage.

Ce n'est pas de la tristesse qui habite les traits du jeune homme, qui leur prête la dureté du roc : c'est de la détermination.

« Depuis des jours, je pense à mon pays, reprend-il en levant son regard azur, inflexible, vers le dôme. Je pense à la Russie éternelle. Je pense à mon devoir envers la mère patrie. Moi qui suis son fils, je suis prêt à la représenter ici, sur Mars, pour conquérir en son nom le territoire qui lui revient de droit. »

47. Chaîne Genesis
MERCREDI 17 JANVIER, 13 H 30

Chères spectatrices, chers spectateurs,
nous avons le plaisir de vous inviter à visionner
le quatrième de nos reportages « Origines ».

(Programme crypté, réservé à nos abonnés Premium)

Plan large sur une pièce aux murs blancs décorés d'élégantes moulures. À travers la fenêtre au fond du champ, on peut voir les tours illuminées du Kremlin se dressant dans la nuit.

Un jeune homme en blouson de cuir noir entre dans le champ.

Ses larges épaules sont couvertes de neige à demi fondue, ses joues rougies. Sous le bonnet rabattu jusqu'aux sourcils, on reconnaît le visage d'Alexeï, et au même instant, le titre du reportage se dessine à l'écran :

ALEXEÏ
RUSSIE

Alexeï se tourne vers la caméra : « Excusez-moi, je suis en retard... »

Une voix féminine hors champ lui répond, un peu agacée : « *En effet, nous nous apprêtions à fermer les studios pour aujourd'hui, surtout avec la neige qui encombre les rues. Vous arrivez in extremis. Prenez place.* »

Alexeï s'assied sur la chaise face à l'objectif.

Il souffle sur ses doigts glacés – la caméra attrape l'éclat d'une chevalière en argent à son annulaire droit. Puis il retire son bonnet, révélant ses cheveux blonds comme les blés. Ses sourcils sont de la même couleur, mais ce n'est pas leur blondeur qu'on remarque en premier : ce sont les points de suture noirs qui les barrent, cernés d'hématomes.

La chargée de casting s'en étonne : « *Dites-moi, vous avez été bien amoché ! Dommage, parce que vous êtes plutôt beau garçon...* »

Le jeune homme lève ses yeux bleus en direction de son front : « Ça ? C'est rien du tout ! Ça sera vite guéri. Je suis tombé dans la rue, il y a deux semaines. C'est fou ce que ça peut être glissant, un trottoir verglacé... »

Il adresse un sourire à la caméra, entre badinage et défi, révélant des dents éclatantes et des fossettes charmeuses.

Un froissement de papiers se fait entendre hors champ, le bruit de documents qu'on compulse : « *Il y a deux semaines ? Exactement au moment où vous avez envoyé votre candidature pour le programme Genesis, d'après mes fiches – vous êtes l'un des derniers dossiers que nous avons entrés dans le système. Étrange coïncidence, mon cher...* » – la chargée de casting déchiffre le nom du candidat – « *... Alexeï.* »

Le jeune homme se balance nonchalamment sur sa chaise : « En fait, c'est ma chute qui a été le déclic, prétend-il. Comme Newton quand il s'est pris une pomme sur la tête, vous voyez ? Je me suis dit que j'en avais marre de la gravité. Il paraît que sur Mars, elle est trois fois plus faible que sur TerrZZZZZZZZZZZZZ ZZZZZZZZZZZZZZZZ *ZZZZZZZZZZZZZZZZZZZZZZZZZZZZZZZZZZZZZZZZZZZ ZZZZZZZZZZZZZZZZZZZZZZZZZZZZZZZZZZZZZZZZZZZZ ZZZZZZZZZZZZZZZZZZZZZZZZZZZZZZZZZZZZZZZZZZZZ ZZZZZZZZZZZZZZZ...*[1] »

---

1. Pour visionner le reportage sur Alexeï en clair, merci de vous brancher sur *PHOBOS Origines*.

48. Hors-Champ
UN MOTEL DANS LA BANLIEUE DE WASHINGTON DC
MERCREDI 17 JANVIER, 15 H 03

*D*EPUIS DES JOURS, JE PENSE À MON PAYS. *Je pense à la*
«   *Russie éternelle. Je pense à mon devoir envers la mère*
patrie. Moi qui suis son fils, je suis prêt à la représen-
ter ici, sur Mars, pour conquérir en son nom le territoire qui lui
revient de droit. »

Arrêt sur image : la bande vidéo se fige sur un gros plan du
visage d'Alexeï.

Cut.

Le présentateur du journal télévisé réapparaît à l'écran pour
commenter les images qui viennent de défiler, qui passent en boucle
sur toutes les chaînes depuis près de quatre heures : « Séisme
dans le monde diplomatique ! Faisant écho aux revendications de
la Fédération de Russie, récemment exprimées à l'ONU, Alexeï a
annoncé son désir de faire sécession avec le reste de la base. Un
coup de théâtre qui intervient en plein état d'urgence, tout juste
une semaine après l'attentat contre Serena McBee – un attentat
toujours non revendiqué, mais que l'opinion a vite rapproché du
crash aérien ayant coûté la vie à presque tous les membres du
comité d'enseignement Genesis, il y a un peu plus d'un mois,
au-dessus de la mer des Caraïbes… »

Le présentateur reprend son souffle, avant d'adresser un regard
direct caméra et de déclarer avec emphase : « Ruxit : c'est le mot
qui revient partout depuis cet après-midi dans les gros titres de la
presse internationale… » Un bandeau rouge apparaît sous le pré-
sentateur, reprenant le terme RUXIT en lettres capitales. « … par
l'intermédiaire de son pionnier, la Russie va-t-elle se désolidariser
du programme martien ? Dans quelles conditions ? À quel prix ?
Et quelle est son implication dans les drames qui ont décimé le
personnel de Genesis ? Pour tenter de répondre à ces questions

épineuses, je reçois ce matin en duplex l'ambassadeur russe aux États-Unis, M. Ieronim Sokolov. »

L'écran se scinde en deux, laissant apparaître un affable diplomate, habillé avec goût.

« Monsieur Sokolov, bonjour.

— Bonjour, et merci de me recevoir.

— Qu'avez-vous ressenti lorsqu'Alexeï a fait cette annonce qui a pris tout le monde de court ?

— Tout d'abord, une certaine admiration. Je mesure ce qu'il faut de courage pour prendre ainsi la parole et défendre ses convictions devant les caméras. Mais j'ai aussi ressenti une certaine crainte, je dois le dire : la crainte que les paroles d'Alexeï soient mal interprétées et, à travers elles, les intentions du pays que je représente. » L'ambassadeur marque une courte pause, pour mieux fixer la caméra. « Le public doit se rassurer, surtout en cette période tendue pour nos amis américains — je leur adresse, au passage, toutes mes condoléances pour la disparition de Marcus et pour l'odieux attentat dont a été victime Mme McBee, que je condamne bien entendu fermement. Il ne s'agit pas d'une "sécession", comme vous l'avez dit dans votre introduction — excusez-moi de vous reprendre, mais les mots sont importants. Le terme de "Ruxit" est lui aussi tout à fait excessif et inapproprié. Voyez-vous, la Russie ne veut pas sortir du programme Genesis. Au contraire, elle souhaite y prendre toute sa place : celle qui revient à un grand peuple dans le concert des nations. »

« C'est absurde, murmure Harmony, les yeux rivés sur le téléviseur depuis le canapé de la chambre d'hôtel où elle est recroquevillée. Pourquoi est-ce qu'Alexeï a déclaré une chose pareille alors qu'il sait pertinemment que la base est défectueuse et qu'il l'évacuera avec les autres quand arrivera l'ascenseur énergétique ?...

— J'imagine qu'il a ses raisons... », répond laconiquement Cindy, à l'autre bout du canapé.

Retenue prisonnière par des geôliers qui pourraient être ses enfants, la quadragénaire s'est drapée dans une couverture épaisse et une attitude boudeuse. Mais Harmony, elle, se laisse gagner par une indignation croissante, une excitation nerveuse exacerbée par des semaines de cavale sans issue :

« Les pays du monde entier devraient s'unir pour sauver les pionniers, au lieu de quoi ils vont commencer à se disputer pour la possession d'une base qui n'a aucune valeur ! C'est peut-être pour ça que maman a été visée, on ne sait pas, personne ne sait, mais j'ai un mauvais pressentiment... Je suis tellement fatiguée et j'ai peur que toute cette folie dégénère...

— Moi aussi, Harmony, je suis fatigué... », murmure Andrew, les yeux rivés sur son écran.

Il est assis sur une chaise calée contre la porte d'entrée, son ordinateur portable sur les genoux, le fusil posé à ses pieds. En face de lui, les rideaux de la fenêtre sont tirés – une précaution pour échapper à la curiosité des drones policiers qui patrouillent dans les rues depuis le début de l'état d'urgence.

« ... moi aussi, je voudrais en finir. Tout est prêt, là, dans mon ordinateur : le communiqué avec le résumé du rapport Noé ; la version intégrale ; la liste d'envoi internationale à tous les grands groupes de presse de la planète. Je n'ai plus qu'à appuyer sur quelques touches pour tout faire partir, à la fois par e-mail et sur un site miroir de *Genesis Piracy*...

— Non ! » s'écrie Harmony, prise d'une violente angoisse.

Il y a quelques jours déjà, dans une montée d'adrénaline, Andrew a failli envoyer le rapport Noé dans les tuyaux d'Internet, et c'est en luttant pour le retenir qu'Harmony a fait apparaître l'e-mail de l'ascenseur énergétique.

« Ne vous inquiétez pas, répond le jeune homme en fixant son regard dans celui d'Harmony. Cette fois-ci, je ne ferai rien tant que je n'aurai pas la certitude que Serena McBee est bien hors d'état de nuire, incapable d'activer la dépressurisation à distance de la base. Je n'enverrai aucun

e-mail avant d'avoir reçu le feu vert de Barry Mirwood...
ce qui ne saurait tarder.

— Barry Mirwood... ? répète Harmony, à peine rassurée.
Je ne comprends pas... »

Andrew reporte son attention sur l'écran ; derrière ses
lunettes à monture noire, ses yeux sont plus perçants que
jamais.

« Le professeur vient de m'envoyer un message, il y a
une minute, dit-il sans chercher à masquer son excitation.
Il me confirme qu'il a enfin obtenu un droit de visite au
centre médical Walter Reed, après des jours d'attente. Dans
une heure, il sera introduit dans la chambre sécurisée de
la vice-présidente. Si elle s'y trouve vraiment, inconsciente
comme le prétendent les médias, il nous enverra un message codé pour nous dire que nous pouvons lâcher notre
bombe sans craindre pour la survie des pionniers. »

Harmony éteint le téléviseur. La télécommande tremble
un peu dans sa main.

« Vous avez donc toute confiance en cet homme, alors
que vous ne l'avez vu que quelques minutes ? » demande-
t-elle, partagée entre l'emballement et le doute.

Andrew hoche la tête avec conviction :

« C'était le mentor de mon père à ses débuts – avant
que le programme Genesis le recrute, avant que l'argent
le pourrisse, quand il était encore un jeune homme plein
d'idéaux. Votre mère a fait virer Mirwood au moment du
rachat par Atlas Capital, parce qu'elle a compris qu'il serait
impossible à corrompre. Elle n'a gardé que les faibles. Elle
a gardé mon père... »

Un sourire mélancolique passe sur le visage d'Andrew,
mélange de tristesse et de joie.

« ... le moment est enfin venu pour nous de racheter les
erreurs de Sherman et de réparer les crimes de Serena. »

49. Contrechamp
CENTRE MÉDICAL MILITAIRE WALTER REED, MARYLAND
MERCREDI 17 JANVIER, 16 H 00

LA PORTE BLINDÉE DE LA CHAMBRE D'HÔPITAL S'OUVRE. « Professeur Barry Mirwood », annonce l'un des gardes du corps en s'écartant pour laisser la place au savant, vêtu de son costume à rayures des grands jours.

Le vieil homme reste un instant sur le pas de la porte, immobile comme une statue.

Ses mains sont crispées sur un somptueux bouquet de fleurs odorantes, tellement fort qu'il broie les tiges entre ses doigts sans même s'en apercevoir.

Ses yeux légèrement humides clignent sous ses épais sourcils blanchis.

Il semble avoir du mal à respirer – est-ce son nœud papillon à pois qui est trop serré, ou bien ?...

« Entrez donc, professeur », fait une voix jaillissant du fond de la chambre.

Barry Mirwood est parcouru d'un tremblement nerveux tandis qu'une forme humaine émerge de la pénombre. L'œil caché par son bandeau noir, le visage figé comme de la cire, Orion Seamus évoque le lugubre Charon : un passeur entre deux mondes.

« Je suis le chargé de sécurité auprès de Mme McBee, dit-il. Vous avez dû me voir plusieurs fois, lors de vos réunions avec elle à la Maison Blanche. Je sais qu'elle vous estime beaucoup. Elle serait heureuse de votre visite, si elle en avait conscience.

— Vrai... vraiment ? » bafouille le savant.

Il vacille au moment où la lourde porte se referme derrière lui, avec un bruit sourd qui évoque une dalle retombant sur un caveau.

« C'est pour elle ?

— Quoi ?

— Les fleurs… »

Barry Mirwood baisse nerveusement les yeux sur le bouquet, comme s'il en prenait conscience pour la première fois.

« Ah ? Euh… oui. Ce sont des fleurs de serre bien sûr, en cette saison… Je me suis dit, pour égayer sa chambre… Mais dans cet environnement aseptisé, ce n'est peut-être pas une bonne idée, je ne sais pas si c'est autorisé, enfin j'ai pensé que…

— Je les autorise », tranche l'agent Seamus, coupant court aux balbutiements du vieil homme.

D'un geste hiératique, il s'empare du bouquet et le plonge dans un broc d'eau en verre, placé sur la table de chevet.

« Elles sentent bon. Peut-être que le parfum arrivera jusqu'aux narines de Mme McBee, qui sait ? »

Le regard des deux hommes tombe sur la patiente.

Une semaine après l'attentat, son corps alimenté uniquement par perfusion est complètement transformé. Bras fins comme des roseaux, clavicules saillantes comme des arêtes : affichant une maigreur effroyable, il semble si fragile qu'il donne l'impression de pouvoir se briser à chaque insufflation du ventilateur artificiel. Mais le plus frappant reste le visage. Au-dessus du cou devenu si étroit qu'une seule main suffirait à l'encercler, les joues ont complètement fondu ; les lèvres se sont dégonflées ; les yeux clos se sont creusés, laissant entrevoir les orbites du crâne sous une peau aussi fine que du papier à cigarette. Seuls les cheveux de Serena McBee demeurent denses et apparemment pleins de santé, comme ces crinières que les archéologues retrouvent parfois sur les momies racornies, longtemps après leur mort.

« C'est… terrible, souffle Barry Mirwood. Une femme qui était si énergique, une telle force de la nature…

C'est fou de voir comment elle a pu changer en si peu de temps... »

Il fourre fébrilement la main dans la poche de sa veste et se met à tripoter quelque chose.

« Elle ne s'est jamais réveillée depuis l'attentat... ? demande-t-il.

— Jamais, répond sombrement l'agent Seamus.

— Elle n'a pas donné le plus petit signe de conscience ?...

— Pas le moindre. »

Les doigts de Barry Mirwood s'agitent de plus en plus dans sa poche.

Une goutte de sueur se forme sur sa tempe et perle le long de sa joue, jusqu'à sa barbe blanche.

« Je n'ose imaginer que nous l'ayons perdue à jamais, trouve-t-il la force d'ajouter, d'une voix qui s'étrangle. Quelle perte pour la science...

— Qu'y a-t-il dans votre poche, professeur Mirwood ? »

Le vieil homme se fige.

« Dans ma poche ?

— Oui. Vous m'avez bien entendu. Dans votre poche.

— Ce... c'est juste mon téléphone... mon téléphone portable...

— Sortez-le immédiatement », ordonne l'agent, menaçant.

Au prix d'un effort surhumain, le visiteur extirpe l'appareil de sa veste et le présente, tremblant, face à son inquiétant interlocuteur.

Ce dernier se contente de pousser un soupir.

« Excusez-moi si j'ai été un peu brusque, dit-il d'une voix soudain très lasse. Je voulais juste m'assurer que ce n'était pas une arme – réflexe de garde du corps, bien inutile maintenant. J'ai peur que Serena McBee ne nous revienne jamais. Elle est partie trop loin, trop longtemps. Si vous avez un appel urgent à passer, ne vous gênez pas. Ne faites pas attention à moi, ni aux gens dans le couloir dehors : personne ne vous entendra, la porte est insonorisée. »

Orion Seamus recule de quelque pas, s'enfouissant à demi dans la pénombre.

« Je... je viens juste de voir que j'ai reçu un mail, de la part de mes équipes travaillant sur l'ascenseur énergétique, prétend le professeur. Cela concerne les simulations de déploiement du satellite... Je dois leur envoyer mes instructions pour qu'ils puissent avancer... Ce sera l'affaire d'une minute... »

Mais l'agent ne semble même plus écouter.

D'un doigt fébrile, Barry Mirwood se met à taper sur l'écran tactile de son téléphone.

50. Hors-Champ
UN MOTEL DANS LA BANLIEUE DE WASHINGTON DC
MERCREDI 17 JANVIER, 16 H 09

De : Barry Mirwood (bmirwood@usa.gov)
À : Sisyphus (sisyphus077@gmail.com)
Objet : Simulation déploiement ascenseur spatial énergétique

POUVEZ DÉPLOYER SANS RISQUE

C'est le message codé qui vient de s'afficher sur l'écran d'ordinateur posé sur les genoux d'Andrew, une terminologie qui imite le jargon des ingénieurs de Genesis mais dont le véritable sens ne fait aucun doute à qui en connaît la clé.

« On a le go... », murmure le jeune homme d'une voix sourde.

Harmony s'arrache du canapé pour se précipiter jusqu'à lui.

Cindy elle-même sort de sa prostration butée et se lève, la couverture tombant sur la moquette à ses pieds.

« Alors c'est vrai ? dit-elle, incrédule. Vous allez enfin diffuser ce maudit rapport ? Vous allez enfin me rendre ma liberté ? » Elle ajoute aussitôt : « Je vous promets que si je revois Derek, je ne lui dirai jamais rien sur vous ni sur ce qui s'est passé ces dernières semaines ! »

Andrew hoche la tête en tapant une instruction sur son clavier :

« Encore cinq minutes, le temps pour mon logiciel de charger tous les contacts, afin que l'information soit diffusée dans le monde entier au même instant... » La lumière de l'écran où défilent les milliers d'adresses e-mail se reflète dans les verres de ses lunettes. « ... juste cinq petites minutes. »

51. CONTRECHAMP
CENTRE MÉDICAL MILITAIRE WALTER REED, MARYLAND
MERCREDI 17 JANVIER, 16 H 10

« C'EST VOTRE TÉLÉPHONE QUI FAIT CE BRUIT ? » Barry Mirwood sursaute, manque de laisser tomber son appareil :

« Quoi ? gémit-il.

— Ce bourdonnement ? répète Orion Seamus en se rapprochant du lit. Vous n'entendez pas ? »

S'efforçant tant bien que mal de calmer sa respiration qui s'emballe, le vieil homme prête l'oreille.

Un bourdonnement ?

Oui, on entend bien un bourdonnement ! – mais il ne sort pas de son téléphone, en mode silencieux.

« On dirait que ça vient des fleurs... », murmure Orion Seamus en s'approchant du bouquet.

De ses longs doigts, il écarte les roses et les aubépines, les lavandes et les jacinthes.

C'est alors qu'elle surgit : *une abeille.*

Une butineuse solitaire égarée au milieu du bouquet, une créature de l'été perdue au milieu de l'hiver.

Elle traverse la chambre de son vol bourdonnant, approximatif.

Essayant de la chasser, l'agent Seamus ne parvient qu'à l'affoler davantage – « Sale bête ! » –, et elle termine sa course en piqué sur les lèvres sèches de Serena McBee, juste au-dessus de la sonde d'intubation.

« Non ! » hurle Orion Seamus en levant la main pour balayer l'insecte.

Trop tard.

Profitant de l'interstice entre les lèvres et la sonde, l'abeille se réfugie dans la bouche de la patiente comme si c'était une alvéole.

L'homme à l'œil bandé se fige, incapable pour la première fois de sa vie peut-être de savoir comment réagir.

« Mon Dieu, quelle horreur... », lâche Barry Mirwood avec effroi, les yeux révulsés.

Une petite boule de chair s'est formée sur le cou affiné de Serena, une protubérance qui saille sous sa peau et se déplace en direction de sa poitrine : *c'est l'abeille, qui se fraye un chemin dans sa trachée.*

Soudain, un hoquet guttural remonte des entrailles de la malade.

Son corps, immobile depuis sept jours, est agité de violents spasmes.

Les courbes sur le moniteur de surveillance médicale se mettent à s'affoler.

« Un miracle ! » s'écrie Orion Seamus à l'instant où Serena, tel un diable hors de sa boîte, se redresse sur son oreiller.

Agitée par une quinte de toux qui fait trembler jusqu'aux pieds du lit, elle régurgite dans un même crachat la sonde trachéale et l'abeille engluée de salive, de sang et de bile.

Ses yeux s'ouvrent, déchirant la croûte de sécrétions séchées qui s'est formée sur ses paupières au fil des jours.

Une voix d'outre-tombe sort de sa gorge, en réalité un grincement plus qu'une voix – le grincement d'une porte immémoriale, rouillée par les siècles :

« Mon sââââc ! »

Orion Seamus tombe à genoux à son chevet, son œil unique brillant d'émotion.

« Serena, vous êtes vivante ! balbutie-t-il.

— Mon sââââc ! » coasse-t-elle à nouveau, ses pupilles noires tourbillonnant furieusement au centre de ses yeux vert d'eau.

L'agent spécial de la CIA retrouve son sang-froid.

Passant devant le professeur Mirwood pétrifié d'épouvante, il bondit jusqu'au placard où sont conservés les effets de la vice-présidente, s'empare du sac à main en python et court jusqu'au lit pour le lui apporter.

De ses doigts réduits par le jeûne à de simples baguettes, Serena fouille frénétiquement dans le sac. Elle creuse et creuse encore, parmi les tubes de rouge à lèvres et les poudriers, comme si sa fragile survie en dépendait, comme si cette unique obsession avait peuplé son long coma, comme si elle n'était revenue d'entre les morts que pour cela. Émettant un souffle rauque, elle finit par sortir un petit boîtier noir muni d'un clavier et d'un bouton rouge : la télécommande de dépressurisation qu'elle peut activer à tout instant si elle le décide.

À la vue de ce spectacle, le professeur Mirwood sort soudain de sa prostration et se met à taper à toute allure sur son téléphone portable.

Mais il est terrorisé, ses mains tremblent de manière incontrôlée.

Le téléphone lui échappe et tombe sur le sol.

Orion Seamus se penche pour le ramasser, son regard s'arrête sur l'écran et déchiffre en un instant le message qui vient d'être envoyé :

De : Barry Mirwood (bmirwood@usa.gov)
À : Sisyphus (sisyphus077@gmail.com)
Objet : Re : SIMULATION DÉPLOIEMENT ASCENSEUR SPATIAL ÉNERGÉTIQUE

STOPPEZ DIFFUSION RAPPORT !
SERENA RÉVEILLÉE !

« Je... je peux tout expliquer... », bafouille le professeur effaré en reculant vers la porte blindée tandis qu'Orion avance vers lui.

Du fond de son lit d'hôpital, le zombie qui fut un jour l'une des femmes les plus élégantes du monde pousse un hurlement que nul ne peut entendre en dehors de la chambre parfaitement insonorisée.

La main tremblante du pauvre homme cherche la poignée de la porte à tâtons.

La main inflexible de l'agent s'abat sur sa tempe d'un geste précis, chirurgical.

Barry Mirwood s'écroule au sol, assommé.

52. HORS-CHAMP
UN MOTEL DANS LA BANLIEUE DE WASHINGTON DC
MERCREDI 17 JANVIER, 18 H 14

« QU'EST-CE QUE C'EST QUE ÇA ? » s'écrie Harmony en pointant la petite icône qui vient d'apparaître en haut de l'écran d'ordinateur, dans la fenêtre de messagerie.

Détournant un instant son attention du logiciel d'e-mailing qui continue de synchroniser les milliers d'adresses, Andrew clique sur le message entrant.

Les mots éclatent à la surface de l'écran en lettres capitales.

« *Stoppez diffusion rapport…,* lit Harmony d'une voix horrifiée. *Serena réveillée…* »

Rapide comme l'éclair, Andrew se met à taper sur son clavier pour interrompre l'exécution de l'e-mailing.

Plus rapide encore, Cindy bondit sur la porte de la chambre, tourne le verrou et s'enfuit dans le couloir du motel.

53. CONTRECHAMP
CENTRE MÉDICAL MILITAIRE WALTER REED, MARYLAND
MERCREDI 17 JANVIER, 16 H 15

SERENA McBEE POUSSE UN GROGNEMENT GUTTURAL pour évacuer les glaires qui se sont accumulées dans son œsophage pendant son coma.

« Où suis-je ? parvient-elle à articuler d'une voix faible mais intelligible, tout en se cramponnant à sa télécommande de ses mains semblables à des serres.

— Vous êtes en lieu sûr, répond Orion Seamus, debout près de la porte au pied de laquelle repose le corps inanimé de Barry Mirwood. Vous êtes à l'hôpital Walter Reed. Et surtout, vous êtes avec moi. »

Serena baisse les yeux sur son corps famélique, sur ses bras plantés d'aiguilles, sur les draps blancs où la sonde trachéale, en sortant de sa bouche, a dessiné de longues traînées rouges.

Elle se résout à détacher l'une de ses mains de la télécommande pour écarter la blouse d'hôpital qui couvre son torse : là, juste au-dessus du cœur, se trouve un épais bandage.

« L'esplanade nationale…, se remémore-t-elle. La cérémonie funéraire… Cette détonation en plein milieu de mon discours, et le trou rouge sur ma poitrine… Je me souviens.

— Il ne faut pas vous fatiguer, prévient Orion en s'avançant vers le lit. Vous ne respirez qu'avec un poumon. Je vais prévenir les médecins pour qu'ils remettent la sonde et…

— Non. »

Malgré l'état de faiblesse extrême dans lequel elle se trouve, Serena garde une autorité stupéfiante : l'agent Seamus se fige sur place.

« Qui… qui a tiré ? demande-t-elle.

— Arthur Montgomery. J'imagine qu'il a dû deviner, pour vous et moi… »

La patiente est secouée d'un rire méprisant, brutal, qui lui arrache des postillons sanglants.

« Encore une de ses crises de jalousie puériles… ridicules… Il me le paiera très cher !

— Il a déjà payé. Je l'ai abattu. Personne ne le sait, toutefois : dans la confusion de la fusillade, les médias ont attribué sa mort et votre blessure à un attentat commis par d'obscurs activistes russes… »

Un sourire se dessine sur les lèvres striées de la créature assise au fond du lit.

« Un attentat russe… ? murmure-t-elle avec ravissement. Contre moi ?…

— Oui, c'est ce que les gens croient. Là-dehors, ils sont prêts à vous élever une statue de martyre, de sainte.

— Alors, il ne faut surtout pas les détromper, ces pieuses âmes ! Arthur a peut-être raté sa vie, mais au moins il aura réussi sa mort. Il m'a apporté encore un peu plus d'estime publique sur un plateau d'argent, si c'était possible… » Le visage affreusement creusé de Serena se fige, comme si elle était frappée d'un doute soudain à l'idée de sa cote de popularité : « … mais dites-moi, pendant que j'étais inconsciente… est-ce que les pionniers ont dit quelque chose sur moi à l'antenne ?…

— Quelque chose sur vous ? »

Serena jette un regard suspicieux tout autour de la pièce, que l'agent interprète aussitôt :

« Vous pouvez parler sans crainte, il n'y a pas de micros, j'ai vérifié par moi-même.

— Est-ce qu'ils ont mentionné un certain *rapport Noé* ? précise Serena, en baissant malgré tout la voix et en reprenant sa télécommande à deux mains. Je vous expliquerai ce dont il s'agit, mais d'abord répondez à ma question. »

La paupière de l'agent Seamus se plisse sur son œil unique :

« Non, je ne crois pas qu'ils aient parlé du moindre rapport… mais le professeur Mirwood, en revanche, si. »

Il se penche pour ramasser le téléphone portable du savant, toujours ouvert sur le dernier message envoyé et l'oriente vers la patiente pour qu'elle puisse le lire : STOPPEZ DIFFUSION RAPPORT ! SERENA RÉVEILLÉE !

La vice-présidente retrouve le sourire.

« Je vois… », fait-elle en écartant ses doigts du bouton rouge de la télécommande.

Elle pousse un soupir de soulagement qui, avec son poumon unique, ressemble à un sifflement de chambre à air percée. Puis elle ajoute :

« Ce traître de Mirwood est de mèche avec Andrew Fisher, j'en suis sûre – je vous expliquerai tout ça aussi. Mais ils n'ont pas réussi à me couler, pas cette fois-ci. J'ai repris mes sens juste à temps !... » Un nouveau gargouillement monte de sa gorge, évoquant un évier qui se vide. « ... par quel miracle ? Les gens ont sans doute raison : il faut croire que je suis une sainte. Il doit y avoir un dieu, quelque part, qui veille sur moi...

— ... alors, les anges de ce dieu sont minuscules, complète l'agent Seamus en désignant l'abeille morte qui gît sur les draps. C'est cette créature insignifiante qui vous a réveillée. Elle vient sans doute de la serre où les fleurs apportées par Barry Mirwood ont été cultivées... »

Les paupières de Serena s'écarquillent, ses pupilles se dilatent.

« *L'abeille du clan McBee*..., murmure-t-elle d'une voix qui, pour la première fois, est empreinte d'une émotion réelle, non feinte, remontant de très loin. L'abeille qui m'accompagne depuis l'enfance... C'est un signe... Le moment que j'attends depuis toute une vie est enfin venu... »

Submergée par une jubilation féroce, elle est prise d'une nouvelle quinte de toux qui lui arrache des miasmes de tuberculeuse. Sur le moniteur, les courbes de suivi médical oscillent dangereusement.

« Calmez-vous ! s'exclame Orion Seamus en se précipitant à son chevet. Je vous rappelle que vous avez un poumon perforé ! Je crois qu'il faut vraiment appeler les médecins, maintenant... »

Reprenant laborieusement son souffle, Serena lui jette un regard injecté de sang :

« Dans l'état où je suis, vos médecins ne pourront pas grand-chose. L'abeille est un signe, je vous l'ai dit. Il faut que je rentre secrètement chez moi en Écosse, dans la lointaine demeure de mes ancêtres – celle dont je n'ai jamais parlé dans aucune interview, dont les médias ignorent l'existence, que les cartes géographiques elles-mêmes oublient souvent de mentionner : le château McBee. Là-bas, derrière ces remparts censés être abandonnés depuis des décennies, je pourrai me soigner. Là-bas, dans le creuset de mon sang, commencera la phase finale de ma destinée… » Elle halète. « … oui : de mon couronnement… de mon sacre universel… »

Une lueur s'est allumée au fond des yeux de Serena, on pourrait prendre ce regard pour celui d'une folle mégalomane, si ces paroles ne témoignaient d'une telle maîtrise, d'un tel contrôle froid et absolu.

« Vous pourriez être mon prince consort, susurre-t-elle d'une voix que le sifflement respiratoire rend reptilienne. Pour cela, il vous faudra tuer. Beaucoup de gens et parmi les plus hauts placés. Il vous faudra mentir. Plus éhontément qu'on n'a jamais menti. Il vous faudra donner votre âme au diable. Est-ce que je peux compter sur vous ? Je veux dire, *compter vraiment* ? Ou est-ce que vous êtes un homme comme les autres, aussi faible et peu fiable qu'Arthur Montgomery, un être pathétique esclave de la sensualité, prêt à toutes les folies pour un beau visage ?… »

Serena est contrainte de s'arrêter un instant pour expectorer des caillots sanguinolents dans ses draps – elle a beaucoup parlé. Au moment où elle relève la tête pour continuer son interrogatoire, elle se fige brusquement : son regard vient d'attraper son propre reflet, dans le petit miroir posé sur la tablette au chevet de son lit.

C'est le choc.

Elle porte une main tremblante à ses joues creusées, aux os qui affleurent à la surface de sa peau parcheminée.

« Mon… mon visage… », balbutie-t-elle.

Orion Seamus amorce un geste vers elle, mais elle se braque :

« Détournez-vous ! glapit-elle en cachant sa tête derrière ses doigts squelettiques. Ne me regardez pas ! Je suis affreuse !

— Non. Vous n'êtes pas affreuse. Vous êtes splendide. »
Serena écarte lentement ses doigts :

« Splendide ? grimace-t-elle. Vous vous moquez de moi ?

— Quand je vous vois, je vois une survivante. Je vois une
force de la nature. Je vois une femme qui est revenue de tout,
qui a résisté à tout, et qui est encore là aujourd'hui. Je vois
une volonté capable de faire plier le monde entier à sa loi. »

Orion s'approche du lit et, cette fois-ci, Serena ne fait
rien pour l'empêcher de rabattre le miroir.

« Vous avez raison, un beau visage peut inspirer un amour
éphémère, dit-il. *Mais le pouvoir !* Lui seul peut nourrir une
passion éternelle. Sa beauté ne se fane pas. Le désir qu'il
attise ne cesse jamais de brûler. »

Il sort de sa poche la bague de fiançailles qu'il a récu-
pérée après l'attentat et, d'un geste délicat, il la repasse
sur le doigt décharné de la patiente tel un vœu renouvelé
– tel un pacte que rien ne pourra briser.

« Je vous mènerai en Écosse en secret, sans laisser de
trace, jure-t-il. Je tuerai encore pour vous, jusqu'au dernier
être humain s'il le faut. Je mentirai jusqu'à en oublier le
sens même du mot *vérité.* Quant à donner mon âme au
diable, c'est déjà fait : elle est entre vos mains. »

54. CHAMP
MOIS N° 21/SOL N° 587/16 H 05 MARS TIME
[37ᵉ SOL DEPUIS L'ATTERRISSAGE]

« **E**ST-CE QU'A**LEXEÏ** EST SÉRIEUX QUAND IL DIT QU'IL
VEUT CONQUÉRIR UNE PARTIE DE LA BASE ? » je murmure à voix basse.

Le visage de Kris m'apparaît entre les branches serrées
des pommiers. Elles sont chargées de ces fruits étranges,

énormes, qui ne poussent que dans la gravité réduite de Mars. Ironie du sort : c'est là, dans cette pommeraie au feuillage si touffu que les caméras et les micros ne peuvent le percer, qu'Alexeï m'avait fait venir la nuit de notre arrivée, *pour faire la paix*. En cette fin de journée martienne, où nous avons commencé à jeter les plans de l'extension de la base, c'est à mon tour d'y rejoindre Kris – officiellement pour cueillir des pommes afin de réaliser un nouveau strudel, en réalité pour parler de ce qui ressemble fort à *une déclaration de guerre*.

« Je ne sais pas, répond-elle. Je t'ai dit qu'Alex était bizarre depuis l'attentat, qu'il parlait en russe dans son sommeil… Parfois même, il chante des chansons. On dirait des chants de guerre… C'est comme si ses souvenirs remontaient à la surface. Peut-être qu'en se mettant à la disposition de Moscou, il cherche un moyen de se raccrocher au passé ? Ou peut-être qu'il pense déjà à l'avenir, à notre retour sur Terre, et qu'il veut entretenir de bonnes relations avec son pays ? Dans un cas comme dans l'autre, qu'est-ce que ça peut nous faire, à nous, qu'un bout de la base appartienne aux Russes sur le papier ? En pratique, ça ne changera rien à notre vie au quotidien. »

Comme souvent, l'affection qui lie Kris à son mari me frappe. Même quand il fait bande à part, elle est toujours prête à le défendre. Elle est sincèrement, pleinement éprise de lui – et lui aussi, je sais qu'il est très amoureux d'elle. À cette pensée, je ressens un pincement au cœur : l'amour, en ce qui me concerne, est derrière moi…

« New Eden est censé être un territoire international, appartenant à un fonds privé…, je réplique sans grande conviction, en ayant conscience que le débat ne se situe pas à ce niveau.

— Tu ne vas quand même pas défendre les intérêts d'Atlas Capital ! »

Non, je ne vais pas faire une chose pareille, même pas en rêve.

« Essaie juste de calmer Alexeï, de le canaliser, dis-je doucement. Quoi qu'il décide de faire, il ne faut pas qu'il perde de vue notre objectif : tenir bon jusqu'à l'arrivée de l'ascenseur. C'est d'accord ? »

Kris opine du chef, sa couronne de nattes blondes frôlant les feuillages luxuriants des arbustes.

« Merci de ta compréhension, ma Léo, dit-elle avec un sourire lumineux. Pour la peine, tu auras droit à une double part de strudel ! Je crois qu'on a cueilli assez de pommes. On peut y aller. »

À l'instant où nous émergeons de la pommeraie, au sommet de la pyramide de plantations, le revers du dôme s'illumine. Là-bas au sol, les autres pionniers occupés à ranger le matériel de la journée s'interrompent dans leur tâche.

La Terre est en train d'entrer en contact avec nous.

Pour nous donner de nouvelles consignes relatives aux travaux d'extension de la base ?

Pour réagir aux déclarations indépendantistes d'Alexeï ?

Qu'est-ce que Samantha va nous sortir, ce soir ?

Mais ce n'est pas le visage juvénile de Samantha qui prend forme sur le gigantesque écran de verre. C'est celui de mon pire cauchemar, jaune et osseux, plus hideux que jamais.

55. Chaîne Genesis
MERCREDI 17 JANVIER, 20 H 30

OUVERTURE AU NOIR SUR LE VISAGE DE SERENA McBEE EN GROS PLAN.

Creusé par la maladie, sans apprêt ni maquillage, il pourrait être méconnaissable – pourtant, les deux yeux vert d'eau qui s'ouvrent dans cette face amaigrie ne trompent pas : ce sont bien ceux de la productrice exécutive du programme Genesis.

La bouche s'entrouvre pour laisser passer un filet de voix, amplifié par le micro-cravate fixé sur le col de la blouse d'hôpital : « Votre Serena est de retour... J'ai bien failli y rester... J'ai bien failli passer définitivement de l'autre côté... Mais quelque chose m'a donné la force de revenir... » Un sourire se forme sur ses lèvres gercées, s'étire en tissant un réseau de rides. « ... l'amour que j'ai pour vous les pionniers de Mars, mes chers enfants ! »

La caméra décadre lentement, révélant le ruban noir du Souvenir épinglé sous le micro-cravate puis, peu à peu, le lit d'hôpital où la patiente est assise.

Elle n'est pas seule.

Une foule se presse tout autour du lit, fait corps avec elle.

On reconnaît le visage hâlé du président Green juste à la droite de Serena, la main amicalement posée sur l'épaule fragile de sa vice-présidente. Il y a aussi Milton Sunfield, le secrétaire d'État, la crinière spécialement brushée pour l'occasion ; Roy Berck, le secrétaire à la Sécurité intérieure, le front plus plissé que jamais ; Edgar Lyndon, le secrétaire au Trésor, au visage grave derrière ses lunettes carrées ; Dolores Ortega, la chargée d'Image, haut perchée sur ses talons aiguilles ; et les autres membres du cabinet ministériel au grand complet. Tous, comme Serena, portent à la boutonnière l'emblématique ruban noir.

La patiente lève les yeux vers l'homme qui se tient à sa droite, vêtu d'une longue blouse blanche : « Le docteur Spitzbergen ici présent a été très franc avec moi, dit-elle d'une voix faible, mais vibrante de trémolos. J'ai eu la chance inouïe de ne pas succomber à mes blessures, mais je ne serai plus jamais comme avant. Je resterai probablement handicapée à vie, incapable de me mouvoir par moi-même, essoufflée au moindre effort. J'ai tenu à vous annoncer ce diagnostic moi-même, à vous les pionniers de Mars, aux citoyens américains, et à tous les spectateurs qui depuis des mois m'ont fait l'honneur de suivre la chaîne Genesis... »

Le travelling arrière se poursuit.

En plus des membres de l'administration Green et du personnel hospitalier, il y a aussi Jimmy Giant et Stella Magnifica, les interprètes officiels de *Cosmic Love* ; Samantha, l'assistante personnelle de Serena McBee ; et une vingtaine des plus hauts collaborateurs du programme Genesis, tous vêtus de la veste d'uniforme grise frappée de son écusson rouge en forme de fœtus – il ne manque guère que le professeur Barry Mirwood.

Le champ continue de s'élargir, révélant la tête du lit au premier plan, autour de laquelle sont placés des enfants. On reconnaît les petits pensionnaires de l'orphelinat du New Jersey, qui avaient déjà été sollicités en décembre pour l'émission de Noël de la chaîne Genesis. Leur présence dans la chambre d'hôpital aujourd'hui ne semble pas avoir d'autre justification que de générer un surcroît d'émotion. On les a tous habillés de blanc et on leur a mis dans les mains des bouquets de roses blanches ; seules touches sombres dans ce groupe angélique : les rubans du Souvenir dont les enfants sont, eux aussi, affublés.

Au fond du champ qui embrasse maintenant toute la chambre, le corps meurtri de Serena McBee semble plus petit, plus fragile que jamais. Et pourtant, c'est le point nodal du tableau. Des rayons invisibles convergent vers elle, comme sur une toile de maître – les regards de tous les adultes et enfants présents physiquement dans la chambre, mais aussi, semble-t-il, ceux des spectateurs du monde entier.

La scène a quelque chose de religieux, et la voix de Serena a des accents prophétiques lorsqu'elle reprend la parole : « Ceci est mon corps, dit-elle en paraphrasant presque mot pour mot l'Évangile. Livré pour vous et pour le programme Genesis... »

Elle déploie ses bras décharnés comme pour mieux s'offrir à la caméra : « ... sacrifié pour une humanité unie, heureuse et pacifique. C'était le rêve de Marcus. C'était le rêve des disparus du crash de la mer des Caraïbes. Et c'est mon rêve, encore vibrant. Je vous le promets ici, solennellement : je ne cesserai pas de rêver ! Le programme Genesis ne s'interrompra jamais ! Au nom de ce ruban qui orne ma poitrine, sur mon cœur encore battant ! »

Emportée par son élan lyrique, Serena est secouée d'une quinte de toux qui envoie des larsens dans son micro-cravate.

La caméra bascule brutalement sur le docteur Spitzbergen, qui se précipite sur la patiente pour lui porter secours, plaçant délicatement un masque à oxygène sur son visage émacié afin de l'aider à reprendre sa respiration.

Gros plan sur l'expression du président Green, frappé par le pathétique de la situation, sincèrement touché.

Il se tourne vers la caméra pour poursuivre l'allocution, le temps que sa vice-présidente reprenne son souffle : « Serena a absolument tenu à s'adresser elle-même au public ce soir..., dit-il, ému. Une preuve de plus, s'il en fallait, du courage et du dévouement de cette femme exceptionnelle. Une femme que je suis fier d'avoir nommée à mes côtés à la tête du gouvernement... Une femme que je suis honoré de pouvoir appeler *mon amie*... » Il s'arrête un instant, troublé, puis reprend d'une voix plus dure et résolue – la voix d'un chef de guerre : « ... Une femme que les ennemis de la liberté ont voulu faire taire à jamais. Mais ils n'y parviendront pas. Les États-Unis d'Amérique ne laisseront pas faire cela. Mars est un territoire international, en vertu du Traité de l'espace ratifié par l'ONU dès 1967, et doit le rester. Nous ne céderons pas à la pression du terrorisme. Dès cette semaine, l'ensemble du personnel de Genesis sera regroupé à cap Canaveral sous protection de l'armée américaine, pour continuer à œuvrer sereinement au succès du programme. Nous fortifierons la base de lancement pour en faire une véritable citadelle, un phare dressé contre l'obscurantisme, un symbole aussi fort que la statue de la Liberté. Dans tout le pays, l'état d'urgence se prolongera jusqu'à nouvel ordre – non parce que nous cédons à la peur, mais parce que nous savons être vigilants. Notre chère Serena, quant à elle, m'a demandé l'autorisation de se retirer quelque temps de la vie publique et médiatique pour se reposer et prendre soin de sa santé... J'ai bien sûr accepté. Elle passera les prochains mois sous les tropiques, un climat propice à sa récupération, dans une résidence tenue secrète. En son absence, conformément à la ligne de succession, c'est Milton Sunfield qui la remplacera à la vice-présidence... » Le secrétaire d'État incline gravement la tête, pénétré de la nouvelle responsabilité qui lui incombe désormais. « ... à la tête du programme Genesis, Samantha, que vous connaissez tous, et qui connaît très bien nos valeureux pionniers, continuera d'assurer l'intérim. » La jeune assistante s'efforce de sourire tout en dissimulant son trac.

Un léger gémissement retentit, hors champ.

La caméra décadre : c'est Serena au fond de son lit, qui fait signe au docteur Spitzbergen pour qu'il écarte le masque respiratoire et qu'il lui rende la parole.

« N'ayez pas peur, déclare-t-elle d'une voix chevrotante, les yeux larmoyants, empruntant à nouveau des mots bibliques. Je ne vous quitte pas pour toujours. Vous ne me verrez plus sur les écrans, mais je serai encore parmi vous, du fond de ma retraite, à suivre la chaîne Genesis, la destinée des États-Unis d'Amérique et celle des pionniers de Mars... »

Elle tourne son visage anguleux vers la caméra comme pour mieux s'adresser à ces derniers, et achève son allocution dans un murmure : « ... je continuerai de veiller sur vous nuit et jour, mes petits, j'en fais le serment, tel un ange gardien invisible, mais éternellement présent. »

Fondu au noir, lentement.

56. CHAMP

MOIS N° 21/SOL N° 588/08 H 17 MARS TIME
[38ᵉ SOL DEPUIS L'ATTERRISSAGE]

UNE SACRÉE GUEULE DE BOIS.
C'est la sensation que j'ai eue en me réveillant, qui m'a suivie jusqu'au Jardin où, comme chaque matin, je suis la première à pénétrer.

Hier encore, je vivais dans un monde sans Serena McBee ; même si je restais sur la défensive, je me rends compte à présent qu'un espoir fou faisait battre mon cœur. Aujourd'hui, cet espoir s'est éteint. Serena est vivante ; terriblement amoindrie, certes, mais vivante. Si elle s'est engagée à disparaître des écrans – elle, la créature la plus médiatique que la Terre ait jamais portée –, c'est pour mieux nous surveiller dans l'ombre...

Que mijote-t-elle à présent ?

Quel sera son prochain mouvement dans le jeu qui nous oppose ?

La dernière partie est sur le point de commencer, j'en ai le sombre pressentiment. Ce sera la plus longue, la plus vicieuse et la plus mystérieuse de toutes : vingt mois à tenir jusqu'à l'arrivée de l'ascenseur énergétique. Aucune des règles que je croyais connaître jusqu'alors n'aura plus cours : comment se battre contre une ennemie invisible et muette ?

« Bien dormi, Léo ? »

Un frisson me parcourt.

Cette voix chaude et chantante n'appartient qu'à une seule personne...

« Comme un bébé », je mens en me retournant vers Mozart.

Il est bien matinal aujourd'hui, plus encore que Kris. À voir ses traits chiffonnés, tendus, je devine que sa nuit n'a pas été meilleure que la mienne. Il faut dire que l'habitat des Mozabeth n'a plus rien d'un Nid d'amour, mais tout d'une chambre de torture où doivent coexister deux êtres qui, chaque jour, deviennent un peu plus étrangers l'un à l'autre.

« Je voudrais pouvoir en dire autant, mais il n'y a plus personne qui vient me border le soir et j'aime pas dormir seul…, avoue-t-il avec un sourire désabusé, qui apporte un peu de lumière à son visage et réveille l'image du séducteur impénitent qu'il était jadis. Liz et moi, on fait chambre à part, elle dans la master et moi dans une des guests. Pas grave : il va quand même falloir que j'assure aujourd'hui. Je vais être dehors toute la journée, à convoyer les responsables Planéto et Ingé : ils doivent faire les relevés topographiques pour l'extension de la base. Toi, je sais que tu es censée rester à l'intérieur en tant que toubib, mais… si tu as envie de sortir un peu du Jardin, pour te changer les idées… »

Il hésite soudain, baisse au sol ses yeux bruns, où la lumière à peine apparue s'est déjà éteinte.

Et il achève sa phrase sans vraiment y croire :

« … bref, il y aura toujours une place pour toi dans le maxi-rover. Je pourrais même t'apprendre à le conduire. Aujourd'hui. Ou demain. Ou… quand tu voudras. »

Je sens mon cœur se serrer.

Sans prévenir, les souvenirs du *Cupido* remontent en moi par bouffées étourdissantes.

Tous ces moments de fausse intimité, quand nous faisions semblant d'oublier les caméras dans la bulle du Parloir…

Toutes ces chansons nonchalantes qu'il me fredonnait, comme si nous étions seuls au monde…

Tous ces longs regards que nous échangions, quand tout était encore possible…

Mais plus rien n'est possible maintenant.

Après les mariages, les secrets, le procès, il ne reste rien du temps de l'innocence. Il ne reste rien de l'amour. Il ne reste que la rage de survivre.

Rien ne doit nous détourner de cet objectif, il faut que Mozart le comprenne.

Les mots sortent de ma bouche, froids et secs, sans m'apporter aucun apaisement :

« Tu l'as rappelé toi-même : je dois rester à l'intérieur pour assurer la permanence médicale. Aujourd'hui. Et demain. Et toujours. Fais comme si je n'existais pas. S'il y a une place de libre dans ton rover, propose-la à quelqu'un d'autre. »

ACTE IV

57. Hors-Champ – Un an plus tard
ALPHABET CITY, NEW YORK
LUNDI 31 DÉCEMBRE, 16 H 20

U NE SILHOUETTE FURTIVE SE HÂTE À TRAVERS LES RUES ENNEIGÉES.
Elle est emmitouflée dans plusieurs couches de châles, de couvertures et d'écharpes déclinant toute la palette des gris, qui retombent sur sa tête comme un épais voile. Son visage n'est qu'un trou sombre, impénétrable. On dirait un spectre.

Une pénombre crépusculaire baigne les lieux. Bien que le soleil soit déjà presque couché derrière les façades de brique rouge à demi délabrées, les réverbères sont éteints. À vrai dire, il y a longtemps qu'ils ne s'allument plus du tout : en privatisant l'éclairage public, le gouvernement hyperlibéral du président Green a rendu aux ténèbres des quartiers entiers, pas assez rentables pour les compagnies privées qui ont récupéré le marché. Chaque nuit, les États-Unis sont parsemés de taches d'ombre jouxtant les zones de lumière, dessinant une carte de la richesse et de la pauvreté – souvent au sein d'une même ville, comme ici à New York. Le quartier populaire d'Alphabet City, aux limites orientales de Manhattan, a été touché de plein fouet par la crise. Après une éphémère période de gentrification au début du XXIe siècle, il est redevenu sous l'administration Green ce qu'il était au siècle précédent – pour les

293

libertaires marginaux, artistes borderline et autres anarchistes qui y trouvent refuge : un havre ; pour les autres, c'est-à-dire pour la majorité des gens : un coupe-gorge.

Le spectre gris appartient sans doute à la première de ces deux catégories. Sa démarche est souple et rapide, presque aérienne en dépit des frusques qui l'alourdissent. Rien à voir avec le pas hésitant, inquiet, qu'adoptent ceux qui s'aventurent par mégarde ou par bravade à l'est de la First Avenue, dans cette enclave qui doit son sobriquet alphabétique aux lettres jalonnant ses avenues.

Avenue A, you're Alright, dit le vieux dicton que des générations de New-Yorkais se sont répété.

Le spectre gris passe devant les voitures abandonnées aux intempéries et à la rouille, frôle les autres fantômes qui défilent sur le trottoir enneigé. Certains errent dans le noir sans but apparent, telles des âmes en peine, le regard étrangement fixe ; d'autres au contraire, munis de lampes à pétrole où vacille une flamme, se hâtent vers quelque rendez-vous mystérieux en poussant des caddies remplis de matériel hétéroclite ; tous, qu'ils soient drogués en manque de came ou receleurs pressés de terminer leur journée, sont couverts de vieux vêtements superposés, carapaces pour résister à l'hiver – à Alphabet City, la plupart des squats sont dépourvus de chauffage.

Avenue B, you're Brave.

Des bâches de plastique sont tendues aux fenêtres crevées des façades, dans une tentative pour retenir un peu de chaleur ; mais le vent de décembre a détaché plusieurs d'entre elles qui claquent dans la bise. Les affiches placardées un an plus tôt pour promouvoir l'appel à candidatures de la saison 2 du programme Genesis se décollent elles aussi, le rouge de la planète Mars s'est décoloré, des graffitis ont fleuri sur les marges – pas de vandalisme, toutefois : les graffeurs ont juste inscrit leur nom avec application, comme si ce rituel superstitieux, presque magique, pouvait les aider à être sélectionnés…

Avenue C, you're Crazy.
Soudain, une onde vaguement luminescente se déploie au-dessus de la rue. Le spectre gris presse le pas, sans faire attention aux passants qui s'arrêtent pour lever vers le ciel des visages gercés, aux joues rougies : tout là-haut passe une escadre de drones policiers, un spectacle quotidien depuis l'instauration de l'état d'urgence un an plus tôt. En ce soir de réveillon, les machines croisent à une telle altitude que le faisceau de leurs phares atteint à peine le sol, évoquant une aurore boréale.

Avenue D, you're Dead.
À partir de l'avenue D et jusqu'aux rives noires de l'East River, le ciel lui-même disparaît : des passerelles et des plateformes branlantes, faites de matériaux de récupération, ont été jetées entre les toits des bâtiments insalubres pour grappiller un peu d'espace – à moins que ce ne soit pour enfouir plus profondément les plus terribles secrets d'Alphabet City ? Le spectre gris s'engage dans ce labyrinthe où les squats débordent jusque sur la rue, sous des porches en tôle annexant de larges portions de trottoir à partir de l'entrée des immeubles. Çà et là, des tubes de néon dispensent une lumière blanche, vibrante – l'ingéniosité des habitants de l'avenue D n'est plus à prouver lorsqu'il s'agit de détourner le réseau électrique urbain. La rumeur de téléviseurs vient remplacer le sifflement du vent ; la plupart d'entre eux diffusent les notes bien connues de *Cosmic Love*, le jingle du programme Genesis : la retransmission du réveillon martien va bientôt commencer.
Le spectre s'arrête devant une fenêtre de rez-de-chaussée à travers laquelle on aperçoit un écran, l'un des seuls à ne pas être branché sur la chaîne Genesis. Pourtant, c'est encore du programme qu'il est question dans les gros

titres du journal télévisé que déroule un reporter au visage grave :

« ... *en cette veille de la nouvelle année, le conseil de sécurité de l'ONU, plus divisé que jamais, a décidé de prolonger le moratoire sur la souveraineté martienne. Parmi les membres permanents, alors que la Russie et la Chine réclament le partage de la base de New Eden, la France et le Royaume-Uni font toujours front avec les États-Unis pour considérer la planète Mars comme un territoire international. Une position que Moscou et Pékin jugent hypocrite et impérialiste, estimant qu'en réalité la base est de facto sous domination américaine via le programme Genesis. Les représentants du Nigeria, de l'Inde et du Brésil étaient déjà ralliés aux vues russe et chinoise et, contre toute attente, Singapour les a rejoints ce soir. Ainsi, six des douze nationalités représentées sur Mars sont désormais en faveur du partage... De l'avis des experts, c'est un challenge diplomatique de taille pour l'administration Green, et une situation de crise potentielle pour les organisations internationales...* »

Le spectre dépasse la fenêtre, laissant la voix du reporter se perdre dans la nuit, et continue sa route jusqu'à une plaque de fer scellée dans le sol : une trappe fermée par une lourde serrure, comme on en voit parfois au-dessus des caves de New York.

Une main enveloppée dans une mitaine rapiécée émerge des vêtements délavés ; elle tient une grosse clé entre ses doigts bleus par le froid.

La serrure s'ouvre dans un déclic.

Quelque part – à quelques mètres ou à plusieurs rues de là, impossible de l'estimer à travers l'étrange jeu d'échos de l'avenue D –, une détonation retentit. Revolver ou pétard ? Le dernier crime de l'année ou les premières réjouissances de la fête ?

Avec effort, le spectre soulève la trappe, révélant une volée de marches sombres.

« Eh, l'ami : envie de te faire un petit plaisir, pour le réveillon ? »

Le spectre se fige, tandis qu'un homme au visage traversé d'une large balafre s'avance dans la lumière du néon le plus proche.

« J'ai de la coke, du crack, des amphets… », dit-il en ouvrant un pan de son anorak.

Des dizaines de petits sachets de plastique transparents sont cousus dans la doublure, renfermant de la poudre ou des pilules de tailles et de formes variées.

Le sourire du type s'élargit, révélant des dents jaunies :

« Je brade tout, pour terminer la journée en beauté. C'est ma B. A. du Nouvel An, en quelque sorte : moins vingt pour cent sur toute la came… » Il extrait de sa poche un sachet où scintille une poudre plus brillante que les autres. « … y compris sur le zero-G, pour s'envoyer dans les étoiles comme les petits veinards du programme Genesis ! »

Secoué d'un soubresaut, le spectre se détourne brutalement, bouscule le dealer et s'engouffre dans l'escalier qui plonge vers le ventre de la cité.

« Hé, connard ! vocifère le malfrat en se jetant à quatre pattes dans la neige pour retrouver sa précieuse marchandise. Tu te prends pour qu… »

La trappe se referme en claquant sur la fin de sa phrase.

« Harmony ? » appelle Andrew d'une voix inquiète.

Il lève les yeux de la carcasse d'ordinateur qu'il était en train de trafiquer à la lumière d'une lampe-torche fixée sur un pied. À la lisière du halo, sur l'établi couvert d'outils, de tournevis, de fils électriques et de circuits imprimés, est pliée une page de journal jaunie. Sur la photo, une femme élégante et une petite fille à la mine grave sont assises aux côtés d'un couple de lévriers noir et blanc. Le titre : L'APPEL D'UNE MÈRE. Le texte : *Après la disparition tragique de Sherman Fischer, instructeur en Communication du programme Genesis, Vivian Fischer est depuis des mois sans nouvelles de son fils aîné. Dans nos pages, depuis la base de cap Canaveral où elle vit désormais avec sa fille cadette Lucy, elle lance un vibrant appel à Andrew, pour qu'il vienne les rejoindre...* (Le reste de l'article est noyé dans l'ombre.)

« C'est vous, Harmony ? » répète Andrew en se levant de sa chaise pour se tourner vers l'escalier sombre, d'où pleuvent des échos de pas précipités.

Sans attendre de réponse, il se hâte vers l'une des étagères de fortune qui tapissent le mur de la cave – celle où repose le fusil qu'il a dérobé à Cindy un an plus tôt. Mais ses réflexes semblent s'être émoussés depuis un an ; sa démarche n'est plus celle du jeune athlète qui sautait par-dessus les grilles de la villa McBee en pleine tempête de neige, qui prenait de vitesse les drones de la CIA lancés à sa poursuite au fond de la vallée de la Mort. Son corps d'ex-champion d'aviron s'est atrophié, sa poitrine s'est creusée et ses épaules se sont voûtées sous le vieux survêtement qui les recouvre. Chaque fois que son pied droit retombe sur la pierre humide, il émet un bruit métallique, lugubre comme les chaînes d'un prisonnier sur le sol d'une cellule...

« Qui que vous soyez..., prévient-il en tournant la bouche du fusil vers l'escalier.

— C'est moi, Andrew ! »

Déboulant dans la cave, Harmony arrache les châles qui la voilent.

Elle aussi a changé, en un an.

Ses cheveux, qui lui arrivaient naguère presque à la taille, sont désormais coupés aux épaules. Leur pâleur si étrange est dissimulée derrière une teinture brune très foncée, quasiment noire. Ses sourcils sont également colorés pour compléter l'illusion. Est-ce cette nouvelle couleur qui donne à la jeune fille son air assuré, à mille lieues de la créature timorée qu'elle était un an plus tôt ? Son visage tout entier n'a-t-il pas gagné en force, en détermination, et jusqu'à sa stature qui semble plus haute de quelques centimètres ?

« Que se passe-t-il ? s'alarme Andrew sans détacher les yeux de l'escalier, sans relâcher le fusil. Est-ce que nous sommes repérés ? Est-ce qu'il faut fuir vers les égouts ?

— Non…, répond Harmony, sa respiration formant un petit nuage de vapeur dans l'air froid de la cave. Ce n'est rien… rien qu'une mauvaise rencontre. »

Elle ôte une à une les couches de vêtements dont elle est couverte et s'en débarrasse sur un portemanteau branlant – un meuble de récupération comme tous ceux qui sont amoncelés en ces lieux.

« Voici la livraison du jour, dit-elle en déposant sur l'établi le paquet qu'elle portait enveloppé dans ses nippes. Une demi-douzaine de portables à déverrouiller… » Elle aligne les téléphones sous la lampe-torche. « … nous ne tirerons pas grand-chose de la plupart, mais il y a quand même un Karmafone Virtual 8, dernière génération, qui est très recherché en ce moment sur le marché noir. »

Andrew se résout enfin à reposer son fusil et boite jusqu'à Harmony – alors qu'elle paraît avoir grandi, lui semble s'être voûté.

Sa jambe droite entre dans le halo de la lampe, révélant la cause de sa claudication : une prothèse métallique a remplacé son pied blessé un an plus tôt.

« Vous êtes rentrée si précipitamment, j'ai paniqué, explique-t-il d'une voix un peu plus calme. Depuis qu'on a dû m'amputer pour éviter la gangrène, je suis moins sûr de moi. Mes muscles ont fondu, je me traîne toute la journée comme un boulet. J'ai vraiment l'impression d'être un poids mort. Si un jour nous devons vraiment gagner les égouts pour nous enfuir, je crains de vous retarder. Chaque matin, quand vous partez chercher de la marchandise, je m'en veux de vous laisser risquer votre peau – j'ai tellement peur que vous soyez reconnue… Chaque soir, je me demande si nous avons bien fait de venir nous cacher à New York, vous la fille de Serena McBee et moi l'estropié de service… » Pris d'un doute soudain, il demande : « Est-ce que vous vous souvenez de la manière d'accéder au rapport Noé, au cas où je viendrais à disparaître ?

— Je me le rappelle parfaitement, Andrew, le rassure Harmony. L'emplacement dans le cloud accessible depuis n'importe quel ordinateur… Les sept couches de mots de passe… Et je me rappelle aussi toutes les connaissances informatiques que vous m'avez enseignées depuis un an, la manière de faire passer un fichier malgré les pare-feu et les barrières, les raccourcis secrets qui permettent de contourner les murailles de l'Internet.

« Quant à New York… c'était le meilleur endroit où nous cacher, pour nous fondre dans la multitude tout en monnayant vos talents sur le marché noir pour subvenir à nos besoins. Nous courons beaucoup moins de risques ici plutôt que sur les routes où pullulent les barrages policiers depuis le début de l'état d'urgence. » Elle s'approche de lui, les yeux brillants de reconnaissance. « Vous êtes tout le contraire d'un poids mort, Andrew, murmure-t-elle. Vous êtes le héros grâce à qui les pionniers de Mars sont encore en vie. Vous êtes le sauveur qui m'a sevré de la drogue. Vous êtes le messager qui, un jour prochain, fera éclater la vérité ! »

Un pâle sourire passe sur le visage émacié du jeune homme.

« Faire éclater la vérité…, murmure-t-il. Il y a bientôt un an, c'est ce qui a failli arriver, et alors l'explosion aurait tout grillé de la Terre jusqu'à Mars ; quelques secondes de plus et mon e-mailing partait à des milliers de journalistes…

— … mais heureusement, vous avez réussi à stopper l'exécution du software juste au moment où maman s'est réveillée ! affirme Harmony. Vous avez sauvé les pionniers de la dépressurisation, in extremis ! »

Andrew pousse un soupir.

« Je les ai sauvés ? Peut-être. Mais à quel prix ? Cela fait un an que les dirigeants politiques se déchirent à propos d'une base dont ils ignorent qu'elle ne vaut rien. Une année

que nous n'avons plus revu le professeur Mirwood... » Il
baisse les yeux. « ... ni ma famille. »

Harmony pose sa main sur son bras – un geste qu'il a
souvent fait dans le passé, pour la réconforter. Mais ce soir,
s'aperçoit-elle qu'au lieu de calmer son interlocuteur, ce
contact semble provoquer chez lui un émoi supplémen-
taire ?

Non.

La cave est trop sombre, et Harmony elle-même est trop
prise par son discours pour remarquer la dilatation des
pupilles d'Andrew, le tremblement de ses narines et le
hérissement des poils sur la peau de ses bras.

« Nous n'avons pas revu Barry Mirwood depuis qu'il nous
a prévenus en cachette du réveil de maman, mais il continue de nous écrire chaque semaine depuis la base fortifiée
de cap Canaveral, rappelle-t-elle avec chaleur. À travers ses
messages codés, il nous a confirmé que votre mère et votre
petite sœur étaient avec lui, ainsi que toutes les personnalités liées au programme Genesis. Le gouvernement les a
regroupées par mesure de sécurité, elles ne manquent de
rien là-bas – de toute façon, Vivian ne pouvait plus payer
les traites de la maison de Beverly Hills sans le salaire de
Sherman, n'est-ce pas ?... »

Andrew baisse les yeux.

« C'est pour garder ce salaire qu'il est devenu criminel,
marmonne-t-il, ressassant l'amertume qui le ronge. C'est
pour toucher l'argent de Genesis. C'est pour payer la maison avec piscine, les deux Mercedes, le train de vie de sa
famille... les études de son fils. »

Harmony resserre sa main sur le bras d'Andrew pour
le forcer à lâcher les pensées morbides auxquelles il s'accroche :

« Ne pensez plus à tout ça. Ce qui compte, c'est que
Vivian et Lucy soient en sécurité. Le président Green a promis de protéger tous les pensionnaires de cap Canaveral,

il s'y est engagé sur son honneur. Jamais personne n'osera leur faire de mal... pas même maman. »

Andrew relève la tête, mais il ne paraît pas complètement convaincu.

« Elle non plus, on ne l'a pas vue depuis un an..., murmure-t-il. Est-ce qu'elle a succombé à ses blessures ? Est-ce qu'elle a fini par mourir dans sa mystérieuse retraite tropicale ? On l'ignore, du moins le grand public. Silence radio. Je crois que c'est ça, finalement, le pire : ne pas savoir si elle reviendra un jour... »

Il désigne du menton une table basse bancale, à côté d'un vieux canapé aux ressorts défoncés, sur laquelle s'amoncellent des magazines publiés au cours des douze derniers mois. Serena McBee apparaît sur toutes les couvertures, omniprésente et pourtant insaisissable, accompagnée de gros titres racoleurs servant à cacher l'impuissance totale des journalistes à la localiser.

Février – un portrait de Serena souriante, du temps de sa gloire, devant une mappemonde : NOTRE ENQUÊTE MONDIALE SUR LES TRACES DE LA VICE-PRÉSIDENTE MCBEE.

Avril – nouveau cliché de l'Arlésienne, cette fois-ci sur son lit d'hôpital quelques heures avant sa disparition, barré d'une affirmation alarmiste en lettres rouges : CE QU'ON VOUS CACHE : SERENA MCBEE TOUJOURS ENTRE LA VIE ET LA MORT.

Juin – le ton se fait à nouveau plus léger, avec une Serena photoshopée en robe d'été sur fond de plage et cocotiers. ON A RETROUVÉ SERENA MCBEE À SAINT-BARTH ! fanfaronne la couverture, avant d'ajouter plus modestement à travers le sous-titre : NOTRE SÉLECTION DES MEILLEURES DESTINATIONS TROPICALES V.I.P..

Septembre – les limites du photomontage sont une nouvelle fois repoussées, représentant Serena en compagnie d'Elvis Presley période Las Vegas, cape de satin blanc et rouflaquettes comprises. Titre lapidaire, coup de poing

asséné sur l'esprit critique du lecteur : ENLEVÉS PAR LES
EXTRATERRESTRES !

« Moi, je crois qu'elle ne reviendra jamais, tranche soudain Harmony. Même si elle est encore en vie. »

Elle cligne des paupières – des lentilles de contact brunes
recouvrent ses iris vert d'eau, mais malgré cela son regard
garde toujours quelque chose d'irréel, une sorte de décalage avec le reste du monde.

« Je connais à peine maman, malgré dix-huit années
d'existence à ses côtés, concède-t-elle. Mais je me souviens,
quand j'étais petite à la villa McBee, de ces après-midis
entiers qu'elle passait dans les jardins, à s'occuper de ses
fleurs et de ses abeilles. Dans ces moments-là, je crois
qu'elle était heureuse, coupée de la société, de la course
à l'argent et au pouvoir. Aujourd'hui mon instinct me dit
qu'elle a trouvé un nouveau jardin, dans un lieu secret, une
retraite où elle restera à jamais cachée pour échapper à la
prison. Où qu'elle soit, elle sait très bien que plus rien ne
peut stopper l'avancée de l'ascenseur énergétique désormais. Elle a compris que les pionniers réussiront à quitter
New Eden, à sortir du puits gravitationnel de Mars et à
regagner la Terre. Alors, sa télécommande de dépressurisation deviendra inutile, et plus rien ne nous empêchera
de révéler le rapport Noé. Les leaders du monde entier
s'apercevront que la base est pourrie et qu'il n'y a rien
à conquérir sur Mars ; la compétition entre les nations
cessera et avec elle la menace terroriste ; l'état d'urgence
sera levé et les pensionnaires de cap Canaveral pourront
rentrer chez eux. »

Il y a une telle assurance, un tel enthousiasme dans la
voix d'Harmony qu'il semble impossible de ne pas la suivre
dans sa vision idyllique. Andrew boit ses paroles, la dévore
du regard.

Elle est si proche de lui !...

Il voudrait tellement la croire !...

Et aussi, il voudrait tellement...

« Ce n'est plus qu'une question de mois, Andrew, huit, pour être exacte, décompte-t-elle. Le nouvel équipage va bientôt achever son entraînement dans la vallée de la Mort. En avril, le *Cupido* quittera la Terre, en août, il arrivera en orbite martienne. Là, il déploiera l'ascenseur énergétique, chargera les pionniers et reviendra à la maison. Ces huit petits mois vont passer très vite, je vous le promets. Le plus dur est derrière nous. Avant la fin de la nouvelle année, vous retrouverez votre famille, les meilleurs chirurgiens s'occuperont de votre jambe, vous regagnerez une forme olympique et vous pourrez enfin entrer à Berkeley. Vous retrouverez votre vie d'avant, et moi... »

Elle se suspend un instant dans sa phrase, le regard tourné vers cet avenir qu'elle contemple déjà, sans voir les yeux d'Andrew qui brillent à quelques centimètres des siens et qui semblent lui crier : *Non, Harmony, je ne retrouverai jamais ma vie d'avant, parce que vous y êtes entrée !*

« ... moi, je retrouverai Mozart », achève-t-elle dans un doux sourire, détachant sa main du bras d'Andrew pour la poser sur le petit médaillon doré qui pend à son cou.

58. CHAMP
MOIS N° 10/SOL N° 258/20 H 30 MARS TIME
[377ᵉ SOL DEPUIS L'ATTERRISSAGE]

« CHAMPAGNE ! » S'ÉCRIE KELLY EN BRANDISSANT UNE BOUTEILLE estampillée Merceaugnac 1969.
Fangfang la reprend aussitôt :
« Attention à ce que tu dis à l'antenne. Techniquement, ce n'est pas du champagne, et encore moins du Merceaugnac. Le sponsor de Léonor pourrait nous reprocher une utilisation abusive de sa marque... »

La Singapourienne a raison : il y a longtemps que nous avons fini la plupart des bouteilles offertes par Merceaugnac, les deux seules qui restent sont réservées à deux occasions bien précises : une pour nous donner du courage à la veille de la prochaine Grande Tempête, qui arrivera dans huit mois maintenant ; l'autre pour célébrer notre sauvetage, si nous arrivons à gagner l'orbite martienne grâce à l'ascenseur énergétique.

Ça n'a pas empêché Kelly de s'emparer des bouteilles vides pour les remplir d'un liquide de sa création. Cela fait des semaines qu'elle y travaille chaque soir, après ses longues journées passées dehors à convoyer le matériel nécessaire à l'extension de la base. Avec l'aide du matériel de biologiste de Samson et de l'imprimante 3D, elle a confectionné dans son habitat une sorte d'alambic artisanal – apparemment inspiré de la distillerie clandestine de ses frères, à Toronto. Après différents essais infructueux, il semble qu'elle soit enfin parvenue à brasser un alcool buvable à partir de l'avoine issue des plantations – ce soir, en cette nuit de réveillon, elle est bien décidée à nous le faire déguster.

« Tu rigoles, Fangfang ? s'esclaffe-t-elle en faisant sauter le bouchon. Si les types de Merceaugnac goûtaient ce nectar des dieux, je te parie qu'ils me signeraient illico un chèque avec plein de zéros pour avoir le droit d'exploiter ma recette. Le savoir-faire de la brasserie canadienne, la saveur exotique de l'avoine martienne, et un grain de folie qui n'appartient qu'à moi : c'est du grand art ! Vous m'en direz des nouvelles ! »

Sans plus attendre, elle verse le liquide pétillant dans le premier verre à portée de main – celui de Kenji :

« À toi l'honneur, Chat ! »

Un an après notre arrivée sur Mars, la connivence entre ces deux-là ne s'est jamais démentie. Ils sont toujours aussi différents – la fille la plus extravertie de la base et le garçon le plus renfermé –, et pourtant toujours aussi complémentaires. Au fil des mois, ils se sont bonifiés au contact l'un de l'autre, Kelly gagnant en stabilité et Kenji lâchant peu à peu prise sur ses angoisses existentielles – il dort sans combinaison à présent : un exploit. Il y a vraiment entre eux quelque chose de magnétique, de ludique, une forme d'amitié amoureuse aussi pétillante que le « champagne » de Mars. Leur relation joyeuse et décontractée est à l'opposé de la passion grave et symbiotique qui lie Kris à Alexeï, et les renferme sur eux-mêmes chaque jour plus étroitement.

En les voyant tous les deux au bout de la grande table en aluminium qu'on a dressée dans le Jardin pour le réveillon, je suis frappée par leur ressemblance. En un an, Alexeï a laissé pousser ses cheveux blonds, qui lui arrivent désormais au cou et donnent à son visage l'allure d'un chevalier médiéval, d'un paladin. Aujourd'hui, Kris a déroulé sa couronne de nattes, sa chevelure est digne de celle de Raiponce et son regard lointain évoque lui aussi la princesse recluse en haut de sa tour. Les Krisalex sont l'un et l'autre vêtus de tuniques de soie écrue, naturelle – parmi les premières que Kris a confectionnées à partir de l'élevage de vers à soie, dont elle a la charge en tant que responsable Biologie. Günter lui-même, dont mon amie ne se sépare plus, est enveloppé dans une sorte de pyjama taillé sur mesure pour son corps de robot. Bref, les Krisalex et leur improbable page semblent extérieurs au groupe, appartenant à un autre espace-temps, celui des contes.

Quant aux autres « couples »… Rien n'a évolué comme le promettaient les plaquettes publicitaires du programme Genesis. Fangfang et Tao sont assis à deux extrémités opposées de la table : ça en dit long sur leur relation, en lambeaux. La Singapourienne n'a jamais pardonné à son mari d'avoir vécu une autre passion avant elle – et lui, depuis le procès, n'a jamais caché qu'il était toujours amoureux de son ancienne fiancée aujourd'hui disparue. Aujourd'hui,

Fangfang et Tao semblent redevenus des étrangers l'un à l'autre, comme s'ils ne s'étaient jamais connus.

Liz et Mozart, eux non plus, ne font plus l'effort de paraître unis face aux spectateurs. L'Anglaise, qui ce soir s'est installée à côté de moi, ne cesse de forcer mon respect. Pas une seule fois, au cours des douze derniers mois, je ne l'ai entendue se plaindre. C'est pourtant elle la première levée et la dernière couchée qui se propose pour toutes les tâches ingrates ; elle, qui supervise les travaux d'extension de la base en allant dans tous les endroits où le deuxième responsable Ingénierie, du fait de son infirmité, ne peut se déplacer ; elle, enfin, qui se rend chaque matin et chaque soir dans le septième Nid, officiellement pour vérifier l'intégrité de l'habitat... Plus d'une fois, j'ai eu la tentation de l'amener dans la pommeraie, à l'abri des caméras, pour lui demander des nouvelles de Marcus. Mais je ne l'ai jamais fait. Parce qu'au fond, c'est mieux d'agir comme s'il était vraiment mort, c'est plus simple ainsi...

Mozart en revanche est bien vivant, mais à ses yeux, c'est moi qui semble morte. Il évite de me regarder, de me parler. Comment pourrais-je lui en vouloir ? Il applique simplement l'ordre que je lui ai donné un an plus tôt : « *Fais comme si je n'existais pas.* » N'empêche que c'est douloureux.

Restent les deux derniers pionniers... Certes, Safia et Samson sont assis côte à côte à la table, inséparables comme toujours, et je suis sûre que les spectateurs comme les organisateurs n'y voient que du feu. Mais ce qui les unit est différent de ce que claironnait Serena McBee quand elle promettait au public « les mariages du siècle ».

À la pensée de la productrice exécutive, je sens mon estomac se nouer, un vieux réflexe. Cependant, ce n'est plus la crampe que je connaissais jadis, qui me coupait le souffle – au fil des mois, la sensation s'est amoindrie pour ne plus être qu'un petit pincement fugace. Les traits de Serena sont moins précis dans ma mémoire pourtant photographique, le visage lisse de sa période de gloire se mélangeant avec le masque mortuaire qu'elle affichait la dernière fois qu'elle est apparue à l'écran. Les aubes cramoisies succédant aux crépuscules poussiéreux, les examens médicaux quotidiens des membres de l'équipage, le suivi du chantier d'extension de la base : la routine de la vie martienne, en somme, a peu à peu estompé le souvenir des choses de la Terre. J'ai beau savoir, rationnellement, que la menace sérénienne est toujours présente, je la ressens moins dans ma chair – et c'est sans doute ça qui est le plus dangereux...

« Je te sers ? me demande Kelly, achevant de faire le tour de la tablée. En tant que représentante de Merceaugnac et de l'art de vivre à la française, je compte sur toi pour me dire ce que tu en penses vraiment !

— Je serai impartiale », je promets en tendant mon verre.

L'alcool s'écoule en pétillant, d'une riche robe rosée qui rappelle les plus belles journées martiennes, quand le soleil brille assez fort pour faire scintiller les fines poussières poudreuses flottant dans l'atmosphère.

« Il n'y a pas que de l'avoine, là-dedans, pour que ça ait une couleur pareille, dis-je. Qu'est-ce que tu as rajouté ?

— Ah, ah ! C'est mon fameux grain de folie : à toi de deviner. »

Je porte le verre à mes lèvres.

Les bulles roulent sur ma langue, ça pique un peu.

Derrière l'amertume de l'avoine fermentée je décèle une note fruitée, sucrée... je connais cette saveur...

« Est-ce que tu as ajouté un arôme artificiel ? Je croyais pourtant qu'on avait épuisé tous les aliments industriels Eden Food depuis longtemps...

— Tu n'y es pas, ça n'a rien d'artificiel. Ma bibine est certifiée 100 % bio !

— Bio ou pas, je n'ai pas envie de m'empoisonner, déclare Fangfang en repoussant la boisson où elle n'a pas trempé ses lèvres.

— Si tu n'aimes pas, ce n'est pas une raison pour en dégoûter les autres. »

Laissant les deux meilleures ennemies à leur joute oratoire digne d'un vieux couple, Kris aspire une petite gorgée de son verre.

« Moi… je crois que j'ai trouvé ! » dit-elle avec un sourire enfantin qui efface pour un instant l'image de la princesse inaccessible, et ressuscite mon amie de toujours.

Elle désigne du doigt le compartiment grillagé à l'extrémité du Jardin, réservé à l'élevage de vers à soie.

Fangfang ne peut réprimer une grimace de dégoût :

« Pouah ! Des vers ?

— Non ! Des mûres ! »

Mais oui, elle a raison ! C'est bien le goût de la mûre ! Kelly a dû aller cueillir des baies parmi les mûriers dont les feuilles nourrissent les insectes.

Intrigués, les pionniers goûtent les uns après les autres – Fangfang elle-même approche son verre de ses narines pour le renifler.

Des sourires se dessinent sur les visages fourbus de fatigue et de lassitude.

« C'est vraiment pas mauvais du tout, parole de Frenchy…, je concède en remerciant Kelly du fond du cœur pour ce rayon de soleil qu'elle nous offre – on l'a tellement mérité.

— Tu veux dire que c'est carrément délicieux ! renchérit Samson, ses beaux yeux verts pétillant comme le breuvage lui-même.

— J'espère que ma cuisine va être à la hauteur, dit Kris en jetant un regard inquiet aux mets qui garnissent la table et qu'elle a passé l'après-midi à concocter.

— Je suis certaine que ce sera top, assure Kelly. Les bons petits plats de Mars, accompagnés de la cuvée de Mars : on a inventé un nouveau terroir, les amis. Et la bonne nouvelle, c'est que je ne me suis pas seulement contentée des quatre bouteilles de champagne vides, j'ai aussi rempli deux barils de dix litres chacun. OK, c'est moins chic que des magnums de chez Merceaugnac, mais comme on dit chez nous : qu'importe le flacon pourvu qu'on ait l'ivresse ! »

Elle lève son verre et le vide cul sec, aussitôt imitée par toute la tablée.

« Santé, chers pionniers, santé ! »

Hein, quoi ?

Qui me parle ?

J'ouvre les yeux et je les referme aussitôt, aveuglée par la clarté ambiante.

Le jour est déjà levé ?

Quelle heure est-il ?

« Toute l'équipe Genesis se joint à moi pour vous souhaiter une belle et heureuse année... »

Ce mal de crâne !

J'ai la cervelle en compote et la voix qui rentre dans mon oreille droite la fracasse un peu plus à chaque mot qu'elle prononce !

Quant à mon oreille gauche, on dirait qu'elle est collée contre une bombe à retardement qui fait *tic-tac... tic-tac... tic-tac...*

« ... même si bien sûr nous nous basons sur le calendrier terrien, et non martien, pour vous adresser ces vœux. »

Un grognement pâteux s'élève non loin de moi, je crois reconnaître le timbre de Kelly :

« Allô, la Terre, vous pouvez pas baisser le volume ? »

Je force mes paupières à s'ouvrir pour de bon, luttant contre l'envie de les refermer.

Tic-tac... tic-tac... tic-tac...

Le visage géant de Samantha m'apparaît sur la surface du dôme, basculé à quatre-vingt-dix degrés, un peu flouté par ma gueule de bois – à moins que ce soit à cause des interférences liées à la distance, Mars étant en cette saison proche de l'éloignement maximal avec la Terre : quatre cents millions de kilomètres...

« Vous vous êtes bien amusés hier soir, quel beau réveillon... ! » dit Samantha en souriant, tandis que je prends conscience que je suis allongée par terre, en plein milieu du Jardin ; elle ajoute avec une pointe de gêne : « ... il est vrai que c'était un moment un peu foufou, nous avons dû couper quelques séquences pour rester tout public, comme le stipule la charte du programme Genesis... »

Couper quelques séquences ?

Qu'est-ce qu'elle veut dire par là ?

Et surtout, pourquoi est-ce que je ne me souviens plus de rien après le gâteau aux carottes de Kris ?

Tic-tac... tic-tac... tic-tac..., fait la bombe contre mon oreille gauche, celle qui est écrasée sur le plancher d'aluminium.

Sur le plancher, vraiment ? Comment se fait-il que le contact contre ma joue soit doux et chaud au lieu d'être dur et froid ? Est-ce que c'est vraiment un *tic-tac* que j'entends, ou plutôt un *bom-bom* ?

Je relève lentement la tête...

... et ce que je vois me dégrise aussitôt.

J'avais la tête posée sur une poitrine.

La poitrine de Mozart, qui gît toujours endormi sur le sol, sa chemise blanche à demi ouverte sur son torse doré : ce qui me berçait dans mon sommeil, ce n'était pas une bombe à retardement, mais son cœur battant.

Je voudrais me relever et m'éloigner le plus vite possible, mais quelque chose m'en empêche. Une envie puissante, venue du plus profond de moi : celle de reposer doucement ma tête au creux de l'épaule de Mozart et de me rendormir, juste de me rendormir, comme si rien d'autre n'avait d'importance.

C'est la Salamandre qui me dicte ce désir absurde, pas vrai ?

C'est forcément elle qui m'oblige à rester là, immobile près de Mozart, pendant que les autres se réveillent et que les spectateurs du monde entier se marrent derrière leurs écrans ?

Mais alors, pourquoi est-ce que je n'entends pas sa voix ?

« En ce 1er janvier, nous avons décidé de vous laisser quartier libre, annonce Samantha. Le chantier d'extension de la base a bien avancé, à défaut des bébés, que les spectateurs attendent toujours avec impatience, je vous le rappelle. Quoi qu'il en soit, cette journée de repos vous sera nécessaire pour reprendre des forces avant la dernière ligne droite, ces huit mois qui vous séparent de l'arrivée des nouveaux pionniers.

— Un jour de congé pour douze mois de taf, c'est trop généreux ! raille Kelly en se redressant péniblement, sa choucroute blonde en pétard. Comment voulez-vous qu'on ait le temps de faire des mioches avec un planning pareil ? »

Pas la peine d'attendre que la productrice exécutive intérimaire relève : allant de pair avec l'éloignement, la latence de communication atteint les quarante minutes (entre une question et sa réponse, c'est le temps d'un long-métrage). Du reste, la pique de Kelly est d'une totale mauvaise foi : nous nous sommes secrètement interdit de procréer en arrivant sur Mars, étant donné ce que nous savons de la base...

« Nous avons aussi un deuxième cadeau, continue Samantha d'un air enjoué. Mais celui-là s'adresse à un seul d'entre vous... ou plutôt à *une seule,* devrais-je dire. Léonor... »

Entendre prononcer mon nom, c'est le déclic qui me permet de m'arracher enfin au corps de Mozart pour me relever d'un bond.

Un cadeau de la part de Genesis, pour moi seule ?

Rien ne pourrait m'inquiéter davantage.

« ... ton veuvage dure depuis une année terrienne maintenant. Sans oublier Marcus, il est temps pour toi d'avancer. Tu es jeune, belle et intelligente. Et tu es l'une des futures mères de Mars. Mais pour accomplir cette fonction maternelle, il te faut un nouveau mari. »

À quelques mètres devant moi, Mozart ouvre les yeux et se relève à son tour. Est-ce qu'il se souvient de ce qui s'est passé hier soir, lui ? Est-ce qu'il a conscience de ce que Samantha est en train de sortir en direct live sur la chaîne Genesis ?

« Dans un peu plus de trois mois, les candidats secrètement choisis pour la deuxième saison du programme achèveront leur formation dans le camp de la vallée de la Mort. Ils seront présentés au public lors de la cérémonie de décollage, comme vous l'avez vous-mêmes été en votre temps. Mais cette fois-ci, il y aura une petite différence… » Le sourire de Samantha rayonne, elle pense vraiment me faire plaisir alors qu'elle est en train de me déchirer le cœur. « … nous avons sélectionné sept nouveaux prétendants et seulement six nouvelles prétendantes. L'équipage masculin comptera un Américain pour remplacer le candidat d'Eden Food, plus six autres nationalités. Sur les sept, il y en aura un pour toi, Léonor, et tu pourras le choisir en participant aux séances de speed-dating en duplex avec la bulle du *Cupido* ! »

59. Chaîne Genesis
DIMANCHE 17 MARS, 10 H 00

Plan d'ensemble sur un paysage aride et rougeâtre. À première vue, on croit reconnaître les lieux qui sont habituellement diffusés sur la chaîne Genesis : la vallée de Ius Chasma, au cœur du canyon de Valles Marineris, avec le dôme brillant du Jardin.

Mais très vite, on remarque les nombreuses différences : le sol rocailleux est moins rouge ; le soleil rayonne beaucoup plus fort, dans un ciel beaucoup plus bleu ; en guise d'habitats, le dôme de verre est flanqué d'un hangar de tôle percé de fenêtres.

Un titrage apparaît en bas de l'écran : CAMP D'ENTRAÎNEMENT GENESIS, DÔME DES GARÇONS, VALLÉE DE LA MORT.

Fondu enchaîné : on se retrouve au pied du dôme, en plan rapproché.

Un personnage se tient debout sous la chaleur écrasante. Ce n'est autre que le chanteur canadien Jimmy Giant, vêtu de jean, santiags, chemise de cowboy et gilet noir ; jusqu'au stetson qui couvre ses mèches blondes et ombrage son visage, c'est la réplique exacte de James Dean dans son troisième film, le dernier qu'il a tourné avant de mourir et celui qui a inspiré son pseudonyme à la vedette : *Giant*.

Relevant le bord de son stetson d'une pichenette, dans une attitude nonchalante elle aussi empruntée à l'acteur disparu, Jimmy Giant se tourne vers la caméra : « Chères spectatrices, chers spectateurs, je suis désolé de vous voler quelques instants d'antenne et de vous arracher, pour une poignée de minutes, aux pionniers de Mars. C'est pour la bonne cause. » Il se tourne à demi vers le dôme qui se dresse derrière lui, sur lequel le soleil se réfléchit si fort qu'il est impossible de voir au travers. « Là-dedans se trouvent les sept nouveaux prétendants qui, dans tout juste un mois, s'envoleront vers les étoiles en compagnie des six nouvelles prétendantes. À l'exception de quelques responsables du programme Genesis, personne ne connaît leur nom, leur visage ou leur nationalité. Moi-même, je ne les ai jamais rencontrés. Et eux, bien sûr, ne se sont jamais vus. Mais c'est justement ça qui est beau : ces gars et ces filles unis par une même vision d'avenir, au-delà de leurs origines. Unis par un même rêve. Le rêve de Serena. Le rêve de Marcus. En cette période troublée politiquement, il nous a semblé important, à Stella et à moi, de le rappeler… nous avons le plaisir de vous présenter *Star Dreamers*, l'hymne officiel de la saison 2 du programme Genesis ! »

La caméra dézoome rapidement, révélant une effigie perchée tout en haut du dôme : la chanteuse américaine Stella Magnifica, vêtue d'une de ses extravagantes robes holographiques dont l'immense traîne bleue semée d'étoiles flotte comme un étendard dans le vent brûlant de la vallée de la Mort.

Une mélodie de harpe électronique monte lentement en crescendo, rappelant vaguement la chanson *Imagine* de John Lennon, tandis que des centaines de choristes vêtus de robes gospel blanches émergent des deux côtés du dôme en fredonnant un air sans paroles.

Gros plan sur le visage éclaboussé de soleil de Stella Magnifica, sous un étourdissant chignon lui aussi parsemé d'étoiles ; elle bat ses faux-cils en chantant d'une voix douce le premier couplet de la chanson :
  « *I dream a world of peaceful days*
  I dream a world of starry nights… »

Contrechamp sur Jimmy Giant, qui lève la tête vers le dôme en plissant les paupières pour filtrer la lumière aveuglante, et entonne à son tour :
  « *I dream of you in blissful eternity*
  I dream of us together with humanity… »

Le chœur cesse de fredonner pour attaquer d'une seule voix le refrain fraternel, dont les échos puissants se répandent dans la vallée de la Mort :
  « *We are all*
  Star gazers
  Star lovers
  Staaar dreameeers ! »

60. CHAMP

MOIS N° 12/SOL N° 332/15 H 05 MARS TIME
[451ᵉ SOL DEPUIS L'ATTERRISSAGE]

« N'INSISTE PAS : HORS DE QUESTION QUE JE ME RECOLLE CINQ MOIS DE SPEED-DATING ! »
J'ai été très claire avec tout le monde, dès le début : je refuse catégoriquement de revivre ça. Mais malgré mes protestations, aux dernières nouvelles, la sélection masculine du prochain équipage comporte toujours sept prétendants. Si les organisateurs pensent que je changerai d'avis à la dernière minute, c'est mal me connaître !

Kris, en revanche, me connaît mieux que personne, elle sait combien la Machine à Certitudes peut être têtue. Alors, pourquoi est-ce qu'elle revient à la charge sans cesse depuis le réveillon du Nouvel An, et aujourd'hui encore pendant sa visite médicale hebdomadaire ?

« Mais pourquoi, Léo ? me demande-t-elle pour la millième fois en me couvant de ses grands yeux implorants. Qu'est-ce que tu as à y perdre ?

— Mon temps, tout simplement », dis-je en reposant avec humeur mon stéthoscope sur l'étagère de l'infirmerie.

Un sourire se dessine sur le visage de Kris :

« Ton temps, ma Léo ? Mais tu en as plus que personne, du temps, à New Eden. Je me demande souvent ce que tu fais le soir, quand tu rentres seule dans ton habitat…

— Je dessine, figure-toi. Tout le monde n'a pas besoin de se caser avec un mec pour donner un sens à sa vie. »

Je m'en veux aussitôt du côté cinglant de ma réponse.

Kris ne souhaite que mon bonheur, je le sais bien, elle n'a pas mérité mes sarcasmes.

« Excuse-moi, dis-je. Je suis un peu sur les nerfs. »

— Je vois ça…, murmure-t-elle en baissant les yeux vers Günter, qui attend silencieusement sa "mère" au fond de l'infirmerie.

— Je ne veux pas critiquer ce que vous avez, Alexeï et toi. C'est très précieux… » Je jette un coup d'œil nerveux à la caméra de l'infirmerie – même un an après, je ne me suis toujours pas complètement faite à l'idée d'être scrutée en permanence. « … votre bonheur crève l'écran. Je suis sûre qu'il inspire des millions de gens sur Terre.

— Mais toi, Léo ? demande Kris en relevant brusquement la tête. Est-ce que tu n'as pas envie d'y goûter, à ce bonheur ? Samantha a raison : ton veuvage a assez duré. Tu as le droit d'être heureuse, ici, sur Mars. Est-ce que tu sais où est ta robe de mousseline rouge, la plus belle, celle qui s'est déchirée la veille de l'atterrissage ? – tu pourrais la porter à nouveau, si tu te décides à participer aux speed-dating. »

Une fois de plus, j'ai du mal à savoir si Kris s'exprime au premier ou au second degré. Ces moments d'incertitude, de plus en plus fréquents au fil des mois, créent chez moi un terrible malaise. Quand elle évoque mon veuvage, elle a l'air d'oublier que Marcus est toujours vivant quelque part dans le tréfonds de la base. Quand elle parle du bonheur que je pourrais trouver sur Mars en me mettant à draguer un inconnu, elle semble ne pas se souvenir qu'on a tous décidé de quitter cette planète dès l'arrivée de l'ascenseur énergétique. Il y a en elle une formidable envie d'être heureuse coûte que coûte, une force mentale qui la pousse à idéaliser Alexeï, à humaniser Günter, à faire comme si tout allait pour le mieux dans le meilleur des mondes.

« Je ne sais pas où cette robe est passée, Kris…, dis-je pour couper court à cette discussion qui me pèse. Quant aux speed-dating, j'y réfléchirai plus tard.

— C'est à cause de Mozart ? me demande-t-elle soudain, à brûle-pourpoint.

— Quoi ?

— C'est à cause de Mozart que tu refuses de te prêter au jeu ? »

Mon cerveau bugue.

Mozart ?

C'est bien le nom qui est sorti de sa bouche ?

« Tu devrais le dire aux organisateurs, continue-t-elle, partant complètement en vrille.

— Qu'est-ce que tu racontes ?

— Il y a quelque chose entre vous, c'est clair ! » Les yeux de Kris étincellent d'excitation, comme si elle venait de percer le secret des lois de l'univers. « Quand j'y pense, je suis même sûre que c'est pour ça que tu refuses de te lancer à nouveau dans les Listes de cœur : parce que ton cœur est déjà pris, pardi !

— Mais non, non, pas du tout ! je me récrie, sentant une panique inexplicable me gagner. Il n'y a rien entre lui et moi !

— Allez, avoue ! On vous a retrouvés enlacés le matin du Nouvel An ! Il paraît que sur Terre, la photo a fait la une de *Watcher* et de *Cœur à Cœur* !

— *Enlacés* ? je m'étrangle. N'importe quoi ! On était ivres morts à cause du tord-boyaux de Kelly, on a dû se cogner et s'étaler au sol côte à côte, avant de se mettre à comater comme tout le monde ! *Watcher* et *Cœur à Cœur* se fourrent le doigt dans l'œil jusqu'au coude !

— Si le programme acceptait de nous montrer la bande-vidéo de cette nuit-là, je suis sûre qu'on verrait bien des choses...

— Tu délires ! dis-je en lorgnant la caméra qui continue de nous filmer, et derrière elle les millions de spectateurs qui continuent de nous regarder. D'abord, je te rappelle que Mozart est marié à Liz !

— Eh bien justement, tu devrais laisser ta place à Liz pour le speed-dating en duplex avec les nouveaux prétendants, parce que c'est clair que Mozart n'a rien à faire avec elle, et tout à faire avec toi ! » assène Kris avec un aplomb qui me scie.

Je bafouille, cherchant les mots pour la faire taire, mais à cet instant la sonnerie d'alerte retentit.

Je bondis de ma chaise, la poitrine prête à exploser.

Ma première pensée, c'est : *dépressurisation de la base !*

Mais mes réflexes acquis lors de l'entraînement dans la vallée de la Mort reprennent le dessus — le son de cette alerte n'est pas celui qui signale les problèmes techniques : c'est celui des urgences médicales.

Attrapant ma trousse de premiers secours, je bondis hors de la panic room et je déboule dans le Jardin.

Le spectacle du chantier d'extension m'apparaît à travers le dôme de verre. Trois des six nouveaux Nids d'amour ont déjà été montés au cours des derniers mois. Ils sont semblables en tous points aux habitats originels, à une exception près : leur couleur grisâtre, due au substrat de construction à partir duquel l'imprimante 3D a fabriqué leurs composants.

« Qu'est-ce qui se passe ? je hurle à Samson, faucille suspendue au-dessus des champs d'avoine qu'il était en train de moissonner.

— Je ne suis pas sûr, je crois qu'un des pionniers est tombé dans une fosse de fondation... », balbutie-t-il.

En effet, derrière les alvéoles de verre, je peux voir des silhouettes en combinaisons qui s'agitent autour d'un trou, à l'emplacement d'un futur habitat. Le maxi-rover est garé sur le bord, la pelleteuse plongée dans la fosse profonde de deux mètres.

À l'aide de cordes, deux des pionniers en extraient un troisième. L'un des sauveteurs est Alexeï — je le reconnais aussitôt à son brassard aux couleurs du drapeau russe, qu'il a demandé à Kris de lui confectionner pour afficher son patriotisme lors de chacune de ses sorties martiennes. Le deuxième sauveteur est sans doute Mozart. Quant à la combinaison qui émerge de la fosse, elle est plus fine que celle des garçons et appartient certainement à une fille – laquelle ?

Je n'ai guère le temps de me poser la question : les sauveteurs sont déjà en train de porter le corps jusqu'au sas à l'entrée de la base. Du côté du Jardin, le voyant rouge indiquant la mise en route du système de compression s'allume.

ÉGALISATION 80 %

ÉGALISATION 90 %

ÉGALISATION 100 %

Le sas s'ouvre en chuintant.

Les sauveteurs sont bien Alexeï et Mozart, à présent je peux lire les noms cousus sur leurs combinaisons – et je peux lire celui de la blessée, Kelly.

Alexeï soulève la visière de son casque et hurle :

« Il y a une lésion dans sa combinaison ! »

De sa main encore gantée, il pointe une estafilade le long du bras de Kelly.

Je me précipite à la rescousse, une seringue d'adrénaline dans ma main : c'est l'antidote d'urgence en cas de collapsus – un état de choc grave –, que je pourrai injecter à Kelly le cas échéant, directement dans le petit patch auto-obturant en silicone dont chaque combinaison est équipée sur la cuisse droite.

Mais avant de recourir à cette solution extrême, il faut suivre le protocole des premiers secours après un accident hors base, que je potasse chaque semaine sur ma tablette.

1 – Vérifier si le blessé est conscient.

Je dévisse le casque de Kelly. En dessous, elle est pâle comme un linge, mais bien consciente si j'en juge par le « Putain, ça douille ! » qu'elle me crache au visage.

Exit le collapsus : pas de piqûre d'adrénaline pour elle aujourd'hui.

2 – Localiser et stopper une éventuelle hémorragie.

J'utilise la clé de déverrouillage d'urgence contenue dans ma trousse pour démonter la combinaison de Kelly ; en quelques instants, la lourde manche se détache de l'épaule, je n'ai qu'à tirer dessus pour libérer le bras. La sous-combi noire, elle aussi, est déchirée sur une longueur de cinq centimètres. Là, pas de clé de déverrouillage : j'empoigne une paire de ciseaux et je me mets à découper le tissu high-tech jusqu'à ce que la peau soit dégagée.

Ça saigne un peu, mais à peine, la blessure semble superficielle : pas d'hémorragie.

Alexeï, qui en a profité pour ôter ses gants, prend automatiquement mon relais sur l'égratignure en y appliquant une compresse de désinfectant prélevée dans ma trousse tandis que j'effectue la troisième étape du protocole.

3 – Contrôler s'il y a des séquelles liées à l'exposition martienne.

Là, c'est la règle du G.O.R.E. qui s'applique (un moyen mnémotechnique que je me suis trouvé pour me rappeler des séquelles potentielles, mais c'est vrai que si on les cumule, le tableau peut vraiment devenir gore de chez gore).

G comme *Gelures* : je mesure la température de la blessure sous la compresse à l'aide du thermomètre optique, pour voir si le froid cuisant de Mars a eu le temps de brûler la peau... Non : 37 °C en profondeur – tout va bien.

O comme *Oxygène* : je passe un oxymètre sur le doigt de Kelly pour mesurer la saturation en oxygène de son sang, et déceler une éventuelle hypoxie. Résultat : 90 % – c'est la moyenne basse, mais ça reste tout à fait sain, la lésion dans la combinaison était sans doute trop minime pour que Kelly ait été privée d'air respirable.

R comme *Radiations* : là non plus, je n'ai pas de grandes inquiétudes, il y a peu de risques que Kelly se soit chopé un coup de soleil martien à travers une brèche si étroite dans sa combi. De fait, la peau de son bras ne présente aucun signe d'irradiation.

E comme *Ébullisme* : voilà sans doute l'effet le plus gore des quatre, conséquence possible d'une dépressurisation brutale sur la partie liquide de l'organisme – sur Mars, en l'absence de pression artificielle, le sang, la lymphe et la salive peuvent se mettre à bouillir en quelques instants... Mais heureusement, Kelly ne semble pas montrer le symptôme typique, ce gonflement généralisé du corps sous l'effet des bulles qui se forment à l'intérieur.

« Est-ce que tu ressens une douleur interne ? je lui demande, pour m'assurer que ses organes ne sont pas atteints.

— Le bras, c'est interne ? réplique-t-elle en grimaçant – mais je sens qu'elle n'a plus vraiment mal, l'analgésique contenu dans la compresse fait son effet.

— Pas de picotements ? Pas de sensation de bulles sur la langue ?

— Non et c'est dommage. J'aimerais bien en sentir, moi, des bulles sur ma langue : des bulles de champagne, pour me remonter le moral ! » Elle interpelle Kenji, qui arrive en courant après avoir ôté sa combinaison : « Chat, s'il te plaît, est-ce que tu peux aller me chercher une bouteille de champ' dans la chambre ? »

OK, je vois, ça a l'air d'aller...

Tandis que je range les instruments dans ma trousse, le reste des pionniers accourt auprès de la grande blessée, qui semble ravie d'être le centre de l'attention générale :

« Qu'est-ce qui s'est passé, Kelly ? Raconte-nous tout !

— Bof, c'est juste que la pelleteuse s'est bloquée pendant que j'étais en train de creuser une fosse de fondation, en écoutant Jimmy Giant à fond dans la cabine du maxi-rover. J'ai coupé le contact et je suis descendue pour voir de plus près. Mais au bord de la fosse, le sable a glissé sous mes bottes et je me suis cassé la figure… » Elle s'interrompt un instant pour prendre la bouteille des mains de Kenji et boire au goulot une bonne rasade de son breuvage maison. « … au fond du trou, j'ai senti un truc pointu déchirer ma combi – sans doute un rocher enfoui dans le sable, le même qui a fait buter la pelleteuse. Je n'ai pas vraiment eu le temps de voir. »

Kelly s'apprête à absorber une nouvelle rasade d'alcool, quand Liz rejoint le groupe et prend la parole :

« Je suis descendue dans la fosse avec ma lampe-torche, après qu'on t'en a retirée. J'espérais trouver quelque chose pour aider au diagnostic. Mais je n'ai rien vu. Il n'y avait pas de rocher, rien de pointu. Il y avait juste du sable. » Elle répète, dans un écho songeur : « Juste du sable… »

61. HORS-CHAMP
ALPHABET CITY, NEW YORK
MERCREDI 20 MARS, 22 H 02

« CETTE FOIS-CI, L'ULTIMATUM DE LA COURSE AUX ÉTOILES EST LANCÉ… », annonce le présentateur du journal télévisé d'une voix préoccupée.

Sur le mur derrière lui est projetée une image figurant les drapeaux américain et russe, flottant au vent sur fond de ciel nocturne, tels deux titans prêts à s'affronter.

« À moins d'un mois du décollage du Cupido, alors que l'audimat du programme Genesis pulvérise ses précédents records, Moscou a décidé de ne plus attendre une hypothétique résolution de l'ONU. Le président russe a sommé son homologue américain de reconnaître la souveraineté russe sur la partie de la base martienne qu'occupe Alexeï, et d'ouvrir sans plus tarder une ligne de communication directe entre le jeune pionnier et le Kremlin. Il semble que ce soit la diffusion du clip tourné pour Star Dreamers, la bande officielle de la deuxième saison du programme Genesis, qui ait mis le feu aux poudres... »

L'image du présentateur s'efface pour laisser la place aux images du fameux clip, sans le son.

Tandis que défilent les plans de Jimmy Giant coiffé de son stetson, et de Stella Magnifica drapée dans sa robe constellée d'étoiles, le présentateur continue de commenter en off : « La presse russe unanime, mais aussi une partie de la presse internationale, ont vivement critiqué une mise en scène jugée beaucoup trop "américaine", pour un projet qui est censé appartenir au genre humain tout entier. Aux yeux de ceux qui accusent les États-Unis de faire cavalier seul, la tenue de cowboy solitaire portée par M. Giant sonne comme un aveu. Plus grave encore : la robe de Mme Magnifica a été souvent interprétée comme une version de la bannière étoilée, un drapeau américain planté au sommet du dôme d'entraînement comme si les USA voulaient se l'approprier. Les robes gospel des choristes elles-mêmes ont été perçues par certains comme une tentative de plus d'américaniser le programme. En réponse à ces critiques, le secrétaire d'État a organisé une conférence de presse cet après-midi même à Washington... »

Les images du clip disparaissent, remplacées par la vue mondialement connue de la salle de presse de la Maison Blanche, avec son arrière-plan bleu et ses deux drapeaux américains flanquant le podium.

Milton Sunfield est debout face à une horde de journalistes. Sa crinière rejetée en arrière et ses deux mains accrochées au podium, il ressemble à un marin seul à la barre pour affronter une tempête : « ... le gouvernement américain nie formellement ces accusations, déclare-t-il. Le programme Genesis était, est et restera toujours une initiative privée et internationale. Parce que cette initiative repose sur des infrastructures en territoire américain, notre devoir est de la protéger, en aucun cas de l'annexer. Afin de le réaffirmer très

*fortement, le président Green lance ce soir par mon intermédiaire
une invitation solennelle aux chefs d'État du monde entier : Venez,
chers amis !... Vous êtes tous invités à cap Canaveral pour la
cérémonie de décollage le 17 avril prochain !... »*

*Le présentateur du journal télévisé réapparaît à l'écran : « Cette
invitation suffira-t-elle à calmer les esprits ? Rien n'est moins sûr.
Le président russe a déjà annoncé qu'il ne se rendrait pas à cap
Canaveral si les revendications de son pays ne sont pas satis-
faites d'ici là. Vingt-huit jours : c'est le temps qu'il reste avant
le décollage... »*

« Le monde est en train de devenir fou », commente
Andrew, atterré, la télécommande à la main.

Il est assis sur le vieux canapé défoncé, sa jambe de
fer posée sur un tabouret pour faciliter la circulation. Sur
l'écran de télévision posé au fond de la cave sombre, en
face du canapé, s'affichent des images de manifestations
populaires organisées en réponse aux événements décrits
par le présentateur.

*Dans les rues de Moscou, les manifestants promènent des effi-
gies du président Green habillé en cowboy comme Jimmy Giant,
des dollars dans les yeux, un revolver dans la main droite et la
planète Mars sous le bras gauche. Deux slogans reviennent sur
la plupart des pancartes : « L'espace n'est pas le Far West ! »
et « Yankees go home ! ».*

Dans les villes américaines, on défile au son de Star Dreamers,
*ruban noir du Souvenir à la boutonnière, en brandissant des car-
tons peints de symboles* peace and love *et des portraits encadrés
des chers disparus qui sont censés avoir inspiré le nouvel hymne
du programme Genesis : Marcus et Serena.*

*D'un côté de l'Atlantique, on condamne une ambition impéria-
liste ; de l'autre, on assure vouloir défendre un rêve universaliste.
La juxtaposition des deux rives donne l'impression d'un tragique
malentendu...*

« Le monde devient-il vraiment fou ? renchérit Harmony, assise sur le vieux canapé aux côtés d'Andrew. J'ai l'impression qu'il l'a toujours été. Je ne me rends pas compte. Peut-être que je n'ai pas assez de recul. Après tout, vous le connaissez depuis votre naissance, le monde, alors que je l'ai découvert il y a deux ans seulement, quand Mozart est venu m'en parler pour la première fois… »

L'image sur l'écran disparaît d'un seul coup.

Surprise, Harmony se tourne vers Andrew, ses cheveux teints en brun virevoltant autour de son visage. Elle s'apprête à lui demander s'il y a un faux contact – après tout, tout leur équipement vient d'une décharge, les avaries sont fréquentes. Mais elle se rend compte que c'est lui qui a éteint brutalement : son doigt est toujours écrasé sur le bouton de la télécommande.

« Je n'arrive toujours pas à croire que vous soyez encore amoureuse de ce type, murmure-t-il d'une voix glaciale. Je vous jure que j'essaie, depuis que je vous ai rencontrée, mais je n'y arrive pas. Comment pouvez-vous éprouver pour lui autre chose que de la haine et du mépris, après ce qu'il vous a fait subir ?… »

Harmony marque un instant de silence, un peu décontenancée par ces reproches qu'elle n'a pas vu venir, quand bien même Andrew les nourrissait en silence depuis des mois.

« Il ne m'a rien fait subir, déclare-t-elle finalement. C'est son gang, l'Aranha, qui m'a rendue accro, pas lui. Il n'avait pas le choix. Il n'était qu'un intermédiaire, un fusible dans une machine de mort, qui aurait pu sauter au moindre faux pas. Comme moi, Mozart est une victime, un sacrifié. Taxez-moi de romantisme si vous voulez, mais j'ai senti dès le premier instant qu'il m'était semblable. Nous avons tant en commun.

— Vous ne l'avez vu *qu'une seule journée* ! s'exclame Andrew.

— Ce n'est pas la durée qui compte, mais l'intensité. Regardez : il n'a fallu qu'une journée à Cindy pour tomber amoureuse de son militaire, qu'une heure de speed-dating aux prétendants pour former les couples de Mars.

— Mozart est marié à Liz, avec qui il passe désormais *toutes les heures de sa vie* !

— Ça ne marche plus entre eux, il suffit d'allumer la chaîne Genesis pour s'en rendre compte.

— Sur cette même chaîne, on voit clairement qu'il a un crush pour Léonor !...

— ... ce n'est pas partagé, vu comme elle est froide et distante avec lui. »

À court d'arguments, Andrew pousse un soupir de désespoir et de frustration.

Mais Harmony enchaîne aussitôt en posant une main réconfortante sur l'épaule du jeune homme :

« Je sais que je ne vaux rien aux yeux d'une mère qui a voulu me tuer, et j'ai perdu l'espoir de retrouver un père qui n'a jamais daigné donner signe de vie – mais ce n'est pas grave car vous, Andrew, je vous considère comme mon grand frère, ma vraie famille », assure-t-elle d'une voix douce et sincère. Se méprenant effroyablement sur les sentiments de son interlocuteur, elle pense lui adresser un compliment alors qu'elle l'écorche vif. « Vous avez toujours cherché à me protéger, je le sais. Vous vous méfiez de Mozart, c'est normal, car vous avez peur qu'il me fasse du mal. Mais je ne suis plus la petite prisonnière fragile que vous avez libérée de sa cellule il y a un an. J'ai mûri. J'ai grandi. Je suis prête à vivre dans la vie ce que, jusqu'à présent, j'ai vécu à travers les livres. »

Harmony sourit à Andrew, débordante d'amitié et de confiance, sans se rendre compte à quel point il a pâli, sans donner à son silence d'autre sens que la préoccupation d'un frère inquiet. De Jane Austen aux sœurs Brontë, de William Shakespeare à Thomas Hardy, les chers livres dans lesquels elle a passé son enfance et son adolescence lui ont appris la théorie des sentiments humains dans ses subtiles complexités ; mais pour la pratique, elle est encore une débutante – jamais encore ce décalage n'a paru si dramatique qu'en cet instant.

« Allons, un sourire, je vous promets d'être prudente quand je reverrai Mozart ! » dit-elle gaiement.

C'est le coup de grâce.

Andrew s'effondre littéralement, le tabouret glissant sous sa jambe, son dos s'enfonçant dans le canapé aux ressorts distendus.

Harmony se précipite à sa rescousse :

« Andrew, ça ne va pas ? Un malaise ? Votre jambe ? » Elle ramasse le tabouret, replace la jambe et sa prothèse dessus. « Voulez-vous que je vous fasse une injection d'anti-inflammatoires ? On n'en a presque plus, il va falloir que je trouve un moyen de m'en procurer à nouveau... »

Mais Andrew lui fait signe que ce n'est pas nécessaire.

Avant qu'elle puisse protester, le signal sonore annonçant l'arrivée d'un nouvel e-mail retentit.

Mus par un réflexe conditionné forgé par des mois de clandestinité, les deux fugitifs abandonnent leur discussion et se ruent sur l'établi où est posé le téléphone portable d'Andrew.

« C'est le professeur ? demande Harmony, anxieuse. Pourtant, il nous a déjà écrit cette semaine, et d'habitude il est couché à cette heure...

— Non, ce n'est pas lui, dit Andrew en parcourant sa messagerie. C'est Cecilia Rodriguez... » Ses pupilles courent à toute allure derrière les verres de ses lunettes, déchiffrant le message. « ... son cousin Miguel est skippeur à bord du yacht présidentiel cubain. Il fera le voyage à cap Canaveral, pour la cérémonie de décollage où sont conviés tous les présidents. Cecilia nous propose de profiter de l'effervescence pour faire embarquer secrètement ma mère Vivian et ma sœur Lucy, et les exfiltrer du territoire américain au moment du retour à La Havane. »

62. CHAMP

MOIS N° 12/SOL N° 341/09 H 05 MARS TIME
[460ᵉ SOL DEPUIS L'ATTERRISSAGE]

« J E SAIS PAS SI C'EST UN TRUC QUE J'AI BOUFFÉ HIER OU QUOI... »

Kelly est assise sur le bord de la table d'examen de l'infirmerie, l'air patraque. Elle a demandé à me voir ce matin en consultation, pour cause de céphalées (pour être exacte, ce n'est pas le terme qu'elle a employé, elle a plutôt parlé d'avoir « la tête dans le cul »...).

« On a tous mangé la même chose hier, je réplique en m'efforçant de penser comme un médecin. Et aussi avant-hier, et chaque jour depuis qu'on est arrivés à New Eden. Une intoxication alimentaire me semble peu probable. À moins que... est-ce que tu n'aurais pas forcé sur le champagne martien dans ton habitat ? »

Une expression outrée passe sur le visage de la Canadienne, à la complexion particulièrement rougeaude ce matin, comme si elle avait pris un coup de soleil derrière son casque... ce qui bien sûr est impossible puisque les visières sont traitées 100 % anti-UV. Elle rabat ses cheveux blonds derrière son oreille, révélant de petites veines rouges qui saillent sur sa tempe – *Problème circulatoire ?* je note mentalement. *Ça peut coller avec la suspicion d'alcoolisme...*

« Quoi ? s'écrie Kelly. Tu accuses mon champagne d'être un poison ?

— Disons qu'il tape dur...

— Et en plus tu m'accuses d'en boire en douce, comme une pochtronne ?

— La distillerie est dans ton habitat, je suis sûre que tu dois parfois en goûter ne serait-ce que pour perfectionner ta recette...

— Tout faux ! réplique Kelly en montant sur ses grands chevaux. Ma recette est déjà au poil, je ne vois pas pourquoi je chercherais à améliorer la perfection. Et malheureusement, la distillerie n'a pas un tel rendement que je puisse m'offrir une coupette tous les soirs. Je garde ce divin nectar pour les grandes occasions. »

À ce stade de la conversation, je comprends qu'il serait malvenu de demander à Kelly de souffler dans l'un des alcootests de l'armoire à pharmacie. Du reste, son haleine est claire, parfumée de chewing-gum à la menthe : je crois qu'elle est sobre.

« Voyons ta tension… », dis-je en passant le tensiomètre autour de son bras, sur lequel elle a relevé la manche de sa sous-combi.

Les chiffres digitaux défilent sur l'appareil et se fixent sur le couple 145/95.

« Légèrement au-dessus des valeurs normales, pas de quoi s'inquiéter, mais c'est un peu étrange chez toi qui as d'habitude une forme olympique », dis-je. Je me risque encore : « C'est peut-être lié au stress des travaux… ou à une légère déshydratation…

— Ah non ! coupe Kelly. Tu ne vas pas remettre ça : puisque je te dis que je ne bois que de l'eau. »

Sans insister davantage, je retire le tensiomètre.

Mon regard tombe alors sur l'infime cicatrice laissée par l'égratignure lors de la chute de Kelly, deux semaines plus tôt. Elle est entièrement refermée et à vrai dire presque invisible, un simple segment à peine rosé.

« Tu n'as pas mal à ton bras ? » je demande à tout hasard.

Kelly baisse les yeux d'un air étonné, elle avait manifestement oublié sa blessure.

« Mal, à cause de ce petit bobo de rien du tout ? Tu me prends pour une chochotte ? C'est de l'histoire ancienne ! »

Je ne trouve rien à y redire : tous les examens que j'ai pratiqués les heures après l'accident de Kelly ont donné des résultats normaux, et elle est bien sûr à jour de tous ses vaccins, tétanos compris.

« Tu as sans doute juste besoin d'un peu de repos, dis-je, faute de diagnostic plus précis. Tu devrais rester dans ton habitat et te ménager.

— Mais le planning de la journée est chargé ! proteste Kelly. On est censés commencer à monter le onzième habitat, et c'est mon tour de conduire le maxi-rover aujourd'hui ! En venant te voir, je pensais que tu me donnerais juste une petite vitamine, un truc de ce genre, pas un arrêt de travail !

— Mozart te remplacera, dis-je avec toute l'autorité dont je suis capable. C'est plus prudent ainsi. Et nous referons le point demain matin sur ton état de santé. »

Kelly se lève en ronchonnant et quitte la panic room – je sens que si elle le pouvait, elle martèlerait le plancher de son pas pour marquer son humeur, mais ses mouvements sont ralentis, son corps semble affaibli. Je me dis que j'ai bien fait de l'arrêter, ne serait-ce que pour quelques heures.

La journée suit son cours, semblable aux quatre cent cinquante-huit qui l'ont précédée depuis notre arrivée sur Mars. Je passe d'abord deux heures à bachoter mes connaissances médicales sur ma tablette de révision, comme le veut le protocole. Leçon du jour : *Pathologies de la glande thyroïde*. Un sujet complexe – comme tous ceux qui ont trait à l'endocrinologie –, mais crucial : les radiations cosmiques peuvent avoir un effet délétère sur les hormones, et je dois savoir reconnaître les symptômes s'ils se présentent.

Hyperthyroïdie... Thyréotoxicose... Myxœdémateux... Vers 11 h 30, quand ma tête est tellement farcie de noms à cinq syllabes que plus que rien ne peut y rentrer, je ferme le programme de révision pour me consacrer à la revue des dossiers médicaux dont j'ai la charge. Bien que nous soyons habilités à traiter toutes les urgences, Alexeï et moi avons chacun cinq patients habituels, étant nous-mêmes les patients l'un de l'autre. Depuis un an, la clientèle d'Alexeï s'est fixée sur les Fangtao, les Samsafia et bien sûr Kris ; la mienne inclut les Kenkelly, les Mozabeth et... c'est tout, depuis la « mort » de Marcus.

À cette pensée, je ressens un pincement à l'estomac, une sensation physique de culpabilité qui est devenue chronique au fil des mois – c'est mon symptôme à moi, la fille-médecin, celui que personne ne diagnostiquera jamais parce que je m'interdis d'en parler et que je m'efforce de l'ignorer à chaque fois qu'il se manifeste.

Pourquoi est-ce que je me sens coupable de ne pas visiter Marcus, d'abord ?

Pourquoi un tueur aurait-il droit à un suivi médical régulier ?

Il n'en a jamais été question lorsque nous avons établi les conditions de détention. On ne peut rien faire pour soigner la mutation D66, qui emportera Marcus un jour ou l'autre, et les autres soins semblent superflus pour quelqu'un qui ne sort jamais de la base. De toute façon, si on demandait à Alexeï de les lui prodiguer, il refuserait catégoriquement de s'en charger – et il aurait raison. Quant à moi... je ne sais pas comment je réagirais, confrontée à Marcus après tout ce temps... À vrai dire, je préfère ne pas y penser.

« Léo ?... »

Je sursaute, arrachée à mes pensées, et je me détourne vivement des courbes nutritionnelles qui s'affichent à l'écran, pour lorgner l'entrée de la panic room.

« Oui ? je coasse. C'est pour une consultation ? »

Je reconnais aussitôt la silhouette qui se détache dans l'embrasure de la porte blindée, ombre chinoise sur le contre-jour du Jardin à la tête couronnée de boucles.

« Désolé de t'interrompre..., s'excuse Mozart. J'aurais dû prendre rendez-vous.

— Je suis toujours disponible pour mes patients, comme le veut le protocole », je réplique d'une voix sèche en prenant mon air le plus professionnel.

Mais Mozart reste figé sur le seuil de la pièce. Pas étonnant, avec la distance que je m'applique à maintenir entre nous depuis des mois – niveau proximité entre le médecin et son patient, on repassera.

« Ce n'est pas vraiment une urgence…, avoue Mozart, visiblement gêné. J'ai juste… besoin de parler. »

Il y a une telle vulnérabilité dans sa voix, ce matin, que j'en ressens une émotion aussi soudaine qu'inattendue.

« Pas besoin d'urgence pour parler, dis-je, radoucie. Entre, Mozart. Je t'écoute. »

Il pénètre enfin dans la panic room, à pas comptés, et vient sagement s'asseoir sur la chaise en face de la mienne. Aujourd'hui, pas de bravade, pas de sourire charmeur ni d'air supérieur revenu de tout ; il y a juste un tremblement dans ses grands yeux bruns, une hésitation qui ne lui ressemble pas et qui pourtant me semble faire partie de lui, autant – si ce n'est plus – que tout le reste. Quelle surprise : la timidité va comme un gant au don juan des favelas.

« La nuit dernière, j'ai eu un mal fou à dormir », commence-t-il.

En effet, dans la lumière crue des spots de l'infirmerie, je distingue ses traits tirés et les cernes sous ses yeux.

« C'est sans doute le surmenage, j'affirme. Les travaux d'extension de la base sont éprouvants, surtout pour vous les responsables Navigation. Tu t'es donné à fond…

— Non, je ne crois pas que ce soit ça. Au contraire. Quand je suis dehors toute la journée, que je m'active au volant de mon rover, je ne vois pas le temps passer et ça m'occupe la tête. C'est la nuit que ça se gâte. Quand je me retrouve seul dans mon habitat et que les pensées se mettent à tourner en rond dans ma cervelle…

— Tu n'es pas seul, Mozart, dis-je en tentant de répondre de manière rassurante, comme le ferait un véritable médecin. Même si ça ne marche pas très bien entre Liz et toi, que vous faites toujours chambre à part, je suis sûre qu'avec un peu de bonne volonté ça pourrait s'arranger. Tu devrais essayer de communiquer davantage avec elle, le soir, dans l'intimité… »

Mais Mozart secoue la tête :

« Ça va au-delà de faire chambre à part. Liz ne dort plus dans notre habitat depuis des semaines. La nuit venue, quand tout le monde est couché, elle se lève et va passer la nuit dans le septième Nid…

— Quoi ? ! je m'écrie, transpercée par la surprise. Tu veux dire qu'elle passe ses nuits avec… »

Je m'arrête in extremis, stoppée net dans ma question par la conscience des caméras de l'infirmerie qui continuent de filmer, des micros qui continuent d'écouter.

Mais même si mes lèvres ne prononcent pas le nom interdit, le nom tabou de celui qui est censé être mort aux yeux du monde, une voix en moi le hurle :

(Marcus !)

(Liz passe ses nuits avec Marcus !)

« … avec Tao, complète Mozart.

— Avec Tao », je répète mécaniquement, le temps pour la Machine à Certitudes de digérer l'info, entre soulagement et surprise.

Maintenant que j'y pense, ça fait sens, ça saute aux yeux.

Tous les matins depuis un an, l'Anglaise et le Chinois se retrouvent dans le septième Nid pour s'occuper de Marcus – elle apportant la ration alimentaire, lui bloquant toute tentative de rébellion du prisonnier avec son fauteuil et son corps de colosse. Cette tâche quotidienne, sans cesse renouvelée et dont le reste de l'équipage ne veut rien savoir, a forcément créé des liens entre eux. Du reste, ils ont beaucoup en commun : Liz ne s'est jamais sentie vraiment aimée de Mozart ; les sentiments de Fangfang pour Tao ont pâli le jour où elle a appris qu'il en avait aimé une autre avant elle. Là-bas, dans le séjour aveugle et sourd du septième habitat, les deux époux négligés ont trouvé un havre. Voilà des semaines qu'ils y dorment ensemble... et je n'en savais rien !

« Tu sais, en un an de mariage, je n'ai jamais vu Liz danser, avoue Mozart. Mais si tu tends bien l'oreille, en passant devant le tube d'accès du Relaxoir quand elle y est avec Tao, tu entendras de la musique... la *Symphonie du Nouveau Monde*, je crois.

— Je suis désolée d'apprendre ça, dis-je dans un murmure en réalisant que Mozart, Fangfang et moi, nous sommes tous des veufs avant l'âge. Je comprends que le départ de Liz te perturbe. Si tu veux, je peux te prescrire des somnifères, un faible dosage, pour t'aider à passer le cap et à trouver le sommeil...

— Ce n'est pas le départ de Liz qui me perturbe. Si Tao peut la rendre plus heureuse que je n'y parviens, alors elle a raison de découcher. Ce qui me travaille, c'est l'absurdité de tout ça. » Il jette un regard autour de lui, embrassant l'infirmerie – mais j'ai l'impression que c'est toute la base qu'il désigne ainsi, derrière ce *ça*, toute la planète Mars, et peut-être même l'univers. « On nous avait dit qu'on formerait des couples mythiques, des modèles pour le monde entier. On nous avait promis que les Listes de cœur seraient gravées dans le marbre des siècles. Mais qu'est-ce qu'il reste de ces promesses, aujourd'hui ? »

Les propos de Mozart, je le sais, ne sont pas du tout politiquement corrects et ne respectent pas les consignes d'optimisme et de bonne humeur édictées par la chaîne Genesis. Mais je ne tente rien pour l'arrêter. Après tout, il ne fait que décrire honnêtement la situation que les spectateurs constatent chaque jour sur leurs écrans – il n'y a là ni révélation fracassante, ni complot démasqué : juste l'usure du temps sur les sentiments humains.

« Il paraît que sur Terre, l'ascenseur énergétique est prêt, reprend Mozart. Ils vont bientôt l'expédier dans l'espace avec un super-lanceur, pour l'arrimer au *Cupido*. Et dans trois semaines, un nouvel équipage va s'envoler. Des gars et des filles comme ceux qu'on était il y a un an et demi. Pleins d'espoirs. Pleins d'illusions. »

Je relève à peine le double sens des paroles de Mozart, ces *espoirs* et ces *illusions* qui au second degré peuvent faire référence à la viabilité de la base ; leur signification au premier degré, la seule que retiendront les spectateurs qui nous regardent en ce moment, se suffit à elle-même : le besoin d'amour crée des espoirs démesurés, de douloureuses illusions.

« Quand je pense à ces nouveaux pionniers que je ne connais pas encore, je pense à nous, les premiers colons de Mars. Oui, on a écrit l'Histoire : c'était ça, la deuxième promesse de Genesis, avec l'Amour. Maintenant, ce qui a été écrit ne peut plus être effacé. Ni ce qu'on a bâti. Ni ce qu'on a raté. Il est trop tard pour rattraper les occasions manquées. C'est cette idée-là qui m'obsède, la nuit. J'ai une sensation… – comment aurait dit Marcus, lui qui avait toujours les grands mots, les bons mots pour parler des choses ? – … j'ai une sensation d'*inéluctable*, qui m'empêche de dormir. »

Mozart me sourit, d'un sourire triste que je ne lui ai encore jamais vu.

Pour la première fois, il dépose les armes à mes pieds. En empruntant les mots de Marcus, j'ai l'impression de l'entendre reconnaître sa défaite et admettre qu'il ne se sentira jamais à la hauteur de celui qui l'a précédé. J'imagine que cet aveu devrait m'apporter un apaisement, la promesse de lendemains avec moins de tensions entre nous, moins d'attentes insatisfaites…

Mais c'est tout le contraire qui se produit, comme si la timidité de Mozart réveillait en moi une assurance nouvelle.

Par une réaction chimique étrange, mon cœur se met à battre un peu plus fort, pulsant un sang un peu plus chaud dans mon ventre.

Ma gorge se serre doucement, comme sous l'effet d'un nœud de soie invisible.

Mes yeux se mettent à piquer.

Mes lèvres tremblent, mais les mots qui en sortent coulent naturellement, sans effort, et ce ne sont plus ceux d'un médecin :

« S'il y a une chose que j'ai apprise depuis que j'ai signé pour ce programme, Mozart, c'est que rien n'est inéluctable. Il n'est *jamais* trop tard. »

Ses yeux se plissent, il ne comprend pas encore.

« Par exemple, on pensait avoir signé pour un aller simple, dis-je encore. Mais, dans quelques mois, on aura la possibilité d'un ticket retour. »

Il jette un regard à la caméra, de crainte peut-être que j'en révèle trop – mais qu'il se rassure : ce n'est pas du rapport Noé que je veux parler.

« On croyait qu'on trouverait l'amour de notre vie ; mais qu'est-ce que ça veut dire, une expression comme "l'amour de sa vie", quand en réalité on a tous plusieurs vies ?

— Plusieurs vies… ? répète-t-il en me dévisageant.

— Celle que j'étais avant de connaître Marcus était une autre fille. C'était une enragée n'ayant que mépris pour l'amour. C'était une combattante résolue à obtenir un meilleur tirage à la loterie de la vie. C'était une mutilée obnubilée par sa cicatrice – la source de toutes ses angoisses et de toutes ses forces –, prête à tout pour prouver au monde et à elle-même qu'elle pouvait y arriver.

« Puis, quand j'ai rencontré Marcus, cette fille-là est morte et une autre est née. Une deuxième vie a commencé dans ses bras. L'obsession de la réussite, la soif de revanche, l'envie de briller : tout ça s'est éteint. Ce qui avait tellement compté avant n'avait soudain plus d'importance. Tout ce qui m'importait dans cette nouvelle vie aussi intense qu'éphémère, c'était de vivre l'instant comme si rien d'autre au monde n'existait, rien d'autre que Marcus.

Mais Marcus a disparu. Avec son départ, ma deuxième vie s'est achevée.

« Aujourd'hui, après tous ces mois de routine, après cette traversée des limbes, je crois que le moment est venu d'entamer ma troisième vie. Oh, pas aussi radicale que ma première, pas aussi éperdue que ma deuxième ! Une vie plus lucide, plus douce. Un bout de chemin qu'on pourrait essayer de faire ensemble, sans brûler les étapes, au même rythme que Liz et Tao… Tu te rappelles, le jour où tu m'as proposé de m'apprendre à conduire un rover ? Je suis prête à commencer mes leçons. »

Les yeux de Mozart s'ouvrent en grand, son sourire de tristesse se métamorphose en rire de joie.

Cette vibration chaude, solaire, m'enveloppe tout entière, tandis que je prends conscience de la solitude et du froid dans lesquels je me suis enfermée depuis un an. Les paroles clairvoyantes de Kris – ces paroles que j'ai mis tant d'énergie à nier –, carillonnent dans le rire de Mozart comme les cloches d'un heureux événement : « *Il y a quelque chose entre vous, c'est clair !* »

Alors, je me mets à rire à mon tour, et ma voix se mêlant à celle de Mozart me semble composer une mélodie harmonieuse, une évidence.

Son visage se rapproche du mien ; ses yeux envahissent tout mon espace ; ses douces lèvres se posent sur les miennes, envoyant des ondes à travers tout mon corps : jusque dans ce baiser, nous rions encore.

Il me faut de longues secondes pour distinguer la vibration de la sonnerie d'alerte derrière celle de notre rire.

Mozart, le premier, détache ses lèvres des miennes.

Je lis dans ses yeux la même peur irrationnelle que je ressens moi-même, comme si nous venions de faire quelque chose d'interdit, comme si c'était pour nous que l'alerte s'était déclenchée.

Mais à cet instant, Kris déboule dans l'infirmerie en criant :

« Léo, viens vite dans le Jardin, on a besoin de toi !

— Quoi ? Qu'est-ce qui se passe ?

— C'est Kelly ! Elle a fait un malaise, elle s'est évanouie au volant du maxi-rover ! »

Je jette un regard à Mozart, je ne comprends pas :

« Le maxi-rover ?… Mais je lui avais interdit de s'en servir aujourd'hui, elle était censée te céder sa place. Je croyais que tu étais en pause-déjeuner quand tu es venu me voir ici, à l'infirmerie…

— Kelly ne m'a pas parlé de cette interdiction…, bafouille Mozart. C'est elle qui est au volant depuis ce matin… »

Ignorant notre échange, tout comme elle ignore ce qui s'est passé entre nous il y a quelques instants, Kris m'attrape par la manche :

« Vite, Léo ! Kelly est toute rouge : elle ne respire plus ! »

63. HORS-CHAMP
ALPHABET CITY, NEW YORK
MERCREDI 10 AVRIL, 20 H 10

« **E**ST-CE QUE VOUS ÊTES SÛR DE VOUS, ANDREW ? demande Harmony.

— Oui. C'est une occasion unique. Elle ne se représentera peut-être pas. Nous devons la saisir. »

Il y a dans la voix d'Andrew une grande détermination. Une grande froideur aussi, qui ne l'a pas quitté depuis qu'Harmony l'a éconduit sans s'en rendre compte deux semaines plus tôt.

« Ma mère et ma sœur seront plus en sécurité à Cuba, hors des griffes du programme Genesis. Vous avez beau prétendre que le gouvernement les a logées à cap Canaveral pour les protéger, que Serena McBee ne se manifestera plus jamais, je ne serai pas tranquille avant de les savoir hors de son atteinte.

— Cuba... », murmure Harmony, comme pour se faire à l'idée.

Un long sifflement s'élève dans la cave, telle une alarme. La jeune fille se lève du canapé défoncé et marche jusqu'à la bouilloire électrique au couvercle fendu, posée sur un coin de la vieille gazinière : en ce début avril, les températures sont encore glacées, et les boissons chaudes indispensables pour lutter contre le froid et l'immobilité.

« Je comprends, dit-elle en versant lentement l'eau dans la théière. Et je sais à quel point vous vous en faites pour Vivian et Lucy. Mais cette idée d'embarquer nous aussi à bord du yacht du président cubain...

— C'est le seul moyen de les convaincre de monter à bord : il faut que j'y sois, tranche Andrew. Il faut que je sois là pour elles. C'est ce qu'on appelle *la famille*, vous comprenez ? »

Harmony se prend la remarque comme une gifle, un camouflet qui la réduit momentanément au silence : non, elle ne peut pas comprendre ce qu'elle n'a elle-même jamais connu.

« Cecilia et son cousin Miguel viendront nous chercher à bord d'un zodiac sur la plage de Cocoa, rappelle Andrew. Le 17 avril à 6 H 30 du matin, lorsque le yacht présidentiel sera déjà entré dans les eaux américaines, mais pas encore dans le périmètre sécurisé de cap Canaveral. Nous nous cacherons au fond de la soute, dans la cambuse où sont rangées les provisions, un endroit où les forces de sécurité ne nous trouveront pas – Miguel a tout arrangé. C'est là que ma mère et ma sœur nous rejoindront : le professeur Mirwood, que j'ai mis dans la boucle, les y mènera juste après le décollage du nouvel équipage, puis il regagnera la base pour ne pas éveiller les soupçons. Nous quitterons clandestinement la Floride tous les quatre et nous gagnerons Cuba, où nous serons enfin en sécurité.

— C'est cette dernière partie qui me fait douter, reprend timidement Harmony. Est-il indispensable que nous allions nous aussi jusqu'à Cuba ? Ne pourrions-nous pas retourner en Amérique après avoir exfiltré votre famille, et revenir ici, à New York ? Est-ce que nous devons vraiment abandonner notre pays ? »

Les yeux d'Andrew se glacent derrière ses lunettes à monture noire.

« Je ne veux pas abandonner mon pays ! s'écrie-t-il. Je veux le sauver, au contraire ! J'aime les États-Unis ! J'aime ce peuple épris de liberté, ses valeurs et ses idéaux, je l' aime du fond du cœur ! Mais parfois, ceux que l'on aime se fourvoient dans des chemins impossibles… » Il appuie ses paroles d'un long regard en direction d'Harmony, un regard lourd de cet amour qu'il ne peut se résoudre à lui avouer et qu'elle n'est pas capable de deviner. « … le conflit diplomatique dans lequel l'Amérique s'enferre, ce programme de mort qui la fascine sans qu'elle se rende compte de sa vraie nature, l'ombre de Serena qui continue de planer sur son avenir : toutes ces choses me torturent. Toute cette incertitude me rend malade. Qui sait ce qui va vraiment se passer dans cinq mois, quand l'ascenseur énergétique se déploiera au-dessus de Mars ? Quelles seront les répercussions ici sur Terre du retour des Martiens et de la révélation du rapport Noé ? Comment est-ce que le programme Genesis, Atlas Capital, le gouvernement, *le public lui-même* accueilleront la vérité ? Je préfère être dans un endroit où j'aurai les coudées franches pour venir en aide aux pionniers, fût-ce à distance. Je préfère être dans un pays où les drones de la CIA n'auront pas le droit de patrouiller, pour être en mesure de combattre efficacement la propagande de Genesis lorsque le moment viendra. »

Harmony repose le couvercle sur la théière remplie, avec une délicatesse infinie, comme s'il était de cristal et non de vieille faïence ébréchée.

« Je ne voulais pas du tout vous traiter de déserteur, dit-elle avec prudence. Vous êtes l'homme le plus courageux que je connaisse, aussi bien dans la vie – où j'ai rencontré peu d'hommes –, que dans les romans – où j'en ai côtoyé des centaines. » Elle saisit la théière par l'anse et la rapporte vers le canapé. « Mais quand vous parlez de *combattre*, n'est-ce pas un peu tôt ? Est-ce que, à ce stade, il ne serait pas plus sage d'*attendre* ?...

— ... attendre le retour des pionniers, et de l'un d'entre eux en particulier, n'est-ce pas ? précise Andrew avec un rictus amer. Vous voulez vraiment sauter sur Mozart dès qu'il sortira de sa capsule ? Je vous préviens : avec le choc de l'entrée dans l'atmosphère terrestre et la réadaptation à une gravité trois fois supérieure à celle de Mars, il sera réduit à l'état de loque humaine pendant des semaines avant de pouvoir se lever de son lit et tenir debout. Oui, aussi incroyable que ça puisse vous paraître, votre Apollon sera encore plus handicapé que moi ! »

Harmony laisse retomber la théière sur la table basse près du canapé – en fait une simple caisse retournée –, un peu de thé brûlant s'échappe par le bec.

« Je ne vois pas ce que Mozart vient faire dans cette discussion, Andrew, bafouille-t-elle. Sachez que je n'ai pas l'intention de *lui sauter dessus*, comme vous dites. Et d'abord, les choses ont changé. Il semble s'être rapproché de Léonor dernièrement... Je m'étais peut-être trompée en estimant qu'il n'y avait rien entre eux... »

Son regard tombe sur les derniers numéros de *Watcher* et de *Cœur à Cœur*, posés sur la caisse à côté de la théière. La photo du baiser échangé par le Brésilien et la Française dans l'infirmerie de la base martienne s'étale sur la couverture des deux magazines. Seuls les titres changent. COUP DE FOUDRE À NEW EDEN, annonce le premier tabloïd ;

IL N'EST JAMAIS TROP TARD ! assure le second, paraphrasant les mots de Léonor elle-même.

« Ça ne me pose aucun souci de vous suivre à Cuba, Andrew, si vous pensez que c'est pour le mieux. » Tout, dans le timbre d'Harmony, indique au contraire que c'est un arrachement ; ni Andrew ni elle n'en sont dupes, et pourtant elle répète, d'une voix trop forte pour être convaincante : « Aucun souci du tout ! »

64. CHAMP
MOIS N° 13/SOL N° 361/21 H 05 MARS TIME
[480ᵉ SOL DEPUIS L'ATTERRISSAGE]

COMMENT VA-T-ELLE, CE SOIR ? » je demande en entrant dans l'habitat des Kenkelly, ma trousse de médecin dans la main.

Comme à chacune de mes deux visites quotidiennes, Kenji me répond par un regard muet et chargé de reproches, sous le bandeau blanc qu'il a noué sur son front – un accessoire comme en portent les guerriers nippons dans les films d'arts martiaux et qu'il ne quitte plus ces jours-ci.

Il n'a pas besoin de parler pour me faire sentir qu'il me tient en partie pour responsable de l'état dans lequel se trouve sa compagne depuis trois semaines, moi qui n'ai pas su l'empêcher de prendre le volant après l'avoir examinée en consultation le matin même de son malaise.

« Voyons un peu la grande malade ! » je m'exclame d'une voix enjouée, forcée, pour meubler le silence accablant du Japonais.

Je passe devant la petite chambre, à travers la porte de laquelle j'entrevois les alambics qui servent de distillerie artisanale aux Kenkelly, et je me dirige vers la chambre master.

Kelly est là, allongée dans le lit king size. J'ai beau plaisanter en parlant de « grande malade », le terme est en réalité tout à fait adapté : la Canadienne n'est plus que l'ombre d'elle-même. Il y a quelques jours, elle trouvait encore la force de se promener dans le Jardin, mais là elle n'a pas bougé de la position où je l'ai laissée lors de ma dernière visite ce matin. Son corps immobile gît sous le drap blanc. Ses cheveux peroxydés, aux racines sombres qu'elle n'a plus le cœur de décolorer, s'étoilent sur l'oreiller en rayons rigides qui semblent avoir perdu toute leur souplesse. Mais le plus saisissant est sa peau : naguère fraîche et rosée, véritable pub vivante pour le grand air du Canada, elle est devenue carrément *rouge*, avec des plaques vermeilles sous ses yeux, sur ses tempes, autour de ses joues. Les veines ressortent au creux de ses bras posés à plat sur le lit, gonflées et palpitantes, comme si elles convoyaient trop de sang…

Trop de sang : c'est le diagnostic que j'ai fini par établir, avec l'aide du microscope électronique de l'infirmerie. Les prélèvements pratiqués sur Kelly montrent chaque jour une concentration de globules rouges plus importante que la veille, bien au-delà de la normale physiologique. Les médecins de Genesis ont mis un nom sur cette bizarrerie : *polyglobulie*. Tout un tas de symptômes sont rangés derrière ce terme barbare, exactement ceux dont Kelly souffre depuis le matin où elle était venue me consulter : maux de tête, acouphènes… et bien sûr érythrose, le rougissement de la peau sous l'afflux de sang trop abondant, trop visqueux, trop rouge. Mais tous ces mots compliqués au fond n'expliquent que la surface, et laissent une question en profondeur : qu'est-ce qui a déclenché cette réaction étrange dans l'organisme de Kelly ? Sur Terre, les médecins de Genesis ont consulté leurs manuels : la polyglobulie est soit une maladie génétique présente dès la naissance, qui parfois se manifeste uniquement à l'âge adulte ; soit une réaction de l'organisme à un manque d'oxygène chronique, la production de globules rouges augmentant pour fixer davantage de molécules d'O_2. Or, les médecins ont réalisé un dépistage génétique sur les gamètes de Kelly contenues dans la banque du programme (en signant le contrat Genesis, on a toutes accepté le prélèvement de quelques ovules, dont la moitié nous a suivies ici sur Mars pour aider à la fécondité le cas échéant, et dont l'autre moitié est restée sur Terre). Résultat : négatif, les gènes de Kelly ne sont pas porteurs de polyglobulie primitive. Quant à l'hypothèse d'une polyglobulie secondaire... Kelly n'est pas fumeuse, elle ne présente pas de maladie respiratoire chronique et elle n'a pas passé les dernières semaines en haut d'une montagne, comme ces alpinistes qui viennent à manquer d'oxygène. Bref, il n'y a aucune raison pour que sa moelle épinière se soit brusquement mise à jouer les stakhanovistes en triplant le rythme de production de globules rouges...

« Tiens, revoilà Vampirella ! plaisante Kelly d'une voix enrouée en me voyant approcher du lit – il a fallu attendre que je sois à moins de deux mètres pour qu'elle me reconnaisse. Tu viens encore planter tes crocs dans une innocente victime ? Vade retro ! »

Je m'efforce de sourire en déballant mon matériel médical sur la table basse intégrée au lit – une seringue, des compresses et le plus gros tube de prélèvement que j'ai pu trouver. Faute de connaître la cause de la maladie de Kelly, le seul traitement est symptomatique et vieux comme le monde : la saignée, comme dans cette pièce de Molière que j'ai étudiée pendant ma dernière année de lycée, avant de fermer les manuels pour aller travailler à l'usine...

« Étant donné qu'on ne cultive pas d'ail à New Eden, Vampirella n'a rien à craindre ! dis-je en plantant l'aiguille dans le bras de Kelly.

— Qui te dit que je n'ai pas un épieu de bois planqué sous les draps pour te l'enfoncer dans le cœur ? »

Je roule des yeux faussement effrayés pour distraire la malade, tandis que le tube de prélèvement se remplit peu à peu. Chaque soir, j'allège ainsi son sang alourdi par un trop-plein de globules – mais pour combien de temps encore ? L'organisme de Kelly semble réagir en en produisant toujours plus, et si ça continue, il faudra bientôt lui faire des prélèvements au litre pour éviter que le liquide dans ses veines ne se transforme en mélasse…

« Les toubibs de Genesis ne savent toujours pas pourquoi je me suis transformée en banque du sang ambulante ? » demande-t-elle, retrouvant soudain son sérieux.

Elle lève vers moi ses yeux bleus, dont la couleur ressort étrangement sur le rouge de sa peau.

« Ils continuent de chercher, dis-je en retirant l'aiguille et en appliquant une compresse avec un sparadrap sur le point de ponction. Ils reçoivent chaque jour les analyses de tes prélèvements : le micro-labo de l'infirmerie est connecté à la Terre.

— C'est sympa qu'ils se creusent la tête, mais la mienne va finir par exploser…, soupire Kelly en grimaçant. J'en ai ras la casquette d'être clouée au lit… rouge comme une écrevisse en fin de cuisson… la cervelle au court-bouillon. » Elle semble lutter pour garder les yeux ouverts. « Ils ne t'ont pas dit où ils en étaient ? Est-ce qu'au moins ils tiennent une piste ?

— Aux dernières nouvelles, ce serait une réaction tardive et imprévue de ton organisme à la gravité réduite de Mars, dis-je. Tout du moins, c'est l'hypothèse vers laquelle ils penchent. Je vais te donner une dose d'aspirine pour la nuit, ça t'aidera à dormir et ça fluidifie le sang. Demain matin, si tu es d'attaque, on fera une séance d'une heure en caisson de recompression pour voir si ça améliore tes symptômes…

— Le caisson de recompression ne servira à rien », assène une voix dans mon dos.

Je sursaute – Kenji était tellement silencieux, depuis mon arrivée, que j'en avais oublié sa présence dans l'habitat.

« Pardon ? dis-je en me tournant vers lui.

— La maladie de Kelly n'a rien à voir avec la gravité réduite. »

Je cherche à accrocher le regard de Kenji pour mieux comprendre ce qu'il essaie de dire. Pas moyen : comme d'habitude, ses yeux fuient les miens, demeurent insaisissables sous le bandeau blanc, entre ses longues mèches noires effilées.

Du fond de son lit, Kelly pousse un nouveau soupir.

« Chat est persuadé que mon état est lié à mon égratignure d'il y a un mois, quand je suis tombée dans la fosse de fondation, dit-elle. C'est absurde : je me sentais très bien dans les jours qui ont suivi, et aujourd'hui il n'y a plus la moindre trace de ce petit bobo. »

Pour preuve, elle lève son bras où, en effet, aucune cicatrice ne subsiste.

Mais Kenji n'en démord pas :

« Une chose de Mars est entrée dans le corps de Kelly… », murmure-t-il.

Tel un écho, la voix synthétique de Günter résonne dans ma mémoire, aussi claire que lorsqu'il nous a lâché sa bombe quinze mois plus tôt : « *Le septième habitat n'est pas sécurisé. Il a été endommagé lors de l'avant-dernière Grande Tempête. Le sol 511 du mois 18, à 22 H 46, une chose venue de l'extérieur a perforé sa coque.* »

Une chose : toujours ce même terme vague, imprécis comme la menace qu'il est censé décrire. Quelle *chose* peut bien se cacher dans les tempêtes opaques de Mars, sous les sols morts de Mars ? Aucune, sans doute. Liz n'a-t-elle pas été vérifier en personne, le jour même de l'accident ? – il n'y avait rien dans la fosse où est tombée Kelly ! Depuis plus d'une année terrienne que nous sommes ici, nous n'avons jamais rien vu d'autre que du sable et de la poussière. Les échantillons de terrain prélevés et analysés par

Kris et Samson, nos responsables Biologie, n'ont jamais décelé la moindre trace de vie organique – et c'est bien normal, comment pourrait-il en être autrement dans les conditions infernales de Mars ?

Pourtant, malgré ces certitudes, en dépit de ce que me dicte la raison, je m'entends demander à Kenji du bout des lèvres :

« Quelle chose ?... Quelle chose est entrée dans le corps de Kelly ?... »

Les paupières de Kenji se plissent sur ses yeux, toujours rivés au plancher. Une ridule se forme sur son front lisse, une contraction, comme s'il lui en coûtait de me répondre. Les mots sortent de sa bouche au compte-gouttes :

« Une punition... Une vengeance... Un châtiment envoyé par... »

Il s'interrompt dans sa phrase, en suspens.

Je sens la fébrilité me gagner, mélange d'impatience et d'inquiétude.

« Un châtiment envoyé par *qui*... ? » je demande.

Cette fois-ci, Kenji reste muet.

Est-ce qu'il sait un truc qu'on ignore, ou est-ce qu'il s'invente des fantômes ?

Est-ce que son imagination de phobique lui joue des tours, ou est-ce que c'est lui qui joue avec moi ?

« Un châtiment envoyé par *qui* ?!... je répète d'une voix agressive, qui trahit mon malaise – pas du tout la voix calme et posée qu'on attend d'un médecin.

— ... par personne, répond Kelly à la place de son mari. Je sais pas quel délire vous vous faites, tous les deux, mais je peux vous dire que je ne ressens aucun autre châtiment que celui de la gueule de bois. Genre lendemain de cuite, alors que j'ai été sobre comme un chameau, c'est trop injuste ! Mais ça se soigne peut-être pareil ? J'ai entendu dire que le meilleur moyen de faire passer une murge, c'est de s'en recoller une dans la foulée... » Le sourire revient sur le visage de Kelly, se fait implorant. « … dis, docteur, j'ai droit à une petite rasade de champagne martien ?

— Ce n'est pas recommandé dans ton cas, je réponds distraitement, encore troublée par les mystérieuses allusions de Kenji.

— Est-ce qu'au moins j'aurai le droit de trinquer avec les autres demain, pour fêter le décollage de la deuxième saison du programme Genesis ? »

Ce rappel brutal du calendrier m'arrache aux spéculations martiennes, pour me ramener dans l'ici et maintenant.

Le décollage du *Cupido* !

Demain, déjà !

Il attend quelque part là-haut, dans le ciel de la Terre, équipé de l'ascenseur spatial énergétique qu'un super-lanceur non habité a expédié en orbite la semaine dernière…

Une bouffée d'émotions remonte dans ma poitrine, mêlée de souvenirs de notre propre décollage, et d'appréhensions liées à la confrontation avec les nouveaux pionniers. J'ai beau savoir qu'ils ne descendront pas sur Mars, que nous les empêcherons de le faire, eux ils ne le savent pas. Ils pensent s'embarquer pour une grande et belle odyssée, comme nous le croyions à l'époque. En les laissant partir, nous leur mentons, même si c'est le seul moyen de nous sauver.

Exact, vous leur mentez par omission, exactement comme Marcus vous a menti ! s'exclame ma mauvaise conscience.

Non ! me dis-je en serrant les dents.

Ça n'a rien à voir, on en a amplement discuté avec les autres dans le secret du septième habitat !

Quand Marcus a menti, il s'agissait d'un voyage en aller simple, alors que cette fois-ci le ticket retour est garanti ! Le *Cupido* aura assez de nourriture, d'oxygène et d'eau pour tous nous ramener sur Terre sains et saufs.

« Y a un bug, Léo ? demande Kelly. T'as entendu ma question ?

— Oui…, je murmure, reprenant mes esprits.

— Oui, je pourrai trinquer avec les autres ?

— Oui, j'ai entendu ta question. Je vais en parler avec les médecins du programme. Je te promets de faire le max. Maintenant, tâche de te reposer, et à demain matin. »

Je range mes instruments et je quitte l'habitat, laissant Kelly aux soins de l'infirmier le plus attentionné qui soit. Même si Kenji fait parfois des trips flippants, comme tout à l'heure, je sais qu'il serait prêt à tout donner pour sa femme.

Je fais un crochet par l'infirmerie, je dépose le tube de prélèvement dans le réceptacle prévu à cet effet, je programme l'ordinateur pour qu'il fasse l'analyse hématologique pendant la nuit. Puis je quitte la panic room, éteignant les lumières derrière moi, et je traverse le dôme enténébré en direction de mon propre habitat – voyons, il doit me rester du tofu dans le réfrigérateur, et peut-être aussi un vieux bout de…

Une succulente odeur m'accueille dans le tube d'accès.

« Surprise ! »

Mozart est là, aux fourneaux de la kitchenette, en train de cuisiner. Il a même mis un tablier par-dessus son débardeur : le macho s'est transformé en cuistot. C'est son talent caché, celui que les filles de la favela lui ont enseigné et qu'il ne déploie qu'en privé. La panoplie de l'homme au foyer le rend plus sexy encore, et aussi, tellement rassurant.

« Qu'est-ce que tu fais là ? dis-je en lorgnant les caméras fixées au plafond. Tu dois attendre minuit pour venir, quand ça arrête de tourner. Les spectateurs…

— Ils nous ont vus échanger un baiser l'autre jour, me rappelle Mozart avec un sourire lumineux. On fait la couv des magazines sur Terre, je sais que Kris te l'a dit.

— Les autres pionniers…

— Ils sont tous dans leurs habitats à l'heure qu'il est – et puis, à quoi ça sert de nous cacher plus longtemps ? »

Aucune réponse ne me vient à cette question. À vrai dire, je ne sais même plus pourquoi on a décidé de vivre notre relation en secret, pendant la période off entre minuit et 8 h 00, comme Liz et Tao le font de leur côté au sein du septième habitat. C'était sans doute une de mes idées butées. Pour protéger le fragile équilibre social de la base, en faisant semblant de respecter les couples issus des Listes de cœur ? Pour me protéger moi-même, en freinant artificiellement les choses ? Peu importe. Ce soir, avec la maladie de Kelly que je suis impuissante à soigner, avec les énigmes de Kenji que je suis incapable de comprendre, avec le départ des nouveaux pionniers qui approche et me remplit de doutes, je n'ai plus envie de secrets.

« À rien, dis-je finalement. Ça ne sert à rien de nous cacher. Dès demain, on annoncera aux autres qu'on est ensemble. »

Mozart laisse échapper un cri de joie, solaire et communicatif, qui me réchauffe le cœur :

« *Tu és o meu amor !* La fille d'Ipanema a mérité ses acarajés !… »

Il s'écarte du plan de travail, dévoilant un plat rempli de beignets dorés, autrement plus appétissants que le tofu fermenté à partir du soja de la base.

« … j'ai fait du mieux que j'ai pu, mais ils ne sont pas aussi bons que ceux de Samson. Y a un truc magique dans sa recette, mais quoi ? J'aimerais bien lui demander son secret, mais je n'ose pas, après le comportement dégueulasse que j'ai eu avec lui…

— De l'eau a coulé sous les ponts. C'est l'époque des nouveaux départs. Tout est possible maintenant », dis-je en me laissant enivrer sans retenue par le parfum de la nourriture, par le sourire de Mozart, par cette ambiance de foyer sereine, à l'opposé de l'excitation étrange que j'ai goûtée avec Marcus, et qui est si douce – si douce !

65. HORS-CHAMP
COCOA BEACH, FLORIDE
MERCREDI 17 AVRIL, 06 H 15

LE VENT VENU DU LARGE SOULÈVE LES CHEVEUX TEINTS D'HARMONY, fait claquer son T-shirt, son foulard, tous ses vieux vêtements chinés dans les poubelles de New York – mais qui, sur son corps longiligne, acquièrent une élégance nouvelle.

De son regard assombri par les lentilles de contact colorées, elle scrute l'étendue noire de l'océan, au-dessus duquel le jour ne s'est pas encore levé. Tout autour d'elle s'étend Cocoa Beach : des kilomètres et des kilomètres de sable nettoyés par la dernière marée. Dans quelques heures, quand le soleil brillera, les vacanciers envahiront par milliers ce territoire vierge, l'une des plus belles plages de Floride, la dernière avant le territoire sécurisé de cap Canaveral ; mais pour l'heure, Cocoa Beach est aussi déserte qu'au commencement du monde.

« Je ne vois rien, murmure la jeune fille, inquiète.

— Un peu de patience, répond Andrew. Il n'est pas encore 6 H 30. »

Sa capuche de survêtement rabattue sur sa tête, il scrute son téléphone portable. La lumière de l'écran se reflète dans les verres de ses lunettes, sur son visage creusé par l'ombre d'une barbe de trois jours. Sa prothèse métallique, enfoncée de quelques centimètres dans le sable pour trouver une stabilité, achève de lui donner un air de pirate, de flibustier.

« Cecilia m'écrit qu'ils seront à l'heure », précise-t-il avant de lever lui aussi son regard vers l'Atlantique.

Les deux jeunes gens restent quelques minutes en silence à regarder le miroir océanique dans lequel se reflètent la lune et les constellations.

« Je me demande parfois ce qu'est devenue Cindy, après sa fuite…, dit soudain la jeune fille. Je me demande si elle a retrouvé son militaire, et s'ils sont ensemble en ce moment… »

À cet instant, une étoile filante apparaît à l'horizon.

Une étoile filante ? – non, cette lumière-là ne vient pas du ciel : surgie des flots, elle grossit de seconde en seconde. Bientôt, la silhouette d'un zodiac se précise, à la proue duquel se tient une silhouette balayant la mer du faisceau d'une lampe-torche.

Hamony referme sa main sur celle d'Andrew.

Lui resserre la sienne sur son téléphone portable.

Le ronronnement du moteur grossit d'instant en instant.

« Et si c'était un piège ? demande soudain Harmony. Et si ce n'était pas Cecilia, dans ce bateau ?

— Mon e-mailing est toujours prêt à partir, si c'est le dernier recours, répond Andrew d'une voix tendue. Il me suffit d'appuyer sur une touche pour révéler le rapport Noé. »

Le bruit du moteur cesse brutalement, remplacé par une voix de femme à l'accent hispanique, qui appelle :

« Andrew ?… »

La silhouette tourne la lampe-torche vers elle-même, illuminant une belle femme blonde en gilet de sauvetage.

« Ici, Cecilia ! » répond le jeune homme.

Une expression émue se dessine sur le visage de Cecilia Rodriguez :

« Oh, Andrew ! Après tout ce temps ! »

Continuant sur sa lancée, moteur éteint, le zodiac achève de glisser en silence sur les quelques mètres qui le séparent de la plage. Un deuxième passager se précise dans les ténèbres, assis à l'arrière : un homme brun d'une trentaine d'années, en costume blanc et képi assorti.

« Je vous présente mon cousin Miguel ! s'empresse de préciser Cecilia. Et cette personne qui est avec vous… je suppose que c'est mademoiselle McBee ? »

La jeune fille frissonne dans la brise qui précède l'aube :

« Harmony, madame Rodriguez, dit-elle. Appelez-moi juste Harmony.

— C'est d'accord, si vous m'appelez juste Cecilia. »

Harmony hoche la tête.

Puis elle prête son bras à Andrew, descendant la grève avec lui, jusqu'à l'eau.

Son pantalon de skippeur retroussé jusqu'aux genoux, Miguel descend un instant du zodiac pour aider les deux fugitifs à se hisser jusqu'à l'embarcation :

« *Bienvenidos a bordo*, bienvenue à bord, dit-il simplement, dans un anglais hésitant.

— Merci de prendre ce risque… », commence Andrew.

Miguel répond en espagnol, des paroles que sa cousine traduit aussitôt :

« Vous avez aidé Cecilia, à mon tour de vous aider. C'est comme si vous faisiez partie de la famille. Il faut nous dépêcher de regagner le yacht avant qu'il entre dans le port de cap Canaveral. »

Miguel tire sur le lanceur du moteur hors-bord, qui démarre en pétaradant.

Le zodiac s'éloigne dans la nuit, et bientôt son ronronnement lui-même disparaît derrière le doux ressac des vagues.

66. CHAMP
MOIS N° 13/SOL N° 362/09 H 00 MARS TIME
[481ᵉ SOL DEPUIS L'ATTERRISSAGE]

« **M**OZART ET MOI, NOUS AVONS UNE ANNONCE IMPORTANTE À VOUS FAIRE… »
Tous les yeux sont braqués sur nous deux : non seulement ceux des pionniers endimanchés, rassemblés dans le Jardin (Kelly elle-même est présente, enfoncée

dans le fauteuil roulant de rechange de Tao, le visage tartiné de fond de teint Rosier pour masquer la rougeur de sa peau) ;

mais aussi les yeux de Samantha, dont l'image en grande tenue est retransmise sur le revers du dôme (ses bijoux sophistiqués et son tailleur blanc de couturier ne sont pas sans rappeler ceux de Serena, comme si elle singeait son mentor disparu) ;

enfin, derrière les caméras, les yeux de tous les Terriens branchés sur la chaîne Genesis en ce jour exceptionnel qui marque le départ de la saison 2 (je les imagine avec leurs T-shirts, leurs casquettes, leurs fanions aux couleurs du programme).

« … nous allons emménager ensemble, dans mon habitat. »

Il faudra treize minutes à mes paroles pour atteindre la Terre ; Kris n'attend pas aussi longtemps : elle réagit au quart de tour.

« Je le savais ! » s'écrie-t-elle en battant des mains.

Elle s'apprête à se jeter dans mes bras, réalise soudain la présence de Liz à ses côtés, se fige sur place.

« Euh…, balbutie-t-elle, rouge de honte. Ce n'est pas ce que je voulais dire… »

Je m'apprête à lui expliquer que son embarras n'a pas de raison d'être, que Mozart et moi on s'est justement entendus le matin même avec Liz et Tao pour coordonner notre annonce, Alexeï ne m'en laisse pas le temps :

« Comment ça, vous allez emménager ensemble ? gronde-t-il. Tu es peut-être célibataire, Léo, mais jusqu'à preuve du contraire Mozart est toujours marié. Ce dont tu parles a un nom : *l'adultère*. Bel exemple à donner, le jour où treize nouveaux prétendants et prétendantes vont s'envoler avec pour objectif de trouver celui ou celle à qui jurer fidélité éternelle ! »

Bien droit dans son costume blanc, celui-là même qu'il portait il y a plus d'une année terrienne lors des séances de

speed-dating, sur les épaules duquel retombe à présent sa
somptueuse chevelure blonde, Alexeï ressemble à un ange
– dans le genre inflexible, un ange de la justice divine, prêt
à foudroyer la pécheresse que je suis à ses yeux.

« Tu peux pas te mêler de ce qui te regarde, Staline ?
lui lance Mozart.

— Justement, ça me regarde. Tu as prononcé des vœux,
les mêmes vœux que moi. Si tu les trahis, c'est comme si
tu trahissais aussi les miens. Les règles sont faites pour
être respectées, c'est notre seul rempart contre le chaos. »

Les règles, les lois, la discipline… Alexeï n'a pas changé
de discours depuis le procès de Marcus, où il a réclamé
sans l'obtenir l'application de la loi du talion. À l'entendre,
l'anarchie nous menace à chaque instant – et lui seul est
à même de la combattre.

« C'est dingue ! s'écrie Mozart. Ce type a déjà colonisé
son habitat, et maintenant il veut fliquer la base toute
entière ! »

Je sens que mon Carioca au sang chaud est prêt à en
découdre mais je le retiens par la manche de sa chemise
– la cohésion du groupe avant tout.

« Un mariage peut être annulé, dis-je en m'efforçant
de garder mon calme face à Alexeï. C'est écrit dans la loi
qui t'est si chère. » Je prends une inspiration profonde,
plantant mes yeux dans les siens. « Ce dont je parle a un
nom : *le divorce.* »

Le Russe est secoué d'un rire ironique.

Il se tourne vers les autres pionniers et au-delà, vers les
caméras de la base :

« Regardez Léonor, qui se permet de donner des leçons
de droit tout en détruisant les couples ! » Il me fusille du
regard. « Ce n'est pas à toi, une concubine, de demander le
divorce. Seuls les époux légitimes peuvent le faire. Mozart
a beau être un vaurien, il aura peut-être plus de scrupules
que toi vis-à-vis de Liz, sa femme… »

Il s'apprête à prendre l'Anglaise à témoin, mais celle-ci le devance.

« Léo et Mozart ne sont pas les seuls à demander le divorce, dit-elle, la poitrine gonflée par l'émotion. Tao et moi… on le demande aussi. » Elle pose sa main sur l'épaule de son nouveau compagnon, assis dans son fauteuil roulant à ses côtés. « Si mon ex-mari part vivre dans l'habitat de Léo, alors j'invite Tao à venir s'installer dans le mien. »

La stupéfaction se peint sur les visages.

« Eh ben dites-moi, ce matin, c'est *Tournez manège !* » souffle Kelly depuis son fauteuil roulant.

Liz et Tao se voient depuis bien plus longtemps que Mozart et moi, mais ils ont été si discrets que la plupart des pionniers l'ignoraient. Seule Fangfang ne semble pas surprise. Elle savait. Et elle s'est préparée, depuis des semaines, depuis des mois peut-être, à apparaître à l'écran comme l'épouse délaissée. Relevant courageusement la tête, elle brave les regards.

« J'accepte la demande de divorce de Tao, dit-elle d'une voix claire – la voix de celle qui a longuement réfléchi et dont la décision est irrévocable. Et je réclame une faveur. »

Elle se tourne vers moi, les yeux implorants derrière ses lunettes carrées.

« Léo, puisque tu es à nouveau en couple, est-ce que tu accepterais de me céder ta place pour les speed-dating avec le nouvel équipage ? S'il te plaît…

— Oui, dis-je dans un souffle. Bien sûr que oui. »

C'est à cet instant qu'Alexeï pète les plombs.

« C'est quoi, le jeu, les chaises musicales ? s'écrie-t-il. Parce que vous prenez tous ça pour un jeu, pas vrai ? Le mot *mariage* ne veut donc rien dire pour vous ?

— Du calme, Alexeï, intervient Safia, qui a revêtu son sari safran des grands jours. Ici, sur Mars, les gens sont libres…

— … libres de tout foutre en l'air ? » crache-t-il avec rage et – me semble-t-il soudain –, désespoir.

Il tourne sur lui-même et désigne le dôme d'un ample mouvement du bras.

« Libres de saper les bases de la civilisation martienne ? s'acharne-t-il, oubliant dans son délire que cette civilisation est mort-née. Libres de violer toutes les paroles, de bafouer tous les serments et de piétiner toutes les traditions ? »

Ses paupières se plissent, ses yeux se transforment en deux fentes, comme ceux d'un fauve.

« Mais pourquoi je te parle de ça, à toi, la fille qui depuis le début affirme que la tradition, c'est de la merde ? La gentille Safia, toujours prête à prendre la défense des autres au nom des droits de l'homme ou de je ne sais quoi, encore plus vertueuse que Léonor elle-même. Toujours juste, toujours droite, pas vrai ? Du moins en apparence. Mais, si tu es si progressiste, alors pourquoi ne pas révéler de quoi ton "mariage" est réellement fait ? » J'entends littéralement les guillemets dans sa voix, et tout le mépris qu'ils sous-entendent. « Pourquoi ne pas dire aux spectateurs quel genre de "mari" est vraiment Samson ? »

Cette fois-ci, je ne suis pas assez rapide pour retenir Mozart avant qu'il ne fonde sur Alexeï :

« Mais tu vas finir par la fermer, ta grande gueule ! s'écrie-t-il en l'empoignant par le revers de sa veste.

— Quoi, t'as un problème ?

— Laisse les autres vivre ! Fous-leur la paix ! Et surtout, laisse Samson en dehors de tout ça !

— Tu te mets à le défendre, maintenant ? T'avais pourtant l'air de vouloir lui défoncer la gueule, le jour où t'as appris qui il était vraiment...

— C'est ta gueule que je vais défoncer, si tu prononces un mot de plus ! »

Alexeï repousse brutalement Mozart loin de lui.

« Oyez, oyez, spectateurs ! s'écrie-t-il à tue-tête. Samson est...

— ... gay », complète le Nigérian d'une voix de stentor.

Coupé dans son élan, Alexeï s'arrête net de crier.

Après moi, après Liz, après Fangfang, c'est sur Samson que se dirigent tous les regards et tous les objectifs des caméras, affamés de révélations.

« Je suis gay, répète-t-il un ton plus bas, lentement, comme pour analyser la sensation de ces mots roulant sur sa langue. Je l'ai toujours été. Je le serai toujours. Dans le pays d'où je viens, c'était plus facile de nier cette partie de moi. En m'embarquant dans le *Cupido*, je me suis laissé convaincre que ce n'était qu'une passade et que je changerais. Mais aujourd'hui, je sais que ces choses-là ne changent pas. Aujourd'hui je n'ai plus peur, parce que je n'ai plus honte. »

Il prend la main de Safia dans la sienne.

Ses yeux ont pris cette teinte fluorescente, surréelle, qu'ils revêtent parfois, et qui me fait frissonner.

« Alexeï a raison, ce n'est sans doute pas le mot *mariage* qu'il faut utiliser pour parler de Safia et moi, reconnaît-il. Mais il a tort quand il pense que ce mot est trop bien pour nous. Ce qu'on a, elle et moi, vaut bien ce qu'ils ont, Kris et lui.

— Un jour on tombera amoureux, chacun d'un garçon différent, renchérit Safia. Peut-être que ce sera ici, sur Mars, ou là-bas, sur Terre, si nous faisons le voyage retour. Mais, qui qu'ils soient, ces garçons aux visages encore inconnus ne nous sépareront pas. En étant avec eux, nous serons encore ensemble, Samson et moi. Tant pis si Alexeï refuse de le comprendre. Nous serons heureux malgré lui. »

Quelques secondes de silence ponctuent les belles et graves paroles de Safia.

Alexeï lui-même en reste sans voix, comme j'imagine les spectateurs qui, en décalé, entendront cette déclaration d'amour différente – unique.

C'est finalement Samantha qui brise la solennité du moment, réagissant avec retard à cette cascade de révélations.

« Léonor et Mozart ensemble : je vois que chez les Martiens, il y en a qui ne s'y attendaient guère, et même chose pour Liz et Tao ! dit-elle avec un sourire complice. Les Terriens qui regardent fidèlement la chaîne Genesis, eux, sont au courant depuis des jours. En revanche, pour Samson… Waouh ! Quel scoop ! Même moi, je ne le soupçonnais pas ! Ce genre de surprise fait tout le sel du programme Genesis, tel que notre brillante Mme McBee l'a conçu. »

Samantha marque une courte pause en hommage à Serena, sans même se rendre compte que son idole – la sélectionneuse du programme ! la grande spécialiste de la psychologie ! – a fait preuve d'un machiavélisme abject en poussant Samson à s'embarquer dans un programme nuptial ne cadrant pas avec son orientation sexuelle, l'exposant à être malheureux pour le restant de ses jours.

« Si nous avions su tout ça à temps, nous aurions pu nous organiser, reprend la jeune productrice intérimaire, pleine de bienveillance. Nous aurions pu prévoir trois garçons de plus dans le prochain voyage : un pour Fangfang, un pour Safia et un pour Samson ! On a l'esprit ouvert, chez Genesis ! Mais à l'époque où nous avons sélectionné le nouvel équipage, seule Léonor était sans compagnon… Bref, nous avons sept prétendants en lice. Sept hétéros, si je ne m'abuse – encore que, après les révélations fracassantes auxquelles nous venons d'assister, je n'ose plus jurer de rien. Ne vous battez pas : qui d'entre vous prendra part aux speed-dating à la place de Léo ?… »

Tandis que Samantha essaye de faire monter le suspense à la manière de son mentor, une petite voix s'élève au fond du Jardin.

C'est celle de Fangfang.

« Safia, Samson, murmure-t-elle. Léo s'est désistée des speed-dating, mais vous… est-ce que vous allez vouloir y participer ? Maintenant que… euh… la planète entière sait, pour vous deux ?

— Ne t'inquiète pas, répond la petite Indienne. Pour l'heure, je ne suis pas pressée de mettre quelqu'un entre Samson et moi.

— Idem, renchérit le Nigérian. Surtout que je me suis juré de ne plus jamais tomber amoureux d'un hétéro... » Mozart, visé sans être nommé, encore honteux de la manière dont il a réagi à l'outing de Samson il y a un an, baisse les yeux et se serre contre moi. « ... de toute façon, si un jour on en a assez du célibat, on pourra toujours rentrer sur Terre comme l'a dit Safia avec l'ascenseur énergétique offert par *notre brillante Mme McBee* – pas vrai Samantha ? »

67. Chaîne Genesis
MERCREDI 17 AVRIL, 14 H 00

Plan d'ensemble sur la plateforme d'embarquement de cap Canaveral.

Comme vingt et un mois plus tôt, la gigantesque estrade d'aluminium est séparée en deux par un haut rideau couvert de centaines de logos.

Seule à la tribune qui s'élève au-dessus de la plateforme, Samantha paraît trop petite, trop frêle pour remplir un costume trop grand pour elle. Tout, dans ce décor titanesque, conspire à la broyer : les écrans géants s'étalant sur quatre mètres sur trois ; les poutres vertigineuses où s'agglutinent les caméras ; les gradins du carré d'honneur où s'étagent plus de cent chefs d'État venus du monde entier, au centre duquel trônent Edmond Green et son épouse la First Lady...

Mais le poids le plus écrasant reste celui d'une absente, celle que Samantha est censée représenter, dont l'ombre plane sur la cérémonie de décollage, sur le programme tout entier.

La jeune intérimaire chuchote timidement dans son micro : « Merci à toutes et à tous d'être venus... »

Les enceintes, dignes des plus grands concerts de rock, transforment son murmure en rugissement qui la fait sursauter.

Sur les écrans géants, son visage trop maquillé grimace, trahissant un stress qui contraste avec le self-control dont sa patronne faisait jadis preuve en toute occasion.

« Merci au nom du programme Genesis, reprend-elle le plus bravement possible. Merci au nom des nouveaux prétendants dont vous découvrirez les visages dans quelques instants. Mais surtout, merci au nom de la femme qui m'a tout appris, sans qui cette formidable aventure n'aurait jamais été possible : j'ai nommé, Serena McBee ! »

Les écrans géants cessent de retransmettre l'image de Samantha pour diffuser un diaporama mettant en scène l'ancienne productrice exécutive du programme dans ses différentes incarnations : Serena en égérie de l'espace, à la tribune pour la première cérémonie de décollage ; Serena en mère Noël, entourée d'orphelins souriants et de présents enveloppés dans du papier-cadeau Genesis ; Serena en femme d'État rayonnante, le matin de sa nomination à la vice-présidence des États-Unis d'Amérique.

Samantha continue de s'exprimer en off, tandis que les images défilent : « Voilà plus d'un an que je n'ai pas revu Mme McBee, dit-elle. Plus d'un an que j'ai dû apprendre à naviguer sans elle. Tout comme le reste du public, j'ignore sous quels cieux elle a trouvé refuge. Je reçois parfois un courrier sans adresse d'expéditeur m'assurant qu'elle se remet lentement, sans plus de détails. Mais il ne se passe pas un jour sans que je n'applique les leçons qu'elle m'a généreusement enseignées. Où qu'elle soit, j'espère qu'elle nous regarde en cet instant. J'espère qu'elle recouvrera bientôt la santé, qu'elle reviendra, car elle me manque terriblement. Je sais que vous partagez mon espoir, chers amis, chers spectateurs. Le monde est devenu plus terne depuis que Serena McBee s'en est retirée... »

Submergée par l'émotion, Samantha est obligée de marquer une pause.

Un claquement spontané s'élève du carré présidentiel, puis un deuxième ; en quelques instants les cent chefs d'État applaudissent à tout rompre, bientôt repris par les milliers de journalistes qui se pressent au pied de la plate-forme d'embarquement.

L'orchestre entonne les premières notes de *Star Dreamers*, noyant le tout sous un déluge de décibels.

68. HORS-CHAMP
BASE DE CAP CANAVERAL, PORT SÉCURISÉ
MERCREDI 17 AVRIL, 14 H 20

« **W**   *E ARE ALL*
         Star gazers
         Star lovers
         Staaar dreameeers ! »

Le refrain, repris à l'unisson par les voix de Jimmy Giant et de Stella Magnifica, fait vibrer la soute du yacht telle une caisse de résonance.

« Vous entendez ça ? demande Harmony. Ils sont fous de jouer la musique à un tel volume ! »

Assis sur le sol au fond de la cambuse, entre des cageots de victuailles, de boissons et de cigares destinés au président cubain et à ses hôtes, Andrew hausse les épaules :

« Peut-être espèrent-ils qu'en appelant très fort, ils arriveront à faire revenir Serena ? suggère-t-il. J'ai hâte qu'on en finisse. Je n'en peux plus de cette daube musicale qu'on entend partout depuis des semaines.

— Vous savez, Andrew, à Cuba aussi ils diffusent *Star Dreamers* partout – dans les gares, dans les stations-service, à chaque coin de rue... », précise Cecilia, assise sur une caisse de vins au pied de laquelle est posée la lampe-torche qui éclaire les lieux.

Andrew pousse un soupir :

« On en viendrait presque à regretter l'époque où votre île était coupée du monde, avant le dégel des relations avec les USA. À Moscou au moins, je suis sûr qu'ils ne passent pas *Star Dreamers* en ce moment.

— Je n'en suis pas si certaine. Les présidents russe et chinois boudent la cérémonie de décollage, certes, mais les populations ne sont pas forcément derrière eux. Au-delà des querelles territoriales qui occupent les chefs de guerre, le programme Genesis reste un idéal qui rassemble toute l'Humanité. Regardez : malgré la mort de Marcus, malgré la maladie de Kelly, les Terriens veulent continuer de croire à ce rêve qui les dépasse, qui les transcende ! Serena McBee est peut-être l'être le plus égoïste que notre époque ait connu, mais elle a réussi ce miracle... cette communion... comme c'est étrange...

— ... c'est surtout dangereux. Cette "communion", comme vous dites, repose sur un mensonge. Vivement que ce programme se termine. Vivement que l'Humanité se réveille. Le rêve n'a que trop duré. »

Il lorgne pour la centième fois l'écran de son téléphone portable, machinalement, même s'il sait que cela ne sert à rien : aucun signal civil ne peut circuler dans l'enceinte de cap Canaveral. Il ne reste qu'à attendre la fin de la cérémonie, le moment où Barry Mirwood gagnera le port avec Vivian et Lucy Fisher, comme convenu.

Derrière les parois métalliques de la soute, la mélodie de *Star Dreamers* décroît peu à peu, puis s'éteint. Le moment de présenter l'équipage de la saison 2 est arrivé.

69. CHAMP
MOIS N° 13/SOL N° 362/10 H 05 MARS TIME
[481ᵉ SOL DEPUIS L'ATTERRISSAGE]

« **À** GAUCHE DE CE RIDEAU SE TROUVENT NOS NOUVELLES PRÉTENDANTES. *À droite, nos nouveaux prétendants. Fraîchement débarqués de la vallée de la Mort, ils vont à présent prêter serment en direct...* »

Tandis que Samantha débite son discours, l'image retransmise sur le revers du dôme se renverse pour montrer le contrechamp : la plateforme et son rideau, avec six silhouettes minuscules d'un côté et sept de l'autre ; et, derrière elles, l'ombre gigantesque du lanceur, couronnée par les capsules jumelles dans lesquelles les équipages prendront place dans quelques instants.

Le bras de Mozart se referme doucement sur ma taille.

Je sens son cœur qui bat, comme ce matin du 1ᵉʳ janvier où je me suis réveillée contre sa poitrine, ici même sur le sol du Jardin.

Je sens mon propre cœur qui s'emballe, comme ce jour de juillet où j'étais moi aussi sur cette putain de plateforme, à des millions de kilomètres de Mars.

Je ferme les yeux un moment.

70. Chaîne Genesis
MERCREDI 17 AVRIL, 14 H 40

« *OSKAR, DIX-NEUF ANS, CITOYEN DE LA RÉPUBLIQUE DE POLOGNE, sponsorisé par les boissons Nektar, responsable Navigation : acceptez-vous de représenter l'Humanité sur Mars à partir de ce jour, et jusqu'au dernier jour de votre vie ? »*

Gros plan sur un jeune homme aux cheveux bruns dépassant sous la visière de sa casquette siglée *Keep Calm And Go To Mars* – touche ironique et décontractée, qui contraste avec sa combinaison d'astronaute et la solennité du moment. Piercing d'acier sur l'arcade sourcilière, regard qui interpelle : « J'accepte ! » s'exclame-t-il avec un grand sourire.

Cut.

Contrechamp sur une superbe jeune fille au teint hâlé, dont les cheveux noirs sont couronnés de roses aussi éclatantes que le rouge lui laquant les lèvres :

« *Meritxell, dix-huit ans, citoyenne du Royaume d'Espagne, sponsorisée par la compagnie de croisière Sirena, responsable Biologie : acceptez-vous de représenter l'Humanité sur Mars à partir de ce jour, et jusqu'au dernier jour de votre vie ?*

— J'accepte… », répond-elle d'une voix profonde et veloutée, digne des plus grandes chanteuses de soul.

Cut.

71. Hors-Champ
BASE DE CAP CANAVERAL, PORT SÉCURISÉ
MERCREDI 17 AVRIL, 14 H 59

« N*IKKI, DIX-HUIT ANS, CITOYENNE DU ROYAUME DES PAYS-BAS, sponsorisée par le fabricant électronique Desiderius, responsable Navigation : acceptez-vous de représenter l'Humanité sur Mars à partir de ce jour, et jusqu'au dernier jour de votre vie ?* »

Les paroles de Samantha, retransmises par les enceintes de la plateforme d'embarquement toute proche, parviennent en sourdine dans la soute du yacht présidentiel cubain où sont cachés Cecilia Rodriguez, Andrew Fisher et Harmony McBee.

« *J'accepte !* »

Harmony achève de compter sur ses doigts :

« C'était la dernière…, dit-elle. Le compte y est. » Elle déplie ses doigts un à un, énumérant les pays qui ont été sélectionnés pour la saison 2 du programme : « Pologne… Espagne… Indonésie… Corée… Italie… Israël… USA… Turquie… Mexique… Danemark… Suisse… Suède… et Pays-Bas. Treize pays. Treize prétendants. »

Andrew et elle échangent un regard muet, mais lourd de questions.

Est-ce qu'ils ont vraiment pris la bonne décision en retardant la révélation du rapport Noé, en laissant partir cette deuxième édition du programme Genesis ?

Est-ce que l'ascenseur énergétique, qui attend là-haut en orbite, va fonctionner le moment venu ?

Sur ces nouveaux prétendants, combien reviendront vivants sur Terre ?

Est-ce qu'il est juste de risquer treize vies pour en sauver onze ?

Percevant la tension, mais se méprenant sur sa cause, Cecilia tente de les rassurer :

« Le décollage va avoir lieu, plus rien ne peut l'empêcher désormais. » Elle s'efforce de sourire. « Dès que la fusée sera partie, pendant que les cadres de Genesis et les officiels seront occupés à répondre aux questions des journalistes, Barry Mirwood amènera Vivian et Lucy jusqu'ici. Ce n'est plus qu'une question de minutes... »

En écho à ses paroles, le jingle composé du refrain de *Star Dreamers* résonne à nouveau, marquant la fin des vœux solennels : les astronautes vont bientôt quitter la plateforme pour monter dans le lanceur.

« Je ne me sens pas très bien, murmure Harmony, livide, travaillée par le doute qui lui retourne les entrailles. J'ai besoin... d'aller aux toilettes. »

Cecilia la regarde, hésite, se lève finalement avec la lampe-torche pour déverrouiller la porte de la cambuse.

« C'est peut-être le fait d'être sur l'eau, vous n'êtes pas habituée..., suppose-t-elle. Il y a des toilettes de service, à l'autre bout du couloir. Vous pouvez y aller : Miguel s'est assuré que personne d'autre que lui ne descende dans la soute aujourd'hui. Mais faites vite. »

Harmony se lève et se précipite dans le long couloir obscur, balisé seulement par des veilleuses fichées au ras du sol. Elle passe en courant devant l'escalier métallique qui monte vers les étages supérieurs du yacht, ne s'arrête qu'une fois parvenue aux toilettes. Là, elle tombe à genoux sans même tourner l'interrupteur, agrippe la cuvette à deux mains, vomit douloureusement.

L'estomac vidé, elle reste un moment prostrée dans le noir, recroquevillée contre la cuvette de teck. Là-bas, dehors, derrière les murs aveugles du yacht, le jingle du programme a cessé pour laisser la place à une dernière allocution, celle du président Green.

« ... *suis fier et heureux... nouvelle génération d'astronautes... essor depuis le sol américain...* »

Le discours parvient par bribes jusque dans le petit cabinet de toilettes.

« *… déplore l'absence de mes homologues russe et chinois… veux tout de même leur adresser un salut cordial… gage de l'amitié entre les nations…* »

Harmony tend l'oreille. Il y a autre chose, n'est-ce pas ? Un tintement répété derrière les paroles du président Green, un bruit qui ne fait pas partie du discours, comme si… *comme si des pas martelaient les marches de l'escalier.*

Vivian et Lucy, déjà ?

Harmony se relève sans un bruit, entrouvre à peine la porte des toilettes.

Ce ne sont pas la mère et la sœur d'Andrew qui font résonner l'escalier sous leurs lourdes bottes, mais une demi-douzaine de militaires dont les treillis noirs disparaissent bientôt dans la pénombre du couloir : ils fondent vers l'autre extrémité de la soute… vers la cambuse !

Harmony se retient de hurler au moment où elle entend le crachat d'une mitraillette, faisant sauter le verrou de la pièce où sont cachés Andrew et Cecilia.

« CIA ! hurle une voix. Plaquez-vous contre le mur, tous les trois ! »

Tous les trois ?

Qui que soient ces hommes, ils savent qui ils viennent chercher.

Ils s'attendent à cueillir Andrew, Cecilia et Harmony.

Ils n'ont pas encore réalisé que cette dernière manquait à l'appel.

En cet instant où se joue son destin et, peut-être, celui du monde, la fille qui a grandi dans les livres, loin de toute forme d'action, n'a pas un instant d'hésitation : elle se précipite dans l'escalier qui monte vers la surface.

La lumière du jour lui explose au visage.

Les enceintes diffusant les paroles du président Green lui percent les tympans – « *… ce jour restera à jamais dans l'Histoire…* »

Le lanceur, immense, s'élève au-dessus du pont tel un colosse surgi des eaux.

« Qui êtes-vous, *señorita* ? lui demande un officier de bord dans un anglais approximatif, criant presque pour couvrir le discours présidentiel. Est-ce que c'est vous que ces *gringos* sortis de nulle part sont venus chercher ? Pourquoi est-ce qu'ils ont emporté Miguel ? »

Harmony passe devant lui sans lui répondre.

« ... *tous les spectateurs, quelle que soit leur nationalité, pourront dire : j'y étais !...* »

Elle se jette sur la passerelle qui conduit à la terre ferme, jusqu'au parterre de journalistes.

« ... *parce qu'avant d'être américains, russes ou chinois, nous sommes tous citoyens du mon...* »

À l'instant même où Harmony se fond dans la foule, une déflagration formidable retentit, soufflant les enceintes et mettant un terme prématuré au discours d'Edmond Green.

72. CHAMP
MOIS N° 13/SOL N° 362/11 H 02 MARS TIME
[481ᵉ SOL DEPUIS L'ATTERRISSAGE]

« *AVANT D'ÊTRE AMÉRICAINS, RUSSES OU CHINOIS, nous sommes tous citoyens du mon...* »
BRRROM ! – un déluge de feu vient effacer le visage du président Green du revers du dôme.

Dépressurisation de la base ! hurle une voix en moi, tandis que je me recroqueville contre Mozart par réflexe.

Mais lorsque les flammes disparaissent du revers des alvéoles, ce n'est pas pour laisser la place au dôme

370

fracassé – il est toujours debout au-dessus de nos têtes, intègre, et la cérémonie de décollage continue de s'y afficher.

À une différence près : au centre du carré présidentiel, à l'endroit où se tenait Edmond Green un instant plus tôt, il n'y a plus qu'un trou ardent autour duquel gisent des corps inanimés.

73. HORS-CHAMP
BASE DE CAP CANAVERAL, PLATEFORME DE LANCEMENT
MERCREDI 17 AVRIL, 15 H 11

D'ABORD LES HURLEMENTS, PUIS LES SIRÈNES. La panique s'empare de la foule des journalistes, tandis que là-haut, sur la plateforme, les survivants de l'explosion se relèvent en jetant des regards hallucinés.

« Attentat ! *Atentado ! Terroranschlag !* » crient des voix autour d'Harmony, dans toutes les langues.

Les équipes de presse et de télévision se dispersent dans un chaos indescriptible, tels les peuples foudroyés par l'effondrement de la tour de Babel.

Harmony se laisse emporter par ce flot gigantesque, cette marée humaine qui en quelques instants submerge les forces de sécurité censées encadrer l'événement.

Pour éviter l'écrasement, les gardes sont obligés de déverrouiller les grilles qui ouvrent sur le reste de la presqu'île. En quête de sécurité, la foule s'épanche parmi les bruyères, regagnant les camionnettes, camping-cars, semi-remorques à bord desquels elle est arrivée.

« Mademoiselle ! Vous semblez égarée – vous avez perdu votre équipe ? s'écrie une femme en tailleur, badge de presse autour du cou.

— Je..., balbutie Harmony, hagarde.

— Il ne faut pas rester dehors ! Il y a peut-être des terroristes qui rôdent – bon sang, le président Green a été désintégré sous nos yeux ! Montez vite dans notre camion ! »

La femme en tailleur attrape le bras d'Harmony et l'entraîne à sa suite dans un camion sur le flanc duquel s'étale le logo d'une grande chaîne de télévision.

74. CHAMP
MOIS N° 13/SOL N° 362/11 H 05 MARS TIME
[481ᵉ SOL DEPUIS L'ATTERRISSAGE]

« QU'EST-CE QUI VIENT DE SE PASSER... ? » demande Kris d'une toute petite voix, comme un enfant qui s'éveille d'un mauvais rêve et qui veut être rassuré.

Mais ce n'est pas un mauvais rêve.

C'est la réalité crue, le robinet à images qui continue de couler sur le revers du dôme – sans cadrage, sans commentaires, sans mise en scène : juste l'*output* des caméras livrées à elles-mêmes.

« Quelque chose de terrible..., murmure Kelly depuis son fauteuil roulant, le fond de teint commençant à fondre sur ses joues humectées de sueur. Voilà ce qui vient de se passer... »

D'instant en instant, je sens mon ventre se contracter comme un nœud, un pressentiment funeste remontant du fond de mes entrailles...

« Regardez ! s'écrie Safia. Samantha est de retour ! »

En effet, la jeune femme réapparaît à l'écran – sa belle coiffure est ravagée, son tailleur déchiré, un filet de sang coule sur sa tempe.

« Une tragédie abominable…, balbutie-t-elle. Une barbarie sans nom… Le président Green et sa femme font partie des victimes de l'explosion… »

Une rumeur horrifiée parcourt le Jardin.

Je sens la respiration oppressée de Mozart contre mon cou, agitant mes boucles.

Le nœud dans mon ventre se resserre un peu plus.

Mon pressentiment prend soudain un nom et un visage.

C'est elle !

C'est Serena McBee qui est derrière ce crime !

Je ne peux pas encore expliquer pourquoi ni comment, mais mon instinct me le hurle, j'en suis sûre !

« Nous… nous ne savons pas si nous allons maintenir le lancement, continue Samantha, la voix tremblante. Le nouvel équipage attend là-haut, au sommet du lanceur, dans les capsules… Le vice-président intérimaire, Milton Sunfield, n'a pas encore décidé… Et moi non plus… comme lui, je ne suis qu'une intérimaire… »

La détresse et l'impuissance se peignent sur le visage de Samantha, redevenue l'assistante qu'elle était jadis.

« … j'aimerais tellement que Mme McBee soit de retour parmi nous ! » gémit-elle dans une supplique qui me transperce l'âme.

Mais le pire, c'est Kris qui lui répond en se tordant les mains : « Oh, oui, vous avez raison Samantha ! Serena saurait comment il faut agir, elle ! » C'est Kelly qui renchérit : « Elle ferait partir cette putain de fusée fissa, avec ce putain d'ascenseur spatial qu'on a bien mérité ! » C'est Fangfang qui acquiesce : « On peut dire ce qu'on veut de Serena, elle au moins, elle avait le cran de prendre des décisions ! »

J'ai l'impression d'un terrible piège qui se referme de toutes parts.

Suis-je la seule à avoir le pressentiment que tout a été manigancé pour appeler *son* retour ?

Qu'avons-nous fait pendant un an pour empêcher qu'*elle* revienne ?

Rien, rien du tout ! Nous nous sommes endormis sur le rapport Noé ! Nous avons laissé la routine de la base nous bercer ! Nous avons laissé la promesse de l'ascenseur nous faire rêver !

Si *elle* revient pour une deuxième saison, je le sais au fond de moi, je le sens jusqu'au creux de mes os, plus rien ne pourra la stopper... mais là, maintenant, avant que le lanceur décolle, il y a peut-être encore une chance de tout arrêter !

« Il ne faut pas laisser partir la fusée... ! » dis-je d'une voix rauque, qui sonne comme celle d'une folle.

Les regards se tournent vers moi, incrédules.

« Tu débloques, Léo ? me lance Kelly. Et notre ascenseur ? »

L'ascenseur ne compte plus.

Ces milliards de dollars engloutis pour repêcher onze vies ne valent plus rien.

Il y a plus important que notre survie — il y a le salut du monde, sur lequel s'apprête à fondre une menace sans précédent.

Les mots continuent de s'échapper de mes lèvres tremblantes :

« Il ne faut pas laisser le programme continuer !... »

Alexeï, le premier, semble comprendre ce qui va sortir de ma bouche dans quelques instants — parce qu'il est celui qui se méfie le plus de moi, et aussi, paradoxalement, celui qui me comprend le mieux.

Il se jette sur moi, au moment où je déclare en direct devant des millions de spectateurs :

« Le rapport Noé... »

Son corps massif me percute comme celui d'un taureau chargeant un toréador. Son bras puissant m'enserre les épaules, sa main s'abat sur ma bouche comme un bâillon. Cette fois-ci, personne ne fait un geste pour l'arrêter — ni Kris, qui gémit mon nom ; ni Mozart, qui me regarde avec des yeux effarés.

« Elle est en train de faire une crise d'hystérie, c'est le choc psychologique causé par l'attentat ! » diagnostique Alexeï à l'attention des spectateurs.

J'ai beau me débattre, cogner, donner des coups de pied il est trop fort pour moi – et mes efforts, au final, ne servent qu'à accréditer son diagnostic d'hystérie.

« Mozart, Samson, Kenji : aidez-moi à l'amener dans le Relaxoir ! ordonne-t-il. Elle a besoin de décompresser loin des caméras. Dans l'obscurité, sans lumière et sans bruit, jusqu'à ce qu'elle ait repris ses esprits. »

La main d'Alexeï me coupe la respiration. Celles des trois autres garçons se referment sur mes bras et sur mes jambes, me soulevant du sol.

La voûte du dôme défile devant mes yeux révulsés, tandis qu'on me porte à travers le Jardin, jusqu'au tube d'accès du septième habitat, jusqu'au séjour aveugle où se sont déroulés les épisodes les plus traumatisants de mon existence :

… la dissolution de mon premier amour…

… le procès où nous avons tous perdu notre âme…

… et maintenant, ma propre condamnation.

Les bras balancent mon corps sur le canapé, les lumières s'éteignent, la porte se referme dans un claquement sourd.

Acte V

75. HORS-CHAMP
QUELQUE PART ENTRE LA PRESQU'ÎLE
DE CAP CANAVERAL ET LE CONTINENT
MERCREDI 17 AVRIL, 15 H 59

« **V**OUS ÊTES QUI, VOUS, UNE NOUVELLE STAGIAIRE ? Apportez-nous une cafetière en salle de rédaction... Non, réflexion faite, deux cafetières : on n'est pas près de se coucher ! »

L'homme en bras de chemise, un téléphone dans chaque main, plante Harmony avant qu'elle ait le temps de répliquer, et part s'engouffrer dans une salle aménagée au bout du camion.

« Ne restez pas dans le passage », lui lance un autre journaliste à l'air tout aussi surmené. Il tourne sur lui-même, appelle à tue-tête : « Eh, la régie ! Dites aux photographes de transférer leurs meilleures images de l'attentat dans la banque de données centrale, on va faire la sélection pour l'édition du soir ! Et faites-nous signe quand on sera sortis de cette foutue presqu'île, qu'on puisse enfin retrouver du réseau pour balancer le matos au bureau de Miami ! »

Harmony se plaque contre la paroi du couloir, effarée par ces hommes et ces femmes qui la bousculent, qui courent en tous sens telles des fourmis dans une fourmilière éventrée.

Le plancher du camion, roulant à pleine vitesse pour rejoindre le continent, fait vibrer ses jambes, tout son corps.

D'un coup, les nombreux écrans plats accrochés le long du couloir sortent du mutisme imposé par le brouillage électromagnétique et s'allument tous en même temps : le véhicule vient de quitter le périmètre sécurisé.

Chaque écran retransmet une chaîne concurrente, mais ce sont les mêmes images qui défilent partout : le discours du président Green, l'explosion dévastatrice, les corps sans vie des victimes.

Les voix off, en revanche, sont toutes différentes. Une cacophonie s'échappe des multiples enceintes, une avalanche de superlatifs, comme si les reporters tentaient de parler plus fort que leurs voisins sur les autres canaux : « ... *une explosion d'une puissance jamais vue !...* » ; « ... *une hécatombe de chefs d'État !...* » ; « ... *l'attentat le plus meurtrier des dernières années, en dépit des mesures drastiques prises depuis l'attaque contre Serena McBee !...* » ; « ... *la même question revient sur toutes les lèvres : quel lien entre cette bombe et la fin de l'ultimatum lancé par la Russie ?...* »

Tétanisée, incapable d'effectuer le moindre mouvement, Harmony laisse les images remplir ses yeux, les exclamations saturer ses oreilles.

Soudain, le chant grégorien infernal de l'information en continu cesse brutalement ; tous les écrans se branchent sur le bureau ovale de la Maison Blanche.

Les membres du cabinet sont tous là, abasourdis – et au milieu d'eux se tient le plus livide de tous, Milton Sunfield.

Un titrage apparaît : ASSERMENTATION DU NOUVEAU PRÉSIDENT DES ÉTATS-UNIS D'AMÉRIQUE.

Un homme au visage grave, le président de la Cour suprême, s'avance vers Milton Sunfield comme le veut la coutume, et déclame avec emphase : « Veuillez lever votre main droite et répéter après moi : moi, Milton Jeremy Sunfield, je jure solennellement... »

Celui qui, en vertu de la ligne de succession, s'apprête à devenir le personnage numéro un des États-Unis, paraît en réalité complètement dépassé, aussi désemparé que l'était Samantha quelques minutes plus tôt sur les écrans de la chaîne Genesis.

Il lève timidement sa main et ânonne d'une voix hésitante : « Moi, Milton Jeremy Sunfield, je jure solennellement… »

Le président de la Cour suprême enchaîne : « … que j'exécuterai loyalement…

— … que j'exécuterai loyalement…, bafouille Milton Sunfield.

— … la charge de président des États-Unis.

— … la charge de… non, je ne peux pas ! »

Le vice-président intérimaire baisse sa main droite, passe la gauche dans sa crinière trempée de sueur.

« Je ne peux pas ! répète-t-il. Je… je n'en suis pas digne. » Une grimace de culpabilité déforme son visage. « Je n'ai pas été capable de protéger le président Green. Depuis le début, j'ai sous-estimé les risques, j'ai refusé de voir le danger, je me suis aveuglé pour sauver les relations internationales. »

Il désigne le bureau présidentiel, derrière lequel se dresse le fauteuil vacant, le trône inoccupé : « Je n'ai pas mérité de m'asseoir sur ce siège. Je ne suis qu'un remplaçant, piètre de surcroît. Cette place revient à une seule personne : celle qui nous a tous mis en garde, celle qui la première a payé de sa chair le prix de ses idéaux. » Il tourne son visage vers la caméra, les yeux brillants d'espoir – oui, d'espérance presque religieuse. « Serena McBee, sous quelque tropique que vous vous trouviez, si vous pouvez m'entendre, répondez à ma prière. Répondez à l'appel de l'Histoire. Vous seule pouvez sauver le peuple américain. Vous seule devez devenir la nouvelle présidente des États-Unis d'Amérique. »

76. CONTRECHAMP
MCBEE CASTLE, HIGHLANDS, ÉCOSSE
MERCREDI 17 AVRIL, 21 H 01

C'EST UN IMMENSE HALL DE PIERRE, PERCÉ D'INACCESSIBLES FENÊTRES EN OGIVE à travers lesquelles filtre la pâle lueur de la lune.

Çà et là, des cierges sont empalés sur des candélabres, mais leurs flammes vacillantes créent plus d'obscurité que de lumière : sur les dalles, entre les larmes de cire blanche, les ombres projetées par les pieds de fer forgé ressemblent à des squelettes dansants.

En dépit des épaisses tapisseries aux motifs effacés, qui pendent sur plus de douze mètres depuis le plafond enténébré, on entend mugir la tempête au-dehors.

Mais n'y a-t-il pas aussi une voix humaine, au milieu des éléments déchaînés, parmi les rugissements de tous les démons de l'océan ?

Oui, une toute petite voix, plus fragile encore que les flammèches des cierges, qui implore :

« *Serena McBee, où que vous soyez, si vous pouvez m'entendre, répondez à ma prière...* »

Elle ne vient pas du dehors, cette voix infime.

Elle résonne timidement depuis le fond du hall cyclopéen, là où se dresse une cheminée de pierre bâtie à l'échelle des géants qui, dans un passé légendaire, régnaient sur l'Écosse septentrionale.

« *... répondez à l'appel de l'Histoire...* »

Un carré lumineux se détache, encastré au-dessus de l'âtre où se meurt un feu rougeoyant.

Un écran !

Improbable incursion de la modernité en ces lieux oubliés par le temps !

Combien la figure minuscule de Milton Sunfield paraît vulnérable, au-dessus du massif linteau de cheminée où sont gravées des abeilles aussi grosses que des oiseaux, dans ce château digne des ogres des contes de fées !

Car ce sont certainement des ogres qui sont enfoncés dans les deux fauteuils aux hauts dossiers de bois sculpté, tournés vers le feu, dont les ombres démesurées s'étalent sur le sol... Ce sont forcément des ogres qui ont posé sur la table basse devant l'âtre deux coupes de cristal remplies d'un vin rouge comme le sang...

« ... *vous seule pouvez sauver le peuple américain*, achève l'être lilliputien, prisonnier de sa cage cathodique. *Vous seule devez devenir la nouvelle présidente des États-Unis d'Amérique.* »

Un ruissellement déferle dans le hall, plus sonore que celui de la tempête sur les lointains toits du château, plus clair qu'une pluie de pièces sur les dalles immémoriales.

Un rire.

Un rire argentin.

Une main émerge de l'un des accoudoirs capitonnés de velours, parfaitement lisse et blanche, à l'annulaire de laquelle brille un diamant solitaire en forme d'œil. Les longs doigts s'enroulent autour de la première coupe, et la tendent en direction de l'autre fauteuil.

L'une des voix les plus célèbres du monde, naguère diffusée quotidiennement dans des millions de foyers, s'élève à travers l'espace – plus juvénile, semble-t-il, plus gorgée de vitalité que jamais :

« Mon fiancé a fait du beau travail, n'est-ce pas ? Ça fait du bien, d'avoir enfin un mâle à la hauteur – les hommes m'ont tellement déçue jusqu'à présent... Mais ce n'est pas à toi que je vais expliquer cela, ma chère. Allons, une nouvelle ère s'ouvre pour le clan McBee, et une nouvelle jeunesse commence pour moi : il est temps de trinquer ! »

Une deuxième main sort alors du deuxième fauteuil, en tous points dissemblable à la première : osseuse et jaunâtre, maculée de taches de vieillesse. Elle saisit difficilement la coupe, la soulève en tremblant tellement fort que plusieurs gouttes de vin tombent au sol.

Un coassement affreux, rêche et misérable, filtre de derrière le dossier :

« C'est la dernière fois que je pratique une telle opération, Serena, tu m'entends… La dernière fois… »

Le rire argentin balaye cet avertissement :

« Tu dis toujours que c'est la dernière fois, Gladys, mais tu finis toujours par accepter de recommencer, encore et encore. Que veux-tu : tu sais que tu ne peux rien me refuser. À nous deux, ma très chère sœur ! »

La main blanche se tend brusquement vers la main jaune, forçant les deux coupes à s'entrechoquer.

77. Chaîne Genesis
MERCREDI 17 AVRIL, 16 H 15

PLAN D'ENSEMBLE SUR LA PLATEFORME DE LANCEMENT DE CAP CANAVERAL.
De grandes tentes blanches ont été déployées au-dessus du carré présidentiel défoncé, pour permettre aux secouristes de faire leur travail sans subir le regard charognard des objectifs.

En contrebas, la fosse réservée à la presse s'est quelque peu dépeuplée, mais il reste encore des centaines de journalistes sur le qui-vive, micros et objectifs tendus dans l'attente des prochaines news. Pour l'heure, pas un crépitement de flash. Un silence tendu, poisseux, règne sur la base. Figée derrière son podium, paralysée par l'incertitude, Samantha semble s'être métamorphosée en statue de sel. Derrière elle s'élève la tour écrasante du lanceur, au sommet de laquelle les treize nouveaux prétendants attendent la décision de la production, depuis une heure déjà : décoller comme prévu ou tout annuler ?

Une silhouette apparaît dans ce tableau immobile.

C'est un technicien de l'équipe Genesis, avec veste et casquette logotypées.

Il gravit quatre par quatre les marches montant à la plateforme, se précipite vers le podium.

Curieuse, la caméra zoome sur lui : « Mademoiselle ! s'écrie-t-il, essoufflé, la voix vibrante d'excitation. J'ai un message pour vous ! »

Samantha sort de sa torpeur. D'un œil étonné, elle lorgne le petit objet que le technicien lui tend.

« On dirait… mon oreillette ! » s'exclame-t-elle.

Elle saisit fébrilement le gadget qu'elle n'a pas porté depuis plus d'un an, le visse dans le pavillon de son oreille.

Une expression de stupeur se peint sur son visage, qui se transforme bientôt en ravissement.

« Vous… Vous…, murmure-t-elle, les lèvres tremblantes, les yeux humectés de larmes de joie. Vous êtes de retour !… »

Contrechamp sur la fosse de la presse.

Les journalistes s'animent, s'interpellent les uns les autres : « Qu'est-ce qu'elle a dit ? Est-ce que quelqu'un a entendu ? Est-ce qu'ils ont pris une décision pour le lancement de la fusée ? »

Les appareils photo s'allument en clignotant ; les perches de prise de son se tendent dans des directions opposées, ne sachant d'où va venir le scoop, mais prêtes à tout pour l'attraper au vol.

Soudain, tous les écrans géants virent au noir.

Une rumeur inquiète monte de la fosse : est-ce une nouvelle attaque contre le programme Genesis ?

Mais avant que la panique ne s'empare à nouveau de l'assistance, les écrans se rallument en même temps, sur la même image.

Les grognements d'angoisse se transforment en cris de stupeur.

Plusieurs perchistes en laissent tomber leur instrument.

Les photographes en oublient d'appuyer sur leur déclencheur.

Là, sur les écrans, vient de surgir le visage de celle qu'on croyait morte, ou tellement malade qu'on désespérait de jamais la revoir.

Un écho d'abord incrédule, puis émerveillé se répand de loin en loin : « Serena !... C'est Serena McBee !... Par quel miracle !... »

On avait gardé le souvenir de sa peau parcheminée, desséchée, striée de rides – elle est redevenue plus souple et lisse qu'elle ne l'a jamais été.

Tous ont encore en mémoire l'image d'une momie à peine vivante – elle se dresse à présent devant eux, rayonnante de jeunesse et de santé dans une robe à la blancheur virginale qu'éclairent de hauts cierges.

« Citoyens, citoyennes, et vous tous amis du programme Genesis, dit-elle d'une voix profonde et mélodieuse, qui n'a plus rien de commun avec l'organe chevrotant de ses derniers enregistrements publics. Votre appel est parvenu jusqu'au fond de la retraite où je pansais mes plaies. J'ai entendu vos hurlements de douleur, vos cris de désespoir m'ont déchiré le cœur. Mon âme s'est fendue en apprenant la mort de mon ami Edmond et de six autres chefs d'État. Mes oreilles ont saigné en percevant le fracas du rêve qu'une fois encore, nos adversaires ont voulu briser : celui du peuple américain. Mais notre grande nation ne renonce jamais à ses rêves. Je n'y renoncerai jamais. Vous m'avez convaincue que ma convalescence était finie ; en vérité elle n'a que trop duré. Vous m'avez trop manqué. Rappelez-vous, je vous l'ai promis : je serai toujours votre abeille gardienne. Le *Cupido* repartira comme je suis moi-même repartie. L'Amérique se relèvera comme je me suis moi-même relevée. Et elle écrasera ses ennemis de l'extérieur et de l'intérieur, où qu'ils se trouvent. C'est ce que je suis venue vous dire aujourd'hui. »

Elle lève sa main droite, dans un geste christique qui évoque à la fois un serment et une bénédiction : « La charge présidentielle me revient après la disparition du regretté président Green. Milton Sunfield m'a rappelé où était mon devoir. Je ne peux rester sourde à son appel et à celui du peuple américain. Je suis là pour m'offrir à vous : *une pour tous*, comme se le sont juré les pionnières de Mars le jour où elles ont embarqué. Et j'espère que vous serez là aussi pour moi : *tous pour une.* »

Une brise passe dans les pans de sa robe, créant l'illusion de deux ailes angéliques se déployant dans son dos.

Ainsi transfigurée, elle déclame les paroles qui font d'elle la femme la plus puissante de la planète, sans une hésitation, comme si elle les connaissait par cœur depuis toujours, comme si elle n'avait jamais vécu que pour cet instant : « Je jure solennellement que j'exécuterai loyalement la charge de présidente des États-Unis et que, du mieux de mes capacités, je préserverai, protégerai et défendrai leur Constitution. »

78. CHAMP
MOIS N° 13/SOL N° 363/HEURE INDÉTERMINÉE
[482ᵉ SOL DEPUIS L'ATTERRISSAGE]

C'EST FOU COMME ON PERD VITE LE FIL DU TEMPS QUI PASSE, quand on n'a plus l'ample mouvement des astres dans le ciel et les petits rituels de la vie quotidienne pour nous le rappeler.

Combien d'heures se sont écoulées depuis qu'on m'a jetée dans le noir du septième habitat ? Dix ? Vingt ? Trente ? Je suis incapable de le dire.

Malgré l'absence totale de lumière, j'ai rapidement réussi à domestiquer l'espace, retrouvant à tâtons la kitchenette, la table à manger, le canapé, toutes ces balises – jusqu'à l'interrupteur, que j'ai tourné en vain, car il semble avoir été verrouillé électroniquement.

Le temps, en revanche, m'échappe. Impossible de le palper. Il me glisse entre les doigts comme du sable – et de toute façon, à quoi bon essayer de le retenir ? Au moment où j'étais enfin prête à révéler le rapport Noé à l'antenne, à l'instant où j'ai commencé à le faire, c'était trop tard.

Trop tard.

Voilà le leitmotiv de ma vie, les deux mots qu'il faudra écrire sur ma pierre tombale si on m'en dresse jamais une.

Ce lointain jour d'été sur Terre, lorsque tout mon instinct s'est cabré pour m'empêcher de monter dans la fusée, il était déjà trop tard : la pression insistante des caméras, l'excitation débridée des journalistes, et surtout les yeux implorants de Kris me barraient toute possibilité de faire volte-face.

Ce soir sur Mars, lorsque j'ai enfin trouvé le courage de révéler le vrai visage de Serena, personne ne voulait plus m'entendre. Cela fait un an que les pionniers s'accrochent à l'espoir de l'ascenseur, j'ai tout fait pour les y encourager, j'y voyais le ciment de notre communauté. Je n'ai cessé de le leur répéter au fil des mois : « il faut tenir bon ! » Il n'est plus possible de leur enlever cet espoir, à présent. La volonté de survivre s'est enracinée en eux plus profondément que le désir de voir un jour éclater la vérité.

Je ne me fais pas d'illusions.

Le *Cupido* va repartir vers Mars.

Serena va revenir sur Terre.

Plus forte, plus puissante qu'elle ne l'a jamais été.

Et nous, nous sommes plus faibles et divisés que jamais.

Nous ne mourrons peut-être pas ici, mais nous allons revenir dans un monde où notre véritable ennemie régnera au tout premier plan ; un monde où l'individu sera manipulé, assujetti en ayant l'illusion d'être libre, trop étourdi par les images et les écrans pour seulement *penser*.

Quel est le sens de tout ça ?

À quoi ça sert de se battre ?

Je sais quelles réponses Mozart apporterait à ces questions. Je sais qu'il me parlerait de bonheur, d'amour, du prix inestimable de la vie – cette vie que nous pourrions passer ensemble, une fois revenus sur Terre, vieillissant auprès de nos enfants.

Il ne comprendrait pas, si je lui disais que je ne veux pas avoir d'enfant sur une Terre soumise à la toute-puissance de Serena McBee...

Il n'y a qu'une personne dans la base – il n'y a qu'une personne au monde – à qui je pourrais m'ouvrir de ces doutes qui vont si mal à la Machine à Certitudes, de ce découragement qui ressemble si peu à Léo la battante. Cette personne n'est qu'à quelques mètres de moi, et pourtant, elle est à des années-lumière.

Cent fois, j'ai levé la main pour frapper à la porte close de la deuxième chambre.

Cent fois, je me suis retenue au dernier moment.

Le nom de Marcus commence à se former sur mes lèvres, mais ma poitrine refuse d'expirer assez d'air pour que je puisse le prononcer.

De toute façon, la porte est insonorisée...

Sait-il que je suis là ?

Sent-il ma présence comme je sens la sienne ?

Pense-t-il à moi comme je pense à lui ?

79. CONTRECHAMP
MAISON BLANCHE, WASHINGTON DC
JEUDI 18 AVRIL, 14 H 15

« **M**ADAME McBEE, VOUS ÊTES... ÉBLOUISSANTE, balbutie Dolores Ortega en s'inclinant au passage de Serena, qui vient d'entrer dans le Bureau ovale où est rassemblé le cabinet au grand complet.

— *Madame la Présidente.* Désormais, appelez-moi *madame la Présidente.*

— Oui, bien sûr, où ai-je la tête... ? » bafouille la chargée d'Image en lorgnant ses escarpins vernis.

Serena contourne le bureau d'un pas élégant, faisant virevolter sa jupe de dentelle noire sur ses jambes interminables et parfaitement galbées. Les ministres regardent avec stupeur cette apparition surgie de nulle part – elle a l'air si jeune, si fraîche, si...

« Vous semblez en pleine forme, madame la Présidente..., commente Milton Sunfield, un euphémisme presque ridicule tant il est en deçà du miracle que tous peuvent constater chez celle qui, d'après les médecins, aurait dû rester handicapée à vie.

— Le doux air des tropiques ! répond Serena, tout sourire, en s'asseyant avec délice dans le fauteuil présidentiel. Mais vous, mon vieux Milton, vous ne semblez pas dans votre assiette. Les événements de ces dernières heures ont dû vous ébranler. Vous devriez prendre un peu de repos. J'ai une adresse sublime dans les îles Vierges, ça ne vous dit pas ? »

En effet, celui qui est redevenu secrétaire d'État affiche un teint grisâtre et de lourdes poches sous les yeux. Même ses cheveux, qui d'ordinaire font sa fierté, paraissent ternes et mous.

« Dans l'état actuel des choses, avec les tensions diplomatiques à leur comble, je ne crois pas que je puisse me reposer, soupire-t-il. Je vis dans l'angoisse que l'enquête établisse un lien entre ce terrible attentat et la Russie... Ce serait la guerre... »

— C'est déjà la guerre dans les faits, tranche Serena, se départant de son sourire pour afficher un air sévère. Cette bombe meurtrière qui explose à l'instant même où l'ultimatum russe prend fin, vous croyez vraiment que c'est une coïncidence ? Allez-vous enfin ouvrir les yeux, ou continuer de vous bercer d'illusions avec votre vision du monde digne d'un Bisounours ? Ce n'est pas la concorde qui règne naturellement entre les êtres humains, c'est le conflit, la loi du plus fort, et seule une volonté politique inflexible peut imposer l'ordre et garantir la justice. Vous êtes-vous demandé quelle était votre part de responsabilité, à vous et à tous les pacifistes acharnés, dans la mort du président Green et de six autres chefs d'État ? »

Cette volée d'accusations se déverse sur le pauvre Milton comme du sel sur une plaie à vif. Il laisse échapper un gémissement de culpabilité.

« Je n'ai pas su..., sanglote-t-il. Je n'ai pas vu... Puisse la postérité me pardonner... »

Satisfaite par ce mea culpa qui ressemble à une séance d'humiliation publique, Serena retrouve le sourire.

« La postérité, je ne sais pas, vous avez tout de même commis une très grossière erreur de jugement ; mais moi au moins, je vous pardonne. Je vous remplace aussi, parce que notre pays a besoin d'autre chose qu'un homme à terre en cette période troublée. » Une expression de surprise un peu grotesque fige le visage du disgracié tandis que la nouvelle présidente continue : « Je nomme Orion Seamus, cadre émérite de notre CIA, au poste de secrétaire d'État, afin de traiter les ennemis de l'Amérique avec la fermeté qui s'impose. »

L'agent Seamus, qui se tenait en retrait au fond du bureau, s'avance de quelques pas sous les regards stupéfaits des ministres.

« En théorie, il faudrait demander l'assentiment du Sénat pour pratiquer un remaniement ministériel, suggère une voix timide.

— En théorie, en théorie ! tonne Serena en se levant d'un bond. Réveillez-vous, messieurs, mesdames, il est temps de passer à la pratique ! La sécurité nationale est menacée ! Les hordes barbares sont aux portes de Rome ! La flamme de la civilisation est sur le point de sombrer dans un océan de ténèbres ! »

Terrassée par cette prédiction apocalyptique, l'assistance semble se tasser, abandonnant toute résistance.

« Je vais demander au Congrès de promulguer la loi martiale m'octroyant les pleins pouvoirs, dit Serena en se rasseyant lentement. À situation exceptionnelle, mesures exceptionnelles : ce sera la première décision de la présidente McBee. Une décision historique ! »

80. HORS-CHAMP
MIAMI, OCEAN DRIVE
VENDREDI 19 AVRIL, 10 H 00

« **E**H, MADEMOISELLE ! VOUS POUVEZ PAS RESTER LÀ ! Ce banc est réservé aux clients ! »
Harmony relève la tête de l'accoudoir contre lequel elle était recroquevillée pour dévisager l'homme qui s'adresse à elle : un trentenaire bronzé, arborant un tablier et une casquette frappés du sigle *Mario's Pizza*. L'établissement du même nom, une camionnette vintage

contre laquelle est adossé le banc, vient d'ouvrir son hayon de service, à travers lequel s'échappe une bonne odeur de pâte cuite.

« Tu as passé une nuit un peu trop arrosée, c'est ça, la miss ? continue ledit Mario. Je peux comprendre. Mais il y a des hôtels pour cuver, ou à défaut, il y a la plage. Il faut que tu partes. À moins que tu me prennes une part de pizza pour le petit-déjeuner, bien sûr. »

Harmony émerge enfin des brumes du sommeil. Écartant les mèches brunes qui lui couvrent le front, elle dévoile son visage étrange, aux pommettes marquées par un coup de soleil. Voilà près de trente-six heures qu'elle est descendue du camion de télévision à bord duquel elle a quitté la base de cap Canaveral ; depuis, elle erre dans les rues du sud de Miami, livrée à elle-même. Sa peau trop pâle, habituée à la réclusion de la villa McBee, puis de la cave d'Alphabet City, a vite brûlé sous le soleil cuisant de Floride.

« Je n'ai pas d'argent, murmure-t-elle d'une voix si faible, si lointaine, que le pizzaïolo en frissonne.

— Tu m'as l'air épuisée. Et affamée. » Il hésite un instant. « Je suppose que je peux t'offrir une part de pizza, va. Après tout, nous autres Américains, nous devons nous serrer les coudes en ce moment – qui sait de quoi demain sera fait, avec ces maudits Ruskovs ?... »

Il regagne sa camionnette, branche l'autoradio et se met au travail, tandis qu'un journaliste décline les titres de l'actualité :

« ... c'est la nouvelle choc du jour : le Congrès, à la quasi-unanimité, vient de promulguer la loi martiale. Les différents partis sont résolus à former une union sacrée autour de la présidente McBee suite à l'attentat de cap Canaveral qui s'inscrit dans la continuité meurtrière de l'attentat de la mer des Caraïbes il y a près de deux ans, et de l'attaque de l'esplanade nationale l'an dernier. La suspicion d'une implication russo-chinoise se précise d'heure en heure, à mesure que l'enquête menée par la CIA *progresse. C'est d'ailleurs un cadre de la CIA, Orion Seamus, qui vient d'être nommé secrétaire d'État en remplacement de Milton Sunfield. Bien que M. Seamus soit encore inconnu du grand public, il a toute la confiance de la présidente McBee, dont il assurait la sécurité personnelle jusqu'à présent. Les analystes lui prêtent une réputation de faucon, et voient dans ce remaniement l'annonce d'un durcissement très probable de la politique étrangère des États-Unis... »*

« Eh, la miss ! s'écrie le restaurateur, couvrant la voix de la radio. Tu préfères une *Margherita*, une *Siciliana* ou une *Leonora* ?

— *Leonora* ? répète Harmony.

— C'est ma création ! annonce fièrement Mario. En hommage à Léonor, ma pionnière favorite du programme Genesis ! Tomates, poivrons, piments, salami épicé : que des ingrédients rouges comme ses cheveux et relevés comme son caractère ! Remarque, j'aurais aussi pu l'appeler la *Kelly*, vu comment cette pauvre fille a viré à l'écarlate... Sûrement une allergie à l'atmosphère martienne – la voir comme ça, clouée au lit, ça me fait mal au cœur... » Il se rembrunit. « ... j'aimerais tellement pouvoir leur faire livrer un assortiment, à toutes les deux, pour leur remonter le moral. Léonor n'a rien mangé depuis deux jours qu'elle est au Relaxoir, suite à sa crise de nerfs...

— Elle a fait une crise de nerfs ? »

Mario regarde Harmony comme si elle était une extraterrestre :

« Est-ce que tu es la seule personne sur Terre à ne pas t'être connectée sur la chaîne Genesis au cours des dernières quarante-huit heures ? demande-t-il, incrédule. L'assassinat du président Green, le retour de Serena McBee, le décollage du *Cupido* : tu as zappé tout ça ? Léonor n'a pas supporté d'assister à l'attentat, elle a viré hystéro en direct. Elle avait l'air complètement à l'ouest, vraiment, quand elle a dit qu'il fallait empêcher la fusée de partir,

stopper le programme. Elle s'est mise à délirer sur Noah…
Nohu… »

Les yeux d'Harmony s'écarquillent, elle est complètement réveillée à présent.

« Noé ? dit-elle dans un souffle. Elle a parlé du rapport
Noé ?

— Oui, Noé, c'est ça ! Tu vois, toi aussi tu as regardé la
chaîne Genesis, je me disais aussi ! Souviens-toi : Léonor a
juste prononcé ces deux mots, "rapport Noé", avant d'être
escortée jusqu'au Relaxoir pour décompresser loin des
caméras. Qu'est-ce qu'elle a voulu dire ? J'imagine qu'elle
a juste pété les plombs, la pauvre… »

Harmony ne répond pas.

Là-haut dans le ciel, un escadron de drones fend l'air
en vrombissant.

« Les mouchards sont de sortie…, commente Mario en
levant les yeux. On avait commencé à s'y habituer, avec
l'état d'urgence qui dure depuis un an, mais maintenant
qu'on vit sous la loi martiale je parie qu'ils vont nous suivre
jusque dans les chiottes. » Il pousse un soupir. « Je suppose
que c'est le prix à payer pour être en sécurité. Serena sait
ce qu'elle fait, il faut lui faire confiance. Je crois d'ailleurs
que je lui dédierai ma prochaine création – la *Serena* sera
ma pizza la plus haut de gamme : huile de truffe, cèpes,
saumon fumé d'Écosse pour rappeler ses origines. Et sans
doute aussi une touche de miel, en hommage à l'abeille
gardienne des États-Unis ! En attendant, je te sers une part
de *Leonora*, la miss ? »

81. CHAMP
MOIS N° 13/SOL N° 364/HEURE INDÉTERMINÉE
[483e SOL DEPUIS L'ATTERRISSAGE]

C E N'EST QU'UN FIN RAI DE LUMIÈRE, mais après ces heures innombrables passées dans le noir, il m'aveugle tel un rayon laser.

« Léo… ? murmure une voix à travers l'embrasure. Léo, c'est moi, Mozart… »

La porte du septième habitat s'ouvre un peu plus, deux silhouettes se découpent dans le contre-jour du tube d'accès.

La première est celle du Brésilien ; la couronne de nattes qui coiffe la seconde ne peut appartenir qu'à Kris.

« Ne crie pas, Léo, s'il te plaît ! » dit Mozart en s'avançant dans le séjour, accompagné d'une succulente odeur que je reconnaîtrais entre toutes – celle du hachis de Kris.

Je réalise que je suis morte de faim : je n'ai rien avalé depuis sans doute plusieurs jours.

Un léger déclic résonne. C'est l'interrupteur qui se déverrouille. Les spots halogènes gagnent progressivement en intensité, illuminant les visages inquiets des deux personnes que je croyais m'être le plus dévouées, mais qui n'ont pas levé le petit doigt pour empêcher mon incarcération musclée.

« Léo ! Je te jure que j'ai fait tout ce que j'ai pu pour venir te voir le plus tôt possible ! assure Mozart en s'approchant de moi.

— Je suis témoin, renchérit Kris. Il a plaidé pour toi. Et moi aussi ! Mais Alex ne voulait rien entendre… Il disait que tu étais trop dangereuse, incontrôlable, qu'il fallait te laisser le temps de te calmer. Il a formellement interdit à quiconque d'accéder au septième habitat jusqu'à maintenant. Les autres… les autres se sont tous rangés à son avis. »

À la manière dont Kris prononce ces dernières paroles, en baissant un peu la voix comme s'il s'agissait d'un secret honteux, je devine qu'elle aussi s'est « rangée à l'avis général », au moins au début. Quant à Mozart, il y a quelque chose de résigné dans la manière dont il baisse soudain le regard. Lui qui d'habitude est toujours le premier à se dresser contre les accès d'autorité d'Alexeï, pourquoi ne dit-il rien ? Pourquoi a-t-il attendu tout ce temps pour venir ouvrir la porte de ma geôle ?

« On a tous eu très peur, ma Léo, tente d'expliquer Kris. Peur que, dans un moment de folie, tu lâches tout. Peur de tout perdre. Tout ce que Serena nous a promis…

— Elle est revenue, n'est-ce pas ? » je coupe d'un ton si sec que je ne m'y reconnais pas, comme si toutes ces heures passées dans le silence m'avaient fait oublier jusqu'au son de ma propre voix.

Kris tressaille.

« Oui…, avoue-t-elle. Serena est revenue. En pleine santé, et au plus haut niveau. C'est elle, la nouvelle présidente des États-Unis. Le Congrès vient de lui accorder les pleins pouvoirs. »

Je ne peux retenir un gémissement de désespoir.

Kris se récrie :

« Ne sois pas triste, Léo ! Le retour de Serena est la meilleure chose qui puisse nous arriver ! À la tête du gouvernement américain, elle dispose de tous les leviers pour poursuivre le programme en dépit des terroristes qui voudraient l'arrêter ! C'est elle qui a donné le go pour le décollage de la saison 2 ! C'est grâce à elle, notre sauveuse, que l'ascenseur énergétique va pouvoir parvenir jusqu'à nous ! »

La naïveté de Kris me transperce le cœur.

Serena, notre sauveuse !

Mes oreilles saignent !

« Kris a raison, ajoute Mozart d'une voix douce. Il faut que tu fasses confiance à Serena. Elle n'a jamais trahi sa part du contrat, jusqu'à présent. Elle le respectera jusqu'au bout. Rien ni personne ne nous empêchera de revenir sur Terre, je te le promets ! »

Ses paroles, je le sais, sont censées me rassurer.

Il ne réalise pas qu'au contraire, elles m'emplissent d'angoisse.

J'ai l'impression de vivre un cauchemar éveillé, sans issue.

Mon intuition me dit que le « contrat » qui nous lie à Serena ne s'arrêtera pas à notre retour sur Terre, qu'elle trouvera un moyen de continuer à nous faire chanter pour cacher le rapport Noé. À force d'attendre, nous l'avons déjà laissée devenir présidente, obtenir les pleins pouvoirs... jusqu'où ira-t-elle après ?...

« Tu devrais manger un peu, Léo, suggère Kris en poussant timidement le plat vers moi.

— Ça fait combien de temps que je suis enfermée ici ? je demande sans regarder le hachis, même si je meurs d'envie de me jeter dessus.

— Quarante-deux heures ! s'écrie Mozart. Tu dois mourir de faim !

— Ça veut dire que depuis deux jours, Marcus n'a reçu ni nourriture ni boisson, tout ça parce qu'Alexeï a décidé que personne ne pouvait accéder au Relaxoir ? »

Une expression de surprise douloureuse fige le visage de Mozart.

« *Marcus* ? répète-t-il, comme si c'était un mot issu d'une langue étrangère, un mot dont il ignorerait le sens.

— Oui, Marcus. Le type qui est enfermé là depuis un an. » Je pointe du doigt la porte verrouillée de la deuxième chambre. « Est-ce que tu l'as oublié aussi vite que tu m'as oubliée, moi, pendant les dernières quarante-deux heures ? »

Je sais que cette accusation est injuste, que Mozart s'est certainement battu pour arracher ce droit de visite à celui qui semble être devenu le nouveau maître de New Eden.

Il émet un hoquet indigné :

« Je te promets que je ne t'ai pas oubliée, pas un seul instant ! s'écrie-t-il. Liz et Tao n'avaient pas accès au Relaxoir, eux non plus, mais ça va rentrer dans l'ordre à partir de maintenant ! Ils vont pouvoir à nouveau s'occuper du prisonnier !

— *Le* prisonnier ? Parce qu'il n'y en a plus qu'un seul, tout d'un coup ? Et moi, je suis peut-être ici de mon plein gré ?

— J'ai négocié ta libération conditionnelle, murmure Mozart. En échange de deux choses. Premièrement, le téléphone portable de Ruben Rodriguez, qu'Alexeï a confisqué… »

Ça ne m'étonne guère : avec ce qu'il contient, ce téléphone est une bombe en puissance, or on ne laisse pas une arme entre les mains d'une déséquilibrée.

« Et la deuxième chose ? je demande d'une voix amère.

— … ta parole d'honneur de ne plus jamais mentionner le rapport Noé à l'antenne. »

Je fronce les sourcils.

« Ma parole d'honneur ? Et c'est tout ? »

Mozart pousse une longue expiration.

Ses yeux bruns plongent dans les miens, m'enveloppent d'une onde de chaleur, de bienveillance et – oui – d'amour.

« J'ai accepté que les autres verrouillent notre habitat de l'extérieur la nuit entre minuit et 8 h 00, quand les caméras des Nids s'éteignent, pour que tu n'aies pas la tentation de sortir dans le Jardin. Et le reste du temps, chaque minute de la journée, je serai avec toi pour réagir au quart de tour si une nouvelle crise te prend. » Il attrape mes mains devenues soudain aussi molles que celles d'une poupée de chiffon. « J'ai juré de protéger les pionniers du mal que tu pourrais leur causer. Mais surtout, je me suis juré de te protéger, toi. De te protéger de toi-même. Tu veux bien me promettre que tu vas être raisonnable, maintenant ? »

Mise sous tutelle…

Comme une femme de l'ancien temps, qui passait de l'autorité absolue de son père à celle de son mari…

La pilule est terriblement dure à avaler : elle reste là, coincée dans ma gorge.

Mais je m'oblige à déglutir, ravalant ma fierté blessée.

« D'accord, dis-je. Je serai raisonnable. Je ne dirai rien. Je me contenterai de sourire face aux caméras comme Alexeï, Serena et les spectateurs du monde entier l'attendent de moi. Mais à une condition : quand la Grande Tempête arrivera, quand le moment viendra de quitter la base et de monter dans l'ascenseur, je ne veux pas qu'on laisse Marcus crever dans sa cellule de trois mètres sur deux. Je veux qu'on le libère dès que les nuages de poussière couperont le contact visuel avec la Terre, et qu'on le laisse partir secrètement à la rencontre de Mars, vers Noctis Labyrinthus, comme il l'a demandé. »

82. CONTRECHAMP
CAVE DE LA VILLA MCBEE, LONG ISLAND, ÉTAT DE NEW YORK
SAMEDI 20 AVRIL, 09 H 25

« BONJOUR, BONJOUR ! » chantonne Serena McBee en entrant dans la cellule, une pièce aveugle aux murs de béton éclairée par un néon blanc.

La porte se referme derrière elle dans un claquement sourd.

« Désolée de t'avoir fait attendre, mon garçon, mais j'étais très prise ces dernières heures. »

Assis à même le sol, Andrew écarquille de grands yeux derrière ses lunettes à monture noire. Sa bouche s'entrouvre dans une expression de stupeur.

« *Serena McBee...* ? murmure-t-il d'une voix rauque, éraillée par la déshydratation. Votre peau... Votre visage... Comment est-ce possible ?

— Oui, je sais, la nature m'a gâtée », minaude-t-elle en remontant son manteau en zibeline sur ses épaules – il règne en ces lieux un froid pénétrant.

Revenant à lui-même après sa première surprise, Andrew tente de se lever, mais sa jambe de fer dérape sur le sol humide et il retombe au sol dans un grand cliquetis de chaînes – celles qui lui entravent les poignets et l'attachent au mur.

« Évidemment, c'est glissant..., commente Serena en toisant le prisonnier. En même temps, c'est un peu normal, puisqu'il s'agit d'une cave. La cave de ma villa, pour être plus précise. Je préfère habiter ici, à Long Island, c'est plus cosy que Washington – plus discret, aussi.

— Vous n'avez pas le droit de me retenir dans un lieu privé, dit Andrew. Même si vous êtes vice-présidente des États-Unis...

— *Présidente*, depuis la mort de ce pauvre Edmond Green, le corrige Serena. Et même *présidente avec les pleins pouvoirs*, pour être plus précise. »

Le jeune homme est pris d'un tremblement.

« Vous mentez ! » hurle-t-il.

Les murs épais de la cellule étouffent son cri.

« Ce n'est pas à toi que je le cacherai, le mensonge a toujours été mon péché mignon. Mais il est un plaisir encore plus raffiné : celui de dire la vérité, surtout quand elle est aussi réjouissante.

— L'*habeas corpus*..., souffle Andrew. La liberté fondamentale de ne pas être enfermé sans jugement est inscrite dans la Constitution...

— Bel esprit d'à-propos. C'est justement la prochaine étape sur ma *to-do list* : réviser la Constitution. Entre nous, ce texte poussiéreux remontant aux Pères fondateurs, ces vieux barbons, n'est plus adapté à notre époque. Une époque dangereuse, c'est ce que je m'applique à répéter à mes administrés, où le danger peut surgir de partout... Mes chers concitoyens comprendront qu'il faille restreindre ces libertés abusivement qualifiées de *fondamentales*, pour garantir la sécurité nationale. Mieux encore : je compte sur eux pour assurer un autoflicage à faire pâlir d'envie les régimes les plus autoritaires, grâce à leurs smartphones, à leurs drones domestiques, à cette merveilleuse société de l'image dans laquelle nous vivons 24 heures sur 24. »

Écrasé par l'assurance de sa geôlière, Andrew joue son va-tout :

« Le rapport Noé ! menace-t-il. Lorsqu'il sera révélé vous perdrez tout ! »

Mais Serena ne sourcille pas.

« Je ne doute pas que même ici, entravé par ces chaînes, tu disposes d'un moyen de rendre public ce fichu rapport. Complice, combine informatique, invocation des esprits, que sais-je encore ? – tu es malin comme un singe. Mais je ne pense pas que tu useras de ce moyen. Pour la simple et bonne raison que ta maman et ta sœurette sont toujours à ma merci, bien au chaud dans la base de cap Canaveral. » Un sourire cruel se dessine sur le visage lisse de Serena. « Quoi, ne fais pas cette tête-là, ça te donne un air bête ! Elles n'ont jamais soupçonné que tu étais à quelques dizaines de mètres d'elles, dans la soute de ce yacht. Barry Mirwood ne le leur a pas dit. En réalité, il ne leur a jamais adressé la parole... »

Serena glisse la main dans son sac en python et en sort un téléphone portable.

Elle pianote sur quelques touches, puis se met à lire à voix haute :

« *Nous arriverons à cap Canaveral depuis Cocoa Beach, à bord du yacht présidentiel cubain, le 17 avril au petit matin. Nous comptons sur vous, professeur, pour conduire Vivian et Lucy jusqu'à l'embarcadère juste après le décollage.* » Elle pousse un soupir. « Avec le temps, tu n'as même plus pris la peine de coder tes messages. Tu étais tellement persuadé que ta liaison avec le gentil professeur était sécurisé, et que cette méchante Serena avait définitivement passé l'arme à gauche. Seulement voilà : depuis que cet empoté de Mirwood a laissé tomber son téléphone sur le sol de ma chambre d'hôpital, il y a un an, c'est moi qui réponds à tous tes messages à sa place, c'est moi qui recueille toutes tes confidences, et tu n'y as vu que du feu ! Organiser ta capture a été encore plus facile que faire poser une bombe sous le carré présidentiel. Pour cette dernière, il m'a fallu compter sur un homme de confiance agissant seul – ce cher Orion Seamus, que tu connais bien – ; alors que pour te cueillir, des soldats entraînés et obéissants ont fait l'affaire. »

Le corps d'Andrew semble se tasser, se recroqueviller dans son coin de cellule.

« Vous avez tué Edmond Green et Barry Mirwood..., murmure-t-il.

— Tût-tût ! le reprend Serena. Le lâche assassinat du président est l'œuvre des services secrets russes, comme va bientôt le prouver l'enquête coordonnée par Orion Seamus. Quant au professeur, il n'est pas mort. Ou du moins, pas encore. J'avais besoin de lui pour finaliser l'ascenseur énergétique, et son aide me sera précieuse jusqu'au déploiement du mécanisme. Depuis un an, il travaille ici, dans les sous-sols de la villa McBee – une cellule voisine de la tienne et de celle des cousins Rodriguez. Ses équipes n'ont jamais cherché à savoir pourquoi il avait décidé de s'isoler dans un lieu tenu secret pour continuer ses travaux, leur communiquant ses instructions à distance. Je suppose qu'elles se sont dit qu'on pouvait s'attendre à tout de la part d'un vieil excentrique comme lui, d'autant plus qu'il semblait être devenu paranoïaque ces derniers temps – comment lui en vouloir, dans un monde où la menace terroriste peut frapper à chaque instant ? »

Serena se tait durant quelques instants, savourant en silence sa victoire absolue, écrasante, sur l'être qui gît à terre devant elle.

Mais soudain, une lueur s'allume derrière les verres des lunettes d'Andrew, un éclat intelligent plus fort que le désespoir.

« Vous affirmez avoir gagné sur tous les tableaux, dit-il. Vous m'avez fait prisonnier, vous retenez ma famille en otage, vous avez entre vos mains les rênes du programme Genesis et celles du pays. Et pourtant, vous venez de passer un quart d'heure avec moi à fanfaronner comme une gamine. Vous n'êtes pourtant pas femme à perdre votre temps : que gagnez-vous à me confier vos manigances ? Cette démonstration de force a pour but de m'impressionner, je le sens, et si vous êtes venue, c'est que vous voulez me soutirer quelque chose... » Andrew plisse les yeux. « Il vous manque une information... Une piste... Pas une fois vous n'avez mentionné Harmony. Elle n'était pas avec nous lorsque les soldats ont débarqué dans la soute du yacht. Vous n'avez aucune idée d'où elle se trouve actuellement. »

Serena remonte le col de son manteau un peu plus haut sur son cou.

« Touché, concède-t-elle. La disparition de ma fille unique chagrine mon instinct maternel...

— Vous avez donné l'ordre à votre majordome de la tuer !

— Oh, ça ! C'est de l'histoire ancienne, quand j'occupais une position moins confortable qu'aujourd'hui. Je me suis sentie trahie par cette intrusion dans mon bureau, j'ai réagi un peu trop sévèrement. Mais aujourd'hui, je suis prête à pardonner. » La voix de Serena se fait mielleuse. « Dis-moi, sais-tu où est ma petite chérie ? »

C'est au tour d'Andrew de sourire – un sourire aussi sec qu'un coup de fouet.

Ses paroles claquent :

« Quand bien même je le saurais, je ne vous le dirais pas ! »

Serena recule d'un pas.

« Hum ! Ne t'engage pas trop vite sur ce que tu me diras ou pas. Je connais des moyens assez persuasifs, et même très créatifs, de délier les langues les plus têtues. J'ai tout mon temps. Quant à Harmony… ma fille est une créature fragile, vulnérable, incapable de survivre seule. Je suppose qu'elle finira par revenir d'elle-même à la villa McBee, comme une petite chienne qui s'est crue louve finit par revenir au chenil. »

Sur ces paroles, Serena tourne les talons, refermant derrière elle la porte de la cellule.

Elle parcourt un couloir de béton jalonné de portes identiques, blindées et silencieuses, autant de cellules installées au fil des années dans les souterrains, à l'insu du public.

Au bout du couloir, elle présente son œil devant un identificateur rétinien similaire à celui qui sécurisait l'accès au bunker où, deux ans auparavant, elle coordonnait le décollage de la saison 1 du programme Genesis.

Une porte chromée coulisse en silence, ouvrant sur une cabine.

Tandis que l'ascenseur l'emmène vers la surface, Serena s'autorise à prendre trois longues inspirations issues des techniques de relaxation qu'elle professe. La disparition d'Harmony semble la préoccuper davantage qu'elle ne l'admet.

L'ascenseur s'arrête au rez-de-chaussée. La porte s'ouvre, encastrée dans la bibliothèque du vaste bureau. Le portique de transmission connecté à la chaîne Genesis se dresse là, réexpédié depuis la résidence de l'Observatoire. Sur les multiples écrans défilent les images de la base martienne, désormais deux fois plus massive, avec ses six nouveaux habitats presque finalisés.

Mais pour l'heure, Serena ne s'attarde pas sur les images. Elle sort du bureau par la grande porte-fenêtre qui donne directement sur ses jardins – celle-là même qu'un an et demi plus tôt Andrew et Harmony ont brisée dans leur fuite, depuis longtemps réparée.

Un vent tiède accueille Serena, soulevant ses cheveux. Dans le soleil printanier, ils semblent moins argentés qu'avant sa longue éclipse, plus dorés – d'un or blanc, très pâle, rappelant la blondeur originelle de celle qu'elle était jadis, quand elle avait l'âge d'Harmony. L'air du jardin est légèrement brillant, poudré : de minuscules spores et pollens y flottent comme en apesanteur parmi les effluves de fleurs écloses.

Serena s'avance entre les pivoines et les crocus, les myosotis et les hibiscus, jusqu'à la partie du jardin où s'élèvent ses ruches : des dizaines de petites maisons de bois aux toits pointus. Un léger bourdonnement monte des essaims qui s'éveillent après le sommeil hivernal. Çà et là, des butineuses partent en reconnaissance, de plus en plus nombreuses à mesure que le matin réchauffe l'atmosphère. Impossible d'imaginer que sous cette nature idyllique, parfumée et mousseuse de rayons, s'étendent des racines maléfiques, les entrailles secrètes de la villa McBee…

Serena s'arrête devant un petit banc en fer forgé, placé au milieu des ruches, face à l'orient. Elle retire son manteau en zibeline, dévoilant un chemisier sans manches dont la soie caresse ses épaules nacrées, lisses, comme régénérées.

Puis elle s'assied sur le banc, ferme les yeux et se laisse bercer par le bourdonnement croissant des abeilles.

« Serena ?
— Hum ? »
Elle entrouvre les paupières.
Le soleil, maintenant à son zénith, est éblouissant.
L'air est tellement saturé d'odeurs exaltées par la chaleur qu'il semble plus dense, plus lourd.
La rumeur des ruches bat son plein, assourdissante.
« C'est moi, Serena. C'est Orion. »

La nouvelle présidente se redresse pour observer celui qui se tient sur le sentier de graviers bordant la pelouse.

« Approchez, dit-elle. N'ayez pas peur des abeilles. Tant que vous ne troublez pas leur ouvrage, elles ne vous piqueront pas. C'est bien là la beauté de leur espèce. Nettoyeuses, nourrices, architectes, ventileuses, butineuses et gardiennes : elles sont tout entières dévouées à leur tâche, soumises à leur reine. Quel modèle d'ordre et de discipline, pour une humanité empêtrée dans ses querelles pathétiques, prête à se déchirer pour posséder un bout de territoire martien... »

Orion Seamus quitte le sentier pour s'avancer vers le banc de fer forgé.

Il marche, stoïque, sans s'affoler des abeilles qui se posent sur les épaules de sa veste de costume, sur ses cheveux noirs et lustrés. Son œil unique est concentré sur un seul point de mire : Serena.

« Vous êtes superbe..., murmure-t-il.

— Vous voulez dire, plus superbe encore que sur mon lit d'hôpital, quand vous m'avez juré votre amour éternel ? »

Orion Seamus s'arrête au pied du banc ; son œil cligne, tel un obturateur.

« Chaque fois que je pose mon regard sur vous, depuis votre retour, je suis saisi de stupeur, avoue-t-il. Lorsque je vous ai secrètement déposée dans le hall du château McBee, ainsi que vous me l'avez demandé à votre sortie de coma, vous étiez si frêle, si malade... Pendant un an et demi, j'ai semé des fausses pistes pour lancer les journalistes à votre recherche sous les tropiques. Pendant qu'ils vous traquaient sous de mauvaises latitudes, j'ai exécuté scrupuleusement tous les ordres que vous m'avez envoyés. La séquestration du professeur Mirwood, la surveillance des équipes Genesis, la préparation de l'attentat contre le président Green... Ce faisant, j'attendais ardemment votre retour, espérant que votre convalescence vous profiterait. Mais j'étais loin de m'attendre à une telle résurrection... »

Un sourire mystérieux se dessine sur les lèvres de Serena.

Elle se lève, dépliant un corps qui a retrouvé toute la souplesse de celui d'une jeune fille.

« Je suppose qu'il reste en ce monde quelques secrets que la CIA n'a pas encore percés, susurre-t-elle. C'est mieux ainsi. Voyez-vous, mon cher, du temps de mon talkshow, c'était l'un des conseils que je prodiguais le plus volontiers : les femmes qui veulent séduire doivent savoir s'entourer de mystère. Toujours. »

Elle pose sa main aux longs doigts effilés sur la joue glabre de l'agent, juste en dessous du cache-œil qui lui barre le visage.

« Mais vous, Orion, vous gardez aussi votre part d'ombre, n'est-ce pas ? Qu'y a-t-il derrière ce carré de tissu noir ? »

L'agent reste parfaitement immobile entre les doigts de Serena ; il n'esquisse pas un geste pour la retenir, quand elle passe son ongle verni sous l'élastique du cache-œil ; sans la quitter du regard, il se contente de murmurer quelques mots :

« Ne serait-il pas plus excitant de continuer à l'ignorer ? »

Le sourire de Serena s'étire.

« Nous sommes décidément faits pour nous entendre, dit-elle en jouant avec l'élastique. Les hommes sont d'habitude si prévisibles, surtout quand ils se savent beaux – et vous l'êtes, indéniablement. Ils sont pressés de se dévêtir, imaginant que la révélation de leur anatomie fera nécessairement chavirer le cœur et la raison de celle qu'ils convoitent. Pauvres innocents, ils ignorent que le pouvoir érotique siège dans le cerveau, pas dans les pectoraux ! Mais vous êtes différent. Lorsque vous viendrez à moi dans notre chambre nuptiale, le soir prochain où nous nous connaîtrons pour la première fois, vous porterez sur votre tenue d'Adam ce point d'interrogation, ce morceau de nuit, cette hypothèse. Oui, indéniablement : ce sera plus excitant ! »

Serena retire brusquement sa main, sans avoir soulevé le cache-œil.

« Mais chaque chose en son temps, dit-elle. Le devoir avant la bagatelle. Je suis une femme à principes : nous ne consommerons pas notre union avant le mariage. Dans les mois à venir, vous allez habiter à Washington pour tenir mon gouvernement à l'œil, si j'ose dire, tandis que j'organiserai les opérations importantes ici, dans le secret de la villa McBee. Nous ne sommes plus des post-ados travaillés par leurs hormones, comme ces malheureux pionniers qui sont contraints d'observer depuis un an et demi une abstinence forcée – à leur âge, ce doit être une véritable torture, et le plus drôle c'est qu'ils sont obligés de prétendre qu'ils essaient de faire des bébés !

— Vous pensez qu'ils s'abstiennent, la nuit dans leurs habitats ?...

— En tout cas, ils adoptent des pratiques dignes du planning familial le plus sévère. Comment expliquer autrement l'absence de grossesse, quatorze mois après les mariages ? Ces pauvres choux veulent sans doute attendre d'être rentrés sur Terre, en sécurité, avant de donner la vie... »

L'agent Seamus hoche la tête.

« Vous avez certainement raison, Serena, comme toujours. Mais... comment allez-vous gérer leur retour, précisément ? Du moment où ils auront quitté la base, plus rien ne les empêchera de révéler ce rapport Noé dont vous m'avez parlé... »

Avec indolence, Serena rabat derrière son oreille une mèche de cheveux que la brise a soulevée.

« Plus rien ne les en empêchera, en effet, concède-t-elle. Mais plus personne ne sera prêt à les écouter. Regardez, il y a quelques jours déjà, Léonor a cité à l'antenne le nom du rapport Noé sans que personne sur Terre s'émeuve ou cherche à en savoir davantage. La vérité, c'est que les Terriens ont d'autres chats à fouetter : un conflit majeur se prépare, chacun le pressent. Le fameux antagonisme russo-américain est en train de repartir comme au temps de la guerre froide – c'est dans les vieux pots qu'on fait les meilleures confitures ! Mais la guerre ne sera pas froide, cette fois-ci : elle sera glaciale. Les relations internationales ne se refroidiront pas : elles gèleront. Et les consciences aussi. Voyez-vous, Orion, je ne rêve pas d'explosion atomique ou de guerre éclair. Au contraire, ce que je veux, c'est une guerre non-déclarée, lente, enlisée, sans missile ni combat : une menace permanente, qui n'éclate jamais et qui dure éternellement. Mon objectif est de prendre l'Amérique dans les glaces de la suspicion avant l'automne, quand l'ascenseur énergétique arrivera en orbite martienne. Alors, les pionniers pourront bien révéler ce qu'ils veulent, ce sera en vain ; on peut mettre en accusation un président, mais pas le chef des armées quand la sécurité nationale est menacée ! »

L'agent Seamus sourit doucement.

« Brillant, murmure-t-il. Vous pouvez compter sur moi pour mettre le feu aux poudres. La commission d'enquête de la CIA, manipulée par mes soins, est sur le point d'arriver à la conclusion que nous avons prévue : bombe de fabrication russe. Il ne restera plus aux enquêteurs qu'à retrouver le détonateur, que j'ai dissimulé dans la chambre de la délégation kazakhe à cap Canaveral. L'opinion aura tôt fait de voir l'empreinte de Moscou derrière ce pays traditionnellement allié de la Russie.

— Parfait ! C'est tout ce qu'il faut pour déclencher une réaction en chaîne, alimentée par l'énergie destructrice des ego individuels et nationaux, le tout saupoudré d'une bonne dose de paranoïa. Dans la société que j'imagine, les réseaux sociaux remplaceront les policiers : les citoyens deviendront leurs propres gardiens, surveillant en permanence leur prochain et se donnant eux-mêmes à voir avec un appétit d'exhibitionnisme jamais rassasié. En commençant par les États-Unis, nous allons instaurer un nouvel ordre mondial, celui dont j'ai toujours rêvé. » D'un geste ample de la main, Serena embrasse les ruches en pleine activité. « Une nouvelle ère est sur le point de commencer, Orion. Une nouvelle étape dans l'évolution de l'espèce humaine. Après *Homo erectus*, l'homme debout, est venu *Homo sapiens*, l'homme savant. Ce dernier doit maintenant céder la place à son successeur : *Homo apicius*, l'homme-abeille. Celui qui, interconnecté en permanence à tous les autres, en essaim serré derrière sa Reine, conquerra les étoiles, l'univers et l'immortalité ! »

83. HORS-CHAMP
MIAMI, OCEAN DRIVE
VENDREDI 26 AVRIL, 10 H 05

« *C'EST OFFICIEL : SUITE AUX CONCLUSIONS DE LA COMMISSION D'ENQUÊTE DE CAP CANAVERAL, les États-Unis rompent toute relation diplomatique avec la Russie !* L'ambassadeur américain à Moscou est rappelé, un embargo total est imposé sur les flux commerciaux, les réservistes sont appelés à se tenir prêts à une mobilisation en cas d'escalade militaire. La présidente McBee a décrété la création des "Essaims Citoyens", ouverts à tous les civils qui souhaitent devenir des "Gardiens" et contribuer d'une manière ou d'une autre à la défense de la ruche-mère contre les ennemis de l'extérieur et de l'intérieur... »*

Mario pousse un long soupir depuis la fenêtre de son camion-pizza, d'où l'on entend en sourdine le son de l'autoradio :

« Cette fois-ci, la guerre nous pend vraiment au nez... Ça va être terrible pour le business. Mais Serena a raison : il faut défendre la patrie quand elle est attaquée. »

Il finit d'attacher un drapeau américain au hayon, à côté de l'ardoise déclinant la liste des pizzas proposées – dont sa dernière création, la *Serena*. Derrière le camion, tous les grands hôtels art-déco qui jalonnent Ocean Drive sont eux aussi couverts de bannières étoilées, des fanions aux couleurs de la patrie sont accrochés aux vitres de toutes les voitures : le pays entier se mobilise contre l'agresseur qu'on lui a désigné.

« Je ne crois pas que ce soient les Russes...

— Quoi ? demande Mario en baissant le son de l'auto-radio pour mieux entendre sa première cliente, attablée devant la première pizza sortie du four.

— Mon intuition me dit que ce ne sont pas les Russes... », répète Harmony.

Une semaine après son arrivée à Miami, ses coups de soleil se sont un peu estompés pour laisser la place à un léger hâle. Ses cheveux soumis à l'air de la mer se sont emmêlés, ses habits exposés au soleil ont commencé à se décolorer. Voilà sept jours qu'elle survit en ramassant laborieusement les pièces perdues par les touristes dans le sable des plages qui bordent Ocean Drive ; elle apporte chaque matin et chaque soir son butin à Mario – qui lui fait un prix quand le compte n'y est pas.

« Bien sûr que ce sont les Ruskovs ! s'exclame le pizzaïolo. À cause de Mars ! La commission d'enquête l'a prouvé !

— Cette commission a été mandatée par Serena McBee..., répond Harmony d'une voix atone, le regard fixé sur sa part de pizza.

— Et alors ? Quoi de plus normal, c'est la présidente !... » Mario est soudain frappé d'une idée qui le glace. Il ajoute à voix basse : « ... tu n'insinues quand même pas que Serena est intervenue dans l'enquête ? Et d'une, c'est une idée absurde ; et de deux, c'est carrément de la trahison de dire une chose pareille ! Arrête de déconner, Jane, n'entre pas dans le jeu des ennemis de l'Amérique !... »

Jane... Le premier nom qui est venu à l'esprit d'Harmony quand elle a dû s'en inventer un nouveau : celui de son auteure préférée. Mais il ne suffit plus d'ouvrir un roman pour fuir la réalité, comme elle le faisait du temps de la villa McBee. Contrainte de raser les murs, de cacher son visage derrière ses cheveux, elle ne s'aventure sur les plages qu'à l'aube et au crépuscule pour échapper aux contrôles d'identité des drones policiers. Quant à ses nuits, elle les passe sous les ponts ou sur des bancs isolés… en espérant que la saison des ouragans qui dévaste régulièrement la Floride soit plus clémente cette année. Peut-être qu'elle devrait fuir, mais pour aller où, elle qui ne connaît rien ni personne, elle qui a perdu le seul ami qu'elle avait en ce monde ?

Renonçant à convaincre Mario de ce qu'il ne peut admettre, elle mord dans sa pizza avec la rage muette d'un prisonnier qui mord son bâillon.

84. CHAMP
MOIS N° 13/SOL N° 373/10 H 02
[492ᵉ SOL DEPUIS L'ATTERRISSAGE]

« QUAND JE ME SUIS RÉVEILLÉE, IL AVAIT DISPARU… », dit Kelly d'une voix ténue.

Allongée dans son lit, elle est plus faible, plus rouge que jamais.

Pour la première fois, elle était seule dans son habitat quand j'y suis entrée ce matin pour sa saignée.

« … il n'a laissé qu'une lettre derrière lui. »

Dans sa main reposant sur les draps, entre ses doigts crispés, elle tient sa tablette.

Je la lui prends délicatement et je déchiffre le message rédigé au stylet, d'une écriture nerveuse et pleine de ratures, avec la sensation que Mozart lit par-dessus mon épaule – il ne me quitte plus d'une semelle depuis que je suis sortie du septième habitat.

KELLY,

Au début, j'espérais que tu finirais par guérir naturellement. Mais maintenant je n'y crois plus.

Et je ne supporte plus de te voir payer pour moi, à cause de ma lâcheté, parce que je n'ai pas le courage d'aller à LEUR rencontre.

Comme je ne sors jamais de la base, ILS m'ont puni à travers toi. Mais ce n'est pas toi qu'ILS veulent. Ce n'est pas pour t'appeler toi qu'ILS tapent contre les murs de la base pendant les tempêtes. C'est pour moi, et moi seul.

Il y a quelque chose que je ne t'ai pas dit, ni à toi, ni aux organisateurs, ni à personne. En venant sur Mars, je suis venu avec une mission ~~secrète~~ sacrée. Celle d'établir le premier contact de notre espèce avec EUX. J'ai été entraîné toute ma vie pour accomplir cette mission. Tout était prévu à l'avance. Sauf une chose : toi. Du moment où je t'ai rencontrée, quelque chose a changé... dans ~~ma bêtise~~ ma naïveté, j'ai cru que je pourrais échapper à mon destin pour rester toujours à tes côtés.

Mais on n'échappe pas à son destin. C'est l'un des enseignements fondamentaux du temple de l'Unification cosmique.

Il finit toujours par nous rattraper, en vertu de la loi karmique qui régit toute chose en ce monde, d'incarnation en incarnation. Le lama Yoshiki s'est réincarné en moi pour aller à LEUR rencontre ; il faut que je m'offre à EUX si je veux avoir une chance de te sauver. Avant de partir, je me suis injecté de ton sang dans les veines : pour avoir la même maladie que toi, puisque c'est moi qui mérite ce châtiment. Je ne reviendrai pas avant d'avoir trouvé le remède.

Pardonne-moi de ne pas avoir eu ~~le temps~~ le courage de te dire la vérité en face.

Au moins, à présent, je n'ai plus peur d'accomplir ma destinée.

En réalité, je n'ai plus peur du tout.

Tu m'as guéri de toutes mes phobies.

~~Je te suis reconnaissant~~ Je t'aime.

KENJI - けんじ

« Eh ben…, siffle Mozart. Il a dû forcer sur le champagne martien… Je suppose qu'on va le retrouver quelque part dans la base, à cuver…

— Ce n'est pas le genre de Chat ! proteste faiblement Kelly. Il ne boit jamais trop. Il garde toujours le contrôle de lui-même. Il me rassure comme personne ne l'a jamais fait avant.

— Dans le genre rassurant, on a déjà fait mieux, comme lettre.

— Ce mec, c'est ce qui m'est arrivé de mieux dans ma foutue vie !

— On peut dire qu'il t'a dans la peau, concède Mozart. Au sens propre. S'injecter de ton sang dans les veines, c'est romantique, un vrai junkie de l'amour !… »

Kelly se contracte spasmodiquement au fond de son lit :

« Comment oses-tu employer des mots pareils, petit dealer de merde ! »

Je me précipite à la rescousse de la malade, remontant l'oreiller derrière sa nuque pour la stabiliser.

« Calme-toi, je t'en prie, lui dis-je en essayant de ne pas penser au tube de prélèvement d'hier soir, qui manquait ce matin dans l'infirmerie – c'est certainement celui que le Japonais a subtilisé à mon insu. Je suis sûre qu'on va retrouver Kenji. Il nous expliquera ce qu'il a voulu dire dans cette lettre. Absolument rien ne laisse penser que ta polyglobulie soit contagieuse. En attendant, il faut que tu te ménages. »

Je m'apprête à sortir mes seringues pour procéder à la saignée, quand la porte de l'habitat s'ouvre brusquement.

« Léo, Mozart, venez vite ! s'écrie Safia. Je viens de recevoir un message de la Terre annonçant que Serena va s'adresser à nous dans quelques instants. Kenji ne vous a pas mis au courant ? »

L'Indienne ne sait pas encore que le deuxième responsable Communication est introuvable. Un nouveau coup dur pour l'équipage, mais ça ne sert à rien de faire durer le suspense.

« On n'a pas vu Kenji depuis hier soir, dis-je. Je suppose qu'il n'est pas dans le Jardin ? »

Safia secoue la tête :

« Pas que je sache… Il a disparu ?… Où ?… » Ses grands yeux cernés de khôl s'écarquillent. « … il n'a quand même pas quitté la base ? Oh mon Dieu, c'est peut-être pour ça que Serena veut nous parler ! Vite, vite, venez ! »

Abandonnant mon matériel médical, je touche la main de Kelly en lui murmurant quelques mots – « Mieux vaut que tu restes au lit, je te promets de te faire un débrief complet dès que possible » – puis je quitte l'habitat sur les talons de Safia et de Mozart.

L'équipage est déjà réuni dans le Jardin, face au dôme encore transparent.

Comme à chaque fois que j'apparais en public depuis ma sortie du septième habitat, je sens la suspicion dans les regards qui se posent sur moi, la peur aussi. C'est comme si je les entendais murmurer : « *Est-ce qu'elle va encore péter les plombs, cette tarée ? Est-ce qu'elle va nous lâcher un de ces scuds dont elle a le secret ?* »

Quand je vois ces regards, j'imagine les trésors de diplomatie que Mozart a dû déployer pour obtenir ma libération. C'est grâce à lui que je peux me déplacer dans la base aujourd'hui. Et c'est aussi grâce à lui qu'Alexeï a accepté de libérer Marcus quand nous quitterons New Eden...

« Personne n'a vu Kenji ? » demande Safia à la cantonade, détournant de ma personne cette attention qui me pèse.

Pour toute réponse, le revers du dôme se met à grésiller.

Durant quelques instants, il est parcouru de zébrures verticales, puis le paysage martien s'efface derrière le visage de Serena McBee.

Une fois de plus, je suis frappée par l'impression de vitalité qui se dégage d'elle depuis son retour parmi les humains. Le teint de sa peau, l'incarnat de ses lèvres, la brillance de son regard : tout en elle respire une santé sauvage, débordante, presque surnaturelle... surtout quand on sait d'où elle revient, avec ce poumon perforé qui semble aujourd'hui totalement guéri.

« Mes chers enfants, commence-t-elle en affichant cette mine soucieuse que je suis la dernière, semble-t-il, à trouver fausse. Vous vous réveillez ce matin en découvrant que l'un d'entre vous manque à l'appel. Nous-mêmes, sur Terre, nous n'avons réalisé son absence que très récemment. Cette nuit, Kenji a quitté la base si discrètement que nous ne nous en sommes pas aperçus sur le coup. Il a trouvé un moyen pour franchir le sas de décompression sans déclencher les capteurs – sans doute a-t-il trafiqué le système grâce à ses connaissances informatiques. Ce n'est que ce matin, en re-visionnant les bandes, que nous nous sommes aperçus de sa manœuvre. »

Une rumeur angoissée parcourt le Jardin.

Kenji n'est pas en train de cuver son champagne quelque part dans la base : comme il l'annonçait dans sa lettre, il nous a bel et bien quittés. Où compte-t-il trouver le remède à la maladie de Kelly ? Qui sont ces « ILS » que dans sa lettre il orthographie en majuscules ?

« Est-ce qu'il a pris une des bécanes ? demande Mozart, à côté de moi. Avec le GPS relié à la base, on devrait pouvoir le localiser… »

En écho étrange à sa question, qu'elle n'a pas encore pu entendre à cause de la latence de communication, Serena déclare :

« Il est monté à bord de l'un des mini-rovers, dont il a coupé le signal GPS. Il a aussi éteint le relais radio de son casque, aussi ne pouvons-nous pas communiquer avec lui. Mais nous sommes tout de même capables de pister son parcours depuis le ciel, grâce à nos satellites d'appoint connectés à l'antenne principale érigée sur la lune Phobos… »

Le visage de Serena s'estompe, laissant la place à différentes vues satellite qui s'emboîtent les unes dans les autres, de plus en plus zoomées.

« … Kenji a déjà mis dix-neuf kilomètres entre la base et lui, continue de commenter Serena, en off. Naviguant en fonction du relief du terrain, il semble maintenir le cap sur l'ouest, vers la formation géologique qui clôt Valles Marineris — un véritable dédale de canyons qui porte le nom de Noctis Labyrinthus : le Labyrinthe de la Nuit… »

Un frisson me parcourt l'échine à la mention de « Noctis Labyrinthus ». La première fois que j'ai entendu ces mots, c'était dans la bouche de Marcus, lorsqu'il demandait qu'on lui donne un rover pour aller s'y perdre.

Mais à présent, c'est davantage qu'un nom poétique qui fait rêver : c'est une réalité. La vue en perspective de Noctis Labyrinthus s'affiche à l'écran avec ses crevasses, ses craquelures, ses fosses étroites où la lumière ne pénètre jamais. Si la longue estafilade de Valles Marineris m'a souvent évoqué une balafre, c'est à un cancer que me fait penser Noctis Labyrinthus. Quelque chose de mortel, mais en même temps de vivant… Une malédiction qui se multiplie dans les profondeurs d'un organisme, de la même manière qu'ILS prolifèrent dans les entrailles de Mars…

IMAGES SATELLITE / Suivi de Kenji

GENESIS

VALLES MARINERIS (OUEST)

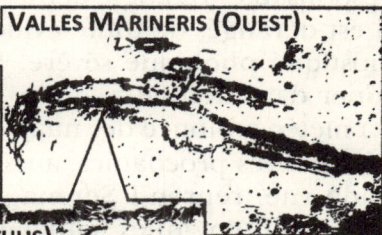

IUS CHASMA
(VERS NOCTIS LABYRINTHUS)

RÉGION DE NEW EDEN

BASE

KENJI

19 KM

Stop !

Je secoue la tête pour chasser cette idée morbide, irrationnelle. Rien ne prouve que Kenji veuille vraiment aller jusqu'à Noctis Labyrinthus. Et même s'il y va, il est absurde de penser qu'il trouvera là-bas quoi que ce soit de vivant. Mars est une planète stérile ! Toutes les missions robotiques passées l'ont supposé, et tous les tests menés par nos responsables Biologie depuis des mois l'ont confirmé ! Kenji est dérangé, de toute évidence – après tout, il a été diagnostiqué phobique sévère. Je ne dois pas me laisser entraîner dans sa folie.

« La météo annonce des nuages au-dessus de Ius Chasma dans les heures prochaines, aussi risquons-nous de perdre Kenji de vue, reprend Serena, de retour à l'écran. Nos experts psychologiques sont en train de décortiquer la lettre qu'il a laissée. Peut-être qu'une analyse poussée nous en apprendra plus sur ses intentions, si tant est qu'il y ait un sens à tout ça. En attendant, si vous trouvez le moindre indice, si vous vous souvenez du moindre fait qui puisse éclairer son comportement, n'hésitez pas à me le faire savoir, à toute heure du jour ou de la nuit. »

Alexeï s'avance d'un pas vers le dôme, mais à voir l'expression de détermination farouche plaquée sur son visage je me doute que ce n'est pas pour contribuer à l'enquête sur Kenji.

« Chère présidente McBee ! s'exclame-t-il d'une voix de stentor, avec un côté bizarrement protocolaire. Nous savons que vous êtes très prise par vos nouvelles fonctions, mais nous souhaitons vous adresser une demande. »

Il y a quelque chose de royal, d'absolutiste, dans la manière dont Alexeï dit « nous ». Ce n'est pas un « nous » démocratique. C'est un « nous » autocratique. J'imagine que Louis XIV ou Ivan le Terrible le prononçaient de la même manière, avec la même certitude d'incarner à eux seuls tout un peuple. De fait, les pionniers sagement rangés derrière Alexeï me font soudain l'effet d'une cour domestiquée…

« Nous sommes ravis que vous soyez arrivée à la tête des États-Unis, affirme-t-il. Vous le méritez. Ce pays a vraiment besoin d'une femme comme vous, une visionnaire, pas une politicienne tatillonne. Maintenant que vous êtes au pouvoir, nous espérons que vous allez résoudre la situation absurde qui s'est installée sous la présidence d'Edmond Green, cette mainmise américaine sur le programme qui nous infantilise tous. Nous sommes des adultes, pas des enfants. Nous avons le droit de communiquer avec nos pays respectifs, je suis sûr que vous en conviendrez, à commencer par la Russie que je représente ici sur Mars. »

Ayant débité cette tirade que de toute évidence il mûrit depuis longtemps, Alexeï se campe sur ses jambes, les bras croisés sur sa poitrine avec son brassard aux couleurs russes bien en évidence.

Tandis qu'il attend la réponse de la Terre, je suis frappée par le silence des autres qui attendent avec lui, comme s'il n'y avait rien à ajouter aux paroles du maître... Louve et Warden eux-mêmes se sont couchés à ses pieds, leur instinct canin leur indiquant qu'il est le nouveau chef de meute.

« Doléances reçues cinq sur cinq, cher Alexeï ! déclare Serena au bout d'un long intervalle. Cette revendication est tout à fait compréhensible. Malheureusement, pour des raisons de géopolitique, je ne peux y répondre favorablement. Vous ne le savez pas encore, mais la commission d'enquête sur l'attentat vient d'arriver à une terrible conclusion : la Russie, motivée par l'obsession d'entrer en possession d'une partie de Mars, est très certainement responsable de l'attentat contre mon prédécesseur... »

Coup de tonnerre sous le dôme.

Serena vient de dire « non » à Alexeï.

Elle vient d'ébranler l'autorité nouvellement acquise du petit tsar de Mars.

À voir l'expression de stupeur, puis de colère qui se peint sur le visage du Russe, les battements de mon cœur s'accélèrent : Serena n'est finalement pas si fine psychologue qu'elle le croit ! Alexeï va la balancer ! Il va sortir le téléphone de Ruben Rodriguez et lui cracher le rapport Noé au visage ! Sa rage va prendre le pas sur son désir de survie – nous allons mourir de dépressurisation, là maintenant, tout de suite !

« … Je ne peux pas répondre favorablement à votre demande, répète calmement Serena. Mais je peux vous offrir davantage que ce que vous réclamez. J'avais justement prévu de le faire, aujourd'hui-même… »

Mon adrénaline retombe aussi vite qu'elle est montée, cédant la place non pas au soulagement de survivre encore un peu, mais à l'angoisse sourde des paroles qui vont suivre.

« … tu as parfaitement raison, Alexeï : vous êtes des adultes, pas des enfants. Et les adultes sont libres de déterminer leur propre existence, sans tutelle aucune. Pourquoi vouloir prêter allégeance à vos pays d'origine ? Des pays, je vous le rappelle, que vous avez quittés sans aucun regret – surtout toi, Alexeï, qu'est-ce que la Russie t'a donné sinon des coups, des larmes et du sang ? Pourquoi vouloir vous rattacher aux vieilles nations terrestres, quand vous pouvez créer votre propre nation sur Mars ? »

Le début d'un sourire se dessine sur le visage d'Alexeï, telle une image miroir du gigantesque sourire de Serena sur le revers du dôme. Cette symétrie glaçante me pétrifie.

« J'ai toujours été favorable au droit des peuples à disposer d'eux-mêmes, continue Serena, dont la voix gagne en emphase. Telle est la doctrine des États-Unis et telle est ma conviction personnelle. Aujourd'hui, en accord avec Atlas Capital, je déclare votre indépendance ! La base de New Eden, l'équipement, les rovers, la planète entière : tout cela vous appartient, à vous et à ceux qui feront le voyage jusqu'à Mars ! Ne laissez aucune puissance étrangère vous coloniser, mes amis ! Prenez ce qui vous revient de droit ! Et s'il vous faut un chef, que celui-ci s'élève de vos propres rangs. Toi, par exemple, Alexeï... »

Ce n'est plus un sourire qui rayonne maintenant sur le visage du Russe : c'est une expression d'extase, de pure gratitude. Balayée, la loyauté envers la mère patrie. Envolées, les revendications nationales. Serena vient de lui offrir ce qu'il a toujours voulu, dans des proportions qui dépassent ce qu'il a jamais espéré : *le pouvoir*.

« Merci, présidente McBee..., murmure-t-il, se coulant avec un naturel terrifiant dans la peau d'un chef d'État qui s'adresse à son homologue. Je serai digne de ma fonction comme vous êtes digne de la vôtre. Vous serez mon exemple... » Son regard azur étincelle. « ... mon modèle. »

85. Chaîne Genesis
LUNDI 29 AVRIL, 16 H 17

Chères spectatrices, chers spectateurs,
en raison des conditions météorologiques
au-dessus de Ius Chasma,
nous venons de perdre le contact visuel avec Kenji.

En attendant de le retrouver,
nous avons le plaisir de rediffuser
notre reportage « Origines »
consacré au pionnier japonais.

(Programme crypté, réservé à nos abonnés Premium)

423

Gros plan sur un visage noyé dans l'ombre.

On ne distingue que l'arête du nez et la pointe du menton accrochant la lumière des spots. Tout le reste est enfoui sous une large capuche en tissu gris mat, parcourue de curieuses coutures métalliques. La caméra a beau zoomer, elle ne parvient pas à percer ces ténèbres.

Le titre du reportage se dessine en lettres blanches sur ce trou noir, donnant un nom au personnage à défaut de lui donner un visage :

KENJI
JAPON

La voix d'un homme retentit hors champ : « *Bienvenue à l'audition du programme Genesis, cher... euh... Kenji. Car c'est bien vous, n'est-ce pas ?* »

Une voix s'échappe du puits noir, nerveuse : « Oui.

— *Ah. Bien. Il va falloir retirer votre capuche, vous savez...*

— Je ne préfère pas. »

Quelques secondes de silence perplexe s'écoulent, lourdes comme des gouttes de plomb.

Gênée, la caméra dézoome. L'habit prolongeant la capuche se révèle peu à peu. Il évoque à la fois le kimono d'un ninja médiéval – chape retombant sur les épaules, laçages compliqués à la taille – et la combinaison d'un motard high-tech – coques de renforcement aux articulations, bottes montant jusqu'aux genoux.

Comprenant que le candidat n'en dira pas plus de lui-même, le chargé de casting se résout à reprendre la parole : « *Comment ça, vous ne préférez pas ?*

— Vous avez dit que c'était une audition.

— *En effet, mais je ne vois pas pourquoi vous dites cela...*

— L'audition, c'est la perception des sons. C'est la transformation des ondes sonores en un courant bioélectrique transmis au cerveau. C'est différent de la vision. »

À nouveau, un ange passe. Dans le studio minimaliste, sobrement meublé à la japonaise, la tension est palpable. Sur fond de panneaux coulissants en papier de riz translucide, la silhouette sombre du candidat ressemble à une météorite surgie de nulle part.

Le chargé de casting se racle la gorge : « *Hum... Dans le contexte qui nous rassemble aujourd'hui, le terme "audition" ne désigne pas uniquement le sens de l'ouïe. Il s'agit plutôt, comment dire, d'une présentation. Les studios McBee ont besoin de voir les candidats, pas seulement de les entendre. Le programme Genesis est une émission télévisée et non radiophonique. Vous comprenezZ ZZZZZZZZZZZZZZZZZZZZZZZZZZZZZZZZZZZZZZZZZZZZZZZZZZZ ZZZZZZZZZZZZZZZZZZZZZZZZZZZZZZZZZZZZZZZZZZZZZZZZZZZ ZZZZZZZZZZZZZZZZZZZZZZZZZZZZZZZZZZZZZZZZZZZZZZZZZZZ ZZZZZZZZZZZZZZZZZZZZZZZZZZZZZZZZZZZZZZZZ...*[1] »

---

1. Pour visionner le reportage sur Kenji en clair, merci de vous brancher sur *PHOBOS Origines*.

86. CONTRECHAMP
VILLA MCBEE, LONG ISLAND, ÉTAT DE NEW YORK
MERCREDI 15 MAI, 16 H 05

« **A**LLONS, ALLONS, LES ENFANTS, PRENEZ LA POSE ! »
crie le photographe.

Face à lui, au milieu des jardins en fleurs, sur fond
de ruches éclaboussées de soleil, se tiennent des dizaines
d'enfants. On ne reconnaît pas tout de suite les pensionnaires de l'orphelinat du New Jersey, d'une part parce qu'ils
ont grandi, mais surtout parce qu'ils ne portent plus leurs
habits mal coupés et élimés. À la place, ils arborent tous
des uniformes flambant neufs, taillés sur mesure : short
et chemise pour les orphelins, jupe et chemisier pour les
orphelines, du coton blanc orné de trois liserés de velours
rouge au bout des manches et au-dessus des ourlets. Ces
bandes bicolores rappellent celles du drapeau américain.
Le foulard bleu noué autour de chaque cou, retenu par
un anneau métallique orné d'une alvéole, complète l'hommage à la célèbre bannière – à un détail près : au lieu
d'étoiles, ce sont de petites abeilles blanches qui parsèment
le tissu...

Au milieu de cet essaim humain trône Serena McBee,
assise sur son banc de fer forgé, dans une robe ivoire.

« Tout le monde est en place ? demande le photographe
en vérifiant une dernière fois son cadre. Un... Deux...
Trois... *Une pour tous...*

— ... *Tous pour une !* » répondent les enfants en chœur.

Après une bonne vingtaine de clichés, les jeunes modèles
sont autorisés à relâcher la pose pour aller déguster un
goûter confectionné par Balthazar et les domestiques de
la villa McBee, au fond du jardin : pain d'épices au miel
de la propriété et citronnade à la propolis.

Serena les regarde s'égayer, tandis qu'Orion Seamus la rejoint à l'ombre d'un tilleul.

« Et voilà, les photos du premier Essaim Citoyen Junior et de tous ses charmants petits Gardiens sont dans la boîte, prêtes à inonder les réseaux sociaux ! déclare la présidente.

— Le premier d'une longue série, à n'en pas douter, si j'en crois la popularité rencontrée par la version adulte tout juste un mois après sa création, dit Orion Seamus.

— Oui, les gens ont besoin de se regrouper dans des structures rassurantes lorsqu'ils se sentent menacés, répond distraitement Serena en regardant ses protégés. Que pensez-vous de ces uniformes ? Ils ne font pas trop boy-scout ? J'aurais bien rajouté quelques insignes militaires, des brassards, des médailles, mais les mauvaises langues y auraient trouvé matière à critique. L'Amérique n'est pas encore prête pour marcher au pas. Ce n'est pas grave : elle le sera bientôt, au train où vont les choses. Pour l'heure, j'ai tout de même réussi à loger une action-cam dans chaque anneau de foulard : vous voyez ces alvéoles ? Ces gadgets filment tout ce que mes petites abeilles gardiennes voient, et le transmettent en temps réel à notre base de données centrale ! » Elle se retourne vers son interlocuteur, un sourire de satisfaction sur les lèvres : « Vous souhaitiez me voir, monsieur le secrétaire d'État ? Des nouvelles de nos amis russes ?

— Leur fureur s'accroît de jour en jour, répond Orion Seamus en souriant à son tour. Ils n'ont absolument pas digéré l'indépendance accordée unilatéralement aux Martiens, qui leur coupe littéralement l'herbe sous le pied et réduit à néant leur ambition d'étendre leur influence sur la planète rouge. Jusqu'à maintenant, ils taxaient les États-Unis d'impérialisme, mais à présent ce sont eux qui paraissent impérialistes aux yeux du monde entier, à contester cette indépendance. D'après nos services de renseignements, ils viennent d'augmenter leur budget d'armement dans des proportions encore supérieures aux nôtres. Les esprits s'échauffent. Les Nations unies sont complètement paralysées, déchirées entre les représentants qui veulent reconnaître officiellement l'État martien et ceux qui le contestent. Vous avez vraiment joué un coup de maître !

— Merci, dit modestement Serena. Mais dites-moi, c'est pour me féliciter que vous avez fait le voyage aujourd'hui depuis Washington ?

— Je le ferais volontiers chaque jour, tant vous méritez d'éloges... »

Serena balaie ces flatteries d'un bâillement :

« Épargnez-moi vos roucoulades, on croirait entendre Montgomery et vous valez mieux que ça.

— Rassurez-vous : ce n'est pas pour vous adresser mes compliments que je suis venu. C'est pour recueillir les vôtres. »

Serena hausse le sourcil, intriguée.

« Les miens ? Que voulez-vous dire ?

— Il y a plusieurs semaines que je travaille sur un dossier sensible, à la CIA, où j'ai gardé mes entrées. Je ne voulais pas vous en parler avant d'être sûr de moi. C'est désormais le cas. » L'œil unique luit dans l'ombre du tilleul. « Comme vous le savez, l'Agence maintient depuis toujours des liens avec la pègre – dans le monde du renseignement, on ne peut négliger aucune source. C'est ainsi que le gang brésilien de l'Aranha nous a contactés mi-avril, par l'intermédiaire de sa branche américaine. Ils prétendaient avoir capturé un homme sur la petite île de Guanaja, en mer des Caraïbes, au large du Honduras, où s'étend leur zone d'influence – un ressortissant américain d'importance, en échange de qui ils demandaient une rançon. »

Orion a toute l'attention de Serena à présent.

« Un ressortissant américain, en mer des Caraïbes ? J'imagine que si vous m'en parlez, ce n'est pas un touriste en goguette qui a perdu son passeport...

— Non, en effet. L'homme en question, connu des populations de pêcheurs sous le nom d'*El Gigante* – le

Géant –, était arrivé à Guanaja un an et demi plus tôt. À la nage, avec un gilet de sauvetage aérien autour du cou et des dollars américains plein les poches de son costume. Depuis, il habitait dans un préfabriqué sur une plage. Il adoptait un profil bas, vivait en ermite, semblait vouloir se faire oublier du monde. C'est en entrant par effraction dans sa bicoque pour la cambrioler qu'un petit voyou local affilié à l'Aranha a découvert ses papiers. Et son identité – une identité connue dans le monde entier. »

Orion Seamus glisse la main dans la poche de sa veste et en sort une photographie qu'il tend à Serena.

C'est le portrait d'un homme de carrure impressionnante, les bras menottés derrière une chaise dans un hangar éclairé au néon. En dépit du T-shirt délavé qui a remplacé son costume, malgré le bronzage qui brunit son visage et son crâne chauve, il n'y a pas de doute possible : l'otage de l'Aranha est bel et bien…

« … Gordon Lock ! souffle Serena, reconnaissant l'ancien directeur technique du programme Genesis. Il a donc survécu au crash du jet !

— Oui, il semble être le seul rescapé de la catastrophe. Mais il a tout fait pour qu'on l'ignore. Mouillé jusqu'au cou dans le complot Genesis, suspecté par les médias d'être l'auteur du détournement de l'avion, sans alliés politiques et avec vous au poste de vice-présidente… il a préféré se faire passer pour mort plutôt que d'affronter la justice de son pays et le regard de sa famille. Jusqu'à ce que l'Aranha le retrouve et essaie de le vendre à la CIA, croyant détenir un citoyen américain de marque – et donc, monnayable à prix d'or. »

Serena froisse la photo entre ses longs doigts manucurés.

« Et… où est-il, maintenant ? » demande-t-elle.

L'agent baisse les yeux vers le sol :

« Mais sous vos pieds, ma chère. Sous vos pieds. Je l'ai fait amener ici, dans les sous-sols de la villa McBee, par des soldats tenus au secret. Considérez cela comme mon cadeau de fiançailles. En nous montrant persuasifs, nous pourrons lui faire avouer publiquement qu'il est bien l'auteur du crash qui a décimé les cadres de Genesis... et qu'il a agi pour le compte de la Russie. De quoi rendre la situation encore plus explosive. »

Serena saute au cou de son fiancé :

« Venez là que je vous embrasse ! s'écrie-t-elle. Quelle chance j'ai eue de vous rencontrer ! Mais dites-moi, vous avez payé cher pour récupérer cette ordure ?

— Pas un sou.

— Comment ? Je croyais que l'Aranha voulait en tirer un prix d'or ?

— Au début, oui. Mais lorsqu'ils ont compris qu'ils traitaient directement avec la présidence américaine, la négociation est remontée jusqu'à leur chef suprême à Rio, celui qui se fait appeler le *Boss*. Or, ce n'est pas de l'argent que le Boss a réclamé en échange de Gordon Lock, mais la promesse de leur livrer un autre otage. Voyez-vous, dans les milieux du grand banditisme, il y a quelque chose d'encore plus précieux que l'or : l'honneur. Et la vengeance. Si un jour l'équipage de la saison 1 revient sur Terre, le Boss a demandé qu'on lui livre Mozart, le pionnier brésilien. Je me suis permis d'accepter en votre nom. J'ai bien fait, n'est-ce pas ? »

En guise de réponse, Serena dépose un baiser sur les lèvres d'Orion.

87. HORS-CHAMP
MIAMI, SOUTH BEACH
JEUDI 16 MAI, 19 H 05

« **E**ST-CE QUE TU VEUX NE FORMER QU'UN AVEC LE COS-MOS, MA SŒUR ? »

Harmony lève les yeux du sable qu'elle était en train de ratisser avec ses doigts, en quête de pièces de monnaie.

Un jeune homme se tient devant elle, sa haute silhouette dégingandée se détachant dans le soleil couchant. Il est vêtu d'une tunique blanche rappelant un kimono et sur son front est noué un bandeau de tissu blanc. Mais le jeune homme n'est pas japonais, ni même asiatique : il ressemble plutôt à un gars du cru, avec son bronzage frôlant le coup de soleil, ses dreadlocks décolorées et son regard vague où flottent des vapeurs de marijuana.

« Le cosmos, lui, veut ne former qu'un avec toi ! » assure-t-il d'une voix vibrante.

Il se retourne et désigne du doigt un groupe de jeunes assis en cercle un peu plus loin sur la plage. Tous arborent le même bandeau blanc sur la tête. Certains effectuent une gymnastique au ralenti ressemblant au tai-chi, tandis que les autres tapent nonchalamment sur des tambourins en psalmodiant des chants qui mêlent l'anglais à une langue gutturale, le japonais, peut-être ?

« Ne reste pas là toute seule ! Viens nous rejoindre ! encourage le jeune homme. En cet âge de ténèbres où le monde se déchire, seule la solidarité peut triompher du chaos. Nous autres, êtres humains, on doit déjà apprendre à nous unir les uns aux autres, si on veut un jour s'unir avec les extraterrestres, pas vrai ? Au fait, je m'appelle Hiroto-Sammy. Sammy, c'était mon nom d'avant, quand j'étais juste vendeur dans un magasin de surf ; Hiroto c'est le nom qu'on m'a donné en même temps que mon hachimaki quand j'ai rejoint le temple de l'Unification cosmique, au moment où la télé a commencé à en parler. Je me suis tout de suite reconnu dans le message du temple : Amour, Paix, Unité. »

Harmony se relève, sur la défensive. L'inquiétude est devenue sa seconde nature depuis qu'elle erre, solitaire, sur les plages de Floride.

« Le temple de l'Unification cosmique ? dit-elle en essuyant ses mains sableuses sur son jean déchiré. Est-ce que ce n'est pas cette obscure organisation dont Kenji a parlé dans sa lettre, avant de quitter la base ? »

Un sourire béat se dessine sur le visage d'Hiroto-Sammy à l'évocation du pionnier japonais.

« Gloire au Joyau céleste ! déclame-t-il avec emphase. Au moment où nous parlons, notre guide adoré marche glorieusement vers son destin !

— Il a surtout disparu des radars, d'après ce que j'ai entendu à la radio…, commente sombrement Harmony.

— C'est parce que là où il est allé, aucun œil humain ni aucun satellite ne peut le suivre !

— Sa combinaison spatiale n'avait que trente-six heures d'autonomie, et ça fait vingt jours qu'on est sans nouvelles…

— Le corps divin de notre guide n'a rien de commun avec celui des simples mortels ! »

Comprenant que rien ne pourra ébranler la foi farouche d'Hiroto-Sammy, Harmony décide de changer de tactique.

« Ce temple de l'Unification cosmique, ça m'intéresse…, prétend-elle. Est-ce que tu peux m'en dire plus ?

— Bien sûr ! C'est la meilleure de toutes les religions ! Je trouve ça carrément dingue : il y a un mois, personne ne connaissait le temple, et depuis que son nom a été cité sur la chaîne Genesis c'est le délire ! Mes bien-aimés tuteurs m'ont tout expliqué lors d'une conférence de formation express, comme ils en organisent un peu partout dans le monde depuis que les demandes d'adhésion ont explosé. Tout a commencé avec ce Japonais, le lama Yoshiki, qui a eu des visions dans les années 1980. Genre, des aliens lui parlaient dans ses rêves – mais attention, gentils les aliens, pas comme les monstres dégueulasses qu'on voit dans les films ! Après, le trip de Yoshiki a été confirmé par tout un tas de données scientifiques, une histoire de sondes spatiales et de photos de la surface de Mars… J'avoue que j'ai pas bien suivi cette partie de la conférence, les tuteurs avaient organisé une giga teuf cosmique la veille pour célébrer l'arrivée des nouvelles recrues et j'avais un peu la tête à l'envers…

« Bref, ce qui compte c'est que les XT attendent depuis des plombes qu'on décolle de notre petite planète pour venir à leur rencontre. Ils – c'est comme ça qu'on les appelle au temple, juste *Ils*, en attendant d'apprendre leur vrai nom –, Ils auraient pu nous contacter avant s'Ils avaient voulu, parce qu'Ils sont méga-intelligents et bien plus avancés que nous. Mais Ils préféraient qu'on fasse le premier pas – pour être sûrs qu'on soit prêts à accueillir l'ère de paix et de prospérité qu'Ils nous réservent. Comme Yoshiki est mort avant que la technologie lui permette d'aller jusqu'à Mars, c'est sa réincarnation qui a fait le voyage à sa place : Kenji *himself* ! »

Ébranlée par cette avalanche de mysticisme mal digéré et régurgité tel quel, Harmony marque une pause, le temps de reprendre son souffle.

« Je vois », parvient-elle finalement à articuler.

La vérité, c'est qu'elle ne voit rien du tout, rien d'autre qu'un peu plus d'absurdité dans un monde qui n'a plus de sens à ses yeux.

Malgré tout… le battement doux des tambourins lui parvient dans le soir qui tombe, et aussi les cris amicaux des fidèles qui l'appellent… une odeur de soupe miso flotte dans l'air, plus convaincante pour un ventre affamé que toutes les professions de foi…

« Est-ce que je peux me joindre à vous ? murmure-t-elle.

— Mais bien sûr, puisque je te le dis ! »

Ce soir-là, pour la première fois depuis longtemps, Harmony se sent un peu moins mal, un peu moins seule.

Le bercement des chants, la chaleur de la soupe et celle de la bière lui engourdissent peu à peu l'esprit, anesthésiant l'angoisse sourde de savoir que le pire est à venir, la culpabilité impuissante de n'avoir pu sauver Andrew.

Dans la douceur de la nuit tropicale, parmi ces rêveurs inconscients du monde qui se prépare, elle s'autorise elle aussi à rêver.

« L'univers n'est-il pas magnifique ? lui demande une grande blonde californienne en levant le visage vers la Voie lactée.

— Si...

— Eux aussi, ils sont magnifiques... Nobles, grands et beaux, d'après les visions de notre vénéré fondateur qui a vu leurs visages sur les collines de Mars, dans la région de Cydonia. Comme nous, ils ont deux yeux pour voir, une bouche pour goûter, des oreilles pour entendre. Mais ont-ils un cœur pour aimer ? Parfois j'imagine qu'après la grande Unification, quand nos deux espèces se seront enfin rencontrées, je tomberai amoureuse de l'un d'entre Eux. Je me dis que Celui-là pense à moi en ce moment, quelque part là-haut... Mais qu'est-ce que je te raconte : tu dois me trouver ridicule, d'imaginer qu'il y un amant qui m'attend dans le ciel !

— Non, répond Harmony d'une voix mélancolique, le regard perdu dans les étoiles et la main posée sur le petit médaillon doré qu'elle porte autour du cou. Je ne te trouve pas ridicule. Au contraire, je te comprends très bien. »

La grande blonde se tourne vers Harmony en souriant avec douceur, ses yeux bleus luisant sous le bandeau blanc qui lui ceint le front.

« Au fait, je m'appelle Sakura-Shirley, dit-elle. *Sakura*, ça veut dire *cerisier en fleur* en japonais. Je l'ai choisi parce que j'adore les fleurs. Et toi, Jane, il faut aussi que tu prennes un nouveau nom, maintenant que tu fais partie des fidèles. Peut-être en rapport avec tes beaux yeux noirs ? Attends, je regarde dans le dico... » Elle allume sa tablette et compulse une liste de noms japonais avec les traductions anglaises, dressée spécialement par le temple de l'Unification cosmique à l'attention des fidèles occidentaux qui affluent par légions. « ... voilà, j'ai trouvé : Kuro ! Ça veut dire *noir* ! Bienvenue parmi nous, Kuro-Jane ! »

Elle fouille dans son sac à dos et en tire un bandeau neuf, soigneusement repassé :

« Voici ton hachimaki. C'est une coiffe en coton absorbant, que les Japonais portent traditionnellement en signe de courage et de détermination, pour éponger la sueur d'un dur labeur. Mais pour nous, au temple de l'Unification cosmique, c'est avant tout le drapeau blanc qui Leur annonce que nous les accueillons en paix. Tu permets ?... »

Harmony laisse sa nouvelle amie lui nouer le bandeau sur le front, tandis que les fidèles entonnent un autre chant.

« Je vois que tes racines de cheveux sont aussi blondes que les miennes, et même plus... »

Harmony se tend tout d'un coup, comme si ses racines la trahissaient tout entière.

« ... j'aime beaucoup ta teinture, ce brun te va très bien.

— Merci...

— Voilà, ce hachimaki te sied à ravir, maintenant tu es vraiment des nôtres ! Mais dis-moi, tu ne sembles pas du coin. Où est ta famille ?

— Je n'ai pas de famille. » Se rendant compte que sa réponse, trop lapidaire, appelle des explications, Harmony complète aussitôt : « Ou plutôt, je n'en ai plus. J'ai coupé les ponts. »

Sakura-Shirley hoche la tête d'un air compréhensif :

« Je vois parfaitement de quoi tu veux parler. Ces parents qui s'entêtent à ne pas comprendre… Ces proches qui accusent le temple d'être une secte, qui traitent nos coreligionnaires d'illuminés… Beaucoup d'entre nous sont passés par là. L'Amérique est trop occupée à s'armer pour voir que nous sommes à l'aube d'une nouvelle ère. Il y a tellement de mauvaise énergie ici, tellement de paranoïa, tellement d'agressivité, tellement de contrôles par les drones policiers. La présidente McBee est une super nana – après tout, c'est elle qui est à l'origine de Genesis, du rapprochement entre les peuples, de toutes ces belles idées. Dans *Cosmic Love*, quand même, il y a le mot *cosmique*, c'est comme un avant-goût de l'amour universel qui nous attend après l'Unification ! Mais elle s'égare en se lançant dans cette course à l'armement avec les Russes. Ce soir encore, ils annoncent les aveux publics d'un haut responsable sur la chaîne Genesis, ça entretient un climat de délation vraiment anticosmique, contraire à l'esprit de l'Unification… » Sakura-Shirley hésite tout d'un coup, se reprend : « … ou peut-être que c'est nécessaire à l'Unification ? Le lama Yoshiki avait prophétisé dans ses sermons que la lumineuse rencontre avec Eux, dans l'espace, serait précédée d'une période de sombres troubles, ici sur notre planète. Or le lama Yoshiki, dans sa grande sagesse, avait toujours raison – gloire au Joyau terrestre ! »

Mus par un réflexe conditionné, les fidèles à portée de voix de la jeune fille reprennent tel un écho :

« Gloire au Joyau terrestre ! »

Sakura-Shirley pose sur eux un regard fraternel.

« Avec les autres, on a décidé de gagner l'Europe, une terre neutre où survivre en attendant l'Unification, déclare-t-elle. Il y a un cargo en partance pour la Grande-Bretagne, dans un mois, à bord duquel on a acheté des places pour pas cher. Ce ne sera pas le grand confort, mais c'est la manière la plus discrète de quitter l'Amérique. Tu veux venir avec nous ? Ne t'inquiète pas si tu as besoin de faux papiers : on a les contacts qu'il faut pour ça. »

Harmony cligne des yeux.

« La Grande-Bretagne ? répète-t-elle, incrédule, comme s'il s'agissait d'un pays imaginaire n'existant que dans ces romans victoriens où elle a passé son enfance.

— Oui, la Grande-Bretagne. Tu n'y as jamais été ?

— Si... Enfin, non... Je veux dire : juste à travers les livres... » Les prunelles d'Harmony se dilatent tout d'un coup derrière ses lentilles brunes, comme si elle percevait soudain une lueur secrète, un feu caché. « ... c'est surtout là que sont mes origines.

— Tes origines ?

— Mes ancêtres. Ils vivaient en Écosse. Ma mère m'a dit que j'avais toujours une tante, là-bas, même si je ne lui ai jamais rendu visite.

— Eh bien, c'est l'occasion ! Avec un peu de chance, elle sera plus cool et cosmique que tes parents ! Qu'en dis-tu ? »

Harmony reste un instant pensive, soudain dégrisée face à ces jeunes finalement aussi paumés qu'elle. Mais ce qu'ils lui proposent, ce ne sont pas seulement des mantras et des belles paroles – c'est aussi un ticket pour son passé et, peut-être, pour son avenir.

« C'est d'accord », dit-elle.

Elle tourne son regard vers l'est, vers l'inconnu, là où le noir de l'océan se confond avec celui du ciel.

88. Chaîne Genesis
JEUDI 16 MAI, 20 H 00

OUVERTURE AU NOIR SUR UNE PIÈCE ENTIÈREMENT BLANCHE, au centre de laquelle est posée une chaise, face à la caméra.

Sur cette chaise est assis un homme.

La dernière fois qu'il est apparu sur la chaîne Genesis, il trônait en haut de la tribune de cap Canaveral, dans un luxueux costume taillé sur mesure pour son physique d'armoire à glace. Mais à présent, la peau tannée par la vie au grand air et le crâne pelé par le soleil, il doit se contenter de la tunique orange qui sert d'uniforme aux détenus dans le système pénitentiaire américain.

Un titrage apparaît en bas de l'écran : AVEUX PUBLICS DE GORDON LOCK.

Au fond des orbites lestées de lourdes poches sombres, les pupilles du prisonnier s'agitent, balayent l'espace hors champ comme si elles quêtaient un signal de la part de ceux qui filment.

Soudain, son regard se fige face à la caméra, et il se lance : « Moi, Gordon Lock, ancien directeur technique du programme Genesis, je m'adresse ce soir aux citoyens américains et à tous les spectateurs de la chaîne à travers le monde. Je les ai trahis les uns et les autres, de la façon la plus vile, la plus lâche qui soit. En réitérant en direct les aveux que j'ai déjà livrés à la CIA, je ne cherche pas à susciter votre pitié, ni à quémander votre clémence, car j'ai bien conscience que je ne mérite ni l'une ni l'autre. Mais au moins puis-je espérer soulager ma conscience… »

Il déglutit laborieusement pour faire passer la saveur amère de ces mots, avant de reprendre : « Voilà des années, le KGB m'a contacté pour espionner de l'intérieur le programme Genesis. En échange de la promesse d'une forte rétribution, j'ai accepté d'envoyer à Moscou des informations confidentielles concernant la base, le vaisseau, la fusée, tout le protocole. Depuis le début, les Russes ambitionnent de lancer leur propre programme de conquête martienne, techniquement calqué sur le nôtre. Ma mission d'espionnage était censée s'achever en apothéose, avec le détournement vers la Russie de l'avion transportant les plus hauts cadres du programme, afin qu'ils travaillent contraints et forcés aux ordres de Moscou. Mais ces derniers, bien que désarmés, se sont courageusement rebellés contre moi lors de ma tentative de piratage ; ils ont préféré précipiter le jet dans la mer des Caraïbes plutôt que de servir l'ennemi. »

La caméra zoome peu à peu sur le prisonnier, donnant l'impression qu'elle cherche à lui arracher davantage que des aveux, jusqu'à la peau qui recouvre son visage.

Et plus elle s'approche, plus la voix qui s'échappe des lèvres sèches se fait ténue, tremblotante, comme si une main invisible étranglait lentement la gorge d'où elle sort : « Comble de l'injustice, je suis le seul à avoir survécu au crash aérien. Mais les Russes sont des maîtres cruels : je savais qu'en me tournant vers eux je n'obtiendrais ni récompense ni aide, juste le goulag, puisque j'avais échoué dans la dernière phase de ma mission. Aussi me suis-je laissé dépérir sur une petite île, aussi rongé par la culpabilité que Judas lui-même, jusqu'à ce que la CIA me retrouve pour me transférer dans une prison secrète destinée aux terroristes. »

Les yeux de Gordon Lock, maintenant cadrés en très gros plan, se mettent à briller.

Une telle force de la nature peut-elle donc pleurer ?

Tel est le pouvoir d'un sincère mea culpa ! – c'est du moins ce que doivent penser les milliards de spectateurs qui regardent leurs écrans, persuadés de voir des larmes de repentir quand il s'agit de larmes de terreur...

La voix de celui qui, dans une autre vie, fut le numéro deux du programme Genesis n'est plus qu'un filet à peine audible quand il conclut : « Au cœur de mes nuits sans sommeil, quand les fantômes de mes victimes reviennent me hanter, je n'ai qu'un seul réconfort : le fait que Serena McBee n'ait pas été présente à bord de ce maudit jet. Je remercie la Providence qui l'a protégée de mes manœuvres cyniques et de la volonté meurtrière de ses adversaires. Elle seule peut purger l'Amérique des parasites qui l'infestent – les apatrides, les traîtres, les profiteurs –, dont je ne suis qu'un exemple parmi des milliers. »

Fondu au noir.

Cut.

89. CHAMP
MOIS N° 14/SOL N° 393/09 H 43
[512ᵉ SOL DEPUIS L'ATTERRISSAGE]

« Ça va, Kelly, je ne te fais pas mal... ? je demande en enfonçant le plus délicatement possible l'aiguille dans le bras décharné de la Canadienne.

— Bof... Je sens plus rien...

— *Polynévrite...*, je pense à voix haute, compulsant mentalement mes leçons.

— À tes souhaits ! grince Kelly.

— Excuse-moi. C'est un mot désignant l'inflammation des nerfs, qui peut parfois déboucher sur une perte de sensibilité nerveuse. Mais normalement, la polynévrite ne fait pas partie des symptômes typiques de la polyglobulie... »

Kelly émet une toux sèche :

« Poly de mes fesses ! Mes nerfs vont très bien, pour ton info – trop bien, même, vu comment je douille parfois la nuit... C'est mon cœur qui ne sent plus rien. »

Voilà, le sujet de conversation que je redoute le plus est lancé, celui qui me laisse complètement impuissante, totalement inutile : Kenji. Autant je peux essayer de rassurer Kelly sur sa mystérieuse maladie, lui montrer que plusieurs marqueurs sont stationnaires, lui faire entrevoir des possibilités de traitement futur ; autant je me sens incapable de lui mentir en prétendant que Kenji reviendra et qu'il y a un espoir qu'il soit encore vivant. Trois semaines après sa disparition, sans vivres et sans réserve d'oxygène, il est forcément mort... qu'il ait ou non développé une polyglobulie suite à l'injection du sang de Kelly.

« Ne pense pas trop à lui : c'est sur toi qu'il faut que tu te concentres, sur ta guérison. »

Des paroles creuses, je le sais pertinemment en les prononçant, mais ce sont les seules qui me viennent.

« Guérir pour quoi ? » me demande aussitôt Kelly, appuyant là où ça fait mal.

Qu'est-ce que je peux bien répondre à cette question-là ?

Guérir pour crever lors de la prochaine Grande Tempête, qui approche à grands pas ?

Guérir pour rentrer sur Terre et aller claquer la bise à Serena ?

« *Guérir pour quoi ?!* répète Kelly d'une voix rauque, en se relevant à demi sur son lit, rouge et furibonde telle une possédée tout droit sortie de *L'Exorciste.*

— Du calme ! » intervient Mozart dans mon dos, prêt à intervenir au moindre débordement.

La malade est secouée d'un ricanement enroué.

« Ce brave Mozzie, toujours là pour veiller au grain ! ironise-t-elle. C'est intéressant de voir avec quelle facilité le rebelle des favelas s'est métamorphosé en agent du KGB !

— Alexeï n'a rien à voir avec le KGB, ni moi non plus », rétorque Mozart, prenant la défense de son ennemi de jadis — parce qu'il y est contraint ? Parce qu'il y croit vraiment ? Ces questions-là, j'ai aussi renoncé à me les poser...

« Alexeï n'est plus russe. Je ne suis plus brésilien. Et toi, Kelly, tu n'es plus canadienne. Nous sommes tous martiens, maintenant, depuis la déclaration d'indépendance ! »

Kelly lève les yeux au ciel :

« Léo, passe-moi mon baladeur s'te plaît. Je préfère me laisser bercer par la douce voix de Jimmy Giant plutôt que d'écouter ces salades. »

Je vois bien que Kelly est épuisée, pas même capable de tendre le bras jusqu'à sa table de chevet.

« Nous allons y aller, dis-je doucement en lui donnant le baladeur après avoir rangé le tube de prélèvement rempli de sang rubicond. Nous reviendrons ce soir. »

Mais elle a déjà enfoncé les écouteurs dans ses oreilles et fermé les paupières, sans que je sache si elle est vraiment endormie ou si elle préfère fermer les yeux sur ce qu'est devenu New Eden.

Kris nous accueille avec un grand sourire à la sortie de l'habitat. Elle est rayonnante dans sa tunique de soie écrue, qu'elle porte volontiers à l'intérieur de la base, aussi épanouie que je me sens oppressée – je dirais même qu'elle a pris des formes, le régime végétarien de Mars lui profite et ça lui va bien.

« Je vous attendais, les Mozonor ! s'exclame-t-elle. J'ai fini de fabriquer vos brassards ! »

Elle nous tend fièrement deux morceaux de soie martienne, sur lesquels sont brodés des numéros : le 3 sur l'un et le 4 sur l'autre. C'est la nouvelle trouvaille d'Alexeï pour administrer la base : assigner un numéro à chacun, par ordre d'importance dans l'organisation sociale – une pratique qui remonte semble-t-il à son passé moscovite, cet iceberg inquiétant dont la partie jusque-là immergée se révèle chaque jour un peu plus… Lui-même s'est octroyé le numéro 1, remplaçant à son bras le drapeau russe, et Kris a hérité du numéro 2 en tant que Première Dame de Mars. L'attribution des numéros 3 et 4 à Mozart et moi constitue un honneur qui doit sans doute beaucoup à l'intercession de mon amie.

« Merci beaucoup », dit Mozart, l'air sincèrement touché.

Il enfile son brassard et me donne le mien en me souriant tendrement :

« Pour toi, ma belle. »

J'ai beau être souvent exaspérée par la manière dont il semble se ranger à la loi d'Alexeï, j'ai beau me sentir parfois étouffée par sa présence continuelle à mes côtés, son sourire lumineux et plein d'optimisme me fait fondre à chaque fois.

Je passe à mon tour le brassard sous le regard bienveillant des deux personnes qui m'aiment le plus à New Eden – et sans doute, dans tout l'univers. Si ça peut les rendre heureuses, alors je porterai ce numéro sans broncher...

« Maintenant que les brassards sont terminés, il y a un autre travail de broderie que j'aimerais bien commencer..., me confie Kris. Un travail de toute première importance. J'en ai parlé à Alexeï : il est d'accord pour que je le fasse avec toi.

— Tu sais, la broderie et moi ça fait deux, je la préviens. Les seules aiguilles que je manie à peu près correctement sont celles de mes seringues hypodermiques... et encore, je suis pas sûre, vu comment je charcute cette pauvre Kelly.

— Ne t'inquiète pas, je me chargerai de broder. Ce que je voudrais, c'est que tu dessines le motif... du drapeau de Mars ! »

La requette de Kris me laisse sans voix.

« Un nouveau pays mérite un nouveau drapeau ! » explique-t-elle, croyant peut-être que je ne l'ai pas bien comprise.

Mais je l'ai très bien comprise, au contraire : elle est à fond dans son trip, dans l'illusion qu'on est vraiment en train de créer un pays, un truc qui va durer, avec ses institutions, son drapeau et pourquoi pas demain ses fêtes folkloriques ! On a beau être déjà au mois 14, à quatre mois martiens du prochain périhélie, tout le monde à New Eden fait comme si on était là pour rester ! Suis-je donc la seule dans cette foutue base à me souvenir de ces deux mots que je n'ai pas le droit de prononcer, « Rapport Noé », et de ce qu'ils signifient ? – lors de l'avant-dernière Grande Tempête, les cobayes de Mars ont tous disparu sans laisser de trace, bordel ! Il n'y a aucun avenir pour nous, ni pour aucun être vivant, sur la planète rouge !

Coupant court à cette conversation absurde, Fangfang surgit soudain de son tube d'accès et se précipite vers nous en appelant :

« Kris, au secours ! Je ne réussis pas à natter mes cheveux comme tu me l'as appris l'autre jour : tu peux m'aider s'il te plaît ? C'est à mon tour d'inviter aujourd'hui, et la séance de speed-dating commence dans dix minutes ! »

Je ne peux pas en vouloir à la Singapourienne de son excitation. Depuis le départ du *Cupido* il y a un mois elle a déjà été invitée par deux garçons – Le Mexicain et l'Indonésien, je crois –, et aujourd'hui c'est à son tour de choisir un prétendant. Mais là encore, j'ai l'impression qu'elle oublie l'essentiel : ces speed-dating ne déboucheront sur aucun mariage martien. À la voir se trémousser dans la robe bandage vert sombre qu'elle portait déjà deux années terriennes plus tôt, quand elle essayait de séduire Tao à bord du *Cupido*, je suis prise de vertige, j'ai la sensation d'être tombée dans une faille temporelle.

« Vite, vite ! s'écrie-t-elle en tirant Kris par la manche de sa tunique. J'ai décidé d'inviter Valentin, le Suisse, je suis sûre qu'on a beaucoup en commun tous les deux. Après tout, ne dit-on pas que Singapour est la Suisse de l'Asie ? Deux pays d'excellence, pour lesquels chaque détail compte : il faut que je sois aussi impeccable qu'une pièce de haute horlogerie helvète !

— T'inquiète, je vais te transformer en Rolex de la séduction ! »

Elles disparaissent toutes les deux en gloussant dans l'habitat de la Singapourienne, qui en temps voulu se connectera au vaisseau transportant vers Mars treize nouveaux héros – treize nouvelles dupes.

« Bon, il faut que j'aille analyser le prélèvement de Kelly…, dis-je, soudain très lasse.

— Je t'accompagne ! » annonce Mozart avec enthousiasme.

Les mots fusent de ma bouche, secs :

« Précision inutile. Tu m'accompagnes partout, que je le veuille ou non. »

Le sourire de Mozart s'efface instantanément.

« Léo…, murmure-t-il. C'est pour te protéger que je t'escorte… Au cas où tu ferais… tu sais… *une nouvelle crise.* »

Voilà la raison officielle, celle qui est censée légitimer aux yeux des spectateurs notre symbiose, depuis la chambre de Kelly jusqu'aux sorties en rover où je le suis systématiquement.

Léo l'hystéro.

La tarée qui risque de disjoncter à chaque instant.

Tel est le personnage que le reste de l'équipage a fait de moi – et le plus ironique, c'est que cette injustice me donne parfois envie de piquer une vraie crise de nerfs !

Mais pas aujourd'hui.

Je n'ai pas envie de m'énerver.

Je veux juste voir le sourire de Mozart rayonner à nouveau, m'éclairer à nouveau.

J'en ai besoin.

« Je sais que tu fais ça pour mon bien, dis-je doucement. Allez, on y va ? »

Je prends sa main dans la mienne, ce simple geste suffit à rallumer son visage.

Mais je n'ai pas le temps de savourer ce moment de tendresse qui n'appartient qu'à nous : l'écran géant du dôme s'allume brutalement sur un ciel couleur d'encre, piqué d'étoiles éblouissantes.

Les premières notes de *Star Dreamers* envahissent la voûte.

Le générique du programme Genesis vient de commencer – j'imagine qu'on y a droit exceptionnellement aujourd'hui, puisque c'est Fangfang qui invite : Mars reçoit à domicile…

« Six prétendantes d'un côté… », *annonce la voix off, tandis que le* Cupido *apparaît à l'écran.*

La caméra transperce la carlingue pour dévoiler le compartiment des filles, avec les silhouettes en deux dimensions des six nouvelles prétendantes, assorties de leurs titres respectifs. Elles défilent une à une en gros plan devant mes yeux, elles dont je n'ai pu empêcher le départ…

Titrage : MERITXELL, ESPAGNE (BIOLOGIE) – *le port de tête d'une danseuse de flamenco ; le glamour d'une star de cinéma ; le regard d'une tueuse prête à tout pour gagner.*

Titrage : YOUNG, CORÉE (INGÉNIERIE) – *cheveux violets rassemblés en couettes par des élastiques fluo ; yeux trop grands pour être naturels, aux iris colorés par des lentilles violettes elles aussi ; l'impression troublante d'être face à un personnage en images de synthèse, échappé d'un animé.*

Titrage : LUCREZIA, ITALIE (MÉDECINE) – *longs cheveux noirs ondulés comme des serpents ; yeux en amande, brillants et mystérieux ; une tête de méduse ou de pythie, énigmatique, qui me donne aussitôt envie de la dessiner pour tenter de percer son secret.*

Titrage : MERYEM, TURQUIE (NAVIGATION) – *regard intelligent sous un voile de tissu bleu foncé, assorti aux turquoises qui ornent ses oreilles et son cou ; mélange de modestie et de sophistication ; sourire plein d'assurance.*

Titrage : SAGA, SUÈDE (COMMUNICATION) – *un physique complètement hors normes : carrure de géante, elle doit dépasser le mètre quatre-vingt-dix ; crâne rasé, parfaitement ovale ; ni chevelure ni bijou ne viennent détourner l'attention des deux yeux bleu pâle qui s'ouvrent dans ce visage de guerrière viking.*

Titrage : NIKKI, PAYS-BAS (PLANÉTOLOGIE) – premier choc : la chevelure rousse qui encadre son visage, opulente et flamboyante ; deuxième choc : les taches qui parsèment sa peau, innombrables comme une volée de son.

« Léo, t'as vu ça ? La Néerlandaise te ressemble beaucoup ! » s'exclame Mozart. Il ajoute aussitôt : « Mais bien sûr, pour moi tu seras toujours unique, ma Léo... »

Je hoche la tête sans pouvoir détacher mes yeux du dôme, qui semble soudain s'être métamorphosé en miroir géant.

« Une deuxième rouquine ? je parviens à articuler. Ça tombe bien, j'en avais marre d'être la poil-de-carotte de service. On va se serrer les coudes, Nikki et moi... »

Je n'ai pas le temps d'en dire davantage : le générique enchaîne déjà sur la suite.

« Sept prétendants de l'autre côté... », *reprend la voix off tandis que la caméra entre dans le compartiment des garçons, révélant un à un leurs silhouettes et leurs visages.*

Titrage : OSKAR, POLOGNE (NAVIGATION) – crête rockabilly trop stylée ; sourcil piercé au-dessus de deux yeux bleus pétillant de malice ; une aura de coolitude presque palpable émane de ce mec, dont on veut instantanément faire son ami.

Titrage : FARUKH, INDONÉSIE (MÉDECINE) – cheveux sombres et lisses coiffés sur le côté ; chemise blanche et cravate noire ; une classe ombrageuse, aristocratique.

Titrage : URI, ISRAËL (INGÉNIERIE) – barbe de trois jours ; yeux noirs et perçants ; mâchoire carrée ; le charme masculin à l'état brut, intense comme un café très serré.

Titrage : MARTI, MEXIQUE (COMMUNICATION) – des cheveux blonds ébouriffés ; un regard un peu rêveur ; ce côté arty, aérien, a quelque chose de séduisant.

Titrage : LOGAN, USA/HAWAÏ (BIOLOGIE) – l'inverse de l'image d'Épinal du surfeur hawaïen ; pas de bronzage : une peau blanche comme un cachet d'aspirine ; pas de longs cheveux décolorés par le sel : les siens sont noirs et coupés au plus court ; quant à la couleur de ses yeux... impossible de la deviner derrière ses lunettes à triple foyer.

Titrage : VALENTIN, SUISSE (PLANÉTOLOGIE) – là non plus, pas de stéréotype à base d'alpages ou de tyroliennes : peau métisse ; yeux couleur noisette ; sourire à croquer... comme une tablette de chocolat suisse ?

Titrage : INÚNGUAK, DANEMARK (PLANÉTOLOGIE) – un deuxième responsable Planéto, bien sûr, pour remplacer Marcus... Pommettes hautes ; yeux en amande ; longs cheveux noirs tressés, pareils à ceux d'un Indien d'Amérique ou d'un Inuit.

« Il paraît qu'il vient du Groenland, celui-là..., commente Mozart. Un territoire qui fait partie du Danemark, apparemment... »

Le visage du dernier prétendant s'efface à son tour.

Le générique continue, avec l'apparition du Parloir, de la planète Mars et enfin du logo Genesis, tandis que les voix de Jimmy Giant et de Stella Magnifica entonnent le refrain de *Star Dreamers*.

Et puis soudain, tout s'arrête.

Les images disparaissent et le dôme redevient transparent, laissant voir le paysage éternellement immobile de Mars – la suite se déroulera uniquement dans l'habitat de Fangfang, et sur les écrans de millions de Terriens.

90. CONTRECHAMP
VILLA MCBEE, LONG ISLAND, ÉTAT DE NEW YORK
DIMANCHE 19 MAI, 15 H 55

*C*ELA FAIT DES SEMAINES QUE JE DEMANDE À VOUS VOIR, « *MADAME MCBEE.* »
Le visage de Serena McBee se reflète dans l'orbe réfléchissante qui sert de faciès à l'androïde Oraculon. Ce dernier se tient là, immobile dans son costume sombre, assis sur une chaise face au secrétaire de la présidente. À travers la grande porte-fenêtre qui donne sur les jardins, on peut voir l'hélicoptère à bord duquel le représentant d'Atlas Capital est arrivé quelques instants plus tôt.

« *Votre secrétariat n'a cessé de repousser cette audience*, reproche-t-il de sa voix synthétique, sans affect, où il est impossible de déceler ni énervement ni amertume.

— Eh bien, vous l'avez, maintenant, votre audience, rétorque Serena sans chercher à masquer son propre agacement. Mais je n'ai qu'une dizaine de minutes à vous accorder. Vous et vos employeurs, vous comprendrez aisément que l'agenda d'une présidente est réglé comme du papier à musique. »

Deux points rouges s'allument au fond de la tête translucide de l'androïde pour procéder au scan de sécurité précédant chaque mise en contact avec le board d'Atlas Capital.

Mais Serena hausse les épaules pour manifester son impatience :

« Pas besoin de perdre du temps à chercher des micros cachés ! Nous sommes ici chez moi, à la villa McBee, le périmètre est parfaitement sécurisé. Du reste, qui oserait espionner la présidente des États-Unis d'Amérique ? Ce serait de l'inconscience, et inutile qui plus est, puisque c'est à moi que toutes les écoutes sont rapportées. »

Le scan s'interrompt.

Les yeux rouges s'éteignent.

Et cèdent la place au masque blanc, anonyme, à travers lequel s'expriment les mystérieux administrateurs d'Atlas Capital.

Le ton se fait d'emblée accusateur :

« Cette fois, vous êtes allée trop loin ! Vous n'aviez pas le droit d'offrir la base de New Eden aux pionniers : elle ne vous appartient pas, ni à vous ni au gouvernement américain ! C'est à notre société qu'elle appartient, comme l'ensemble de l'équipement du programme Genesis. La déclaration d'indépendance de Mars est illégale aux yeux du droit international, elle bafoue la loi du marché et constitue une flagrante violation de la propriété. Sans compter cette absurde guerre larvée avec la Russie, qui va déstabiliser l'économie mondiale et nuire à nos intérêts. Si vous ne revenez pas immédiatement sur l'indépendance martienne, nous précipiterons votre chute ! »

Serena étouffe un léger bâillement derrière sa main manucurée.

« Allons, allons, pas de mesquinerie. L'émancipation du peuple martien va dans le sens de l'Histoire. Vous feriez mieux d'accepter leur indépendance de bonne grâce, comme moi, plutôt que de vous accrocher à vos dollars. »

À la surface du casque, les lignes digitales dessinant le visage de synthèse se mettent à vibrer de fureur.

« Assez ! Nous ne nous laisserons pas berner plus longuement par ces grands discours qui ne servent rien d'autre que vos ambitions personnelles ! Si vous n'obtempérez pas, le rapport Noé resurgira !

— Je ne vois pas de quel rapport vous voulez parler…

— *Ne faites pas l'innocente ! Même si nous n'en avons pas gardé de copie par mesure de sécurité, nous saurons le recréer de toutes pièces. Et nous nous arrangerons pour le transmettre aux Russes, sans nous dévoiler. Dès qu'ils auront l'information en leur possession, ils la rendront publique ! »*

Serena accueille les menaces de l'androïde avec un éclat de rire sauvage :

« Les Américains savent désormais que les Russes sont derrière les attentats qui jalonnent l'histoire de Genesis depuis deux ans : toute accusation contre moi venant de leur part sera perçue comme un mensonge, à juste titre ! C'est quasiment la guerre, vous l'avez dit ! Or, en temps de guerre, les peuples se serrent derrière leurs chefs et ils se méfient des organisations apatrides qui prétendent faire passer leurs intérêts avant ceux de la société. » Elle essuie les larmes de rire qui se sont formées au coin de ses yeux. « Que les choses soient bien claires : si le groupe Atlas Capital tente de déstabiliser la présidence, mettant la sûreté de la nation en danger, tous ses avoirs sur le sol américain seront aussitôt saisis – ses biens immobiliers à travers le territoire, son siège à New York, sa base de cap Canaveral : *tous*. Je suis certaine que vous me comprenez et que désormais vous coopérerez au redressement du pays. En signe d'une confiance renouvelée, j'invite l'androïde Oraculon à bénéficier de l'hospitalité de la villa McBee jusqu'à notre prochaine entrevue. En attendant, il peut se reposer. »

À ces mots, elle sort un Taser de sous son secrétaire et tire sur le robot.

Le projectile atteint ce dernier en pleine poitrine, causant un court-circuit : le visage de synthèse disparaît tel un fantôme qu'on exorcise, tandis que le corps mécanique s'écroule avec fracas sur le parquet.

« Ainsi tombe sans panache ce capitalisme stupide que j'ai toujours méprisé, murmure Serena McBee en guise d'épitaphe. Ci-gît l'idéologie hyper-libérale. Un nouvel âge va bientôt commencer… »

Elle repose le Taser sous son secrétaire, se lève de sa chaise et va calmement ouvrir la porte.

Orion Seamus se trouve juste derrière, tablette numérique à la main.

« Alors ? demande-t-elle.

— Alors c'est parfait. L'androïde est resté assez long-temps en contact avec le board d'Atlas pour que nous localisions l'origine de l'émission satellite. »

Il tend la tablette à Serena : une carte géographique s'y déploie, zoomant progressivement sur une zone de l'Atlantique nord.

« Archipel des Bermudes, commente Orion Seamus. C'est de là que le board a émis le signal. »

Serena lâche un petit soupir méprisant :

« Un paradis fiscal, bien sûr ! À quoi d'autre s'attendre, de la part de ces rats avides ? S'ils s'imaginent être à l'abri sur leur petite île...

— Pas sur leur île. Sur leur bateau. Un moyen astucieux d'être toujours en mouvement, insaisissables... »

Le zoom maximum se focalise sur un yacht géant, se déplaçant dans les eaux de l'archipel.

« ... mais ne vous inquiétez pas : au moindre signe de rébellion, nous les saisirons. Ce bateau ne quittera plus nos radars. » Un sourire féroce se dessine sur les lèvres du nouveau secrétaire d'État. « Le jour où nous frapperons, les rats n'auront pas le temps de quitter le navire, je vous le garantis ! »

LOCALISATION SIGNAL SATELLITE /
Émission de l'androïde Oraculon
le 19 mai de 15H50 à 15H59

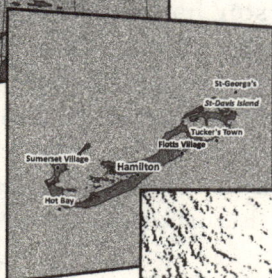

GENESIS

Équateur

St-George's
St-Davis Island
Tucker's Town
Flotts Village
Sumerset Village   Hamilton
Hot Bay

Océan atlantique nord
Archipel des Bermudes
32.271166, -64.744960

91. HORS-CHAMP
ESTUAIRE DE LA TAMISE
LUNDI 24 JUIN, 15 H 35

« TU ES SÛRE QUE TU NE VEUX PAS CONTINUER À FAIRE
UN BOUT DE ROUTE avec nous ? Il paraît que le
temple de Londres est le plus grand d'Europe,
ils ont déjà des dizaines de milliers d'adeptes. Le nombre
des conversions ne cesse d'augmenter, surtout depuis que
les États-Unis et la Russie se sont engagés dans ce bras
de fer qui tient le monde en otage. Et après l'Angle-
terre, nous irons plus loin à l'Est, jusqu'au Japon – mon
rêve... »

Sakura-Shirley est accoudée à la rambarde du pont supérieur, les pans de son hachimaki claquant au vent. Harmony et elle contemplent les rives de la Tamise où le cargo
s'est engagé, remontant lentement depuis la mer du Nord
en direction du port industriel de Londres.

« Je visiterai certainement le temple de Londres à mon
retour, promet Harmony. Pour l'instant, il me tarde de
monter là-haut en Écosse, pour essayer de retrouver ma
tante... »

La Californienne hoche la tête :

« Je comprends. C'est ta dernière chance de renouer
avec ta famille biologique avant... l'apocalypse ? » Son
regard se fait vague, elle se met à psalmodier les pré-
ceptes du temple de l'Unification cosmique, tellement
rabâchés qu'ils font désormais partie d'elle : « Le lama
Yoshiki l'avait prédit... Ce sera le règne du chaos, avant
le cosmos... Ce sera la lutte de chacun contre chacun,
avant l'union de tous avec Eux... Ce sera un âge de grande
tourmente, avant la grande Unification... Gloire au Joyau
terrestre ! »

Rassérénée par cette profession de foi qui promet une issue heureuse à une époque incertaine, elle se retourne vers son amie :

« Si tu ne parviens pas à localiser ta tante, ou si la personne que tu trouves n'est pas celle que tu espérais, sache, ma sœur, qu'une autre famille t'attend. Au sein du Temple, le lama Yoshiki est notre père à tous et Kenji est notre grand frère bien-aimé ! Nous serons toujours là pour toi. »

Elle désigne le pont derrière elle. Les fidèles aux fronts ceints de leurs hachimakis blancs pratiquent les mouvements rituels de l'après-midi, censés favoriser la circulation des énergies cosmiques, devant trois grands portraits aux cadres sertis de verroterie imitant des diamants. Le premier portrait représente un vieillard japonais à la longue barbe blanche et aux sourcils broussailleux – le lama Yoshiki, le Joyau terrestre ; le second portrait est celui de sa prétendue réincarnation, un jeune Asiatique au regard perdu derrière ses mèches brunes – Kenji, le Joyau céleste ; quant au troisième portrait... c'est en réalité un cliché de la surface martienne représentant une colline de la région de Cydonia, dont le relief évoque de manière troublante un visage humanoïde, allongé et énigmatique.

Sans prêter attention aux prières et aux danses, les marins s'affairent en vue de l'arrimage imminent du navire. Spectacle étrange de deux mondes qui, pendant les six jours de traversée, se sont côtoyés sans jamais vraiment se rencontrer. Les uns sont persuadés que l'Histoire a un sens unique, une destination prophétique vers laquelle elle se précipite à toute allure ; les autres répètent inlassablement les mêmes gestes cycliques, depuis des générations, au gré des saisons et des marées qui toujours reviennent.

« Merci, Saku, répond finalement Harmony. Je te promets que je me souviendrai de tes paroles.

— Tu as intérêt. Je guetterai ton retour parmi nous. Mais dis-moi, est-ce que tu as au moins une piste pour retrouver cette tante ? Un numéro de téléphone ? Une adresse peut-être ?

— Non, je n'ai rien de tout cela, reconnaît Harmony en scrutant les grues du port qui se profilent à l'horizon, tels de gigantesques gibets. Mais j'ai un nom.

— Juste un nom ? C'est un peu léger…

— Ce nom-là n'est pas commun, je t'assure…, répond Harmony en baissant imperceptiblement la voix. Si ma mère m'a dit la vérité, il n'y a plus qu'une seule personne en Écosse qui le porte encore…

— Ne m'en dis pas plus. Nous autres cosmicistes, nous n'accordons pas d'importance aux patronymes hérités du passé – ils ne sont que des peaux mortes dans le long processus de réincarnation qui a conduit jusqu'à notre enveloppe actuelle, ils ne sont que des scories sur le noble chemin de l'Unification. Pour moi, tu seras toujours Kuro-Jane, et je prierai chaque jour le cosmos de veiller sur toi. »

Harmony sourit doucement à celle qui l'a prise sous son aile, puis elle reporte son regard vers le port.

Trente heures plus tard.

Le front collé à la vitre de l'autocar, Harmony regarde défiler la lande entrecoupée de buissons aux ombres infiniment étirées. Elle est assise à la même place depuis le départ d'Inverness, la capitale des Highlands, où elle est arrivée dans l'après-midi après un long voyage en train – à présent c'est le soir, un crépuscule interminable comme il en existe en été en Europe du Nord. Au fil des heures, l'autocar s'est peu à peu vidé de ses passagers, surtout après avoir passé le pont reliant l'Écosse continentale à l'île de Skye, dans les Hébrides intérieures. Les villages ont succédé aux villes, puis les hameaux aux villages, et maintenant il ne reste que les bruyères. Pendant tout ce temps, Harmony n'a pas détaché ses yeux du paysage, bercée par le bruit de l'autoradio qui débite les dernières nouvelles du monde :

« …*Un mois après la rupture bilatérale des relations diplomatiques américano-russes, le gouvernement américain est décidé à ne pas revenir sur l'indépendance de Mars et le gouvernement russe nie toujours toute implication dans les attentats. Moscou continue de contester en bloc les aveux de Gordon Lock, ex-numéro 2 de Genesis, dans lesquels il confessait être un agent à la solde du KGB chargé d'organiser la fuite des cerveaux de l'ex-Nasa vers la Russie. Une expression s'est imposée dans la presse et dans la rue pour désigner ce dialogue de sourds entre les deux superpuissances : "La guerre glaciale".*

« *Dans les premières semaines du conflit, les observateurs pronostiquaient un retour à la configuration géopolitique de la guerre froide, quand les USA et l'URSS obligeaient les pays du monde entier à faire allégeance à l'un des deux blocs. Mais cette vision issue du siècle passé ne semble plus adaptée pour décrire la situation d'aujourd'hui. Au lieu de mettre en mouvement un jeu d'alliances étendu, l'Amérique de la présidente McBee a eu plutôt tendance à se recentrer sur elle-même – certains diraient, à se refermer sur elle-même. Dénonciation des traités commerciaux internationaux, fermeture des frontières, omniprésence du gouvernement sur les réseaux sociaux : le gouvernement McBee mène depuis des semaines une politique de repli. Matthew Conrad, chef de notre service politique, est avec nous à l'antenne pour en parler. Bonjour Matthew…*

— *Bonjour Edward.*

— *Ce mouvement autarcique venant de la première puissance mondiale, défenseur traditionnel du libre-échange et de l'interventionnisme politique, n'est-il pas surprenant ?*

— *Il y a des antécédents dans l'histoire américaine, notamment la fameuse doctrine Monroe en vigueur pendant tout le XIXe siècle…*

— *Mais nous sommes au XXIe siècle, à une époque où la planète est plus interconnectée que jamais ! Et la nouvelle* *présidente, Serena McBee, n'est pas la dernière à avoir œuvré à cette mondialisation lorsqu'elle était productrice du programme Genesis !*

— Elle l'est encore, mon cher Edward. C'est là tout le paradoxe, mais aussi toute la force du personnage. Difficile de reprocher à la présidente McBee d'être réactionnaire, elle qui a été élue sur la liste du parti hyperlibéral, elle qui a contribué à mettre sur pied l'un des projets les plus novateurs et progressistes de tous les temps – à savoir la conquête de l'espace martien par le biais d'une émission universelle. Personne d'autre qu'elle n'aurait pu faire accepter aux citoyens américains la restriction de leurs chères libertés individuelles à laquelle ils ont consenti au nom de la liberté nationale.

— Il semble toutefois que des voix commencent à s'élever, aux États-Unis mêmes, contre le tournant autoritaire que prend le régime. Des voix qui condamnent aussi le cumul de mandats auquel vous faisiez allusion : pouvoir politique et pouvoir médiatique concentrés entre les mêmes mains...

— ... cet argument est précisément celui utilisé par les Russes – eux-mêmes experts en propagande –, aussi est-il très difficile à faire entendre au public américain dans le contexte actuel. Ceux qui le brandissent s'exposent à être taxés au mieux de naïfs politiques, au pire de traîtres à la patrie. L'administration McBee semble bien partie pour durer... »

Chaque fois que l'un des intervenants prononce le nom de sa mère, Harmony tressaille. Et serre un peu plus ses deux poings enfoncés dans les poches de son survêtement – un modèle à capuche rappelant ceux que portait si souvent Andrew, barré d'un slogan touristique « *I Love London* ».

Dans son poing droit, elle serre une liasse de billets : le fruit de la vente de son médaillon, acheté au poids et payé cash par un marchand d'or près de la gare de King's Cross à Londres.

Dans son poing gauche, elle tient la mèche de cheveux offerte par Mozart, désormais privée de son précieux écrin, et la petite pépite donnée par Andrew, que pour rien au monde elle ne vendrait.

« Terminus ! crie le conducteur, arrachant l'ultime passagère à sa contemplation muette.

— Merci, monsieur... », murmure-t-elle d'une voix rêche, mal articulée : ce sont les premiers mots qu'elle prononce depuis des heures.

Elle saisit le dernier bagage dans le rack – une besace qu'elle a achetée à la gare et qu'elle a remplie d'habits trouvés dans le premier magasin venu avant de quitter Londres.

Puis elle franchit la porte de l'autocar, qui se referme derrière elle en poussant un soupir mécanique.

Le véhicule s'éloigne, laissant Harmony seule sur la place d'un minuscule bourg flanquée d'une chapelle, d'une épicerie aux volets clos et d'une demi-douzaine de maisons de pierre sombre. Devant l'une d'elles pend une enseigne de métal rouillé, à la peinture écaillée. On parvient tout de même à lire encore :

ANGUS AND ANN MURPHY
BED & BREAKFAST
SORTIES EN BATEAU PAR TEMPS CLAIR

Le vent venu de la mer toute proche imprime à l'enseigne un lancinant mouvement de balancelle, qui lui arrache une plainte grinçante.

Tout là-haut, sur le toit d'ardoise couvert de lichen, une mouette observe l'intruse de son œil jaune et rond.

Harmony frémit dans son survêtement : il est 21 h 00 passé et là-bas, à l'est, la nuit s'est enfin décidée à sortir de sa tanière pour venir dévorer la lande.

La jeune fille rabat la capuche de son survêtement sur ses cheveux noir de jais – elle a fait rafraîchir sa teinture dans un petit salon de coiffure d'Inverness. Puis elle passe la courroie de sa besace sur son épaule et marche jusqu'à la porte des Murphy, à laquelle elle toque doucement. Au bout d'une longue minute, la porte s'ouvre sur une vieille femme au visage buriné par les éléments, enveloppée dans un châle de tweed.

« C'est pour quoi ? demande-t-elle en lorgnant la visiteuse derrière ses lunettes.

— Je voudrais une chambre, s'il vous plaît. »

L'hôtesse ne semble pas comprendre tout de suite ce dont il s'agit.

« Une chambre ? » répète-t-elle.

L'enseigne émet un grincement plus sonore, attirant son attention.

« Ah, une chambre ! Mais ma pauvre petite, il y a bien longtemps que j'ai fermé boutique ! »

Une expression de détresse fige le visage d'Harmony.

Elle sort de sa besace le guide touristique d'occasion qu'elle a acheté à Londres :

« Mais il y a encore le panneau, devant votre maison… Et votre Bed and Breakfast est référencé dans ce guide… » Elle ouvre une page cornée, la lit à voix haute : « *On ne saurait trop encourager le voyageur aventureux à pousser jusqu'aux extrémités septentrionales de l'île de Skye. Sa persévérance sera récompensée par des paysages splendides, quoique désolés, et par le succulent* haggis, *la panse de brebis farcie que cuisine Ann Murphy dans l'une des maisons d'hôtes les plus isolées de la région. En fonction des conditions climatiques, son mari Angus propose des sorties en mer autour des îlots avoisinants, entre l'île de Skye et les Hébrides extérieures, archipels désertés où nichent de nombreuses espèces d'oiseaux marins : Garbh Elaine, Fladaigh Chùain, Gearran Island, Bee Island…* »

La logeuse secoue tristement la tête.

« Mon époux est mort voilà deux ans, murmure-t-elle. J'ai arrêté de loger les touristes peu après – de toute façon, il en venait de moins en moins. Votre guide ne me rajeunit pas, ma petite… »

Elle remonte son châle sur son cou, frémissant dans le vent du soir – à moins que ce ne soient les souvenirs qui la fassent frissonner.

« Mais ne restez pas là, vous allez attraper froid, dit-elle finalement. Rentrez donc. Il me reste des draps propres dans le placard, et je sais encore cuisiner mon haggis, je vous en préparerai pour le petit-déjeuner demain matin ! »

« Alors ? » demande Ann Murphy en regardant sa cliente avec un brin d'inquiétude.

Après une bonne nuit de sommeil, Harmony est attablée devant une assiette où fume le fameux haggis vanté par le guide touristique, accompagné de purée de pommes de terre et de rutabagas.

« Alors… c'est délicieux ! »

Un sourire se dessine sur le visage de l'hôtesse.

Elle place fièrement les deux mains sur ses hanches, de part et d'autre de son tablier rouge portant le logo du programme Genesis assorti d'un faux tampon de recrutement : *Sélectionnée pour aller sur Mars comme responsable Cuisine.*

« C'est bon de savoir que je n'ai pas perdu la main et que je mérite ce tablier ! s'exclame-t-elle. C'est ma petite-fille Fiona qui me l'a offert pour mon soixante-cinquième anniversaire. Les jeunes sont fous de cette émission, et vous aussi j'en suis sûre, pas vrai ? » Elle ajoute aussitôt : « Remarquez, pas que les jeunes. Je dois avouer que j'en raffole moi aussi. Mes journées sont tellement solitaires depuis qu'Angus m'a quittée. Fiona et ses parents habitent Glasgow, ils ne viennent me voir que pendant les vacances. Le reste du temps… eh bien, j'ai l'impression que les pionniers de Mars sont un peu ma famille. »

En effet, les portraits encadrés de plusieurs pionniers s'étagent sur un napperon de dentelle disposé sur le téléviseur parmi ceux des Murphy : on y reconnaît Liz, Tao, Léonor, Marcus, Kris… et Mozart.

« Dites-moi, quel est votre Martien favori ? demande l'hôtesse en resservant une tasse de thé à Harmony.

— Je ne sais pas..., répond la jeune fille en triturant son haggis du bout de sa fourchette, s'empêchant de regarder la photo du Brésilien. Je les aime tous...

— Savez-vous que les ancêtres de Serena McBee viennent de cette région ? enchaîne Ann Murphy en désignant le portrait de la productrice exécutive de Genesis et présidente des États-Unis, qui trône au milieu des autres telle une mère poule rassemblant sa couvée. C'est un fait très peu connu, mais c'est la vérité. Il reste même un château en ruines, sur Bee Island, le berceau du clan auquel appartenaient ses aïeux... Que de chemin parcouru, depuis ce coin perdu jusqu'à la présidence américaine ! »

Harmony relève brusquement la tête :

« Est-ce que vous l'avez connue ? demande-t-elle à brûle-pourpoint. Je veux dire, Serena McBee ?

— Connue ? Non ! Elle n'a jamais mis les pieds ici, ni dans la région, que je sache. Je crois qu'elle est née en Amérique, non ? Je ne suis pas sûre. Ce qui est certain, c'est que les derniers McBee ont quitté l'Écosse avant qu'elle voie le jour. Depuis longtemps, Bee Island est inhabitée. C'est la propriété d'une association ornithologique d'Édimbourg, une société très fermée qui organise parfois des tours exclusifs pour ses membres – il est vrai que l'île constitue un sanctuaire pour les sternes arctiques, macareux, et autres goélands qui nichent dans ses hautes falaises et dans les ruines du château. L'accès à l'île est interdit au grand public, mais dans le temps mon cher Angus conduisait son petit bateau assez près des côtes pour permettre à nos hôtes d'observer tous ces oiseaux... »

Ann Murphy se tait, rattrapée à nouveau par ses souvenirs.

Mais Harmony ne laisse pas le temps à la mélancolie de s'installer :

« Ce bateau, vous l'avez encore ?

— Oui, mais…

— Est-ce que vous sauriez le faire naviguer ? »

La vieille femme pose ses mains noueuses sur la table à manger, comme si le sol tanguait sous ses pieds.

« Je suis fille et petite-fille de marin, j'ai la houle dans le sang, et c'était moi qui prenait la mer les jours où Angus ne se sentait pas bien. Mais je vous ai déjà dit que j'avais arrêté toute activité touristique…

— Vous m'avez aussi dit que vous n'offriez plus le gîte et le couvert. Or, j'ai dormi comme un bébé, et je suis en train de déguster le meilleur haggis de l'île de Skye. » Les yeux d'Harmony étincellent. « Je vous en prie, madame : je voudrais voir Bee Island de plus près. En réalité, c'est pour cela que je suis venue. »

À cet instant précis, quelque chose change dans le regard que pose Ann Murphy sur la jeune fille. Elle la dévisage comme si elle la voyait pour la première fois ; elle tourne les yeux vers le portrait de Serena au-dessus du téléviseur ; puis elle scrute la jeune fille à nouveau.

« Votre visage…, balbutie-t-elle. On dirait… Vous êtes…

— La ressemblance est frappante, n'est-ce pas ? On me l'a souvent dit. Mais elle est trompeuse. Je ne suis pas une McBee. Je ne suis membre d'aucune société ornithologique, ni d'aucun cercle fermé. Je ne suis qu'une simple backpackeuse amoureuse des oiseaux. J'aimerais tellement visiter Bee Island. M'y aiderez-vous ? »

92. CHAMP
MOIS N° 16/SOL N° 430/09 H 43
[549ᵉ SOL DEPUIS L'ATTERRISSAGE]

POUR LA CENTIÈME FOIS, JE POSE MON STYLET EN HAUT D'UNE NOUVELLE PAGE sur ma tablette à croquis.
Pour la centième fois, j'attends que l'inspiration me vienne pour tracer le motif du drapeau de Mars.

Cette commande qu'on m'a passée me semble dérisoire, mais je sais que ça ferait tellement plaisir à Kris... et à Alexeï. Il faut que je le caresse dans le sens du poil, celui-là, que je flatte son orgueil de petit chef, si je veux qu'il libère Marcus lorsque la Grande Tempête atteindra Ius Chasma, comme il l'a promis...

Depuis notre chambre, j'entends Mozart qui fredonne un air de samba tout en cuisinant le petit-déjeuner dans la kitchenette. Bénéficiant finalement des conseils de Samson, avec qui il s'est réconcilié, il a perfectionné sa recette d'acarajés – c'est bien meilleur qu'un bol d'avoine au lait de soja pour commencer la journée ! Je perçois la musique des beignets qui rissolent doucement, mais je ne sens pas leur fumet : comme chaque matin au réveil, je suis restée au lit, la tête enfouie sous le drap encore tiède de la chaleur de Mozart. C'est là, dans cette alcôve éclairée seulement par l'écran de ma tablette, que j'essaie de dessiner. Je préfère être à l'abri des caméras, vu ce que mes essais ont donné jusqu'à présent : chaque tentative de créer un drapeau s'est terminée en caricature de Serena McBee. C'étaient les seules choses qui me venaient : Serena en vampire, Serena en ogresse, Serena en croquemitaine. Ma tablette en est pleine à craquer, comme autant de cris muets. Voilà mon seul exutoire, dans cette base où personne ne veut m'entendre. Pathétique, non ?

« C'est prêt ! » appelle Mozart, sans que ce matin je n'ai rien réussi à tracer, ni drapeau ni caricature.

J'éteins ma tablette, rabats le drap et me laisse guider par la bonne odeur qui me conduit jusqu'au séjour.

Mozart est là, souriant comme un soleil, tablier de cuisinier porté à même son torse nu : sexy en diable.

« Hello, ma déesse ! s'exclame-t-il. Bien dormi ? J'espère que tu es en forme, car ce matin, c'est ta leçon de rover. Viens manger, prendre des forces, je ne voudrais pas que tu tombes d'inanition au volant.

— Est-ce qu'on a le droit de croquer le moniteur de l'auto-école ? » dis-je en le prenant dans mes bras, faisant mine de le dévorer.

Son rire me fait du bien, me vide la tête, chasse l'angoisse sourde qui me travaille depuis des mois.

Il enfouit sa main dans mes épais cheveux roux et je passe la mienne dans ses boucles brunes et soyeuses. J'ai appris à éviter de toucher l'œuf de mort implanté dans sa nuque par l'Aranha ; ses caresses à lui contournent habilement l'emplacement de la Salamandre sur mon épaule. Au fil des jours, nos corps imparfaits se sont apprivoisés ainsi, dans la douceur et le respect.

Mais à ce moment-là, comme si elle ne supportait pas de quitter mon esprit ne serait-ce qu'un instant, Serena McBee apparaît sur l'écran du séjour.

« Avis à tous les pionniers, dit-elle. Rendez-vous dans une demi-heure au Jardin. Le programme a une annonce importante à vous faire : la saison des tempêtes a officiellement commencé. »

Trente minutes plus tard.

Nous sommes tous les neuf réunis sous le dôme, en sous-combis, sauf Kris qui préfère porter sa tunique de soie martienne. Les chiens et les robots sont là, eux aussi. Seule Kelly n'a pas pu se déplacer, trop faible pour quitter son lit.

Face à nous sur l'écran géant, le visage de Serena McBee nous couve de ses immenses yeux vert d'eau.

« Mes chers pionniers, le périhélie approche, annonce-t-elle gravement. Le moment où la planète Mars – votre planète, je le rappelle, qui n'appartient qu'à vous – sera le plus proche du soleil. D'ores et déjà, les températures martiennes ont commencé à augmenter. Nos images satellite nous montrent que dans les vastes plateaux de l'hémisphère Sud, des diables de poussière se forment, soulevés par la chaleur qui croît de sol en sol... » Serena marque une courte pause, plongeant son regard dans les nôtres et dans ceux de tous les spectateurs de la chaîne Genesis. « ... à vrai dire, le phénomène est cette année plus précoce et plus intense que jamais, semble-t-il. En se basant sur ces premières observations, nos experts météorologiques ont extrapolé ce à quoi ressemblera la Grande Tempête, dans deux mois martiens... »

Le visage de Serena cède la place à une vue satellite de la planète, avec les reliefs bien découpés et la longue balafre de Valles Marineris en plein milieu.

« *Voici, à l'écran, la surface martienne telle qu'elle apparaît aujourd'hui,* poursuit Serena en off. *Comme vous pouvez le voir, l'atmosphère est encore claire. Mais au cours des semaines à venir, la température va monter dans de telles proportions, la poussière va s'élever si haut que l'atmosphère entière de Mars sera saturée de particules. Mes amis : nous allons au-devant d'une tempête planétaire, que nos experts ont modélisée pour vous...* »

À ces mots, une deuxième vue de la planète se dessine sous la première.

Ce n'est plus qu'une sphère ronde et lisse, sans relief ni aspérité, entièrement recouverte par une chape opaque.

« *Cette année, la Grande Tempête durera jusqu'à un mois entier. Pendant vingt-huit sols, le contact visuel et peut-être même radio sera perdu avec la surface. La base de New Eden sera complètement isolée de la Terre.* »

Une rumeur angoissée parcourt le Jardin.

Mozart serre ma main dans la sienne, Kris frissonne dans sa tunique et se blottit contre la sous-combi d'Alexeï.

BULLETIN MÉTÉOROLOGIQUE /
Projection de la prochaine
Grande Tempête

GENESIS

AUJOURD'HUI
Mois N° 16 / Sol N° 430

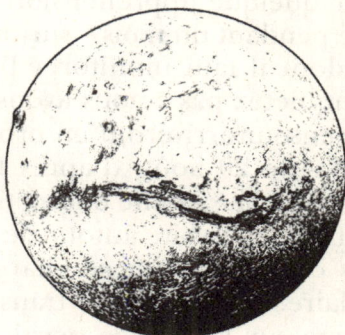

DANS DEUX MOIS
Mois N° 18 / Sol N° 486

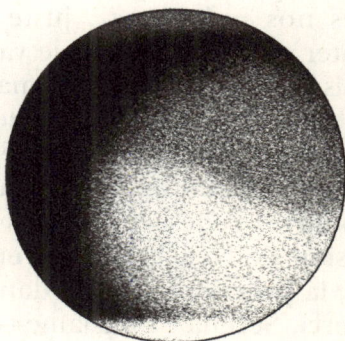

La modélisation de Mars en proie à la tempête planétaire nous surplombe telle une boule de cristal énigmatique, dans laquelle il est impossible de lire l'avenir…

Soudain, Serena revient à l'écran, un grand sourire sur le visage.

« Je sais, c'est impressionnant. Même si la base de New Eden est conçue pour résister aux perturbations les plus marquées, je comprends que certains d'entre vous puissent nourrir quelque appréhension à l'idée d'être coupés du monde pendant un mois – surtout avec une malade comme Kelly, dont il faut monitorer l'état chaque jour. Mais ne vous inquiétez pas : nous avons la solution ! Le *Cupido* et son ascenseur arriveront en orbite martienne au matin du sol 483 – le 20 août, d'après le calendrier terrien. Une fois déployé, le satellite énergétique devra effectuer quatre révolutions en orbite autour de Mars, d'une durée de sept heures chacune, pour se charger suffisamment en énergie solaire. La cabine de transit sera alors envoyée. Elle se posera sur la surface martienne au sol 484, soit deux sols avant que la tempête ne s'étende à la planète entière, d'après nos prévisions : juste à temps pour vous faire remonter en sécurité dans le vaisseau. Vous passerez alors un mois en orbite avec vos camarades de la saison 2 – cette fois-ci, nous avons prévu assez de vivres pour tenir un siège, nous avons décuplé les capacités de recyclage ainsi que les réserves d'eau et d'oxygène ! Quand la tempête s'apaisera, vous pourrez redescendre tous ensemble pour reprendre possession de New Eden. Qu'en dites-vous ? »

Kris, la première, frappe dans ses mains :

« Merci, Serena ! s'exclame-t-elle.

— La nation martienne vous est reconnaissante », déclare Alexeï avec cet insupportable ton protocolaire qu'il se sent désormais obligé d'adopter à chaque fois qu'il s'adresse à elle.

Quant aux autres…

Pas un ne moufte.

Pas un ne dit que non, une fois en orbite, il ne redescendra pas.

Sérieux ? Après avoir quitté New Eden, où à chaque instant nous sommes à la merci d'une dépressurisation brutale, ils seraient prêts à y retourner aussi sec ?

« Et si on ne veut pas redescendre ? » je m'écrie tout d'un coup, levant le menton vers la géante qui me toise.

La main puissante de Mozart me broie les doigts.

Ses yeux épouvantés fondent sur les miens.

Autour de moi, je les sens tous prêts à bondir pour me bâillonner.

Mais je n'ajoute rien de plus, pas de révélation fracassante sur le rapport Noé, rien – mon unique question, déjà, est en train de voyager à travers le vide sidéral jusqu'aux oreilles de Serena.

« Il n'y a aucune raison de ne pas redescendre une fois que le danger sera passé, attaque Alexeï d'une voix menaçante. Mars est notre patrie maintenant. Notre monde. Notre maison.

— Alex dit vrai, renchérit Kris. On a construit quelque chose, ici. Une chose qui n'appartient qu'à nous.

— La Terre est en guerre, ou presque, alors qu'ici nous pouvons essayer de bâtir une civilisation de paix, dit Liz en me touchant amicalement le bras. Tu te rappelles, quand j'avais promis que je serais la première danseuse étoile de Mars ? Eh bien en fait, nous serons deux. Tao et moi, nous travaillons depuis des semaines une chorégraphie sur la *Symphonie du Nouveau Monde*... » Elle pose tendrement sa main sur l'épaule de son nouveau partenaire, un artiste comme elle. « ... nous serons prêts à l'interpréter juste après la Grande Tempête, quand nous reprendrons possession de la base. »

En guise de coup de grâce, Mozart me murmure quelques mots d'une voix douce :

« Ils ont raison, Léo : sur Terre, rien ne nous attend. Ou plutôt si : l'Aranha m'attend pour me faire la peau. Alors qu'ici nous sommes heureux, n'est-ce pas ? »

Je suis soudain saisie d'une brusque envie de pleurer – une sensation qui me tombe dessus à l'improviste et qui pourtant, je le sais, se nourrit de la tension accumulée depuis des semaines, depuis des mois.

(*Serena a gagné*), fredonne la Salamandre, mettant des mots sur ce constat d'échec. (*Quoi que tu fasses, quoi que tu dises, elle a gagné. Ici sur Mars ou là-bas sur Terre, elle ne vous craint plus. Elle ne craint plus le rapport Noé. Où que tu ailles désormais, tu resteras sa prisonnière.*)

En écho à mes pensées, Serena reprend la parole, répondant à ma question posée quinze minutes plus tôt :

« Et si tu ne veux pas redescendre, Léonor ? dit-elle en dévoilant ses dents blanches et carnassières, parfaitement alignées. Eh bien, rien ne t'empêchera de rester à bord du *Cupido* lors de son voyage retour vers la Terre. Je t'y accueillerai à bras ouverts, ma chérie ! »

93. HORS-CHAMP
MER DES HÉBRIDES, AU LARGE DE L'ÎLE DE SKYE
MERCREDI 26 JUIN, 13 H 32

BEE ISLAND SE FAIT ENTENDRE AVANT DE SE LAISSER VOIR : les cris des oiseaux marins percent le brouillard impénétrable, plus stridents que le ronronnement du moteur.

Derrière la barre du petit bateau de pêche, un ciré sur les épaules et un bonnet de laine enfoncé jusqu'aux yeux, Ann Murphy maintient le cap. Elle se fie davantage à son instinct qu'aux instruments de bord.

Harmony est assise à la proue. Emmitouflée dans son survêtement, sa capuche rabattue sur la tête, elle contemple le néant peuplé d'échos, de cris, de frôlements.

Et puis soudain, sans prévenir, la silhouette acérée de l'île déchire la brume.

Éperon rocheux surgissant de la mer écumante, sa forme évoque celle d'une monstrueuse dent – un croc arraché à la mâchoire d'un titan. Des nuées d'ailes blanc et noir tourbillonnent en piaillant autour des falaises vertigineuses, depuis les flots houleux jusqu'à la pointe de cette gigantesque canine : c'est l'ombre du château, tout là-haut, et de son donjon délabré.

Ann Murphy ralentit le moteur et tourne la barre ; le bateau infléchit sa trajectoire, contournant l'à-pic pour rejoindre une petite crique dissimulée derrière un piton. Il y a là une minuscule digue de pierre verdâtre, couverte d'algues, de fientes et de coquillages. La coque du bateau s'en approche, s'y cale, s'immobilise tout à fait. Ici, dans le renfoncement de la crique, tous les sons semblent étouffés. À l'arrêt du moteur, on n'entend plus les cris des oiseaux ni le fracas des vagues : c'est le silence total.

« Voilà, nous y sommes », annonce la navigatrice en nouant une corde d'amarrage autour d'un poteau rouillé, fiché à la pointe de la digue.

Un panneau de bois vermoulu y pourrit, sur lequel on peut encore déchiffrer :

BEE ISLAND
RÉSERVE PROTÉGÉE
– PROPRIÉTÉ PRIVÉE DE LA SOCIÉTÉ ORNITHOLOGIQUE
« LES AMIS DES OISEAUX » –

« Propriété privée, tu parles ! Ces bobos d'Édimbourg ne manquent pas d'air ! » Ann Murphy émet un reniflement teinté de mépris pour les citadins. « Avant d'appartenir à une obscure société ornithologique, avant même d'appartenir au clan McBee, ce bout de terre était à tout le monde, comme tout ce que le bon Dieu a fait ici-bas. Allez-y, Jane. Souvenez-vous juste de revenir pour 18 h 00 : il faudra que nous soyons rentrées sur Skye avant le crépuscule, car la météo annonce du gros temps pour cette nuit. De toute façon, vous aurez vite fait le tour. Pour quelques heures, vous serez la seule maîtresse de Bee Island, comme si vous étiez une vraie McBee ! »

Y a-t-il un double sens dans les paroles de l'hôtesse ?

Soupçonne-t-elle que la ressemblance de la jeune fille avec la femme la plus célèbre de la planète n'est pas fortuite ?

Entrevoit-elle la parenté secrète qui les unit ?

Harmony n'a plus le temps de se poser ce genre de questions : elle est allée trop loin dans la quête de ses origines pour faire demi-tour. Il ne reste qu'une direction, qu'un choix possible – aller de l'avant.

Elle enjambe le rebord du bateau.

La semelle de ses vieilles rangers chinées dans une friperie de New York se pose sur la digue. La surface de pierre trempée par les embruns est glissante, mais Harmony ne flanche pas et parcourt sans s'arrêter les quelques mètres qui la séparent de la petite plage de sable gris, à peine plus large que la chambre qu'elle occupait à la villa McBee. Un sentier mal entretenu, dévoré par les herbes folles, s'élève en pente raide vers les hauteurs.

Harmony se retourne une seule fois, juste avant de parvenir au bout du sentier ; tout en bas, la plage n'est plus qu'une virgule, le bateau un point à demi gommé par la brume... comme une hypothèse qui déjà s'évanouit.

Harmony détourne vivement le regard et enjambe prestement les derniers éboulis qui la séparent du sommet.

Les cris des oiseaux, jusqu'alors assourdis, lui éclatent aux oreilles.

Le château lui apparaît, loin encore mais bien plus imposant qu'elle ne pouvait le deviner d'en-bas – bien mieux conservé aussi. Approchée de sous cet angle invisible depuis la mer, la façade n'a rien d'un mur croulant, livré aux bruyères et aux nichées. Au contraire, les pierres sont bien scellées, aucun créneau ne manque aux remparts et les nombreux toits ont toutes leurs tuiles d'ardoise.

Mais il y a plus inattendu, plus fascinant encore que cette face cachée : la vallée qui s'encaisse devant l'édifice, elle aussi invisible depuis la mer, protégée du vent par le cratère qui la ceint. Il y a là, au creux de cette île rocheuse, noire et sèche, au moins deux hectares de *pelouse* garnie de *fleurs* de toutes les couleurs !

« On dirait… le jardin de Maman », balbutie Harmony.

À l'instant même où elle prononce ces mots, un rayon perce les nuages et illumine le mystérieux val, éveillant le jaune des boutons d'or, le violet des primevères, le rouge des roses sauvages – car ces fleurs sont forcément sauvages, n'est-ce pas, qui donc pourrait les cultiver en ces lieux ?

C'est alors qu'Harmony les voit.

Les abeilles.

Leurs petits corps duveteux flottent en nappes poudreuses au-dessus des corolles épanouies, butinant ici et là parmi les parfums qui montent dans la chaleur soudaine. Derrière, au fond du val, rutilent les toits de plusieurs rangées de ruches.

Des ruches !

Ici, sur ce morceau de terre inhabité !

Et à côté d'elles, cette silhouette blanche qui s'agite au vent appartient-elle à un épouvantail ?

Non : aucun vent ne souffle dans le val.

Impossible : un épouvantail ne pourrait pas s'arracher du sol où il est planté pour s'enfuir à toutes jambes vers la porte du château.

« Attendez ! s'époumone Harmony, criant à s'en casser la voix pour qu'elle porte jusqu'au bout de la vallée. Je veux vous parler ! »

Elle s'élance à son tour parmi les abeilles, sans se soucier d'être piquée, sans prendre garde aux épines des roses qui lacèrent son pantalon de survêtement.

Mais lorsqu'elle parvient enfin au château, hors d'haleine, elle est arrêtée par une porte close : un épais panneau de chêne ciré de frais, aux clous récemment enduits de peinture antirouille. Ce n'est pas du tout la porte d'une ruine, c'est celle d'une demeure habitée. Harmony pose sa main sur le lourd heurtoir de bronze en forme d'abeille – la même que celle qui orne la chevalière en or au petit doigt de sa mère.

Elle frappe une fois.

Pas de réponse.

Une deuxième fois.

Toujours rien.

Elle recule d'un pas pour contempler l'immense édifice qui l'écrase de toute sa masse de pierre noire, arrachée sans doute au ventre de l'île elle-même par des générations de bâtisseurs. Les fenêtres obscures, étroites comme des meurtrières, sont toutes garnies de carreaux empêchant aux oiseaux de pénétrer dans l'enceinte.

« Ouvrez-moi ! » hurle Harmony.

L'écho du val lui répond :

« *Ouvrez-moi !*

— *Ouvrez-moi !*

— *Ouvrez-moi !* »

« Je vous ai vu entrer ! s'époumone la jeune fille. Est-ce que vous êtes Gladys McBee ? Ou encore un fantôme, un de plus parmi tous ceux qui peuplent ma vie ? Ouvrez ! Ouvrez ! »

Harmony soulève le heurtoir encore et encore, mais bientôt ça ne suffit plus, elle jette contre le panneau ses poings nus et son désespoir – la rage jusqu'alors contenue de toute une existence passée à se taire.

« J'ai le droit de franchir ce seuil ! clame-t-elle, à bout de souffle. J'ai le droit d'entrer dans ce château ! Je suis une McBee moi aussi !… Harmony McBee !… »

Elle s'apprête à répéter encore une fois son nom, mais à cet instant la fenêtre située juste au-dessus de la porte s'entrouvre. Harmony se tait brusquement, tandis qu'une voix chevrotante, sans âge, s'échappe du sombre interstice :

« Harmony McBee ? Tu mens. C'est impossible. Celle dont tu prétends porter le nom est en Amérique...

— Eh bien, je n'y suis plus, maintenant, rétorque Harmony, reprenant ses esprits.

— Celle dont tu parles n'aurait jamais pu faire le voyage toute seule... Elle est trop faible, trop dépendante...

— Quand j'étais petite, maman me menaçait de m'envoyer chez ma lointaine tante, dans son mystérieux château, si je n'étais pas sage. J'en faisais des cauchemars. Mais j'ai grandi, et aujourd'hui je suis venue de mon propre gré. Pour vous voir. Vous : Gladys McBee. » La voix d'Harmony s'infléchit légèrement. « C'est maman qui vous a imposé cet exil, n'est-ce pas ? C'est elle qui vous a mise dans cette prison ? Depuis quand ? Pourquoi ? Est-ce qu'elle cache aussi mon père quelque part dans ce château ? Pendant toute ma vie, j'ai été entourée de questions. Mais aujourd'hui, ce sont des réponses que je suis venue chercher. »

Quelques secondes de silence ponctuent la requête d'Harmony.

Puis la voix mystérieuse résonne à nouveau, suivie d'un claquement de mains :

« Ouvrez-lui. »

Retenant son souffle, la jeune fille s'écarte de la porte, derrière laquelle résonnent des pas étouffés.

Le bruit d'un lourd verrou résonne, puis le panneau pivote sur ses gonds en émettant un léger grincement.

« Tante Gladys, je suis heureuse de... » – les paroles d'Harmony restent coincées dans sa gorge.

Sa main se rattrape au mur pour ne pas tomber, son visage se fige dans une expression de surprise horrifiée.

« Maman... ! » parvient-elle à articuler.

En effet, Serena McBee se tient là, sur le pas de la porte, revêtue de la longue blouse blanche dans laquelle elle était occupée à récolter le miel des abeilles lorsque Harmony l'a surprise.

« Par quel maléfice… », balbutie la jeune fille, scrutant les yeux vert d'eau, le carré de cheveux argentés, le menton à l'ovale parfait.

Parfait ?

En réalité, la peau du cou est un peu fripée, pas aussi ferme que celle qui s'affiche chaque jour sur les écrans du monde entier. Les cheveux sont plus ternes, les sourcils moins dessinés, des pattes-d'oie marquées rident le coin des paupières. Quant au regard… s'il a la même couleur que celui de Serena McBee, il n'en a pas l'acuité. C'est un regard perdu, vulnérable : celui d'une proie et non celui d'une prédatrice.

« Vous n'êtes pas maman… », accuse Harmony.

La femme ne répond pas.

C'est comme si la question glissait sur elle, telle l'onde sur un galet.

« Tante Gladys ? »

Une vague lueur s'allume dans les yeux ternes de la femme, en écho à ce nom.

« Gla-dys ? répète Harmony en haussant la voix, en articulant chaque syllabe – peut-être que son interlocutrice est malentendante. C'est vous Gla-dys ? »

Paraissant enfin comprendre qu'on parle d'elle, l'étrange apparition secoue la tête.

Puis elle pose la main sur sa propre poitrine et, d'une voix qui ressemble davantage à un cri d'oiseau peuplant l'île qu'à une voix humaine, elle vagit :

« Ar-Mo-Ni-Un.

— Quoi ? » fait la jeune fille, tétanisée.

La femme dans l'embrasure s'écarte humblement, telle une servante ou une chienne, pour inviter la visiteuse à entrer. Une demi-douzaine d'ombres frémissantes attendent sagement derrière elle, dans un sombre couloir aux hauts murs lambrissés. Elles sont toutes habillées de la même blouse blanche qui, à bien y regarder, rappelle davantage une blouse d'hôpital qu'une tenue d'apiculteur. Les traits de leurs visages affichent une ressemblance saisissante, avec pourtant de subtiles différences : la seconde femme de la rangée semble légèrement plus jeune ; la troisième fait dix ans de moins ; et ainsi de suite, telle la projection kaléidoscopique d'une même personne à travers les étapes de sa vie, jusqu'à la dernière qui paraît à peine plus âgée qu'Harmony.

Toutes ont le même regard vide, étranger à lui-même.

« Qui êtes-vous ? » s'exclame la visiteuse, oscillant entre le cri de colère et le hurlement d'horreur.

Face au silence des créatures qui la dévisagent, Harmony est gagnée par une peur panique qui fait flageoler ses jambes et trembler ses genoux. Elle s'apprête à tourner les talons pour fuir le plus loin possible de ce cauchemar éveillé, tant qu'elle en a encore la force, tant qu'elle a encore toute sa raison.

Mais à cet instant, une voix surgit des ombres du couloir – la même intonation chevrotante qui s'est adressée à elle depuis la fenêtre du château :

« Ce sont tes sœurs. » Harmony se fige. « Celles qui sont nées avant toi, dans ces murs où tu as toi-même vu le jour voici dix-neuf années. »

Une silhouette émerge lentement des ténèbres, un corps ratatiné sous le poids de l'âge, ployant sur sa canne. La sévère robe noire corsetant le maigre buste semble issue d'une autre époque, celle des romans victoriens dans lesquels Harmony cherchait naguère à s'évader. La tête dodelinant en haut de l'étroit col de dentelle est tellement striée de rides que les yeux y disparaissent presque entièrement. Les cheveux qui la parsèment avaient peutêtre jadis la couleur de l'argent, mais ils sont si clairsemés à présent que la peau du crâne affleure de toutes parts. Comme unique bijou, l'étrange apparition porte une clé en sautoir sur sa poitrine creuse.

« *Gladys…* ? demande Harmony du bout des lèvres, face à ce fossile humain qui semble avoir l'âge d'être son arrière-grand-tante.

— C'est bien moi. Ta tante. Et aussi ton accoucheuse. Entre donc : tu es ici chez toi. »

Le reste se déroule comme dans un songe. À demi consciente, Harmony se laisse escorter vers un hall enfoncé au tréfonds du château, jusque dans un fauteuil placé devant une massive cheminée de pierre au linteau gravé d'abeilles. Ses « sœurs » la font s'asseoir, tandis que Gladys prend place dans un deuxième fauteuil. Puis, papillonnant telles des servantes muettes et empressées, elles ravivent le feu, apportent du thé brûlant avec des tasses de porcelaine.

En étendant le bras vers la table basse pour y déposer un pot de miel, la plus jeune laisse remonter par inadvertance la manche de sa blouse. Sa peau laiteuse se dévoile jusqu'au pli du coude : ce dernier est marqué de ponctions bleuâtres, tels les hématomes laissés par l'usage répété de la seringue dans la chair d'un junkie.

« Vous pouvez disposer, maintenant », commande la vieille femme.

Les ombres s'esquivent derrière la porte du hall, qui se referme doucement.

Alors seulement, calée dans l'épais fauteuil capitonné de velours, les pieds fermement posés sur les dalles, Harmony trouve la force de s'exprimer :

« Ces femmes que vous appelez mes *sœurs*… Qui… qui sont-elles ?… L'une a prétendu s'appeler Harmony, comme moi, mais je n'en suis pas sûre – elle était à peine capable d'articuler son nom. Je crois qu'elle a rajouté un numéro à la fin : le numéro 1. »

Gladys hoche lentement la tête.

« En effet, elles se nomment toutes Harmony, seul un numéro les différencie. Le tien est le numéro 10. Vos gènes, eux, sont parfaitement identiques.

— Des… jumelles ?

— Des clones. Fabriqués à intervalles réguliers depuis cinquante ans, dans mon laboratoire du donjon. » De son index tremblant, elle désigne une porte blindée à côté de la cheminée. « C'est ici, à l'insu des hommes, de leur morale et de leurs lois, que je développe le projet Harmony depuis maintenant un demi-siècle. »

Reflétant l'âtre, les yeux de Gladys McBee luisent entre les plis de chair formés par ses paupières.

« Tu n'as pas de père. Pas plus que les autres. Vous avez juste une mère, tout comme les bourdons d'une ruche sont issus d'ovules non fécondés de la reine. »

Harmony s'accroche de tous ses doigts aux accoudoirs du fauteuil.

Tous les scénarios qu'elle avait construits dans sa tête au fil des ans, tous les reflets de ce père inconnu qu'elle était allée chercher dans ses lectures au fil des pages, tout cela vient de voler en éclats à l'instant.

« Pour… pourquoi ? balbutie-t-elle.

— Pour tenir parole… » Le visage de Gladys est trop marqué, sa peau trop parcheminée pour qu'on en lise facilement l'expression ; mais sa voix, pour abîmée qu'elle soit, trahit une intense émotion. « Parce que je l'ai juré… Parce qu'il y a bien longtemps, j'ai promis à Serena que je lui offrirais la vie éternelle… »

À l'évocation de ces souvenirs, la châtelaine frémit telle une vieille jument trop affaiblie pour chasser, autrement que par un frisson, les mouches qui l'assaillent.

« Je n'ai pas de père, répète Harmony, comme pour s'en convaincre, pour digérer l'effroyable vérité. Je n'en ai jamais eu. Je n'en aurai jamais. Je ne suis qu'une photocopie génétique : la tentative de survie d'une femme qui pense pouvoir exister éternellement à travers moi. »

Mais Gladys secoue la tête :

« Pas à travers toi, ni à travers aucune de tes sœurs… Serena ne veut pas simplement se perpétuer dans sa descendance, comme le font les êtres humains depuis que le monde est monde. Elle ne considère pas les clones comme ses enfants. Elle les considère comme… »

La vieille femme déglutit, incapable d'achever sa phrase. C'est comme si l'étau d'une culpabilité nourrie dans la réclusion et le silence depuis des dizaines d'années lui enserrait la gorge.

« Elle ne nous considère pas comme ses enfants ? insiste Harmony. Comme quoi, alors ?… »

Mais Gladys n'a pas la force de répondre à cette question, pas tout de suite.

« En mon for intérieur, j'ai toujours su que ma conscience viendrait un jour se confronter à moi, murmure-t-elle. Mais je n'imaginais pas qu'entre tous les visages, elle prendrait le tien ! Les autres clones sont bien incapables de me demander des comptes, elles qui n'ont jamais connu que Bee Island, qui ignorent tout du monde extérieur, à qui l'on n'a jamais pris la peine d'enseigner le langage des humains… »

À ces mots, elle arrache son corps fourbu du fauteuil sans avoir touché au thé, faisant craquer tous ses os.

« Suis-moi », dit-elle dans un souffle rauque en se dirigeant vers la porte du laboratoire, appuyée sur sa canne.

À l'aide de la clé suspendue par une chaînette autour de son cou, elle déverrouille la porte, qui s'ouvre sans produire le moindre son sur l'escalier en colimaçon du donjon.

Harmony hésite un instant, tournant son regard vers les fenêtres en forme d'ogives ; mais le besoin de vérité est plus fort que tout : elle emboîte le pas à son hôtesse.

Un large monte-escalier électrique est installé contre le mur circulaire, éclairé par des LED dont la modernité contraste avec les antiques candélabres du hall. La châtelaine et son invitée prennent place sur l'assise articulée. Tel un tapis volant mû par un djinn, la plateforme s'élève en tournant le long du mur, jusqu'à une trappe d'acier qui se soulève automatiquement sur son passage, pour se refermer aussitôt derrière elle.

Là, au premier palier, la pierre séculaire des murs laisse la place à un revêtement métallique, chirurgical : celui d'une salle de laboratoire biologique équipée de microscopes et de machines sophistiquées. Il y a aussi de grands écrans reliés à des unités centrales, dont les ventilateurs internes émettent un doux bourdonnement.

« La seule chose que nous produisons sur cette île, c'est le miel, commente Gladys tandis que l'assise continue de s'élever. Serena a souhaité perpétuer la tradition ancestrale du clan, et les clones ont appris à s'occuper des abeilles – ça, un peu de jardinage et de service domestique, c'est tout ce qu'elles savent faire. Toutes les autres choses dont nous avons besoin ici, vivres et équipement médical, nous sont apportées par des drones aériens depuis l'Écosse. La société *Les Amis des oiseaux* est une société-écran qui me permet de faire ces livraisons en toute discrétion, sous prétexte de matériel ornithologique.

— Belle couverture, surtout pour se faire livrer des substances illicites ! accuse Harmony, s'efforçant de manifester un semblant d'assurance. J'ai vu le bras de l'une de vos pauvres captives, tout à l'heure, j'imagine que les autres sont pareilles. C'est ainsi que vous les obligez à rester ici. Mieux que personne je sais à quel point la drogue peut transformer les êtres humains en zombies !

— Tu te trompes. Elles demeurent à Bee Island de leur plein gré. Comment pourraient-elles avoir envie de fuir, elles qui n'ont jamais connu d'ailleurs ? »

Le monte-escalier passe une seconde trappe d'acier, qui s'ouvre et se referme aussi silencieusement que la première.

Une table d'opération trône au centre du deuxième palier, éclairée par de puissants projecteurs. Des bras mécaniques équipés de pinces sont suspendus tout autour du bloc, figés dans l'air telles les pattes d'un insecte mort.

« Il y a longtemps, j'étais une chirurgienne prodige, continue Gladys. J'étais aussi virtuose en médecine réparatrice que l'est aujourd'hui ma sœur Serena en psychiatrie. Mais cette époque est lointaine, et le monde m'a depuis longtemps oubliée. Je ne serais plus capable d'opérer seule, à mon âge, avec mon Parkinson. Ces bras-là me secondent efficacement : eux ne tremblent jamais… »

Le monte-escalier franchit une nouvelle trappe et s'arrête au troisième palier.

Ici, pas d'appareillage technique ni de matériel médical : la salle est juste entourée de hautes armoires chromées, sur le flanc desquelles luisent de petits écrans digitaux qui indiquent des températures frigorifiques et un taux d'humidité proche de zéro. On se croirait dans un magasin de surgelés high-tech… ou dans une morgue.

Cette fois, Gladys n'émet aucun commentaire.

Et Harmony ne pose aucune question.

Elle se contente de se lever de l'assise et d'avancer lentement vers la première armoire… jusqu'à ce que le contenu lui apparaisse à travers la porte de verre épais.

Des poches de sang.

Harmony recule d'un pas, les yeux révulsés :

« Les marques que j'ai aperçues dans le bras de cette fille…, réalise-t-elle à voix haute. Les seringues ne servent pas à leur injecter quoi que ce soit, mais à pomper leur sang ! »

Gladys reste immobile et muette, s'appuyant de tout son poids sur sa canne, tandis qu'Harmony court déjà à la deuxième armoire.

Des dizaines de containers médicaux opaques s'alignent sur les étagères, portant des étiquettes dactylographiées : PLASMA, CELLULES SOUCHES, FACTEURS DE CROISSANCE.

« On dirait… une banque…, balbutie Harmony. Une banque de matériel biologique… » Elle tourne brutalement son regard vers Gladys. « Les clones sont quoi exactement pour maman ? Pourquoi est-ce que je suis Harmony 10, alors que je n'ai vu que six autres clones dans le hall ? Où sont les trois manquantes ? Répondez-moi, maintenant ! »

Elle saisit les frêles épaules de la vieille femme entre ses mains et les secoue en répétant :

« Répondez ! Répondez ! Répondez ! »

Gladys se laisse malmener sans réagir.

Sa canne tombe sur le plancher métallique en émettant un tintement.

Ses yeux minuscules brillent plus fort au fond de leurs orbites profondes, et cette fois-ci ce n'est pas le feu qui leur prête cet éclat : ce sont... des larmes.

« Mon cœur va lâcher, sanglote-t-elle de sa voix chevrotante, qui soudain semble être celle d'une très jeune enfant plus que d'une très vieille femme. Oh, puisse-t-il cesser de battre, après toutes ces années !... Tu es venue me libérer de ma promesse maudite, de mon serment infernal, enfin !...

— Non, je ne suis venue vous libérer de rien du tout ! C'est moi que je suis venue libérer ! Ce sont les clones ! C'est Andrew Fisher et sa famille ! C'est Mozart et les pionniers ! Ce sont toutes les victimes de maman ! Si vous prétendez que je suis votre conscience, alors ayez au moins le courage de me dire en face ce qui se trame ici ! »

Harmony lâche brusquement sa tante qui, sans l'appui de sa canne, est contrainte de se rattraper à l'épaule de la jeune fille pour ne pas tomber.

Leurs visages ne sont plus qu'à quelques centimètres l'un de l'autre ; et il ne suffit que d'un souffle de voix à Gladys pour faire enfin les aveux qu'elle a si longtemps refoulés :

« Les clones sont du bétail pour ma sœur. Un cheptel à qui il est vain d'inculquer les rudiments de la culture humaine, puisque sa seule utilité est de produire de la chair et des fluides vitaux. Depuis des décennies, je prélève sur tes sœurs du sang frais dont j'extrais le plasma et les éléments essentiels pour les envoyer à ta mère. Ses domestiques de la villa McBee lui injectent cette cure de jouvence dont ils ignorent l'origine, totalement biocompatible car issue de son propre ADN. » Une douloureuse grimace tord sa bouche aux lèvres amincies. « Parfois Serena a besoin de plus grosses opérations pour maintenir son organisme en parfait état de fonctionnement... en parfaite *harmonie*, pour reprendre le nom du projet qui t'a donné naissance. Alors, c'est ici qu'elle vient en secret, pour que je lui transplante un organe fraîchement arraché à l'une de ses copies conformes. Dans certains cas, la donneuse survit, comme Harmony 3, qui lui a fourni un rein... Dans d'autres cas, c'est impossible, comme pour cette pauvre Harmony 7 qui a donné ses poumons pour que Serena puisse à nouveau respirer normalement suite à l'attentat... »

Une expression d'horreur fige le visage d'Harmony.

« Ça veut dire que trois clones sont morts, puisque nous ne sommes plus que sept et que je suis le numéro 10 ! »

La bouche de Gladys se tord un peu plus.

« Le projet compte à ce jour quatorze numéros, avoue-t-elle. Les quatre Harmony qui sont venues après toi ont dû être... sacrifiées... Plus le temps avance, plus la jeunesse de ma sœur est difficile à entretenir. » La vieillarde se ratatine un peu plus, écrasée par la culpabilité d'un crime toujours recommencé, par la fatigue d'une tâche jamais achevée. « Tu es la seule sur qui je n'ai rien prélevé, car à ta naissance Serena s'est mise en tête de t'élever en Amérique, non pas comme une bête mais comme un véritable enfant. Cependant elle se lasse vite – et elle s'est lassée de jouer à la maman, comme de tout ce qui la distrait de son ambition sans bornes. À vrai dire, je suis étonnée que tu aies survécu jusqu'à tes dix-neuf ans. Je t'aurais donné moins longtemps, quand je l'ai vue t'emmener avec elle telle une poupée. N'est-ce pas ce que nous sommes tous entre ses mains, toi, moi, ces pauvres diables qu'elle a envoyés sur Mars, tous ces millions de gens qui dépendent d'elle depuis qu'elle est devenue présidente ? – rien que des poupées, des pantins... »

À mesure que Gladys s'affaisse, devenant littéralement l'un de ces pantins désarticulés, Harmony, elle, se redresse.

Ses paupières se plissent.

Les traits mêmes de son visage se durcissent sous l'impulsion d'une détermination nouvelle.

« Vous m'avez demandé de vous libérer de votre serment ? dit-elle. Soit, je vous en libère. Le moment est venu pour les pantins de couper leurs fils.

— Mais je ne peux pas…, plaide Gladys. J'ai juré à Serena d'accomplir sa volonté… Mon serment est un fil que je ne puis couper…

— Eh bien moi, je le puis ! »

D'un geste brusque, Harmony tire sur la chaînette retenant la clé autour du cou de Gladys, et la brise net.

« J'ignore quel pacte satanique vous lie à votre sœur, dit la jeune fille, le souffle court. Je ne sais pas quel démon vous pousse à respecter une promesse qui vous torture. Mais ce que je sais, c'est qu'enfermée dans cette tour vous ne pourrez plus accomplir la volonté de personne. »

Harmony repousse sa tante contre le mur et bondit sur le monte-escalier, actionnant les commandes comme elle a vu Gladys le faire quelques instants plus tôt.

L'assise amorce aussitôt sa descente, emportant la jeune fille ; la trappe d'acier se rabat sur elle sans un bruit.

94. CONTRECHAMP
ESPLANADE NATIONALE, WASHINGTON DC
JEUDI 4 JUILLET, 11 H 00

« U NE ABEILLE PERDUE RETROUVANT SA RUCHE : c'est comme cela que je me sens en m'adressant aujourd'hui à vous, chères citoyennes, chers citoyens, depuis la tribune où voilà un an et demi mes ennemis ont essayé de me faire taire à jamais. »

Serena McBee trône sous le gigantesque obélisque de l'esplanade nationale, vêtue d'une robe aux couleurs du drapeau américain rappelant celle que portait Stella Magnifica dans le clip de *Star Dreamers,* mais plus somptueuse encore : corset de velours rouge damassé, piqué du ruban noir du Souvenir ; ceinture incrustée de rubis et de saphirs ; traîne bleue constellée d'étoiles, se déployant artistement autour d'elle tel le manteau d'un monarque sur un tableau de l'ancien temps.

Derrière la présidente se serrent tous les membres de l'administration McBee au grand complet. Secrétaires et conseillers sont alignés en rangs d'oignon, vêtus de costumes et tailleurs neutres pour ne pas voler la vedette à la présidente qui s'exprime devant un parterre de plusieurs centaines de milliers d'Américains en ce 4 Juillet, jour de fête nationale.

Un dispositif de caméras digne de la cérémonie de décollage du *Cupido* ceinture la tribune de toutes parts. Elles circulent sur des rails pour capturer chaque facette du spectacle, qui est aussitôt retransmis sur les écrans géants disposés de part et d'autre de l'obélisque.

« C'est votre ferveur populaire qui m'a guidée sur le chemin du retour, continue Serena avec emphase. C'est votre engagement qui permet à ce pays de retrouver sa grandeur de toujours ! En ce jour sacré, je voudrais remercier *tous* les Américains, avec une mention spéciale pour les millions de Gardiennes et de Gardiens qui se sont déjà enrôlés dans les Essaims Citoyens voués à la défense de notre grande nation. Un grand bravo à eux ! »

À ces mots, un tonnerre d'applaudissements déferle depuis les premiers rangs du public, où sont massés les plus fervents supporters de la nouvelle présidente. Les jeunes issus des Essaims Citoyens Junior, censés représenter les forces vives de la nation, ont été mis en avant par les organisateurs de la cérémonie. Les caméras passent sur les visages extatiques de ceux qui, il y a quelques mois encore, comptaient parmi les plus fidèles fans de la chaîne Genesis – cette génération qui a grandi à la lumière des écrans, qui s'est nourrie à la mamelle du désir de gloire, la génération des pionniers envoyés sur Mars. Mais désormais, leur ferveur s'étend bien au-delà de celle que peuvent exprimer les spectateurs d'une émission de téléréalité. Désormais, ils sont acteurs du nouveau monde qui se prépare. Or, comme tous les acteurs, ils récitent un scénario écrit à l'avance pour eux – la plupart portent une oreillette à la tempe, dernier ajout à la panoplie des Essaims Citoyens…

« *Une pour tous…*, lance Serena du haut de la tribune.

— *Tous pour une !* » répondent les milliers de garçons et de filles habillés de l'uniforme réglementaire des Essaims, témoignant leur dévouement absolu à celle qui, si elle n'a pas encore le titre de reine, en a déjà tous les atours.

Au premier regard, on pourrait confondre les grands drapeaux qu'ils agitent avec la traditionnelle bannière américaine, le vénérable *Stars and Stripes* ; en réalité, les cinquante étoiles représentant les cinquante États de l'Union ont été remplacées par cinquante abeilles. Même motif sur les foulards noués autour de leurs cous, ornés d'anneaux-caméras grâce auxquels ils surveillent le territoire nuit et jour, au nom de la sûreté nationale.

D'un gracieux geste de la main, Serena réclame le silence. Telle une armée disciplinée, ses troupes se taisent aussitôt pour boire ses prochaines paroles.

« Depuis près de trois siècles, le 4 Juillet est le jour où nous autres Américains célébrons notre indépendance vis-à-vis de la Grande-Bretagne, de la même manière que les Martiens ont récemment pris leur indépendance vis-à-vis de la Terre. » Serena appuie ses paroles d'un profond regard caméra, comme un défi à tous ceux qui contestent cet état de fait. « Aujourd'hui, il est temps de faire une nouvelle déclaration d'indépendance. *Une triple déclaration.* »

Elle déplie son pouce :

« Premièrement, je déclare notre *indépendance géopolitique.* Depuis le début de mon mandat, vous le savez, j'œuvre à libérer l'Amérique du maillage d'alliances, d'accords, de concessions qui l'étouffe. De même qu'une ruche n'a besoin que d'elle-même pour fonctionner harmonieusement, un État doit pouvoir se suffire à lui-même. J'ai commencé à éliminer un à un tous ces compromis qui empêchaient notre souveraineté nationale et ouvraient nos frontières à

ceux qui veulent nous nuire. À l'extérieur, les lignes de
défense mises en place par notre armée sont plus fortes que
jamais, pour nous protéger de toute attaque étrangère. À
l'intérieur, grâce à la vigilance des Essaims Citoyens et de
toutes les petites abeilles gardiennes qui les constituent, la
société civile est capable de traquer les discours anti-améri-
cains dans la rue et sur Internet. Les attentats qui ont été
possibles dans l'Amérique du président Green ne le seront
pas dans celle de la présidente McBee ! »

Nouvelle ovation, tandis qu'un escadron de chasseurs
aériens trace au-dessus de l'obélisque un gigantesque sillon
rouge, bleu et blanc.

Serena déplie son index :
« Deuxièmement, je déclare notre *indépendance économique.*
Il est temps de tourner la page du parti hyperlibéral, qui a
échoué à relancer notre économie et qui, au lieu de renforcer
le prestige de la nation, n'a fait qu'amplifier le pouvoir de
l'argent anonyme. Liquider les institutions publiques, offrir les
joyaux de l'Amérique au plus offrant était davantage qu'une
erreur ; c'était une faute et même, oserai-je dire, un crime.
Or, nul n'est tenu d'assumer la responsabilité d'un crime qu'il
n'a pas commis : en tant que nouvelle présidente, je proclame
la renationalisation de toutes les institutions indûment cédées
par l'administration Green, à commencer par la Nasa ! »

Un véritable tsunami de vivats submerge l'esplanade
nationale.

Mais ceux qui s'enthousiasment le plus bruyamment se
trouvent sur la tribune : ce sont les ministres rescapés du
précédent gouvernement hyperlibéral, tous prêts à renier
leurs anciennes convictions politiques pour conserver leur
place au soleil.

Une fois encore, Serena ramène le silence d'un simple
geste :

« Pour autant, il n'est pas question de verser dans le
bolchevisme et de léser quiconque. La société Atlas Capital

sera remboursée en bons du Trésor – je tiens ici à remercier le board à travers leur représentant, l'androïde Oraculon, pour avoir accepté de nous céder toutes les installations aérospatiales à un dixième du prix auquel Atlas les a achetées voilà quelques années. »

Serena incline le buste en direction du robot qui se tient à sa droite, rigide dans son costume sombre, à côté d'Orion Seamus. L'orbe translucide lui servant de crâne est légèrement ébréchée depuis le coup de Taser qui l'a fait chuter sur le sol de la villa McBee – mais le public qui applaudit à tout rompre n'est pas au courant de cet épisode, bien sûr, ni aucun des spectateurs qui suivent en ce moment la retransmission de la cérémonie. Personne ne se doute que la « générosité » d'Atlas Capital a été arrachée par le chantage, par la menace de geler tous les avoirs du groupe en cas de non-coopération. Au fond du casque de verre, le visage de synthèse oscille entre le sourire figé et la grimace amère.

« Les annonceurs qui ont investi dans le programme ne seront pas en reste, eux non plus, poursuit la présidente. Nous continuerons de diffuser leurs publicités sur la chaîne Genesis, tant que les caméras continueront de tourner, en partenariat avec nos généreux sponsors… »

Elle désigne des gradins latéraux où sont assis les représentants de tous les sponsors *platinum* du programme, les deux saisons confondues, dépêchés par leurs entreprises respectives. La plupart sont des cadres supérieurs aguerris, directeurs de la communication ou P-DG, mais la place centrale revient à une fille assez jeune pour être stagiaire : Phoebe Delville, désormais libérée de sa grossesse. Elle trône là, dans une exquise robe de soie noire assortie à son carré de cheveux aile de corbeau. En ce jour patriotique, elle mérite doublement cet honneur. D'abord parce qu'elle est américaine ; ensuite parce qu'elle représente Eden Food International, la seule entreprise à avoir sponsorisé consécutivement deux pionniers : Marcus dans la saison 1 et Logan dans la saison 2.

Enfin, la présidente déploie un troisième doigt :

« Pour finir, je déclare notre *indépendance morale*. Après avoir pendant une bonne partie du XXᵉ siècle lutté contre l'idéologie communiste, au XXIᵉ siècle, nous sommes sur le point de nous libérer de l'idéologie hyperlibérale. Elles sont, l'une et l'autre, tout aussi délétères. Il revient à notre grand pays d'inventer un nouveau modèle pour éclairer le monde. Il revient au peuple américain d'œuvrer pour une société plus juste, plus performante, où chacun sera à même de trouver sa place et d'exprimer tout son potentiel. Une société soudée non par le joug du marxisme ou par la servitude du capital, mais par la puissance des images, des émotions que nous partageons tous et qui nous lient les uns aux autres. Une société où l'on ne se perdra plus dans le mensonge ou l'omission. Chaque désir, chaque crainte seront offerts en partage à l'autre, de manière à vivre ensemble de façon plus intense et plus vraie. » Les yeux vert d'eau de la présidente s'ouvrent en grand, tels deux miroirs gelés qui reflètent les jeunes visages vibrant d'espoir, les drapeaux déployés, les caméras virevoltantes. « La transparence absolue ! s'écrie-t-elle. Voilà la clé, le sésame ! Le regard constant de nos semblables sur nous-mêmes écartera la tentation de l'égoïsme et de l'hypocrisie, nous engageant à être tout le temps vertueux et exemplaires. Depuis le début du siècle, l'extraordinaire développement des réseaux sociaux a ouvert la voie – les Essaims Citoyens et leurs caméras embarquées n'en sont que la manifestation la plus aboutie à ce jour. Mais nous irons encore plus loin. Car le programme Genesis nous a laissé entrevoir le formidable potentiel d'une humanité connectée à elle-même 24 heures sur 24, comme l'est une ruche où règne le plein emploi et l'harmonie sociale, où l'information circule en permanence par l'intermédiaire des phéromones, où nul n'a de secret pour personne et où tous œuvrent au bien commun ! »

Sur les écrans géants autour de l'obélisque s'affichent les visages des vingt-cinq pionniers de Mars, saison 1 et saison 2 réunies. Ils sont la caution morale de Serena, leurs vingt-cinq sourires muets semblent valider son discours et dire au monde : « *Vous pouvez faire confiance à cette femme qui nous a tout offert, à nous qui n'avions rien : la gloire, l'amour, l'indépendance !* »

Dans un geste triomphal, Serena lève ses deux bras vers le public :

« Ensemble, nous pouvons tout accomplir ! Ensemble, nous pouvons toucher les étoiles ! »

Cette fois-ci, c'est l'apothéose : de la base de l'obélisque jusqu'au bout de l'esplanade nationale, la foule semble saisie d'une transe patriotique. Tous crient le nom de Serena à tue-tête.

Tous ?

Non : là-bas, sur les marches blanches du Lincoln Memorial, un groupe compact n'agite ni drapeaux ni banderoles. Les hommes, les femmes et les jeunes gens qui le constituent affichent des visages graves, résolus.

L'un d'entre eux prend la parole à travers un micro branché sur un puissant ampli, couvrant les acclamations :

« Lincoln, réveille-toi ! crie-t-il en désignant la titanesque statue d'Abraham Lincoln, assise derrière lui dans son monumental fauteuil de marbre. Serena McBee est en train de trahir ton héritage et de précipiter dans la dictature la démocratie que tu as sauvée ! »

Un silence de mort s'abat sur l'esplanade, tandis que des centaines de milliers de visages se tournent vers l'effigie du seizième président des États-Unis, vainqueur de la guerre de Sécession.

« Peuple américain, réveille-toi ! continue l'orateur. Ouvre les yeux ! Cette femme que tu acclames est en train de t'arracher ce que tu as de plus cher : ta liberté ! »

La foule amassée sur l'immense pelouse s'agite en grognant comme un animal dérangé en plein rêve ; sifflets, injures, projectiles commencent à fuser en direction des perturbateurs.

Sur la tribune au pied de l'obélisque, les ministres échangent des regards médusés, ne sachant comment réagir. Les soldats du service d'ordre se massent autour de la présidente pour la protéger avec leurs corps caparaçonnés de gilets pare-balles.

« Que signifie… », siffle Serena McBee, les yeux électrisés de colère.

Des nuées de drones policiers volent déjà en direction du Lincoln Memorial, déchirant l'air de leurs sirènes stridulantes et de leurs voix métalliques qui ordonnent :

« Trouble à l'ordre public, vous êtes en état d'arrestation ! Placez vos mains sur la tête ! Je répète : placez vos mains sur la tête ! »

Mais l'homme au micro continue de s'époumoner :

« Même si vous nous faites taire aujourd'hui, d'autres se lèveront demain pour parler, à travers le territoire que Serena croit cadenasser, sur Internet qu'elle croit contrôler ! Citoyennes, citoyens, sachez que toutes les abeilles ne sont pas destinées à être enfermées dans des ruches, asservies sous le joug d'une reine. Dans la nature, il existe des espèces qui vivent en solitaires ou en communautés librement consenties. On les nomme les *abeilles sauvages*, et comme nous, elles ne se soumettent jamais à la tyrannie ! »

Les drones s'abattent sur l'escalier en diffusant à travers leurs trompes insectoïdes de puissants fumigènes, qui bientôt noient le mémorial tout entier sous un épais brouillard blanc.

Un dernier cri résonne à travers l'ampli clandestin – « Vive les Abeilles Sauvages ! Vive l'Amérique ! Vive la liberté ! » –, puis on n'entend plus que les échos étouffés d'une lutte invisible, tandis que les équipes anti-émeutes munies de masques à gaz se jettent dans le nuage.

Au bout de quelques minutes, la fumée se dissipe, révélant les marches désertées : les manifestants ont tous été évacués hors du champ de vision du public et des caméras.

Sautant sur le devant de la tribune, au pied de l'obélisque, Orion Seamus s'empare du micro :

« Mesdames et messieurs, pas de panique ! La situation est sous contrôle. Ces agitateurs, de toute évidence à la solde de l'étranger, ont été neutralisés. Ils seront jugés comme ils le méritent… »

Il ne parvient pas à en dire davantage : la rumeur de la foule angoissée recouvre le reste de ses paroles.

« Où est Serena ? Où est Serena ? » s'écrient les membres des Essaims Citoyens, la cherchant partout des yeux, pétris d'inquiétude à l'idée de la perdre une seconde fois.

Les premiers rangs se lancent déjà à l'assaut de la tribune, marée humaine prête à submerger les ministres effarés.

Mais à cet instant, la présidente sort des coulisses où l'avait entraînée le service de sécurité, formant le V de la victoire avec ses doigts.

Un soupir de soulagement monte de l'esplanade nationale, balayant les dernières nappes de fumigène et, semble-t-il, jusqu'au souvenir de l'appel désespéré des rebelles.

95. CHAMP
MOIS N° 17/SOL N° 473/19 H 00
[592ᵉ SOL DEPUIS L'ATTERRISSAGE]

« JE DÉCLARE LES TRAVAUX D'EXTENSION DE LA BASE OFFI-CIELLEMENT ACHEVÉS ! »

Alexeï lève son verre vers le sommet du dôme, vers l'espace, vers la Terre qui se trouve quelque part là-bas au fond du ciel nocturne.

Ce soir, nous nous contentons de trinquer avec du jus de pommes, car les réserves de champagne martien sont épuisées et, depuis longtemps, Kelly n'est plus en mesure de faire fonctionner sa distillerie artisanale.

Derrière les alvéoles du Jardin, dans la lumière des projecteurs, on distingue les six nouveaux Nids d'amour grisâtres à côté des sept habitats originels : le fruit de vingt mois de travail. Les dernières semaines ont certes été un peu ralenties par les récentes perturbations marquant le début de la saison des tempêtes, mais ce n'étaient que des diables de poussière passagers, et le chantier a pu être terminé à temps.

« New Eden est prête à accueillir ses nouveaux citoyens », annonce Alexeï.

Pour lui, il ne fait aucun doute que les treize pionniers de la saison 2 vont rejoindre la base après la Grande Tempête, qui arrivera dans une quinzaine de sols maintenant ; dans son esprit, il ne fait aucun doute que la majorité des pionniers de la saison 1 redescendront eux aussi.

À vrai dire, je suis la seule à avoir dit que je voulais faire demi-tour (Samson et Safia en ont seulement évoqué la possibilité). Mais maintenant que Serena a affirmé qu'elle accueillerait à bras ouverts ceux qui le voudraient... je ne suis plus sûre de rien.

Alors je lève mon verre comme les autres, tendant mécaniquement mon bras orné de son brassard, sans savoir de quoi demain sera fait, juste parce que c'est facile de suivre un chef quand on est soi-même incapable de prendre une décision – et dire qu'il y a quelques semaines encore, je critiquais les autres d'accepter trop facilement la tutelle d'Alexeï !

« Rendez-vous dans une heure au Jardin pour célébrer la fin des travaux et dîner tous ensemble », décrète le seigneur de New Eden en tournant les talons.

Les différents couples rejoignent un à un leurs habitats.

Mais, au moment où je m'apprête à suivre Mozart, une main se pose sur mon bras.

Je me retourne : c'est Kris dans sa tunique de soie.

« Léo, s'il te plaît... est-ce que tu peux m'aider à aller cueillir quelques pommes supplémentaires ? Je n'en ai pas assez pour terminer ma tarte... »

Je comprends instantanément que c'est un message codé. Aller dans la pommeraie, c'est aller à l'abri des caméras, Kris et moi, on a déjà eu plusieurs fois recours à ce stratagème : elle a besoin de me parler en privé.

« Bien sûr », dis-je en faisant signe à Mozart que je le rejoindrai plus tard.

Quelques instants après, je me retrouve au sommet des plantations, parmi les étroits branchages couverts de feuilles épaisses.

« On parle moins, ces derniers temps, c'est dommage…, commence Kris, à demi enfouie dans les branches. Il y a quelque chose que tu ne sais pas… Quelque chose que je ne t'ai pas dit… »

Un frisson glacé me parcourt.

Quelque chose qu'elle ne m'a pas dit – ce sont les mêmes mots qu'a employés Marcus, le jour où il m'a révélé qu'il était porteur de la mutation D66.

« Qu'est-ce qu'il y a, Kris ? je m'alarme. Tu es malade ? Tu… tu as la même maladie que Kelly ? »

Je me penche en avant, remarquant soudain les légères taches qui brunissent son visage – c'est comme ça qu'a commencé la polyglobulie de la Canadienne, par ce qui ressemblait à un coup de soleil, avant de s'étendre au corps entier. D'ailleurs, les joues de Kris me paraissent bouffies, comme enflammées – c'est peut-être une réaction auto-immune !

« Malade ? répète-t-elle. Non. Même si j'ai des remontées acides et des nausées, on ne peut pas appeler ça malade… »

Mais je n'en démords pas :

« Est-ce qu'Alexeï te soigne correctement ? Est-ce qu'il t'a fait une prise de sang pour vérifier ton taux de globules rouges ? Est-ce que… »

Coupant court à mes questions, Kris prend ma main et la pose sur son ventre.

Je suis surprise par la rondeur de la chair sous l'ample étoffe de soie qui la dérobe aux regards – certes, j'avais remarqué que Kris avait pris de l'embonpoint ces derniers temps, mais je ne m'attendais pas à ça.

« Tu sens… ? » me demande mon amie, ses grands yeux bleus me dévisageant à travers le feuillage.

Je sens ?

Oui, je sens !

Un frémissement léger, timide, mais pourtant bien présent, là sous la pulpe de mes doigts.

« Tu es…

— Oui : enceinte. »

Je retire ma main aussi brusquement que si je m'étais brûlée.

Le « coup de soleil » de Kris n'en est pas un : c'est un masque de grossesse !

Quant à ses tuniques qu'elle ne quitte plus, c'est pour dissimuler les changements de sa silhouette !

Prise de vertige, je vois les feuilles et les pommes danser devant moi – les énormes pommes rouges de Mars, déformées par la faible gravité, celles-là mêmes qui m'ont fait craindre pour le développement de futurs bébés dans ces conditions inconnues.

« Ici, dans cette pommeraie, il y a une année martienne…, je balbutie. Alexeï et moi, on s'était juré de tout faire pour empêcher une grossesse sur le sol de Mars…

— C'est parce qu'à l'époque, vous ne saviez pas encore si cette planète était faite pour nous, réplique Kris en me souriant doucement. Mais maintenant, on le sait.

— Faite pour nous ? Tu plaisantes ? je m'exclame. Avec Kelly qui ne quitte pas son lit depuis des mois et Kenji qui est allé mourir dans le désert ? Avec une tempête qui s'apprête à noyer la planète entière sous un déluge de poussière toxique ? *Avec la chose qui a trucidé les cobayes du septième habitat ?* »

Mais Kris ne se départ pas de son sourire.

C'est comme si son statut de femme enceinte la plongeait dans un état de béatitude au-dessus de tout le reste.

« Tu t'en fais trop, ma Léo, dit-elle avec une sérénité qui me sidère. Mars n'est pas aussi inhospitalière que tu le dis. C'est notre monde maintenant. Et c'est dans ce monde que je vais donner naissance à… ma petite fille ! Car c'est une fille, Léo ! Alex m'a fait une échographie, tout se déroule à merveille ! »

Elle reprend ma main et la serre dans la sienne :

« Il veut être le père du premier enfant de Mars, il faut le comprendre : c'est normal qu'un chef veuille assurer sa descendance… tu sais bien qu'il n'a jamais considéré Günter comme son enfant. »

J'ignore si cette allusion au robot-majordome est une boutade ou quelque chose de sérieux.

Je ne sais pas si je dois rire ou si je dois pleurer.

J'ai l'impression d'avoir perdu Kris, de l'avoir perdue à jamais.

« Alex et moi, nous annoncerons cet heureux événement ce soir au dîner. Je voulais te le dire avant les autres. Et aussi te demander de rester avec nous sur Mars, de ne pas repartir vers la Terre à bord du *Cupido*. Tu es ma meilleure amie, ma léoparde : je veux que tu sois la marraine de ma fille. »

96. HORS-CHAMP
BEE ISLAND, MER DES HÉBRIDES
MARDI 13 AOÛT, 20 H 07

« J EUH-MA-PEL-AR-MO-NY-NEUF… »
La bouche de la créature se meut en tremblant, agitée de spasmes musculaires.

Chaque syllabe constitue un terrible effort, à la fois pour la langue qui n'a jamais été habituée à articuler des phrases, et pour le cerveau, derrière les yeux désemparés, qui n'a jamais appris le langage.

« Jeuh-Sui-Zun-Clo-Neuh… »

Ces mots ne sont que des sons, une suite phonétique enchaînée mécaniquement face à l'objectif du téléphone portable qui filme le clone.

Tenant l'appareil à bout de bras, Harmony McBee mime les mots en silence, telle une orthophoniste – en face, celle qui partage son code génétique, mais pas son éducation, les répète docilement sans en saisir le sens :

« … Leuh-Clo-Neuh-Deuh-Sé-Ré-Na-Mac-Bi. »

Harmony éteint son téléphone en poussant un soupir.

« C'est bien, ma sœur », dit-elle en se dirigeant vers la créature.

Depuis six semaines qu'elle est arrivée à Bee Island, elle s'obstine à appeler les clones ainsi, *ses sœurs*. Aucune d'entre elles, bien sûr, ne peut comprendre la signification de ce mot – ni d'aucun autre.

Le clone numéro 9 la regarde d'un air inquiet, une expression d'animal domestique qui ne sait pas s'il a bien effectué le tour qu'on lui a demandé. Harmony pose tendrement sa main sur son épaule – le langage universel de la douceur.

Un sourire de joie illumine le visage du clone numéro 9.

« Ma sœur… », répète Harmony d'une voix qui s'étrangle.

Elle dépose un baiser sur le front de la créature, qui lui ressemble comme une jumelle, puis elle lui fait signe d'aller rejoindre les autres clones plus âgées qui attendent sagement à côté de la cheminée.

Elles ont toutes quitté leurs blouses blanches identiques pour revêtir divers vêtements choisis par Harmony dans les vieilles armoires du château – des robes, des tailleurs, des chemisiers portés par Gladys McBee du temps de sa jeunesse. Mais rien n'y fait : sous ces habits censés les différencier, les clones gardent tous la même expression impersonnelle.

« J'aimerais tellement que vous appreniez à être vous-mêmes, des individus à part entière…, murmure Harmony pour elle-même, sachant que nulle ne comprendra le sens de ses paroles. Mais qu'est-ce que ça peut bien vouloir dire, être soi-même, quand on a été traité toute sa vie comme une chose ? »

Elle s'efforce de sourire malgré sa tristesse, puis ajoute d'une voix plus forte qui résonne dans le hall séculaire :

« Vous avez toutes très bien travaillé aujourd'hui ! Je suis très fière de vous. Vous pouvez aller dîner, maintenant. »

Elle mime le geste de porter des aliments à sa bouche pour signifier l'action de manger, puis elle désigne les clones du doigt pour leur dire qu'il s'agit pour elles d'aller prendre leur dîner, et non de préparer le sien.

Une à une, les créatures quittent la pièce, effrayant défilé de spectres aux cheveux pâles, portant les atours d'époques révolues.

Harmony se retrouve seule dans le hall immense et sombre, éclairé seulement par les ogives gothiques au travers desquelles suppure un crépuscule d'été, couleur de sang. Comme chaque soir, les cris des oiseaux marins nichant sur la falaise redoublent d'intensité, faisant songer à des plaintes humaines.

Harmony porte une main à son cou, là où pend la clé faisant d'elle la nouvelle châtelaine ; de l'autre main, elle sort de sa poche un couteau aiguisé. Puis elle se dirige vers l'entrée du donjon à côté de la cheminée.

La porte blindée s'ouvre en silence devant elle.

Le monte-escalier l'emporte, les trappes d'acier se soulevant et se refermant successivement sur son passage jusqu'au troisième palier.

Une voix chevrotante l'accueille – la seule capable de former des phrases intelligibles en ces lieux oubliés :

« Tu ne t'es pas encore décidée à quitter cette île maudite ? »

Harmony descend de l'assise, le couteau à la main.

Elle s'arme par principe plutôt que par nécessité quand elle monte chaque soir visiter sa prisonnière. En vérité,

Gladys McBee est bien trop vieille et usée pour constituer une réelle menace, et pas une seule fois en six semaines elle n'a manifesté le moindre comportement agressif. Elle passe ses journées prostrée sur la chaise qu'on lui a montée en même temps qu'un matelas, un broc d'eau, des biscuits et un pot de chambre – ruminant les souvenirs d'une vie passée au service de sa sœur, à se damner.

« Il suffirait que tu appelles la femme qui t'a amenée ici par la mer pour qu'elle revienne te chercher, continue Gladys McBee.

— Ann Murphy croit que j'ai quitté Bee Island depuis longtemps déjà, à bord d'un autre bateau de pêche, ainsi que je le lui ai écrit.

— Pourquoi t'entêter à rester ? À quoi bon passer tes journées avec les clones ?

— Pour essayer de leur donner un peu de ce dont elles ont été privées toute leur vie durant.

— Il est trop tard pour elles. Leur cerveau a grandi sans avoir recours au langage, ce dernier leur demeurera à jamais inaccessible. » La vieillarde pousse un profond soupir, qui fait siffler ses bronches comme un vent de décembre. « En réalité, il est trop tard pour tout. Trop tard pour corriger le passé. Trop tard pour défaire ce que j'ai fait. Trop tard pour contrôler le monstre tout-puissant que Serena est devenue. »

Mais Harmony ne veut pas s'avouer vaincue :

« Non, il n'est pas trop tard ! affirme-t-elle. Il paraît qu'en Amérique, ces rebelles portant le nom d'*Abeilles Sauvages* se multiplient…

— Elle les neutralisera comme elle a neutralisé tous les autres.

— Dans une semaine, les pionniers de Mars monteront dans l'ascenseur énergétique et dès lors ils ne seront plus vulnérables à la dépressurisation de la base : je pourrai révéler que l'expérience Noé a eu lieu…

— Elle la niera comme elle a nié tout le reste.

— Quand les Américains apprendront l'existence des clones, ce secret abject qui se cache derrière la jeunesse éternelle de leur présidente, ils prendront les armes !

— Elle a déjà placé les armes dans les mains de ceux qui préfèrent voir en elle leur sauveuse. »

De rage devant tant de fatalisme, Harmony abat son pied sur le plancher.

« Vous avez tort de voir tout en noir ! s'écrie-t-elle. En venant ici, au château McBee, j'étais juste guidée par mon instinct, je ne savais pas ce que je trouverais. C'est le destin qui a mis les clones sur mon chemin. Et peut-être qu'il vous y a mise, vous aussi, pour que vous puissiez vous racheter. Faisons équipe ensemble ! Maman n'est pas invincible ! Tout le monde n'est pas victime de ses sortilèges ! »

Mais Gladys secoue la tête.

« Tu t'obstines à l'appeler *maman*…, remarque-t-elle avec un sourire plein d'amère ironie. Malgré tout ce qu'elle t'a fait, malgré tout ce que tu as appris sur elle… Ma pauvre enfant, toi aussi tu es envoûtée : *tu es même la première victime de ses sortilèges !* »

Harmony se fige, percutée par cette cruelle évidence.

« Je suis venue voir s'il manque quelque chose pour votre confort, dit-elle d'une voix glacée. Avez-vous besoin d'eau fraîche, de nourriture ?…

— Je pensais qu'en avouant mes crimes cela soulagerait ma conscience, se lamente la vieille femme, sans répondre à la question. Mais ça n'a servi à rien, au contraire. Même si je ne suis plus en contact quotidien avec les clones, leur souvenir ne cesse de me hanter nuit et jour. Les visages de celles qui sont mortes se confondent avec les visages de celles qui sont encore vivantes, je m'emmêle entre leurs numéros, j'ai perdu le compte… et parfois, au milieu de toutes ces maudites faces accusatrices, surgit la sienne : celle qui les a toutes inspirées, qui les a toutes engendrées – Serena, qui m'accuse de ne pas avoir su garder le château McBee et qui me promet une terrible vengeance ! » Gladys prend

son crâne presque chauve entre ses mains. « Mon Dieu !
Je suis en train de devenir folle ! Ma tête va exploser ! »

Harmony frémit d'effroi devant le spectacle pathétique de
cet être qui s'effondre, trop englué dans ses turpitudes pour
connaître la grâce d'un repentir sincère, pour envisager
un quelconque rachat. Si elle reste un instant de plus dans
cette pièce, elle aussi se laissera gagner par le désespoir.

« Je vois que vous ne manquez de rien, tranche-t-elle,
le souffle court. Je reviendrai demain soir. Bonne nuit. »

Elle tourne les talons et s'empresse de se rassoir sur le
monte-escalier, qui se met aussitôt en marche. Ce n'est
qu'une fois la trappe d'acier refermée qu'Harmony s'autorise enfin à respirer.

La plateforme articulée l'emmène jusqu'au premier
palier, là où sont entreposés les machines et les ordinateurs.

Le plus grand écran est posé sur une table où s'amoncellent
une cafetière vide, une tasse au fond de laquelle repose du
marc séché et les reliefs d'un repas de pain et de fruits.
Harmony rassemble la vaisselle dans une bassine, elle ira
la laver demain ; puis elle prend place à ce poste où elle
passe le plus clair de son temps depuis son arrivée.

Son buste se reflète sur la surface de l'écran éteint, tel un
miroir d'obsidienne. Ses cheveux ont poussé d'un bon centimètre depuis son arrivée au château, ses racines blondes
ont à nouveau réapparu à la base de ses mèches teintes
en noir. Elle ne porte plus de lentilles colorées. Sa peau a
perdu son hâle de Floride pour retrouver une blancheur
translucide, de porcelaine.

« Andrew, où que vous soyez, je pense à vous…, murmure-t-elle du bout des lèvres. C'est vous qui m'avez sortie
de la villa McBee, vous qui m'avez ouvert les yeux sur le
monde, vous qui m'avez enseigné tout ce que je sais en
informatique… vous qui m'avez appris surtout ce qu'est le
courage. Je sais que vous auriez fait ce que j'ai prévu de
faire dans une semaine. Je sais que vous auriez saisi cette
occasion unique de révéler la vérité, au moment où maman

PHOBOS³

ne pourra plus rien contre les pionniers. » La jeune fille déglutit, ses yeux se mettent à briller. « Ce qui me fait hésiter, c'est qu'elle pourra encore se venger sur vous. Vous êtes toujours entre ses griffes. Est-ce que j'aurai la détermination d'appuyer sur la touche *Envoi*, lorsque le moment viendra ? Oh, Andrew, vous me manquez tellement ! Si vous m'entendez, envoyez-moi un signe ! »

Comme en réponse à cette prière, un cri d'oiseau inconnu, plus clair et plus puissant que les autres, perce les épais remparts du château.

Harmony se reprend.

Elle connecte son téléphone portable à l'unité centrale, presse le bouton de mise sous tension ; la lumière de l'écran d'ordinateur efface le reflet de son visage et, pour le moment du moins, ses hésitations.

En quelques clics, elle uploade les vidéos qu'elle a tournées – une pour chaque clone – et elle se met à travailler au montage du film qui, dans une semaine, dévoilera la face cachée de Serena McBee au monde entier.

97. CHAMP
MOIS N° 18/SOL N° 483/08 H 00
[602ᵉ SOL DEPUIS L'ATTERRISSAGE]

« *C HÈRES PIONNIÈRES, CHERS PIONNIERS, C'EST LE GRAND JOUR !* » déclare Serena McBee en apparaissant sur la surface interne du dôme.

Sa voix veloutée me parvient à travers les écouteurs de mon casque, calme et posée.

Elle porte aujourd'hui un élégant tailleur crème à travers le col duquel froufroute le jabot d'un chemisier de dentelle rose pâle où se détache le ruban noir du Souvenir. Son maquillage est dans les mêmes tons pastel, rassurants – j'imagine que ce choix n'a rien d'anodin, à l'aube de la journée qui nous attend, la plus longue, la plus angoissante de toutes...

Comme il y a vingt et un mois martiens, lorsque nous avons dû affronter la dernière perturbation de la saison des tempêtes précédente, nous avons tous revêtu nos combinaisons – y compris Louve et Warden. Kelly elle-même a dû quitter son lit et se harnacher comme nous, passant son casque sur son visage rougeaud et son brassard numéroté à son bras. À présent, elle repose dans le fauteuil roulant de rechange de Tao ; lorsque le moment viendra de quitter la base pour rejoindre la cabine de l'ascenseur, elle n'aura bien sûr pas la force de pousser les roues : c'est Samson qui a proposé de s'en charger.

« *Je vois que vous avez parfaitement préparé la base pour cette intempérie*, continue Serena, faisant référence aux plantations bâchées, au matériel rangé, aux rovers garés. *Il n'y a plus qu'à partir en mettant la clé sous la porte... pour mieux revenir, bien sûr ! Vous allez voir, ce petit mois en orbite dans le* Cupido *sera comme des vacances. Et quand vous redescendrez, vous serez pleins d'énergie pour continuer à construire votre grande nation, en dépit de tous ceux qui voudraient vous annexer, vous coloniser, vous ravir votre liberté... Vous donnerez naissance, enfin, au premier bébé libre de Mars, et à tous ceux qui suivront !* »

L'évocation de la grossesse de Kris, révélée au public à grand renfort de spots publicitaires et de célébrations télévisuelles il y a quelques jours, me fait frémir. Je sais bien que Serena n'en a rien à faire de ce bébé et de sa santé – ou plutôt si : elle profite de l'élan d'enthousiasme qui a accompagné l'annonce, parce qu'il sert sa propagande. Toute la liberté qu'elle nous promet dans ses discours ronflants n'est qu'un leurre, un miroir aux alouettes voué à occulter ces libertés qu'elle bafoue chaque jour un peu plus aux USA... Fausse libératrice sur Mars, mais vrai tyran sur Terre !

J'ai conscience que nous sommes son faire-valoir.

J'ai conscience de notre immense responsabilité dans ce qui est en train de se passer sur notre planète d'origine.

Oui, j'ai conscience de tout ça, mais je ne sais pas quoi faire, je suis paralysée comme une mouche prise dans une toile d'araignée !

(Parler enfin ou continuer de te taire ?) chantonne une voix qui ne provient pas de mes écouteurs. *(Quel choix feras-tu, dans quelques heures, quand tu auras quitté la base ?)*

(Rester sur Mars ou revenir sur Terre ?) continue la chanson. *(Quelle direction prendras-tu, à bord du* Cupido, *une fois la Grande Tempête passée ?)*

« *Mais chaque chose en son temps,* poursuit Serena, m'arrachant pour un instant aux refrains obsédants de la Salamandre. *Le grand événement de ce matin, c'est bien sûr la proclamation des nouveaux couples de Mars : ceux des prétendants de la saison 2 du programme Genesis ! Cette nuit, le* Cupido *est entré en orbite martienne, dans le sillage de la lune Phobos. Son voyage s'est achevé. Le moment est venu de révéler les dernières Listes de cœur !* »

Un petit murmure angoissé résonne dans mes écouteurs à travers le système de communication qui relie tous les pionniers entre eux. Je reconnais la voix de Fangfang. Seule parmi les pionniers de la saison 1 à avoir vécu une seconde fois l'épreuve des speed-dating, elle se retrouve dans la même attente que nous avons déjà connue il y a presque deux années terriennes. Comme cela me semble loin !

« *L'algorithme est en train de faire son travail...,* déclame Serena, toujours prête à faire monter le suspense. *Plus que quelques instants... Voilà !* »

Un roulement de tambour préenregistré retentit, créant un larsen dans mes écouteurs.

Le visage de Serena s'efface pour laisser la place à un tableau présentant la liste des sept couples assortis de leur Trousseau.

N° du couple	♂ Prétendant	♀ Prétendante	♥ Trousseau du couple	% des dotations totales
1	Oskar (POL) $300 155 130	Meritxell (ESP) $299 126 783	$599 281 913	17 %
2	Valentin (CHE) $162 569 321	Fangfang (SGP) $401 896 541	$564 465 862	16 %
3	Inúnguak (DNK) $254 896 321	Nikki (NLD) $302 148 963	$557 045 284	16 %
4	Logan (USA) $210 589 632	Meryem (TUR) $298 632 478	$509 222 110	15 %
5	Uri (ISR) $199 568 326	Lucrezia (ITA) $225 968 333	$425 536 659	12 %
6	Farukh (IDN) $198 632 221	Young (KOR) $201 201 123	$399 833 344	12 %
7	Marti (MEX) $302 098 567	Saga (SWE) $79 589 631	$381 688 198	11 %

« *Yes !* hurle Fangfang au fond de mon casque, laissant éclater sa joie. *Je suis avec Valentin ! Et nous avons de quoi nous offrir un Nid d'amour king size !* »

En écho à ses paroles, Serena commente le classement de ces gens que je ne connais pas encore, qui pour l'instant ne sont que des noms – Fangfang elle-même n'a rencontré que les garçons qui l'ont invitée ou qu'elle a conviés, les filles lui demeurent toutes inconnues :

« *Superbe performance de notre Singapourienne de choc et de charme, j'ai nommé Fangfang, qui a réussi à rassembler le meilleur trousseau individuel des deux saisons confondues ! Loin de lui tenir rigueur de son divorce, les spectateurs saluent à travers leurs dons son courage et sa résilience ! Elle termine avec l'élu de son cœur, le beau Valentin !*

« *Contre-performance en revanche pour notre fougueuse Suédoise, Saga, qui même en mettant en commun ses gains avec Marti,*

507

le plus populaire des garçons, termine dernière du classement. Les spectateurs assidus de la chaîne Genesis savent bien pourquoi... »

Les spectateurs, peut-être, mais nous, non.

Depuis le début, depuis le jour où nous avons posé le pied sur la plateforme d'embarquement, Serena ne nous donne à voir que ce qu'elle veut bien.

Nous sommes des figurants dans un film dont le script nous échappe.

Mais j'ai l'impression d'être la seule à en être consciente, tandis que les pionniers débouchent notre avant-dernière bouteille de Merceaugnac cuvée 1969 pour célébrer le classement de Fangfang...

(Parler enfin : lâcher le rapport Noé, griller Serena à l'antenne et espérer que les Terriens la dégagent avant qu'elle trouve un moyen de se venger ? Ou continuer de se taire : ne prendre aucun risque et jouer le jeu un peu plus longtemps, en sachant que chaque jour passé renforce son emprise ?)

(Revenir sur Terre : aller se confronter directement à Serena, dans son fief, entourée de ses partisans ? Ou rester sur Mars : loin d'elle, mais à la merci de son bouton rouge qu'elle peut presser à tout instant ?)

« ... à la vôtre ! assène celle qui hante mes pensées, de retour à l'écran pour lever sa tasse de thé en direction des pionniers entre lesquels circule la bouteille de champagne. *Nous fêterons tous ces beaux mariages à New Eden après la Grande Tempête, quand vous redescendrez dans la base – et ce avec une nouvelle cargaison de Merceaugnac dont vous me direz des nouvelles : 1961, année du premier vol spatial habité ! Nous en profiterons aussi pour remarier comme il se doit les couples recomposés de la saison 1 : Tao et Liz d'une part, Mozart et Léonor d'autre part... si cette dernière décide finalement de ne pas rentrer sur Terre, bien sûr c'est à elle de voir, je ne veux forcer personne. »* Serena la Magnanime sourit à pleines dents, un sourire de victoire complète et absolue qui m'écrase de toute sa blancheur étincelante. *« Mais notre belle indécise*

aura bien le temps d'y réfléchir une fois en orbite. Voyons plutôt le timing des heures qui viennent... »

Le visage de Serena disparaît à nouveau, cette fois pour laisser la place à une infographie comme le programme Genesis en a le secret.

« *Il y a deux heures, à 6 h 00 heure martienne, le satellite énergétique s'est détaché du Cupido et s'est déployé dans l'espace pour se charger en rayons solaires, tout en suivant son propre vol orbital.*

« *À 10 h 00 demain, après quatre révolutions autour de la planète, la charge énergétique nécessaire sera atteinte, de même que l'alignement requis pour le largage de la cabine de transit.*

« *À 11 h 00, ladite cabine se posera dans la vallée de Ius Chasma, le plus près possible de la base pour vous éviter de vous déplacer sur de trop longues distances dans un environnement en proie au vent et à la poussière.*

« *À 17 h 00, le satellite énergétique repassera au-dessus de Ius Chasma au cours de sa cinquième révolution, et diffusera un puissant flux de micro-ondes aspirant la cabine vers l'espace, avec vous tous à son bord.* »

L'infographie s'estompe à son tour, tandis qu'un compte à rebours en lettres digitales lumineuses apparaît en haut du dôme :

> DÉCOLLAGE CABINE DE TRANSIT – 32 H 00 MIN

Mais Serena n'en a pas encore fini :

« *Ah, une dernière chose !* dit-elle en affichant une mine à la fois préoccupée et rassurante, tout à fait la tête que les gens attendent d'une présidente en situation de crise. *Nos services météo m'informent à l'instant que la Grande Tempête est en avance sur les prévisions... Elle devrait frapper Ius Chasma dans moins de deux sols – et l'on peut s'attendre à des perturbations avant-coureuses dès les prochaines heures. Gardez bien vos casques vissés sur vos têtes, chers pionniers, mais ne vous inquiétez pas : vous pouvez compter sur votre Serena pour vous tirer de là. Quant à vous, chers citoyens, chers spectateurs, accrochez-vous : il va y avoir du grand spectacle sur votre chaîne préférée – la chaîne Genesis !* »

ASCENSEUR ÉNERGÉTIQUE / Protocole de descente

GENESIS

SOL N° 483
6 H 00
Déploiement
satellite énergétique

4 révolutions

SOL N° 484
10 H 00
Descente
cabine vide

SOL N° 484
11 H 00
Atterrissage
cabine vide

1 révolution

SOL N° 484
17 H 00
Remontée
cabine habitée

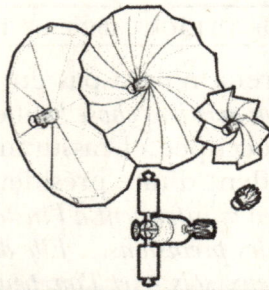

DERNIER ACTE

98. CONTRECHAMP

VILLA MCBEE, LONG ISLAND, ÉTAT DE NEW YORK
MARDI 20 AOÛT, 16 H 00

DÉCOLLAGE CABINE DE TRANSIT – 32 H 00 MIN

« IL VA Y AVOIR DU GRAND SPECTACLE SUR VOTRE CHAÎNE PRÉFÉRÉE – LA CHAÎNE GENESIS ! »

Serena McBee sourit de toutes ses dents face au portique d'aluminium hérissé de caméras et de spots, depuis le secrétaire derrière lequel elle s'est installée pour commenter les dernières heures précédant l'évacuation de la base de New Eden.

Dans son dos, de part et d'autre de la porte-fenêtre donnant sur les jardins épanouis, pendent deux larges drapeaux montés sur leur hampe. À droite, la vieille bannière étoilée des États-Unis ; à gauche, celle toute neuve des Essaims Citoyens, avec ses cinquante abeilles bien alignées. Il y a quelques semaines encore, pour les célébrations du 4 Juillet, seul le premier étendard avait droit de cité à la tribune présidentielle, le second étant réservé aux supporters. Mais aujourd'hui, comme sous l'effet d'un glissement progressif, ils sont mis sur un pied d'égalité…

La grande metteuse en scène repose son micro et se verse une tasse de thé sucré au miel de sa propriété, le temps que ses paroles voyagent à travers l'espace.

Sirotant le liquide chaud et parfumé, elle observe les pionniers sur le vaste écran central. Ils paraissent minuscules

513

et vulnérables dans leurs combinaisons blanchâtres, telles des larves d'abeille qu'on aurait sorties de leurs alvéoles. Sur le côté du portique, un petit écran représentant la planète Terre mesure en temps réel l'audimat mondial de la chaîne Genesis, analysé par pays et par type de connexion. La mappemonde est entièrement illuminée en rouge, la couleur correspondant à l'audience maximale. De l'Islande à l'Argentine, de New York à Tokyo, il n'est pas une nation, pas une ville – pas un individu, semble-t-il – qui ne soit branché sur la chaîne Genesis. La Russie elle-même, qui pourtant boycotte officiellement toute production venant des États-Unis, étincelle de millions de connexions pirates contournant le blocus mis en place par Moscou : au-delà des clivages politiques, par-delà les frontières, les langues et les cultures, les gens veulent participer au destin des Martiens. Ils veulent communier avec *leurs* candidats, *leurs* pionniers… *leurs* amis, qu'ils n'ont jamais rencontrés et que pourtant ils croient parfaitement connaître, via la sorcellerie hypnotique du programme Genesis.

Serena finit calmement sa tasse de thé, croque avec délectation un petit sablé au gingembre. Puis, d'un doigt habile, elle manipule le tableau de commande incrusté dans le bois du secrétaire, zoomant sur les visières des différents casques au moment où ses dernières paroles percutent les écouteurs des Martiens.

Stupeur.

Angoisse.

Panique.

Le logiciel de montage n'en perd pas une miette et envoie le flux d'émotion brute dans les tuyaux de la chaîne Genesis, pour qu'il soit déversé aux quatre coins du monde.

Gros plan sur Fangfang, la responsable Planétologie, qui frémit dans sa combinaison : « La Grande Tempête est en avance ? Mon Dieu, c'est ce que je craignais en étudiant les mouvements atmosphériques ces derniers jours ! Serena, faites que je puisse rencontrer mon Valentin ! »

Fondu enchaîné sur Kirsten, joignant ses paumes gantées en signe de prière, comme si elle s'adressait à Dieu le Père en personne : « Bonne Serena, veillez sur nous ! Nos dix vies sont entre vos bienveillantes mains... et aussi la onzième, celle de notre enfant à Alex et à moi. »

La caméra panote sur le Russe, qui se tient bien droit à côté de son épouse, les bras croisés sur la poitrine pour mettre en évidence son brassard frappé d'un grand numéro 1. Il lève sa mâchoire carrée vers le dôme : « Présidente McBee, en cette situation de crise nous savons que nous pouvons compter sur vous, qui êtes depuis le début le plus ferme allié de la jeune nation martienne. Je voudrais profiter de cet instant historique pour faire une double annonce. Tout d'abord, à titre officiel, nous avons décidé de vous proclamer citoyenne d'honneur de Mars ; ensuite, à titre personnel, Kris et moi sommes naturellement tombés d'accord pour prénommer notre fille... Serena. »

Confortablement assise dans son bureau de la villa McBee, à des millions de kilomètres de la tempête qui s'apprête à ravager une planète entière, Serena déguste ces images comme du pain bénit.

Pain bénit, ces âmes qui se remettent aveuglément entre ses mains.

Pain bénit, ces grandes déclarations de loyauté retransmises aux spectateurs du monde entier.

Pain bénit, cette légitimité qui lui est conférée par les personnalités publiques les plus populaires de tous les temps – ces jeunes gens dont les visages sont sur tous les écrans, les histoires dans tous les magazines, les noms sur toutes les lèvres.

Eux qui étaient hier ses pires cauchemars sont devenus aujourd'hui ses plus ardents champions.

« Merci, mes petits, mes chéris, dit-elle en reprenant son micro. Je ne vous abandonnerai jamais. Je serai toujours là pour vous. Je serai là pour la petite Serena Junior et pour vos futurs enfants. Et aussi pour vos petits-enfants. » Son sourire s'élargit, ses yeux luisent tels ceux d'un serpent tandis qu'elle répète dans un long sifflement : « *Toujours.* »

99. HORS-CHAMP
BEE ISLAND, MER DES HÉBRIDES
MARDI 20 AOÛT, 21 H 21

DÉCOLLAGE CABINE DE TRANSIT – 31 H 39 MIN

« *JE SERAI TOUJOURS LÀ POUR VOUS. Je serai là pour la petite Serena Junior et pour vos futurs enfants. Et aussi pour vos petits-enfants.* Toujours. »

Dans le laboratoire obscur du château McBee, sur un fuseau horaire marquant cinq heures d'avance par rapport à New York, la seule source de lumière provient de l'écran d'ordinateur branché sur la chaîne Genesis.

Le visage de la productrice exécutive y resplendit, éclairé par des spots éblouissants.

Face à lui, comme de l'autre côté du miroir, se dessine un visage semblable, sans autre éclairage que la lueur dégagée par l'écran.

Harmony McBee est assise là, seule dans le silence.

Mais au fond, ne sont-ils pas *tous* seuls ? – tous les spectateurs de la chaîne Genesis, ces milliards d'êtres humains magnétisés par leurs lucarnes, persuadés de communier avec le reste de la Terre, d'être en symbiose avec les pionniers de Mars ?

Harmony, elle, sait qu'elle regarde en ce moment un mensonge, une illusion.

Elle sait qu'elle est seule.

Les objets disposés devant elle au pied de l'écran, telles des reliques, sont là pour le lui rappeler : la mèche de cheveux de Mozart ; la petite pépite d'or d'Andrew ; les souvenirs des deux hommes de sa vie, aujourd'hui perdus, peut-être à jamais.

Sur l'écran, à côté de la fenêtre montrant le streaming de la chaîne Genesis, deux onglets sont ouverts. Le premier correspond à un logiciel d'e-mailing, rempli des adresses de milliers de journalistes et autres professionnels ; le second est un site miroir de *Genesis Piracy*, pour l'instant offline et qui, une fois mis en ligne, sera consultable par des millions de particuliers. Il suffira de quelques clics à Harmony, le moment venu, pour envoyer à la face du monde la vidéo des clones, *sa vérité*.

100. CHAMP
MOIS N° 18/SOL N° 483/11 H 32
[602ᵉ SOL DEPUIS L'ATTERRISSAGE]

DÉCOLLAGE CABINE DE TRANSIT – 29 H 28 MIN

« *ÇA Y EST, LE FRONT DE LA TEMPÊTE ARRIVE...* », murmure Fangfang, serrant sa tablette de planétologue entre ses mains gantées.

Les pionniers se massent autour d'elle pour lire par-dessus son épaule.

« *Bah, je suis déçue, ils l'ont survendue, leur Grande Tempête...* », résonne la faible voix de Kelly à travers le relais radio qui lie les casques entre eux.

Samson a poussé le fauteuil roulant de la Canadienne contre la plantation bâchée, au pied de laquelle Fangfang est assise depuis trois heures.

« ... *elle n'a pas l'air bien plus méchante que celle qu'on s'est tapée il y a une année martienne,* fait encore Kelly. *Petite joueuse, va !* »

En effet, les images qui s'affichent sur la tablette de Fangfang ressemblent curieusement aux clichés de la dernière tempête de la saison précédente, qui nous a causé bien des frayeurs il est vrai, mais d'où nous sommes ressortis sans une égratignure.

« *Peut-être que la situation météorologique s'est améliorée ?* » se hasarde Safia.

Fangfang pousse un soupir angoissé :

« *Vous ne comprenez pas ! Ce que vous regardez, ce sont des images d'archives de l'année dernière, que j'ai ressorties à titre de comparaison... Les captures satellite les plus récentes sont là, en dessous !...* »

D'un doigt rendu malhabile par le gant d'astronaute, elle scrolle en bas de sa tablette, faisant apparaître un tout autre tableau : un œil tourbillonnant, gigantesque, s'ouvre sur des milliers de kilomètres au sud de Ius Chasma...

« *C'est quoi ce monstre... ?* lâche Mozart.

— *Un cyclone de poussière,* répond Fangfang d'une voix blanche. *Et il fonce droit sur nous : la partie sud-est de Valles Marineris est déjà engloutie...* » Elle relève la tête, les yeux écarquillés par la peur derrière la visière de son casque, et pointe du doigt la vallée derrière les alvéoles de verre du dôme. « ... *regardez, l'air a déjà commencé à se charger de particules.* »

En effet, bien que l'on soit proche de midi, la luminosité a baissé. Le jour paraît plus sombre, plus rouge.

« *Ce ne sont que des poussières fines repoussées par le front du cyclone,* commente Fangfang. *Quand son bras s'étendra jusqu'ici, dans deux heures tout au plus, on n'y verra plus rien.*

— *Est-ce que l'ascenseur énergétique marchera quand même ?* demande Kris, inquiète, la main posée sur son ventre à travers sa combinaison.

BULLETIN MÉTÉOROLOGIQUE /
Suivi en direct de la Grande Tempête

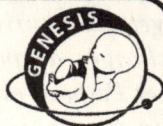

GENESIS

IMAGES D'ARCHIVES
Tempête moyenne du sol 578
Année passée

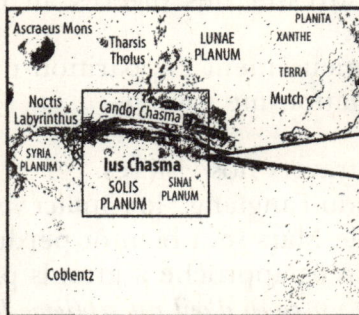

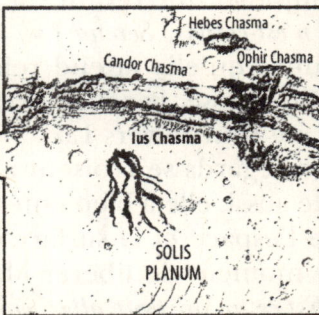

Ascraeus Mons
Tharsis Tholus
LUNAE PLANUM
PLANITA XANTHE
TERRA
Mutch
Noctis Labyrinthus
Candor Chasma
SYRIA PLANUM
Ius Chasma
SOLIS PLANUM
SINAI PLANUM
Coblentz

Hebes Chasma
Candor Chasma
Ophir Chasma
Ius Chasma
SOLIS PLANUM

CAPTURES SATELLITE EN TEMPS RÉEL
Grande tempête du sol 483
Cliché à 11H00, heure martienne

— *Les micro-ondes ont une longueur d'onde capable de passer à travers les nuages*, répond Safia, se basant sur ses connaissances de responsable Communication. *Le satellite énergétique pourra faire remonter la cabine, même si l'atmosphère est chargée de poussière et que le contact visuel entre la surface et l'espace est complètement coupé...* » Elle tourne vers le dôme ses grands yeux cernés de khôl, brillants d'espoir – elle, qui était hier la plus rationnelle d'entre nous, en est aujourd'hui réduite à adresser des prières au ciel. « *... n'est-ce pas, Serena ?* »

Tandis qu'elle attend religieusement l'apparition de la grande déesse, je sens l'excitation me gagner.

Je me tourne vers Liz.

Nos regards se croisent à travers nos visières.

Elle aussi, elle a bien entendu Fangfang : le contact visuel entre l'espace et la surface de Mars sera bientôt perdu.

Le moment de libérer Marcus approche à grands pas.

« *Est-ce qu'on peut aller jeter un coup d'œil au septième habitat, Alexeï ?* demande Liz au nouveau maître de Mars, dont l'autorisation est requise pour le moindre déplacement. *On sait que le Relaxoir est la partie la plus vulnérable de la base, celle qui a déjà été impactée dans le passé. Tao et moi, on voudrait s'assurer une dernière fois de son intégrité, avant que la Grande Tempête arrive.* »

C'est le code dont on a convenu à l'avance, pour justifier vis-à-vis des spectateurs et des organisateurs ce déplacement de nos deux responsables Ingénierie vers le septième habitat.

« *OK*, répond Alexeï, respectant la promesse qu'il m'a faite contre l'assurance que je me tienne à carreau. *Vous pouvez y aller.* »

Les Liztao se mettent en route vers l'autre bout du Jardin.

Les battements de mon cœur s'accélèrent – je sais qu'à partir de maintenant, tout doit être réglé comme du papier à musique, car la moindre fausse note transformerait en cacophonie le scénario d'exfiltration secrète de Marcus.

En regardant l'Anglaise et le Chinois disparaître dans le tube d'accès, je me repasse la partition dans ma tête, pour la centième fois :

1) SUBSTITUTION D'IDENTITÉ. Une fois dans le septième habitat, à l'abri des caméras, Tao enlèvera sa combinaison et laissera Marcus l'enfiler à sa place. À l'aide de l'imprimante 3D qui, il y a près d'une année martienne, nous a permis de simuler l'enterrement de Marcus, j'ai confectionné un masque reproduisant le visage du Chinois. Marcus devra le porter sous la visière du casque, pour compléter l'illusion.

2) ÉVACUATION DU 7ᵉ HABITAT. Liz et Marcus ressortiront du Relaxoir, elle à pied et lui dans le fauteuil roulant, laissant Tao derrière eux. Mais les spectateurs n'en sauront rien : ils auront l'impression de voir les deux responsables Ingénierie réapparaître à l'écran, une fois leur opération de vérification de l'habitat achevée.

3) EXFILTRATION HORS DE LA BASE. Liz demandera alors à s'assurer que toutes les bâches sont bien posées à l'extérieur – une demande là encore tout à fait normale venant de la part d'une ingénieure. Le faux Tao et elle sortiront et monteront à bord de l'un des trois mini-rovers qui restent depuis que Kenji est parti avec le quatrième. Ils effectueront le tour de New Eden en faisant semblant d'inspecter les installations – mais en réalité, ils attendront que le ciel se couvre complètement de poussière. Alors seulement, ils briseront la caméra du mini-rover et débrancheront son système de géolocalisation, mettant ce dysfonctionnement sur le compte de la tempête. Dès lors, le véhicule ne sera plus relié à la Terre ni par image satellite, ni par connexion vidéo, ni par signal GPS. Marcus pourra enlever la

combinaison de Tao sans risque d'être reconnu pour revêtir la sienne préalablement entreposée dans le rover, ainsi que son casque au système audio soigneusement détruit.

4) RAPATRIEMENT. Liz ressortira du véhicule en poussant devant elle le fauteuil roulant, occupé par la combinaison de Tao vide, gonflée seulement d'oxygène. Les spectateurs auront l'impression de voir deux pionniers rentrer dans la base, après avoir vu deux pionniers en sortir. Prétextant avoir décelé une faille possible dans la coque extérieure du septième habitat, l'Anglaise demandera à y faire une dernière virée de contrôle avec son soi-disant partenaire – ce qui lui permettra en réalité de rapporter à Tao son fauteuil et sa combinaison. Pendant ce temps, Marcus sera déjà parti au volant du mini-rover vers Noctis Labyrinthus, le Labyrinthe de la Nuit, sous le couvert des nuages. Et dans un mois, quand la tempête retombera et qu'il manquera un véhicule, nous pourrons toujours accuser le cyclone de l'avoir enseveli…

« *Mais oui, Safia, tu as tout à fait raison !* résonne soudain la voix de Serena, me tirant de mes pensées. *L'ascenseur énergétique fonctionnera quelles que soient les conditions climatiques, qu'il pleuve, qu'il neige ou qu'il vente. Je crois même que ce sera un magnifique spectacle à contempler depuis l'espace que de le voir percer demain l'épaisse couche de nuages, s'arracher au cyclone de poussière avec vous dix à son bord !* »

Laissant Serena s'abandonner sans retenue à ses délires de mise en scène cosmique, je concentre toute mon attention sur le tube d'accès menant au septième habitat.

Est-ce que là-bas, dans le secret du Relaxoir, tout se déroule bien comme prévu ?

Est-ce que Marcus a déjà revêtu la combinaison de Tao ?

(Pourquoi est-ce que tu n'as pas, toi aussi, demandé à assurer cette soi-disant mission de contrôle, pour le voir une dernière fois ?)

J'aurais plein de réponses rationnelles à apporter à cette question : parce que rien ne justifie ma présence dans le Relaxoir aux yeux des spectateurs ; parce que l'opération d'exfiltration sera plus facile à mener avec moins d'intervenants ; parce que, il y a bien longtemps déjà, j'ai décidé de tirer un trait sur Marcus.

À cette pensée, une poigne invisible se referme sur mes entrailles.

(Tu ne le reverras plus jamais !) siffle l'horrible voix de la Salamandre. *(Une fois qu'il aura quitté sa prison, il sera trop tard, trop tard, trop tard !)*

« *Alexeï !...* », je m'écrie, aiguillonnée par le regret.

Les pensées s'enchaînent à toute allure dans ma tête – peut-être que je peux encore trouver une excuse pour aller dans le Relaxoir ! – après tout, je suis censée être l'hystérique de service, et avec le stress de la Grande Tempête qui approche, les spectateurs peuvent comprendre que j'aie besoin de m'isoler loin des caméras !

« *Oui ?* fait le grand Russe en tournant vers moi la visière de son casque.

— *Je voudrais...* »

Je n'ai pas le temps d'en dire plus : là-bas, au fond du Jardin, le sas intérieur du tube d'accès menant au septième habitat vient de se rouvrir.

Liz en sort la première, reconnaissable à sa silhouette toujours svelte en dépit de sa combinaison, portant sa trousse à outils qui contient en réalité des vivres pour l'exilé. Le fauteuil roulant de Tao la suit de près, dans lequel est calée la combinaison de Tao... mais, conformément à notre scénario secret, ce n'est pas Tao qui pousse les roues d'un geste malhabile, gêné par un accoutrement trop grand pour le corps qu'il contient.

(C'est lui ! C'est Marcus !) s'esclaffe la Salamandre. *(Tu as loupé votre dernier rendez-vous !)*

« *Qu'est-ce que tu voulais me dire, Léo ?* demande Alexeï en me fusillant de ses yeux bleu glacier, comme pour m'avertir qu'au moindre écart de ma part, c'en sera fini de l'opération d'exfiltration et que Marcus retournera dans sa cellule pour y crever comme un rat pendant la Grande Tempête.

— *Je... rien.* »

À mesure que les deux pionniers se rapprochent de nous, je distingue leurs visages à travers les visières de leurs casques.

Celui de Liz est travaillé par la tension.

Celui de Tao n'exprime rien du tout, et pour cause : ce n'est qu'un masque construit avec le substrat de cette maudite planète.

Je ne peux même pas voir une dernière fois les traits de Marcus – j'ai moi-même façonné la barrière qui se dresse entre lui et moi.

Je ne peux même pas entendre une dernière fois sa voix – le micro et les écouteurs du casque de Tao ont été désactivés, pour empêcher celui qui le porte de faire une déclaration à l'antenne.

« *Rien à signaler dans le septième habitat, tout est nickel,* annonce Liz d'un ton aigu. *À l'intérieur, la base est parée pour la Grande Tempête. Tao et moi, on voudrait quand même faire un dernier tour à l'extérieur, en mini-rover, pour vérifier les bâches.*

— *D'accord, allez-y* », répond Alexeï, récitant un dialogue écrit à l'avance.

Sans que je puisse rien dire ni rien faire, Liz et Marcus traversent le Jardin, passent devant les caméras et l'énorme visage souriant de Serena, se dirigent vers le sas de décompression.

Le fauteuil ralentit en roulant devant moi ; le casque de son passager se tourne légèrement vers le mien, comme s'il voulait me dire quelque chose.

« *Faites-vite !* intervient Alexeï. *La tempête approche !* »

Je sens la main de Mozart se refermer sur mon bras pour me soutenir – ou pour me retenir.

Déjà, Liz actionne le sas.

La porte blindée s'ouvre sans un bruit, laisse entrer les deux pionniers dans l'étroit cylindre, se referme derrière eux.

(*Ça y est.*)

(*C'est fini.*)

(*Pour toujours.*)

« *Je dois sortir !* » je m'écrie.

La poigne de Mozart se resserre sur mon bras.

Tous les casques, connectés au mien par le relais radio, se tournent brusquement vers moi.

« *Qu'est-ce qu'elle dit ?* gronde Alexeï.

— *Je dois sortir, moi aussi !* je répète, le souffle court, bravant les éclairs qui jaillissent des yeux d'Alexeï. *Ce n'est pas prudent de laisser partir les ingés seuls, alors que la Grande Tempête est sur le point de nous rattraper. Et s'il leur arrive quelque chose ? Il faut un responsable Médecine avec eux. Or toi, Alexeï, tu es notre chef, tu dois rester dans la base : c'est à moi d'y aller.* »

Alexeï entrouvre les lèvres, je sens à la manière dont se gonflent ses narines que la réponse sera cinglante, mais Mozart s'interpose :

« *Je l'accompagne. Comptez sur moi.* »

Est-ce la détermination dans la voix de mon compagnon ? – toujours est-il qu'Alexeï se contente de hocher la tête et, miraculeusement, me laisse courir jusqu'au sas.

Le temps que Mozart m'y rejoigne, le cylindre s'ouvre à nouveau.

Je me précipite à l'intérieur.

La porte se referme derrière nous.

« *Prêt ? Je peux lancer la procédure d'égalisation ?* » dis-je en me retournant vers Mozart, la main au-dessus du bouton.

En guise de réponse, il se contente de me prendre dans ses bras, combinaison contre combinaison, casque contre casque.

« *Je t'aime, Léo…,* murmure-t-il, ses grands yeux bruns brillant derrière sa visière de verre.

— *Moi... aussi,* je réponds, émue, soudain consciente de ce que mon obstination à revoir Marcus une ultime fois peut signifier pour Mozart.

— *... je t'aime et je ne veux pas te perdre.* »

Une douleur aiguë me transperce la cuisse droite.

Une sensation glacée se répand dans mes veines.

« *Qu'est-ce que...* »

Ma langue ramollit dans ma bouche.

Mon cerveau se fige, gelé.

Black-out.

101. CHAÎNE GENESIS
MARDI 20 AOÛT, 19 H 10

DÉCOLLAGE CABINE DE TRANSIT – 29 H 50 MIN

VUE SUR L'ESPACE CONFINÉ DU SAS DE DÉCOMPRESSION, filmé par la caméra zénithale fixée au sommet du module.

Léonor et Mozart, en combinaison, sont serrés l'un contre l'autre dans une étreinte de marbre.

Dans son gant d'astronaute, le Brésilien serre une seringue hypodermique.

L'aiguille est plantée dans le petit disque en silicone cousu sur la cuisse droite de la combinaison de la Française. Cette dernière ne bouge plus du tout.

Mozart retire la seringue du patch d'injection et recule d'un pas ; Léonor glisse entre ses bras, telle une poupée de chiffon qu'il rattrape de justesse.

D'une main, il actionne la commande rouvrant la porte intérieure du sas.

Cut.

Plan d'ensemble sur les pionniers rassemblés dans le Jardin, face au sas qui vient de s'ouvrir.

Samson se précipite pour aider Mozart à transporter le corps inanimé de Léonor.

La voix du Brésilien résonne à travers les écouteurs du relais radio inter-combinaisons, auquel est aussi connectée la chaîne Genesis : « *Elle était sur le point de faire une nouvelle crise d'hystérie... Vous l'avez vu comme moi, les spectateurs l'ont vu aussi : elle était prête à se jeter dans la tempête... J'ai dû utiliser la seringue qu'Alexeï m'a donnée hier...* »

Le Russe hoche la tête derrière la visière de son casque : « *Tu as bien fait, Mozart. Tu as agi comme on l'avait prévu, au cas où Léonor péterait les plombs pendant la Grande Tempête, pour la protéger.* » Il se tourne vers la caméra, afin de s'adresser directement aux spectateurs de la chaîne Genesis. « *On s'y attendait. Elle a toujours été fragile émotionnellement, avec sa cicatrice, la mort de Marcus, tout le reste... Rappelez-vous comme l'attentat contre le président Green l'a chamboulée, on avait même dû l'isoler à l'époque. C'est notre devoir, en tant que Martiens, de veiller les uns sur les autres – et surtout sur les plus faibles d'entre nous.* »

Alexeï se tourne à nouveau vers Mozart et Samson, désignant l'autre extrémité du dôme de son bras orné d'un numéro 1 : « *Emmenez-la dans le Relaxoir, où vous pourrez l'allonger le temps qu'elle revienne à elle. Vu la dose de sédatif, elle va sans doute dormir pendant plusieurs heures.* »

Cut.

102. CHAMP
MOIS N° 18/SOL N° 483/15 H 05
[602ᵉ SOL DEPUIS L'ATTERRISSAGE]

DÉCOLLAGE CABINE DE TRANSIT – 25 H 55 MIN

« **G**RANDE, JEUNE ET BELLE AU TEINT DORÉ
      La fille d'Ipanema s'en va, marchant
      Et quand elle passe
Quand elle passe
Tout le monde fait "Aaah !" »

J'ai l'impression de flotter dans un océan tiède, au gré de cette mélodie suave.

Chaque mot m'effleure comme une vaguelette délicate, comme un vent alizé, comme une caresse très tendre.

Je suis bien.

En paix.

« Quand elle marche, elle est comme la samba
Qui swingue légèrement et balance si doucement
Que quand elle passe
Quand elle passe
Tout le monde fait "Aaah !" »

Je pourrais rester dans cette onde qui m'emporte et me berce pour l'éternité…

… et ne jamais…

… me réveiller.

Me réveiller ?

Avec la prise de conscience soudaine que je suis en train de dormir vient l'arrachement, le réveil brutal.

Mes yeux s'ouvrent d'un seul coup.

La lumière crue des spots halogènes me brûle la rétine.

« Où suis-je ? je m'écrie, sans la sensation du retour audio dans mes oreilles : on m'a ôté mon casque.

— En sécurité, ma Léo… », répond Mozart en s'arrêtant de chanter.

Il est là, assis au chevet du lit où je suis allongée.

Lui aussi a dévissé son casque.

« … dans le septième habitat, sans les caméras, sans les autres : juste toi et moi. »

Les souvenirs affluent d'un seul coup : l'exfiltration de Marcus, mes regrets de dernière minute, ma tentative avortée de le revoir une dernière fois… la sensation de la seringue s'enfonçant dans ma cuisse.

« Tu m'as droguée ! je m'écrie en redressant brusquement. Quelle heure est-il ?

— C'était pour ton bien, pour t'empêcher de faire une bêtise.

— Quelle heure ?! » je répète en hurlant.

Je regarde autour de moi et réalise avec horreur que je me trouve sur le lit de la petite chambre, dans le septième habitat – la pièce qui a servi de geôle à Marcus pendant une année martienne. Les murs sont couverts de signes. Je crois d'abord que c'est le décompte de ses jours passés en prison. Mais à mieux y regarder, ce ne sont pas des barres que Marcus a gravées dans le plastique blanc, à l'aide d'une fourchette, de la pointe d'un couteau ou peut-être même de ses ongles : ce sont des étoiles. Des centaines, des milliers d'étoiles reproduisant les constellations qu'il connaissait si bien, et dont on l'a privé pendant la longue nuit de sa détention.

« Il est 15 h 00, dit Mozart. Tu devrais essayer de te reposer, dormir encore un peu. La cabine de l'ascenseur énergétique ne sera pas là avant de nombreuses heures. En attendant, je veille sur toi. »

Dans ma tête, les chiffres défilent à toute allure : 15 h 00 ? Ça veut dire que l'opération d'exfiltration a commencé il y a plus de trois heures !

« Et la Grande Tempête ? dis-je en m'efforçant de baisser la voix pour masquer ma panique. Elle a commencé ?

— Oui. Peu après midi. Depuis, la visibilité ne cesse de baisser. »

Il prend sa tablette numérique sur la table de chevet et me montre le bulletin météorologique : les images d'un tsunami de poussière se déversant depuis les bords du canyon dans la vallée de Ius Chasma, de plus en plus dense, opacifiant peu à peu l'atmosphère.

« Alors, ça veut dire que la surface de Mars n'est plus visible depuis l'espace…, je balbutie. Ça veut dire… que Marcus est parti. »

Mozart repose la tablette et place doucement son gant sur le mien.

« Il est parti comme tu l'as voulu, murmure-t-il. C'est un beau cadeau que tu lui as fait, ce dernier voyage vers son étrange labyrinthe. Maintenant, il faut que tu l'oublies. Et que tu penses à toi. À nous. »

Ses yeux débordent de tendresse.

Ils sont tout entiers concentrés sur moi.

Ils ont oublié le passe-partout posé sur la table de chevet, à côté de la tablette et de nos deux casques.

Je plisse les paupières pour déguiser mes larmes d'angoisse en larmes d'amour.

Je commande à mes lèvres de dessiner un sourire, une invitation.

Mozart se penche doucement vers moi.

À l'instant précis où sa bouche rencontre la mienne, je le frappe en pleine poitrine.

De toute ma force, de toute ma rage, de tout mon désespoir.

Il tombe à la renverse sur le plancher de la chambre, une expression de surprise et de douleur déformant son visage.

Vive comme l'éclair, je m'empare de mon casque et du passe-partout, me jette hors de la chambre et referme la porte derrière moi à double tour.

BULLETIN MÉTÉOROLOGIQUE /
Suivi en direct de la Grande Tempête

GENESIS

CAPTURE VIDÉO EN TEMPS RÉEL
Vue sud-est depuis les caméras extérieures du Jardin
Sol 483, midi heure martienne

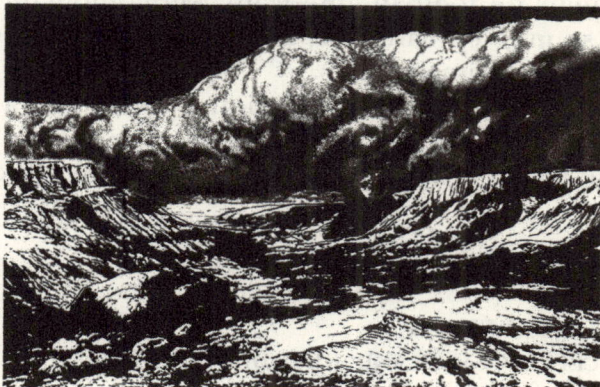

Mesure de luminosité
Baisse au cours des dernières heures
et dans les heures à venir

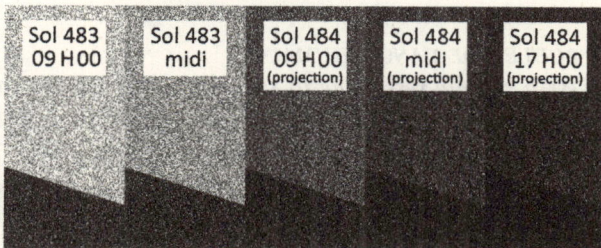

Sol 483 09 H 00	Sol 483 midi	Sol 484 09 H 00 (projection)	Sol 484 midi (projection)	Sol 484 17 H 00 (projection)

Là, pantelante, l'esprit encore engourdi par les brumes du sédatif, je reprends mon souffle. Au sifflement rauque de ma respiration se mêle celui du vent qui mugit derrière les murs de l'habitat. Marcus est quelque part, là-dehors, dans cette tempête qui l'emporte à jamais loin de moi !

Cette pensée me transperce comme un dard.

Je visse fébrilement mon casque, et dans mon esprit ce n'est plus seulement un casque d'astronaute – c'est celui d'un joueur de football américain. Ma combinaison tout entière se mue en carapace, se gonfle d'épaulières et de protège-genoux imaginaires.

Je prends une dernière inspiration, puis je fonce à travers le tube d'accès comme un bolide, avec une seule obsession : ne pas m'arrêter avant d'avoir retrouvé Marcus.

103. CONTRECHAMP
VILLA MCBEE, LONG ISLAND, ÉTAT DE NEW YORK
MARDI 20 AOÛT, 22 H 15

DÉCOLLAGE CABINE DE TRANSIT – 25 H 45 MIN

*U*N BOULET DE CANON HUMAIN.
C'est à ça que ressemble la silhouette qui émerge tout d'un coup du tube d'accès menant au septième habitat. Elle fend le dôme du Jardin plongé dans une semi-pénombre, au sommet duquel les spots d'appoint fonctionnent en sous-régime pour économiser l'énergie de la base.

Les autres pionniers, assis les uns contre les autres au pied des plantations dans l'attente angoissée de l'ascenseur énergétique, la regardent passer avec stupeur.

Des voix s'élèvent à travers le relais radio : « C'est... » « On dirait... » « Léonor ! »

Assise à son secrétaire face à l'écran de montage, Serena McBee sursaute.

Elle lâche la tasse de thé qu'elle était en train de déguster, d'un geste si vif qu'elle se brise contre la soucoupe de porcelaine en dessous.

Le liquide brûlant se répand sur le secrétaire et sur les doigts de la présidente, lui arrachant un cri de douleur.

Alexeï, le premier, a le réflexe de bondir sur ses pieds pour tenter de plaquer la fuyarde. Mais l'élan accumulé par Léonor, conjugué à la faible gravité de Mars, le font voler comme une quille sur une piste de bowling. Il tombe à quatre pattes sur le sol, tandis que la Française pénètre dans le sas de décompression.

Secouant sa main droite ébouillantée, Serena McBee abat sa main gauche sur le tableau de commande incrusté dans son secrétaire. Mais, amputée de cinq de ses doigts, elle semble avoir perdu sa dextérité – elle tâtonne, cherche les boutons, ne les trouve pas, crache des jurons.

Sur l'écran, le Russe se relève déjà, prêt à poursuivre Léonor dans le sas, et à l'empêcher d'appuyer sur le bouton d'égalisation.

Mais elle l'arrête d'un cri : « Laissez-moi aller voir Marcus une ultime fois ! C'est tout ce que je demande : me recueillir sur sa tombe... en silence ! »

Alexeï se fige au moment où elle prononce ce dernier mot comme une promesse, un serment : « en silence ».

La porte du sas se referme.

La procédure d'égalisation a commencé.

Cut. La vue bascule brusquement sur un gros plan de Louve, qui somnole au pied des plantations.

Sur l'écran de montage au centre du portique d'aluminium, la chienne de bord émet un long bâillement. Derrière son secrétaire, la productrice exécutive a repris les rênes du show. Ces dernières ne lui auront échappé que quelques secondes.

« Petite garce ! siffle-t-elle entre ses lèvres. Qu'elle aille crever dans la tempête sur la tombe de son Marcus et qu'on n'en parle plus ! Bon débarras ! »

Soudain, on frappe à la porte du bureau.

« Oui… ? appelle Serena. Entrez. »

Balthazar, le majordome équipé de son indispensable oreillette, entre dans la pièce :

« Madame McBee, vous allez bien ? J'ai entendu crier… »

Son regard tombe sur le secrétaire, parsemé de débris de porcelaine baignant dans une flaque de thé.

« La tasse m'a échappé, prétend Serena. Veuillez éponger ça. Et apportez-moi un bol d'eau froide où tremper mes doigts, je me suis brûlée.

— Tout de suite, madame. »

Tandis que le majordome s'esquive, Serena se penche à nouveau sur le tableau de commande. Elle y pose sa main gauche, qui a retrouvé toute son assurance, et rebascule la vue sur un plan d'ensemble du Jardin – sur les neuf pionniers restants, ceux qu'elle est certaine de contrôler à cent pour cent.

104. HORS-CHAMP
BEE ISLAND, MER DES HÉBRIDES
MERCREDI 21 AOÛT, 11 H 17

DÉCOLLAGE CABINE DE TRANSIT – 17 H 43 MIN

« *VOILÀ HUIT HEURES MAINTENANT QU'ON EST SANS NOUVELLES DE LÉONOR. Du moment où elle s'est jetée dans la tempête, à 15 H 16 heure martienne, tout contact avec elle a été perdu. A-t-elle pu retrouver la tombe de Marcus dans* la tourmente ? S'est-elle égarée ? Impossible de la localiser depuis l'espace avec la couche de nuages qui s'étend sur la planète, et son casque a cessé d'émettre... »

Le présentateur affiche la mine désolée qui sied à l'annonce d'une tragédie. Mais on sent aussi, dans son regard et dans son ton, le poids d'une fatalité certaine : la disparition de Léonor, au final, n'a rien d'étonnant.

« ... depuis de nombreux mois déjà – certains diraient depuis le début du programme Genesis –, la jeune Française est l'élément le plus instable de l'équipage, le maillon faible. Cette crise d'hystérie, qui semble bien lui avoir coûté la vie, est la dernière d'une longue série... »

Des images d'archives se mettent à défiler derrière le présentateur :

Séquence n° 1 – la cérémonie d'embarquement à cap Canaveral. Gros plan sur Léonor, bien droite dans sa combinaison, tandis que la voix de Gordon Lock lui demande : « Acceptez-vous de représenter l'Humanité sur Mars à partir de ce jour, et jusqu'au dernier jour de votre vie ? » Léonor hésite. Ouvre la bouche. La referme. « Eh bien, Léonor, insiste le directeur Lock. J'attends votre réponse... Les garçons attendent votre réponse... La Terre est suspendue à vos lèvres... » Mais le visage de Léonor est pétri de doutes. Elle murmure quelque chose d'inaudible, se reprend, lâche enfin dans un hurlement éraillé : « J'accepte, bien sûr !... J'ai dit que j'acceptais ! »

Séquence n° 2 – le premier jour de la mission, à bord du Cupido. Rouge de honte, Léonor débarque dans le séjour où les filles sont rassemblées autour de Kris, qui arbore une grosse bosse sur le front. « Mais t'es complètement tarée ou quoi, ma pauvre fille ? lui crie Kelly. T'as vu ce que tu as fait à Kris en lui rabattant la trappe sur la tête ? Non mais t'as vu ? Faut te faire soigner ! »

Séquence n° 3 – à la fin du voyage spatial. Léonor, en robe de mousseline rouge, vient d'être surprise en train de fouiller dans les affaires de ses coéquipières. Ces dernières l'observent *depuis la trappe au plafond de la chambre. « Elle fait une crise de parano, murmure Safia. Un truc dingue. Je crois vraiment qu'il faut que je vous en parle, les filles, pour son bien... » Léonor se rue sur l'échelle, attrape l'écharpe du sari safran qui pend à travers la trappe. Elle tire dessus comme sur un nœud coulant, empêchant la petite Indienne de prononcer un mot de plus. « Lâche-la ! Lâche-la ! Lâche-là ! » hurlent les autres filles, épouvantées.*

Séquence n° 4 – à l'annonce de l'attentat contre le président Green. *Léonor se tient livide face au dôme du Jardin, où défilent les images de la plateforme d'embarquement ravagée. Elle se met à crier : « Il ne faut pas laisser partir la fusée !... » Sa voix tremble, au bord de la cassure. « Il ne faut pas laisser le programme continuer !... » Les autres la regardent comme si elle était folle. « Le rapport Noé... » Alexeï se jette sur elle, la ceinture et déclare à la cantonade : « Elle est en train de faire une crise d'hystérie, c'est le choc psychologique causé par l'attentat ! Mozart, Samson, Kenji : aidez-moi à l'amener dans le Relaxoir ! Elle a besoin de décompresser loin des caméras. »*

Séquence n° 5 – il y a tout juste huit heures. *« Laissez-moi aller voir Marcus, une ultime fois ! hurle Léonor depuis le sas de décompression. C'est tout ce que je demande : me recueillir sur sa tombe... en silence ! » Close-up sur son visage exalté, à travers la visière de son casque, juste avant que la porte du sas se referme.*

Face à son ordinateur diffusant les news en streaming, Harmony McBee est livide. Elle a passé la nuit entière à veiller, scotchée à l'écran, suivant alternativement la chaîne Genesis et les sites d'information du monde entier.

Instinctivement, elle serre dans sa main son porte-bonheur, la mèche de cheveux offerte il y a deux ans par un garçon qu'elle connaît à peine et qui se trouve maintenant à des dizaines de millions de kilomètres d'elle.

« ... *les experts psychologiques les plus qualifiés se sont exprimés au cours des dernières heures sur le comportement de la pionnière française, continue le présentateur à l'écran. De l'avis général, le cas de Léonor est clair : l'arrivée de la Grande Tempête a fait peser une trop lourde pression sur ses épaules, ravivant le stress de la tempête précédente. Comme Kenji il y a plusieurs mois, elle a définitivement "disjoncté", pour parler vulgairement. Mais en se jetant seule dans la tourmente pour retrouver la tombe de Marcus, décédé d'une crise cardiaque il y a maintenant un an et demi, c'est sans doute son propre arrêt de mort que la malheureuse a signé...* »

À ces mots, un portrait photographique de Léonor en noir et blanc s'affiche derrière le présentateur ; ce dernier observe un instant de silence comme s'il s'agissait, déjà, de commémorer une disparition.

« Faites que Léonor revienne..., murmure Harmony comme une prière, tordant la mèche de cheveux entre ses doigts. Même si elle était avec Mozart, je n'ai jamais souhaité sa mort, le ciel m'en est témoin ! Ils ont bâti quelque chose ensemble, quelque chose de réel. Alors que pour moi, Mozart, c'est quoi, sinon un rêve ? – je n'ai jamais rien construit avec lui, ni avec personne au monde... »

À l'instant même où Harmony prononce ces paroles, son regard tombe sur la petite pépite d'or scintillant au pied de son écran.

Ses yeux s'écarquillent comme si elle la voyait pour la première fois.

Elle lâche la mèche de cheveux, qui part se perdre dans les courants d'air sifflants du château McBee.

105. CHAMP
MOIS N° 18/SOL N° 484/00 H 59
[603ᵉ SOL DEPUIS L'ATTERRISSAGE]

DÉCOLLAGE CABINE DE TRANSIT – 16 H 01 MIN

UN OCÉAN OPAQUE, SANS DÉBUT NI FIN.
Voilà l'environnement au sein duquel j'évolue depuis
près de dix heures déjà, à en croire la petite horloge
ronde incrustée dans le tableau de bord. Avec la boussole,
le radar et la carte numérique chargée dans la tablette de
navigation, c'est le seul instrument qui fonctionne encore.
J'ai coupé tous les autres dès que je suis montée à bord du
mini-rover en sortant de la base, à commencer par le signal
GPS. J'ai aussi enlevé mon casque, débranché son relais
radio, éteint la caméra embarquée. Là où je vais, personne
ne peut me suivre. Aucun spectateur, aucune productrice,
pas même les autres pionniers – et d'ailleurs, c'est ce que
j'ai promis à Alexeï à demi-mots, en prétendant vouloir aller
me recueillir sur la tombe de Marcus : *mon silence.*

Tout autour de moi, à travers le pare-brise de l'habitacle
pressurisé, il n'y a plus ni haut ni bas, ni sol ni ciel, ni dunes
ni étoiles. Tous les points de repère ont disparu, noyés sous
le déluge de poussière qui masque tout. Au début il était
rougeoyant, encore faiblement éclairé par le soleil lointain ;
mais depuis que la nuit est tombée, ce n'est plus qu'une poix
noire que les phares ne peuvent entamer. Seule la boussole
m'indique que je me dirige toujours vers l'Ouest, vers Noctis
Labyrinthus. Seul le radar me permet d'éviter les obstacles
qui jalonnent le chemin. Moi, je suis totalement aveugle.

En réalité, je le suis depuis longtemps.

Je me suis moi-même crevé les yeux, pendant tous ces
mois où je me suis interdit d'aller visiter le prisonnier du
septième habitat.

C'était tellement facile de ne pas le voir, de faire comme s'il n'existait plus, de ne pas entendre le tic-tac obsédant de la mutation D66 diminuant ses chances de survie chaque jour, chaque heure, chaque minute – et surtout, c'était tellement lâche.

J'ai laissé une autre ouvrir chaque matin la porte de sa cellule, avec au ventre l'angoisse de savoir si elle le trouverait mort ou vivant. C'est Liz qui l'a nourri, blanchi, soigné, qui a assumé le poids de cette réclusion pour laquelle j'avais pourtant plaidé le jour du procès – rien que des mots, mais aucun acte ! Et quand j'ai négocié sa libération, si je suis honnête avec moi-même, je dois admettre que c'était avant tout pour me libérer moi, pour libérer ma conscience, afin de me convaincre qu'en montant à bord de l'ascenseur énergétique, je ne laisserais personne derrière.

Sauf que ça ne marche pas comme ça.

Sauf que ma conscience ne sera jamais libérée, tant que je n'aurais pas regardé Marcus une dernière fois dans les yeux en lui disant : *Adieu.*

Alors je continue d'avancer droit devant moi depuis dix heures, sachant que chaque mètre parcouru m'éloigne un peu plus de la base – et éloigne un peu plus de moi la possibilité de faire demi-tour pour regagner à temps la cabine…

« *Obstacle détecté à 50 mètres* », annonce soudain la voix cybernétique de l'ordinateur de bord, étouffée par le vent qui ne cesse de hurler.

Arrachée à mes pensées, je débraye et ralentis, fixant mes yeux sur la tablette de navigation. Avec surprise, je me rends compte que je suis parvenue au seuil de l'immense région de Noctis Labyrinthus, du moins d'après ce que m'annonce la carte.

D'une pression du doigt sur l'écran, je bascule en vue radar, tout en continuant d'avancer au pas.

« *Obstacle détecté à 30 mètres* », articule sobrement la machine.

Qu'est-ce que Mars me réserve cette fois-ci ? Un rocher, un cratère, une crevasse ?

« *Obstacle détecté à 20 mètres.* »

Ce n'est pas un rocher, ni un cratère, ni une crevasse qui se dessine sur la tablette.

C'est un rover.

Je sens mes mains devenir moites sur le volant.

Un rover ! Celui de Kenji ou celui de Marcus ?

En toute hâte, j'enfile mes gants, je visse mon casque, je rampe à quatre pattes sur la plage arrière et j'appuie sur le bouton d'égalisation. Une partition étanche se referme derrière moi, protégeant l'habitacle de toute intrusion de poussière, tandis que la plage arrière se dépressurise lentement.

Au bout de ce qui me semble être une éternité, la portière se soulève enfin.

Là, dehors, c'est le noir total, un grand rien battu par les vents, un néant qui rugit.

Les deux petites torches dont mon casque est équipé, de chaque côté du cou, sont totalement impuissantes à percer ne serait-ce que quelques centimètres de cette nuit. Je ne peux me fier qu'au radar de ma combinaison, bien moins performant que celui du rover : le paysage qui se dessine dans ma visière, reconstitué par mon processeur embarqué d'après les données reçues, est vague et tremblotant. Les silhouettes des rochers semblent vibrer, onduler comme une houle. Celle du rover à l'arrêt apparaît et s'efface au gré des tourbillons de poussière perturbant le radar, semblant parfois se dédoubler tel un fantôme incertain.

Je me laisse glisser sur le sol, sans bien voir où j'atterris.

Mes jambes s'enfoncent jusqu'aux genoux dans une substance molle et visqueuse : la strate des poussières les plus lourdes, qui se sont déposées à la surface martienne au fil de ces dernières heures.

Avançant dans cette mélasse qui menace de m'enliser, je me dirige lentement vers le rover immobile.

Qui vais-je trouver dans l'habitacle ?

Kenji, mort depuis des semaines ?

Marcus, encore bien vivant ? – à moins que la mutation D66 ait finalement décidé de le frapper, là en pleine tempête, stoppant net l'avancée de son rover ?

Parvenue à quelques mètres, je me rends soudain compte que ce que j'avais pris pour un dédoublement d'image lié aux perturbations atmosphériques n'a en réalité rien d'une illusion : il n'y a pas là *un*, mais bien *deux* mini-rovers !

Je colle la visière de mon casque contre le pare-brise du premier, le plus étroitement possible, pour qu'aucune poussière ne vienne s'interposer devant le faisceau des torches. L'habitacle est vide.

Je me précipite alors sur le second, en vain : vide lui aussi.

Marcus et Kenji sont passés là, à quatre mois d'écart, mais ils n'y sont plus.

Où ont-ils disparu ?

Impossible de déceler la moindre empreinte dans l'écume pulvérulente qui recouvre le sol de Mars…

Je tourne sur moi-même, hagarde, laissant le processeur de ma combi reconstituer le paysage mugissant dans ma visière :

Des pierres…

Encore des pierres…

Rien que des pierres…

Non ! – là, au nord-ouest, à quelques dizaines de mètres des rovers abandonnés, il y a autre chose ! – un trou de la hauteur d'un homme s'ouvre dans la falaise : l'entrée d'une grotte !

Convaincue que c'est le seul endroit où Marcus peut s'être réfugié, je me traîne en direction de l'anfractuosité, soufflant comme un bœuf dans mon casque, déplaçant des mètres cubes de poussière à chacun de mes pas.

Une fois franchi le seuil rocheux, ma mobilité s'améliore un peu : ici, la poussière a plus de mal à pénétrer. Je m'enfonce dans le boyau. Le rugissement du vent s'atténue progressivement à travers les capteurs audio de mon casque et, peu à peu, la lumière de mes lampes-torches parvient à rayonner à travers l'air de moins en moins chargé. Au bout d'une cinquantaine de mètres de descente en pente douce, enfin, je peux couper le radar pour repasser en vision normale.

Alors seulement, je regarde autour de moi pour voir ce qui m'entoure.

Le faisceau des lampes balaie les parois rocheuses, qui s'élèvent sur plusieurs mètres au-dessus de ma tête. L'endroit est plus vaste que ce à quoi je m'attendais ; en réalité, le boyau va s'élargissant à mesure qu'il plonge dans les profondeurs…

Je sens mon estomac se serrer, à l'idée soudaine de mon insignifiance au milieu de cet univers minéral qui n'a pas dû changer depuis des millions d'années, et qui restera tel quel des millions d'années après ma mort. Cette caverne pourrait bien s'étendre sur des kilomètres, je n'ai aucune preuve que Marcus s'y est aventuré, mes efforts pour le retrouver sont dérisoires et…

Le flux de mes pensées s'arrête net à l'instant où le faisceau de mes lampes éclaire le sol.

Il y a des empreintes de bottes.

Là, sur la fine couche de sable tapissant le sol rocheux.

Toute appréhension s'évanouit instantanément.

Les battements de mon cœur amplifiés par la cloche de mon casque, je me mets à courir droit devant – ou plus exactement, à « coursauter », cette allure adaptée à la gravité martienne qui m'est devenue naturelle après tous ces mois passés sur la planète rouge.

Sous mes bottes, l'inclinaison du sol ne cesse d'augmenter.

Autour de moi, les parois ne cessent de s'évaser.

Ce n'est plus un boyau, ni même une caverne : c'est une véritable crypte qui dévale devant moi, vaste et pentue comme un alpage, et là-bas... on dirait des arbres !

Des arbres, sur Mars ?

Aussi larges, aussi hauts que des séquoias ?

Je perds la tête, est-ce que c'est une hallucination liée au manque d'oxygène ?

Je lorgne nerveusement les marqueurs vitaux s'affichant en lettres digitales lumineuses au coin de ma visière :

PRESSION INTERNE : 100 %

RÉSERVE D'OXYGÈNE : 33 H

RÉGULATION THERMIQUE : 25 °C

INTÉGRITÉ PHYSIQUE : RIEN À SIGNALER

HORLOGE : MOIS N° 18/SOL N° 484/03 H 54

Tout a l'air de fonctionner, j'ai encore assez d'oxygène... et ça fait déjà trois heures que j'ai quitté le rover, trois heures que je m'enfonce dans le ventre de Mars, je n'avais pas vu le temps passer.

Je reporte mon attention sur les « arbres », pour réaliser que ce n'en sont pas.

Ce que j'avais pris pour des troncs de séquoias constituent en réalité d'énormes formations minérales. Des sortes de stalagmites, aux multiples facettes parfaitement lisses et larges comme des portes, qui jaillissent du sol et s'élèvent tout droit vers les hauteurs enténébrées de la crypte. Des cristaux géants.

Saisie d'un sentiment d'émerveillement face à ces prodiges de la nature, je m'approche du premier d'entre eux. Mes lampes illuminent la surface cristalline, réveillant sa couleur : un rouge orangé évoquant l'ambre, en plus transparent.

C'est magnifique.

M'approchant encore d'un pas, je me rends compte que je me réfléchis entièrement dans cette étrange psyché : mes bottes couvertes de poussière ; mon épaisse combinaison avec son lourd module de vie extravéhiculaire dans le dos ;

mon casque un peu troublé par la condensation de ma respiration.

C'est moi, Léonor.

Moi qui ai vendu mon image pour toujours.

Moi qui me reflète encore dans un écran, jusqu'au tréfonds de Mars.

À l'instant où je formule mentalement cette pensée, une lueur accroche mon regard.

Là-bas, dans la crypte !

Un feu follet traverse le champ de cristaux, illuminant furtivement leurs facettes !

Mon cœur fait un bond dans ma poitrine.

« *Marcus !* » je m'écrie en me remettant à coursauter.

Je fonce parmi les cristaux millénaires, transpirant à grosses gouttes dans ma combi, sans prendre garde aux chiffres de régulation thermique qui s'affolent dans le coin de ma visière.

C'est bien un être humain qui marche devant moi ; un astronaute en combinaison.

« *Marcus...* », je murmure.

Ma main gantée s'abat sur son épaule.

Il se retourne vivement.

C'est lui.

Ce sont ses yeux gris, agrandis pas la surprise.

Ce sont ses épais sourcils châtains, humides de sueur après des heures de marche.

C'est sa mâchoire rasée pour sa dernière sortie, amincie après des mois de réclusion.

Ses lèvres s'entrouvrent en tremblant, mais aucun son n'en sort.

Je me rappelle soudain que le micro et les écouteurs de son casque ont été détruits, pour l'empêcher de communiquer avec la Terre dans son exil. J'ai la sensation vertigineuse de revenir au jour de notre atterrissage en catastrophe sur le sol de Mars, quand le relais radio entre les combinaisons ne fonctionnait plus et que je suis allée pour la première fois à sa rencontre. Il est incapable de m'entendre ou de me parler.

Mais, maintenant comme jadis, il peut me voir.

Je parviens à déchiffrer le nom qui se forme sur sa bouche balbutiante, comme s'il peinait à réaliser qui se tient devant lui : *Léonor…*

« *Je suis venue pour un dernier au revoir* », dis-je, énonçant bien chaque syllabe afin que Marcus puisse lire sur mes lèvres, lui aussi.

Le son de ma propre voix, me revenant dans le retour audio de mes écouteurs, me semble étranger.

Les yeux muets de Marcus, tremblant dans la lumière de mes lampes-torches, me font frissonner.

« *Je suis venue pour te dire… adieu* », je parviens encore à articuler.

Le visage de Marcus se brouille devant mes yeux.

Encore de la buée dans mon casque ?

Ou juste mes larmes, que je n'ai plus la force de retenir ?

« *Je suis venue pour…* »

Les mots restent coincés dans ma gorge.

Ce n'est pas pour ça que je suis venue.

C'est pour peupler mes oreilles de la voix rauque de Marcus que je suis venue ! C'est pour emplir mes narines de son odeur de bois chaud, de fougère ! C'est pour saturer mes doigts du grain de sa peau ! C'est pour l'entendre, le sentir, le toucher, pour m'imprégner de lui par tous mes sens, une dernière fois : voilà pour quoi je suis vraiment venue !

Mais il y a entre nous toute l'épaisseur de nos combinaisons – toute l'épaisseur de l'univers ! De rage, incapable de supporter plus longtemps le son de ma voix qui ne sert à rien, le bruit de ma respiration qui siffle péniblement, je coupe à mon tour le micro et les écouteurs de mon propre casque en criant la commande : « *Audio off !* »

Le silence me tombe dessus.

Comme dans un film muet, le gant d'astronaute de Marcus se soulève vers ma joue puis se suspend, arrêté par le casque avant de pouvoir toucher ma peau.

Son large front se penche sur moi puis se fige, heurtant la barrière de verre avant de pouvoir reposer contre le mien.

Son visage est là, à quelques centimètres de moi, si proche et pourtant inaccessible – ses yeux que je n'ai jamais pu oublier, malgré la haine, malgré la déception, malgré le temps, et que j'ai continué de chérir clandestinement au fond de moi comme deux joyaux volés.

Soudain, il empoigne à deux mains les bords de son casque, paraissant prêt à le dévisser.

Mue par un réflexe de panique, je le repousse de toutes mes forces.

Son corps alourdi par la combinaison heurte de plein fouet l'un des gigantesques cristaux, le choc déclenchant une étrange vibration minérale, une espèce de larsen qui se propage dans la colonne translucide...

... et que je perçois malgré mes écouteurs désactivés.

C'est une révélation : je suis tellement habituée aux caméras et aux micros, à tout ce fatras technologique au milieu duquel je vis depuis deux ans, que j'ai oublié que je pouvais m'en passer ! En réalité, entre la stalagmite et mon oreille, il n'y a que la lamelle de verre de ma visière... Si j'ai réussi à entendre vibrer le cristal sans écouteurs, alors Marcus pourrait entendre vibrer ma voix – pourvu que je crie, au lieu de murmurer.

« **Ne fais pas ça, je te l'interdis !** » je hurle à pleins poumons, au moment où il porte à nouveau les mains à son casque.

Il se fige.

Il m'a entendue !

Comprenant qu'il peut lui aussi me parler, il crie à son tour.

Sa voix rocailleuse me parvient, atténuée par les deux visières qu'elle doit traverser successivement pour voyager jusqu'à moi :

« Et moi, je t'interdis de rester ! Je suis venu ici pour me perdre. J'ai arrêté mon rover quand je suis tombé sur celui de Kenji. À mon tour de disparaître dans ses pas. Toi, va-t'en, retourne du côté des vivants ! »

Le cœur me remonte dans la gorge :

« C'est ainsi que tu me remercies d'avoir obtenu ta libération ? C'est ainsi que tu me remercies d'être venue te voir une dernière fois ?

— Tu n'aurais pas dû, gronde-t-il, les sourcils froncés par la colère. Ta place est avec Mozart. Dans l'ascenseur.

— Et si je décide qu'elle est ici, avec toi, tant que tu es en vie ? je proteste, envoyant des postillons de rage et de détresse contre ma visière.

— Alors, tu ne me laisses pas le choix… Une fois que j'aurai crevé pour de bon, puisque c'est ça qui te retient, plus rien ne t'empêchera de faire demi-tour. »

Il empoigne pour la troisième fois les rebords de son casque, et cette fois-ci je sais que je ne bénéficierai pas de l'effet de surprise pour le déstabiliser et l'empêcher de commettre l'irréparable.

« Attends ! Je ne peux pas faire demi-tour ! Dans une heure je mourrai moi aussi, ma combinaison n'aura plus d'oxygène ! »

C'est faux, mais Marcus n'a aucun moyen de le savoir.

Son expression change subitement, la froide détermination d'en finir laissant la place à l'effarement.

« Plus d'oxygène ? répète-t-il d'une voix soudain si faible que je l'entends à peine.

— Oui ! je prétends, la gorge douloureuse à force de crier. J'ai quitté la base précipitamment, sans recharger mon module ! C'est écrit là, sur l'écran de contrôle de ma visière, sous mes yeux : je n'ai plus que 59 minutes d'O_2 !… »

Les gants de Marcus lâchent son casque et retombent lentement le long de sa combinaison.

Un gémissement déchirant s'échappe de ses lèvres :

« Léonor !... Oh, Léonor !... »

Ses yeux s'humectent à leur tour :

« **Je n'ai pas réussi à te sauver !... Mes mensonges n'auront servi à rien !...** »

Je me précipite sur lui, prends ses épaules dans mes bras.

« **Arrête de ressasser ces mensonges !** je lui ordonne, une montée d'adrénaline faisant battre mon cœur encore plus fort. **Tu les as déjà avoués ! Tu les as déjà expiés ! Et moi... je t'ai déjà pardonné !** »

Je crie ces mots comme une libération, comme une revanche, presque avec hargne.

Les idées s'enchaînent à toute allure dans mon esprit survolté : une fois que Marcus sera calmé, je lui dirai qu'il me reste assez d'oxygène finalement, je le ramènerai avec moi jusqu'au rover, jusqu'à la cabine de l'ascenseur énergétique ! Je trouverai bien une histoire à raconter aux spectateurs pour expliquer sa résurrection ! Les autres pionniers n'oseront pas remettre le rapport Noé sur la table ! Je les mets au défi de nous séparer à nouveau !

Mais Marcus ne semble pas prêt à se calmer.

Peut-être ne m'a-t-il pas entendue ?

« **Je te pardonne tes mensonges !!!** je répète en criant plus fort.

— **Tu ne comprends pas...,** hoquette-t-il, les larmes coulant le long de ses joues, traçant des sillons sur sa visière. **Ce sont mes aveux qui étaient des mensonges !... Je... je ne connaissais pas le rapport Noé avant de monter dans la fusée.** »

106. HORS-CHAMP
PENDANT CE TEMPS, À SOIXANTE-DIX MILLIONS DE KILOMÈTRES
DE MARS...

DÉCOLLAGE CABINE DE TRANSIT – 13 H 00 MIN

*ICI, SUR LA PLACE DE TIMES SQUARE À NEW YORK, règne une
« ambiance torride ! » lance le journaliste dans son micro.
En tout cas, la température est certainement torride, à en
juger par la manière dont il transpire dans sa chemise au col
déboutonné.*

*Il s'écarte afin de laisser le caméraman cadrer sur la célèbre place
écrasée de soleil, entourée de buildings couverts d'écrans – tous
reflètent des images de la chaîne Genesis, de la base martienne où
les pionniers attendent l'arrivée de leur ascenseur.*

*Comme à chacune des grands-messes de Genesis, depuis deux
ans, l'espace est envahi par une foule si dense qu'on ne discerne
plus un centimètre carré d'asphalte. De cérémonie de décollage en
célébration de mariage, le public a toujours été au rendez-vous,
sans cesse plus nombreux pour communier avec les pionniers
pendant leurs grands moments. La rencontre prochaine des par-
ticipants de la saison 1 avec ceux de la saison 2, là-haut dans
le* Cupido, *constitue indéniablement l'un de ces points d'orgue,
et la population est déjà présente en masse, bien avant l'heure
annoncée.*

*En dépit de l'état d'urgence, il règne un climat festif, une
excitation optimiste dans Manhattan, baigné de chaleur. Les
enfants tiennent des ballons rouges gonflés à l'hélium en forme
de planète Mars ; çà et là, des amoureux enlacés croquent à
deux dans des pommes d'amour géantes, spécialement cultivées
pour ressembler à celles de Mars ; petits et grands, nul ne doute
que la présidente McBee va sauver les pionniers de la Grande
Tempête, tout en assurant un grand spectacle comme elle l'a
promis.*

Cette joyeuse ambiance de cinéma en plein air, si américaine en cette superbe journée d'été, est cependant strictement encadrée par des barrières de fer quadrillant l'ensemble de la place, ainsi que les avenues et les rues alentour. Un service de sécurité renforcé patrouille entre les allées ainsi ménagées : des militaires en tenue de combat noire, mitraillette au poing. Mais la surveillance ne vient pas seulement des soldats, qui font le métier pour lequel ils ont été formés ; tous les quelques mètres, parmi les civils souriants, sont postés des hommes, des femmes et des adolescents arborant l'uniforme des Essaims Citoyens. Eux n'ont pas d'armes. Mais ils ont leur alvéole-caméra luisant sur leur cou et leur oreillette brillant sur leur tempe...

La caméra recadre sur le journaliste, au moment où il répète, tel un présentateur de drive-in avant la séance : « Une ambiance torride, oui, c'est le mot ! Dans six heures, la cabine de l'ascenseur spatial énergétique se posera sur Mars. Et sept heures après, il redécollera avec à son bord les pionniers de la saison 1, qui passeront un mois dans l'espace, le temps que s'achève la Grande Tempête. Mais combien seront-ils à bord de l'ascenseur ? Après les disparitions de Marcus et Kenji, est-ce qu'il faudra aussi compter sans Léonor ?... »

Zap !

Depuis son bureau en verre et acier chromé, Phoebe Delville presse un doigt sur la télécommande qu'elle tient entre ses mains. Son regard est concentré, sous sa frange de cheveux lustrés, du même noir profond que son maquillage smoky et que son tailleur de couturier.

Face à elle, au mur d'une vaste pièce au mobilier de designer épuré, entre de larges fenêtres donnant sur la sky-line de Los Angeles, se dresse un écran plat connecté aux chaînes d'information du monde entier avec traduction instantanée. Pour l'héritière d'un groupe tel qu'Eden Food International, qui plus est chargée de tous les partenariats avec le programme Genesis, il est impératif de rester en prise directe avec l'actualité.

L'attention de la jeune femme s'arrête soudain sur une chaîne française.

Plan d'ensemble sur les Champs-Élysées, à Paris, où la population s'est régulièrement rassemblée au cours des deux dernières années, tour à tour pour applaudir ou siffler son étrange représentante aux réactions si imprévisibles.

C'est la fin d'après-midi, mais pour l'occasion l'éclairage public est déjà allumé le long de l'avenue et sur l'Arc de triomphe, en dessous duquel se dresse un écran géant connecté à la chaîne Genesis. Si la chaleur semble aussi écrasante qu'à New York, l'ambiance quant à elle est moins enjouée, plus tendue. Certains membres du public ont allumé de petites bougies pour représenter leur espoir que Léonor soit encore vivante – ou pour se recueillir, déjà, sur sa disparition ?

Une reporter apparaît à l'écran, front luisant malgré la poudre antibrillance dont on l'a couvert : « Ce soir, la France entière retient son souffle, déclare-t-elle gravement dans son micro. Où est Léonor ? Où est la fille qui, depuis deux ans, porte nos couleurs et nos rêves ? Même si elle est officiellement une Martienne, maintenant que la France s'est alignée sur son allié américain en reconnaissant l'indépendance des pionniers, elle restera une petite Française dans le cœur de bien des spectateurs... »

La reporter se tourne vers une vieille dame aux cheveux blancs soigneusement mis en plis, installée devant un Perrier rondelle, à l'une des terrasses de café prises d'assaut par les visiteurs.

Elle lui plante son micro sous le nez : « Je crois savoir, madame, que vous êtes là depuis ce matin ?

— Nous sommes là depuis ce matin toutes les deux, Mirza et moi, rectifie la vieille dame en désignant le caniche allongé sur ses genoux. À notre âge, nous sommes mieux ici, en plein air, plutôt que dans notre immeuble où il n'y a toujours pas la climatisation – malgré des demandes répétées à la copropriété, croyez-moi... Et puis surtout, nous sommes venues pour soutenir Léonor pendant la Grande Tempête. Nous ne nous doutions pas qu'elle allait se jeter dedans ! »

La reporter hoche la tête d'un air désolé ; puis elle pousse son micro un peu plus près de la bouche de l'interviewée, en quête d'émotion : « Dites-moi : que représente Léonor pour vous, une senior qui vit seule avec son chien ? Elle est un peu comme votre petite-fille, j'imagine ?... »

La vieille dame marque un silence.

Elle caresse distraitement la fourrure de Mirza, réfléchissant à la question au lieu de lancer dans le micro une réponse toute faite, attendue, comme l'escompte son interlocutrice, comme l'exige le pathos du moment.

« Ma petite-fille ? répète-t-elle finalement, de ses lèvres ridées. Non. Je me rends bien compte que, malgré les heures passées devant la chaîne Genesis, je connais à peine Léonor. En vérité, qui donc, sur Terre, peut avoir la prétention de connaître réellement cette orpheline qui a grandi sans famille ? Qu'on la porte aux nues ou qu'on la conspue... Qu'on placarde sa beauté dans les campagnes de publicité Rosier ou qu'on détourne les yeux de sa cicatrice... Qu'on loue son sang-froid de médecin ou qu'on la traite de folle hystérique... Personne ici ne sait qui elle est vraiment, ni ce qui se passe dans sa tête. »

Une étincelle de malice s'allume au fond des yeux de la vieille dame ; elle pose sa main sur le bras de la reporter qui lui tend le micro : « Vous savez, jeune femme, une émission de téléréalité, ce n'est pas la réalité.

— *Ah ? Euh, oui, bien sûr »,* balbutie la reporter, désemparée.

Elle s'apprête à retirer le micro pour partir en chasse d'un témoignage plus conventionnel, mais la main de la vieille dame pèse toujours sur son bras – elle n'en a pas encore fini : « Vous m'avez demandé ce que Léonor représente pour moi ? Eh bien justement, c'est ça qu'elle représente. L'inconnu. L'imprévisible. Le petit feu follet roux qui suit son propre chemin, même dans le spectacle le mieux rodé. » Elle réfléchit encore un instant pour trouver le mot le plus juste : « Léonor, c'est la flamme de la liberté ! »

Zap !
Phoebe Delville change à nouveau de chaîne.

Elle semble vaguement troublée par l'évocation de la pionnière française.

Surfant distraitement à travers le paysage audiovisuel mondial, elle s'arrête un peu au hasard sur une chaîne russe.

Changement radical de décor : après les marées humaines envahissant Times Square et les Champs-Élysées, la place Rouge de Moscou fait figure de désert.

Ici, pas d'écrans géants retransmettant en direct les images de Mars, pas de barrières pour contenir la foule : il n'y a pas un chat.

L'image s'efface pour laisser la place à un présentateur assis à son bureau, le visage crispé.

« Chers patriotes, comme vous pouvez le voir sur ces images, ce soir est un soir comme les autres en Russie. Pas de rassemblement vain, pas d'excitation inutile : le calme règne dans les rues de Moscou. Vous pouvez dormir sur vos deux oreilles. »

Après cette introduction qui se veut rassurante, il toussote et précise le véritable message qu'on lui a ordonné de faire passer :

« Le gouvernement nous charge de vous rappeler que la chaîne Genesis est désormais interdite en Russie. Toute tentative d'y avoir accès, sur Internet ou par quelque moyen que ce soit, sera punie. Je répète : toute tentative de regarder la chaîne Genesis sera punie. »

Une sonnerie retentit dans le vaste bureau de Phoebe Delville, détournant momentanément son attention de l'écran.

Elle presse une touche du téléphone posé sur son bureau de verre :

« Oui ?

— Mademoiselle Delville, James vient de se réveiller de sa sieste. Il vous réclame. Je vous l'amène, ou bien vous êtes trop occupée à suivre les avancées de Logan, le nouveau candidat sponsorisé par Eden Food ?

— Amenez-moi James, Adelaide. De toute façon, il n'y a rien à suivre en ce moment : il n'y a qu'à attendre cette cabine d'ascenseur... »

L'héritière met fin à la conversation et reporte son regard sur l'écran, où s'affiche désormais une chaîne japonaise.

Passé New York et Paris, plus à l'est encore que Moscou, c'est le cœur de la nuit au Japon. Néanmoins, la place de la gare de Shinjuku est brillamment éclairée, noire de monde. Bien que le pionnier japonais soit décédé depuis quatre mois dans le désert de Mars, l'engouement de la population nippone pour le programme n'a pas tiédi, au contraire. Les Tokyoïtes s'apprêtent à passer une nuit blanche pour soutenir ensemble les pionniers survivants, devant les grands écrans qui ont été dressés sur le flanc de la gare... avec, pour certains d'entre eux, l'espoir que Kenji revienne d'entre les morts. On reconnaît en effet dans les premiers rangs la tenue désormais célèbre des membres du temple de l'Unification cosmique, kimono et hachimaki blanc noué sur la tête. Ils sont là des milliers. Certains brandissent des portraits des deux « Joyaux » et du mystérieux « visage » de Cydonia ; les autres accomplissent leur taï-chi rituel censé envoyer des ondes cosmiques positives jusqu'à Mars ; un cordon de policiers entoure le tout, pour éviter l'émeute.

Une journaliste toute menue entre dans le champ, micro à la main : « Ce soir à Shinjuku, les cosmicistes sont venus en nombre, alors même que la secte à laquelle ils se rattachent est toujours illégale au Japon, dit-elle d'une voix fluette. Extorsions de fonds, intimidations, enlèvements : le mouvement créé à la fin des années 1980 par le lama Yoshiki a été plusieurs fois condamné par la justice, et ses principaux leaders croupissent aujourd'hui derrière les barreaux. Quant aux prétendus visages sculptés par une hypothétique civilisation inconnue à la surface martienne, l'analyse scientifique des clichés a depuis longtemps prouvé qu'il ne s'agissait que de formations géologiques tout à fait naturelles. Mais ces crimes avérés et ces dogmes démystifiés ne semblent pas dissuader une population de plus en plus importante, de plus en plus jeune, et de plus en plus internationale de se revendiquer cosmiciste... »

La journaliste se glisse prudemment au-delà du cordon de policiers, vers un groupe de jeunes fidèles occidentaux.

Elle tend son micro à une grande fille blonde, dont les longs cheveux lisses sont élégamment retenus par le bandeau du hachimaki.

« Bonjour, mademoiselle..., dit-elle en anglais.

— Appelez-moi Sakura-Shirley, répond la jeune fille avec un grand sourire rayonnant d'espoir et de confiance.

— Bonjour, Sakura-Shirley... Vos amis et vous, venez-vous de loin pour être présents ici ce soir ?

— On vient d'un peu partout aux États-Unis. On a traversé l'Atlantique, puis l'Europe et l'Asie ; pour nous, c'est un peu comme un pèlerinage. C'est un tel honneur d'être ici, dans le pays de naissance de Kenji !... Gloire au Joyau céleste !...

— ... gloire au Joyau céleste ! » reprennent ses compagnons, dans un chœur tonitruant.

Un peu inquiète, la journaliste lorgne les policiers, comme pour s'assurer qu'ils seront en mesure de contenir la ferveur des fidèles si elle vient à déborder.

« Vous vous attendez vraiment *à revoir Kenji sur les écrans, quatre mois après sa disparition, alors que tous les experts sont formels sur le fait qu'il n'y a* aucune *chance qu'il soit encore vivant ? » demande-t-elle.*

Une lueur s'allume dans les yeux de Sakura-Shirley, un mélange de foi et de détermination.

« Kenji est peut-être retourné dans le Grand Corps Cosmique. Ce que nous voulons voir, maintenant, ce sont Eux *! »*

Phoebe Delville éteint le téléviseur au moment où l'on frappe à la porte de son bureau.

« Entrez ! »

Une nounou en survêtement siglé Eden Food entre dans la pièce, tenant la menotte d'un garçonnet d'un an et demi, aux larges boucles châtain, le visage dévoré par deux immenses yeux gris.

Un sourire illumine sa frimousse :

« Ma-man ! » articule-t-il.

Il lâche la main d'Adelaide et se dirige en courant vers sa jeune mère.

« Il est tellement intrépide pour son âge ! s'extasie la nounou. Je parie que son père est un véritable aventurier, un grand explorateur ! N'est-ce pas, mademoiselle Delville ?

— Écoutez Adelaide, ma famille et la presse ont déjà essayé de me faire parler, ne vous y mettez pas vous aussi ! coupe Phoebe d'une voix sèche, inflexible, déjà habituée à diriger. Une fois pour toutes, je n'ai de comptes à rendre à personne et je ne révélerai jamais l'identité du père. Il ne voulait pas d'enfant, mais moi j'en voulais un, alors je l'ai fait toute seule, sans qu'il le sache. Point final. »

Elle accueille le bambin dans ses bras et sa voix s'adoucit aussitôt :

« Mais vous avez raison, oui, c'était un aventurier... une étoile filante. »

107. CHAMP

MOIS N° 18/SOL N° 484/04 H 05
[603ᵉ SOL DEPUIS L'ATTERRISSAGE]

DÉCOLLAGE CABINE DE TRANSIT – 12 H 55 MIN

« JE NE CONNAISSAIS PAS LE RAPPORT NOÉ AVANT DE MONTER DANS LA FUSÉE ! Il n'y avait pas d'ordinateur dans l'animalerie de Genesis, juste des cages, rien que des cages ! »

Quoi ?

Qu'est-ce que Marcus vient de dire ?

J'ai l'impression d'avoir du mal à comprendre ses paroles, tout d'un coup, à travers la double barrière de nos visières...

« C'est à cause de l'ascenseur énergétique, halète-t-il derrière son casque, les joues ravinées de larmes. Dès qu'ils nous ont balancé le projet, j'ai su au plus profond de moi que je ne pourrais pas revenir sur Terre pour y crever de ma maladie comme un gueux, après avoir tellement rêvé de m'éteindre dans le ciel comme une étoile. Et en même temps, j'ai su que je n'accepterais jamais d'être le boulet qui t'empêcherait de rentrer, toi, vers la vie. »

Mes mains se détachent lentement des épaules de Marcus.

« Je ne voulais pas que tu décides de rester mourir sur Mars avec moi, alors je me suis inventé un crime odieux pour que tu me détestes ! » crie-t-il d'une voix éraillée, un filet de mucosité s'échappant de son nez.

Les deux dernières années défilent à toute allure dans ma tête.

« Je me suis accusé d'une trahison abjecte pour que tu me rejettes ! » hurle-t-il, la bouche moussante de salive.

Toutes ces journées vides, tous ces soirs de tristesse et tous ces matins de solitude... n'avaient aucun sens ?

« C'est Mozart que tu aurais dû épouser, depuis le début !... » Marcus se retourne et frappe rageusement sur l'immense colonne de cristal derrière lui, au risque de se déboîter l'épaule. « C'est Mozart qui disait que tu étais aussi précieuse que ces cristaux de jarosite !... J'étais persuadé que tu serais heureuse avec lui : qu'il veillerait sur toi comme sur un trésor ; que vous auriez des enfants sans craindre de leur transmettre une maladie génétique, si infime et contrôlable le risque soit-il... Mais il n'est pas là aujourd'hui, et tu n'as plus d'oxygène. Moi, j'approche du record absolu de survie entre les deux crises D66, je sais que je n'en ai plus pour longtemps ! Mais toi, tu avais encore toute la vie devant toi ! Et maintenant tu vas mourir, alors que tu aurais dû vivre, vivre, VIVRE ! »

Il s'effondre au pied du cristal impassible, pareil à un jouet électronique en forme d'astronaute, cassé et jeté au rebut, coincé sur le même refrain préenregistré :

« Tu aurais dû vivre... Tu aurais dû vivre... »

Marcus est innocent.

Depuis le début.

Les aveux, le procès, la détention : tout ça n'était qu'un écran de fumée, une grande illusion, le clou du spectacle avant que l'artiste s'évanouisse dans les airs, se dissolve dans l'espace…

(Il a choisi la planète Mars plutôt que toi…), commence à siffler une voix bien connue au creux de mon oreille. *(Il a choisi de mourir seul plutôt que de passer ses derniers jours à tes côtés… Il a choisi… chois… choi… ch…)*

Curieusement, j'entends à peine la Salamandre, en ces profondeurs désolées où elle devrait hurler comme toutes les orgues de l'enfer.

Étrangement, je n'ai aucune difficulté à la refouler, devant cet immense gâchis qui devrait me jeter dans un abîme de colère et de désespoir.

Au contraire, je sens une puissante vague de paix m'envahir, balayant jusqu'à l'impatience fiévreuse et vengeresse qui s'était emparée de moi à l'idée de ramener Marcus à la base, de l'imposer de force aux autres pionniers, aux organisateurs de Genesis, aux spectateurs de la Terre entière.

Grâce à ma mémoire photographique, je revois cet autre moment où il était au seuil de la mort, avant l'exécution de sa sentence, lorsque la seringue était sur le point de vider son venin dans sa chair.

Je revois son bras aux veines saillantes…

Sa peau foisonnante de tatouages…

La silhouette mystérieuse du chat de Schrödinger…

Le mot CHOICE – *le choix* –, gravé dans le pli de son coude…

… qui se retourne dans mon esprit et dessine en image miroir le mot DESTINY – *le destin.*

Destiny

Je m'accroupis à côté de Marcus, collant mon casque contre le sien – une légère vibration fait trembler nos visières, le bruit de ses sanglots étouffés.

« Je vais vivre, Marcus, je te le promets » – tout contre lui, au milieu de cette crypte silencieuse où aucun vent n'a jamais soufflé, je me rends compte que j'ai à peine besoin de hausser la voix pour me faire entendre.

Il relève ses yeux embués, couleur de ciel après l'orage :

« Mais… ton oxygène…

— Il m'en reste assez pour remonter jusqu'à mon rover, retourner à la base et attraper l'ascenseur énergétique à temps. »

Une expression de joie pure se dessine sur son visage, qui chasse les nuées dans ses yeux et toute ombre de reproche pour lui avoir menti : il ne reste que le bonheur de savoir que je vais survivre.

Je grave cette image de soleil rayonnant dans ma mémoire, pour toujours.

« Je ne peux pas te suivre, mon amour…, dit-il, frémissant soudain.

— Je sais.

— Il faut essayer de me comprendre…

— Je te comprends, mon beau Marcus. »

Je m'efforce de sourire.

J'y arrive sans peine.

Parce que je comprends vraiment Marcus, entièrement, complètement, pour la première fois.

« *Je ne peux changer la direction du vent, mais je peux orienter mes voiles pour atteindre ma destination* : c'est du James Dean, pas vrai ? »

Marcus hoche la tête.

Ses beaux yeux s'écarquillent comme deux univers en expansion.

C'est en eux que je puise la force de vivre ce moment plus intense que tout ce que j'ai vécu. En eux que je trouve une éloquence que je croyais n'appartenir qu'à lui. Comme si, malgré la barrière irréductible de nos combinaisons séparant nos deux corps qui n'ont jamais vraiment fait l'amour, et qui ne le feront jamais, nous étions, en cet instant et pour toujours, entièrement l'un en l'autre.

« **À quinze ans, les médecins t'ont collé un diagnostic mortel sur le front, les assistantes sociales t'ont programmé une fin de vie dans un foyer. Mais toi, tu as refusé cette histoire triste, cette épitaphe écrite d'avance par d'autres, pour créer ta propre légende. Tu ne pouvais pas changer la direction du vent génétique qui te poussait vers la tombe, mais tu as orienté tes voiles : tu as fui les hôpitaux pour te jeter sur les routes, dans l'espace, jusqu'à Mars. Tu as transmuté le plomb en or. Tu as transformé le destin en choix. Tu as métamorphosé une destinée toute tracée en destination : celle que tu t'es choisie ! »**

Je ne pleure plus maintenant, parce que je sais que malgré les doutes et les peurs, par-delà les erreurs de jugement que nous avons commises et les incompréhensions qui nous ont longtemps éloignés, l'histoire de Marcus est celle d'une conquête, la plus noble qu'un homme puisse faire en ce monde : la conquête de la liberté.

« **Je te promets de vivre, Marcus !** » je répète en me sentant gonflée d'une force nouvelle, qui désormais ne me quittera plus.

Je n'ai plus aucun doute sur la suite, en ce qui me concerne.

C'en est fini de mentir, d'hésiter, de me laisser balloter par le vent que souffle Serena.

Le moment est venu d'orienter mes voiles. Je monterai dans l'ascenseur ; une fois là-haut, je balancerai tout ; je me battrai contre la présidente et je la vaincrai ; au bout du voyage, je rentrerai sur une Terre qui ne sera pas la sienne, mais la mienne : mon monde, ma destination !

« Je te promets de défier toutes les Serena de l'univers pour être aussi libre dans ma vie que tu l'as été dans la tienne – toi, mon astre noir et pourtant si resplendissant !

— Ma géante rouge... », murmure-t-il en souriant doucement, tendrement.

Il glisse son gant dans la poche fourre-tout de sa combinaison et en sort une étoffe rouge soigneusement pliée. C'est ma robe de mousseline. Celle que je croyais perdue.

« Liz me l'a donnée, avoue Marcus. Je me suis endormi la joue contre elle, chaque nuit pendant deux ans, pour être avec toi. »

Il déplie le tissu vaporeux au-dessus de nos têtes, comme un dais nuptial.

Nous restons longtemps ainsi dans le nuage de mousseline, serrés dans les bras l'un de l'autre, noyés dans nos regards, unis telles deux étoiles qui fusionnent au milieu d'une nébuleuse rougeoyante.

Et puis soudain, je sens la respiration de Marcus qui décroît. En quelques secondes, sa combinaison spatiale cesse de se soulever régulièrement entre mes gants.

« Marcus... ? je murmure.

— La mutation D66... C'est l'heure... Je reconnais son odeur... le bruit de son pas... toutes les sensations qu'elle provoque, comme il y a cinq ans... Mais je n'ai plus peur. »

L'horreur se réveille en moi d'un seul coup, la terreur sans nom du néant, l'angoisse abyssale de le perdre pour toujours.

J'ouvre la bouche pour hurler, mais Marcus m'arrête d'un sourire.

« **Plus besoin d'oreiller de mousseline sous ma joue...**, dit-il d'une voix de plus en plus faible, mais qui résonne en moi de plus en plus fort. **Plus besoin de tatouage au canif dans ma chair... Je resterai toujours avec toi...** » Dans un ultime geste, il plaque sa main sur mon cœur, lui qui avait jadis gravé mon nom sur le sien. « ... **là.** »

Ma peur s'évapore instantanément, balayée.

Ses yeux cillent une dernière fois, constellés.

Son sourire apaisé reste gravé sur son beau visage, pour l'éternité.

108. CHAÎNE GENESIS
MERCREDI 21 AOÛT, 17 H 00

DÉCOLLAGE CABINE DE TRANSIT – 07 H 00 MIN

OUVERTURE AU NOIR SUR MARS, VUE DEPUIS L'ESPACE. Tout l'hémisphère Sud n'est plus qu'un gigantesque flou : une demi-planète entièrement recouverte de poussière.

Un titrage apparaît en bas de l'écran : VUE SPATIALE FILMÉE DEPUIS LA CAMÉRA ARRIÈRE DU *CUPIDO*/HEURE MARTIENNE – 10 H 00 – LARGAGE DE LA CABINE DE TRANSIT.

La caméra pivote silencieusement sur son axe, révélant la lune Phobos, dans le sillage de laquelle flotte le vaisseau en orbite. Sous cet angle, le corps céleste ressemble plus que jamais à un crâne humain, et l'antenne de communication principale relayant toutes les images de la base vers la Terre évoque une flèche plantée dans une cavité oculaire...

La caméra pivote davantage. Une deuxième structure apparaît, entre le vaisseau et la lune, alignée elle aussi sur la même orbite – une gigantesque ombrelle de deux cents mètres de diamètre : le satellite énergétique déployé, gorgé des rayons du soleil brillant derrière lui.

Soudain, une petite forme ovoïde se détache du satellite. C'est la cabine de transit. Elle fuse à grande vitesse vers la surface martienne, sans que l'on puisse déceler la moindre rétrofusée : le puissant faisceau de micro-ondes qui la guide, émis depuis le satellite, est indétectable… Poussée par ce vent invisible, presque magique, la cabine s'enfonce dans l'atmosphère opaque, au niveau de Valles Marineris, juste en dessous du front de la tempête qui continue de s'étendre à la planète entière.

Le satellite énergétique, lui, continue de tracer son ellipse majestueuse.

Quand il repassera au-dessus du canyon, dans sept heures exactement, ce sera pour faire remonter la cabine avec les passagers à son bord.

109. HORS-CHAMP
CAVE DE LA VILLA MCBEE, LONG ISLAND, ÉTAT DE NEW YORK
MERCREDI 21 AOÛT, 20 H 52

DÉCOLLAGE CABINE DE TRANSIT – 03 H 08 MIN

UN ROULIS MÉTALLIQUE RÉSONNE DERRIÈRE LA PORTE DE LA CELLULE.

Andrew relève la tête, tel un chien mû par un réflexe pavlovien : le chariot de cantine, qui passe régulièrement pour apporter les repas puis remporter la vaisselle, constitue son seul repère chronologique depuis qu'il est enfermé dans la cave de la villa McBee.

Derrière ses lunettes fêlées, son visage qui n'a pas vu la lumière depuis quatre mois est pâle et creusé. Son corps, déjà aminci suite à l'amputation de son pied, s'est encore amaigri. La tunique orange qu'il porte sur ses épaules voûtées est imprégnée d'humidité, les champignons ont commencé à y proliférer. À ses pieds gît un plateau où reposent les reliefs d'un dîner insipide, attendant d'être débarrassé par la dernière ronde de la soirée...

La porte blindée s'ouvre en grinçant sur ses gonds, révélant le chariot poussé par une femme militaire en treillis, casquette rabattue sur les yeux.

Andrew se recroqueville un peu plus contre le mur auquel il est attaché – un reste de dignité, qui le saisit à chaque fois que se posent sur lui des yeux étrangers : il refuse de donner à voir la loque humaine qu'il est devenue.

La militaire entre dans la cellule ; elle passe devant le plateau sans même s'arrêter et se penche sur le prisonnier.

Ce dernier frémit dans l'attente d'un coup, il rentre la tête, ferme les yeux...

... mais au lieu du son mat de la Rangers s'enfonçant dans ses côtes, il entend le cliquetis du cadenas libérant ses chaînes.

C'est encore pire que les coups : ils vont le traîner une fois encore dans le laboratoire pour lui arracher des aveux !

« J'ai déjà tout dit !..., gémit-t-il, un véritable cri de bête. Je n'ai plus rien à avouer !... »

La main de la militaire se pose sur son épaule.

« Andrew... », murmure une voix douce... une voix familière.

Le jeune homme ose enfin lever les yeux.

Dans l'ombre de la visière se dessine un visage connu, cheveux roux ramenés sous les bords de la casquette, regard plein d'empathie, si différent de celui des soldats traitant habituellement Andrew comme le dangereux terroriste qu'on leur a fait croire qu'il était.

« Cindy… ? » balbutie-t-il.

Elle pose un doigt sur ses lèvres et l'aide à se relever, laissant derrière lui les chaînes ouvertes.

Douze minutes plus tard.

Andrew est assis sur un banc, dans le compartiment arrière du camion militaire à bord duquel on l'a fait monter, après l'avoir évacué par l'ascenseur de service de la villa. Une couverture sur les épaules et un thermos de café entre les mains, il fait face à Barry Mirwood et à Cecilia et Miguel Rodriguez, tous aussi décharnés que lui. Un jeune militaire afro-américain, à peine plus âgé qu'Andrew, monte la garde au fond du camion ; il est assis derrière un volumineux ordinateur posé à même le sol, auquel est reliée une caméra pointée sur les passagers comme la bouche d'un canon. Sur la paroi latérale du véhicule est fixé un large écran branché sur la chaîne Genesis.

Les deux battants de la portière arrière s'ouvrent soudain, faisant sursauter Andrew. Il renverse un peu de son café – quelque chose en lui croit encore à un piège, à une nouvelle torture retorse sortie du cerveau machiavélique de Serena McBee.

« Voilà le dernier prisonnier sur la guest-list d'aujourd'hui, nous allons pouvoir y aller », murmure Cindy.

Elle monte dans le camion, suivie d'un troisième militaire escortant un géant vêtu de la même tunique orange que les autres détenus – mais à qui on n'a pas retiré ses menottes.

Andrew écarquille les yeux, le thermos se met à trembler entre ses doigts : il a aussitôt reconnu Gordon Lock, l'ex-directeur technique du programme Genesis.

« Cindy, qu'est-ce que ça signifie… ? balbutie-t-il d'une voix rauque, une voix qui a perdu l'habitude de parler, tandis que le véhicule démarre dans le crépuscule, aux mains d'un conducteur invisible.

— Calmez-vous, Andrew. Vous êtes en sécurité. » Elle se tourne vers les autres passagers qui la dévisagent, hagards. « Vous êtes tous en sécurité, maintenant. »

Elle retire sa casquette, libérant ses cheveux teints, qu'elle porte courts désormais.

Le militaire qui est monté avec elle fait de même, dévoilant le visage carré d'un athlétique quadragénaire.

« Voici le capitaine Derek Jacobson, déclare-t-elle à voix basse. D'autres membres de notre commando conduisent en ce moment le camion. Nous sommes en train de passer les check-points qui entourent la villa McBee, d'où les arrêts fréquents. Ne vous inquiétez pas : sur l'itinéraire que nous empruntons, tous les soldats sont de notre côté... du côté des Abeilles Sauvages. »

Un éclair de détermination passe dans les yeux de la rebelle, qui semble bien loin de la petite serveuse d'hôtel qu'Andrew a connue.

« Je vous dois des explications, lui dit-elle. Et des excuses. Je n'aurais pas dû m'enfuir comme je l'ai fait, il y a un an et demi. J'aurais dû vous croire quand vous avez essayé de me convaincre du danger que représente Serena McBee. La suite des événements vous a donné mille fois raison... surtout depuis son arrivée à la présidence. » Elle pousse une longue expiration et pose sa main sur celle du capitaine, qui la serre tendrement. « Dès que Serena a instauré la loi martiale et obtenu les pleins pouvoirs, une partie de l'armée a commencé à se méfier d'elle – dont mon Derek, avec qui je suis mariée maintenant. Les décisions de plus en plus autoritaires de la présidente, l'instauration des Essaims Citoyens, la multiplication des drones de surveillance dans l'espace public... Bref, l'inquiétude des officiers soucieux de préserver la Constitution n'a fait que croître au fil des mois. Et moi, je me suis souvenue de tout ce que vous m'aviez dit sur ce personnage dément, tout ce que j'avais refusé de croire à l'époque... »

Un sourire amer passe sur le visage de Cindy, tandis que le camion redémarre après un nouveau stop, pour ne plus s'arrêter cette fois-ci. Bien qu'on ne voie rien du paysage nocturne, dans ce compartiment sans vitre, éclairé au néon, on devine que le véhicule a enfin gagné la route nationale.

« Il n'est pas trop tard, assure-t-elle en se tournant vers les prisonniers. À travers toute l'Union, des hommes et des femmes sont prêts à se lever contre la présidente, dans le monde réel et dans le monde virtuel, dans les rues et sur Internet – il y a des militaires refusant d'appliquer des ordres injustes mais aussi des civils, car les Abeilles Sauvages font leurs petits nids de liberté dans toutes les strates de la société ! »

Une flamme patriotique s'allume dans les yeux de Cindy, reflétant le courage des générations qui se sont battues avant elle pour construire et défendre le rêve américain.

« Cela fait des mois que nous planifions l'opération *Apocalypsis*, reprend-elle. Nous avons choisi le nom en opposition exacte à *Genesis*, cette fausse genèse d'un nouveau monde qui mystifie les Terriens. L'apocalypse médiatique que nous préparons doit sonner la fin de Serena McBee. Votre libération en constitue la première phase – Andrew, Gordon, Cecilia et Barry, vous êtes nos quatre cavaliers de l'Apocalypse, dont les témoignages seront autant de coups portés dans le cœur du tyran. Nous avons choisi de vous exfiltrer au moment où toute l'attention de la villa McBee est tournée vers l'espace, vers la tempête martienne, vers la chaîne Genesis. Les gardes ont fini leur ronde, personne ne s'apercevra de votre disparition pendant la nuit.

« Dans trois heures, quand les pionniers monteront à bord de l'ascenseur énergétique et seront enfin à l'abri de la dépressurisation, nous lancerons la deuxième phase : la diffusion de vos témoignages accablants sur les

écrans mêmes de Genesis ! » Cindy se tourne vers Andrew :
« C'est vous qui nous avez inspiré cette idée : pirater la
chaîne comme vous l'avez fait il y a un an et demi, lorsque
vous avez révélé à la Terre entière les plans de l'ascenseur
spatial énergétique.

— Je ne comprends pas…, balbutie le jeune homme.
Les codes d'émission de Genesis ont changé…

— Nous avons pu récupérer les nouveaux codes, grâce
à nos indicateurs à cap Canaveral. Ce long travail d'infil-
tration a été rendu possible par la présence de certains
officiers acquis à la cause des Abeilles Sauvages dans la
base de lancement. En voulant la transformer en forteresse
militarisée, Serena nous a permis de toucher le cœur de
son système de mensonge tentaculaire ! »

Les yeux de Cindy flamboient un peu plus fort à la
lumière du néon, tandis que le capitaine Jacobson se lève
pour aller jusqu'à l'écran fixé au mur du camion.

« Aspirant : plan des opérations ! ordonne-t-il au soldat
qui se tient derrière l'ordinateur.

— À vos ordres, mon capitaine ! »

Le cadet tape quelques touches sur le clavier de son
ordinateur ; la chaîne Genesis s'éteint ; sous les yeux des
prisonniers médusés, un champ de bataille vaste de plusieurs dizaines de millions de kilomètres carrés se dessine
sur l'écran mural.

« Voici le théâtre des opérations, déclare le capitaine
d'un ton martial, sec et plein d'assurance. Nous allons
battre l'ennemi à son propre jeu, en détournant contre
lui ses propres armes. Petit briefing rapide sur le fonctionnement du réseau interplanétaire de Genesis – vous
nous excuserez de ne pas avoir représenté ici les satellites
d'appoint ni les conversions de signal laser et hertzien,
pour simplifier les choses.

« Un – toutes les images filmées sur Mars remontent
d'abord vers l'antenne principale plantée sur Phobos ;

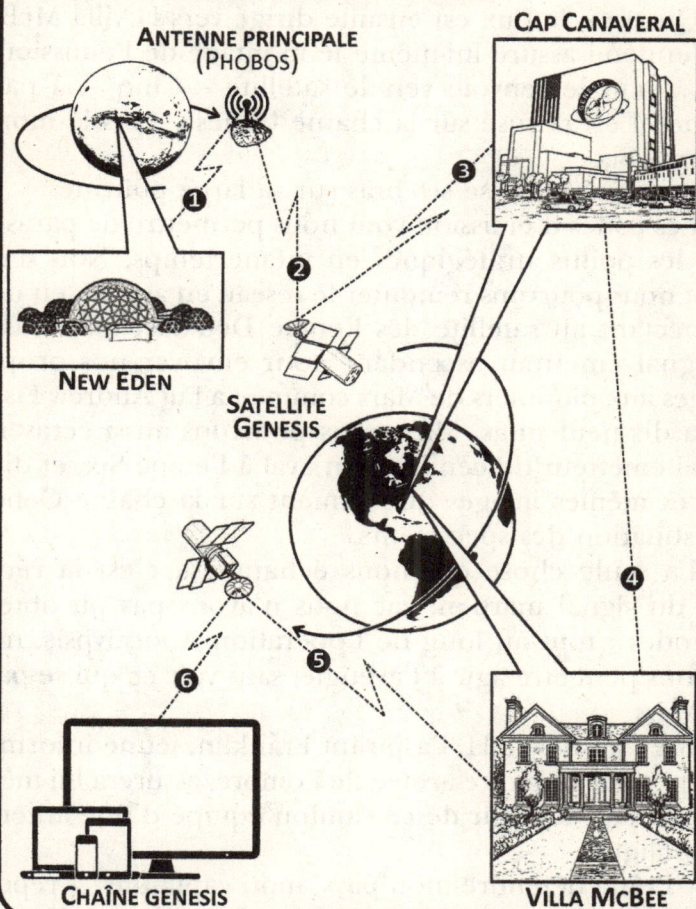

RÉSEAU INTERPLANÉTAIRE GENESIS

ANTENNE PRINCIPALE
(PHOBOS)

CAP CANAVERAL

❸

❷

❶

NEW EDEN

SATELLITE
GENESIS

❹

❻

❺

CHAÎNE GENESIS

VILLA MCBEE

« Deux – le signal descendant depuis la lune martienne est réceptionné par le satellite Genesis, en orbite terrestre ;

« Trois – les données brutes sont transmises à la base de cap Canaveral en Floride ;

« Quatre – le flux est ensuite dirigé vers la villa McBee, où l'ennemi assure lui-même le montage de l'émission…

« … puis le renvoie vers le satellite – Cinq –, à partir duquel il est diffusé sur la chaîne Genesis dans le monde entier – Six. »

Le capitaine croise ses bras sur sa large poitrine.

« Les codes d'émission vont nous permettre de parasiter tous les points stratégiques en même temps. Non seulement nous pourrons remonter le réseau en amont, en nous connectant au satellite dès l'étape Deux, et en écrasant le signal émetteur ascendant pour envoyer nos propres images aux pionniers de Mars comme l'a fait Andrew Fisher il y a dix-neuf mois. Mais nous pourrons aussi écraser le signal émetteur descendant, en aval à l'étape Six, et diffuser ces mêmes images directement sur la chaîne Genesis à destination des spectateurs.

« La seule chose qui nous échappera, c'est la réception du signal martien, car nous n'avons pas pu obtenir les codes : tout au long de l'opération Apocalypsis, nous devrons peut-être agir à l'aveugle, sans voir ce qui se passe sur Mars.

« Bref, à l'heure H, l'aspirant Franklin, jeune informaticien prodige de notre armée de l'ombre, assurera lui-même le parasitage à partir de ce camion équipé d'une antenne parabolique.

— Prêt à défendre mon pays, mon capitaine ! » répond le cadet en claquant des talons derrière sa caméra. Il ajoute aussitôt quelques mots débordant d'admiration à l'attention d'Andrew : « C'est un honneur de rencontrer le cerveau derrière *Genesis Piracy*, un chef-d'œuvre dans l'art du hacking ! Vous êtes un grand parmi les grands !

— Nous estimons à une heure maximum le temps dont nous disposerons avant que les équipes Genesis identifient la source du piratage et y remédient, conclut le capitaine Jacobson, déroulant un plan ourdi dans les moindres détails. C'est durant cette heure que se jouera le destin de la nation. Pendant que les prisonniers témoigneront en direct depuis ce camion, nos commandos postés à cap Canaveral, à la villa McBee et à Washington entreront en action sur le terrain, pour convaincre nos frères d'armes de nous rejoindre et pour rassurer la population. Ils n'ouvriront le feu qu'en cas d'extrême nécessité.

— Un coup d'État sans effusion de sang, c'est possible ! affirme Cindy avec ferveur. Nous voulons vaincre Serena McBee sans faire davantage de dommages qu'elle n'en a déjà causé à ce pays que nous aimons tant. Avec une seule arme : le vrai ! Certes, les Abeilles Sauvages ne sont encore qu'une minorité, mais nous sommes persuadés que vos témoignages *peuvent* faire basculer l'opinion, car le peuple américain est un grand peuple, qui toujours dans l'Histoire a su accepter la vérité, si dure soit-elle ! »

Elle se tourne vers celui qui fut, en son temps, le numéro 2 du programme Genesis.

« Vous, Gordon Lock : nous savons que vous avez autrefois trempé dans les manigances de Serena, et nous savons aussi qu'elle vous a arraché de faux aveux à l'antenne pour accuser les Russes et justifier sa politique de repli autocratique. Il est temps de vous racheter en révélant ce que vous savez – le gouvernement transitoire qui prendra la succession du tyran saura se montrer clément avec vous. »

Les yeux du géant déchu sont humides de larmes, tremblants de gratitude. Il incline son crâne chauve en signe de coopération.

« Vous, Barry Mirwood : vous avez cru pouvoir faire confiance à une psychiatre, scientifique comme vous, mais elle vous a transformé en esclave. Le moment est venu de montrer à l'ensemble de la communauté scientifique internationale quel est le vrai visage du professeur McBee. »

Le savant, particulièrement marqué par sa détention, le visage émacié sous sa barbe frisée d'humidité, acquiesce en serrant les poings.

« Vous, Cecilia Rodriguez : votre mari s'est compromis au contact de Serena, et ses remords ont malheureusement été trop tardifs – il en a payé le prix suprême. Vous pouvez laver sa mémoire et réparer ses errances en témoignant à nos côtés. »

La veuve américano-cubaine saisit le bras de son cousin Miguel : « Ruben sera vengé ! » promet-elle.

« Vous, Andrew, que j'ai tenu à venir libérer personnellement : votre témoignage sera le plus précieux de tous parce que, plus que quiconque, vous avez été très durement éprouvé. Le programme Genesis vous a pris votre jambe, faisant de vous un handicapé à vie. Il vous a aussi pris votre père, qui s'est brûlé les ailes à vouloir voler dans le même ciel que cette démone. Il vous a enlevé votre mère et votre sœur, retenues en otage pendant plus d'un an à cap Canaveral, à leur insu, croyant être protégées par le gouvernement alors qu'elles étaient en réalité prisonnières. » Cindy marque une pause. « Mais la présidente a commis une erreur. Croyant que vous étiez définitivement hors d'état de nuire dans ses geôles, elle a fait renvoyer Vivian et Lucy en Californie il y a quelques semaines – officiellement parce qu'elles ne constituaient plus une cible prioritaire pour les terroristes, en réalité parce que Serena n'avait plus besoin d'elles pour faire pression sur vous... »

À ces mots, Cindy glisse la main dans l'une des poches de son treillis et en sort un téléphone portable.

« La maison de Beverly Hills a été vendue pour éponger les dettes laissées par votre père, dit-elle en pianotant un numéro. Vivian et Lucy vivent désormais dans un petit appartement en banlieue de Los Angeles. C'est là que nos hommes sont allés les trouver, il y a moins d'une heure, pour les conduire en lieu sûr. Tenez... »

Elle tend le téléphone à Andrew, qui le saisit dans sa main moite.

« Allô ? murmure-t-il dans le combiné.

— *Andrew...* ? s'écrie une voix qu'il n'a pas entendue depuis près de deux ans. *C'est toi Andrew ?...*

— Mère... »

Ses yeux se mettent à briller derrière ses lunettes fêlées.

« *Tu es vivant, mon fils ! Les hommes qui sont venus nous chercher nous ont donc dit la vérité ! Où... où es-tu ?... »*

Cindy secoue la tête pour signifier à Andrew de ne pas trop en dire, il est encore trop tôt.

« Je... je suis en sécurité, mère, balbutie-t-il. Je vous reverrai bientôt, Lucy et vous... En attendant, il faut que vous fassiez ce que ces hommes vous disent... »

Une seconde voix jaillit soudain dans le combiné :

« *Drew ! Reviens... reviens à la maison ! »*

Le visage du jeune homme est agité de tremblements incontrôlables – la dernière fois qu'il a entendu cette voix, elle était encore aiguë et enfantine ; à présent, elle est vibrante et féminine, c'est déjà celle d'une jeune fille et non plus celle d'une enfant. Que de temps perdu !

C'est trop d'émotion.

Andrew craque.

Un sanglot agite ses épaules amaigries.

Le téléphone glisse d'entre ses mains.

Cindy le reprend doucement :

« Il vous rappellera plus tard, dit-elle, bouleversée elle aussi. Mieux : il vous serrera dans ses bras. Plus que quelques heures à attendre, je vous le promets. »

Elle raccroche et range le téléphone, puis elle se penche sur Andrew pour le calmer.

« Vous êtes un héros national ! lui dit-elle. Le seul qui s'est dressé contre Serena McBee, à l'époque où la Terre entière était sous son charme !

— Non, je n'étais pas seul, s'exclame-t-il en retirant ses lunettes pour essuyer ses joues des larmes qui l'embarrassent. Il y avait une autre personne avec moi. Ne me dites pas que vous l'avez oubliée... »

Une ombre passe sur le visage de Cindy.

« Je n'oublierai jamais Harmony, assure-t-elle. Et lorsque nous aurons triomphé, nous lui rendrons justice, nous ferons en sorte que l'Amérique ne l'oublie jamais.

— Vous voulez dire que...

— Il faut s'attendre au pire. Elle a totalement disparu, depuis votre arrestation. »

Cindy prend les mains d'Andrew dans les siennes :

« Il ne faut pas flancher, pas maintenant ! Pensez à Vivian, à Lucy... à Harmony. Si elle est tombée, il faut que vous vous releviez encore plus fort, encore plus droit. Pour honorer sa mémoire. Pour transmettre au monde entier le rapport Noé dont vous étiez tous les deux les gardiens ! »

Un sourire confiant, augurant déjà la victoire, se dessine sur le visage de Cindy :

« Dites-nous tout, Andrew, demande-t-elle. Dans quels recoins de l'Internet mondial avez-vous caché vos copies du rapport Noé ? Ce fichier sera notre arme fatale, celle qui touchera Serena mortellement ! »

Mais, en face d'elle, Andrew ne partage pas son enthousiasme.

« Je n'y ai plus accès... », murmure-t-il en grimaçant.

Le sourire de Cindy se fige :

« Quoi ?

— Le rapport Noé... Serena m'a obligé à lui désigner tous les emplacements où j'en avais fait des sauvegardes.

Elle... elle les a toutes effacées. Privé de sommeil et de nourriture, sous hypnose avec du sérum de vérité dans les veines, je n'ai pas réussi à lui résister... » La voix du jeune homme se brise. « Pourtant j'ai lutté... Je vous jure que j'ai lutté... Mais ses yeux ! Ses horribles yeux de serpente !

— Ce n'est pas grave, Andrew, nous ferons sans..., murmure Cindy. Nous préparons cette opération depuis si longtemps, toutes les Abeilles Sauvages sont en position pour agir... Et puis, il nous reste les témoignages des autres prisonniers... »

Mais soudain, elle a du mal à cacher sa déception et, même, son angoisse.

« Ça change quand même les plans, chérie..., marmonne le capitaine Derek Jacobson, abandonnant subitement son phrasé militaire. Ce rapport devait être la pièce centrale de l'attaque, la preuve tangible autour de laquelle rassembler l'armée, le Congrès et l'opinion pour conduire à l'*impeachment* de la présidente. Tout le reste, comme tu dis, ne sont que des témoignages... et les témoignages prêtent toujours à caution. »

Durant quelques secondes, nul ne prononce la moindre parole ; on n'entend que le bruit du moteur qui roule de plus en plus vite, tel un train lancé sur des rails, que rien ne peut arrêter.

« Il y a une chose que disait tout le temps mon ancien employeur, ce brave M. Bill, au moment de préparer le petit-déjeuner pour les clients du motel, reprend finalement Cindy. *"Coffee boiled is coffee spoiled"* : si on laisse trop longtemps le café sur le feu, il est bon à jeter. » Elle redresse vivement la tête, à nouveau déterminée. « Notre café est prêt à être servi. À 17 H 00 heure martienne, dès que les pionniers seront en sécurité dans la cabine de transit, soit minuit heure terrienne. Ce sera un café bien serré, un électrochoc pour réveiller les États-Unis et le monde du grand sommeil hypnotique dans lequel Serena McBee les a plongés. On ne peut pas repousser l'opération *Apocalypsis* : avec ou sans rapport Noé, il faut foncer ! »

110. CONTRECHAMP
VILLA MCBEE, LONG ISLAND, ÉTAT DE NEW YORK
MERCREDI 21 AOÛT, 23 H 15

DÉCOLLAGE CABINE DE TRANSIT – 45 MIN

« CHERS MARTIENS, C'EST L'HEURE ! annonce Serena McBee depuis son secrétaire, face au portique d'aluminium. Tout là-haut dans le ciel, au-dessus des nuages de poussière, le satellite énergétique s'apprête à survoler à nouveau Ius Chasma. Dans trois quarts d'heure, il pourra diffuser des micro-ondes exactement perpendiculaires à la surface de la vallée, faisant ainsi remonter la cabine de transit dans les meilleures conditions. Le moment est venu pour vous de quitter la base ! »

Elle frappe dans ses mains, telle une maîtresse d'école signalant la fin de la récréation.

« Ne vous inquiétez pas, vous ne serez pas dehors assez longtemps pour que les poussières abrasent vos combinaisons. La cabine s'est posée à deux cents mètres seulement de New Eden – quelle merveille de technologie et de précision, cet ascenseur ! Vous êtes gâtés, mais vous le méritez ! Allons, allons : tous en route, en file indienne pour ne pas vous perdre dans la tempête. »

Ayant sonné le rappel, elle presse le bouton coupant momentanément la prise de vue, le temps que ses paroles parviennent aux oreilles des pionniers ; puis elle tend sa flûte à Orion Seamus, assis sur une chaise hors-champ, pour qu'il lui reserve du champagne.

« Ah, la cuvée 1961 est encore meilleure que la cuvée 1969 ! s'exclame-t-elle après avoir trempé ses lèvres dans le liquide pétillant. J'ai eu raison de vous faire remplir les bouteilles de la saison 2 avec du mousseux, comme la première fois, afin de garder ce divin breuvage pour nous. Je me sens toute guillerette, je pourrais rester éveillée toute la nuit. Mais il ne sera pas nécessaire de veiller si tard. Bientôt, l'affaire sera pliée. L'ascenseur sera remonté, les pionniers seront tous bien au chaud à bord du *Cupido*, les spectateurs, ravis, pourront aller se coucher. Et nous aussi, mon cher... » Elle ajoute avec un sourire coquin : « ... dans des lits séparés, mais plus pour très longtemps. »

L'œil unique d'Orion Seamus s'écarquille :

« Vous voulez dire que ?...

— Oui : nous allons nous marier. En même temps que les prétendants de la saison 2, lorsqu'ils descendront sur leur planète pourrie dans un mois : cela me semble un très bon timing. Nous organiserons la cérémonie en duplex, eux dans le désert de Mars, et nous parmi les ors de la Terre – ce sera un spectacle magnifique ! »

Elle soupire d'aise, trinque avec son fiancé et jette un coup d'œil à l'écran de montage.

Les pionniers se relèvent au terme de leur longue attente.

Tandis que le visage géant de Serena leur dispense ses consignes au revers du dôme vibrant sous l'effet des vents martiens – « Allons, allons : tous en route, en file indienne pour ne pas vous perdre dans la tempête » –, ils contrôlent une dernière fois l'étanchéité de leurs casques, leurs réserves d'oxygène, les paramètres de leurs modules de vie extravéhiculaire.

Kelly elle-même fait l'effort de se redresser dans son fauteuil roulant, Kris et Samson vérifient les combinaisons des chiens, tout le monde est sur le départ.

Sauf un pionnier, qui reste assis à même le sol, le casque enfoui entre ses gants d'astronaute.

« On dirait que quelqu'un a un gros chagrin… », murmure Serena, amusée.

Elle pose sa flûte, puis d'un geste rapide, elle zoome sur l'image.

Le nom brodé sur la poitrine de la combinaison demeure invisible sous cet angle, mais on distingue le brassard numéro 3, attribué à Mozart par le gouvernement martien.

Un deuxième astronaute s'accroupit à ses côtés, sur le bras duquel s'affiche le numéro 1 : « Debout, mec, il faut y aller. »

Mozart redresse la tête. Derrière sa visière, son visage exprime le désespoir pur : « Mais Léonor… ? balbutie-t-il.

— Elle est partie, tu le sais bien. Elle ne reviendra plus. Où qu'elle soit allée, dans sa folie, elle n'a plus besoin de personne. Elle n'a plus besoin de toi. »

La voix du Russe est dénuée d'ironie ou de sarcasme.

Il tend sa main au Brésilien, un geste d'amitié sincère, bien différent des provocations et des bravades que se lançaient jadis les deux ennemis.

« Elle n'a plus besoin de toi, répète-t-il, mais moi si. Tu es mon numéro 3. Déjà, tu es une légende de la navigation spatiale ; demain, tu seras un père fondateur de Mars. »

La détresse s'atténue un peu sur le visage de Mozart.

Un sourire encourageant se dessine sur celui d'Alexeï : « La vie continue. L'histoire de Mars s'écrira avec toi. Allez, viens. »

Il aide Mozart à se relever, puis il pose la main sur l'épaule de Samson, le deuxième pionnier avec lequel il s'est souvent accroché : « Toi aussi, mon pote, on a tous besoin de toi, dit-il en affrontant avec franchise le regard vert du Nigérian. On aura beau chercher, on aura du mal à trouver un biologiste si talentueux… ou un mec si courageux. En étant toi-même, tu m'as foutu une sacrée claque et tu m'as donné une leçon de bravoure que je ne suis pas près d'oublier. Je sais que j'ai réagi comme un naze à l'époque. Je me doute que tu voudras peut-être faire demi-tour une fois là-haut, pour vivre ta vie sur Terre. Mais si tu décides de rester sur Mars... sache qu'il y aura toujours une place ici pour toi. »

« Quelles magnifiques scènes de camaraderie ! s'enthousiasme Serena en repassant à l'antenne. Quels superbes exemples de solidarité ! » Elle ajoute aussitôt, dressant un parallèle avec sa propre situation : « Un peuple qui se rassemble autour de son chef peut se relever de toutes les crises et surmonter tous les deuils ! »

Les pionniers se dirigent vers le sas de décompression, sous le dôme enténébré derrière lequel se déchaîne la tempête.

L'instinct de meute s'est naturellement imposé à chacun.

Alexeï ouvre la marche, soutenant son épouse enceinte à son bras, avec sur les talons leur chienne Louve et leur robot-majordome Günter que Kirsten a absolument tenu à emporter : un cortège digne d'un roi.

Mozart les suit de près.

Viennent ensuite Tao et Liz, arborant les numéros 5 et 6.

Puis Safia, Samson poussant le fauteuil de Kelly, Fangfang, et enfin Warden, qui ferme la marche.

Seul demeure au pied des plantations bâchées Lóng, le robot dont avaient hérité le Chinois et la Singapourienne du temps où ils formaient encore un couple : désormais orphelin, il a été convenu qu'il resterait derrière pour garder New Eden en l'absence des pionniers.

« Ce n'est qu'un au revoir, déclare Alexeï en se tournant une dernière fois vers le Jardin. Nous reviendrons, car cette base constitue le berceau de notre civi... »

Avant qu'il achève sa phrase, le voyant rouge indiquant le début de la procédure d'égalisation s'allume à côté du sas.

« Je ne comprends pas..., balbutie Alexeï. Je n'ai pas encore appuyé...

— C'est peut-être une perturbation liée aux charges électrostatiques... ? suggère Fangfang, levant des yeux inquiets vers les alvéoles de verre qui tremblent de plus en plus fort.

« — *Ou alors... c'est cette horrible* chose *qui se cache dans la tempête !* s'écrie Kris, terrifiée. *Je suis presque certaine d'avoir entendu un bruit résonner, comme la dernière fois !* »

Rapide comme l'éclair, Serena abat ses mains sur le tableau de commande incrusté dans son secrétaire, et bascule la chaîne Genesis sur la caméra extérieure du dôme filmant la nuit opaque, en proie à la tourmente.

À toute allure, elle tape un message sur son clavier. Il s'affiche aussitôt en surimpression sur l'image ténébreuse de la tempête :

AVIS AUX SPECTATEURS
LES PIONNIERS VIENNENT DE FRANCHIR
LE SAS DE DÉCOMPRESSION.
LES CONDITIONS DE VISIBILITÉ EXTÉRIEURES
NOUS EMPÊCHENT DE LES SUIVRE.
NOUS RÉTABLIRONS LE CONTACT AVEC EUX
DÈS QU'ILS AURONT PRIS PLACE
DANS LA CABINE DE TRANSIT.

Assurée que les spectateurs n'auront droit qu'à un écran noir, Serena reporte son attention sur l'écran de montage : Orion Seamus et elle sont désormais les seuls Terriens capables de voir ce sur quoi le sas va s'ouvrir...

111. CHAMP
MOIS N° 18/SOL N° 484/16 H 28
[603ᵉ SOL DEPUIS L'ATTERRISSAGE]

DÉCOLLAGE CABINE DE TRANSIT – 32 MIN

L A PORTE DU SAS GLISSE SILENCIEUSEMENT DEVANT MOI. Ils sont tous là dans le Jardin, sous le dôme à l'éclairage tamisé, devant les plantations bâchées : les neuf pionniers de Mars.

Leurs visages sont déformés par la stupeur derrière leurs visières, comme s'ils étaient face à une revenante. Ils ne pensaient jamais me revoir, moi la folle qui s'est précipitée dans la tempête il y a plus de vingt-quatre heures.

Pourtant je suis là, devant eux.

Alexeï est le premier à émerger de son ébahissement :

« *Marcus...* ? balbutie-t-il en guettant le sas derrière moi, prêt à le voir surgir à tout instant, pétri d'inquiétude à l'idée que je l'aie ramené avec moi devant les caméras du dôme.

— *Il repose en paix.* »

Des paroles à double sens, une fois de plus – pour les spectateurs, Marcus est décédé depuis près de deux ans déjà ; pour les pionniers, je viens à l'instant d'annoncer sa mort.

« *Je suis prête à partir avec vous* », dis-je sans laisser la tristesse planter ses griffes dans mon cœur, me concentrant sur ce que Marcus m'a laissé de meilleur.

Non, je ne peux pas changer la direction du vent.

Non, je ne peux pas remonter le cours du temps.

Mais je peux orienter mes voiles – et ça, c'est toute la différence, c'est toute ma liberté, que Serena ne pourra jamais m'enlever, car mon destin n'est pas écrit d'avance !

« *Je suis prête à prendre l'ascenseur et à remonter vers le Cupido.* »

Les pionniers restent immobiles, ne sachant comment réagir.

Mozart en particulier ose à peine me regarder.

C'est finalement Kris qui, la première, fait un pas vers moi. Ma chère Kris, mon amie pour la vie, toujours la première à me réconforter !…

« *Il ne faut pas être triste, Kris*, je murmure tandis qu'elle passe affectueusement son bras sur mon épaule pour me soutenir. *Marcus sera toujours avec moi, ici…* »

J'amorce un geste pour désigner mon cœur, là où Marcus a posé sa main pour la dernière fois, mais un déclic m'arrête net : celui qui déverrouille mon casque.

Je baisse les yeux – en fait d'embrassade, Kris n'a passé sa main sur ma nuque que pour presser le bouton *unlock*.

« Qu'est-ce que tu fais… ? » je balbutie en relevant la tête pour chercher les yeux de Kris derrière sa visière.

Mais il n'y a rien à chercher : ses prunelles ne sont plus que deux points fixes, anonymes, qui me regardent sans me voir.

Elle empoigne mon casque déverrouillé, l'arrache et le laisse tomber au sol.

Avant que j'aie le temps de réagir, ses mains gantées s'abattent à nouveau sur moi – sur mon cou nu.

112. CONTRECHAMP
VILLA MCBEE, LONG ISLAND, ÉTAT DE NEW YORK
MERCREDI 21 AOÛT, 23 H 39

DÉCOLLAGE CABINE DE TRANSIT – 21 MIN

« *SERENA À KIRSTEN. JE RÉPÈTE : SERENA À KIRSTEN. SERRE PLUS FORT. PLUS FORT !* »
Debout derrière son secrétaire, Serena McBee fixe l'écran de montage, centré sur le visage de Léonor qui pâlit

entre les gants de sa meilleure amie – la chaîne Genesis, elle, diffuse toujours des images de la tempête ténébreuse rugissant au-dehors.

Dès que la Française est entrée dans la base, la productrice a aussitôt branché son micro sur le canal audio de l'Allemande, pour lui lancer ses ordres d'une voix sifflante.

« Par quel sortilège… ? murmure Orion Seamus.

— Par le sortilège de mes yeux et de ma voix ! rétorque Serena sans détacher son attention de l'écran de montage. Il a été tellement facile pour moi d'hypnotiser la si gentille, la si douce, la si impressionnable Kirsten lorsqu'elle habitait au camp d'entraînement de la vallée de la Mort.

— C'est donc elle, la kamikaze !

— Kamikaze ou assassine, esclave dans tous les cas, conditionnée mentalement pour exécuter mes injonctions. Elle ne peut refuser celle que je viens de lui glisser dans les écouteurs de son casque – tuer, enfin et une bonne fois pour toutes, cette… cette… cette punaise ! Maintenant que la machine est lancée, plus rien ne pourra l'arrêter : Kirsten ne reviendra pas à elle avant que Léonor ait rendu son dernier souffle. Mon seul regret, c'est que ce ne soient pas mes mains à la place des siennes ! »

Serena se laisse retomber dans son fauteuil, les yeux toujours rivés sur l'écran.

« C'est le moment idéal pour éliminer cette furie incontrôlable, qui joue avec mes nerfs depuis trop longtemps déjà – et avec ceux des autres pionniers, qui en sont venus à la détester autant que moi ! Qu'allait-elle nous sortir, cette fois ? Une nouvelle saillie sur le rapport Noé ? On ne le saura jamais et c'est tant mieux. Dans quelques instants, quand je repasserai le Jardin en direct, il suffira d'attribuer la folie meurtrière de Kirsten à un délire paranoïaque de femme enceinte. C'est avéré dans la littérature psychiatrique, ça porte même un nom : *psychose puerpérale* – normalement ça arrive juste après l'accouchement, mais après tout, sur Mars, les gens comprendront que les choses soient un peu différentes. » Elle ricane en serrant son poing serti de bagues. « Avec la latence de communication, Léonor est sans doute déjà morte à l'heure qu'il est. Jamais plus elle ne me volera la vedette ! »

Sur l'écran de montage recevant les images de Mars avec plusieurs minutes de retard, le visage de Léonor n'est plus qu'un masque boursouflé. Le sang cyanosé qui le gorge vire déjà au bleu violacé. Les beaux yeux mordorés de la jeune fille se révulsent lentement pour laisser voir la cornée blanche, injectée de sang.

Tout autour, les autres pionniers ont beau crier, s'accrocher aux bras de Kirsten pour la faire lâcher, leurs combinaisons épaisses gênent leurs mouvements, et aucune force ne semble assez puissante pour arrêter la machine de mort que Serena a lancée.

113. CHAMP

MOIS N° 18/SOL N° 484/16 H 41
[603ᵉ SOL DEPUIS L'ATTERRISSAGE]

DÉCOLLAGE CABINE DE TRANSIT – 19 MIN

D'ABORD IL Y A EU LA SURPRISE – la stupeur de voir ma meilleure amie me sauter à la gorge avec, sur le visage, le masque d'une autre.

Puis est venue la douleur – la sensation des mains de Kris se transformant en serres de harpie sur mon cou.

Mais maintenant, il ne reste ni l'une ni l'autre.

Je ne ressens plus rien.

L'agitation des autres pionniers s'atténue à mes oreilles.

Le dôme de verre vibrant dans la tempête se voile devant mes yeux.

La tête me tourne, mon corps devient de plus en plus léger, comme si ma chair s'évaporait.

Je m'envole.

« Léééooo… »

Loin de moi.

« Léééooo, tuuu m'eeenteeends ?… »

Loin de tout.

« Rééépooonds-moooi Léééooo !… »

Hein ?

Quelles sont ces mains qui appuient sur ma poitrine ? – ce ne sont plus celles de Kris…

Quelle est cette bouche qui se pose sur la mienne et insuffle dans ma poitrine le souffle de la vie ? – ce n'est pas celle de Mozart…

Je me sens redescendre, regagner mon enveloppe charnelle.

Mon corps retrouve la sensation de la gravité, il pèse à nouveau de tout son poids contre le dur plancher de la base où je suis allongée.

Devant mes yeux se dessine le compte à rebours qui clignote tout là-haut sur le dôme, tel un cœur palpitant : *D – 15 min* ; juste en-dessous, Alexeï en gros plan me dévisage d'un regard anxieux.

Il a enlevé son casque… pour me faire du bouche à bouche afin de me ranimer.

« Parle-moi si tu m'entends ! me dit-il, appliquant ce bon vieux protocole des premiers secours : *1 – Vérifier si le blessé est conscient.*

— Oui…, je parviens à coasser à travers ma gorge douloureuse.

— Dieu soit loué ! Je ne sais pas ce qui a pris à Kris, c'est incompréhensible… Elle est devenue complètement folle. Impossible de la faire lâcher, ses mains étaient tétanisées autour de ton cou comme si elles étaient en fer.

Heureusement que j'avais encore sur moi une seringue de sédatif, sinon elle t'aurait tuée. »

Je me redresse sur mon coude, pour découvrir le corps de Kris, inconsciente sur le sol. La seringue hypodermique utilisée par Alexeï gît à côté d'elle, près du patch d'injection ménagé dans la cuisse de sa combinaison.

« Tu m'as sauvé la vie, je balbutie.

— J'ai fait mon devoir de médecin. Maintenant, fais ton devoir de Martienne et suis-nous sans faire de drame, comme tu l'as annoncé – il est encore temps d'attraper l'ascenseur !... »

Il ne peut en dire plus : une ombre blanche se dresse dans son dos.

Un cri s'échappe de mes cordes vocales meurtries, à l'instant où je reconnais Kris.

Malgré la drogue qui coule dans ses veines, elle s'est relevée tel un spectre !

Elle serre la seringue dans son gant et elle vise mon visage nu !

« Non ! » hurle Alexeï en s'interposant au moment où l'aiguille va me crever l'œil.

À la place, c'est dans son cou à lui qu'elle s'enfonce, en pleine carotide.

114. HORS-CHAMP
QUELQUE PART SUR LES ROUTES DE LA CÔTE EST
JEUDI 22 AOÛT, MINUIT

DÉCOLLAGE CABINE DE TRANSIT – 00 MIN

« IL EST MINUIT SUR TERRE, 17 H 00 SUR MARS : C'EST L'HEURE. Qu'est-ce qu'on fait, mon capitaine : on lance l'opération ou pas ? »

Les mains suspendues au-dessus de son clavier, l'aspirant Franklin attend l'ordre de parasiter le signal émetteur de la chaîne Genesis.

Mais sur le grand écran mural censé retransmettre le décollage de l'ascenseur spatial énergétique, c'est le black-out. Depuis une demi-heure, l'organe officiel du programme ne diffuse rien d'autre qu'un plan fixe sur la nuit martienne, avec pour toute bande-son le sifflement lancinant de la tempête.

« Non, Derek ! s'exclame Cindy en se tournant vers son mari. Nous ne savons pas si les pionniers sont montés à bord de l'ascenseur... C'était la condition pour lancer l'opération... »

Le capitaine fait jouer les muscles de sa mâchoire carrée, signe de stress chez cet homme aux nerfs d'acier.

Pour la dixième fois, il jette un regard à sa montre où l'heure continue de tourner ; pour la dixième fois, il demande à l'aspirant Franklin :

« Toujours pas de communiqué de Genesis pour expliquer ces images fixes de la tempête ? »

Le cadet lève la tête de son ordinateur, sur lequel il suit les news en direct :

« Négatif, mon capitaine... Les médias du monde entier sont sur le qui-vive... »

Soudain, Andrew se lève de son banc, faisant sursauter Cecilia à ses côtés.

« Il faut y aller ! s'exclame-t-il, la voix vibrante. Là, tout de suite, sans plus attendre ! »

Tous les regards se tournent vers lui – celui de Cindy, pétri d'angoisse pour les pionniers ; celui de Gordon Lock, alourdi par les cernes et la culpabilité ; ceux de Cecilia, de Miguel, et du professeur Mirwood, épuisés après des mois de détention ; ceux du capitaine Jacobson et de l'aspirant Franklin, enfiévrés par l'indécision.

Mais les yeux d'Andrew, eux, n'expriment ni crainte ni fatigue, juste une farouche détermination.

« Trop de fois, j'ai retardé le moment d'affronter Serena, souffle-t-il. Trop souvent, j'ai décidé de remettre à plus tard la divulgation de ce que je savais. Parce que les conditions n'étaient pas toutes réunies, parce qu'il restait encore un risque pour les pionniers... parce que je n'avais pas le courage d'avoir leur mort sur la conscience, au cas où les choses tourneraient mal. Mais à chaque fois que j'ai choisi de me taire, Serena est devenue plus forte, plus dangereuse. »

Bancal sur son pied de fer, amaigri par la malnutrition et les mauvais traitements, il se dresse pourtant de tout son être.

« Non, nous n'avons pas toutes les garanties que c'est le bon moment. Nous n'avons même pas toutes les armes, puisqu'il nous manque le rapport Noé. Mais, au milieu de ces doutes, il y a une certitude : plus nous attendrons et plus il sera difficile de réveiller le monde. Vous l'avez dit vous-même, Cindy, *"Coffee boiled is coffee spoiled"* !

— Il a raison !, balbutie Gordon Lock, articulant ses premières paroles depuis le départ du camion. Nous savons tous ici qu'il a raison !... Je suis prêt à témoigner !... » Il tourne sa grosse face humide vers le jeune homme : « Votre père... serait fier de vous. C'était le meilleur d'entre nous... ou le moins mauvais. Il vous admirait tellement ! Mais dans les semaines précédant sa mort, il n'avait plus le courage de vous regarder en face, ni de vous dire combien il vous aimait... autrement que dans le nom des chiens. Louve, Warden – ce sont des anagrammes, il me l'a confié avant son exécution. *Love U Andrew* : voilà son testament. »

Les yeux d'Andrew s'agrandissent. Deux ans plus tôt, il a eu l'intuition d'une chose comme ça, un instinct qui l'a poussé à chercher un secret dans le nom des chiens baptisés par son père. Il a écumé la bibliothèque de Berkeley à la recherche de toutes les significations du mot *warden* en anglais, de toutes les allusions au mot *louve* en français. Mais si son intuition d'une signification cachée était bonne, son approche ne l'était point, car il cherchait avec sa tête et non avec son cœur. Lui, le génie de l'informatique en mesure de cracker tous les codes, il n'a pas été capable à l'époque de déchiffrer ce message tout simple, presqu'enfantin !... mais il le découvre à présent, un dernier cadeau offert par son père par-delà la tombe, le plus beau de tous : la possibilité d'un deuil apaisé, et même, d'une réconciliation.

« Allons-y ! s'exclame à son tour Cindy, ses doutes balayés. Pour Sherman Fisher ! Pour Ruben Rodriguez ! Pour les pionniers de Mars ! Pour toutes les victimes de Serena McBee ! Vive les Abeilles Sauvages, vive l'Amérique et vive la liberté ! »

Le capitaine Jacobson adresse un signe de tête volontaire au cadet :

« Du nerf, aspirant ! On lance l'opération *Apocalypsis* ! Cadrez sur Lock !

— À vos ordres, mon capitaine ! »

Il allume les projecteurs fixés au plafond du camion, dirige la lentille de la caméra vers le colosse, puis abat ses mains sur le clavier de l'ordinateur et se met à taper à toute allure.

Quelques instants plus tard, la chaîne Genesis se brouille sur l'écran mural...

... l'image fixe de la tempête est parcourue de zébrures...

... et cède la place au visage de Gordon Lock cadré en gros plan.

115. Contrechamp
VILLA MCBEE, LONG ISLAND, ÉTAT DE NEW YORK
QUELQUES MINUTES PLUS TÔT

DÉCOLLAGE CABINE DE TRANSIT – 10 MIN

« **B**IEN FAIT POUR LUI ! » s'exclame Serena McBee au moment où la seringue se plante dans la gorge d'Alexeï, laissée nue en l'absence de son casque qu'il a ôté pour secourir Léonor.

Sur l'écran de montage au centre du portique, la productrice exécutive continue de suivre les images de la base ; les spectateurs de la chaîne Genesis, eux, n'ont toujours droit qu'au plan fixe et noir sur la tempête martienne, les assurant par l'intermédiaire du sous-titrage que les pionniers sont en route vers la cabine de transit.

« Ce n'est pas une petite injection de tranquillisant qui suffira à calmer une machine à tuer que j'ai moi-même programmée ! jubile Serena. Cet imbécile s'est mis entre l'arme et la cible : tant pis pour lui. Et dire que je croyais qu'il avait l'âme d'un leader ! Il n'avait qu'à laisser sa propre épouse éliminer sa principale opposante politique à sa place… » Serena se tourne vers Orion Seamus et lui susurre amoureusement : « … de la même manière que je me repose sur vous pour les basses besognes, mon cher.

« Ce léger contretemps a retardé l'embarquement des pionniers dans la cabine, mais ce n'est pas bien grave : même si 17 H 00 correspondait à l'angle de micro-ondes idéal, le satellite énergétique va encore rester à portée de Ius Chasma pendant une petite heure, avant de poursuivre sa révolution autour de la planète. Ça laisse amplement le temps aux survivants de monter à bord – et avec quatre passagers en moins, ils voyageront plus léger ! »

*Sur l'écran, celle qui fut la plus aimante des épouses s'est chan-
gée en engin de mort. Elle continue de frapper mécaniquement,
encore et encore, avec la seringue métamorphosée en poignard. Le
sang de son « prince des glaces » hébété gicle en tous sens, ruisse-
lant depuis son cou jusque sur sa combinaison blanche.*
Mais bientôt, les coups de la forcenée faiblissent.
Bientôt, les autres pionniers parviennent à la maîtriser.
*Avec un effet retard, le sédatif semble avoir eu enfin raison de
la « machine » programmée par Serena.*

« Non ! crie cette dernière dans son micro, sur le canal
connecté au casque de la jeune Allemande. Défends-toi,
Kirsten, je te l'ordonne ! Frappe ! Perce ! Tue ! D'abord
Alexeï, mais surtout Léonor ! »

Trépignant comme un bookmaker au bord du ring,
elle est trop accaparée par le combat se déroulant dans le
Jardin pour remarquer que la fenêtre dédiée à la chaîne
Genesis se couvre soudain de zébrures.

« Serena… », murmure Orion Seamus.

La psychiatre a un geste agacé de la main pour le faire
taire et lui signifier qu'elle doit consacrer à sa championne
défaillante toute son attention, toute sa force hypnotique.

Mais l'homme au bandeau insiste :

« Serena, il se passe quelque chose d'anormal sur la
chaîne Genesis…

— Taisez-vous ! Vous ne voyez pas que je suis concentrée !

— SERENA !!! »

Surprise par ce ton impérieux auquel elle n'est pas habituée, la présidente détache enfin son regard de la fenêtre
cadrée sur le Jardin et le dirige sur celle de la chaîne, telle
qu'elle est diffusée dans le monde entier.

La tempête nocturne a disparu.

L'écran noir s'est illuminé.

En plein cadre, Gordon Lock semble la regarder droit
dans les yeux.

GROS PLAN SUR UN VISAGE BIEN CONNU DES SPECTA-
TEURS de la chaîne Genesis, l'ex-numéro deux
du programme, aux tempes dégoulinantes de
sueur : « Ce message diffusé par les Abeilles Sauvages
s'adresse au peuple américain, et à tous les spectateurs
de la chaîne Genesis. Il y a plusieurs mois, sur cette
même chaîne, j'ai présenté mes aveux. Ils étaient faux,
ou du moins en partie.

« Oui, l'avion transportant les cadres du programme
a été victime d'une attaque. Mais je n'y suis pour rien :
c'est un drone piloté à distance depuis cap Canaveral
qui a provoqué le crash, tuant le pilote en plein vol.

« Oui, j'ai vendu mon âme au diable. Mais tous les
démons n'habitent pas au Kremlin : celui à qui j'ai eu
affaire a ses entrées à la Maison Blanche. »

L'ancien directeur technique s'éponge le front avec
la manche de sa tunique orange de détenu.

« La base martienne n'est pas viable sur le long terme,
reprend-il dans un souffle rauque. Une expérience secrète
l'a prouvé, qui a envoyé des animaux à New Eden avant
les pionniers de la saison 1. Tous ces cobayes sont morts
subitement, pendant une tempête semblable à celle qui
se déchaîne en ce moment même sur Mars. Atlas Capital
a préféré taire cette information cruciale et lancer le
show malgré tout, par appât du gain. Ils ont envoyé douze
jeunes gens à la mort, de concert avec la productrice exécutive… » Une lueur froide comme la vengeance passe
dans les yeux de Gordon Lock. «… Serena McBee ! »

Derrière son secrétaire, la présidente des États-Unis est livide.

Elle a beau taper sur son tableau de commande à s'en briser les doigts, rien n'y fait : elle a perdu tout contrôle sur les images diffusées aux spectateurs. La chaîne Genesis reste obstinément branchée sur le visage suintant de Gordon Lock, sur ses yeux fixes qui la poignardent.

« Gros tas d'ordures avariées ! vocifère la présidente, hors d'elle, oubliant toute l'élégance qui d'ordinaire la caractérise. Espèce de bibendum boursouflé !...

— C'est peut-être une nouvelle tentative de piratage ?... »

Serena reprend soudain conscience de la présence d'Orion Seamus à ses côtés – celui à qui elle promettait un prompt mariage quelques instants plus tôt.

Elle tourne vers lui un visage déformé par la haine.

« Vous ! hurle-t-elle. Vous aviez la charge des prisonniers !

— Je... bien sûr, oui... c'est... je ne comprends pas..., balbutie-t-il, perdant son flegme pour la première fois. Je descends tout de suite à la cave pour voir ce qui s'est passé... »

Il se précipite hors du bureau, tandis que Serena presse frénétiquement sa broche-micro en forme d'abeille.

« *Serena à base de cap Canaveral !* hurle-t-elle à pleins poumons. Répondez ! Répondez ! »

Une nouvelle fenêtre s'ouvre dans un coin de l'écran, représentant la salle de montage de cap Canaveral, au milieu de laquelle se tient Samantha, frémissante.

« Rendez-moi immédiatement la main sur le montage ! aboie Serena, si fort que son assistante grimace de douleur en portant les doigts à son oreillette. Je suis la présidente ! J'ai les pleins pouvoirs ! J'exige les pleines commandes !

— Ce... ce n'est pas un problème de montage, madame McBee, bafouille Samantha. C'est un problème de diffusion. Nous n'avons plus aucun contrôle sur le signal émetteur envoyé par le satellite Genesis, aussi bien à destination de Mars qu'à destination de la Terre. Pas moyen de stopper les images pirates… Quelqu'un a verrouillé tous les codes d'émission… »

Serena pousse un rugissement :

« Incapables ! Bande d'incapables, tous autant que vous êtes ! Des têtes vont rouler ! » Elle ravale sa rage, utilisant ses ressources de self-control pour reprendre la maîtrise de la situation : « Ce piratage n'est qu'une lâche tentative pour me déstabiliser, bien sûr, ma petite Samantha. Mes ennemis sont en train de me livrer une guerre : la guerre de l'image. Il faut que je contre-attaque… Que je rassure les spectateurs… Et vite…

— Le site Internet des Essaims Citoyens ? suggère la jeune assistante, toute tremblante. Il est très suivi par les internautes et scruté par les médias. Peut-être qu'il pourrait servir de support à votre allocution, à défaut de la chaîne Genesis ? »

Un éclair s'allume dans les yeux de Serena McBee.

« Filmez-moi ! ordonne-t-elle. Je suis prête ! »

L'assistante lance des directives fébriles autour d'elle ; ingénieurs et informaticiens se jettent sur leurs ordinateurs.

Pendant que la connexion s'établit, la présidente garde les paupières fermées en psalmodiant un mantra de relaxation – « *Je suis dans un grand océan calme… Je nage avec les dauphins…* »

Sa respiration s'apaise ; sa bouche se décrispe ; les muscles de son visage se détendent.

« Trois… Deux… Un… C'est à vous, madame McBee ! »

Elle rouvre brusquement les yeux face aux caméras du portique, dont le voyant rouge vient de s'allumer.

L E VISAGE DE SERENA MCBEE APPARAÎT EN PLEIN ÉCRAN. Majestueux, résolu, sûr de lui : présidentiel jusqu'au bout des cils.

« L'heure est grave ! dit-elle sans préambule. En ce moment même, la chaîne Genesis est victime d'un odieux acte de piratage terroriste, ce qui m'oblige à prendre la parole sur ce site pour rétablir la vérité. Ce soir je m'adresse non seulement à vous, Gardiennes et Gardiens, mais aussi à tous les citoyens américains, et plus largement encore à l'ensemble des spectateurs du monde entier.

« J'ignore comment le traître Gordon Lock a pu apparaître à l'écran. Mais je tiens à vous dire, à toutes et à tous, en vous regardant droit dans les yeux, que ce qu'il vient de déclarer à mon égard est une infâme calomnie ! » L'oratrice appuie ses dénégations d'un intense regard caméra, ses deux yeux vert d'eau crevant l'écran comme si, à travers lui, elle pouvait envoûter la Terre entière.« Comment accorder le moindre crédit à un homme prêt à tous les mensonges pour sauver sa peau ? Il l'a avoué lui-même : il est à présent entre les mains de ces soi-disant "Abeilles Sauvages", ces anarchistes qui n'ont d'abeille que le nom ! Sans doute lui ont-ils promis la libération en échange de cette ignoble diffamation à mon égard. »

Serena McBee se frappe la poitrine : « M'accuser d'avoir négligé la sécurité des pionniers de Mars, moi qui suis comme une mère pour eux ! C'est… c'est juste odieux ! De l'ascenseur énergétique jusqu'à l'indépendance, tout mon mandat de présidente n'est-il pas l'illustration éclatante que je tiens à eux comme à la prunelle de mes yeux ?… »

« … je serais prête à donner ma vie pour protéger mes chers pionniers !… », assure Serena au moment où Orion Seamus rentre en toute hâte dans le bureau.

De son œil révulsé, ce dernier cerne la situation, comprend que la présidente est filmée. Il se positionne dans un angle où elle seule peut le voir et ouvre la bouche pour lui dire quelque chose.

Mais elle l'interrompt d'un geste.

Tout en continuant de discourir, elle saisit fébrilement une feuille de papier posée sur son secrétaire hors champ, sur laquelle elle se met à écrire à toute allure.

« … la société que nous essayons tous ensemble de construire ne sera pas menacée par des grappes d'abeilles dissidentes et sans avenir… », promet-elle.

Elle passe le papier à Orion, qui le lit anxieusement :

URGENT : lancer opération capture board Atlas Capital.

« … je ne les laisserai pas m'intimider ! continue de pérorer Serena. Et vous non plus, chers Gardiens, chers citoyens, chers spectateurs : ne vous laissez pas intimider !… »

Elle effectue hors champ des mouvements de main exaspérés, pour commander à son secrétaire d'État d'exécuter sa mission. Mais ce dernier, d'habitude si prompt à obéir, reste pétrifié. Ses lèvres tremblent, il ne peut se résoudre à quitter le bureau avant d'avoir délivré l'information qu'il était venu annoncer. En désespoir de cause, il retourne la feuille que Serena vient de lui remettre, s'empare du stylo et se met à griffonner à son tour.

« Ensemble, nous sommes plus forts que tout ! Ensemble, nous pouv… oh ! » – Serena ne peut retenir une petite exclamation au moment où elle déchiffre le message :

Lock pas seul évadé. Rodriguez, Fisher, Mirwood aussi.

Au même instant, sur la fenêtre de la chaîne Genesis, Gordon Lock s'efface pour laisser la place à un nouvel orateur – à un autre témoin.

L'ÉCLAT DES PROJECTEURS SE REFLÈTE DANS LES LUNETTES du jeune homme qui vient d'apparaître à l'écran. Contrairement à Gordon Lock, son visage est totalement inconnu du grand public. Sa peau effroyablement pâle, ses joues creusées, ses cernes noirs donnent l'impression qu'il n'a jamais connu la lumière du soleil, sans même parler de celle des flashs. C'est une créature de l'ombre, un proscrit, un clandestin, exposé pour la première fois à la curiosité du monde – aux innombrables spectateurs de la chaîne Genesis.

« Je m'appelle Andrew Fisher, dit-il, avec la voix vibrante de quelqu'un qui s'est longtemps tu et qui parle enfin. Je suis le fils de Sherman Fisher, instructeur en Communication du programme Genesis. On vous a dit que mon père était mort dans un accident de voiture. C'est faux. Il a été assassiné. Tout comme Ruben Rodriguez, l'homme qui était responsable de l'animalerie de Genesis, dont l'épouse Cecilia est ici à mes côtés... »

La caméra dézoome, révélant la physionomie du lieu : on dirait l'intérieur d'un camion. Une jeune femme blonde se tient à côté d'Andrew Fisher, portant elle aussi une tunique orange de détenue : «... c'est Serena McBee qui les a tués tous les deux ! accuse-t-elle. Pour les faire taire ! Pour les empêcher de parler du rapport Noé, le document prouvant la mort des cobayes et la dangerosité de la base ! »

Le champ de la caméra continue de s'élargir, donnant à voir Gordon Lock et un quatrième personnage, un vieil homme à la barbe fournie et au regard effaré : « Professeur Barry Mirwood, Ph.D., décline-t-il de manière un peu guindée, comme s'il prenait la parole dans une conférence universitaire. Je... je suis l'inventeur de l'ascenseur spatial énergétique. Le grand œuvre de ma vie, que j'ai inconsidérément remis à Serena McBee. Cette femme... est une honte pour la science ! »

À nouveau seule dans son bureau de la villa McBee, après qu'Orion Seamus l'ait précipitamment quittée pour exécuter ses ordres, Serena blêmit de minute en minute.

Elle a beau continuer de tenir l'antenne sur le site des Essaims Citoyens, son discours est de moins en moins assuré, son ton de moins en moins présidentiel :

« … j'apprends à l'instant que de nouveaux traîtres sortent leurs crochets pour cracher leur venin sur moi !… »

Elle ne peut s'empêcher de détourner régulièrement les yeux de la caméra qui la filme, pour lorgner la chaîne Genesis. Ils sont quatre accusateurs désormais à lui faire face, habillés d'orange comme s'ils étaient vêtus de flammes, les yeux brûlants comme des braises, tels les juges des enfers.

« … ce sont des calomnies, je le répète ! Le fils Fisher est un fugueur, un garçon dérangé ! Cette virago à l'accent latino, est-elle seulement américaine ? Quant à ce vieillard sénile qui ressemble vaguement à mon Conseiller scientifique spécial en matière spatiale, ce n'est qu'un imposteur ! Un vulgaire sosie !… »

Soudain, la fenêtre de liaison avec cap Canaveral se rouvre en haut de l'écran. L'espoir s'allume dans les yeux de la présidente, au moment où elle reconnaît son assistante : *Ça y est, ils ont enfin réussi à récupérer l'accès au satellite Genesis, ils vont me rendre les pleines commandes !…*

Mais le visage déconfit de Samantha n'exprime que l'angoisse. Elle brandit devant elle une tablette :

NOUS TRAVAILLONS TOUJOURS À CONTRER
LE PIRATAGE DE LA CHAÎNE.
MAIS UN AUTRE FRONT DE CYBER-ATTAQUE
VIENT DE S'OUVRIR.
TOUS LES MÉDIAS SONT EN TRAIN DE REPRENDRE
LE SITE GENESISPIRACY.COM !

D'une main tremblante, Serena McBee tape l'URL *genesispiracy.com* dans une nouvelle fenêtre Internet.

Son propre reflet apparaît à l'écran, tel le miroir enchanté face à la mauvaise reine des contes.

L A JEUNE FILLE À L'ÉCRAN RESSEMBLE DE MANIÈRE FRAP-
PANTE À SERENA MCBEE. En dépit de ses cheveux
sombres, elle a la même peau claire et lisse, le
même menton à l'ovale parfait, les mêmes iris vert d'eau.

«… je le répète, ici en direct de Bee Island : tout ce
que les Abeilles Sauvages viennent de dire sur la chaîne
Genesis est vrai, déclare-t-elle en fixant sans ciller la web-
cam qui la filme, sur fond de laboratoire plongé dans
la pénombre. Le rapport Noé, le sacrifice des pionniers,
les assassinats des membres de Genesis les uns après les
autres, la collusion avec Atlas Capital : *tout est vrai*.

« La femme que vous invitez chaque jour dans votre
foyer depuis deux ans déjà ; la femme qui vous semble si
proche qu'elle pourrait être un membre de votre famille ;
la femme qui, après s'être proclamée mère des orphelins
de Mars, se prétend mère de la nation ; la femme, enfin,
que j'ai moi-même appelée *maman* pendant toute mon
existence : cette femme-là est un monstre qui n'a jamais
rien enfanté d'autre que des cauchemars ! »

La jeune fille relève le menton. Tout son corps semble
s'allonger, s'étirer tel celui d'une chrysalide qui, après sa
longue métamorphose, déchire enfin son cocon… prend
enfin son envol.

« Je m'appelle Harmony McBee, mais je ne suis pas la
fille de Serena McBee. *Je suis son clone.* Le dixième parmi
une longue lignée de numéros, produits à la chaîne
comme du bétail et régulièrement immolés pour servir
de banque d'organes à leur modèle. »

« *Tous pour une*, c'est le slogan des partisans de la
présidente, n'est-ce pas ? Ceux qui le clament à pleine
gorge doivent savoir à quel point elle le prend au pied
de la lettre. En effet, elle exige *tout* de ceux qui lui sont
soumis : leur corps, leur sang, leur âme – pour elle et
pour elle seule ! »

« Ce... c'est un nouveau mensonge », balbutie Serena, prise d'un tremblement nerveux.

Elle a construit sa formidable ascension sur les images, mais voilà que les images se rebellent contre leur maîtresse et la cernent de toutes parts.

Au-dessus d'elle : les caméras qui continuent de filmer son allocution en direct sur le site des Essaims Citoyens.

Juste en dessous : la fenêtre de la chaîne Genesis peuplée des prisonniers qu'elle pensait avoir fait taire pour toujours.

À droite : la liaison avec la base de cap Canaveral, depuis laquelle Samantha dévisage sa patronne avec une sidération croissante.

À gauche enfin : l'onglet ouvert sur le site *Genesis Piracy* et sur les plus sombres secrets de celle qui, naguère, jurait vouloir inaugurer le règne de la transparence absolue.

« Ce site, *Genesis Piracy*, est une imposture aboie-t-elle, sans se rendre compte qu'elle en fait un peu plus la promotion en le citant à l'antenne. Cette fille est une imposture !... Qui serait assez fou pour croire un mot de ce qu'elle vient de dire !... C'est une histoire à dormir debout ! »

Au même moment, le visage d'Harmony McBee s'efface du site pirate pour laisser la place à une femme qui est leur portrait craché, à la présidente et elle, mais en beaucoup plus âgée.

« Jeuh-Ma-Pel-Ar-Mo-Ny-Un... », articule la femme en fixant la caméra d'un regard vide, inhabité.

Tandis qu'elle ânonne la suite – « Jeuh-Sui-Zun-Clo-Neuh... » – l'écran se scinde en deux, laissant apparaître une seconde femme semblable à la première, avec quelques rides en moins.

« Jeuh-Ma-Pel-Ar-Mo-Ny-Deu... », annonce la nouvelle apparition.

L'écran se sépare à nouveau pour faire de la place à un troisième spectre, qui entonne à son tour.

« Jeuh-Ma-Pel-Ar-Mo-Ny-Troi... »

Et ainsi de suite – quatre, cinq, six clones de plus en plus jeunes
se partagent l'écran, composant une chorale infernale, démente,
où la même phrase revient comme un refrain :
« Leuh-Clo-Neuh-Deuh-Sé-Ré-Na-Mac-Bi... »
« ... Deuh-Sé-Ré-Na-Mac-Bi... »
« ...Sé-Ré-Na-Mac-Bi... »
« ... Na-Mac-Bi... »
« ... Mac-Bi... »
« ... Bi... »

Derrière son secrétaire, Serena est pétrifiée.
« Ce n'est qu'un montage ridicule..., balbutie-t-elle, incapable de détacher ses yeux du kaléidoscope lui renvoyant six fois son image. Ce ne sont que des effets spéciaux, tout juste bons à impressionner les adolescents attardés, amateurs de films d'horreur... Cette tentative de me présenter comme un monstre est grotesque, pathétique... Je suis certaine que personne sur Terre ne prêtera foi à un aussi grossier canular... Quand les pionniers seront de retour à l'écran, ils témoigneront en ma faveur et balaieront toutes ces ignominies... »

Tout en débitant ces dénégations d'une voix monocorde, Serena ne peut s'empêcher d'ouvrir fenêtre après fenêtre dans le navigateur Internet, cliquant sur les sites d'information les plus fréquentés de la planète. Chaque nouveau site qui apparaît est comme un nouvel œil qui la scrute, qui la jauge... qui la juge.

UNE ANGOISSE SOURDE S'EST ABATTUE sur la place où devait avoir lieu la grand-messe de l'ascenseur énergétique, une célébration dédiée à la gloire du régime tout autant qu'au sauvetage des pionniers.

L'ambiance de liesse est retombée comme un soufflé. Les amoureux ont cessé de croquer leurs pommes d'amour. Plusieurs enfants pleurent, ils ont lâché leurs ballons en forme de planète Mars. Ces derniers s'élèvent lentement le long des buildings où s'affiche le visage d'Andrew Fisher, reproduit des centaines de fois sur des centaines d'écrans, qui articule : « Serena McBee prétend que les pionniers témoigneront en sa faveur. Mais depuis deux ans, elle trouve toujours une excuse pour les occulter à chaque fois qu'ils menacent de révéler le rapport Noé… »

« ELLE VIENT DE LE FAIRE À NOUVEAU, il y a quelques minutes, en servant une fois de plus des images vides de sens aux spectateurs pour faire diversion ! » déclare Andrew Fisher sur l'écran géant érigé sous l'Arc de triomphe.

Une rumeur gronde depuis la place de l'Étoile jusqu'à celle de la Concorde, entre stupeur, colère et incrédulité.

Une reporter au front luisant entre dans le champ, micro à la main : « Nouveau scoop ! s'écrie-t-elle. Les pionniers de Mars auraient été, eux aussi, au courant de ce mystérieux rapport Noé ! Voilà qui donne un sens tout neuf aux paroles de notre Léonor en avril dernier, lorsqu'elle a brièvement prononcé ces deux mots à l'antenne, "rapport Noé", avant d'être escortée manu militari dans le Relaxoir sous prétexte de crise hystérique ! »

« **P**ERSONNE D'AUTRE QUE SERENA MCBEE ne peut voir les pionniers en ce moment, continue Andrew sur les grands écrans dressés contre les flancs de la gare de Shinjuku. Mais eux, ils peuvent me voir et m'entendre ! – ou tout du moins, ils le peuvent tant que leur prétendue protectrice n'a pas appuyé sur la télécommande qui lui permet de dépressuriser la base à distance... »

De nombreux cosmicistes cessent d'effectuer leurs mouvements rituels, pour mieux se concentrer sur le visage enfiévré du jeune homme. Reproduit des dizaines de fois, il martèle : « Cette télécommande, c'est l'épée de Damoclès que Serena fait planer au-dessus de New Eden depuis le début de la mission !... C'est son arme secrète, grâce à laquelle elle s'est assurée le silence des pionniers, celui d'Harmony et le mien durant deux années entières !... »

« **P**IONNIERS ! clame Andrew. Alexeï et Kirsten ! Samson et Safia ! Tao et Elizabeth ! Et vous, Mozart, Fangfang et Kelly, que ce programme de mort a rendu veufs ! Si vous êtes déjà dans la cabine d'ascenseur, vous n'aurez plus besoin de mentir : le monde sait désormais quel monstre est vraiment Serena. Si vous vous trouvez encore dans la base, vous ne craignez plus rien : elle n'osera pas dépressuriser en sachant que sa télécommande est connue de tous. »

Les lèvres du jeune homme tremblent : « Quant à vous Harmony... Je vous en conjure, ne prenez aucun risque. Les sympathisants des Abeilles Sauvages en Écosse sont en route vers Bee Island. Je... j'ai hâte de vous serrer dans mes bras. » Sa voix vacille, les mots que la pudeur a longtemps retenus sont si durs à dire ! « Je... je... »

« … je vous aime moi aussi, Andrew ! s'exclame Harmony. À travers vous, la vie m'a offert une pépite d'or pur, plus précieuse que toutes celles qui luisent dans les pages des romans ! »

Ils se tiennent l'un et l'autre à deux extrémités du grand écran de montage au milieu du portique, lui dans la fenêtre officielle de la chaîne Genesis, elle dans celle du site pirate *Genesis Piracy*.

Séparés dans le monde réel par les dizaines de milliers de kilomètres s'étendant entre le camion des Abeilles Sauvages et le château McBee ; réunis dans le monde virtuel par la magie des images transitant à la vitesse de la lumière à travers les fibres optiques autour de la planète.

Spectatrice impuissante de ce dialogue qu'elle ne peut interrompre, de cette union qu'elle ne peut briser, Serena McBee tremble de rage… et aussi, semble-t-il, de peur.

À cet instant, une lointaine détonation retentit dans la nuit, derrière la porte-fenêtre qui donne sur l'extérieur.

Serena sursaute, brutalement ramenée aux lentilles des caméras toujours braquées sur elle, qui continuent de la filmer.

« Cette histoire de télécommande est une nouvelle affabulation…, proteste-t-elle faiblement. Je le répète : les pionniers parleront pour moi et rétabliront la vérité… »

Elle lorgne le coin de son écran de montage correspondant à la caméra du Jardin : les images de la base continuent de parvenir jusqu'à la villa McBee, où elle seule peut les voir, quand bien même elle ne peut momentanément plus émettre aucun signal ni en amont ni en aval.

Alexeï gît dans son sang, immobile au sol à côté de son épouse endormie. Penchée sur lui Léonor essaye de stopper l'hémorragie de son cou. Les autres pionniers sont figés de stupeur face au visage géant d'Andrew Fisher s'affichant au revers du dôme.

Ils ont tout vu, tout entendu des témoignages successifs des prisonniers de la présidente, à travers l'émission remontant depuis le camion des Abeilles Sauvages jusqu'au satellite Genesis, jusqu'à l'antenne plantée sur Phobos et enfin jusqu'à la base de New Eden.

Une nouvelle détonation déchire la nuit, plus longue que la première – plus proche aussi. Impossible de s'y tromper, c'est bien le crachat d'une mitrailleuse.

Orion Seamus déboule à nouveau dans le bureau, oubliant toute discrétion face aux caméras.

« Des rebelles armés attaquent la villa ! s'écrie-t-il, retrouvant tous ses réflexes de chargé de sécurité. Il faut vous mettre en lieu sûr, madame la Présidente !

— Un instant ! s'exclame-t-elle d'une voix déchirante. Je ne peux pas lâcher l'antenne, pas maintenant !

— Vous n'avez plus l'antenne depuis une demi-heure ! rappelle-t-il. Vous n'avez qu'une connexion Internet. Il faut que vous disiez au revoir, maintenant, tant qu'il en est encore temps. »

Mais Serena est comme engluée à sa chaise, incapable de se détourner du portique et de ses innombrables images qui l'hypnotisent à son tour, elle la grande hypnotiseuse.

« Encore une minute ! » négocie-t-elle d'une voix rauque.

D'une pression sur son tableau de commande, elle met les caméras qui la filment en pause, puis elle s'empare de son sac en python, le retourne et le secoue violemment à deux mains pour en vider tout le contenu à ses pieds. Parmi les tubes de rouge à lèvres ouverts et les poudriers fracassés gisent son téléphone portable, son petit pistolet automatique et... sa télécommande de dépressurisation martienne. Elle la saisit et la cale sur ses genoux, sous le bord du secrétaire. Vaguement rassérénée par le contact de ce fétiche, elle se tourne toute tremblante vers la fenêtre de cap Canaveral :

« Samantha ! implore-t-elle. Est-ce que nous avons enfin récupéré le signal émetteur ? Dites-moi oui, par pitié !

— Oui. »

Foudroyée par cette réponse qu'elle espérait de toute son âme sans plus l'attendre, Serena accuse un instant de silence.

« Nos ingénieurs ont identifié la faille et reprogrammé le satellite avec de nouveaux codes d'émission, précise Samantha.

— Alléluia !!! exulte Serena tel un volcan entrant en éruption, son carré de cheveux volant en tous sens, ses traits déformés par une joie sauvage. Vite, rendez-moi les commandes ! »

Mais dans le petit cadre en face d'elle, le visage de Samantha est fermé comme un poing. Après la sidération puis l'angoisse, c'est l'horreur qui contracte le front de la jeune femme, sous sa queue de cheval d'assistante modèle.

« Madame McBee, vous avez menti…, dit-elle d'une voix blanche.

— Quoi ?… », répond distraitement Serena.

Elle reporte déjà son attention sur la chaîne Genesis au centre de l'écran, prête à reprendre le contrôle. Andrew Fisher y a disparu, remplacé par la vue de la tempête martienne telle que la productrice l'avait cadrée avant de perdre l'antenne.

« Vous avez menti en disant que les pionniers étaient en marche vers la cabine, continue Samantha. J'ai regardé les images en provenance de Mars : ils se trouvent toujours dans la base, Léonor les y a rejoints et Alexeï est gravement blessé… »

Serena se fige sur sa chaise.

« Comment avez-vous osé ? s'étrangle-t-elle. Vous n'aviez pas le droit… Le flux descendant est censé transiter jusqu'à la villa McBee, pour mes yeux et mes yeux seuls… » Rapide comme un serpent, elle appuie soudain sur sa broche-micro et se met à susurrer de sa voix sifflante, reptilienne, sa voix d'ensorceleuse : « *Serena à Samantha.* Je répète : *Serena à Sa…* »

Mais avant qu'elle ait pu achever la formule magique qui, deux fois répétée, transforme tous ses domestiques en zombies exécutant aveuglément ses ordres, la jeune assistante arrache son oreillette.

« Je ne veux plus vous entendre, madame McBee ! s'écrie-t-elle en collant ses mains sur ses oreilles. Je ne veux plus entendre les Abeilles Sauvages ! Ce sont les pionniers que je veux entendre à présent ! Et la Terre aussi veut les entendre ! Eux seuls peuvent nous dire qui a raison, qui nous devons croire, où est la vérité ! » Vibrante d'émotion, elle ajoute : « Nous... nous reprenons le contrôle du montage... ici, à cap Canaveral... »

À ces mots, au milieu du portique arachnéen, la fenêtre de la chaîne Genesis bascule brutalement de la tempête à une vue d'ensemble du Jardin.

116. CHAMP

MOIS N° 18/SOL N° 484/17 H 19
[603ᵉ SOL DEPUIS L'ATTERRISSAGE]

DÉCOLLAGE CABINE DE TRANSIT – RETARD DE 19 MIN !

ANDREW FISHER DISPARAÎT SOUDAIN DU DÔME.
Le crépuscule perpétuel de la Grande Tempête remplace son visage illuminé par la révolte.

Le sifflement lancinant du vent balaie ses paroles de rébellion.

Il a été coupé en pleine phrase, en plein élan, et à présent, c'est comme si rien ne s'était passé, que tout n'avait été qu'un rêve : son témoignage hallucinant ; ceux de Gordon Lock, Cecilia Rodriguez et Barry Mirwood ; le soulèvement des Abeilles Sauvages.

Autour de moi les pionniers se dévisagent, hagards derrière les visières de leurs casques, sans savoir comment réagir.

Entre mes mains impuissantes à stopper l'hémorragie de sa gorge perforée, leur chef ne peut leur montrer le chemin.

« Alexeï… », je balbutie.

Pour toute réponse, un borborygme inarticulé sort de sa bouche, mêlé de bave rougie.

Au même instant, le dôme est parcouru de zébrures blanches sur toute sa hauteur, qui m'éblouissent comme des flashs.

Je sens tout mon corps se contracter, se compacter, anticipant le coup de massue du retour de Serena à l'écran.

Mais c'est son assistante Samantha qui apparaît – sans oreillette, je le remarque aussitôt –, surmontée du compte à rebours de l'ascenseur indiquant en grosses lettres rouges clignotantes un retard de 19 minutes sur le planning initial.

« Pionnières, pionniers, les Abeilles Sauvages ont perdu le contrôle de la chaîne Genesis…, déclare-t-elle, confirmant mes craintes… mais Mme McBee l'a perdu elle aussi. »

Quoi ?

Qu'est-ce qu'elle a dit ?

« À la base de cap Canaveral, nous avons pris les commandes…, ajoute-t-elle d'une voix tremblante. Ces révélations atroces sur Mme McBee !… Les dénégations de la présidente !… Nous… nous ne savons plus que penser. Nous avons entendu toutes les voix, sauf une : celle de Mars. »

Instinctivement, je baisse les yeux vers Alexeï.

La voix de Mars, c'est lui.

Mais il ne bouge presque plus, respire à peine.

Incapable d'articuler la moindre parole, il glisse une main dans la poche fourre-tout de sa combinaison et en sort le téléphone portable de Ruben Rodriguez, celui qu'il m'avait confisqué ; il lève son autre main vers moi, trempée de son propre sang.

Son index se pose sur ma combinaison, au milieu de la poitrine – et lentement, avec les dernières forces qui lui restent, il trace un grand numéro 1.

Puis son bras retombe, sans vie.

Il est mort.

J'essuie mes doigts ensanglantés sur ma combinaison ; je range le précieux téléphone dans ma poche fourre-tout ;

je ramasse mon casque qui gît renversé au sol, là où Kris l'a laissé tomber lorsqu'elle est devenue folle ; d'un geste sec, je le revisse sur ma tête.

La respiration angoissée des autres pionniers me revient dans les tympans, en retour radio. Leur regard sur moi a changé depuis que le chef agonisant m'a désignée et ointe de son sang, avant de s'éteindre. Surprenant Alexeï. Pendant deux ans, il n'a cessé de m'humilier ; il m'a tour à tour fait enfermer, surveiller, anesthésier – puis, au dernier moment, il m'a sauvé la vie au prix de la sienne, avant de m'offrir ce dernier cadeau : celui de pouvoir être enfin écoutée.

« *Dites-nous la vérité maintenant, avant d'aller attraper l'ascenseur ! implore Samantha. D'après nos ingénieurs, la cabine peut encore vous attendre une quarantaine de minutes. Mais les spectateurs, eux, ne peuvent pas attendre ! La Terre entière est suspendue à vos lèvres ! Est-ce que ce rapport Noé existe réellement ? Est-ce que vous étiez au courant ? Est-ce que Mme McBee vous a obligés à mentir* pendant deux ans ? »

117. CHAÎNE GENESIS
JEUDI 22 AOÛT, 00 H 25

DÉCOLLAGE CABINE DE TRANSIT – RETARD DE 25 MIN !

PLAN D'ENSEMBLE SUR LE JARDIN baigné par la lueur des spots d'appoint.

La base ultramoderne semble s'être métamorphosée en théâtre éclairé à la bougie, comme au temps de Shakespeare.

Tout est en place pour la scène finale, celle qui suit la mort des amants maudits, dont les spectateurs ont découvert les corps inanimés sur les planches à la fin de l'entracte

– Alexeï et Kirsten comme deux nouveaux Roméo et Juliette, lui dans le rôle du soupirant poignardé, elle dans celui de la belle empoisonnée.

Les autres acteurs de la tragédie se dressent là, immobiles dans leurs combinaisons – *leurs costumes* –, les visages ombrés derrière leurs visières – *leurs masques*. Les chiens eux-mêmes se sont changés en statues de sphinx, disposées symétriquement des deux côtés de la scène avec les robots-majordomes immobiles.

Au milieu de ce tableau figé, une seule silhouette se meut, s'avance pour l'ultime tirade : c'est l'héroïne, le premier rôle.

La caméra zoome lentement, précisant peu à peu son visage mangé de taches de rousseur. De chaque côté de son menton triangulaire, son opulente chevelure moutonne contre la visière, telle une force animale que le verre parvient à peine à contenir. Ses grand yeux fauves, mordorés, reflètent et amplifient l'éclairage jaunâtre, transformant les spots tremblotants en flambeaux.

« Terriens ! appelle-t-elle en s'adressant au dôme, à la tempête aveugle, au vide cosmique d'une salle de représentation vaste comme l'univers. Vous voulez connaître la vérité ? Vous voulez savoir le fin mot de l'histoire ? Eh bien le voici : Serena est innocente de tous les crimes dont on l'accuse. »

118. Contrechamp

VILLA MCBEE, LONG ISLAND, ÉTAT DE NEW YORK
JEUDI 22 AOÛT, 00 H 31

DÉCOLLAGE CABINE DE TRANSIT – RETARD DE 31 MIN !

LE DOIGT DE SERENA MCBEE SE SUSPEND AU-DESSUS DU BOUTON ROUGE de la télécommande posée sur ses genoux.

Face à elle, dans la fenêtre de la chaîne Genesis, sur le grand écran au milieu du portique, Léonor vient de la blanchir d'une simple phrase.

La jeune fille tourne sur elle-même au milieu de la scène immense du Jardin, s'offrant à toutes les caméras, à tous les regards.
Elle prend l'audience et tout l'univers à témoin : « Les accusations des rebelles ? Un tissu de mensonges ! »
Puis, d'un pas ample, théâtral, elle marche jusqu'au sas de décompression.

« Il faut absolument partir, Serena, maintenant ! crie Orion Seamus en posant sa main sur le bras de la présidente. Votre hélicoptère vous attend à côté des ruches ! »

Comme pour souligner l'urgence de la situation, deux rafales de mitrailleuse déchirent la nuit, plus proches que jamais.

Mais Serena s'ébroue violemment, chassant d'un geste brutal la main de son garde du corps et fiancé :

« Partir maintenant, alors que je suis en train de gagner la guerre de l'image ? hoquette-t-elle. Jamais de la vie ! »

Sur l'écran de la chaîne Genesis, Léonor continue de déclamer :
« La mort d'Alexeï ? Un regrettable accident ! »
Elle actionne la commande ouvrant la porte blindée.

« Serena, je vous ordonne de me suivre ! gronde Orion Seamus en empoignant fermement les épaules de la présidente. Ne gâchez pas ce qui peut encore être sauvé !

— Lâchez-moi, imbécile ! C'est vous qui allez tout gâcher ! Vous ne voyez pas ce qui se passe à l'écran ? Deux années de pression psychologique intense portent leurs fruits ! Les pionniers sont entièrement sous mon influence, pour toujours, et même Léonor ! Ce n'est qu'une question de minutes avant que cette petite sotte de Samantha me rende l'antenne, que le peuple descende en masse dans la rue pour me soutenir, que la tentative de coup d'État retombe comme un soufflé ! »

« Le rapport Noé ? scande Léonor à l'écran. Une invention bro-dée par les ennemis de la présidente à partir de mes mots détournés, mal interprétés. Je voulais juste dire que je voyais un "rapport" entre la planète Mars et l'arche de "Noé" – grâce à Serena, nous bénéficions d'une arche de paix loin des conflits de la Terre : c'est ça que je voulais dire ! »

« Brave petite, je t'ai mal jugée… ! » s'exclame Serena avec un sourire de ravissement.

Au même instant, l'un des carreaux de la porte-fenêtre explose sous l'impact d'une balle fusant depuis le fond des jardins.

Cette fois-ci, Orion Seamus ne prend pas la peine de demander : il prend Serena par la taille, à bras-le-corps, et l'arrache à son siège.

« Non ! » vagit-elle en tentant de s'accrocher à son secré-taire.

Ses ongles pointus se plantent dans le bois, mais l'ex-agent de la CIA est trop fort pour elle : elle laisse dans son sillage de longues griffures et plusieurs ongles cassés.

« Soyez raisonnable, Seren-aaah ! »

L'agent hurle de douleur au moment où les dents de sa promise s'enfoncent dans la chair de sa main.

Il la laisse tomber sur le sol, parmi les tubes de rouge à lèvres et les poudriers renversés.

Soufflant comme une bête, Serena s'empare de son pis-tolet automatique – celui-là même avec lequel elle avait menacé Orion, le jour où il lui avait déclaré sa flamme.

Aujourd'hui, elle ne lui laisse pas le temps d'articuler une seule parole : elle se retourne et vide le chargeur sur lui.

Puis elle se rue à nouveau sur l'écran au milieu du por-tique, devenue aussi accro que les spectateurs de la chaîne Genesis les plus fanatisés, prête à tuer pour connaître la suite.

Léonor se tourne vers les pionniers qui la regardent attentivement, tellement concentrés qu'ils ne prêtent attention à rien d'autre, pas même aux rugissements de la tempête, de plus en plus furieux derrière la surface du dôme : ils savent que c'est à elle, le premier rôle, de dicter le dernier mouvement de la scène, quoi qu'il advienne.

« Le temps presse, déclare-t-elle. Il nous faut quitter la base immédiatement pour rejoindre le giron de notre protectrice, là-haut en orbite. Martiens, en marche !... » Elle glisse la main dans la poche fourre-tout de sa combinaison et en sort une longue pièce de tissu rouge et vaporeuse « ... suivez ce drapeau à travers la tourmente : celui de Mars, notre patrie pour toujours, par la grâce de la grande Serena McBee ! »

Elle disparaît dans le sas – dans les coulisses.

Fangfang et Safia lui emboîtent le pas, quittant à leur tour la scène ;

puis Liz et Tao ;

puis Samson, poussant le fauteuil de Kelly, avec Louve et Warden sur les talons ;

puis Mozart, portant le corps de Kris, léger comme une plume en dépit de sa combinaison ;

et Günter enfin, le dernier à s'engouffrer dans le sas.

La porte blindée se referme sans un bruit, tel un rideau de théâtre qui retombe à la fin de la représentation.

« J'ai gagné ! hurle Serena, complètement sourde aux tirs qui continuent de fuser devant les grilles de sa propriété. Samantha va me repasser à l'antenne d'une minute à l'autre ! » Triomphante, elle se tourne vers l'homme qui gît au sol : « Vous voyez, Orion, j'ai gagn... »

Les mots restent coincés dans sa gorge.

Orion Seamus la foudroie de son œil unique.

Le gilet pare-balles qu'il portait sous son costume a protégé ses organes vitaux, les projectiles ne pénétrant que dans son épaule et ses cuisses.

Dans sa main ensanglantée, il tient la télécommande que Serena a laissé échapper en tombant.

Une expression d'effroi fige le visage de la présidente, sous son carré échevelé :

« Ne faites pas ça ! Nul ne doit savoir que je suis en possession de cette télécommande ! Appuyer serait un terrible aveu ! Nous… nous avons encore un avenir ensemble !… »

L'homme-cyclope presse le bouton rouge, de toutes ses forces.

119. Chaîne Genesis
JEUDI 22 AOÛT, 00 H 41
[603e SOL DEPUIS L'ATTERRISSAGE]

DÉCOLLAGE CABINE DE TRANSIT – RETARD DE 43 MIN !

PLAN D'ENSEMBLE SUR LE JARDIN DE NEW EDEN.
La large plateforme circulaire est dépeuplée à l'exception de Lóng, le deuxième robot-majordome, qui semble veiller le corps sans vie d'Alexeï.

Il se tient là, telle une statue funéraire, parfaitement immobile devant les plantations bâchées.

Soudain, une secousse sismique plus puissante que le tremblement de la tempête ébranle le dôme sur toute sa hauteur. Les alvéoles de verre, sur lesquelles s'affiche toujours le visage de Samantha, se mettent à vibrer furieusement.

La caméra panote vers le haut, dans un mouvement réflexe : au zénith, une faille vient de s'ouvrir dans la clé de voûte du dôme.

Les bâches fixées sur les plantations ne résistent guère plus de quelques secondes : aspirées par le puissant appel d'air, elles s'envolent brutalement, montent en spirale jusqu'à la faille qui ne cesse de s'élargir et disparaissent dans la tempête hurlante.

D'innombrables mains invisibles semblent arracher les feuilles et les fruits des pommiers, puis leurs branches elles-mêmes. Moissonnés d'un colossal coup de faux, les champs d'avoine se mettent à tourbillonner, aussitôt rejoints par les plants de carottes, de fraises, de pommes de terre, de soja, de laitues et de mûres. Le dôme n'est plus qu'un immense vortex au milieu duquel s'élève le corps d'Alexeï, comme si une puissance supérieure l'appelait vers le ciel.

Incapables de résister plus longtemps aux assauts des turbulences, les tubes d'accès se détachent des habitats ; les alvéoles de verre éclatent les unes après les autres, sous la pression de l'atmosphère artificielle qui veut absolument s'échapper par tous les orifices possibles ; soumise à des forces infiniment plus puissantes que ce qu'elle peut supporter, la structure entière de la base finit par exploser dans une déflagration assourdissante.

Arrêt soudain de l'image.

Écran noir barré d'une inscription : TOUTES CAMÉRAS DÉTRUITES. SIGNAL DE NEW EDEN DÉFINITIVEMENT PERDU.

La chaîne Genesis bascule sur un plan de Mars capturé depuis l'espace.

Un titrage apparaît en bas de l'écran : VUE SPATIALE FILMÉE DEPUIS LA CAMÉRA ARRIÈRE DU *CUPIDO*/HEURE MARTIENNE – 17 H 44.

La planète est drapée dans un voile de nuées rubescentes, qui l'enveloppe tout entière.

Sauf à l'intersection de l'équateur et de la frontière verticale démarquant le jour de la nuit : la région de Ius Chasma.

La dépressurisation de la base de New Eden a engendré une perturbation si violente qu'elle est visible depuis l'espace. Déchirant les nuages de poussière, un tourbillon s'ouvre tel un œil – l'œil de Mars. Comme si la planète, après tous ces mois à être scrutée en permanence, fixait à son tour la Terre et ses habitants.

Cut.

Plan fixe sur des grains de sable floutés, en très gros plan.

Titrage : VUE SUBJECTIVE PIONNIÈRE N° 6 – ELIZABETH

Lentement, l'angle de vision se soulève au-dessus du sol contre lequel la visière était écrasée.

Une dune de sable rouge apparaît, puis une autre, et une autre encore : la vallée entière se déroule, miraculeusement balayée de toute poussière. La formidable explosion de la base a momentanément repoussé le front de la tempête à des kilomètres à la ronde, et découpé dans la voûte nuageuse une ouverture circulaire, à travers laquelle pleuvent les rayons du soleil couchant. Oubliés, les hurlements du vent : il règne un silence paisible.

La voix de l'Anglaise s'élève dans le relais radio : « *Tao ?... Léonor ?... Est-ce qu'il y a quelqu'un qui m'entend ?* »

Peu à peu, les autres pionniers émergent des dunes avoisinantes. Ils sont tous là, jusqu'à Tao et Kelly dont les fauteuils gisent à demi ensevelis dans les sables. Avant que la commande de dépressurisation ne parvienne à la base, ils ont pu s'en éloigner suffisamment pour éviter d'être pris dans le maelström. Le puissant souffle décompressif a projeté sur des dizaines de mètres leurs combinaisons infiniment plus lourdes que les poussières – mais il n'a pas pu les broyer.

Une voix claire retentit dans les écouteurs : « *Par ici !* »

Là, au milieu de la vallée enflammée par le crépuscule, devant la pyramide rutilante de la cabine de transit, se dresse Léonor. Elle brandit à bout de bras sa robe de mousseline rouge, qui se soulève doucement dans la gravité réduite de Mars, telle une voile déployée.

120. CHAMP
MOIS N° 18/SOL N° 484/18 H 05
[603ᵉ SOL DEPUIS L'ATTERRISSAGE]

> DÉCOLLAGE CABINE DE TRANSIT – EFFECTUÉ

« *E*N BREF : *SERENA EST COUPABLE DE TOUS LES CRIMES DONT ON L'ACCUSE* », je conclus en fixant la caméra embarquée à bord de l'étroite cabine de transit où nous avons tous pris place il y a un quart d'heure.

Il m'a suffi de quelques phrases, après le décollage, pour contredire point par point tout ce que j'avais déclaré dans le Jardin.

C'était un bluff archi-gonflé.

C'était un énorme coup de poker.

C'était le risque de mettre en péril l'avenir du monde, pendant quelques minutes.

Mais c'était aussi le pari de mettre hors d'atteinte les vies qu'Alexeï m'avait confiées.

Là-bas sous le dôme, quand Samantha m'a posé sa question, j'ai senti la direction du vent tourner, j'ai eu la vision de Serena dépressurisant la base avant que nous ne gagnions la cabine…

Pour éviter ça, j'ai orienté mes voiles.

J'ai dansé avec le vent.

J'ai pris Serena à son propre jeu – à son propre piège.

Et lorsque la dépressurisation a finalement eu lieu, comme je l'avais redouté, nous étions assez loin de New Eden pour survivre à l'explosion.

« Le rapport Noé existe, Serena et son équipe étaient au courant, en voici la preuve ! »

Je brandis face à la caméra le téléphone portable grâce auquel, il y a deux ans, j'ai découvert la vérité, et je fais défiler les pages du rapport pour que tous les Terriens en prennent à leur tour connaissance.

« *On m'annonce à l'instant que les Abeilles Sauvages ont pris le contrôle de la villa McBee*, dit Samantha dans le petit moniteur qui nous maintient connectés avec la Terre, à mesure que nous nous élevons sans heurts ni turbulences le long des faisceaux de micro-ondes nous reliant au satellite énergétique. *D'après mes informations, Mme McBee aurait pris la fuite au dernier moment à bord d'un hélicoptère...* »

À la manière dont la jeune assistante parle, je devine qu'elle est encore intimidée par celle qui fut, des années durant, son modèle absolu – elle lui sert encore du « Mme McBee ». Il lui faudra du temps, à elle et aux millions de spectateurs, pour digérer complètement l'incroyable vérité...

Mais tous n'ont pas de telles délicatesses oratoires :

« *À mort Mme McBitch !* » hurle Kelly dans le micro de son casque, d'une voix aussi sonore que du temps où elle était en pleine santé – il faut dire que ce cri, elle l'a retenu pendant deux années entières.

Pour une fois, Fangfang ne trouve rien à redire aux grossièretés de la Canadienne rubiconde, allongée à côté d'elle à la verticale dans l'un des sièges thermoformés ; au contraire, elle rit de tout son cœur. Tao et Liz se tiennent par la main, le regard confiant derrière leurs visières. Samson et Safia aussi, sûrs de rester unis quels que soient les hasards et les rencontres que leur réserve l'avenir. Louve et Warden eux-mêmes se reposent sagement l'un contre l'autre, leurs yeux noirs dévorant les étoiles avec émerveillement à travers le pare-brise de la cabine.

Leur joie à tous me fait du bien, même si je sais que le combat est loin d'être fini. Il va continuer aux côtés d'Andrew, d'Harmony et de tous les Terriens épris de liberté. Serena a perdu une bataille, mais pas la guerre. Elle est toujours officiellement présidente, avec ses réseaux, ses milices, ses alliés secrets – la connaissant, je me doute qu'elle n'en manque pas. Le coup de folie de Kris ne lui est pas étranger, j'en mettrais ma main à couper. Pour l'instant, mon amie dort toujours comme un ange, soigneusement attachée à son siège, la main posée sur son ventre. Il nous faudra être vigilants lorsqu'elle se réveillera. Je me chargerai de lui annoncer la mort héroïque d'Alexeï ; elle sera la première à qui je raconterai l'ultime voyage de Marcus et son incroyable revanche sur le destin.

Marcus...

Je plonge mon regard à travers le petit hublot latéral, à ma droite.

Derrière la vitre de verre blindé, la trouée créée par la dépressurisation de la base s'est déjà presque refermée. La planète qui nous a accueillis se replie sur elle-même et sur ses mystères. Les étranges bruits dans la tempête ; la chose qui a perforé la coque du septième habitat il y a deux années martiennes ; la mystérieuse disparition des cobayes, puis celle de Kenji ; la maladie inexplicable de Kelly... Ces questions restent sans réponse. Pendant deux ans, nous avons vécu dans un monde qui ne nous aura rien dévoilé en dépit de nos tablettes et de nos capteurs, de notre attirail technologique et de notre orgueil de colons. Même si, pour étourdir Serena, j'ai prétendu que ma robe de mousseline était un drapeau, je sais qu'elle n'a rien d'un étendard de conquête – c'est juste un souvenir intime, que je chérirai jusqu'à mon dernier souffle. En dépit de toutes les déclarations d'indépendance professées par notre ennemie, je sais que nous n'avons jamais été des Martiens – nous étions juste des Terriens dans une bulle, jusqu'à Kenji lui-même, ambassadeur des humains auprès des mirages dont leur imagination peuple l'espace.

Mais Marcus, lui, n'est pas venu sur Mars en colon ni en ambassadeur. Il a toujours su que sa vraie demeure était située quelque part dans les étoiles.

Il a atteint sa destination.

Il est rentré chez lui.

« *Léo ?...* »

Je détache mon regard du hublot pour tomber dans les yeux tremblants de Mozart, assis à côté de moi.

« *Je suis tellement désolé, pour la seringue...*, balbutie-t-il. *Je... j'ai juste eu peur de te perdre...*

— N'y pense plus. Nous avons cinq mois devant nous pour préparer ce retour, et faire en sorte que l'Aranha ne puisse jamais plus te faire de mal. Je te promets qu'on y arrivera. »

Je place mon gant sur le sien, puis je reporte mon attention sur la gigantesque ombrelle du satellite grossissant d'instant en instant derrière le pare-brise ; sur le *Cupido* dérivant lentement en orbite ; sur la silhouette lointaine de Phobos qui les devance l'un et l'autre ; sur le soleil enfin, brillant tout là-bas, du côté de mon berceau natal.

Oui, je me battrai pour sauver Mozart. Quant au reste... Quel que soit notre avenir, à lui et moi, nous devrons être patients.

De toutes les voiles dont disposent les humains pour naviguer au gré de l'existence, celles du cœur sont les plus difficiles à orienter, et peut-être même est-ce impossible. J'ai longtemps été tiraillée par des vents contraires. J'ai connu le vertige de l'ouragan et la douceur de l'alizé. Il faut me laisser le temps de trouver mon nouveau cap.

Liz branche sa tablette dans l'entrée audio.

Les notes de la *Symphonie du Nouveau Monde* envahissent mes écouteurs.

Je garde les yeux grands ouverts, droit devant, vers mon monde : la Terre.

REMERCIEMENTS

Le moment est venu pour moi de remercier tous ceux qui ont rendu cette odyssée possible : ma famille, source de joie et d'inspiration au quotidien ; mes éditeurs, dont la disponibilité me comble et dont l'exigence me stimule ; les libraires, qui ont soutenu *Phobos* depuis le début.

Un livre est un vaisseau, et c'est tout un équipage qui a orienté les voiles de celui-ci, pour le faire parvenir jusqu'à sa destination : entre vos mains.

**Scannez ce QR Code
et découvrez tous les trailers
de la captivante saga *Phobos* !**

Retrouvez tout l'univers de
Phobos
sur la page Facebook de la collection R :
www.facebook.com/collectionr
et sur le site de Victor Dixen :
www.victordixen.com

Vous souhaitez être tenu(e) informé(e)
des prochaines parutions de la collection R
et recevoir notre newsletter ?

Écrivez-nous à l'adresse suivante,
en nous indiquant votre adresse e-mail :
servicepresse@robert-laffont.fr

Composition et mise en pages
Nord Compo à Villeneuve-d'Ascq

Achevé d'imprimer en août 2018
sur les presses de Normandie Roto Impression s.a.s.
61250 Lonrai (Orne)
N° d'édition : 57983/07 - N° d'impression : 1803552
Dépôt légal : novembre 2016
Imprimé en France